黑莲花

白羽摘雕弓

著

攻略手册

上 册

青岛出版社
QINGDAO PUBLISHING HOUSE

图书在版编目（ＣＩＰ）数据

黑莲花攻略手册 / 白羽摘雕弓著. — 青岛 ：青岛
出版社，2020.11
　　ISBN 978-7-5552-9118-3

　　Ⅰ．①黑… Ⅱ．①白… Ⅲ．①言情小说－中国－当代
Ⅳ．①I247.5

中国版本图书馆CIP数据核字(2020)第138741号

书　　名　黑莲花攻略手册
著　　者　白羽摘雕弓
出版发行　青岛出版社
社　　址　青岛市海尔路182号（266061）
本社网址　http://www.qdpub.com
邮购电话　18613853563　　　0532-68068091
责任编辑　李文峰
特约编辑　程钰云
校　　对　李玮然　张琳娜
装帧设计　蒋　晴
照　　排　梁　霞
印　　刷　河北鹏远艺兴科技有限公司
出版日期　2020年11月第1版　　2024年1月第8次印刷
开　　本　16开（640mm×920mm）
印　　张　43.5
字　　数　470 千
书　　号　ISBN 978-7-5552-9118-3
定　　价　69.80元（全二册）

编校印装质量、盗版监督服务电话　4006532017　　0532-68068638
建议陈列类别:畅销·青春文学

目 录 [上册]

目 录 [下册]

第一卷　太仓郡

第一章　替嫁

一

红衣少女坐在妆台前。

一头柔软的长发被整整齐齐地绾起，其上是金灿灿的凤凰头面，头面的凤凰衔了颗珍珠，正好垂在少女光洁的额头上。

她的鬓上还斜簪了一朵大红色的山茶花。山茶花花瓣的边缘有些干枯，不是从园子里新摘的，而是下午才被人从瓶中的插花里急匆匆地掐下来的。

园子里已经没有花了。

夜色如墨倾洒，轰隆隆的雷声仿佛野兽的咆哮，大雨倾盆，哗啦啦的声响犹如万马奔腾。不用想也知道，那些没有遮蔽的花朵，已经被雨打成了一地残红。

她用瘦得骨节突出的手指抚摸着枯萎的花瓣，想着：不管再仓促，总要喜庆一些的。

镜中人微微笑了——今天是我的大喜之日呀。

笑容刚刚蔓延，那张苍白的脸陡然僵住，在一瞬间宛如变成了一张毫无生气的面具。下一刻，那张脸上的肌肉又有了细微的活动——笑容慢慢地隐没下去。

镜中人原本带着痴态的眸中泛出好奇和冷静的光。

凌妙妙斜坐着，仔细地打量镜中人的容颜：苍白的脸、细长的眉、杏眼、薄唇、又尖又小的下巴……一副小家碧玉的长相。

倘若这双水灵灵的眼睛瞳距再小一些，凌虞还有可能做个眼含春水的狐媚美人，走倾国倾城的妲己路线。只可惜她的瞳距略宽，给人温和又没有攻击性的感觉，即使她把眼睛瞪成斗鸡眼，看上去仍是楚楚可怜。

凌妙妙长叹：没女主角的命就是没女主角的命，从面相上都看得出来。

她抚摸着自己瘦削的下巴，微皱眉头。

凌虞太瘦了，瘦得让人难受。古往今来，人们都信奉丰腴一些的女人更有福气，按照老一辈的说法，这张脸是一副薄福短命相。

凌妙妙站起来，大红的嫁衣落在了地上。他们急匆匆地办婚礼，嫁衣不知道是从哪儿借来的，并不合适，松垮的腰身用细细的银针别紧了，宽大的袖口盖过了手，衣服上的金线刺绣缩在褶皱里，看不清细节。

凌虞瘦得像豆苗，又含胸低头惯了，导致肩膀前倾，看起来有点儿畏畏缩缩。

凌妙妙用力把背挺直了，斜眼看镜子，看到了一张蹙着眉、写满了不耐烦的脸，吓得她立即舒展了眉头——可能是她先入为主对凌虞有了不良的印象，连带这副躯壳也被她嫌弃，这实在是不该。

这个年代，人们在平行世界中穿梭已成常事，任何生活中的偶然，都有可能触发一次多维空间的旅行。

凌妙妙之所以进入了少女"凌虞"的身体，大半夜穿着嫁衣站在这里，都怪她在半夜义愤填膺地为一本书写了一篇书评。

这本书正是狗血言情小说女王浮舟号称"十年归来，华丽转身"的转型玄幻大作——《捉妖》。

年少无知时，凌妙妙曾经被那些生离死别的狗血言情小说欺骗了不少眼泪，十年之后，出于情怀，她熬夜再读浮舟的作品，换来的却是深夜里从寝室床上传来的一声声叹息。

什么转型大作？玄幻捉妖世界架构的外壳下面，完全还是换汤不换药的故事嘛！喜欢男主角的三个女人斗智斗勇，喜欢女主角的男配角求而不得，男女主角误会重重，一对小鸳鸯在阴谋与算计中你侬我侬，感情线十分狗血。

凌妙妙为此愤而提笔，写书评之前，她诚恳地挑选了一个有代表性的角色——凌虞——作为切入点。

如果说激起读者愤怒也算是成功的话，女三号凌虞应该算是整本书中塑造得最成功的一个角色了。

她坏。

可是她又坏得不那么典型。她习惯于以受害者的姿态做恩将仇报、背后捅刀的事，还装出一副楚楚可怜的模样。

这个角色从头到尾都是阴郁、怯懦的，爱慕男主角却不敢与女主角正面竞争，她做的事情，除了像个变态般意淫着得到男主角，就是在暗中挑拨离间、陷害女主角。

假如反派女二号是骄傲威风的猛虎，她就是阴暗处啮人脚趾的老鼠，或是蠹居在米桶里的蛀虫。

她一边受着主角们的庇护，一边琢磨着如何挖墙脚，像暗处的青苔，湿漉、阴冷又难以被甩脱。

这种性格让凌妙妙感到生理性厌恶，相比之下，她反倒觉得娇纵任性、坏得光明正大的女二号端阳帝姬可爱得多。

所以，凌妙妙愤而提笔抨击凌虞，称凌虞为"年度最恶心女配角"。下一秒，凌妙妙眼睛一睁，竟然踏入了平行时空，穿越进了《捉妖》的世界，变成她最恶心的凌虞，需要完成系统指派的特殊任务才能重返现实。

真是讽刺呀。

作为炮灰，凌虞的命运自然好不到哪儿去，感情之路尤为坎坷。

她一生嫁过两次。第一次，是应约与她心心念念的男主角柳拂衣做一场成亲的假戏，但还没等她沉醉其中，这短暂的梦就破碎了。

第二次，她嫁给了女主角慕瑶的弟弟慕声。

凌妙妙没来得及想太多，就听见吱呀一声，门被推开了。

丫鬟收了伞站在门口，衣角的雨水滴答，她颤抖着声音，看上去活像只小鸡崽："小姐，吉时到了。"

小丫鬟脸色铁青，手微微发抖，显然是怕到了极点。

凌妙妙应了一声，急匆匆蘸了点儿胭脂胡乱地抹在唇上，挽着丫鬟湿漉漉的袖口往外走。

油纸伞几乎要承受不住这么激烈的雨，雨水汇成一道，小溪般从伞沿流下。小丫鬟持伞的手直打战，使一些雨水迸溅到了凌妙妙单薄的喜服上，不一会儿，凌妙妙的肩膀就洇湿了一片。

凌妙妙有点儿不高兴，劈手夺过伞柄，大伞稳稳地罩在丫鬟的头上。

两人沿着曲曲折折的连廊走，一路无话。

凌妙妙没话找话："你看见了吗？"

"嗯！"丫鬟紧紧贴在了凌妙妙的身边，带上了哭腔，"小姐、小姐不怕吗？那个……好可怕……"

除了寡妇，没有人会在夜里成亲。就算是寡妇，也不会毅然选择在这样雷雨交加的夜晚成亲。

因为这次成亲，是一个局。这应该就是书中略写的，柳拂衣邀请凌虞假扮新娘子的那一次，目的是引出一个妖物。

慕瑶和柳拂衣是一个月之前在太仓郡落脚的。

太仓郡虽小，但是富富有余，尽管人口众多，但外来人争破头都希望能在此安家落户。

可是自从上个月起，几对新婚的小夫妻在入洞房前双双失踪，郡内就流言四起，传闻有人看见妖怪出没，恐慌瞬间席卷了这座小城。

一时间，太仓郡没人敢再办喜事。

但嫁娶之事乃是常事，长久废止不是办法。本来不信鬼神的太仓郡郡守凌禄山挺着大肚子发了三天愁，最后不得不广发告示招揽能人异士。

原书的男主角柳拂衣和女主角慕瑶游历至此，当仁不让地决定留下为民除害。捉妖的日子里，他们就住在郡守府，也就是原主凌虞的家。

主角们来到太仓郡的第三日，妖怪就主动送上门来了。

它缠上了郡守的掌上明珠凌虞。

年方十六的凌虞待字闺中，她在白天正常，在夜里却总梳妆打扮，穿上喜服，在空无一人的大堂里与空气拜天地，像是中了什么邪。

柳拂衣守在身边，在凌虞"中邪"的瞬间祭出九玄收妖塔，一下子就迫使附在凌虞身上的狐妖显了形。

这狐妖本想附在小姑娘的身上吸食精气，却被迫现出原身，面目狰狞，它一声巨啸，亮出锋利的指爪就朝手无寸铁的慕瑶扑去。

训练有素的捉妖人慕瑶冷静地与其酣战。柳拂衣在这当口抱起了地上的受害人凌虞，像个脚踩祥云的大英雄从天而降，将其从幻梦中救了出来。

凌虞躺在他的怀里，第一次感受到了心跳加速的滋味。

吱呀——门开了条缝儿。

丫鬟被吓得半退一步。凌妙妙看着她胆战心惊的模样，有些不忍心："你下去吧，我自己进去……"

丫鬟倒退一步，虚脱般坐在了水洼里。

凌妙妙有些记不得书里的细节了，在心里为自己打气，用素手推开了门。

柳拂衣长身玉立，正背对她站着。他显然要放松得多，只随便在外面套了一件喜服，喜服下面还能看得见他常穿的白衣的边角。

唉，人家只当这是一场无足轻重的戏，可怜原身为此激动得夜不能寐。

柳拂衣闻声转过身来，他果然有着一张眉目如画的脸。

原书中写过，柳拂衣的身体羸弱，故而身材瘦削、面色苍白，但也因此带上了一丝出尘的仙气。

他温润和蔼，但眉宇间有一股挥之不去的忧郁。

柳拂衣果然如书中所描述的，看上去又亲和又有神秘感，的确是最招女孩子们喜欢的类型，不过她看了柳拂衣两眼也就丧失了兴趣。作者是《捉妖》世界的创世神，规定了柳拂衣属于慕瑶，那不管他待别人再温和，在这个世界里，他和别人都不会有任何故事发生。

柳拂衣开口了："妙妙。"

凌妙妙被吓得一个哆嗦："你叫我什么？"

柳拂衣微皱眉头，有些迟疑："我记得你的小字叫作'妙妙'……"

"哦——"凌妙妙拉长了调子，一点儿也不高兴凌虞的小字和自己的名字一样，"是妙妙，是妙妙没错……你突然这样叫，我没有反应过来。"

柳拂衣微微地笑了："今日是你我的大喜之日，该叫得亲近些。"

男主角说起情话令人骨头酥软。

凌妙妙看着柳拂衣的眼睛，只在其中读出了清明和暗示。

很好，男主角身先士卒，并且提醒她做戏要做全套。

"拂衣。"她乖觉地叫了一声，看见柳拂衣的眸中闪过欣慰之色，他朝她走来。她的心中突然闪过一丝疑云："等等！"

柳拂衣疑惑地顿住。

7

凌妙妙在身上摸了半晌，最后在腰间找到了一个核桃大小的红色绣球挂件，她把它揉成一团，朝对方丢过去，绣球砸到了柳拂衣的胸口上，又弹开去，落在了他的脚边。

柳拂衣被她这一砸弄得发愣。

"你再给我扔回来，快。"她催促着，额头上冒了一层细细的汗。

柳拂衣弯腰拾起了那个小小的绣球，绣球下的红色流苏垂在他苍白的手上，他端详着它，神色凝重起来。

"快呀！"凌妙妙竖着耳朵警惕着屋里的动静。

他轻轻一抛，那绣球朝着凌妙妙飞去，在中间不知碰上了什么东西，竟然生生折返回去，又弹回了柳拂衣的脚边。

柳拂衣瞬间变了神色。

他们中间有一个看不见的结界！

这个结界过得去，出不来。假如他们两人谁往对面一走，谁知道会不会与这个绣球一样，神不知鬼不觉地被吸进这个透明的结界中。

凌妙妙斟酌着语句："拂衣……我们可能不在一个地方。"

原书里这个设定略为复杂。

作为求真务实的数学系学生，凌妙妙读到这里时百思不得其解，甚至画了个示意图仔细地思考了一下，最后得出的结论是——浮舟的物理可能没学好。

浮舟叙述了一个神乎其神的、看不见的"结界"，却只囫囵吞枣地用怪力乱神加以解释。

作为忠实读者，凌妙妙为作者找了个最合理的解释：既然凌虞和柳拂衣看得见彼此，那么这个结界应该是两个空间拼凑在一起的结果。

事实上，他们可能在房间的两端，也可能背对着背，是一股力量将他们所在的空间扭转成现在的样子，而中间那一道看不见的屏障，就是被扭转的空间与空间之间的边界。

一旦有人穿过这道屏障，它会迅速变成一堵墙一样的实体，将两个人都困在里面。

凌妙妙忽然听见房间里传来窸窸窣窣的声响，那声响像是暖气管里发出的阵阵水流声。

柳拂衣耳聪目明，听了凌妙妙的只言片语，竟然也完全反应过来。

他侧耳凝神，严阵以待，只听她低声叫道："它来了！"

凌妙妙和柳拂衣之间的空气抖了一抖，慢慢震颤起来，像有雨水滑落的玻璃窗，里面浮现了人影，赫然是她和柳拂衣紧挨着站在一起的画面，只是背景全部如雾一般虚化。

对面的柳拂衣开了口，声音齉齉的，好像隔着什么东西传来，沉稳里带着些许惊疑："妙妙，我看不到你了。"

看不到？但眼前的"她"正和柳拂衣肩并肩地站着。凌妙妙抬头，画面中的女子也微微抬起头，凌妙妙笑了一笑，画面中的"她"也跟着笑了一笑，旁边的柳拂衣却眸中无神、满脸警惕，像一根绷紧了的弦。

"拂衣，在我这里，我看得到我自己，也看得到你。"

凌妙妙看见柳拂衣思索了片刻，神色放松下来，眸中闪烁出光芒："你知道它是什么了吗？"

凌妙妙面前的水幕墙抖了一下，震颤出了波纹。凌妙妙心里窃笑：老妖怪，别人比你聪明，气坏了吧？

柳拂衣的眸中浮现出笑意，一张本如谪仙人一般从容的脸，竟然露出了一丝骄傲的神气。他从怀中取出九玄收妖塔置于右手掌心，左手在空气中飞速地画了几笔符咒。

凌妙妙的眼睛一眨不眨地盯着那座塔——原来男主角的这个"金手指"竟然这么小，巴掌大的一座木塔，总共七层，高不过十几厘米，像是小孩儿做手工时用木片拼成的工艺品。

这东西真的能收掉如此玄乎的妖怪吗？

柳拂衣飞速地念了一串口诀，又低又快，听不清楚，只听得最后骤然提高声音的二字："水镜！"

啊，身负主角光环的柳拂衣真不是一般的聪明！

这"看不见的结界"的的确确是一面镜子。

太仓郡那些新婚的男女，就是被这面镜子夺去了性命。

按原书描述，水镜曾为远古妖王所用，在长期的妖气浸染中产生了灵识，拥有移动空间的能力。

它虽然没有修成人形，但是有心魔，需要不断吞吃凡人以满足欲望。

百年前它就曾伪装成梳妆镜，吞吃掉了使用它的女子们，被一个路过的道士出手封印。

封印它的道士没法彻底灭了这害人的镜子，只好绞尽脑汁地做了一道禁制①。

道士平日里喜欢钻研一些数学问题。他与水镜搏斗了半天，最后想出了一个复杂的禁制：除非有人从九尺外一步穿过镜子，又照了镜子，才有可能被吞吃。

这自负的道士扬扬自得——正常人谁会一步九尺？况且水镜再如何能耐，到底是一面单面镜，穿过了镜子便到了镜子背面，人根本照不到镜子，怎么可能被吞吃？

双保险，我是天才。他这样想着，颇为自满地骑着毛驴儿离开了。

当时凌妙妙看完这一段文字，心想：只要水镜弯个腰，把自己折成一面双面镜，再引人穿过，一切不就完了？

她只敢默默地想，因为对待辛苦写文的小说作家的bug（漏洞），读者应该宽容。毕竟这本书的重点是爱恨情仇，而不是这些细节。

水镜经过百年的认真钻研，还是找到了吃人的办法。它选择了即将入洞房的男女，在二人相隔九尺的时候，瞬间将空间进行转移，塑造二人面对面的假象，自己则藏身于空间和空间交界处的夹缝中。

就像刚才她和柳拂衣那样，一旦一步九尺跨过镜子，水镜迅速使扭曲的空间恢复。

空间的边界暧昧，既可说属于甲，也可说属于乙。只要水镜将没人的那侧空间扭回去，穿过镜子又照了镜子的一方就会被镜子吸走，而对于赶去救爱侣的另一方，水镜会再次扭转空间，将九尺缩为一步，只要此人在一步间穿过镜子，就会也将他吸走。

水镜一个低等妖物，竟然能想出如此机智的办法，简直让凌妙妙肃然起敬。一想到要打死它，她还有点儿不舍得。

木塔骤然飞起，脱离柳拂衣的掌心，迅速变大，在他们的头上投下了一片巨大的阴影。

下一刻，凌妙妙面前的水镜碎了，迅速化作一阵像是玻璃碎片组成的旋风，在木塔的追逐下夺门而去。

---

① 禁制：用来封印或者保护的法术。

扭曲的空间恢复后，凌妙妙看见了柳拂衣的身影，他果然离她约三米远，且背对着她。柳拂衣转过身来，对上她的眼眸，眼中含笑，对她的表现略感惊艳："妙妙，你比我想象中的聪明得多，而且有胆色。"

"不敢不敢。"凌妙妙思忖了一下凌虞可能的反应，遵照凌虞的性情，低下头，忸怩又羞涩地答道，"柳大哥真是谬赞了。"

柳拂衣微微错愕，随即笑了："可有伤到？"

凌妙妙娇羞地摇摇头，斜抛一个媚眼给他，让柳拂衣一时语塞。

许久，他斟酌着开口："凌姑娘可否为在下解惑，刚才我们没有人穿过水镜，按道理应该在镜子的正面和反面，为何你还能看到两个人并肩而立的画面？"

"我猜可能是老妖怪把自己缩减了，露出了你的身影。我看到的是我自己的倒影和真正的你。在你那边，我却被水镜挡住了……"

柳拂衣的眉梢一挑，他自然地接道："我看到的是水镜的背面，所以看不到你。它以拼接的画面，引诱你穿过镜子一探究竟……"他又情不自禁地浮现出微笑，"原来是这样，实在妙极。"

凌妙妙冲他笑笑。柳拂衣的智商很高，他要是接受现代教育，想必也是十分厉害的人物，比挣扎在及格线上的她强。

"对了，慕瑶呢？"凌妙妙跟着柳拂衣往外走，打着哈欠随口关心道。

外面暴雨已停，只留下满地明镜似的水洼。

"瑶儿？"柳拂衣的神色有些奇怪，"瑶儿伤重未醒，现下不是正躺在西厢房……"

西厢房！

凌妙妙的脑子里嗡的一下，仿佛当头一棒。一瞬间，那些模糊的剧情犹如海水倒灌，哗啦啦一下子全涌入她的脑海里。

老天，也是她刚刚进入书中世界，脑子还没转过弯……她怎么把这个剧情节点忘了！

二

平行世界的规则发布者"系统"告知过她，想要回家，她在《捉妖》的书中世界必须完成两个任务：

任务一：按照身体原主人凌虞在剧情中的行事轨迹，给男女主角的感情制造障碍。

任务二：让女主角的弟弟——痴情于女主角的男配角慕声，爱上凌虞。

先别说这两个任务有多强人所难……等等，凌妙妙的耳边已经传来系统机械的声音。"任务提醒：任务一，进度四分之一，本次分任务已作为样例赠送给宿主，任务已完成。"

样例赠送？凌妙妙呆滞了一秒。

任务一？对了，是欺负女主角……也就是说，她还没有开始搞破坏，系统就已经帮她干好了，黑锅还甩在了她的身上。

凌妙妙欲哭无泪。

书中的完整情节是这样的：

那一天，柳拂衣以九玄收妖塔将附在凌虞身上的狐妖逼出，抱起昏倒的凌虞。气急败坏的狐妖扑向了慕瑶，慕瑶收了狐妖，但也在此战中受了重伤。

直到狐妖已死，仍然有新人失踪，主角们才发现真正的凶手另有其人。

真正的凶手偏爱在别人成亲的时候作案，必有缘由。为了引出真正的凶手，也就是刚才被打碎的水镜，柳拂衣决定办一场假的婚礼，这才有了凌妙妙来到这个世界后发生的一切。

而名花有主的柳拂衣会找凌虞做戏，完全是因为慕瑶伤势过重无法起床！

捉拿水镜当晚，柳拂衣安顿好昏迷的慕瑶，将西厢房的门窗关好，画好了封印符，才安心地留他心爱的女人一个人躺在屋里。

可是凌虞干了什么呢？她趁柳拂衣走了以后，悄悄地将墙上的符咒擦了，又将门上的符纸撕成了碎片。

她留下失去意识的慕瑶，躺在毫无防护的西厢房里！

凌妙妙露出了痛苦的神情——凌虞在借刀杀人！

凌虞暗恋柳拂衣，可是柳拂衣身边已经有了那样美丽优秀的慕瑶，如果慕瑶能在妖物的攻击中意外死去，或许这场婚礼就可以弄假成真，凌虞就能真的成为柳拂衣的新娘……

"妙妙？"凌妙妙的手臂被柳拂衣托住，他微微靠过来，脸上是关切的神情，"你怎么了，不舒服吗？"

凌妙妙下意识地与他保持着距离，想起所处何时何地之后，又立即贴近。她脸色苍白，一把抓住了柳拂衣的手。

柳拂衣不习惯，自然地向后躲闪了一下。

"慕瑶……"她的眼里的神色从仓皇变成哀求，"你去看看慕瑶！"

柳拂衣缓和了一下神色，像安抚受惊的小孩儿一样安抚她道："瑶儿没事，我在她的房门口画了符咒……"

没用的……在凌妙妙进入书中世界之前，这些已经被原来的凌虞毁掉了呀！

被九玄收妖塔追得无处可逃的水镜，一头冲进了毫无防护的西厢房。慕瑶自昏迷中醒来，发觉身旁浓郁的妖气，强撑病体与水镜打斗，体力越来越差。

在慕瑶生死一线间，去外面采药的慕声回来了……

想到任务二的攻略对象慕声，凌妙妙心里一个哆嗦。

慕声是凌虞的第二个丈夫，也是她这辈子的梦魇。

"我心里慌得很，我怕慕瑶有危险，我们现在去好不好？"凌妙妙快要哭出来了。

作为外来者，系统规定她必须进入角色，不能暴露自己并非凌虞的事实，她能做的只有两件事：补救或者甩锅。

柳拂衣觉得这位郡守千金喜怒无常，表现很奇怪，但他向来温和，只是劝道："天晚了，你回去睡吧。我去看瑶儿。"

"你现在就去。"凌妙妙不依不饶。

柳拂衣无奈地笑了："我先去看看收妖塔有没有收到水镜。"

这个男人不听劝！凌妙妙心急如焚。

"那你让慕声快些回来，慕瑶是女孩儿，她身上有伤，你们不能留她一个人！"

柳拂衣愣了愣，竟然笑着拍了拍她的头："好。"

这个状似亲昵的动作差点儿让凌妙妙把鼻子气歪，凌虞今年也有十六岁了，他竟然如此自负，把她当作孩子，也把她苦口婆心的劝告当作孩子话。

柳拂衣见凌妙妙死死地瞪着自己，只得在她的注视下撕了一张联络符："阿声，你在哪儿？我去料理水镜，你快些回来，看着瑶儿。"

说完，他将这张联络符放在了凌妙妙的手心，神情无奈，好像在说：这总可以了吧？

不可以！凌妙妙哀叹，按照被耽误的时间来算，恐怕等慕声赶来，慕瑶还是免不了要面对水镜。

"天晚了，凌小姐操劳了半夜，我送你回去睡吧。"柳拂衣柔声建议。

经历了今天这一难，凌妙妙觉得柳拂衣对她的态度都变了。

她裹紧衣服："我们还是先去看看……"

她感到手心一热，那张联络符迅速地燃烧起来，一道青紫的火光一瞬间将黄色的符纸化作黑灰。

柳拂衣霎时间变了脸色，下一刻，二人都听见远处传来了划破天幕的咆哮。

咆哮声直上天际，搅动乌云翻滚。

随后激烈的打斗声响、水镜濒死时发出的巨大嘶鸣，伴随着一声女子的娇叱一同传来。

声音传来的方向正是西厢房所在的地方。

凌妙妙哆哆嗦嗦地从牙缝里挤出一句话："是慕……慕瑶！"

柳拂衣二话不说，转身飞掠而去。

凌妙妙提起裙子跟上，可是凌虞这副躯壳实在柔弱，没跑两步，她的呼吸间就隐隐带上了铁锈味。不合身的嫁衣缠绕在脚下，凌妙妙一个不小心被它绊了一下，扑通一下摔倒在水洼里。

凌妙妙抹了一手的泥水，感觉糟透了。但她只能一骨碌从地上爬起来，拖着泥水四溢的裙摆直奔西厢房而去。

按照剧情，满心欢喜巴望着要嫁给柳拂衣的凌虞见到柳拂衣抛下自己奔向慕瑶，瞬间感觉从天堂掉到了地狱，失魂落魄地追到了西厢房，恰好见到男主角抱着女主角连声安慰，心里的忌妒如火蔓延，烧灼得凌虞痛苦不堪。

而凡是有凌虞出场的戏份儿，凌妙妙都不能缺席。

漆黑的夜色中，西厢房四周亮如白昼，远远地便能看到一座巨塔悬于空中，塔下投射出灼目的光芒。

塔的每一层都从窗中漫出金黄的光，秀气的小木塔竟变作飞行器似的庞然大物，令人叹为观止。

柳拂衣身影一闪，进了院中。

凌妙妙立即跟进去。西厢房的模样在塔的光芒下让人看得分明，屋顶

14

已经破了，碎瓦片哗啦啦地落下来。

水镜碎片凝成一条摇头摆尾的水龙，镜片的光芒闪烁间，露出一个纤弱的身影。

那道身影正是慕瑶。她看上去已是力有不逮，行动间有些摇晃，身上的伤使她处处受到掣肘。

再这样缠斗下去，慕瑶凶多吉少。

柳拂衣站在原地，镇定心神，画了符咒，刹那间九玄收妖塔旋转落下，火焰一般的光芒灼烧着水镜，水镜的嘶鸣声越发凄厉。

慕瑶气力不支，单膝跪地，一旁的水镜正在拼命甩动，眼看她又要挨上重重一击。

在那个瞬间，凌空飞过来一道鹅黄的身影，旋风似的逼近了空中水镜凝成的水龙。

那人手腕翻飞，动作令人眼花缭乱，骤然有几簇烟火在水镜凝成的水龙间炸开，发出噼里啪啦的声响。被炸的水镜瞬间破碎开来，碎片如流星一般拖着一条条冒着烟的尾巴直坠落地。

这是捉妖世家慕家标志性的术法"炸火花"，不需符咒便可施术，威力巨大。

凌妙妙一边跳来跳去躲避着从空中掉下来的玻璃片，一边朝天上看——那位上来就用了"炸火花"的人，想必就是慕声了。

他是慕瑶名义上的弟弟，却扭曲地迷恋着慕瑶，他在慕瑶面前表现得天真善良，伪装成一朵招人怜惜的"小白花"，可是实际上他的性格阴郁、狠厉，报复心极强。

换言之，他是个心机深沉的"两面人"，是一朵表面纯洁、内心暗黑的"黑莲花"，除了慕瑶这个没有血缘关系的姐姐，他谁都不在乎。

凌妙妙觉得这个人格分裂、带着点儿"病娇"属性的角色设定相当有张力，算是老派言情小说作家浮舟的大胆突破。

可是凌妙妙欣赏这个角色设定，并不代表她在现实生活中会喜欢这么一个阴郁的少年。

尤其是"黑莲花"还被作者配给了凌虞——慕声当然不是真心喜欢凌虞。慕声向姐姐表露心迹被拒绝后，彻底"黑化"的他将一腔怨气全撒在了一直暗中给慕瑶使绊子的凌虞身上。

他假意接近凌虞，成婚后对其大肆羞辱、折磨，无所不用其极，又给她下了情蛊，使她无法对外人言说真相。

叫天不应、叫地不灵的凌虞，很快就被折磨得早生华发、精神恍惚，落得个自作自受、罪有应得的下场。

凌妙妙的后背发寒，她不由得打了个寒战，下意识地梗着脖子朝上看。

那一抹鹅黄如闪电一般搅碎了漫天黑云，又快又凌厉。而他的出场，撞入她眼帘的不是黑，也不是白，偏偏是这样鲜丽的鹅黄。

慕声此人，外面包裹着甜蜜的糖衣，内里却是锋利的刀刃。

柳拂衣满脸严肃地操控着空中的九玄收妖塔，汗水顺着脖子往下淌而不自知。

云层中间，慕声的动作太快，以至于他人只能看见一抹浅黄的影子在晃来晃去。他借着"炸火花"劈开一条路，靠近了慕瑶，脱了右手腕上的一个钢圈，朝着水镜一砸！

那钢圈犹如哪吒的乾坤圈，瞬间便将水镜打散开去，又变作呼啦圈大小，扑过去套住水镜。

水镜被套在圈中，左右扭动，想要把躯体变大撑破这不起眼的小圈，却如同膨胀的气球被扼住了脖子，挣脱不了。

收妖塔的光芒越来越盛，负隅顽抗的水镜在巍峨的塔身面前，落魄得像一尾泥鳅，拼命甩尾也改变不了被吸进塔中的结局。

收妖塔完成了任务，在原地打了个转，熄了光芒，又摇摇晃晃地变回小巧玲珑的模样，一溜烟儿地飞到柳拂衣的身边去，好似邀宠的小狗。

柳拂衣此刻顾不上嘉奖它。他面色苍白，目光片刻不离地盯着慕声怀里的慕瑶。

慕声拦腰抱着慕瑶，从空中慢慢地坠下。

凌妙妙打起精神，借着灯笼发出的暖黄色的微光，仔细地打量了一回慕声。

远看他似一阵威猛的旋风，离得近了才发现他有多狼狈——他的衣服被划破了数道，脸上也挂了彩。

慕声是浮舟笔下男性角色中的一股清流，他不穿白衣也不穿青衣，即使是作为英雄救美的英雄出场，也穿着男子很少穿的鲜亮又柔软的鹅黄色衣袍。

他衣袍的鹅黄色很淡，引人注目又不至于抢眼，衣领边缘缝制了一道黑色的边线，刚硬又霸道，中和了鹅黄的柔和。这衣裳穿在他的身上，不显柔，只显俏。

他的头发极黑，额前碎发微微鬈曲，自然地向两边分开。他还扎了个高高的马尾，从正面看去，可以看到白色发带的尾端恰到好处地点缀在发间。

慕声抬眼，他的眼珠极黑极亮，如湖水中完整倒映出的月亮。他有一种由内而外的少年气。

妙妙叹了一回：少年和高马尾实在是绝配。

她再看了他一眼，又暗自叹了一回：慕声与她想象中的完全不是一个模样。

浮舟的大部分笔力集中在柳拂衣身上，写他柔和又寂寞、冷淡又多情，以至妙妙见到柳拂衣，第一时间就能把他和"柳拂衣"这个形象对应上。

相比之下，可怜的男二号慕声连外貌描写都没有几句。

要不是他使用了慕家绝技"炸火花"，她根本不相信眼前这少年就是慕声。

她以为，作为一朵合格的"黑莲花"，他的气质会是那种不显山不露水、低调又阴沉的。

但眼前这个少年远远走来，摆动的发尾露出个尖儿，很容易使人联想到初春第一朵鹅黄的迎春花、柳条上新发出的嫩芽，或者饱满的橘子第一口咬下去的汁水进溅的感觉。

这样的人竟然是个"病娇"、人格分裂、心理变态，像是一朵内里早已枯死的花，这怎么能不让人叹惋？

慕声和柳拂衣已经争执起来。

"我不过出门采个药，阿姐就能出事，你到底怎么看的人？我千叮咛万嘱咐，让你陪着她，别丢下她一个人，你……"

"阿声……"慕瑶虚弱的声音响起。她躺在西厢房的床榻上，伸出纤细的手臂，拉住了慕声的袖口。

方才还满脸戾气的慕声瞬间变了神色，温柔地看向慕瑶："阿姐，疼吗？"

他的眼睫纤长分明，微微上翘。他乌黑的眼珠映出慕瑶的脸，眼中含

17

着痛意，好像受伤的不是慕瑶而是他。

凌妙妙被他的转变激起了一身鸡皮疙瘩。

慕瑶看着弟弟，冷淡如她，也被逼出一丝笑意："我没事。"

"可是我痛……"慕声抓住她的手不放，贴在脸上，竟然撒起娇来。

慕声生了一张精致的脸，皮肤又白，像是剔透的白玉，脸上的血口子便显得格外突兀，令人感到触目惊心。

他们到底没有血缘关系，姐弟二人虽然都很美，但不是一种美法。慕瑶的美让人想起山巅上洁白的积雪，清冷疏离、孤傲高洁。

慕声则恰好相反。他是一朵带毒的花，眸中常含情意，有一种介于少年和少女之间的青春昳丽。

慕瑶对他的撒娇视而不见，冷淡地抽回手去："疼就回去上药，还有力气在这里大呼小叫？"

善良的慕瑶以为自家向来乖巧的弟弟是情急之下才咄咄逼人，觉得他对柳拂衣不礼貌。

慕声怔了怔，看了柳拂衣一眼，威胁之意在眼中一闪而过，又马上换上委屈的神情。

他垂下眼帘道："阿姐，我不是故意发火的……今天要不是我及时赶回来，你差点儿就出事了！我都告诉过他不要把你一个人丢下了，他连一时片刻都等不了吗？"

柳拂衣站在一旁，隐忍着自己自责的神色。

"好了。"慕瑶揉着太阳穴，耐心道，"是我让拂衣去的。我本就没什么事，又不是小孩子，还要人看着？拂衣只是想快点儿把大妖捉住。"

"捉妖比姐姐的命还重要吗？"慕声骤然抬高了声调，"他把你一个人留在房间里，姐姐你一点儿也不怪他吗？"

他瞥了一眼柳拂衣尚未来得及脱掉的喜服，恨恨地道："他还跑去和别的女人成亲！"

"慕声！"慕瑶终于恼了，"都说了拂衣是与我知会过的，成亲只是做戏，你怎么这般不依不饶？"她吸一口气，"爹娘是怎么教你的？除魔卫道之家，怎能出贪生怕死之辈？"

慕声愤愤不平，咬着牙退了两步。

柳拂衣忍不住扑到床边，将慕瑶抱在怀里，闭上了眼睛："瑶儿，是我不好、是我不好……"

18

慕瑶的一腔怒火瞬间化作似水柔情，她捧着柳拂衣的脸："顾全大局是对的，阿声也是气急了……"

二人额头相抵，开始缠缠绵绵地互诉衷情，声音越来越小，最后变成耳语。

凌妙妙偷偷看着僵硬地站在一旁手握成拳的慕声，幸灾乐祸——倘若愤怒能化作火，慕声此刻绝对能把整间屋子都烧了。

下一秒，她就笑不出来了，又咸又苦的液体流进了嘴里，一抹脸，竟然抹到了一手眼泪。

这是怎么回事儿？她居然在不受控制地流泪！

凌妙妙拼命回忆原剧情：追着柳拂衣跑到西厢房的凌虞看到男女主角如鸳鸯般恩爱，心知嫁给心上人的梦想破碎，当即靠着墙坐下来，在角落里默默流泪。凌虞失望的神色被站在一旁的慕声收入眼底，慕声对于人情世故体察入微，他一下子看穿了凌虞少女怀春的小心思，瞬间对姐姐受伤这个"意外"产生了怀疑。

这也就是说……

穿着鹅黄衣衫的少年转身，一步一步朝角落里的凌妙妙走来。他的眼珠乌黑，宛如一片波澜不惊的湖。

他将目光落在凌妙妙泪痕斑斑的脸上，傲慢地打量了一番，轻轻一压眉头，面上飞快地闪过一丝冷淡的杀意。

他似笑非笑地抬了眼："凌小姐，虎口脱险如此幸运，不知你哭什么？"

凌妙妙皱着眉，哧地笑了，可是眼睛如同失控的水龙头，还在系统的作用下拼命流泪。她努力弯起一个巨大的笑容，又哭又笑，泪流满面地看着他。

慕声愣住，垂眼望着她，不知道在想些什么。

"呜……太感人了……"她干脆捂住眼睛，放任眼泪如洪水泛滥。

慕声脸上的笑容僵硬了。

凌妙妙透过指缝看清了他的表情，他那双黑沉沉的眼睛望着她，满眼都写着"脑子有病"。

等她把手放下，慕声站定，慢慢地蹲下来，将一张俊俏的脸靠近了她，近得她可以看见他每一根上翘的睫毛："感人？"

"嗯……"妙妙点了两下头，又向床榻上执手相望的二人投去艳羡的目光，"倘若我与慕姐姐一般幸运，能有柳大哥那样的爱人，那就太幸福了……我什么时候才能遇到良人哪，呜呜呜呜……"

凌妙妙一边任由泪珠滑落，一边从指缝间偷偷地观察他。

慕声多疑，到了这一步，她与其遮遮掩掩惹他猜疑，倒不如破罐子破摔全部抖出来。

只不过她说着说着，反而有了几分真情实感。

想她凌妙妙在现实世界中还是一个花季少女，新鲜得像树上挂着的青果儿，到了二十岁还没谈过恋爱，就被时空旅行系统选来配给大魔王，多么可悲!

慕声微微蹙眉，因为夸赞柳拂衣这件事触到了他的逆鳞。

但他眼里冰冷的杀意如同被风刮散，逐渐转变成促狭的笑意。

他慢慢地伸出手指，有意地触上了妙妙的唇。

他的指尖柔软、冰凉。

妙妙宛如被施了定身术一般浑身僵硬，只能感觉到他冰凉的指尖从她的下唇角开始，沿着唇形一路勾勒，最终停在了唇珠上。他的手法轻柔，宛如在对待自己的情人。

凌妙妙浑身汗毛倒竖，联想到杀人凶手在杀人分尸前的比画。

"凌小姐抖什么?"他无辜地抬起眼，抬手为她展示指尖鲜艳的一抹红，"你的胭脂涂到外面去了，像是刚吃了小孩儿。"

说罢，他露出一个笑容，像是一个明朗又顽劣的少年与她在开玩笑。

凌妙妙瞬间涨红了脸。

该死的柳拂衣，看着她出丑，也不知道提醒她一下吗?

捉弄了她的慕声站起身来，丢给了男女主角一个意味深长的眼神，转身离去，发梢无比青春地跃动了一下。

第一次与"黑莲花"交锋，妙妙的后背已经被冷汗浸透。

任务二: 让慕声爱上凌虞?

算了，她还是活一天算一天吧。

三

自打凌妙妙穿越过来，她的一举一动都很容易引起丫鬟们的围观。

太仓郡是鱼米之乡，产的水稻颗粒饱满，用这样的米煮出来的饭粒粒分明。太仓郡郡守的女儿受到的待遇实在优厚，晶莹剔透的精米蒸得软硬

20

适中，上面还撒了芝麻粒、花生碎，吃起来满口生香。

米饭如此，菜品就更不用说。凌虞十六岁就有了自己的厨子，餐餐四菜一汤。

桌上的糖醋鱼用的是最新鲜的鲈鱼，尝起来肉质鲜嫩；龙井虾仁更是绝妙，以清明前后的龙井茶作衬，饱满的虾仁带着龙井茶的幽香，妙妙吃多少都不会腻。

凌妙妙的胃口好极了，碗中的米饭迅速见了底，露出细腻瓷碗底上的一朵精致的红梅。

她把碗一推，忽然发现旁边的两个大丫鬟都呆呆地盯着她看。

凌妙妙："看我干吗？添饭哪！"

丫鬟甲接过她那个小瓷碗，喜滋滋地跟丫鬟乙咬耳朵："小姐胃口好了？往常不是只吃一两饭还愁吃不完吗？"

凌妙妙的耳朵尖，她闻言瞬间就变了脸色："开玩笑，一两饭怎么够吃呢！"

一两饭，也就是食堂阿姨半勺的量。

凌妙妙终于知道凌虞为什么这么瘦了，凌虞连一两饭都吃不下去，长此以往，可不就瘦成这副模样？

所幸平时与男女主角的感情线无关时，系统会默默装死，睁一只眼闭一只眼，随她造作。

这一点让她感到相当满意。她天天殚精竭虑地完成任务，要是连吃也吃不饱，那实在是没办法活了。

凌妙妙招来机灵的丫鬟甲，将手臂亲昵地搭在了她的肩膀上："那个……厨房蒸米饭，是不是都用那个……"凌妙妙斟酌了一下用语，比画道，"一个盆？"

丫鬟甲愣了片刻，也跟着比画了一下："好像是有……一个盆。"

主仆二人对视数秒，凌妙妙欣慰地笑了："那就好，下次吃饭你把那个盆给我端过来摆在桌上，我添饭方便，看着心里也踏实。"

丫鬟甲："……"

丫鬟们发现，自家小姐发生了一些微妙的变化。

从前的小姐阴阴郁郁、自怜自伤，吃得少，睡得不安稳，话少得可怜。现在的小姐不仅饭量大涨，每日睡到日上三竿，还爱说爱笑，有时候甚至会爆发出驴叫一样的笑声，在察觉到旁人惊恐的表情后，她才立即掩

21

口正襟危坐。

小姐对此的解释是：死里逃生后，你会发现那些伤春悲秋的情绪都没什么用，活得好才是真的好。

丫鬟们虽然听不太懂，但是觉得这话似乎挺有道理。

总之，狐妖风波过去后，凌虞突然变成一个极度惜命、积极向上的人。

凌妙妙用这一套说辞说服了周围的丫鬟后，动作又大了起来，开始在晨光熹微的时候绕着后园晨跑了。

天光还没有大亮，雾气茫茫，庭院里的矮树丛看上去乌黑一片。

凌妙妙跑得气喘吁吁，迎面撞上了一个黑乎乎的人影，那人影竟是迷迷糊糊起来小解的太仓郡郡守。

凌妙妙差点儿惊叫出声。

那胖子爹显然也有一肚子起床气，揉着自己被撞痛的胸口，怒吼："什么东西在大早上乱窜？"待他眯着眼将眼前人看清楚了，又吃了一惊，"啊，乖宝儿？！"

方才摆老爷架子骂人的郡守，现在又是拍她的肩膀，又是摸她的脑袋，语气听起来急得快要哭了："儿呀，撞痛了没有？"

凌妙妙哭笑不得地拉开他的手，叫道："爹。"

郡守这才定下神来，看着凌妙妙红扑扑的脸和身上简单的男式绸裤，吃惊道："儿呀，这是干什么呢？"

"爹，我晨跑。"

"晨跑？"郡守张大了嘴，活像吞了个鸡蛋。

"嗯，我锻炼身体。"

郡守想了又想，勉强笑着，非常小心地劝道："宝儿，你身体不好，早上多睡一会儿，等中午天气暖和了，让丫鬟们陪着你一起跑好不好？"

"不好。"凌妙妙熟练地忽悠家长，"爹，一日之计在于晨，我吸收天地精华，有助于养身体。"

"哦……"郡守和所有容易被子女忽悠的父母一样，闻言轻易地放下心来，露出一脸欣慰的表情，"妙妙，你跑，要坚持跑。"他看了一眼凌妙妙的绸裤，坚定地道，"别穿这个了，爹爹明儿叫人给你做条新裤子，上面有碎花儿的，可好看。"

凌妙妙哭丧着脸："谢谢爹，碎花还是不要了吧……"

郡守笑得双下巴都出来了，眼睛周围全是褶子：“好、好、好，那要大花儿的，大红花儿，衬我家乖宝儿。”

凌妙妙苦笑一声。

柳拂衣忙于照顾受伤的慕瑶，两人躲在房间里卿卿我我，慕声则忙着采药，这三个人一时间都没有出现在凌妙妙的面前。

这两天没有任务，凌妙妙乐得轻松自在，每天早睡早起，晨跑锻炼，过得比之前的任何一天都要规律。

这一日，在熹微的晨光里，凌妙妙遇上了早归的慕声。

少年的发尾摇摇晃晃，清晨的雾气沾湿了他黑亮的发梢。他背着一个轻巧的竹筐，笑盈盈地绕到了她面前：“凌小姐？”

“哎？”凌妙妙气喘吁吁地停下来，待看清来人，猛吸了一大口冷气入肺腑。

他站在那里，眼眸如同用清水洗过的琉璃一般映着微光，像是破除黑夜而来的一抹晨曦。

“凌小姐这是……”他似笑非笑的目光从她的脸上向下移，落在了她满是红色大花的新绸裤上。

“哦，晨跑。”她面不改色地回答，有些紧张地一口气背出她用了无数遍的解释，“一日之计在于晨，晨跑有助于我吸收天地精华……”

“噗。”

妙妙瞠目结舌。

“黑莲花”笑了，“黑莲花”竟然笑了！

她不知所措，满脑子只剩下这一个念头。

慕声微微抬起笑弯了的眼睛，认真地盯着她热得红扑扑的脸：“凌小姐又不是灵芝，吸收得了天地精华吗？”

慕声一笑，便像一朵妖艳的花在绽放，眼角眉梢都张扬着美丽，而且是一种由衷地展现了愉悦和快活的美丽。

凌妙妙尴尬地解释：“总有好处的，至少下次遇见妖怪，我能跑得快些。”

慕声眸中的悦色瞬间冷淡了几分，但他面上仍然笑吟吟的：“说起妖怪，倒是让我想起来一件事。阿姐遇险的那一次，柳拂衣用通讯符联络我……”他看着凌妙妙的脸，笑道，“那张通讯符，怎么会在凌小姐手

23

上呢？"

凌妙妙的心里咯噔一下。

她就知道"黑莲花"不会平白找她搭讪，他必定是有备而来，有话要套。

"有什么奇怪的，是我让他联络你的呀。"

"哦？"慕声微微垂眸，"你怎么知道阿姐会有危险？"

凌妙妙看着他的眼睛，虽然心里直打战，但仍然一鼓作气地说了出来："我不知道慕瑶会有危险，只是你们将一个有伤的女孩子单独留在屋里，完全是给人可乘之机。"她的语调低下去，最后变成不好意思的嘟囔声，"我觉得不放心，让他去看看他又不去，只好让他叫你……"

慕声的神色稍有缓和："阿姐不是普通的女孩子，她可是慕家的捉妖人……"

凌妙妙不赞同地打断他："那又怎么样？就算她再厉害，但受了伤也一样需要人保护。"

此话一出，她便后悔了。

这语气对于一向唯唯诺诺的凌虞来说，是不是太强硬了？

凌妙妙左等右等，没等到系统的提示。她只好观察慕声的脸色，见他正微微出神，长睫一动不动，脸上竟然显出了几分堪称温情的神色。

凌妙妙对他的感情变化一无所知，只觉得不敢置信，他对她的盘问就这样结束了？

"黑莲花"真是喜怒无常。

在逐渐亮起的天色中，慕声的视线再度聚焦在凌妙妙裤腿上的一朵朵火红的大花上，那大红花的花心还是耀眼的黄色，样式是市井妇人最喜欢的，显得热闹、鲜活。

慕声这样想着，却看见她炫耀似的踢了踢腿，那可笑又艳俗的花儿就跟着乱颤，裤脚扬了起来，她雪白的脚踝若隐若现。

女孩儿兴冲冲地问："我爹爹选的料子，好看不？"

四

在慕声和柳拂衣的悉心照料下，慕瑶的身体渐渐好了起来。在她可以下床走动之后，郡守立即设宴款待这些一心为民除害的术士。

"柳公子、慕小姐、慕公子，小人代太仓郡的百姓感谢你们！"郡守举杯相敬，发自肺腑地感谢他们，眼中迸出了泪花。

他对这些捉妖人的感激是真挚的，从前他对怪力乱神之事不屑一顾，直到这次差点儿被这些邪乎的事害得乌纱帽不保，他才生出敬畏。

桌上摆放着美酒佳肴。郡守府奢华，连用的酒杯都是官窑里出的白瓷鸡缸杯，把酒倒进去，酒杯就似奏乐般发出清脆的响声。

柳拂衣衣白胜雪，姿态优雅地与郡守碰杯，相当谦逊地把杯口低了一截，语气平和："捉妖人以斩妖除魔为道，不敢居功。"他的神色谦和，态度却是不卑不亢的，喝完一杯酒之后，他又不动声色地拿走了慕瑶手里的那一杯，"瑶儿的伤刚好，不宜饮酒，我替她喝了。"

慕瑶一怔，没有言语，颊上飞红。

凌妙妙察觉到慕声不太高兴。

他当然不高兴。这次遇险，使男女主角的感情更进一步，彼此对视一眼都含笑，慕瑶的眼里再也容不下其他人了。

凌妙妙亲眼看着慕声娴熟地拆掉了鸡腿上的骨头，将鸡肉放进了慕瑶的碗里。慕声习惯性地抬眼看人，显得睫毛又长又密："阿姐，这道盐酥鸡做得不错，你快尝尝。"

慕瑶对着弟弟露出个笑脸，小心地咬了一口，转头便将剩余的给了柳拂衣，眼神里满是狡黠和甜蜜："尝尝？"

慕瑶生了一双漂亮的眼睛，眼角下方有一颗小小的泪痣，是个妩媚动人的美人。她平日里脸上总是淡淡的，没有多余的表情，于是这双漂亮的眼睛就显得清冷高傲。此刻她难得露出了小女儿家的情态，又显得可怜可爱起来。

柳拂衣心神一动，与她带着笑意的目光相接，也不自知地笑起来，接过鸡肉毫不犹豫地放进嘴里，也道："嗯，真的不错。"

慕瑶端着碗，低头微勾唇角，笑容如春光明媚。

二人旁若无人地展现恩爱，这让一众丫鬟都看直了眼睛，不约而同地露出了笑容。

慕声的脸色有些难看，他默不作声地为慕瑶添茶，手有些发颤。

"哈哈哈！"胖子郡守察言观色，见到饭桌上气氛尴尬，笑着打破了寂静，"小公子喜欢这道盐酥鸡，实在是本府的荣幸，多吃些、多吃些。"

说着，他还亲热地为慕声夹了一个鸡翅膀。

慕声僵硬了一秒，立即礼貌地道了谢，维持着他在姐姐面前乖巧听话的形象。

只是，他碰都不碰那只鸡翅，只优雅地吃没被鸡翅碰到的米饭，到了最后，鸡翅高高地堆在碗边上，另一半的米饭已经见了底。

慕声这个人爱迁怒，自己心情不好，就要让别人也不舒服。

郡守一时间有些尴尬，不知自己做错了什么惹得客人生气。正在他惴惴不安、斟酌言语之间，身旁的人忽然一动，让他瞪大了眼睛。

慕声低头吃着饭，面前忽然伸过一截皓腕，飞速地夹走了他碗里的鸡翅。他向旁边瞥过去，坐在他身旁的凌妙妙已经将鸡翅夹进了自己的碗里。

凌妙妙觉察到他的目光，满脸无辜，缓缓地补充道："可以吗？我没吃饱。"

郡守倒吸一口凉气，教训道："妙妙！你、你怎么能从客人碗里夹菜？没规矩！"他压低声音，欲哭无泪，"乖宝儿，咱家又不是吃不起鸡，不够再添就是了，你……"

"我看慕公子不喜欢吃鸡翅。"凌妙妙柔柔弱弱、委委屈屈地答道，"我喜欢吃。"她看着额头上满是汗水的郡守，边啃鸡翅边笑成了一朵花儿，"咱家鸡翅可好吃啦。"

凌妙妙的强身健体计划颇有成效，原先瘦成一把骨头的身体渐渐丰盈，下巴不再尖得能戳死人，皮肤变得光滑又白皙，两颊带上了健康的粉红。如今的她与原来瘦弱寡言的模样大不相同，任谁见了都要多看几眼。

见她娇憨一笑，郡守的心都化了，他什么待客之道都抛下了，只晓得摸着她的头发，宠溺地笑着说："好、好、好。"

慕声的心情很微妙——他的左边是秀恩爱的，右边是护犊子的，就他一个讨人嫌。

他轻轻地将筷子一搁，目光深沉地打量起了凌妙妙的侧脸，正瞧见她对着郡守"张牙舞爪"的模样。

一个女孩子怎么能笑成那样？嘴角翘起来，眼睛也弯起来，脸一抬就像一只邀宠的猫儿，骄傲又傻气。

他想：阿姐从来不会这样笑。

他下意识地望去，只见慕瑶和柳拂衣看着这对父女微微笑着，神色间充盈着温情，没有一丝诧异。

26

他的心底生出一丝寂寞与疑惑：他们都在开心什么？

柳拂衣道："还有一个鸡翅，也给凌小姐吧。"

说着，他真的毫不见外地夹了一个鸡翅放进凌妙妙的碗里。

凌妙妙受宠若惊："呀，谢谢柳大哥！"吃了一会儿，她又想起什么来，笑眯眯地转向了慕声，恰巧跟他探究的眼神撞在一起，"也谢谢慕公子。"

慕声避过她的眼神，垂下头吃饭，嘴角勾起一丝不冷不热的笑容，慢慢道："不客气，反正我也不喜欢吃鸡翅。"

茶饱饭足，凌妙妙满足地放下碗，看着慕声冰冷的侧脸，才迷迷糊糊地想：自己方才一时气不过，惹到"黑莲花"了？

午饭后，凌妙妙整个人迟钝极了，勉强转动困倦的脑子，自嘲地思索着，"黑莲花"对她的好感度是不是为负值了？

别人的系统都会提供一些"金手指"，再不济也应该有一个攻略对象的好感度记录供任务者参考，不像她的这个系统，别说提供道具了，除了布置任务以外，理都没理过她……

"任务提醒：任务一，四分之一任务后续。您需要按照角色'凌虞'的行事轨迹，增加与角色'柳拂衣'的相处时间及亲密度。提醒完毕。"

凌妙妙冷笑一声。她忘记了，任务者绝对不能抱怨自己的系统。系统是可以读取任务者心思的，任务者一想它，它说来就来，却从来不听任务者的意见，说完就跑。

凌妙妙认命地叹了口气。

五

慕瑶重伤初愈，尚有些虚弱，跟着凌妙妙看了一回咿咿呀呀的南方戏，日头一落就精神不济，早早地回房歇下了。

男女主角维持着纯洁坚定的情谊，虽然二人已经形影不离，但并未同房。柳拂衣、慕瑶、慕声三人就住在紧挨着的三间客房里。

慕声本来想厚着脸皮赖在姐姐房里的，却被慕瑶好气又好笑地拒绝了："阿声，我又不是小孩子，还需要你看着吗？"

"阿姐，我不放心你。"慕声认真撒娇的时候，眼角微微向上挑，让人移不开眼，他信誓旦旦地补充道，"我不打扰阿姐睡觉，我就睡在地上，嗯？"

慕声刚到慕家的时候就是同慕瑶睡在一起的。小慕瑶只比他大两岁，却像个小大人一样，把因为梦魇惊醒、缩在角落里瑟瑟发抖的他抱在怀里哄："阿声不怕，只是做梦而已。"

她的声音细细的，语气温柔。她的手隔着被子拍着他瘦弱得骨头凸出的脊背，温暖得让人依恋。

可惜八岁以后，慕瑶再也不跟他一起睡了，她温柔的关怀也随着年龄的增长慢慢消失了。

慕瑶成了一个冷淡倔强的少女。

她早出晚归地练习术法，回来后还要点着灯温习书本，窗上映出她的影子。而他要等她屋里橙黄的灯灭了之后，才能安心地入睡。

慕瑶对弟弟的撒娇早就有了抵抗力，视若无睹，坚持拒绝："不用。我习惯了一个人睡，有人看着，我会睡不着的。"

柳拂衣适时插话："阿声放心吧，我警醒着，会守着瑶儿。"

说罢，他与慕瑶相视一笑。

慕声只能含恨搬进慕瑶的隔壁。像以前一样，他隔着薄薄的墙壁，看不见也摸不着她。

黄昏残存的光一点儿一点儿向天边靠近，黑纱般的夜幕慢慢遮盖了穹顶。天色暗下来之后，郡守府处处亮起了灯。橙黄的六角灯笼悬在房檐上，投下一团椭圆的光晕。

春末时节，夜晚凉意沁人，府中众人大多待在暖阁里打牌消遣。常言道"春困秋乏"，这个时节，大家一般都安置得早。院子里没了人声，只余草丛里传出的阵阵虫鸣。

凌妙妙的裙摆拖过地面，发出轻微的响声。她一个人在夜里走走停停，步履彳亍。

昏黄的灯光拉长她的影子，晃动着投在园子的白墙上。

"奇怪了。"她琢磨着，"白天的郡守府和晚上的郡守府，看起来怎么不一样呢？"

凌妙妙是个路痴。

她东西南北不分，出门全靠导航，要是没有人指路，她能在一个小地方兜着圈子打转，永远走不出来。

郡守府有一座相当精致的园子，中央凿了一个曲折的池子，亭台楼阁绕着池子布置，高低起伏、前后错落，又有大大小小的太湖石林立，松柏掩映。当初郡守花重金请人修建这座园子，为的就是在一大群附庸风雅的江南商贾之间，抢出一个"雅"字。

只是这座园子在凌妙妙看来与迷宫无异，而现在的园子就是黑夜中的迷宫。

她循着白天的记忆一路寻来，好不容易才找到了疑似主角们居住的屋子。

慕声和慕瑶屋里的灯已灭了，柳拂衣的房间还透着暖黄的灯光。

凌妙妙收到任务提醒以后，已经好几天没睡好觉了。她想不明白，原本的凌虞，一个好好的大小姐，为什么总是要做这种偷偷摸摸的事。

来到屋前，她的心里还是一阵紧张，毕竟她长这么大，还从来没有做过这种让人难为情的事。

她慢慢地凑近窗户，小心翼翼地伸出手指，把窗角翘起来的糊窗纸掀开了一个小角，然后整个人贴了上去。

桌上一灯如豆，灯下是柳拂衣温润的侧脸，他伏在桌上，正在用软布十分仔细地擦拭那座小巧的九玄收妖塔。

凌虞总是这样在夜里偷窥她的心上人，变态吧？凌妙妙欲哭无泪。看这里的窗户纸打卷儿的沧桑模样，都不知道凌虞从前这样干过多少次了。

烛火晃动了一下，柳拂衣骤然停下动作，有些警觉地望向窗外。凌妙妙猛然退开几步，站在房门外，心差点儿跳出嗓子眼。

她的肩膀上猛然搭上了一只手，凌妙妙倒吸一口凉气，转过身去，映入眼帘的是一张熟悉的脸。

白色的发带在微风中轻轻地飘荡，慕声披着夜露立在夜色中，眸中宛如有潋滟水色，压低声音笑道："凌小姐干什么呢？"

月光下，凌妙妙抬起头来，面色苍白，一双杏眼可怜巴巴地盯住他。

她的眼底有两团深重的乌青，这样猛地一看，有些骇人。

"我……"她犹豫着开口，咬住了下唇，似乎是感到难以启齿，"失眠了。"

"失眠了？"慕声抱着手臂，没有挑剔她的答非所问，只是笑道，"哦，看样子是没睡好。"他走近几步，低头端详她的脸，脸上是天衣无缝的关心神色，"凌小姐平白无故失眠，是有什么心事吗？"

凌妙妙避开他的眼睛，心道：套话了，"黑莲花"又开始套话了。

"是有些心事。"她软弱地点头，顺着慕声的话应承下来。

"跟柳公子有关？"他似笑非笑地朝着柳拂衣的窗口瞥去。

"那倒不是。"妙妙叹了口气，蹲了下去，"我就是睡不着，想找人聊聊天。"她抬头望了慕声一眼，压低了声音，"没想到你们都睡了，只有柳大哥屋里的灯还亮着，本来想叫他，但又怕打扰了他，所以犹豫。"

慕声打量着她，不知道在想些什么，那眸中柔润的水色背后，是深不见底的暗流。

片刻后，他伸出手来，亲昵地搭上了她的肩。凌妙妙下意识地缩了一下，没躲过去。他手臂上用了几分力气，轻巧地让她转了个方向："那真是太巧了，我还没睡，我陪凌小姐聊天吧。"

妙妙被慕声强行带着，远离了主角们的住处，一路僵硬地在青石板铺就的小径上走着。

她心想：恐怕"黑莲花"是担心她对慕瑶不利，赶紧将她带到偏僻的地方准备毁尸灭迹了。

"慕公子，我们要去哪儿呀？"

此时已有微弱的蝉鸣，池塘里偶尔传来一声蛙叫，月光照在茂盛的青草上，像是为其镀了一层模糊的珠光。慕声的袖口传来若有似无的梅花香，不住地往妙妙的鼻中钻去。

夜风带着暮春最后一丝凉意。

慕声的语气漫不经心："散散步，有利于凌小姐睡着。"

"那你……"妙妙把头弯下去，想要挣脱他的桎梏，"一定要这样陪我散步吗？"

慕声的发尾被风扬起，他收回了手，有些委屈地揉了揉手腕："我以为凌小姐能从我碗里夹菜，想必是跟我熟到不在意这些虚礼的程度了。"

凌妙妙一时语塞。

慕声睨过来："还是说，凌小姐的亲昵只对柳公子特殊？"

"那你恐怕误会了。"凌妙妙贴上去，抱住了他的手臂，"其实我完全不在意这些虚礼，平日里只是怕吓着你们才不表现出来。"她感觉到慕声的身体瞬间紧绷了，仰头嘲笑他，"看，慕公子不就被吓着了？"

"怎么会？"慕声立即敛起了眼底的幽暗之色，顺从地任由她拉着。

"外面太冷了。"凌妙妙在夜风里瑟缩了一下，大胆地拽起了慕声的手，"不如……慕公子去我房间坐坐？"

语毕，她才发觉自己的心跳剧烈，像偷了什么东西怕被发现似的。

郡守千金的闺房大而奢华，地上铺着绵软的波斯地毯，连床上挂着的帐子都是鲛纱，层层叠叠、薄如蝉翼，微风吹来，纱帐飘荡，如同天边的薄云。

几盏落地的鹤形灯立在房里，灯火如星。墙根处每隔几步就有一盏低矮的烛台，闪闪烁烁，将屋子照得亮如白昼。

桌上还有一盏精致的六边琉璃灯，摆在棋盘旁边，仿佛给一枚枚黑子镀上了温腻的釉。

慕声垂着眼帘，长睫的阴影落在莹白的脸上。他长久地注视棋盘，眉头不自觉地微蹙，指甲修剪得整齐的指尖无意识地摩挲着棋子。

凌妙妙挽起袖子，只思考数秒便做了决定。

慕声瞬间皱起眉头："凌小姐……"

他话说了半句，强行压下不耐烦的情绪，呼了口气，继续落子。

凌妙妙再次抬手的时候，发觉慕声紧紧地盯着她的手，她看着他隐忍的神色，心里有些好笑。

在她落子的瞬间，他终于控制不住自己刻薄的言语了："凌小姐……你会下棋吗？"

"不太会。"妙妙抱歉地笑道。

不太会？完全是在胡下吧！慕声心里的怒火蔓延，他瞄了一眼更漏，已经是三更。

谁知道她脑子有病，半夜不睡觉，故意耍人玩儿。他也是有病，竟然还陪着她玩儿。

"慕公子别生气。"妙妙看出慕声眼里的冷意，软绵绵地道歉，"传统的围棋我是下得不太好，不过……"她指了指棋盘，"你再仔细看看？"

慕声没好气地瞥向棋盘，棋盘之上，他的黑子步步谨慎，她的白子信马由缰，他看了半天，没看出个所以然。

"你观察一下……"她的手沿着棋盘上一列连续的白子比画，她小心地提醒道，"它们连成一串了。"

"嗯，我看到了。"慕声强行压抑着怒火，冷眼看着她，几乎在冷笑了。

只有傻子才会故意把棋子连成一串吧。

31

"我给你解释一下，这是咱们太仓郡时兴的下法，跟你那种玩法一样有趣。"妙妙笑着看他，"谁先连成五个子，谁就赢了，是为五子棋。"

　　传说"女娲造人，伏羲做棋"，五子棋始于围棋前，兴于尧舜时，古代先民，街头巷尾，人人爱之。虽说不及围棋高端，但谁敢质疑五子棋在历史中的分量？她可没胡说，慕声不知道五子棋，只能说明他孤陋寡闻。

　　慕声看着她的脸，有些出神。

　　他在慕家是一个那样尴尬的存在……养父母除了提供衣食，几乎没有主动管过他。他会的技能多半是姐姐教的。慕瑶是捉妖世家慕家的长女，身负重任，必须什么都学会，而她也不负众望，学得认真努力，早出晚归，披星戴月。

　　慕瑶很喜欢下棋，可惜爹娘忙于捉妖，她只有满腹理论，缺了个对手。于是她悄悄教会了慕声，姐弟二人时常切磋，以增进棋艺。

　　他只知道围棋有一种下法，就是慕瑶教他的那一种。

　　"你看着我干吗？"妙妙乐了，"不相信哪？"

　　慕声转而盯着棋盘："确实是第一次听说。"

　　妙妙将棋盘上的棋打乱，把它们拂到一旁，说："你不要小看五子棋，它看起来简单，实际上学问大着呢。"她若有所思地顿住了，问道，"慕声，你是不是下棋下得很好？"

　　少年竟难得地沉默了。

　　他于慕家而言可有可无，人人可欺。只是，别人不知道的是，不论是什么领域，只要有机会接触，他就会像被浇灌了的幼苗一样疯狂汲取知识，想尽办法让自己变得更加强大和完美。

　　棋艺对他而言也是如此，更何况这是姐姐手把手教他的。

　　起初他总是输，到后来慕瑶已经不是他的对手。但是他很少赢过姐姐，大多时候他都刻意输棋。

　　因为慕瑶不喜欢他诡谲的棋风，不喜欢他为了赢不择手段。既然姐姐不喜欢，那他就不赢，宁愿假装出一副天真又愚钝的模样，撒着娇央求慕瑶："阿姐……我不知道该怎么走了。"

　　这时，慕瑶就会露出一丝无奈的笑容，拍拍他的头："不行，一定要下到最后。"

　　"可是我会输哇，姐姐已经快赢了。"

　　慕瑶板起脸来："不能因为怕输就不下了，来，阿声，落子。"

可事实上，他何止不会输，他还知道怎么能不着痕迹地让慕瑶赢。

慕瑶已经很久没有跟他下过棋了。因为柳拂衣也是个中高手，他的棋风稳健又正派，是姐姐最欣赏的类型——他们恰好棋逢对手。

慕声的眸光渐深。

凌妙妙见他白玉般的脸上几番阴晴不定，有些后悔自己多嘴。

看他这模样，想必他是下得不好了。谁让她不会围棋，看不出门道，"黑莲花"努力又费劲地下了半天，却让她给玩儿了……

她的心里突然生出一丝愧疚。

"我刚刚说到，五子棋看起来简单，实际却很难。"她圆滑地转过了话题，违心地说，"慕公子你围棋下得再好，也不一定驾驭得了这小小的五子棋。"她将棋子分好，黑的留给自己，白的推到他那边，"玩一局试试？"

慕声看着面前的一盒白子，蹙眉问："换子了？"

"是呀。"凌妙妙弯起眼睛，拈起一枚莹白的白子展示给他看，灯花映在她的眼睛里，像两轮小月亮，"这是云子，色如嫩牙，白得像慕公子一样，多好看。"

慕声再度沉默。

四更天，夜最深，正是万物沉睡时。

凌妙妙屋里的灯仍旧亮着，慕声与凌妙妙面对面坐着。

"慕声你输了！"

…………

"慕声你又输了！"

…………

"又让我赢了！你好好下，别老让我呀！"

慕声顿了顿："再来。"

慕声疲乏的时候，就会打量坐在对面的妙妙。一缕滑下来的碎发被她粗鲁地别到了耳后，她的身子前倾，一双眼睛定定地盯着棋盘。半晌，她像是见着了老鼠的猫一样，眼里倏地一明，猛然弓起身子一扑，嗒的一下落子。

"慕声你看你看，你又输了！"她喜不自胜，眉宇间还带着点儿狡黠。

33

他向下瞥去，果然在一堆乱七八糟的、快要占满整个棋盘的棋子里，找到了一行藏匿其中的、连续的黑子。

慕声皱皱眉头，抱怨道："我眼睛都花了。"

"我眼睛也花了！"她还沉浸在喜悦中，脸上的笑容还没退去，得意忘形，"那我怎么还能找到呢？"

慕声无言以对。他突然想起走江湖时曾听过的一句话，大致的意思是：想要与男人做朋友，就陪他喝一场酒；想要与女人做朋友，就陪她看一场戏。这话说得不准确，有的女人，陪她玩儿几局棋，她就连"慕公子"也不叫了。

四更天了，凌妙妙顶着浓重的黑眼圈，仍然精力充沛、热情似火。这种发疯一般的兴奋显然也感染了慕声，他仅有的几丝睡意也烟消云散了。

"凌虞。"慕声也开始直呼她的名字。

"别叫我凌虞。"妙妙垮下脸，"难听。"

凌虞，读起来可不就是"囹圄"，原身被困在囹圄中一辈子？

慕声完全抛弃了自己的礼貌面具，抬起眼皮："'凌小姐'三个字，拗口。"

"那你叫我小名儿，妙妙。"

他顿了顿，没叫出口，而是在熬夜造成的头痛下，神志不清、鬼使神差地接了一句："我也有个表字，叫作子期。"

34

第二章　离家

一

"小姐、小姐？"丫鬟小心翼翼地唤着，她的声音轻得像猫儿叫，一声一声的直挠人。

"怎么了？怎么了？"凌妙妙一个翻身惊坐起，呼啦一下掀起了帐子，头发乱七八糟的，眼睛瞪得如铜铃，吓得丫鬟后退了几步。

"没……没什么大事儿。"丫鬟结结巴巴地解释，"老爷说柳公子、慕小姐他们在前厅吃茶点，让你去陪他们玩儿。"

凌妙妙哦了一声，揉着惺忪的睡眼，呆滞地坐了一会儿，才慢腾腾地起了床。

象牙梳子蘸了泡着花瓣的清水滑过黑发，梳到了凌虞那些因为日夜长吁短叹而枯黄分叉的发梢处便被缠住了，丫鬟便挖了一块香膏细细地梳理。

一瞬间浓香扑鼻，令凌妙妙打了个喷嚏："哪儿这么麻烦？剪了就是了。"

丫鬟大惊失色："这……这怕是……"

"来、来，我来。"凌妙妙在抽屉里寻到一把剪刀，从丫鬟的手里夺过头发来，咔嚓咔嚓地剪了一圈儿，使零碎的发梢交错着落在妆台上，"有舍才有得，剪了它才能长得好，别太宝贝这些头发了。"

凌妙妙放下剪刀，像沾了水的小狗似的飞速地甩了甩头，抖掉了衣服上的碎发，再次发起呆来。

镜中人的眼皮有些肿，微微耷拉下来，显得有些呆滞。

"小姐昨晚没睡好吗？"丫鬟小心翼翼地问。

"也不是。"凌妙妙有些头疼地揉了揉额角。

按理说她昨夜迈出了和慕声友好相处的第一步，应该睡得香甜又美满才对。

偏偏她一闭眼就被噩梦缠绕。

噩梦里，火把的影子倒映在明镜一般的池塘里，热气炙烤着人的脸，门口跪着一排又一排衣衫不整的人，他们的脸上满是污泥，幽幽的悲泣声此起彼伏。

哭声滔天。

女孩子们被官兵扯着头发，双手被反剪在身后，被迫跟跟跄跄地走着，像是被拖着的破麻袋。

挣扎的人像被扔到秤上疯狂甩动尾巴的鱼，下一秒就被大刀砍杀，腥热的血流到刽子手的靴子旁边。刽子手提脚离去的时候，靴子底因吸满了血水发出咯吱声。

很多个木箱子被堆了起来，有的没钉死，从封条底下露出一点儿晃眼的华光——是一支蝴蝶钗，它的翅膀颤动着伸展了出来，却无人欣赏。

远处的马儿打着响鼻，瘸腿的士兵准备将箱子搬到马车上，却被另一个强壮些的撞到了一边，两人厮打起来。

夜幕闪着红光，人人都像热锅上的蚂蚁，或陷入疯狂，或被迫死去。

妙妙看着丫鬟长着细茸毛的脸。收水镜的那天晚上，这小丫鬟吓得牙齿打战、脸色铁青，这会儿又恢复过来，小脸儿红通通的，像个苹果。可见年轻的生命是有韧性的。

"你多大了？"

丫鬟有些疑惑地讷讷道："十四岁。怎么了，小姐？"

在噩梦里，凌妙妙看见她的脸了。十四岁的小姑娘，在那个混乱的夜晚，被人糟蹋以后掐死了。她就这样被扔在泥地里，瞪着那双大眼睛。

这正是《捉妖》里没有写出来的凌虞一家最后的结局。

那时候，凌虞在哪里呢？是过了青竹林？还是到了杏子镇？她有没有想过自己的家，以及那些被她远远抛在背后的人，最后都被卷入了怎样的命运？

她垂下眼帘："没什么，走吧，上花厅去。"

"任务提醒：任务一，四分之一阶段后续——要求您继续在角色'慕瑶'在线时增加与角色'柳拂衣'的亲密度。提醒完毕。"

凌妙妙骤然收到提醒，嘴里的饼都变得索然无味。

"呸。"她吐了出来。

"不合口味吗？"柳拂衣笑着，好心地将凌妙妙的茶杯推过去。

"我看，凌小姐是没睡醒呢。"

慕声似笑非笑地开了口，同样是四更天睡下的人，他的脸色竟然白里透红，眼底下连一块青也看不见。

看到慕声那双黑眸，凌妙妙下意识地瑟缩了一下，一瞬间仿佛火光与幻影再次席卷而来，令她的胃里开始翻涌。

凌虞被抄家，和眼前这少年脱不开干系。

慕声看着面色苍白的凌妙妙猛地灌了一口茶，对他爱答不理的，却转向了柳拂衣，软软弱弱地问："柳大哥，我的脸色是不是很差呀？"

她全神贯注、目光灼灼，让被忽视的慕声神色一僵。

花厅里只有凌妙妙陪着主角们，郡守一早忙着处理政务去了，他的原话是："年轻人与年轻人才好聊到一处，我老了，总是接不上话，惹得客人尴尬。"

事实上，妙妙知道郡守是有意多留这群能人异士住一段日子，以免郡中再遇见什么棘手的妖物时求告无门。而他不好以身份压人，就将这个重任交给了宝贝闺女。他期望妙妙能与他们打成一片，最好能攀上几分交情。

"嗯，是不太好。"柳拂衣仔细地端详她苍白的脸，微蹙眉头，"哪里不舒服？"

二人靠得极近，当他低头俯视时，角度便有些暧昧。身负男主角光环的柳拂衣气质独特，这样凝神盯着人看，足够让大姑娘、小媳妇羞红脸。

妙妙大胆地回视过去，任由自己的脸上带上红晕："我就是……夜里睡不好。"

透过柳拂衣的肩头，她看到慕瑶喝茶的动作顿了顿，对方抬起那双冷清的眼，警惕地往这边看过来。

妙妙又靠近了柳拂衣一些，嗫嚅道："就是收水镜那一次之后，我每晚都做噩梦。"

她刻意压低了声音，以至柳拂衣不自觉地要再凑近一些去听。

慕瑶微微蹙起眉头。

听闻"水镜"二字，柳拂衣面色一凝，端详了她半晌，安抚道："凌小姐是普通人，可能是受了妖物的影响。"他从怀中掏出一枚素白的锦囊来，"里面添了艾草和忘忧草，可以安神，凌小姐不妨试试。"

凌妙妙把香囊抢过来后就死抓着不放手，还要楚楚可怜地推辞："我真的可以拿吗？"

柳拂衣哭笑不得："可以。"

凌妙妙把香囊揣进怀里，嘴角抑制不住地上翘："那我真的拿走了？"

"拿去吧，送给凌小姐了。"慕瑶的声音淡淡的，她的目光直射过来，"要是气味不喜欢，我这里还有。"

凌妙妙心里暗笑，这屋里气氛尴尬非常，只有柳拂衣一人浑然不觉，坦坦荡荡地正常言语。

女人的直觉很准，再神经大条的雌性生物，都会对自己的配偶周围的雌性产生微妙的敌意，她们会不自觉地竖起毛发，警惕着所有的温柔陷阱。虽然慕瑶言谈自如，但她此刻已是浑身紧绷，紧紧捏住杯子的指节出卖了她紧张的心情。

慕声则像慕瑶悬在窗边的晴天娃娃，有些情绪可能慕瑶自己都没意识到，他就能先一步察觉。因此，他望向妙妙的眼神也带上了一抹幽愤。

"慕姐姐也有香囊吗？跟柳公子是一对的？"妙妙将柳拂衣的香囊捏在手里把玩，好奇地问。

欺负人也不能太过分。她的原意是开个玩笑，让慕瑶红个脸，也好翻过这尴尬的一页。她不至于为了刷亲密度，让小情侣产生矛盾。

可凌妙妙毕竟没有感情经历。她哪儿能料想到，这一句随意的调侃落在慕瑶的耳中，莫名地成了不怀好意的试探，激起了慕瑶宣示主权的雄心，一个"是"字已经到了嘴边——

"不是。"慕声故意答道。

"这倒不是，捉妖人身边一般都会带几枚这样的香囊，以驱离邪物。"柳拂衣几乎和慕声同时一本正经地解释。

凌妙妙一时傻了。好尴尬，她该怎么办？

慕瑶的脸色由白转红又转白，她噌的一下站了起来："我先回去了。"

"阿姐，我送你回去。"慕声巴不得看到这样的结果，紧跟着慕瑶，笑得好似三春花开，眼里绽放出华光来。

柳拂衣朝着慕瑶的背影望去，眼中充满了担忧，却先转过来看着凌妙妙。

"你快去吧柳大哥，多谢你的香囊了。"凌妙妙非常自觉地为他让开一条路。

柳拂衣却不走了，他拿过妙妙手上的香囊，修长的手指又夹出一枚无字的符，将其叠成小块儿塞了进去："这是我的符纸，有我的气息。如果噩梦是邪物作祟，一旦觉察到它，邪物就不敢来缠你了。"

凌妙妙被男主角的仁义感动了，小心翼翼地捏着香囊的开口，生怕将其碰坏了："多谢柳大哥……"

柳拂衣一笑，这才离开："我去看看瑶儿。"

人迹罕至的西厢房外，一道人影走过池边。暮春的风吹过池塘，吹皱一池春水，柳条随之款款摆动，有一枝温柔地拂过少年俊俏的脸，却被他一把折去。

含着绿芽儿的柳条被他捏在手里打了个转，转眼就被毫无留恋地丢进池子，沉进了淤泥里。

慕声心里烦得很。

"阿姐，我看那凌小姐对柳拂衣有意。"

"别胡说。"当时，慕瑶坐在床上，神色淡淡的。

察觉到阿姐的心乱了，他自是得意，添油加醋："我看那柳拂衣也不讨厌凌虞。"

"阿声。"慕瑶蹙眉，"你要是闲得很，就去练练术法，别在我跟前晃荡。"

"阿姐别生气。"他放软了语气，"我只是担心，万一柳拂衣他……"

"拂衣不是那样的人。"慕瑶打断他的话。她的眼里澄澄清清，一丝怀疑也没有。

他就是讨厌阿姐对那个人这样的信任。

风吹起他柔软的额发，吹来蝴蝶般翻飞的一抹黄。慕声伸手一抓，抓住一片残缺的黄纸，上面殷红的字符只能看见一个角，分辨不出是什

39

么字。

他猛然变了神色——这是柳拂衣的符纸。

那红色的不是丹砂，而是鲜血。

在什么情况下，需要功力强大的捉妖人以自己的血绘制符文？

一是情况紧急，二是力求保险。

虽然慕声不喜欢柳拂衣，但他不得不承认柳拂衣是出类拔萃的捉妖人。柳拂衣在遇见慕瑶之前能独来独往，除了因为他极其幸运地拥有九玄收妖塔外，还因为他确实有本事，由他经手的妖物，十有八九都被一击毙命。

慕声抬起头，眼前隐蔽在茂盛松柏背后的西厢房阴凉湿冷，与满园春色格格不入。

"我在瑶儿门口画了符，我没想到……"

柳拂衣曾经这样对他解释，但话没说完就被他充满戾气地打断："你没想到什么？是不是等阿姐死了你才能想到？"

当时，柳拂衣面色苍白，一时缄口。

柳拂衣并不是一个自负的人，他的心思一向缜密，若他是用鲜血画符，就不难解释他为什么能够放心地留慕瑶一个人在房里，因为几乎没有妖物能够冲破柳拂衣以鲜血画的符。

一个水镜，能有这么大的能耐？

慕声的眸光落在破碎的符纸的边缘上，他用冰冷的手指抚上去，摸到了一道参差不齐的毛边。这不像是被妖物震碎的，更像是被人小心撕开的。

慕声的脸上没有任何表情，动作依然优雅，却像是暴风雨前的寂静。

二

此时此刻，凌妙妙正在闺房里试穿夏天的新衣。

浅绯色的上襦很薄，软绵绵的，若隐若现地透出光滑的肌肤。丫鬟为她整理衣领时，手指拂过她裸露的脖颈，引得她笑个不停。

妙妙低头系带子，忽然有些不舒服地扭动脊背："怎么有点儿扎人呀。"

丫鬟撩起衣服一看，被吓了一跳："呀，背上都红了。"丫鬟熟练地用手指检查衣料，摸到靠里的地方有几块稍硬的凸起，不高兴地抱怨起来，"今年怎么回事儿，有疙瘩的纱都能被选上来。小姐，脱下来吧，这衣服穿不得了。"

凌妙妙诧异道："一两个疙瘩，这也没什么关系吧。"

"当然有关系了。"丫鬟轻柔地帮她把上襦脱下来，毫无怜惜地把它扔在一旁，叹道，"要不是宛江发水，纺纱的农户被冲走了一半，岁贡都是赶出来的，小姐哪里需要凑合着用有疙瘩的纱呀。"

宛江横跨太仓郡南部，滋润了这一方鱼米之乡，同时也是航运的命脉。凌妙妙不太明白，这么重要的一条生命线发了洪水，听起来还冲垮了民居，这个丫鬟怎么一点儿也不当回事儿？

"你说……咱们太仓郡受灾了？"

"小姐不必担心，没什么的。"丫鬟撇撇嘴，"宛江每隔三四年不就要冲一次大堤吗？反正也冲不到咱们这里来。"这张稚嫩的脸上浮现出一丝熟稔又老成的诡秘神色，"哪次宫里不发银子下来修大堤？每次一发银子……"她笑着眨眨眼，"小姐很快又会有好看的新衣料子了。"

凌妙妙心里咯噔一下。

"不准说了。"她沉下脸。

丫鬟吃了一惊，露出惊慌的神情："小姐？"

太仓郡郡守拿着救灾的银子，一半用来修堤坝，另一半却悄无声息地没了。这件事一个十四岁的女孩子都知道得这么清楚，想必在这郡守府里已然是公开的秘密。

府中人守着这个秘密，在太平盛世里大大方方地过日子。

"爹爹呢？"

"在……在书房与宫里来的人谈话。"

"我这就过去找他。"

"小姐……"

妙妙一推门，就见门外站着慕声。

柔和的光线落在他漆黑的鬓发上，他束起的头发随风微微摆动。

"凌小姐？"他笑道，眼珠黑润润的，深不见底。

"干吗？"凌妙妙掠过他走出去，刻意同他保持了一点儿距离。

慕声不紧不慢地跟在她的身后，在青石板上落下个宽肩窄腰的影子，长靴上用银线绣的麒麟图腾狰狞地反着光。

"你怎么有闲心来找我？"凌妙妙怎么看他都像是个瘟神，恐惧和紧张使她忍不住地胡乱揣测，加快了步子。

慕声轻轻松松地追上了她，伸手在她的背后一揽，便将她带到一座巨大的太湖石背后。

光线一下子暗下去，这个角落潮湿又逼仄，只有圆滑的石洞漏出刺目的光。他有些粗暴地放开她，撒手的时候勾掉了她的几根发丝。

凌妙妙顾不上疼，心中惴惴："你……你有话对我说？"

慕声冲她笑："几天没见凌小姐，失眠治好了吗？"

他的笑容令人毛骨悚然，明明是一张青春明媚的脸，那一双明亮的眸子却酝酿着一丝压抑着的情绪。

那是冰冷的、酷虐的暗潮，在笑容的伪装下，仍然溢出了几丝寒意。

"好了。"凌妙妙干巴巴地回答。

"柳公子的香囊很好用啊。"他一字一顿，极轻柔地说。

凌妙妙受不了了："慕声，你……是不是间歇性失忆呀？"

他并不生气，抬起头来："哦？何出此言？"

凌妙妙忍不住想问系统，慕声的好感度是会每天清零吗？为什么本来都要跟她做好朋友的慕声，突然变得阴阳怪气起来？

"你想问什么就问好了，打什么哑谜？"凌妙妙一烦躁，气焰也跟着高涨。

慕声沉默地看着自己的手心，几分钟没回答。这几分钟有如几个世纪，凌妙妙心中忐忑，觉得可能下一秒慕声就会暴起杀人。

事实证明她多虑了。

他涵养极佳地勾起嘴角："凌小姐误会了，我只是关心一下。"

唉，他这样油盐不进的态度比暴起杀人更让人抓狂。

"不是说了叫我妙妙就可以了吗？"

"凌小姐说笑了。"慕声的眼中深不见底，与那天棋盘边上的懊恼的少年判若两人，"子期只是个客人，客人就要有客人的样子，怎么好与郡守千金不讲礼貌？"

凌妙妙心想：看来"黑莲花"的好感度和记忆果然是会每天清零的。

不过，有一点他没说错。主角们生活在光怪陆离的世界里，他们与生活风平浪静的原身凌虞，本就是两条不同的直线，即使有了交点，也会快速分开，越行越远。

凌虞一个连纱疙瘩都不能忍受的娇小姐，为什么会与主角们一起踏上

42

那条不属于她的惊险之路？

　　噩梦中的那个夜晚，夜风呼啸。

　　郡守的脸色虚白，两颊松弛的肉颤动着，一颗颗冷汗顺着鬓边流下来："让爹再看看你。"

　　女孩儿呜呜地悲泣："爹……"

　　她扑进父亲的怀里，感到他的衣服都被湿热的汗水浸透了。

　　"乖、乖，走吧。"他的声音有些颤抖。

　　外面是喊杀声，火把化作窗子外面一团一团明亮的光，不住地擦着窗台溜过去。

　　"老爷，办好了。"

　　垂着头的下人咬牙低语，顺着他的目光看去，看得到有人一动不动地躺在内堂里，脚上穿着一双崭新的蜀绣丝履，鞋底一尘不染。

　　"好。"郡守抬起头来，眼里毅然闪过一丝厉色，用力将瘦得像竹竿一样的女孩儿从怀里推开，后者哭着跌进柳拂衣的怀里。

　　外面隐约传了含着疯狂和喜悦的声音："在中厅，老爷就在中厅里，快跟我来！"

　　女孩儿刹那间满脸惊恐，往柳拂衣的怀里缩了缩。

　　"快走。再也别回头！"

　　"他们就在这里！"大门被攻破，一群黑影最终闯进了屋。

　　火光骤然从连绵的屋宇内迸发，火焰从门窗的缝隙中扑出，转瞬有了燎原之势。

　　柳拂衣背着她走远。从她的视角看去，只见那一片火海最终凝成一个小小的点，消失在视野里。

　　"凌小姐看起来心不在焉呢。"慕声的声音将妙妙惊醒，他的脸色有些阴沉，"还在想什么心事吗？"

　　"我……我还有急事，我忙完再来陪慕公子说话。"凌妙妙心里害怕，只想快点儿晒到太阳。

　　"你说我失忆……"慕声的声音在她背后响起来，带着酷寒的笑意，"有没有人告诉过凌小姐，你也是个有两张面孔的人呢？"

　　妙妙一怔，跨出去的步子顿住了，炸了毛似的回过头去："我又怎么了？"

慕声却不肯说了，笑着摆摆手示意她走开，笑容明朗无害，像是刚刚开了个狡黠又无伤大雅的玩笑。

妙妙在心里骂了"黑莲花"一通，提起裙子走了。

绯色的上襦若隐若现地透出她的脊背，那鲜艳的颜色仿佛集中了全部的阳光，白色的襦裙也亮得刺目。她的身影拐过茂盛的花树丛，消失在慕声的视野里。

慕声低下头去，手上缠着两根属于凌妙妙的漆黑的发丝。

他从袖中掏出那片符纸的碎片，两指在手心上画了几笔，几股若隐若现的气流像是流动的云雾一般涌向符纸。

过了很久，一根细碎的毛发自远方飘来，羽毛般轻飘飘地落在他的掌心，恰好停在符纸的上方。

慕声用右手手指拈起这根不易被觉察的毛发，对着光仔细地查看。阳光照着他低垂的睫毛，在眼下投下淡淡的阴影。

这根头发的发尾有些枯黄，还向上打着卷儿。

他伸出左手对比两根头发，只见凌妙妙的发丝黑亮，发尾是整整齐齐的断面儿。

不是她撕的？慕声的脸上闪过一丝惊疑。

符纸在他的掌心中烧掉了半片儿，剩余的半片儿仍然在尽力地吸引气流，最后引来了一股甜腻的味道，掺杂在符纸的气息中。紧接着，剩下的那半片儿符纸挣扎了一下，也燃成了灰烬。

他顿了顿，将凌妙妙的头发也顺手放了上去，慢慢引来她身上的气息。

他专注地等待，竟然怀了一丝紧张。

凌妙妙留下的微不可闻的气息慢慢聚集在他的身边，逐渐被提纯、放大，艾草和忘忧草的气味被滤去，一股奇怪的艳香传来，分辨不出是否还有那股甜腻。

所以，到底是不是她？

紧接着一股熟悉的气息席卷而来，竟是浓重的属于柳拂衣的气息。

慕声本来稍稍放晴的脸上再度笼上阴云。

三

一路畅通无阻，凌妙妙步履匆匆地进了厅堂。

宫中派来交接事务的大员刚刚离开，空气中混杂着招待客人的茶香，一缕袅袅的白烟从香炉中冒出。其后是瘫坐在椅子上的郡守，他刚刚应付完差使，随意地用袖子擦了擦额头上的汗。

　　"爹爹。"

　　"我儿来了？"郡守胖嘟嘟的脸上瞬间浮现出生动的神采，他快活地从椅子上弹起来，拖了张椅子到几案对面，"快来爹这儿，累不累？"

　　郡守实在是一个爱出汗的人，虚白的额头和鼻翼都挂着细密的汗珠，被他不停地用手帕擦着。

　　凌妙妙反手掩上门，手脚麻利地关上窗，这才满脸严肃地坐在郡守对面，开口便道："爹，刚才那人是不是宫里派来赈灾的？"

　　郡守笑道："好闺女，你认得他？"

　　"不认识。"凌妙妙直勾勾地看着他的眼睛，"这次的钱，爹爹还没动吧？"

　　郡守的笑脸僵了一刻，尴尬的气氛蔓延开来。

　　过了一会儿，他打破了寂静，脸上浮现出一种夹杂着惊慌和讨好的表情："我儿，你什么时候开始管这些事了？"他耐心地宽慰她，"这些事儿你不用操心，爹爹会处理好的，乖宝儿什么也不用管……"

　　"能不管吗？"凌妙妙打断他，"爹，你是真糊涂还是假糊涂，赈灾的银子是能碰的吗？"

　　郡守的表情沉了沉，随后他露出一丝奇异的微笑。

　　这微笑像是一头雄狮充满慈爱和宽容地看着张牙舞爪的幼崽："是、是、是，我儿教训的是，爹爹该打、该打。"他笑了一阵，接着道，"赈灾需要多少，爹爹心里有数的。对了，听丫鬟说，今年收上来的纱有疙瘩？爹爹这就重新收一批……"

　　凌妙妙望着他的脸出神，感到一阵无力。

　　什么进项都要揩油水，当官的早已对此习以为常，而太仓郡富饶，格外受宫里重视，揩到手的油水也就多些，郡守当然不觉得有什么。

　　凌虞的母亲早逝，郡守作为父亲对女儿可谓仁至义尽，是要月亮不给星星，可是他对待她质问的神色，纵容里透露出一丝好笑。他笑什么呢？笑她一个不当家不知柴米油盐贵的大小姐不懂得官场生态，还幼稚地指手画脚？

　　"不必了。"她叹了口气，神色越发低落，"我说什么你也听不进去，我不说了。"

"别生气呀！"他做了个滑稽的鬼脸逗她，"乖宝儿，笑一个？"

"我笑不出来。"凌妙妙别过头去，故意颤了颤声音，"爹爹，你知道吗，我做了个梦。"她咬住嘴唇，眼里泪汪汪的，"我梦见，就因为这次的事儿，咱家被宫里抄家了！"

郡守府里上上下下两百多号人，要么被生擒，要么与父亲一起葬身火海，全府只走脱了凌虞一个，被托付给了柳拂衣和慕瑶。凌虞从此沦落天涯，于是才有了后面的是是非非。

而凌虞走了，当然就要有人替她死。

那个人就是那个十四岁的丫鬟，穿了她的衣服和鞋子，脸蛋像腐烂的苹果，衣冠不整地横死在湿冷的泥地里。

凌妙妙隐瞒的是，这其实不是梦，而是从任务者视角看到的，即将发生的真实的事情。

凌虞的爹也不是凌妙妙的亲爹，她本可以不管这些事，可是她看不过眼，也觉得此事蹊跷，想解开这个谜团。

"爹爹，不管你们是不是对'清廉'二字嗤之以鼻，孩儿只知道，穷死总比横死好，胆小的比瞎眼的活得长！"

郡守变了变脸色，一丝不安涌上了眉间。他又擦了擦汗，强笑道："妙妙做噩梦而已……"他犹豫了片刻，还是松动了，沉吟许久，"那样的话，我家宝儿以后就不常有新裙子穿了。"

"不要新裙子。"她鼻子一酸，"只要爹爹好好的。"

郡守面露为难，陷入了沉思。过了一会儿，他试探地问道："你……还梦见什么了？"

"梦见纪德背叛你，拿着账本告到宫里去了。"

纪德是郡守的副手，是郡守还没当郡守的时候就带在身边的人，算来已经有二十年了。纪家和凌家两家同气连枝。

如今的纪德两鬓已有白发，妻女一直住在郡守府旁，生了四个儿子。纪德的性子一直老实懦弱，为人随和，原书剧情中他的突然背叛，本就有几分阴谋的味道。更何况，在那个火光冲天的黑夜里，他带着人一路找到厅堂里，想要将郡守活捉，那带着狂喜和暴戾的声音听起来实在诡异，简直像中了邪。

"嚯！纪德三棍子打不出一个屁的人，怎么可能干这种事？"郡守哭笑不得。

"我不管，梦里的事真真切切，爹爹不得不防。"她不待郡守反应，扬声道，"来人！"

"小姐？"灰布衣裳的阿意垂着手靠近。

此人是郡守的心腹，凌虞金蝉脱壳的那个夜晚，就是他按照郡守的授意打晕了丫鬟，为她换上了小姐的绫罗绸缎，安排了一出李代桃僵的好戏。

"你去，将纪德纪先生请过来，就现在。"

"妙妙……"

"爹爹！"凌妙妙拧眉，"待他来了，不由分说关进柴房里，关到四月初八。"

四月初八，凌虞已随主角三人到了杏子镇，这是凌妙妙能记起来的最近的时间点。

"你这孩子……"郡守哑然失笑，却还是纵容地随她去了。

"老爷、小姐！纪先生不在房里。"阿意匆匆地回报，语气急促，"园子里也找过了，没有。纪夫人也不知道他去了哪里。"

妙妙与郡守对视一眼，看到了彼此眼中的惊疑。

"说。"

屋檐割裂了黑暗与光亮，崎岖不平的地面映出星星点点的光，石缝里露出墨绿的青苔。

地上的人穿了一身洗得发旧的白色长衫，两腿分开瘫坐着，两鬓斑白，额角满是冷汗，神色惊恐而茫然。

他的眼前是个穿着雪白上衣的少年，交领处露出猩红色的里衣，这一白一红对撞，犹如雪地红梅，明艳得逼人。

少年低下头，发尾轻轻地摇晃，皮肤白得几乎可以看得见其下的青色血管，一双黑黢黢的眸子透亮非常，含着令人捉摸不定的笑意望向了他。

"不、不知这位小兄弟想让我说什么……"

他话未说完，就看见少年伸出手指拉了拉头上的白色发带。那发带又长又细，系了个松松的结，被少年微微一拉，便松开了一些。

"我……我……"

少年的眸子一瞬间如同倒映了旋涡，那一张美丽的脸在重重光影中迅

47

速幻化。他的周身笼罩着光晕，刹那间美艳得不可方物，那是一种奔向癫狂和死亡的艳丽。

少年的声音恍若天上弦乐，轻柔而带着蛊惑意味："你想不想做郡守？"

"我……我想做郡守。"他两眼发直。

"可惜，太仓郡已经有了郡守，你应该怎么办？"

"我……我……"他说不出口，汗珠一滴一滴顺着鬓角流下来，淌入衣领里。可是当他看到少年的眼眸，瞬间便迷失在那无边星河般的旋涡中："我应该……应该取而代之。"

"如何取而代之？"少年循循善诱。

"我……我告发他！"他的眼光倏地一亮，两眼发赤，闪着疯狂的光，"我有证据，我有他侵吞赈灾款的证据……这是大罪，他就会被革职了……到时候、到时候……"

"可是官官相护，你怎么告发他才会赢？"

"我去……我去找陈太守……他与郡守是死对头……只要、只要把账本交给他……他一定、一定会报复……"

"嗯。"慕声站直身子，两手伸到背后，将头上的发带系牢，漫不经心地掀了掀眼皮，"去吧。"

地上的人失魂落魄地爬起来，跌跌撞撞地往外走，眉宇间带着一丝偏执的狂喜。

"等等！"

在那穿着白色长衣的人跟跟跄跄地即将走到光明与黑暗的交界处时，少年倏地抬眼，叫住了他。

少年在原地犹豫了片刻，眸光一闪："回来。"

那人站定了脚步，像是一个被绳索套住的傀儡，兀自犹疑，脸上还挂着饿狼般偏执又贪婪的神色。

慕声的眼底闪过一丝厌恶，他伸出右手在虚空一抓，那人一下子就像被无形的绳索套住了腿脚，瞬间被拉倒拖回了少年的眼前。

慕声蹲下去，抬手给了他一个耳光："醒醒。"

那人被打蒙了，下一秒，又露出疯狂的神色来，眼珠中爆出了红血丝。

慕声蹙眉："醒醒！"

但这显然也是徒劳。

少年眼里的懊恼变作阴鸷，他的手忽然用力扣住地上人的脖颈，那人被勒得干咳起来，眼珠猛地凸起，发出嘶哑的吸气声。

这一瞬间，少年有片刻犹豫。

"纪先生？纪先生？你在里面吗？"

一个声音远远地传来，慕声悚然一惊，一掌将纪德劈昏，回手一扣，将对方整个人推进了床榻底下的狭小缝隙中，伸手飞快地放下了床单。

凌妙妙推门进来。西厢房的门未落锁。因为它的方位不好，位置又偏僻，室内总是潮湿又阴凉，似乎整个房间都与阳光隔绝。

纪德没带账本，说明他不是去告状的，但他不会平白消失在郡守府里，肯定有一个去处。

妙妙和护院把府里所有的地方都找遍了，只剩下这间房。

巧的是，慕声正在六角凳子上坐着，一个人对着这阴森森的空屋发呆。

如若这也是巧合，就真当她凌妙妙是傻子了！

凌妙妙向背后做了个手势，示意阿意退开，她一个人进了屋，反手关上门："慕公子好兴致。"

"你来这里做什么？"慕声的语调平稳，听不出情绪。

妙妙挑了挑眉："我在自己家里，爱去哪里去哪里，倒是慕公子你……怎么有闲心跑到西厢房来思考人生？"

"阿姐上一次睡在这里，落下一支钗，我替她来找找。"慕声垂下眼帘，使人看不清他的神色。

"哦，钗是不好找，大活人可就不一定了。"妙妙压抑着心中的怒火，"我们郡守府丢了个姓纪的先生，不知道慕公子见没见着？"

"没见着。"他眼也不抬，张口便答，脸上又露出个无辜的笑容，"这是凌小姐的家，你都找不到，我一个客人怎么可能找到？"

你装，接着装。凌妙妙在心中咬牙切齿。

"那慕公子不介意我在这房里找一找吧？"凌妙妙说着便要往前走。

慕声坐在原地，伸出一只手臂，自然地拦住了她。他抬起那双黑润润的眼睛："凌小姐眼睛不好吗？这屋里哪儿有人呢？"

"不劳慕公子费心。"妙妙挤出个假笑，"您老好端端地坐在这儿就好。待我找到人，再帮你一起找钗，你看这样如何？"

她绕开慕声伸出的手，他却猛地站了起来，微微倾斜了一下，用手臂挡在她的腰际。她一时没有防备，整个人扑到他的肩膀上，慕声趁机将她一揽，竟然用力抱住了她。

他的怀里有一股冷冽的白梅香，在她的鼻尖萦绕不去。

"凌小姐别耍小孩子脾气。"他在她的耳边状似耐心地劝告，语气却紧紧绷着。

凌妙妙使劲扭了几下，没能挣脱开："你这……"

她脸色铁青，"登徒子"三字到了嘴边，忽然瞥见慕声的背后无声地伸出一只青黑的手。

这只手骨瘦如柴，像是被颜料染过似的交织着青色与黑色，指甲大约一寸长，从他的肩膀后面像小蛇一般冒出来——这明显是一只属于女人的手。

一股冷气蹿上凌妙妙的脖颈。

凌妙妙哇的一声尖叫出来，下一刻，她便被慕声飞速地带着向后一闪，远离了那只手，紧接着被他一把推开，跟跄着退到了门边。

她看见慕声已经脱下右手腕上的钢圈，把它敲上了身后黑影的脑门儿。这"人"现了形，是一具穿着绫罗的干枯女尸，她的头发像拖布一般披散下来，皮肤都发褐了。

凌妙妙闭起眼睛，不敢看她的脸，可耐不住好奇又睁开一丝细细的缝儿，看见女尸的脑袋被猛地砸向一边，发出哧的一声类似被撕裂的声响。

空气里的寒意压得人喘不过气。

难怪西厢房里阴冷，敢情是里面住了一个妖！

慕声的神色沉沉，他双手飞快地交叠，砰砰砰，三个火花像烟花似的接连炸开，迸出橙黄色的火光，随即变成青色的火苗，燎原般燃烧在那干尸的身上，逐渐变作一个火球。

空气被热浪扭曲，凌妙妙隐约听见有人在声嘶力竭地尖叫，但侧耳去听却是一片寂静，只听得见窗框发出咔啦咔啦的响动，仿佛被一股巨大的力量冲撞得左摇右晃。

凌妙妙盯着不远处那一团火球，手脚冰凉，心提到嗓子眼上。

慕声好整以暇地站在原地，似乎连向后躲一步也不愿意。室内掠过一阵没来由的风，吹动他雪白的衣袖和乌黑的发梢。

那团火突然像是泄了气的皮球，噗的一声缩小、坠落，随后火光猛地暗下去，变成一团灰烬中零星的赤红斑点。

凌妙妙向下一望，地上什么也没剩下，一缕缕烟雾向上飘去，像曲终人散的惋叹。

慕声将那小钢圈往手腕上一套，抖了抖袖口，低垂着眼睫，漫不经心地对凌妙妙解释："忘了告诉凌小姐，我体阴易招鬼，让你受惊了。"

他这么一说，她倒想起来原书里提到过这一点，并且就是因为他身上的阴气重，慕瑶的父母才特意收养了他。

和所有的女主角一样，慕瑶的体质特殊，她的身体无比圣洁，是妖魔鬼怪修炼的绝佳容器，不知有多少妖怪觊觎着她。

神奇的是，偏偏她的阳气很重，它们一面肖想着她，一面又不敢轻易靠近。

慕家的原家主慕怀江和妻子白瑾收养慕声，有他们的考虑。

慕声虽然与慕瑶没有血缘，但他的身体对于妖魔鬼怪而言却是和慕瑶的身体一般无二的诱人。妖物倘若以此修炼，必定能够轻易地提升灵力。

慕声拥有这样的体质，且身上的阴气重容易招鬼，妖物轻易便可靠近。假如有妖物见到这样的姐弟俩待在一起，权衡之下，十有八九会放弃慕瑶，转向慕声，给慕瑶留出应对时间。

他们收养这样一个小孩儿，天资卓越，关键时刻又能给亲女儿做人肉盾牌，岂不美哉？

凌妙妙咳了一声："不就是阴气重嘛……也没什么。"

慕声抬眼望她："你不怕？"

"我、我也怕。"她犹豫了一下，指着地上升起来的一点儿残烟，蹙起眉头，"你总是被鬼缠着，怕不怕？"

她不知道自己这个模样看上去有点儿傻气。

他轻笑了一声。

凌妙妙惊诧地望过去，见到他眼中一闪而过的笑意："你笑什么？"

"没什么。"慕声收敛了笑容，又睁着那双无辜的眼睛，"我在想，凌小姐是不是累了，要不要我送你回房休息？"

凌妙妙立即警醒："我不累，我一点儿都不累。"她说着说着，又兴致勃勃地离了题，"慕声，万一你睡着的时候鬼来了，偷袭你怎么办？"

慕声的眼睛对上她黑白分明的杏眼，他看到了一抹鲜活的神采，让人想起在草丛里嚼草根的小鹿，天真又机警。

他顿了顿，答道："不会。"

不会什么？是不会被偷袭，还是……不会睡着？

凌妙妙听见窸窸窣窣的声响，瞥见床下有些异样，仿佛有什么东西在蠕动，那垂着大红色流苏的床单被拱了起来，像新娘子的盖头。

凌妙妙刚才被鬼吓怕了，宛如惊弓之鸟，看见这情景不由得汗毛倒竖，指着床底道："慕、慕、慕……"

话音未落，从床下倏地蹿出个黑影，对方站起来便夺门而出，她还没看清楚是谁，就被慕声一下子扑到了角落里："啊！这屋里怎么有人？"

他高她一头，这样一挡，便将她卡在他的身体和墙壁之间。

凌妙妙的视线被完全挡住，脑子空白了两秒，她瞬间反应过来，挣扎着喊了起来："纪德！站住！"

她挣扎着，却被慕声用力地按在角落里。他满脸苍白，整个身子贴在她的怀里，眸中全是惶恐："凌小姐，好可怕……"

可怕？刚才见了鬼也没见你怕！

凌妙妙在心中骂了一万句，刚要发怒，忽然感到慕声的禁锢一松，她立即找了个空隙冲了出去，挽起裙子，似离弦的弓箭一样蹿出了门外，边跑边喊："快！抓住纪先生！"

整个院子的人闻风而动，都扔下了手里的活计，跟着毫无形象的小姐一起跑了起来。

慕声倚着门，看着凌妙妙兔子似的背影渐渐成了一个小点儿，后面滑稽地跟着一大支队伍，眸中神色深沉，嘴角却弯了弯。

凌妙妙直追到府门外。

阿意在前围堵，已经将两鬓斑白的纪先生撂倒，把对方两手反剪按在地上。见到凌妙妙，他气喘吁吁地说："小姐……"

他欲言又止，用下巴指了指地上的人。

纪德脸色灰白，脸颊在地上被擦破了，眼珠却亮得吓人，口中不住地喃喃："郡守……账本……"

阿意用灰布袖子擦了擦汗，有些后怕地咽了口唾沫："我把他的胳膊都扭断了……他一点儿反应也没有……"

妙妙俯下身问："纪先生？"

纪德的目光动了动，聚集在她的身上："呸！郡守就快要倒台了，你也快要跟着下狱了，哈哈哈哈……"笑声戛然而止，他骤然一蹙眉头，眼中又浮现出迷茫的神色，"小姐？"

下一刻，他又怪笑起来。

他又哭又笑，吓得围观的下人们交头接耳、议论纷纷。

凌妙妙在嘈杂声中胆寒地后退两步："黑莲花"对他做了什么，把他弄成这副中了邪的模样？

她现在可以肯定，《捉妖》一书中的纪德不是主动背叛，凌虞经历的郡守府被抄家的梦魇，至少有一半是慕声从中作梗。

"黑莲花"像见血封喉的毒药，谁敢冒犯慕瑶，他就要谁的命，完全没有道德底线，也没有他人讨价还价的余地。

她的心中一阵胆寒——慕声肯定知道她搞破坏的事了，要不是她跑得快，这会儿整座郡守府已经岌岌可危了！

"来人，先把他给我关进柴房里去！"

与此同时，慕声慢慢地走回房间去。随手抓过一个急匆匆跑过连廊的下人："纪先生找着了吗？"

被拦住的那人还是个半大孩子，有些羞涩地望着眼前春花般明媚的少年，抓了抓凌乱的头发，操着一副公鸭嗓道："嘿，抓住了，小姐让人把他关进柴房里去了。"

"哦，多谢小哥。"慕声微微颔首，不待对方反应便转身离开。

他若有所思地穿过长廊，带着热气的风吹过他流云般的衣袖，令他的发梢也在空中舞动。

既然这样便算了，他们两清。

"阿声！"慕瑶从窗口探出头来，难得露出了一丝笑容。

"阿姐？"慕声晦暗的神色猛地一明，他走到了窗边。

"今晚收拾收拾行李。"慕瑶趴在窗口上嘱咐，"再过三日，我们便离开太仓郡。"

这就……要走了吗？

慕声骤然听到这个消息，脑海里浮现的居然是一个像兔子般狂奔出门的身影。他闭了闭眼，将乱七八糟的联想逼出去。

"阿姐，我们要去哪里？"

慕瑶穿着轻薄的白衫，她的黑发如墨，肤如白瓷，微微笑起来时，

53

眼角下那颗泪痣格外动人："赵太妃动用了慕家的玉牌相邀，要我们去长安。"

长安，想必是处处繁华。

慕声抬起头来，透过黛青色的屋檐看到了一方湛蓝的天，檐角挂了只古老的风铃，随风响动。

初夏的江南，石板凉，茉莉香。热的地方燥热，阴的地方潮湿，角落长满了茂盛的花草，太湖石洞内透出曲曲折折的阳光。女儿家走过廊下，穿的是流霞般的轻纱。

天下之大，四海为家。

四

"什么，你们就要走了？"凌妙妙的嘴张得老大，"明日就动身，这、这么急吗？"

话音未落，她的脑海里响起数声叮的警告声，宛如冲垮了堤坝的洪水，一股脑儿地奔涌而出。

不用想也知道，是她的任务完成度太低，现在主角们都要离开太仓郡了，别说慕声那边没一点儿起色，就连与柳拂衣的亲密度她也没刷够，因此收到了系统的提醒。

"凌小姐。"慕瑶给了她一个温柔的微笑，"捉妖人以四海为家，以漂泊为命，我们在这里已经叨扰太久了。"

她的眼中有一种潇洒的神采，尤其是说到"四海为家"的时候，字字掷地有声，就像个仗剑走天涯的女侠。

"不、不久的……"凌妙妙摆摆手，半晌，小心翼翼地央求道，"要不……你们再住段时间吧，我、我还是怕。"

慕瑶笑着喝一口茶，神色从容而坚定。

妙妙见从慕瑶这边请求无望，便转向柳拂衣，还未开口，慕声的声音便飘了过来。

"凌小姐还被妖物吓得睡不着？"慕声半眯着眼睛，黑眼珠里似有小小的月亮，嘲笑她，"需不需要把我的香囊也给你？"

他说着，手脚麻利地从袖中倒出了三四个秋香色的香囊摆在茶几上，这些香囊的封口都是用皎洁的白丝带扎的，跟他的发带似是同一种料子。

"怎么？有了柳公子的香囊已经够了？"他见她迟疑，似笑非笑，一双白而修长的手拢在几个香囊上，转眼便收了回去。

"黑莲花"喜怒无常，变来变去的，令凌妙妙感觉到后背一阵发寒。

"阿声，别开玩笑。"柳拂衣责怪地打断这个话题，替她解了围。

衣白胜雪的柳拂衣转过来看着她，温和地说："这些日子，多谢凌小姐和凌大人的款待了。"

"柳公子不必言谢……"

你先别急着谢……

凌妙妙心中暗急，憋了半晌，憋出一句话来："我想和各位一起走！"

这不是疑问句，而是感情强烈的陈述句。

厅堂里一片寂静，三道目光齐刷刷地聚集在她的脸上，众人神色各异。

"凌小姐，这种事开不得玩笑。"慕瑶的语气变得严肃起来，"捉妖路上千难万险，先别说要应付那些妖物了，就是过着风餐露宿的日子，恐怕也是你难以想象的。"

慕瑶的个性坚强独立，作为慕家的长女和现任家主，她还是一个不折不扣的精英主义者，要她带上一个肩不能扛、手不能提的娇小姐，她绝对不可能接受。

"我可以呀。"凌妙妙瞪着那双无辜的杏眼，满脸写着天真，"我很坚强的，什么苦都吃得了。"

"我们可没有顿顿二两饭给你吃。"慕声勾起嘴角。

但他下一刻便遭到慕瑶的呵斥："阿声，现在是开玩笑的时候吗？"

幸灾乐祸的慕声瞬间无比温顺地垂下眼睫，不吭声了。

凌妙妙心中叫苦，没了郡守府抄家的事，他们凭什么接受她呢？如果郡守不把她硬塞给主角们，他们才不会带上她。

慕瑶转过头来，语气坚定："凌小姐没有经历过这种日子，恐怕不知道有多苦……"她不会劝人，看见凌妙妙一副要哭的模样，露出懊恼的神色，用眼神示意柳拂衣接下去。

柳拂衣却笑着说："凌小姐为什么突然想跟我们走？"

"我……"凌妙妙思索了片刻，盯着柳拂衣漆黑的一双星眸，瞪得眼眶干涩了，眼泪自然地分泌出来，"我不想再过这样的日子了……"感情戏说来就来，她语气委屈，眼里蒙上一层水雾，"遇见你们之前，我也屈从于父母之命，觉得一辈子被困在深闺里就是我的命。"她泪眼蒙眬地望着柳拂衣，"可是遇见你们，我才知道，原来人可以活得很潇洒、很自由……"

"可这不是你想的那种潇洒和自由……"慕瑶蹙起眉头打断凌妙妙，却被专注的柳拂衣摆了摆手阻止，示意她听完。

"我不想一辈子都待在这一方小天地里，嫁给一个陌生人，再困囿于柴米油盐的生活，最后乏味地垂垂老去。我可以选择我的人生，我想给生命里留下一些不一样的色彩。即使危险我也不怕，这样的话，以后回忆起来，也能有些念想……"

演讲完毕，凌妙妙闭了嘴，两行清泪适时地流下来，望向柳拂衣的眼眸仿佛两团灼灼的星火。

凌妙妙都被自己感动了。

慕瑶无力地沉默了，她看向柳拂衣的眼神里充满了忧虑。

柳拂衣陷入了沉思，半晌才从怀里掏出帕子，好心地递给妙妙。他注视着她擦眼泪，眼神格外温柔，语气甚至带上了几分鼓励："兹事体大，你与令尊商量过吗？"

"拂衣！"慕瑶紧张极了，在她看来，妙妙这种闺阁女子总是将事情想得过于理想化，她们以为的风花雪月，实际上根本不是那回事儿："凌小姐，我理解你的意思，可是……"

"柳公子、慕姐姐，我保证不拖你们后腿，要是打不过我就躲，我每天早上都强身健体，跑得很快。"凌妙妙见柳拂衣的态度松动，喜上眉梢，拍着胸脯面不改色地扯谎，"我与爹爹商量过了，他也很赞同我外出历练，开阔开阔眼界。"

语毕，凌妙妙咬住嘴唇，眼睛闪亮亮地盯住眼前的人。

"我倒觉得未尝不可。"

"我不同意。"

柳拂衣与慕瑶的声音一同响起，二人俱是一愣，转过头对视。

一时局面尴尬。

"瑶儿，凌小姐不似寻常贵女一般娇弱，颇有些胆识……"柳拂衣循循善诱。

尤其是凌妙妙面对水镜时面不改色，还与他滔滔不绝地讨论起那样复杂的一个圈套，条理清晰、反应灵敏，令他十分佩服。

其实，在凌妙妙赞叹柳拂衣智商高的时候，他也在心中暗暗思忖，这位凌小姐若是生在捉妖世家，该有多么惊才绝艳！真是可惜了。

慕瑶的神色有些复杂，她看着柳拂衣提起这个凌小姐时鲜活的表情，想说什么，最终却没有说出口。

她冷下脸来："我们必须对凌小姐的安全负责，要是出了事儿，谁能负起这个责？"

"我不会让凌小姐出事儿。"柳拂衣答得轻描淡写，话语之间显出几分自负。

这话再次激怒了慕瑶，她的脸色更差了："不行。"

"瑶儿。"柳拂衣皱眉，"我知道你担心捉妖的进度，可是你还没有见识过凌小姐的本事就拒绝，是否太过武断？"

慕瑶抬眼望着他，难以置信道："在你眼里，我就是这样的人吗？"

凌妙妙看见两人之间的气氛越来越紧张，一时手足无措，出了一脑门儿的汗。

"叮——任务奖励：由于任务者激化矛盾的任务超额完成，奖励'影像催化'一次，提醒完毕。"

凌妙妙简直沮丧得想哭。

这种看不见摸不着的奖励，真的不是在嘲讽她吗？

她微微偏头，看见慕声在一旁隔岸观火，嘴角挂着一丝捉摸不透的笑意，正愉快地看着男女主角产生矛盾。

唉，她指望谁都不能指望他。

"你们别吵了……"妙妙一步跨过去，插在两人中间，左右宽慰，"我知道慕姐姐是为我的安全着想，我不会捉妖，自己死了事小，连累你们事大……"她看着慕瑶，"我保证，一定会机灵应对，该跑的时候绝不恋战，也绝不连累队友，一切以大局为重。"她拉住慕瑶的手，放到柳拂衣的手心里，一边退出二人中间，一边小心翼翼地补充，"二位都是厉害的人物，请务必一起保护我呀。我会慢慢成长的，我保证。"

慕瑶冰凉的手搁在柳拂衣的手心里，他望着她苍白而倔强的侧脸，心中忽然一阵心疼，他将她的手握在掌中，用力紧了紧。

慕瑶看着他，神色缓和了些。

慕声看见缩进角落里的凌妙妙松了口气，微微眯起眼睛：她不是喜欢柳拂衣吗？她现在这样，又是在做什么？

"阿姐。"他缓缓开口。

妙妙紧紧盯着"黑莲花",心提到嗓子眼上。

"我倒觉得……"

"慕公子放心,我不用顿顿吃二两饭!"妙妙生怕再生枝节,伸出手做了个夸张的发誓姿态。

慕声啼笑皆非。他看着她一双杏眼里紧张又期待的神色,转而瞥向了正在柔声哄着慕瑶的柳拂衣。

他的神色几番晦暗,过了一会儿,他才轻声道:"我倒觉得,凌小姐蛮适合去捉妖的。"

说完,他对着凌妙妙露出个意味深长的笑容。

如果能找个人牢牢缠着柳拂衣,缠得柳拂衣没精力去干扰姐姐,慕声求之不得。

慕瑶郁郁离去,薄如蝉翼的白纱衣衣袖翻飞,快速掠过了连廊的木栏杆。

白色的夹竹桃开了,一树一树的雪白的花儿缀在连廊的旁边。慕声与凌妙妙并肩走过时,凌妙妙被花香熏得打了个喷嚏。

"对了,"慕声淡淡地问道,"刚才凌小姐看着我的香囊时,在想什么?"

"啊?"凌妙妙用力擤了擤鼻涕,才茫然地想起来,目光流连到他玉刻一般的脸上,有些不好意思,"我在想,你那香囊口子上的丝带有些眼熟,不会是用你的发带扎的吧?"

慕声笑了笑,细长的手指绕着头上的发带:"这个,你很感兴趣?"

"没有。"凌妙妙口是心非,真诚地称赞道,"它确实很漂亮,适合你。"

慕声轻笑了一声,放下手来,皎洁的发带在风中飘动,黑发上好似停了一只振翅欲飞的蝴蝶。

"可惜,美丽的东西,总是危险得很呢。"

五

转眼到了出发的日子。

江水茫茫,烟波之上拂柳摇曳,码头上人来人往,有赶路的书生、背着包袱的生意人、带着二三翠衣丫鬟的官家小姐……欢声笑语不绝。

58

宛江水患已平，太仓郡又恢复了歌舞升平的常态，各色船只来来往往。

木质的大船离了岸，发出哗啦一声响，随即在江面上荡开了两道波纹，船身随着水波上下浮动起来。

凌妙妙的脚立即软了，她有气无力地趴在甲板细细的栏杆上。

"乖宝儿——路上小心——"

她离岸上的郡守越来越远了，已看不清楚对方脸上的表情，只能看见那黑影还在夸张地挥舞着手臂。

"哎——"凌妙妙忍着胃里翻江倒海的感觉，大声应着，身上落了几道路人好奇的目光。

带着水汽的风将她的头发吹得乱七八糟，隔了老远，看见郡守在下人的搀扶下又往前追了两步，追到了岸边，毫无形象地抹起了眼泪，带着哭腔喊，声音也是小小的了："我家宝儿——给爹来信——"

妙妙想起郡守迫于她的一哭二闹三上吊才允许她离家时的痛心表情，心里一酸，半个身子越过了栏杆，用力招了招手，示意他回去。

"小心。"柳拂衣拉住了她的袖口，将她拽回了甲板，"这栏杆不稳当。"

妙妙怅然地回过身来。

船已向江心驶去，在码头一同出发的那些或华丽或简陋的船只见不到了，四周只剩茫茫江水。

这是宛江上最舒适的一艘客船，长约数丈，最狭处都有五六米，可以容纳二三十人，船舱里分成一间间小房间。乘客们多是见过世面的、要行远途的人，这会儿都进入船舱里休息。两舷有一排雕花木窗，有的还半开着，露出里面弯着腰收拾铺盖的人影。

此刻甲板上没什么人，慕瑶和慕声也不在，柳拂衣和凌妙妙大眼瞪小眼。

半晌，凌妙妙颓然道："对不起呀柳大哥……"

"说这个做什么？"柳拂衣的眼中闪过一丝无奈，他微笑起来，"走，我带你进房间看看。"

二人一前一后进了船舱，走到属于凌妙妙的那间小阁子前，和神情冷淡的慕瑶碰了个面对面。

凌妙妙屏气凝神，偷偷地看向柳拂衣。

慕瑶穿着秋香色的衫子，衬里是月白的轻纱裙子，衣带在小腹处松松地打了个结，她即使是这样率性随意地穿着素衣，也显得很有气质。她怔了一下，冷然的目光掠过柳拂衣，往妙妙的身上看去。

"凌小姐脸色不好，晕船吗？"她冷淡的语气中流露出一丝关切。

"哦，是有点儿。"凌妙妙受宠若惊。

柳拂衣自然地接道："晕船？我这里还有香囊……"

话音未落，慕瑶神色一变，飞速地点了一下头，擦过柳拂衣的肩膀径自走了，留下话说了一半的柳拂衣站着吹江风。

慕瑶是个善恶分明的好人，她不会怪罪天真幼稚的凌妙妙，只能将一腔怨气撒在一力主张带着大小姐冒险的柳拂衣身上。

她在生气，气他的张狂自负，也气他的胡乱承诺。

她还气……还气什么？她自己也说不清楚。

江风吹起柳拂衣的衣衫，他那张英俊又温柔的脸上头一次浮现一丝错愕又无措的神情，看起来竟然有些可爱。

慕瑶两手空空地走了，后面还跟着抱着铺盖的慕声。

棉布被子后露出慕声一双带笑的黑眸，他心情很好地同凌妙妙打招呼："托凌小姐的福，我们才能坐上这么豪华的客船。"语毕，他亦步亦趋地追着慕瑶去了："阿姐，我帮你铺床……"

凌妙妙感觉气氛沉闷得令人喘不过气来，呆呆地站在原地。

柳拂衣笑道："你会铺床吗？"

"啊？我……"

男主角连床都要帮她铺吗？！

凌妙妙听见系统传来的警报声，想到自己没满的任务点，马上改了口："不会。"

"走南闯北的，这个总要会的，我教你。"他神色淡然，不容拒绝地低头进了阁子内。

慕瑶缓了脚步，微微侧过头去，像是在等待什么。

结果她等来了追上的慕声："阿姐，怎么不走了？"说罢他抱着铺盖卷，一脸纯良地挡住了她的视线，嘴角挂着一抹甜甜的笑容，"柳公子帮妙妙铺床呢。我们也进去吧。"

慕瑶神情一凝，夺过被子自己走了。

"哎，阿姐……"

"阿声。"慕瑶站定脚步，回过头来严肃地望着他，眼角下那点泪痣显得她妩媚而冷然，嘴里说的却是另一件事，"你身上的气息不太对，你是不是又……"

"我没有。"慕声眸光一闪，飞速答道，末了又宽慰地笑道，"阿姐叮嘱过我的事情，我怎么会忘呢？"

"没有最好。"慕瑶垂下眼帘，拉开阁子的门走了进去，走前深深地回头望了他一眼，"要记住你的身份，你是慕家的希望。"

慕声站在廊上，注视着慕瑶窈窕的背影，江水粼粼的波光透过雕花的窗映在他的侧脸上，一小块透亮的光斑在如玉的皮肤上缓缓抖动着。

他漆黑水润的眼底透出一抹憎恶和懊恼交替的复杂神色。

"为什么褥子下面还要铺草席呀？"凌妙妙趴在一边看着柳拂衣弯腰忙碌，他的黑发披在肩膀上，有的垂落下来，在空中摇摆。

她心想："黑莲花"的头发总是高高地束起来，充分展示出少年郎的朝气，但实在显得不识愁滋味，难怪慕瑶从头至尾当他是没长大的弟弟。

其实，他要是像这样披散头发，想必也是个美人。

"船上湿气重，铺草席是为了防潮。"柳拂衣淡淡地回答。

"哦，真聪明啊。"凌妙妙由衷地赞叹，摸了摸褥子，果然带着一丝潮气。

"不聪明。"柳拂衣笑了，"走的路多了，就有经验了。"

"你们走过多少地方了？"凌妙妙一双眼睛黑白分明，黑眼珠里带着见什么都新鲜的神采，像是散发着香甜气味的新橙，让人只要看到她，再多的疲倦都一扫而空。

"很多……"柳拂衣陷入回忆中，"最开始的时候，我一直是一个人，直到有一次受伤，遇见了瑶儿……"

他眼中有淡淡的怀念神色，嘴角也勾起一抹微笑。

"你觉不觉得……你应该和她好好谈谈？"

凌妙妙在心里替他们着急，说好的小虐怡情大虐伤身呢？这都冷战多少天了？

"谈什么？"

"谈心哪！"凌妙妙恨铁不成钢，"你也不说，她也不说，就这样生

61

闷气？"

"瑶儿她……"他眼中忽然浮现出一丝奇异的笑意，"生气了？"

凌妙妙晕倒。原来这是位钢铁直男。

在原著里柳拂衣就是这样，无论是对卖可怜博同情的凌虞，还是热情似火、硬要倒贴的端阳帝姬，他都不懂得拒绝，总是若即若离，有求必应，简直是活雷锋，倒是应了他这个名字——"事了拂衣去，深藏功与名"。

只可惜，他点燃了少女怀春的心思，却从没往深处想过这些人会给他和慕瑶的感情带来多少麻烦。

现在她明白了，柳拂衣是根本不懂。他在捉妖之事上惊才绝艳，对于感情之事却有些愚钝。

夜幕渐渐笼下来，云层染上了紫红色，甲板上渐渐热闹起来，许多人倚在栏杆旁，遥望着天边的夕阳。

自从下午他们四人碰过面以后，慕瑶和慕声缩在各自屋里没出声。凌妙妙饿得实在受不了了，拿出了爹爹给她从家里带的一大兜干粮。

她打开一看，足足二十个圆滚滚的白面馒头，上面拿切好的胡萝卜摆了五瓣梅花，白里点红，要多精巧有多精巧。

凌妙妙拿了一个出来，厨师显然是花了心思的，冷掉的馒头一点儿也没有变硬。她咬了一口，在柔软的白面里面，咬到了满嘴的甜蜜。

她低头一看，原来这馒头里面还灌了满当当的红糖，在黄昏的光晕里泛着温暖的釉色。

她感到鼻尖一酸，几乎是忍着喉头的酸涩咽了下去。

外头是寒江水，头顶是不夜天。这水、这树、这船，通通是游子的点头之交，除了手里的这一点儿甜，还有什么是真正属于她的？

一叶小舟在江心泊着，陌生的面孔行色匆匆，江水茫茫。

凌妙妙想：自己就是小家子气，觉得哪里都比不上家好。

凌虞为了一个男人不顾一切背井离乡、跋山涉水，心里后悔过吗？

凌妙妙望着江水，声音低低的："柳大哥，给你讲个有趣的事儿。在我的家乡，传说海上有个叫塞壬的女妖，行船的人听到她美妙的歌声就会被蛊惑，随后船便会触礁。"

"哦？这里也有类似的妖物。"柳拂衣笑道，"江水中很可能有蛊惑游人的水鬼，水鬼乃是枉死的人所化。还有一种妖，名叫魅女，能歌善舞，传说美艳绝伦，可蛊惑人心。"

凌妙妙品了品这几个字，露出了八卦的笑容："美艳绝伦……你见过吗？"

柳拂衣笑了："水鬼我见过很多，魅女却没见过一个。这妖物罕见，多匿于山林，一旦沦落尘世，定会招致灾难。"

"为什么？"

柳拂衣想了想："老一辈捉妖人说，魅女乃世间至情至性之妖，妖力强大，但并不会主动伤人。倘若魅女遭遇背叛，则会于体内孕育出一个不同的妖魂，是为怨女，怨女本性极恶，与魅女共用一个身体，为祸四方。这怨女，是所有捉妖人心里最忌讳的一个。"

凌妙妙听得一脸震惊："人、人格分裂？"

不愧是《捉妖》，这个世界的妖物设定不同凡响，大世界才展开小小的一角，便已千奇百怪、花样百出。

第三章　水鬼

一

凌妙妙吃了馒头，又拿了几个包好，准备给慕瑶他们送过去。

船行至漩涡处，微微摇摆，凌妙妙感到胃里又有些难受，抱着包裹半倚在栏杆上。

慕瑶的门紧紧地闭着。凌妙妙看见一抹熟悉的衣角，是慕声的鹅黄色衣衫。

凌妙妙不敢动了，偷偷地看过去。他坐在慕瑶的门口，手放在膝盖上，袖口利落地扎紧了，半眯着眼睛，看起来有些疲倦，但表情仍然紧绷着，宛如一只蓄势待发的小兽。

凌妙妙吃了一惊，"黑莲花"至于这样寸步不离地守着慕瑶吗？

下一秒，她听见哗啦啦的水声，仿佛有什么东西从江水中冲出来了。

她回头一看，船舷外什么也没有，呼呼的夜风直往里吹，带着一股湿冷的水汽。

咦，窗户是在什么时候被打开的？

凌妙妙瞪大眼睛，猛然发觉地面上漫着一层若有若无的黑雾，慢慢地聚拢在一起，凝成一个奇怪的人形。凝成人形的黑雾像蜥蜴一般四脚并用，飞快地从凌妙妙的脚上掠了过去。

凌妙妙觉得脚背上一热，低头一看，从裙角到鞋面都被水浸湿了。

这是什么鬼东西？

这团黑雾飞快地穿过隔板，如入无人之境，隔板上很快显出了层层叠叠的暗黄的水渍。

它直奔慕瑶的房间而去。

黑影贴着地面迅速地溜到房门前，慕声半眯着的眼睛瞬间睁开，露出一抹狠厉的光。

他坐在地上，身子微微一斜挡住门口，指节发出咯吱的脆响。

黑影顿了一下，团团的黑雾似乌云翻滚涌动，不复在移动时显出的人的形态。它停驻的地面上慢慢地溢出了水，积成了一个小水洼。

下一秒，这一片翻腾的乌云像野兽一般拱起了脊背，像被拉到极限的弓弦——这是一个预备攻击的姿势。

"不识好歹。"慕声微微一翘嘴角，目光锐利，手腕上的钢圈已然脱手而出。

那黑影立了起来，足有一人半高，坐在地上的少年被笼进了阴影里，仿佛被黑暗吞噬了。

当——

收妖柄带着亮光猛地击出，仿佛一道破除乌云的刺目日光。那黑影竟然被打作两截，一股黑水从它的腰间喷出，船舱里弥漫着淡淡的腐烂的味道。

黑雾散去了，地上到处都是水渍，一个牙床狰狞的骷髅头滚落到地上，旁边是几块泡在水中的零散的白骨。

凌妙妙张大嘴巴，这难道就是传说中的……水鬼？

少年半垂眼帘，悄无声息地松开腰带，脱下被水沾湿的外袍丢在地上，踩着它擦过了地面，再次坐在慕瑶的房门口。

慕声只穿着雪白的中衣，碎发轻柔地覆盖在额头上，眼睫微翘，身影看上去有些单薄。

他面容平静，闪动的黑眸中偶尔会因心神不稳而露出一丝偏执的戾气。

凌妙妙叹气，觉得"黑莲花"痴心得有些可怜。

慕声安稳坐下不过一分钟，船舱里暗了下来。奇怪的气味迅速充满了船舱，是一股咸鱼味，就好像刚才被打死的水鬼身上的味道。

只不过，这次的气味已经浓郁到需要人屏住呼吸的程度了。

慕声慢慢抬眼，漆黑的眸中映出船舱内遮天蔽日的黑雾。

"小子，断人财路又取人性命……不是个好习惯。"

这声音雌雄难辨，像是隔着一张纸传出来，间歇带有震动的声音。

刚刚慕声打死了小的，现在又来了一个大的？

整个船舱到处是带着潮气的腥臭味，黑雾如同一堵墙遮住了凌妙妙的视线。

凌妙妙这会儿只听见这大妖在说话，看不清慕声的表情，就向前走了两步。

"想打我阿姐的主意，就凭你？"少年睁开双眼，嘴角带着一抹讥讽的笑容。

"你知道本座是谁吗？"那声音沙沙作响，让人听得直起鸡皮疙瘩，"若不想死，趁早滚开。"

慕声拍拍手站起来，无声地反手在慕瑶的门上贴了好几道消音符，一道无形的屏障瞬间包裹住了船舱。

他轻轻地笑道："不就是只水鬼吗？"

凌妙妙伸手触摸着软而韧的结界，一门之隔的慕瑶还在沉沉的睡梦中，浑然不知外面发生了什么。

那乌云般的黑雾瞬间暴涨，遮住了窗棂里漏出的最后一丝光。船仍在行驶着，在黑暗中凌妙妙随着船上下起伏，胃里一阵翻江倒海，忍不住靠住了船舷。

慕声凭借灵敏的五感迅速跃开，闪过了攻击，腕间的收妖柄飞上空中，瞬间放大，在黑夜中闪着莹莹的白光。收妖柄如同一个黑洞，空中黑雾顿时变作旋涡状，被丝丝缕缕地吸入圈内。

"你以为这种低等法器……"黑影猛地凸出了一块，迅速伸展，如同伸出一只长臂，竟然生生捏住了收妖柄，"奈何得了我吗？"

白色的光圈剧烈颤动着，仿佛无声的挣扎，慕声以心念控之。此时收妖柄被制住，他如同被捏住了心脏，一股强大的煞气反灌入身体，使他的唇色越来越白，他绷不住吐出一口鲜血。

收妖柄被整个没入黑雾中，发出即将被粉身碎骨般的咯咯声。

慕声眸光一沉，他强行飞身而上，如同一只雨燕，径自攻向了黑暗最浓重的地方。

凌妙妙惊呆了：这是什么自杀式打法？

果然，黑影倒退半步，气团如烈火般再次扑上来，慕声立即被无数藤蔓般的黑色手臂缠住，用力拉向核心。

现在，他宛如被蛛网粘住的小昆虫，即将成为蜘蛛的腹中之餐。

"为了法器不要命。"那声音又怪笑起来，"不过你的身体……"黑影似乎极其愕然，半晌，冷笑道，"为了一个低等收妖柄，你竟然自寻死路？"

慕声已经靠近了黑影的核心，勉强支撑着身体悬在空中，保持着距离，嘴唇殷红，目光有些涣散。

一个收妖柄已经回到了他的手腕上，被他的袖口掩盖。他恍若未闻，念着口诀要收另外一个。

不能丢，一个也不能丢。

"阿姐，为什么会有那么多的鬼呀，打也打不完。"许多年前，小男孩儿沮丧地捂着伤口，眉目间涌动着若隐若现的戾气。

"看姐姐给你带了什么？"女孩儿微笑着打开一个盒子，里面是一对闪亮的小钢圈，"阿声还没有自己的法器对不对？我做了一对收妖柄给你，这样以后就不会怕鬼了。"

"还给你吧！"水鬼冷笑着。

银色的钢圈从黑雾中掉出来，猛地砸在地上，弹了一下，滚到了凌妙妙的脚边。

随后，凌妙妙眼睁睁看着一只黑色的手臂噗的一声穿透了慕声的肩膀。

红色的血液突然迸出，喷在对面的墙壁上，少年的脸色霎时间苍白如纸。

"可惜了，你有这样珍贵的身体，偏偏生在慕家。"那黑影咬牙切齿，声音中带着一丝得意，"如果早些让开，也不至于白白丢了性命。"

凌妙妙对慕声的行为充满疑惑。

"你傻吗？你不是会用'炸火花'吗？"她忍不住大喊，却发现自己的声音很小，像被什么压制住了似的。

身旁的空气都被压缩了，凌妙妙的耳膜鼓起来，有种在潜水的错觉。偶有的声音也像是隔着水面传来，经过了压缩和扭曲，让人听不清楚。

这是怎么回事儿？

大风吹起，少年悬在空中，白色的衣袖和黑色的发尾飞扬着，发带如若展翅欲飞的蝴蝶，拼命地拍打翅膀。

他沾着鲜血的嘴唇轻轻地张开，显得万分妖冶："死之前，怕是没机会让你报出大名了。"

他的指尖绽开一星光点，那是一切旋风的源头，一个庞大的旋涡从平面上立了起来。

那是极为壮观的景象，旋涡形成一个巨大的漏斗，宛如吞食天地的怪物张开血盆大口，绞肉机一般打碎了黑云。其间红光暴涨，将整个船舱映成一片艳色。

凌妙妙听见了骨骼破碎的声音，咔咔嚓嚓、咯吱咯吱。

一张橙黄的符纸从慕声的袖中飘出，慢慢地落在地上。

那癫狂的黑影挣扎着接住了它，黄纸迎着光，透出血红的字。

凌妙妙努力辨认了半天，发现上面的字她一个也不认得，那些字看起来甚至有些古怪。

"反写符……"那黑影难以置信，声音几乎变了调，"慕家人怎么可能画得出反写符？"

红光漫天，慕声慢慢地落在地上，肩膀上的一个血洞触目惊心。他脸上映着船舱内的红光，带着诡异的笑容："让你失望了。"他浑身是血，仍然笑吟吟地站得笔直，显得十分可怖，"我不是慕家人，我只是慕瑶的弟弟。"

话音未落，船上所有的黑影哗啦一下全消散了，水面倒映着黄昏绮丽的晚霞，光芒涌进了船舱，霎时间从诡异的红黑色调变成一片暖色。

黑云猝不及防地散去，露出一脸愕然的凌妙妙来。

她惊恐地左顾右盼，发现自己无处遁形。

红光慢慢地躲进慕声的身体中，他慢慢地扭过头，意外地眯起眼睛，脸上还带着尚未消退的戾气："凌小姐？"

他的潜台词是：又是你？

残阳如血，映照着她的黑亮的发丝。

她僵硬地站了片刻，迅速地用双手举起那个从地上捡来的钢圈，挡住脸上战战兢兢的表情："你、你的镯子。"

他接过来，却不急着戴上，将收妖柄拿在手里把玩了一会儿，向她睨去："你知不知道，你口中这个镯子，可以打碎你的脑袋？"

他的眼眸极亮，嘴角带着一抹意味不明的笑意。

"慕公子好风趣。"凌妙妙已经对恐惧的感觉麻木了，瞪大一双黑白分明的杏眼，满脸都是无知和无畏，僵硬地露出八颗牙齿，"它刚才撞到我的脚，脚也没碎，想必它只打妖怪，不打我这样的好人。"

慕声戴上收妖柄，却没有撕掉门上的消音符，身上肉眼可见的红光表明他现在还处于灵力暴动的状态。

就算慕声在这个结界里杀人分尸，外面也没人会知道。

凌妙妙保持着笑容，实际心里焦灼得快烧起来了——没有主角光环，还敢来随便送馒头？

慕声终于打破寂静："你刚才看到我……"

"我刚才看到妖怪了，可吓'死'人了！可是没想到，这么厉害的妖怪居然被慕公子一招就秒杀了，慕公子真是惊才绝艳，什么时候也教教我就好了……"凌妙妙眉心一跳，迅速接上了后面的话，语速越来越快，声音又甜又脆，带着推销似的高涨的热情，"慕公子真不愧出身捉妖世家，为民除害、身手不凡，简直就是我等凡人的大罗金仙！"

凌妙妙活了这么多年，头一次为了保命贡献出如此卖力的表演。

他顿了顿，脸上笼上一层阴云："你明明……"他欲言又止，似乎懒得与她多说，嘴角挂着嘲讽的笑容，"算了。"

他单手摸出符纸，只用了短短一刻就将其烧毁。

"妙妙在吗？"

凌妙妙刚松了口气，这声音便如同一个重锤砸在她的脑袋上。

柳拂衣站在走廊暗处，衣袂飘摇，疑惑地喊："你站在那儿做什么？酒冰好了，你不是要喝吗？"

她恨不得捂上这个直男的嘴。

慕声垂在身侧的手捏紧，微微眯眼："哟，这么一会儿不见，就追过来了。"

"叮——任务提醒，任务一关键情节，与角色'柳拂衣'赏月共饮。"

三个声音在她脑子里同时环绕，让凌妙妙觉得头要炸了。

"妙妙？"

"哎，来了、来了。"凌妙妙飞快地答应着，回头笑眯眯地看着慕声："慕公子要一起吗？"

"你们二位的事情……我就不凑热闹了。"慕声意味深长地看着她，视线落在凌妙妙一直抱在怀里的包裹上，怔了一下，"你拿的是什么？"

凌妙妙心里生出一股邪火来：你现在倒想起来问了！我来送个馒头，

69

差点儿把自己送成"炮灰"……

她把包裹往怀里带了带，借着柳拂衣的三分势，抬起下巴迈脚走了："哼，没什么。"

二

江中茫茫水，水中溶溶月。

月光化作一江碎银，簇拥着安稳行驶的客船。船上挂上了照明的灯笼，发出一团融融的黄光。

"二位客官，这是我们船上独有的桃花酒哦。"船员伸出一只手，飞速地将两个小巧玲珑的酒杯摆上了小桌。

甲板上晚风正凉，清朗的气息混杂着酒香，直往人的口鼻里钻。

"来，妙妙。"柳拂衣的侧脸在灯的映衬下说不出的俊逸。

在这样一种浪漫的环境下对饮，也难怪凌虞会越陷越深。

"柳大哥。"凌妙妙手疾眼快地接住了柳拂衣递给她的酒杯，"多谢，我自己倒。"

二人持着精致的小瓷杯在空中轻轻一碰，发出清脆的响声。

柳拂衣笑着，举杯喝酒，眼底却有一抹化不开的忧郁。

原著里，凌虞孤身离家，闷闷不乐，经过几天的颠沛流离，情绪终于失控，一个人躲在角落里哭着借酒浇愁。善良的男主角当然选择陪她一起喝，极尽安慰之能，这是凌虞与男主角独处时间最长的一次。

这次任务完成后，凌妙妙和柳拂衣的亲密度将达到80%。

"柳大哥也不开心吗？"

柳拂衣微微一笑，眸光闪动了一下："为什么是'也'？"

"呃……"她一时语塞，低头喃喃道，"我想家了。"

她再抬头时，已经像影后般酝酿出泪水。

"唉，也难怪。"柳拂衣为她添酒，"你毕竟不是捉妖人。四处漂泊的捉妖人像是无根的浮萍，将亲缘、情缘都看得极淡。"

"你也是这样？"凌妙妙定定地望着他。

"是的。"他眼里带着浅浅的笑意，"不单是我，瑶儿也是一样。至于阿声……"他好笑地摇摇头，"就是阿声年纪还小，还有些黏人。"

凌妙妙咽了口口水，没敢吭声。可怜的柳拂衣头上都快飘着绿云了，还不知道慕声和慕瑶不是真姐弟，以为慕声只是"黏人"。

"这样说来，你和慕瑶已经习惯这样的相处模式了？"

提起慕瑶，柳拂衣一贯的温和神色就露出几分无措："我也不知道她最近怎么了。"酒入肺腑，他的身体热起来，话匣子也彻底打开了，"说起来，瑶儿与我性子太相近，或许不是一件好事儿。"

这倒是有些道理，凌妙妙在心里想。

"这其实是一件简单的事儿。"她为柳拂衣满上酒，看着他无意识地一杯接着一杯喝下，"是你们想得太复杂了，其实……"她顿了顿，满脸复杂，"你们只要坐下来交心，一个时辰，不，说不定一刻钟就全解决了。"

"交心？"

"是呀！"

柳拂衣却苦笑着道："太难了。"

"怎么就难了？！"凌妙妙气得心脏乱跳，"你把心里想的都说出来，有那么难吗？！"

柳拂衣摇摇头，露出一个意味深长的笑容："这么多年，我与瑶儿都习惯自己背负一切，与其说是恋人，不如说是伙伴。我们彼此相依，却也彼此竞争，在这段感情里，生怕输给对方，因为一输就是一败涂地……"他怜惜地看着凌妙妙，住了口，"你还小，还不懂。"

凌妙妙被这句话刺伤了。

的确，她一个没谈过恋爱的人，凭什么给情侣当感情导师？

"几时了？"船舱内，慕瑶坐在床边，披着外裳，满脸倦色。

她修习的慕家捉妖术威力巨大，但是极为耗神，每次练完，都要睡很长时间。这一次，她竟然睡到了晚上。

"月亮都出来了，阿姐饿吗？"慕声笑吟吟地出现在床头，他的睫毛浓密，乌黑明亮的眼睛从下向上看着她，带着点儿邀宠的亲昵，宛如一只撒欢儿的小狗，把前爪搭在床沿上，想要凑过来舔主人的脸。

他刻意换了新的外袍盖住身上的伤，把头发梳得一丝不乱，除了脸色有些发白，完全看不出来刚刚经历了一场恶战。

慕瑶披着衣裳，眼睫低垂，脸颊上带着一丝初醒的嫣红，竟有几分可爱。可惜她的神色郁郁："我一点儿也不想吃东西。"

"可是阿姐一整天都没吃东西了。"慕声半撒娇半是诱哄，"我要些

71

吃食来，帮你端进房间好不好？"

"阿声，刚才我好像听见了拂衣的声音。"慕瑶抬头望他，神色里竟然有一丝惊慌。

慕声瞬间沉下脸色，语气都变了："是呀，他来叫凌妙妙去喝酒。"

慕瑶眼里的光闪了闪，她闭上眼睛："算了。"

"阿姐非得找他做什么？我也可以陪你呀。你想不想下棋？"

真奇怪，按理说凌妙妙勾走了柳拂衣，对于慕声而言是最好不过的结果。为什么那两个人喝酒赏月，无不快哉，而自己和阿姐两个人就像被抛弃了似的，不单相处时的气氛凝重，阿姐连饭也不愿吃了。

"或者我也陪阿姐去赏月，外面凉得很，要多穿些衣服……"

"不必了。"慕瑶出声，语气中带着抑制不住的烦闷，"别闹了，阿声，让我静静。"

"阿姐，你怎么了？"他在慕瑶的身边蹲下来，这个动作牵拉到了伤口，他眉头微蹙，额上泛出一层冷汗。

这一切，慕瑶一点儿也没注意到。

"我梦到……她了。"慕瑶喃喃自语，脸色发灰，"梦到爹娘，他们被她……"

"不会的。"慕声一把握住她的手腕，神情严肃起来，"我会保护你，绝不会让这种事儿再发生。"

她闭上眼睛轻轻一笑，脸色苍白："别逞强了，阿声。你连我都打不过，怎么对付她？如今之计，唯有我努力修习……再努力一些……"

不、不是的。慕声的目光渐沉。

他的内心深处有一个声音在无声呐喊：我可以的，只要你允许，只要你允许我……

一壶桃花酒很快见了底，到最后，壶中只剩下没有被过滤干净的花瓣残渣。

凌妙妙已喝得头昏脑涨，太阳穴突突直跳，舌头打结，直欲往桌上趴。

"柳大哥，我给你个……建议……"

"你说。"

"你……以后，要跟异性……保持距离……这样，慕瑶才不会生气。"她抬起一根手指，"尤其是，万一遇到一个……身份尊贵又娇气……的小姑娘，你千万、千万离她远一点儿。"

一个身为天潢贵胄的端阳帝姬，活生生把男女主角虐成了两根苦瓜。

柳拂衣不置可否，笑着摸了摸她的头："醉了吗？"

凌妙妙气得一把打掉了他的手："你听没听见我说话？"

"我听见了。"柳拂衣把一个小碗塞进凌妙妙的手心里，声音里带着委屈。

凌妙妙迷迷糊糊地看见碗里漂着一个月亮，正在跟她大眼瞪小眼："这是……啥？荷包蛋？"

柳拂衣绷不住笑了："是水，里面加了醒酒的药，没有别的东西。"

凌妙妙瞬间露出失望的神色："连蛋也不给，小气……"

她说着，豪放地仰头喝了下去，一大半的水被洒出来，沾湿了衣服。

柳拂衣看得眉头直皱，有些心疼他千金难求的解酒汤。

凌妙妙喝完就趴在了桌上："怎么回事儿？这么困……"

"是解酒汤的功效，一会儿便好了。"他轻轻地叹息，"女孩子家在外，夜里还是要保持清醒。"

凌妙妙的脑子里一片混乱，一会儿是慕瑶负气时的脸，一会儿是浑身红光的慕声追着她跑，她头痛欲裂，忍不住哼哼了一声。

"什么？"柳拂衣凑近去听。

"柳大哥……"她含含糊糊地问，"反写符是什么？"

柳拂衣眉头一蹙："你从哪儿听到的？"

"嗯？"她不答反问，"慕家人为什么不会反写符哇？"

柳拂衣顿了顿，慢慢道："不光慕家，所有的正派捉妖人都不会反写符。因为，那是邪门歪道。"

醒酒药的威力巨大，妙妙在此刻从醉意中脱出，瞬间清醒了，只是脑袋还很痛，浑身无力，一时半会儿爬不起来。

她的心怦怦直跳："有多邪？"

"曾有大妖伪装成捉妖人潜入捉妖世家，一纸反写符，横死满门……"

她感觉到柳拂衣的声音越来越近，心里一慌，忘记了还要问什么，立即回忆起剧情来。

按原剧情，这次月下对饮的结尾，是凌虞醉酒，柳拂衣将其抱回房

73

间，途中被慕瑶看见，令慕瑶醋意大发，小情侣闹得不欢而散。当时，凌妙妙可是在心中把无耻的凌虞骂了个狗血喷头。

"天晚了，我先送你回去。不必担心，再过一个时辰，你便可行动自如。"

他这是要抱她了？不行，折寿哇！

她急中生智，一声缠缠绵绵的呼唤溢出了嘴唇："子期……"

柳拂衣顿住了："子期？"

他慢慢地舒展眉头，一副恍然大悟的神情。他一下子明白了，这位娇小姐之所以不顾辛苦坚持要与他们风餐露宿，原来都是因为……

怀春的少女，最是无知无畏。

他的脸上不自知地带上了好笑的神色："唉，我去找阿声过来？"

"不、不、不！"凌妙妙吓得直蹬腿，"啊！我的头……我的头好疼，哟……"

三

"不论如何，我会替爹娘报仇的。"这边的气氛沉闷，慕瑶敛紧了衣服，秀气的面容上神色坚毅，眸中闪过一抹寒光，"谁都指望不上，我会依靠自己的力量完成一切。"

"阿姐为什么总要自己承担，你还是不肯相信我吗？"慕声的脸色已经很白了，他几乎是故意坚持蹲着，感觉到小腹的伤口撕裂，温热的血不住渗出，才能使他清醒。

"不是的，阿声。"慕瑶缓缓地转过来，将手搭在他的肩上，声音温柔下来，"你跟我不同，你是慕家的希望，我会尽力……"

慕声的眸中有一抹黑色的暗涌："即使我只是个外人？"

"别说了。"慕瑶的脸色一冷，"你永远都是我弟弟。你再胡说，我会生气的。"

是呀，你眼中的慕家光明磊落，而我理应感恩戴德……

他放下帘子出门，浑身带着冰冷潮湿的寒气。

这样冷的感觉，连船上黄澄澄的灯光也不能带来一点儿暖意。

船在静谧中行进。月色下有一个纤细的人影，两肩落了些霜花，看上去已经在阁子外站了有一段时间了。

她不住地搓着自己的手臂，闻声转过身来，一脸惊喜地望着他。

凌妙妙僵住了笑，目光下移，落在他捂着小腹的手上，疑惑道："你怎么了？"

"你怎么在这里？"慕声的声音没有一丝温度。

凌妙妙黑白分明的眼里倒映着月光，她向前走了一步："我等你呀，等了很久了。"

她看他的表情，想必对方刚在慕瑶那里碰了一鼻子灰，正中她的下怀。锦上添花算什么，她这不是就来雪中送炭了？

江风吹动她的衣衫，她的身上还残存着一丝酒气，混杂着柳拂衣香囊的味道。他的心中涌上一阵烦躁："酒局这么快就结束了，赶着赴下一场？"

凌妙妙霎时间变了脸色，眉梢挑起："你怎么说话呢？"

"我说错了？"

嚯，看他这吃了枪药的架势，想必是刚才和慕瑶大吵了一架。

凌妙妙微笑着压下了火气："我是与柳大哥喝完了酒，那有什么关系？我现在来找你，又不是为了喝酒。"

慕声抬起眼，连捉弄她的兴趣都没有了："凌小姐又失眠了？我的香囊不中用，没有柳拂衣的好闻。"

记仇的小气鬼！

凌妙妙见他的脸色，估计他伤得不轻，鼓起勇气一把挽住他的手臂："你不能把我往好处想想？我专程来带你上药。"

慕声甩了一下手臂，牵动伤口，冷汗顿时涔涔而下，有些恼了："放开。"

"别动！"凌妙妙压低声音，把他用力拽住了，"你看你，疼了吧？"她拖着他往自己的阁子走，带着莫名的勇气，"不想惊动你姐姐，就别在这里闹腾！"

慕声的挣扎顿时停止。

果然慕瑶就是"黑莲花"的死穴，屡试不爽。

慕声被凌妙妙连拉带拽地安顿在椅子上，漆黑的眸子如同寒潭沉星，整张脸上满是阴郁："凌小姐，你未免太多事了吧。"

凌妙妙没理他，仔细地掩上门，放下帘子，点亮了一盏烛台。

昏暗的房间里只剩他们两个人，她转过脸来，没有一丝笑容："你有病吗？慕子期。有伤就要赶紧治，不用药就算了……"她望着他从手指间渗出的鲜血，皱起眉头，"至于这样折腾自己吗？"

她的神色罕见地严肃，几乎像在发怒，但眼里流露的是关怀，她这个样子很像曾经的一个人。

慕声神色一滞，拿开了手掌，看着指间斑驳的血迹。衣服上的血已经洇出来了，在慢慢地向外扩散。

"我从来不用药。"

"啊？"凌妙妙感到自己的常识被挑战了，"那你有什么特异功能吗？比如说，不治自愈什么的……"

"没有。"

"那你……"凌妙妙倒吸一口凉气，委婉地总结，"慕公子活到现在，实属侥幸。"

慕声看着她不吭声，神色晦暗。

她撩起衣裙，在慕声的面前半蹲下来，语气轻柔："我帮你看看？"

"不必了。"他再次捂住伤口，语气冷淡，"我不上药。"

"你别那么紧张。"凌妙妙感到一阵挫败，"我又不是登徒子，你也不是大姑娘……"

她犹豫了一下，环顾四周，拿出下午那个纸包来。

哗啦哗啦的拆纸声惊动了慕声，他的眼珠里映着跳动的烛火，越发显得瞳仁大而黑亮："不是说没什么吗？"

"我故意这么说的。"凌妙妙拿出一个馒头来，拉开他的手，轻轻地把馒头放了上去，嘴里抱怨道，"本来想拿去给你和慕姐姐尝尝，谁知道偏偏碰见你在跟别人打架。你那么凶，一脸要吃人的样子，傻子才会给你送吃的……"

慕声望着手里的馒头。

馒头雪白滚圆，表面光滑诱人，正中间用切成菱形的胡萝卜镶了朵五瓣梅花，十分精美。

她的声音清脆极了，带着点儿小姑娘家的委屈。

"你别光看，尝尝呗。"凌妙妙蹲在他的跟前，一脸兴奋地仰视他，"我家宝贝厨子做的，又好看又好吃……"

慕声扭过身去，躲过了她的视线。

他不喜欢被仰视，总觉得这样自己的表情会被她一览无余，就像他总是这样看着慕瑶一样。

凌妙妙心里叹气，咬咬牙，换了个边儿蹲下来，继续厚着脸皮劝道："你快咬一口尝尝，保证你不会失望，你不是还没吃饭吗？"

慕声让她一提醒，倒还真觉得饿了。他刚咬了一口，蓦地尝到了一股甜味。他低头望去，馒头里面加了红糖，红糖已经化掉了，被包在馒头里。

"甜不甜？好不好吃？"凌妙妙蹲在地上，笑得像个终于把女儿嫁出去的老大娘。

甜味融进他的嘴里。

太甜了，他多久没有吃过这么甜的东西了？

饥饿连带着一股奇妙的渴求顿时席卷了他，他几口就将馒头吃掉了。凌妙妙托腮看着他，及时地在他的手心里又放了一个。

他顺着她的手指向上看，看到她细长的手臂、水蓝色上襦、白皙的脖颈，一直看到那双带着笑意的杏眼。她期待地望着他："吃呀，还多得很呢。"

慕声望着她，这副模样……

这副模样……很多年前，他在大街上为了一口饭被打个半死的时候，那些高高在上的官家小姐，就是这副好意施舍的模样。

如果她们知道自己惺惺作态施舍的是一只疯狗，就会惊恐地跑开，头也不回地跑到温暖的轿子里。那里会有人对她们嘘寒问暖，告诉她们，对待这些人不需要善良。

而风霜雨雪里无尽的厮杀、黑暗和死亡，才是他的归宿。

他收紧手指，馒头上的梅花被他无意识地捏得变了形。

"哎哎哎，别捏！"凌妙妙满脸心疼地抓住他的手腕，那力道跟小猫挠人没什么区别，"有气冲我来，别虐待粮食。"

他松开手，兴味索然："不吃了。"

凌妙妙咂了一声，对于他的心情变化浑然不觉："别矜持呀，慕公子。我一个人一口气都能吃三个，你一个男孩子，还吃不过我，这如何说得过去……"

慕声心里那些画面奇迹般消散了，他隐约觉得，眼前这位官家小姐，不可归入回忆中那些女孩儿的行列。

因为她脑子有病。

慕声不再计较，接过她的馒头，也一口气吃了三个，感觉胃里妥帖了许多，整个人都舒服了起来。

凌妙妙在一旁瞅着，一阵心疼：她就那么随口一说，"黑莲花"真能吃……早知道她说吃两个，也好省下一个让她多吃一顿。

凌妙妙耐心地等他吃完，愉快地拿出药膏，一股浓郁的中药味儿从她的手中弥漫开来："吃好了，上药吧？"

"怎么还要上药？"慕声又沉下脸来。

"按我家的规矩，小时候要吃苦药，我爹先喂我一颗糖。先头甜了，待会儿就不会那么苦了。"凌妙妙笑嘻嘻地望着他，"要不你自己来，我不看？"

"黑莲花"偏过头去，眸子漆黑："不必了，我没那么矫情。"

凌妙妙看他一眼，自顾自地打开药膏盖子，一边准备一边嘟囔："慕公子，想要活得久一些，多陪慕姐姐一段日子，就要惜命，对自己好一些。若是抢先死了，岂不便宜了他人？"

慕声骤然抬眼："你说什么？"

凌妙妙仰起脸，满脸无辜的笑意："没说什么。"她顿了顿，低头看了一眼手中的药，接着没头没尾地嘟囔了一句，"你一直这么抗拒，难道这些药对妖物造成的创口没有用？"

"不是。"慕声破罐子破摔地用衣服擦了擦手上的血，"以往都是阿姐帮我疗伤。"

他的伤但凡是慕瑶知道的，都被治好了。

慕瑶没有发现的，或者他不想让她发现的，他就自己扛着，听天由命。

"既然有效，那就快点儿吧。你脸色这么差……"

是吗？他勾起一抹嘲讽的笑容，他的脸色这么差，阿姐却一点儿也没看出来。

凌妙妙急匆匆地拉开抽屉，在自己的包裹里找出了剪子和纱布，还像模像样地打了一盆热水。

"你这是做什么？"慕声望着她来来回回的身影，啼笑皆非，"我又不生孩子。"

"啊……不是这样吗？"凌妙妙手足无措，尴尬地站在原地，心里暗道：电视剧误人。

"你过来。"慕声抬起眼，目光从她的脸上掠过，带着一丝似笑非笑的意味，"看你这样子，没帮人上过药吧？"

"是、是没有……"她有些心虚，顿了一下，又有了底气，胸膛一挺，"我还是挺有经验的，我给家里的小鸭子治过腿。它本来被猫咬跛了，我天天追着它给它抹药，硬是被我治好了。"她眼中泛着亮光，"我厉害不？"

他咬了咬牙："药给我。"

"行……"凌妙妙看着他单手解开衣服，心里有点儿紧张，"我需要回避吗？"

"呵。"他意味不明地笑了一声，手下一顿，"凌小姐若是想看，留下也无所谓。"

慕声解开衣服，慢慢地把里衣从肩头褪下来，余光瞥见身后一道僵立的影子。

她还真待在后面看着。

好，她想看便看个够吧。

四

见慕声的衣服被脱下来，凌妙妙心里咯噔一下。

慕声很白，他的背跟他的脸一样白，莹白如玉的皮肤上有陈旧的鞭痕纵横交错，以至于那个穿透了他身体的血洞都不再那么刺眼了。

"凌小姐，别发呆了，帮我递剪刀。"他逆着光，微微侧过头来，露出他眼里的一点儿光亮，剪影优雅而美丽。

凌妙妙下意识地照做了。

"等一下，你要剪刀做什么……啊！"

她反应过来的时候，尖叫声已经蹿出喉咙，双手下意识捂住了眼睛，心脏拼命跳动。凌妙妙透过指缝，看见慕声冷淡地望着她，脸色白得吓人。

"拿水洗洗不就得了，何必……"凌妙妙快崩溃了。

慕声一手掌的血，剪刀浸在血泊中，看上去简直就像命案现场。这个世界又没有麻药，这样真的不会出人命吗？

"被水鬼伤过的地方，如若不清理掉，很快便会腐烂。"慕声宛如听到什么笑话，额头上已经满是细密的冷汗，笑着讥诮道，"凌小姐看着勇敢，不想胆子比兔子还小。"

她见慕声血流不止，空气里浮着一股甜腻腻的味道，也顾不上计较

79

他话里的贬损意味，一把抓起纱布，颤抖着按在他的伤口上，听见他闷哼一声。

"你快自己按着！"凌妙妙的手抖得更厉害了，冷汗湿透了她的后背，"快点儿，我怕弄痛了你。"

岂料他把沾着血的手在盆里一涮，带着温热的水珠覆上了她的手，用力按紧了。这一按几乎是带着自虐的恶意，在这样的痛楚下，慕声嘲讽的话语是从齿缝中挤出来的："你可以用力一点儿的。"

凌妙妙岿然不动，看上去相当镇静，实际上头皮瞬间麻了半边。

"你、你抖什么？"

慕声竟然笑起来，引得伤口震动。凌妙妙感觉手上一热，显然又有新的血液涌出。她感到一阵绝望，吼了出来："别笑了！快闭嘴！"

她右手拿了一块新的纱布，握在手里备用，努力固定住他的身体，看上去像是抱着他一样。

她的怀里有幽幽的香气，是女儿家用花瓣泡水沐浴后产生的味道，被热气一蒸就全部飘散出来。她温热的身体隔着一层薄薄的水蓝上襦，若有似无地贴住了他。

冷，真的很冷。

凌妙妙却热得满头大汗："你这样流血真的行吗？"

热水慢慢地失去了温度，他的手心冷得像冰，嘴唇泛白，整个人竟然慢慢地打起冷战来："这身血……我恨不得……流尽了才好……"

她怀里的人战栗得厉害。

打摆子了。凌妙妙想起来，失血过多的人就会有这种表现。

"黑莲花"有胆秒杀大妖怪，单打独斗的时候好不霸气，到头来竟然是在用生命逞能？

她气得无言以对，只好道："你松开我，我去给你拿床被子来。"

"你、你知道我冷？"

"这不废话吗？"凌妙妙的手被他按着，动弹不得，"你身上这么凉……"

她腾出一只手来，将自己的披帛抽出来，顺手抖开盖在他的肩膀上，想尽可能地让他暖和一点儿。

时间一分一秒过去，凌妙妙心里七上八下，坐立不安。

"这恐怕不行，得去找柳大哥他们……"

"你敢去？"慕声从半昏迷的状态里惊醒，蓦地睁眼，眼里的厉色很是吓人。

"好、好，我不去……"她不敢妄动，颓然地坐下来。

好在凌妙妙一直出汗，身体还算暖和，慕声整个人无意识地贴紧了她。

"喂，你就一点儿办法也没有？"凌妙妙满脸复杂地看着处于半休克状态的慕声，声音干涩，"如果我今天不来找你，你怎么办？"

"不怎么办……"他说话的声音轻得像是梦呓，脑子里混乱不堪，不断地闪现慕瑶严肃的表情：阿声，你是慕家的希望啊。

如果她知道，这个慕家的希望不单有那样的出身，还画得一手熟练的反写符……

真是可笑。

凌妙妙还在他的耳畔用清脆的声音絮絮叨叨："对了，你们捉妖人不都是有那种止血的符吗？或者把它烧了化水喝，能治百病的那种符……"

慕声冷笑："你说的是假道士招摇撞骗的说辞。"

"那怎么办？"凌妙妙欲哭无泪，手边止血的药也止不住他这么大面积的伤口流血，"再这么下去你会死的！"

"死？死又有什么打紧……"他带着一抹讥诮的笑容，神色越发漠然，整个人苍白得像是下一秒就要羽化登仙了。

"不行……你可不能死呀……"凌妙妙紧张地盯着他，见他混混沌沌，拔高了声调恶狠狠地说，"听见了没，不能死！快点儿想法子，刀山火海我替你做……要不然，我等你一晕过去，就把你姐姐叫起来！"

慕声望着她，古怪地沉默了。

半晌，他低低道："我不能用。"

凌妙妙的脑子里闪过柳拂衣那句"歪门邪道"。书上写了，慕声心思不正、剑走偏锋，走的是邪路，却没有明说这路到底邪门在哪里。

要是她任务失败了，她是不是就会直接被传送到惩罚世界了？这样想来，这路是正是邪跟她有什么关系呀！

"为什么不能用，保命要紧哪！"

"我今天已错过一次……"

"我知道，那件事你不想让你姐姐知道。你放心，我半个字也不会说，你快点儿用吧。"

慕声的脸色苍白如纸，发丝湿漉漉地贴在额角上，神色迷迷蒙蒙，越发显得瞳孔乌黑洁净："你今天看到了，不害怕吗？"

"嗯，看到了。"她敷衍着，心急如焚，"管他什么歪门邪道，能杀妖怪不就行了吗？要是能保住你的命，为什么不能用？快点儿！"

他慢慢地俯下身子倚在她的身上，声音轻飘飘的，显得乖巧得出奇："你帮我。"

"我……我怎么帮你？"

"帮我梳头。"

凌妙妙放开手，手背都被汗水沾湿了，三两步跨到箱子旁，从里头翻出了一把梳子，颤颤巍巍地插进"黑莲花"的一头乌发里。

"发带……卸下来……"他的声音飘忽不定。

"哦……"凌妙妙伸手拉了一下那白色的发带，只拉了一下，忽然觉得周围的气场都不一样了。

四周的空气变成无数旋涡，旋转、扭曲，面前的人像是有致命的吸引力，像雪白的罂粟在风中摇曳，诱人采摘……

那样淬着毒的美艳，是九天之上雌雄莫辨的尊神，又是令人在欲海中沉浮的邪灵，忽而高不可攀，忽而堕落至极。无数种幻影交错变化，不变的是那一双漆黑的眼睛，眼尾上挑，媚气横生，眸中是旋涡般的星河，含着世间最皎洁饱满的情意。

任谁只要看一眼，便忍不住离他近一些，再近一些，甘愿匍匐在他的脚下，做他的祭品，任他处置。

喉间有一股暖流流过，她反应过来的时候，嘴里的一口血已经流到了下巴。她感到五脏六腑似乎都被一只无形的手揉捏着，却奇怪地感觉不到疼，竟然有一种……快慰的满足。

凌妙妙的心情是兴奋的，理智却让她汗毛倒竖。这是救人吗？这是要她一起陪葬啊！

"嗯……"她又吐出一口血，眼底发黑，手仍然不听使唤地放在他的发带上。

她的手臂猛然被抓住，接着被人用力拉开，让她一屁股坐在了地上。

"够了。"

那股神秘的气场骤然消散，像是浮在空中的人落了地，她这才感觉到浑身的脏器仿佛都颠倒错位了，疼痛后知后觉地袭来，哇的一声吐出一口

82

血，趴在地上喘息。

慕声微微回过头来，凌妙妙看见他的伤口仍在，血却不再流了。

他的脸色苍白，不知怎么，眉梢眼角竟然带上了一抹奇异的艳色，哪怕他此刻脸上阴晴不定，眸中依然深不见底："滚，离我远一点儿。"

凌妙妙咋舌：有这么对救命恩人的吗？

她揉着被慕声打痛了的手臂，缩在了角落里，看着慕声伸出两手，优雅而缓慢地系牢了发带，然后披上了衣服。

那平淡无奇的白色缎带上凝聚了月光，显得更加神秘。

他修的是什么邪术，这么强悍？刚才那股力量，她现在想起来还觉得胆寒。难怪慕瑶不让他用，他要这么发展下去，会变成一个邪教头子也说不定。

慕声梳好头发，穿好衣服，开始端坐在那里，闭目养神。

"那个……你好了？"凌妙妙无聊地躲在角落里半天，忍不住打破寂静。

"今天的事情，一个字也不许说。否则，我不会再……"他语气冰冷，突然停住不说了。

凌妙妙纳闷了，"黑莲花"犯什么病？他刚才还是靠在她怀里的温柔小绵羊，怎么短短一刻间就翻脸了？

忽然间，一个念头电光石火地划过脑海，让她出了一身的冷汗。

慕声是一个为了报复能够害人全家的人，也是一个除了姐姐，万物在他的眼里什么都不算的人……他能有什么良心？

他心知此举后果如何，还一步一步诱惑她去做，意欲何为？

刚才那堪称粗暴的一摔，反而是他临时改变主意，放过了她吗？

"真是……谢谢你呀。"她从牙缝里挤出一句话来。

慕声一直背对着她，外袍的下摆开花似的铺开。他沉默了半晌，讽刺地一笑："凌小姐，太聪明未必是件好事儿。"

"你错了，慕声。"凌妙妙背靠着墙壁，脚下的船忽然颠簸了一下，"真正的聪明只是为了自保，从来不会用来伤害别人。"

昏暗的烛火摇曳，室内又一阵沉默。

"你不相信？"凌妙妙冷笑一声，"如果你相信慕瑶是个绝对的好人，那你凭什么不信，世上没有跟她一样的人？"

慕声意味不明地笑道："你在说你自己吗？"

"是不是觉得我把自己跟你姐姐相提并论很可笑？"凌妙妙折腾了半响，肚子又叫了起来，干脆蹲在角落里吃起馒头来，"没错，我跟她还是有点儿不同的。"她一边嚼，一边含含糊糊地说，"我这个人小家子气，心里没有那么多大仁大义。只要我在乎的人，都能平平安安、开开心心，我就知足得很呢。"

她突然发现脚下有一道细细的缝隙，船又颠簸了一下，那个缝隙里就噗的一声冒出几个水泡来。

咦？她蹙起眉头。

一道阴影笼罩了她。她抬起头来，发觉慕声走到她的面前，居高临下地望着她。

他眸中有种复杂的情绪，似好奇又似疑惑："你不怨我？"

"怨你做什么？"她刻意装傻，话中带了倒刺，"你先前说了是歪门邪道，是我坚持要你用，要是不幸死了，也怪我命不好呗。"

她咽下馒头，满意地舔舔嘴唇，甜味使她满心欢愉，连想要骂人的暴躁情绪也平复了。

凌妙妙已经气不起来了，浑身上下都紧绷着——任务二还真是意料之外的艰难。

"以我一命，换慕公子您一命，想来也公平得很。"她甜甜地笑起来。

少年一压眉头，神色顿时凌厉起来，没想到眼前的人看似软弱，内里却是个有脾气的……

他似乎是挣扎了半响，才调整好情绪，只是脸上越发冰冷："你——"

哗——外头忽然传来一阵巨响，仿佛江水突然翻起滔天巨浪，脚下的船突然剧烈地颠簸起来。

"怎么回事儿？"

"啊！进水了……"

外面的声音嘈杂起来，一时间似乎很多人从房间里跑出来，拿在手中的烛火层层叠叠，宛如萤火虫飞舞。众人不住地在甲板上跑来跑去，脚步声杂乱无章。

咔嚓——

凌妙妙目瞪口呆地移了个位，差点儿一个趔趄扑倒在前面。她脚下那道细细的裂隙忽然扩大，刹那间宛如猛兽裂开了一张血盆大口，一股黑雾带着涌动的江水突然从口子里钻了出来，直冲天际。

凌妙妙被这狼烟一般的黑雾惊呆了，手腕忽然被慕声抓住，瞬间从裂隙的另一端被拉了过去，往门口一推："去，让柳拂衣带阿姐走。"

凌妙妙回过头来，见慕声的衣袖上还沾着斑驳的血迹，有些犹豫："你……顶得住吗？"

"别废话，快走！"慕声的发尾飞扬，两张符纸已经飞出袖口，他见她掉头往回跑，禁不住大怒，"不是让你走吗？你管我干吗？！"

"谁管你了？"凌妙妙三两步跑回到柜子跟前，飞快地将矮柜上放着的包袱一勾，背在背上，转身夺门而出，"我馒头没拿！"

慕声额上的青筋暴出。

五

甲板上聚集着惊恐的客人。很多人是半夜听到响动从床上爬起来的，衣衫不整，有的人甚至连鞋也没穿，大家挤在一处，像是一群瑟瑟发抖的小羊羔。

慕瑶的白衣在空中飘舞，她一截雪白的手臂露出来，高高举起，指尖生出一点儿光亮。仔细看去，她是在支撑着一个巨大的球形结界。这个结界内的人太多，因此结界的边缘淡得几乎与夜色融为一体。

"快，大家站在我身后！"

满江都是星星点点的黑雾，总是在暗中行动的水鬼竟然倾巢而出，堂而皇之地发动了进攻。

船身剧烈地摇晃起来，牢固的大船被白蚁似的水鬼们腐蚀掉了，在水鬼不断的冲撞中发出了凄惨暗哑的咯吱声，仿佛下一秒就要在水中分崩离析。

"大船怎么了？"人群中传出了孩童清脆的哭声，"呜呜——大船是不是要沉了？"

人群立即骚动起来，一个满脸横肉的中年男人死死瞪着他："小崽子，别胡说，真晦气！"

"哇……"孩子一下子哭了，哭声搅乱人心，引得一片哗然。

"哭，再哭，老子弄死你！"

母亲将孩子护在怀里，不住地往后退着。

人群中有阻拦的、有大声咒骂的，混杂着哀哀的哭声，一时间乱作一团。

慕瑶不住地回头看着，神色凝重，大喊道："不要吵了，船不会沉……"

"啊！"

像是故意同她作对似的，船身猛地倾斜下去。人们猝不及防像是一盘沙流动到一个角落，尖叫声和哭声顿时一声高过一声。

"都扶好船身！"慕瑶加固了结界，外面的水鬼仍然企图趁乱攻入。

被妖怪吓呆的人们自顾不暇，乱作一团。

"你踩我做什么？"

"兄台不讲道理，我何时碰过你？"

"别吵了！都活不了了！"妇女尖厉的嗓音穿透耳膜，带着浓重的哀怨。

人群一时间寂静下来，随后又发出咒骂声和低低的哭声。

船身所有的木板都在咯吱咯吱响动，木结构的衔接处被牵拉出一个豁口，大部分构件都松动了，在冲撞之下产生了裂隙。

慕瑶独木难支，咬了咬牙，两脚离地，浮到了空中。她飞快翻动手指，祭出一张符纸，瞬间便打倒了一大片水鬼，黑水迸溅，森白的骨头掉落一地。

人群骚动起来。

"快看她的符，慕家人……"

"有救了——"

凌妙妙跑出来，远远看见柳拂衣朝这边来，急忙扑上去："柳大哥——"

"妙妙！"柳拂衣抱着一个男孩儿，还背着一个不省人事的老妇，迅速到了她的身边，"没事儿吧？"

"我没事儿，我们快去找慕姐姐！"

柳拂衣扬了扬下巴："瑶儿就在那边救人，我们现在去同她会合。"

凌妙妙接过柳拂衣怀里的孩子，用百米冲刺的速度跟着他往甲板上跑，心想：慕声的担心完全多余嘛，这两个人本事强悍、配合默契，怎么可能被困得住？

倒是他一个人留在黑漆漆的裂隙旁边，好像更危险吧？

黑云已经将船舱的顶棚穿出了洞,露出黑黢黢的天幕,明朗的月光被乌云遮挡,方圆数里的江面都被浓重的妖气掩盖。

慕声的黑发和衣袍被邪风吹动,面前的黑雾聚起,隐约可以见到半个人形。

"就是你吗?"黑影的嗓音阴柔,像是个女人。

"怎么,打死了公的,母的带着一家老小来寻仇了?"他微微垂下眼,仔细地看着手掌,浓密的睫毛在眼睑上投下一片弧形的阴影,这样柔软的神色有一瞬间冲淡了他周身嚣张的杀意。

"哼……"尖厉的嗓音使四周的气波震颤,仿佛有人在用指甲刮擦着地面,"小东西,真嚣张。"

"你的修炼不过关。"慕声慢慢地褪下腕上的收妖柄,歪头望着她,似乎是真的好奇,"你就不怕今天你们水鬼一脉,就此灭绝了?"

黑云涌动,显出个细腰宽胯的人形:"听闻慕家家主是个女的,你又是谁?"

"我叫慕声,家主是我姐姐慕瑶。"慕声微微一笑,宛如春花绽放般明媚,"可惜,对付你们这种杂碎,犯不着我阿姐出手,我就够了。"

"慕声……"那个声音念了一遍,低低笑起来,"名不见经传。但能一击杀死鬼王的少年,又岂是池中之物?你这么多年隐而不发,为了什么?"

慕声不接她的话:"倘若你那短命鬼丈夫不打我阿姐的主意,他还可以长长久久地当他的鬼王。"他手中的收妖柄顿时飞出,宛如劈开天幕的一道闪电,"敢对我阿姐不敬的,唯有死。"

"你懂什么?!"那个声音骤然尖厉起来,她极速后撤,如同一道水蒸气冲上了天空,使断裂的船身左右摇晃,"他是为了我!都是为了我!"

又是一个觊觎慕瑶的躯体的妖。

收妖柄猛地撞击在她的腰上,发出当的一声巨响,黑水喷溅,几块骨头噼里啪啦地落下来。

"我说过了,修炼不精,就不要出来丢人现眼。"慕声的嘴角带着一抹残忍的笑意,收妖柄在空中迅速来去,宛如玩弄着猎物的猫儿。

"我一介垂死之人,生无可恋,不惧神形俱灭……"

她的声音阴森森的，在他的头顶响起来。

怪笑回荡着，似乎是一个摆脱不了的梦魇："更可怜的是你，慕声……这里不是你该待的地方，你捉妖捉得快活，可还记得你地下的娘？"

"你说什么？"慕声骤然变了脸色，咬紧牙关，浑身戾气暴涨，话语几乎是从齿缝里挤出来的，"你再说一遍。"

他一动不动地瞪着那团黑影，上挑的眼尾发红，如同浸在血中。

"我想起你是谁了，'永夜为暮，离歌为笙'……小笙儿，你说我们是杂碎，但是背弃你可怜的娘，转投了捉妖世家的你，又算是什么东西？"

"水……漏水了！"

狂风大作，发出呜呜的轰鸣，江上波涛滚滚，黑云宛如浓墨连绵不散，慕瑶高高地举起手臂，宛如在暗夜中举起火炬的女神。

慕瑶放出的收妖柄在空中飞来飞去，越来越多的白骨堆叠起来，葬身于结界之外。

慕家家主实力高强，可以以一人之力阻挡万千只水鬼的同时攻击，却难以阻挡脆弱的客船分裂开来。

船身已半倾，无数细小的裂隙张开，江水涌上来，没过了众人的脚踝。船仿佛被什么东西咬住了，正在一点儿一点儿地下沉。

客人们七手八脚地想要往高处攀爬，却不断在水中打滑，扑倒在水泊里，溅起冰冷的水花。

此刻的宛江是冷色调的，如霜月色照得每个人脸色铁青，仿佛地狱里的小鬼，脸上写满了恐惧和绝望。

咯吱——船身发出一声痛苦的呻吟，慕瑶顿时变了脸色。一道天堑般的裂痕猛地出现，客船从中间断成两截，翘起来的那部分沿着裂隙慢慢地落下去，眼看就要砸进江水里。

"啊！"被困在断船那一头的人们抱成一团，一阵尖叫声和哭喊声骤然炸开。

慕瑶把手臂一伸，披帛如白虹般展开，跨过了天际。她以自己的披帛牵住了那半截船，贝齿紧咬，手臂颤抖，竟然极其缓慢地将其拉了回来。

咯吱吱吱——

那白练被倾注了所有的力量，绷到了极致，慕瑶的脸色也苍白到了极致。

豆大的汗珠从她的额头上滑下来，她努力调整气息，尽量周转着几乎用尽的力量。

"她坚持不了多久了！"人群中横出一个声音，是那个满脸横肉的大汉发出的。他左顾右盼，惶恐地大喊："必须爬过去，否则等这白练断了，就没救了！"

他说着，抢先一把抓住了慕瑶的披帛。

"不要、不要……"慕瑶大惊失色，唇边已经溢出鲜血来，"别过来！"

那大汉抓着披帛，手脚并用地爬了过来，其他人宛如无头苍蝇，一窝蜂地往披帛上挤，不再理会慕瑶一声高过一声的警告。

"别拉，我坚持不住了！"慕瑶发出一声悲鸣，一口鲜血迸出，结界破碎了。

与此同时，嗡的一声，白练霎时间崩裂了，那半截船带着船上人的巨大尖叫声，宛如被巨兽张口吞噬，一下子消失在湍急的江水中。

水面上冒出了咕嘟咕嘟的气泡。

剩余的半截船身也在慢慢地沉没，江水倒灌，已经淹没了人们的小腿。

慕瑶脸色苍白地坐在水泊中，难以置信地瞪着空荡荡的水面，腰却被人一把搂住。那爬过来的大汉从背后用力地抱住她："慕姑娘，救救我，我不想死……不想死……"

脱了力的慕瑶被他拖着，在船上慢慢地下沉。

咻！一道金光迸出，天幕上出现了一道流星般的金黄色流光，停下来的时候，能看出那是一座九层塔，光芒所到之处，水鬼仿佛被扔进热锅里的一滴水，刹那间便化作飞灰。

那大汉的侧面挨了重重一踢，稍一松手，失足跌进江水中，发出撕心裂肺的号叫："救命啊！我不想死，嗯……"

慕瑶的手被拉住，整个人被用力拽到了柳拂衣的怀里。

他的脸色格外难看："瑶儿！"

慕瑶却回头看着那拼命拍水的大汉："他——"

"慕姐姐，这人刚才差点儿害死你！"凌妙妙旁观许久，火气噌噌地往上冒。

"不，救人……"慕瑶在柳拂衣的怀里挣扎。

柳拂衣虽然平素温和，但也是个有脾气的，此时此刻箍紧了慕瑶，咬牙不应。

凌妙妙眼看船将倾覆，两个人又争执起来，急忙拿起地上一根折断的桅杆，咬牙扔进了水里："行了，慕姐姐别乱动，我来救他！"

"不想死就给我拉住了！"凌妙妙用力抓着桅杆的一端，后背汗湿。

那大汉抱住了另一头，桅杆猛地一沉，水面上漂浮的碎片在他的脸上划出一道道血口子。

柳拂衣抱着受伤的慕瑶坐在了船篷上，二人的衣服湿透，慕瑶正在不自知地打着寒战。

柳拂衣心急如焚，拧眉看着下面："妙妙，你能行吗？"

"能……行……"凌妙妙使出吃奶的劲儿，在小腿深的水中颠簸着将那人拉到了船边。

"谢谢，谢谢这位女侠！"那大汉手脚并用地爬上来，涕泪交横地瘫倒在甲板上。

凌妙妙跨过他瘫软的身体走向柳拂衣，抹了一把脸上的水："我们离最近的岸边还有多远？这船坚持不了多久了……"

"快了。"柳拂衣神色凝重地眺望前方，忽然有一道月光照在他的脸上。

凌妙妙仰头看去，只见乌云散开，皎洁的月亮再次浮现出来。

到处都是森森白骨，九玄收妖塔还在天上旋转，偶有的几只水鬼一露头便被打成了粉末。

宛江水鬼，大势已去。

"靠岸了、靠岸了……"幸存的男人口中喃喃，远远见到影影绰绰的江岸，嘴里直念叨着阿弥陀佛。

凌妙妙向船舱里面看了数次，连老鼠都往外跑了，就是没有活人。她的心里打鼓："柳大哥，慕声他还在里面……我去看看他。"

"阿声没出来？"慕瑶一惊，似乎想到了什么，脸色略微缓和，"他身上有收妖柄，应当应付得了。"

柳拂衣将慕瑶放下来，温声道："你坐着，我去看看。"

凌妙妙拧了一把裙上的水，两手将裙子挽到腿根，飞快地跟了上去。

柳拂衣走了两步，蓦然顿住脚步，跟在他身后的凌妙妙猝不及防，险些撞上去，听见柳拂衣的声音飘飘的："阿声？"

慕声已经自己从船舱里走出来了。

他的模样将所有人都吓呆了。

少年所到之处，似乎连江水都被染成了血色。

他的黑发湿漉漉地贴在脸上，脸色惨白如纸，嘴唇都是灰白的，唯独眼眸漆黑，眸光仿佛暴雨前划破天际的闪电。

凌妙妙看到他先前已经愈合的伤口再次汩汩地涌出鲜血，左边的袖口也被血染红了一圈。

这是……

更夸张的是，许多水鬼不怕死地跟在慕声身后，争先恐后地汲取着水中的鲜血，使得他仿佛是被巨大的黑云簇拥而来。

凌妙妙一看这架势，便知道"黑莲花"一定是吃了大亏，但凡他还有一丝力气，绝对不会放任身后活着这么多蝗虫似的妖物。

"阿声……出什么事儿了？"柳拂衣立即伸手去扶他，却被他狠狠地打开。

"别碰我。"他绕过惊愕的柳拂衣，眼里满是失控的戾气，目光在凌妙妙的脸上逡巡了一瞬，又抬头看了慕瑶一眼，那眼神十分复杂。

"你没事儿吧？"凌妙妙见他的模样，犹豫着要不要去扶。

慕声却先一步拉住了她，几乎整个人靠在她的身上。

"扶好、扶好。"凌妙妙艰难地把他架住，慢慢地蹚过地上的水，往慕瑶的身边走去。

"你的伤口怎么又裂开了？"她压低了声音问，半天听不见回答，回头才发现"黑莲花"气息虚弱，长睫垂下来，眼睛都微微合上了。

"坚持一下，别晕哪，我们马上就上岸了！"

他这么别扭，又不让柳拂衣背，要是走不了了，她哪儿能架得动他。

"死不了……"他动了动睫毛，气若游丝地冷笑，"累不死你。"

凌妙妙无言。

"阿声，我有话要问你。"慕瑶盯着慕声的脸，脸色异常严肃。

凌妙妙有些意外："慕姐姐……"

"无妨……阿姐问吧。"慕声的眸中倒映着清冷的月色，面对姐姐，他的唇边罕见地带上了讥诮的笑意。

"刚才我捉了只小妖来问，才知道他们的鬼王让慕家人杀了，这才叫了整个宛江的水鬼寻仇，我对此事一无所知……"她目光澄明，刻意咬重了"慕家人"三个字。

"是我杀的。"慕声极其平静地打断她。

"阿声，你……"慕瑶怒极，"祖训是什么，你可还记得？冤有头债有主，作祟的妖物才可收，无故滥杀，你跟那些妖怪有什么区别？！"

她想到那沉没的半截船，那么多活生生的人瞬间葬身在她的面前，而她只能无措地看着，心里一阵抽痛。

她指着一片白茫茫的江水，近乎疾言厉色地训斥："你知不知道，因为你逞强好胜，多少不该死的人命丧在这江水里？"

凌妙妙感觉到慕声胸腔的起伏越来越剧烈，急忙插嘴："慕姐姐，他不是无故滥杀，他是为了……"

她却被慕声狠狠地在腰上捏了一把，顿时噤了声，不满地看向"黑莲花"。

"逞强……好胜。"他微抬眼皮，强撑着涣散的精力，居然微微笑了，"姐姐说得对，都是我的错。"

凌妙妙被这对姐弟的对话折服了。

慕声为什么不解释？平白无故怄什么气？还有慕瑶，都这时候了，第一件事居然是先兴师问罪……

"打断一下！"凌妙妙用力撑住慕声的身体，"要打要骂，咱们缓缓再说，慕姐姐，你看他伤成这样……"

慕瑶稍稍缓和了面色："阿声，你过来让我瞧瞧。"

"阿姐……"他却硬拉住凌妙妙不走了，"我死了，是不是就好了？"

慕瑶变了脸色："你胡说什么？"

凌妙妙咬着牙将闹情绪的"黑莲花"往前拖，感到他温热的血又染上了她的裙摆，拖了半晌，感到身上忽然一重。

"哎哎！"凌妙妙大惊失色——慕声彻底晕过去了。

柳拂衣一个箭步冲过来，将慕声扶起来背在背上。他抬起眼来，眸中是令人心安的镇定："瑶儿、妙妙，带着阿声先上岸，此处应是青竹林，我们今晚先在竹林里将就一宿。"

船上的大汉大惊失色，手脚并用地爬起来："我……别忘了我……"

"曾经沧海难为水，除却巫山不是云。"

女人的声音柔美婉转，如同以丝滑的绸缎轻扫着一盘沙，令人耳朵发麻。

她顿了片刻，发出一声幽幽的叹息。

"小笙儿，来，我与你梳头。"

镜子里昏暗暗的，红罗纱帐如血，一双柔若无骨的玉手执着黑色的橡木梳子，一下又一下地梳着小孩子的头发。

"我儿的头发像他的爹爹。"

镜中出现一双眼睛，眼角上挑，眸如秋水。她俯下身来看着镜子，镜中那有着绝美的容颜的人欣慰地笑："又黑又亮的。"

"头发又长长了……"她的声音低下去，带着焦虑地叹息，"你要是不长头发就好了。"

她的手指顺着他乌黑的头发滑下去，动作像是最轻柔地抚摸。

"剃光头发不就不长了吗？"镜子里映出一双漆黑的眼，犹如两颗黑葡萄，小儿嘴里咬着手指，脚还踩不到地面，悬在椅子上晃荡着。

"孩子话。"女人掩口笑了，"剃光了还是会长的呀……"她蓄水的秋瞳里泛出了绝望的光，"就像有些事情，怎么也……怎么也没办法。"

他扳着手指头嘟囔，长长的眼睫覆在眼睑之上。

"太阳能不能不要落山？

"娘能不能不要让我走？我不想去街上……"

"孽种！"一鞭子打下来，"还不认错？"

少年被鞭子抽得翻了个个儿，脊背朝上，突出的肩胛骨格外明显。他趴在地上，一声不吭。

中年男人面色复杂地盯着他，许久才道："你倒是个反骨。"

昏暗的柴房内，下人们指指点点："果然是天生的祸害坏子，怎么调教都没有用。"

"要不是为了小姐……"

"哼，老爷、夫人大发善心，也就这小崽子还拎不清自己的身份。"

"嘘……"

下人们闭了嘴。他们面前落了一道影子，原来是那十几岁的少年不知

93

何时走到了他们的面前，仰头望着他们。

那双带着稚气的眼睛宛如溢满星光的秋池，只可惜里面漫着彻骨的寒意，让人无法心生亲近。他问："我到底是谁的孩子？"

"少爷……开什么玩笑。"瘦高的下人笑得胸口抽动，"您三岁便被老爷、夫人从妖怪窝儿里捡回来了，那里面只有骨头，没有活人，哪儿知道您爹娘是谁家的苦命人。"

三岁就失了双亲？不能，不可能……

镜子里面倒映出来的那张脸，她同他谈笑晏晏……明明那个时候，她还在。

那些人为什么要骗他？

"你捉妖捉得快活，可还记得你地下的娘吗，小笙儿？……'永夜为暮，离歌为笙'……"

"不可能，为什么我一点儿也想不起来？"

"你当然想不起来了……"那个声音爆发出尖厉的大笑声，"你早就是慕家的一条狗了，前尘往事都该忘却了，不是吗？"

他用收妖柄逼上了对方的脖颈，几乎将那黑雾凝成的妖物扼得断了气。他的眼里带着失控的狠意："你知道多少，全都给我吐出来。"

水鬼大笑不停："生有何忧？死又何惧？可怜人，我死不足惜……"

"那你想要什么？"

"我要你的血来交换。"

"喀……"

慕声睁开眼睛，看到一张放大的女孩儿的脸。

随即，他的脸被人捧住，粗暴地往一旁扳去。

"吐出来，别咽，会呛死的。"

血顺着他的嘴唇流到草地上，他这才能发出沙哑的声音："你……轻点儿……"

"哦。"凌妙妙尴尬地收手，"对不起，我弄疼你了？"

弄疼？脖子都差点儿被她拧断了好吗？

他的眼前清晰起来。天空湛蓝，水岸边上是茂密的竹林高耸，偶有清脆的鸟鸣声，清晨的阳光落在他的鼻尖上。他发觉自己身上严严实实地盖

94

着凌妙妙的衣裳，衣裳上还残存着江南女儿家特有的一点儿桂子香。

"还好你争气，一夜就醒了。"凌妙妙抬头悄悄地瞄了一眼不远处靠在一起闭目养神的慕瑶和柳拂衣，压低声音，"你姐姐没看出来端倪。"

"你在这儿守了一夜？"他抬眼看见凌妙妙身上的湿衣服还没换下来，头发濡湿，脸蛋热得红扑扑的，眼底两道浓重的乌青，狼狈得很。

凌妙妙打了个哈欠，笑道："啊，也不是专程守着你的，我失眠没事儿做嘛，你知道的。"

第四章　竹妖

一

　　"在下礼部侍御史郭修，多谢几位大侠救命之恩，不知几位大名？等回到长安，必有重谢。"太阳升起，那大汉退去了昨夜处于生死一线的狼狈，立在岸上，恢复了彬彬有礼的君子模样。

　　慕瑶想到他昨日的恶劣行径害得半船的人无辜丧命，不由得表情冷淡，从头到尾连头都没抬一下："斩妖除魔乃捉妖人信守之道，不必言谢。"

　　柳拂衣对他也没有好脸色，答得不冷不热："多谢这位大人美意，只是我们本来就要去长安……"

　　"那敢情好哇！"郭修满脸堆笑，"下官刚好也要进宫去，还能给几位安排食宿，加以引荐。"他顿了顿，似乎是想到什么，压低了声音，"敢问几位上长安，可是为了……端阳殿下的事儿？"

　　慕瑶与柳拂衣对视一眼，慕瑶冷冷地道："事主所托乃宫闱秘事，不便言说。"

　　郭修碰了一鼻子灰，有些讪讪。

　　他本就有将近两米的个头儿，身材健硕，现在半弯着身子站在那里，犹如黑云压顶，又像是山匪劫道。

　　柳拂衣看他碍眼，抬手指了一条明路："此处是杏子镇的边界青竹林，再往东走就能进镇子。我们有人受伤需要静养，脚程极慢，不如郭大人先行一步？"

郭修身上的衣服破破烂烂，脸上满是伤口，没有仆从鞍前马后伺候，连衣服也换不了，他早就难以忍受，闻言心中窃喜："那下官就恭敬不如从命，在长安恭候各位了？"

"热闹看够了没有？"

凌妙妙被"黑莲花"一拉袖子，这才回过神来，还来不及收起脸上幸灾乐祸的表情。

慕声心里很不高兴，正说着话，凌妙妙的魂儿就让别人勾了去，听得兴致勃勃，恐怕此刻他躺在地上突然咽了气，她也不会察觉。世上怎么会有这么没心没肺的人？

"对不起、对不起。"凌妙妙笑得如春光般明媚，抬起手便往他的额头上摸，"你哪儿不舒服？"

他偏头闪开，飞速地出手捉住了她的手腕，一双漆黑的眸子望着她："你真的一点儿也不怨？"

"不怨、不怨。"凌妙妙眉头一蹙，"来来回回老提这事儿，烦不烦。"她将手收回来，不轻不重地拍着他的胸脯，"我不怪你，那是我宽容大度，不跟你一般见识。"她顿了顿，斜眼打量着慕声，又带上那种幸灾乐祸的笑容，"你以为你有什么天大的魅力让我为你倾倒？或者……就慕公子这样的，我还能在你身上图到什么？"

慕声咬牙，脸色有些难看。

凌妙妙看他的模样，知道自己又不慎戳着了他的痛处。

凌妙妙，你说话能不能别这么损？你是要吸引他，不是要气死他……

她非常懊悔地思考了片刻，想出了一个绝妙的方法："你总是这样不放心，想必是因为我知道了你的秘密。既然这样，我也告诉你一个我的秘密好了。"

她搜肠刮肚地想了半天，终于想到了一个，兴奋地趴下来，俯身凑到了他的耳边。

慕声感觉到她的发丝拂过自己的脸，柔软而冰凉的嘴唇不经意地擦过他的耳郭，如同被新鲜的花瓣触碰，身上猝不及防地产生一阵过电般的战栗。

她用手遮着嘴巴，压低声音，生怕让别人听了去："我……直到今年才来了癸水，比其他女孩儿晚了四五年。来癸水的那天晚上，我都高兴哭了，之前还以为自己身体有问题……"

她的声音在他的耳边沙沙震动，连带着他的整个耳朵、脖颈，甚至是半边身体都生出一阵阵的酥麻。

这些年，慕声行走江湖，对他投怀送抱者不在少数。那些刻意扑上来的软玉温香还未等近身，就传来一股令人腻味的脂粉气息。

动情的女儿家的羞怯，在少年眼里都是矫揉造作、丑态百出。

眼前的少女却并非如此。慕声甚至不知她是否动情，故而她那些无心的亲昵便令人难以预测，就好像走在路上，冷不丁被一枝斜出的蔷薇扫到，花瓣间的露水顺着皮肤流下去，让人心一跳，随即忍不住回想那一刻加速的心跳。

凌妙妙突然发觉慕声的身体紧绷，稍一退开，竟然见到他偏过头去，面色红一阵白一阵，耳尖微微发红。他的语气相当不善："你跟我说这个做什么？"

"这不算秘密吗？我觉得已经很私密啦！"她皱起眉头，半是疑惑半是谨慎，"你知道癸水是什么吗？"

"知道，别说了！"他望过来，一向深不见底的黑眸里竟然闪烁着几丝无措的羞恼。

凌妙妙放下心来，伸着懒腰仰倒在草地上："行了，秘密交换完毕。要是我敢泄露半个字，你就把我的秘密公之于众呗，现在你大可放心……"

慕声忍无可忍地闭上眼睛，听见她还在耳畔絮絮叨叨："对了，说到癸水……"她的声音顿住了，随后是窸窸窣窣展开纸包的声音。他微微睁眼，就看到眼前掠过一道虚影，随后嘴里被喂了一颗什么东西。

"别、别吐……"凌妙妙像是觉察到他的抗拒，用冰凉的手指把那东西往他的嘴里塞了一下，随后干脆不讲理地封住了他的唇。

一股甜味在慕声的舌尖上蔓延开来。

他怔了一下："这又是什么东西？"

"金丝蜜枣，补血的。"她捧着脸笑，"我爹说，天天吃红枣，健康不显老。"

"手拿开。"他含糊道，待凌妙妙收回手，才慢慢地将它咀嚼吞咽。

蜜枣的果核已经被去掉了，在阿胶和蔗糖里熬制过的蜜枣，每一口都浸着香甜。

她身上怎么有这么多甜的东西？

他这几日吃过的甜食，比他从前吃过的都要多。

"太甜了。"他下意识地舔舔嘴唇。

他太久没吃过甜食了，那种味道既熟悉又陌生，似乎有些不真实。

"甜有什么不好？"凌妙妙抬手遮着阳光，语气相当不屑，"活着已经这么苦了，就得给自己找点儿甜哪。"

慕声微微一怔，也就是一瞬的工夫，坐在他身边的女孩儿已经从怀里拿出个鼓囊囊的纸包塞进他的怀里，又熟练地帮他拉了拉襟口："留着以后吃。"

我不要。

慕声心里有个声音一遍遍地提醒着他，可是不知为何，他迟迟不能抬起手。

还给她，还给她呀……谁的垂怜你都不需要……

"妙妙……"远处传来一声唤。

"哎，柳大哥！"她霎时间变得生龙活虎，拎起裙子便毫无留恋地跑掉了。

他睁眼回头看，只能看到她兴高采烈地奔向柳拂衣的背影。旁边她坐过的地方，一圈青草被压得塌下去一寸，压痕仍在，人却走远了。

"阿声。"慕瑶的声音在他的耳边响起，她青色的裙摆也到了他的左手边。她蹲了下来，低头查看他的伤势。

他闭上眼睛，熟悉的慕瑶的气息将他环绕，这才是让他十余年魂牵梦萦的气息。

"好些了吗？"她用手拂过他的胸膛，"我看看你的伤。"

慕声在自己反应过来之前，已经将衣服里的蜜枣飞速地藏进袖中。

他的心脏一阵乱跳，许久没感受到这样的紧张，随即是深深的茫然：我到底在做什么？

"阿姐……"他睁眼望着慕瑶冷静而不乏关心的脸，习惯性地露出委屈的神色，"好疼……"

慕瑶的脸上有心疼的神色一闪而过，随即她板起了脸："阿声，这次你犯下大错，以后不可再这么任性了。"

"知道了，阿姐。"他满脸乖顺地凝视着她，心里却充满了酸涩。

阿姐知道那件事吗？他想不起来的那些事情，阿姐记得吗？

不，慕瑶和慕家是截然不同的存在。每每他被鞭打后关进柴房里，都是慕瑶半夜把他放出来，亲自给他上药……滴在他背上的那几滴滚烫的东西，是她的眼泪。

他的生命里唯有阿姐是值得信任的。

"好了，不说你了。好好休息，养好身体。"慕瑶扶着膝盖站起来，突然狐疑地蹙起眉头，"阿声，你身上的气息是不是又重了，你——"

慕声在三日内两次动用邪术，自然会留下些痕迹。如有惊雷闪过他的头顶，他一时心跳如擂鼓。

"慕姐姐，柳大哥让你过去。"

凌妙妙忽然出现在慕瑶的身后，凌妙妙的身上有一股浓郁的香味，乃是太仓郡郡守府特供的梳头水的味道，直熏得周围一片都是栀子花香。

慕瑶被凌妙妙连拉带拽地扯远了。

凌妙妙拉着慕瑶走，背后却长眼睛了似的，反手扔给慕声一个香囊，香囊在空中划了道弧线，落到他的手上。

他打开一看，香囊里塞了一团布，是从裙子上仓促撕下来的软布，被新鲜的栀子花香味的梳头水浸透了。

这股香气浓烈到足以扰乱嗅觉。

这一边，柳拂衣用石子在地上画出简陋的地图："我们在此地再住一宿，等阿声能走了，便朝东往杏子镇走，大概两天两夜便可到达。届时雇车，从大路上走，再用一日就能到长安。"他沉默片刻，哑然失笑，"什么味道这么香？"

"哦，是我的梳头水……"凌妙妙笑道，"好闻吗？"

慕瑶皱了皱眉头，却非常有涵养地没说话。

风吹竹林，竹叶抖动，发出萧萧声响。凌妙妙心中充满愁苦。

按照原剧情，凌虞是从抄家劫难中捡回了一条命，仓皇逃走，主角们身上一穷二白，他们直接徒步走到了青竹林。

至于现在，郡守生怕闺女受委屈，一掷千金，把他们送上了豪华客船。但是凌妙妙万万想不到，中途会遇见水鬼拦截，把整个船都弄翻了，最后还是绕不开青竹林。

凌妙妙不喜欢青竹林有两个原因。

一是在青竹林里，自以为跟男主角有些暧昧的凌虞像八爪鱼一样黏着柳拂衣，令慕瑶不胜厌烦。在这段剧情里，自己需要不停地纠缠柳拂衣以获得足够的亲密度。

二是在青竹林里，有一个凌虞不得不面对的危险情节。

在书中世界当"炮灰"，也是一件很辛苦的事情。

二

"画符很复杂，初学者很难掌握，我先送你几张画好的符，带在身上以备急用。"柳拂衣用修长的手指将一沓黄色的符纸排开，分成几组，指着上面的繁复的字符一一讲解，"这是收惊符，是日常佩戴在身上的。这是通讯符，你见我用过的。"

凌妙妙点点头，余光瞥见慕瑶不住地朝这里望。慕瑶容色冷淡，连慕声跟她说话都没听见。

"柳大哥，这个应该怎么用啊？"她瞪着一双写满了求知的眼睛，离柳拂衣又近了一些。

柳拂衣随身佩戴的香囊里塞着艾草和忘忧草，配比恰到好处，它们的香气混杂在一起淡雅而不显萧索，是一种非常有吸引力的味道。

"你看我演示一遍。"他手指翻飞，先慢后快，最后几个简单的动作做得凌厉如风，指尖似携有飞沙走尘。

"口诀我教过你了，你试试看？"柳拂衣将符纸递给她。

凌妙妙口中念念有词，伸出两手滑稽地抓了两下，动作生涩又僵硬，像小姑娘翻花绳。

"不是这样……"柳拂衣蹙眉，但见她一脸无措，无可奈何地笑了——看上去挺伶俐的姑娘，怎么就学不会呢？

青竹林也不全是竹林，绿幽幽的竹林背后，还有一个清澈见底的水潭。主角们在此处安寨扎营，舒舒服服地洗去一身狼狈，这才从容赶路。

凌妙妙把一头乌发挑出一部分绾起来，用碧绿的发带扎成垂挂髻。这种未成年少女的发式在她的身上竟然不显违和，加上浅碧色的衫裙，她一笑起来两靥生花，像是春天刚爬出来的嫩柳梢儿。

与总是清清淡淡的慕瑶不同，刻意打扮的少女实在是显得太俏了，以至于她在一身素衣的柳拂衣身边走来走去的时候格外引人注目。不止慕瑶一路上总是盯着他们看，就连慕声都不自觉地看着那两人屡屡走神。

走神之后，他心里又会涌起一股说不清道不明的怒火，这种感觉相当危险，像是一种想要毁掉什么的恶劣的欲望。

"好难哪，学不会。"凌妙妙挫败地看着自己的手，心里把凌虞骂了

101

个狗血喷头。

"系统、系统，亲密度够了没，到底够了没？！"

在书中，经历了月夜共饮，一厢情愿的凌虞就像个热恋中的少女，不但幼稚地打扮得像只花蝴蝶飞来飞去，还假装学不会术法，骗得柳拂衣一遍又一遍动手教她，惹得慕瑶大为光火。穿越进书中世界的凌妙妙，也需要通过这种方式增加与柳拂衣的"亲密度"。

"你把收惊符佩好。"柳拂衣叹息一声，喝了口水润了润要冒烟的喉咙，"歇一会儿再学。"

自从四人开始正式赶路以来，凌妙妙就寸步不离地跟在柳拂衣的身边，以学术法为由，顶着慕瑶频频望来的目光，纠缠他大半日了。

这半日，柳拂衣还是一样的有耐心，只是她演智障演得有些心累。

系统没有回答她。这个世界的系统极其傲慢，除了发号施令，就是塞给她一些根本不知道怎么用的奖励，简直令人绝望。

她忍不住破罐子破摔地看了一眼慕声。她连任务一都完不成，任务二还有戏吗？

慕声正与慕瑶并肩走在一起。

事实上，自主角们变为三人行以来，他很少有机会和姐姐走在一起。眼前春光明媚，高耸入云的竹林将湛蓝的天际切割成无数片，柳拂衣的声音低沉悦耳，不断重复着耳熟的字句，某些关键字渐渐与慕声回忆中的声音重合。

"阿声，这是收惊符，不需要很麻烦，带在身上就好。"九岁的慕瑶帮他佩好，又拿起另外一张，"这个是通讯符，你现在还小，暂时不能用……"

"姐姐。"他的眼神明亮，"我见过父亲用通讯符，我想学，你能不能教我？"

慕瑶一愣："为什么想用通讯符？"

"阿声，你还记得吗，小时候你闹着要学通讯符。"慕瑶露出个清清淡淡的笑容，阳光照在她白瓷般的肌肤上，眼下的泪痣若隐若现。

慕声没想到她会与自己想到一处，脸上不经意间浮现出笑意："是，姐姐问我为什么想要学通讯符。"

"我当时以为，阿声总算长大了，知道不躲懒了……"她笑了一声，"没想到你说，是想在我跟着父亲捉妖的时候跟我聊天，真是气死我了。"

慕声浅浅地笑着，眼中不经意露出一丝深沉："其实，阿姐我……"

另一边，柳拂衣与凌妙妙面对面地站在一棵榕树下休息。柳拂衣平生第一次教不会学生，正在怀疑自己，却见她频频回头往慕声那里看，神色似乎很热切。

他处理感情一向有些迟钝的脑子飞速一转，想明白了什么，脱口而出："妙妙！"

凌妙妙被吓了一跳，立即回过神来，只见柳拂衣带着一副洞悉一切的表情，定定地盯着她："你是不是故意的？"

老天，我演戏被发现了？

"我……"

柳拂衣伸出一根手指，阻止了她慌乱的解释，露出了意味深长的微笑："你想让阿声亲自来教。"

不，等等，他好像误会了什么。

凌妙妙呆若木鸡："不、不是……"

她来不及阻拦，柳拂衣已经招了招手，愉快地喊道："阿声，你过来！"

凌妙妙眼看着正准备向姐姐深情表白的"黑莲花"被生生打断，让柳拂衣硬从慕瑶身边拉到了她的面前，"黑莲花"脸上的神色已经不能单纯用阴云密布来形容了。

"符纸我给她了，你教妙妙一些自保的术法。"末了，柳拂衣看她一眼，眼中含笑叮咛，只是那笑容有些微妙："这次认真些。"

语毕，柳拂衣潇洒而去，背影仿佛无声在说：柳大哥只能帮你到这里了。

凌妙妙与"黑莲花"面对面僵持着。他望着她，眸中深沉，脸上挂着一丝戏谑的笑意，一言不发。

这场面简直如黑云压城城欲摧。

"对不起。"凌妙妙扯出一个堪比哭泣的尴尬的微笑，"都怪我太蠢了，把柳大哥都……气走了。"

她看着慕声的脸色，越说越没底气。恰有一阵风来，扬起她垂挂鬓上

103

系着的碧色发带，吹过长长的睫毛下那秋池般的杏眼。

凌妙妙从来不是慕瑶那种神色数十年如一日的冰美人，她下巴尖，脸儿白里透粉，颊上是新鲜的绯红，像是盘里的青果，要是不采摘，转眼便要凋零了。

这就是人间普通的少女吗？

除了阿姐，除了镜子里的"她"以外的，世俗而脆弱的美丽。

"你都学了什么？"慕瑶默然片刻，脸上仍然没有露出一丝端倪。

凌妙妙硬着头皮将柳拂衣给她的符纸一字排开，语速飞快："你再教我一遍，我保证很快就学会。"

"可我现在不想教。"他斜睨着她，语气淡淡的，带着理所应当、气定神闲的恶劣。

凌妙妙非常愧疚。

她仔细回忆一遍剧情，发现青竹林里姐弟回忆童年这一段，是慕瑶和慕声一路交恶之前，唯一一段比较温馨的情节了。

这点儿仅存的温情，还被她给搅和了。

"不教就不教吧。"她认栽了，嘟囔道，"晚点儿学也没关系。"

反正在这个世界里，不该发生的不会发生，该发生的她逃也逃不掉。

三

慕声一路默然，似乎在想心事，绣着麒麟的长靴踩在草丛里，发出咯吱咯吱的响声。

"哎，慕声。"凌妙妙鼓起勇气，"要不我们聊聊天吧？"

他跟慕瑶在一起没回忆完的童年，就由她斗胆继续好了。

"你想说什么？"慕声望着前路，眼睛都没眨。

"嗯……"

她尚在思考一个比较好的开场白，只见他蹙眉转过身来，拉住她的领子，毫不怜香惜玉地将她扯到眼前。他说："你身上的味道熏得我头疼。"

味道？凌妙妙转念一想："梳头水？"

这就有些不讲理了。这时候，栀子花香早就淡得闻不到了。更何况，慕声为了保住秘密也沾上了这香气，有什么脸面说她？

"不是。"他伸出手掌来，"是柳拂衣的香囊。"

104

凌妙妙下意识地去看柳拂衣，见他和慕瑶各走一边，谁也不理谁，场面十分尴尬。

却不想此举惹恼了"黑莲花"，他仍在笑，语气却明显不悦起来："不想给？"他从袖中取出一个香囊来，"我跟你换换？"

"这不好吧？"凌妙妙婉拒，"我这个是用过的，换你这个新的……"

凌妙妙完全忘了，加上上一次在前厅里，这是她第二次因为香囊的事情拒绝他了。

她完全没放在心上的事情，他可一笔一笔全都记着。慕声的眼眸很黑，不经意间闪着偏执的光："不舍得？"

凌妙妙有点儿生气了："这倒不是。柳大哥把它送了我，那就是我的东西，你不喜欢闻，我离远些就是了，你干吗非逼着我……"

"嗯。"他把一张符飞速地贴到她的背上，眸中满是暗流涌动，"你说得对。"

凌妙妙张大嘴，一阵麻痹的感觉从指尖蔓延到躯干，她忽然发觉自己像人偶一般浑身僵住，只剩眼珠能转动，内心无比惊骇。

慕声低眸，手指掠过她的衣襟，在上面飞快地摩挲了两下，那香囊便到了他的手心里。他把它捏在手里，慢条斯理地把自己的秋香色的香囊牢牢地系在她原来系着香囊的位置。随后他歪头打量了她一下，似乎是在看她的脸和新香囊相不相称。

他又望着手上的香囊，忽然拈出一张符，只见符纸的边缘一卷，生出一簇水蓝色的火焰。这火焰无声无息，倏地便将这个香囊烧成了灰烬。

灰烬飘飞，空气里满是草药烧焦的味道。他拍了拍手，哧的一声撕掉了凌妙妙背后的符纸，潋滟的黑眸凝视着她，微微笑道："现在好多了。"

凌妙妙不禁后退了两步，看"黑莲花"的表情像是在看一个怪物。

"这样便怕了吗？"慕声转过头走路，嘴角挂着一抹嘲讽的笑容。

什么宽容大度，不过如此，没什么与众不同。

不想他才走了两步，身后人气喘吁吁地追上来："你等等，你站住！"

他转过去，看到凌妙妙柳眉倒竖的一张脸。

"你刚才给我贴的什么玩意儿？"她也没指望他回答，凶巴巴地质

105

问完，伸出一只手来，脸上的怒火只维持了一瞬间便没皮没脸地笑了场，"怪好用的，给我一张呗。"

凌妙妙的心里相当淡定：不能以对待正常人的方式对他。这人要是不黑到骨子里，就不是变态的"黑莲花"了。

慕声的眸光落在她的手心上，他慢下了脚步："我已经给了你香囊。"

"耍赖，那不是你跟我换的吗？"

他哼了一声，低眉看着地上的黑灰："换了什么？"

"黑莲花"这般蛮不讲理，让凌妙妙拜服。

慕声终于把碍眼了几个月的香囊毁尸灭迹。

凌妙妙发现慕声心情舒畅，甚至主动与她搭话："不是说要聊聊吗？"

聊聊就聊聊。

凌妙妙百无聊赖地翻动手里的符纸："你小时候学这些术法，想必很容易吧？"

凌妙妙对数字敏感，口诀画符什么的虽然复杂了些，但还是有规律可循，刚才柳拂衣教她半天，她基本上已经掌握了。"黑莲花"一向聪明，想必也是个没吃过什么苦头的天赋型选手，一旦有了向上的机会就会拼死抓住，所以他年纪轻轻已经是个中翘楚。

慕声睨了她半晌，戏谑道："这些基础术法实在是很难。凌小姐方才用的伎俩，都是我小时候剩下的。"

凌妙妙感到尴尬，没想到"黑莲花"一眼就将她看穿了："那还真是很巧。"

"我劝你还是省省吧。"慕声望着远处的柳拂衣，黑润润的眸中含了一丝冷淡的笑意，"不是你的，永远也不会属于你。"

凌妙妙听得直皱眉："你想哪儿去了？我只是把柳大哥当哥哥。"

慕声似乎是听到了极其有趣的事情："我也只是叫慕瑶姐姐……"

两人的交谈戛然而止。

二人四目相对，凌妙妙努力收起脸上的惊愕。

慕声的表情有些茫然：这个谁都不曾知道的秘密，连他自己都不曾明确承认过的大逆不道的念头，就这样轻易并且近乎忘形地在她的面前说出来了？

凌妙妙顶住压力，顽强地转移了话题："对了，那天你背上那么多伤痕，都是妖怪打的吗？"

慕声回过神，眼里立即笼罩了一层暗色："妖不会在我身上留下痕迹。"

凌妙妙小心地看着他先前鲜血淋漓的左手腕，果然洁白光滑，令她忍不住惊疑："那是？"

他无所谓地笑道："自然是人的杰作。"

他童年的噩梦总是暗色调的。

"老爷，您不是说有他在，瑶儿就不会受伤了吗？怎么会……"满头珠翠的妇人将嘴唇涂得鲜红，不住地拿绢子抹着眼泪。

厅堂内很昏暗，烛光幽幽地亮着，砖石地面是凉的，又冷又硬。

"我们慕家不同往日了，多一个人就多一口粮，我们养他也怪不容易的，不指着他保护瑶儿了，怎么能让瑶儿护着他呢？"那声音满含委屈，尽是控诉。

"怡蓉，少说两句。"上座坐了个白衣女子，她梳了个简洁的发髻，发髻上簪着一支白玉莲花簪，眼角有细细的纹路，以手撑着额头，"瑶儿刚睡下，别将她再吵醒了。"

"哼，到底不是姐姐的亲骨肉，你怎么会心疼……"那妇人抽泣得更厉害了。她用眼角的余光睨着白衣女子旁边的男人，见他皱着眉，一脸不耐烦的模样，便立即收了哭声，转向了地上跪着的男孩儿，神色凶狠："小崽子，还不跪好？都是因为你……因为你，瑶儿才会受伤！"

下人将男孩儿的两手扭在背后，把他死死地按在地上。男孩儿那双黑葡萄似的眼睛，惊恐地映着女人戴着翡翠戒指的、猛地扇过来的巴掌。

啪——

他把眼睛一闭，耳边一阵轰鸣，小脸上肿起五指印，感到火辣辣的疼痛。

"够了，怡蓉。"白衣女子看起来很疲惫，脸色有些蜡黄，却并没有阻拦的意思，只是慢慢道，"他才多大，术法不精，见到那种大妖，肯定下意识想躲……"

"躲？"那女人瞪大猩红的眼睛，"他想躲，躲在哪儿？躲在瑶儿背后？"

她又是一巴掌抽过去，打出一声脆响，打得小孩儿的唇角破了，涌出血沫来。他一声不吭，瞪大眼睛，瘦弱的身子微微发抖。

那女人顿了一下，看着自己的手掌，露出嫌恶的神色："连血的味道都令人恶心。"

白衣女人叹息一声："阿声，快跟你蓉姨娘认个错。"

"认错顶什么用？"女人揪着他的脸恨恨地道，"要是瑶儿有个三长两短，你得赔命！"

"嗯……"男孩儿的双眼因疼痛涌上泪水，却有些茫然。

他眼里闪烁着动人的星芒，不知为何激起了所有人的厌恶。

"说话呀，你这孽障！"

"对不起……姐姐……"

女人被气得倒退两步："你再说一遍？对不起谁？"

他抬起那双漆黑的眼，稚气的眸中竟然闪过一丝小兽般的戾气："我只对不起姐姐，没对不起你！"

"哈！"她露出惊疑与恼怒的神色，红唇开合，"反了你了……"她转过头来，把绢子捂在脸上，大声号哭起来："老爷呀！我命苦哇！被一个小崽子蹬鼻子上脸……您也不管管……"

"行了。"上座传来低斥，那身着褐色暗纹衣袍的男人负手而立，犹如神祇，眼中有说一不二的厉色，"都给我消停些！"

"老爷……"怡蓉不依了，眼泪流得更凶，"外头看咱们光鲜亮丽，内里什么模样，您能不知道吗？慕家传到这一代，就只剩下瑶儿这一个孩子，还三天两头出事儿。养了这个小崽子，原以为能让瑶儿安生下来，谁知道竟然是个瘟神……我看这是天要亡了慕家……"

她的声音带着一股媚意，即使是哭着控诉，话尾也像是带着上翘的钩，闹得人头痛。

"老爷，我怡蓉拼死拼活就给您生下这么一个女儿，要是瑶儿保不住，我也不活了！"

白衣女子咳嗽了两声，神色极其难看。

上座的中年男人寒着脸走下来，一步一步走到跪着的男孩儿面前。他居高临下，威仪无尽。

"慕声，你可知错了？"

"对不起……姐姐……"

108

男人皱起眉头："我在跟你说话。"

"对不起姐姐……"男孩儿抬起小脸，那双眼睛里含着眼泪，泪光莹然间，若有似无地显出一种与年龄不符的媚气。

那男人怔了怔，神色变得复杂，从怀里抽出鞭子，啪的一下将地上的小孩儿打得翻了个个儿："听不到我说话？"

"老爷……"白衣女子一惊，咳嗽着站起身来，用帕子半掩着口，"他还是个孩子，你怎么动家法了？"

啪、啪……鞭子带着劲风抽在男孩儿的身上，发出皮开肉绽的闷响："下次见到妖怪，还躲不躲？"鞭梢抽在大理石地面上，发出放爆竹一般的脆响，"你要拼死保护姐姐，不能让她受一点儿伤，你知不知道？"

刺耳的声音交替传来，开始尚有细碎的、小兽一般的闷哼，最后变成毫无意识的呜咽。

"姐姐，他算哪门子的孩子？"怡蓉撇了撇嘴，冷笑着看着地上那一团血肉模糊的人形，"留他一命，也不是白留的。"

烛光摇曳着，温热的液体流进眼睛里，使慕声的视线更加模糊。

他待在潮湿阴暗的柴房里，所有的伤口都在叫嚣着疼痛，眼前是白衣女子的裙角。她蹲下来，目光忧虑而怜悯，冰凉的手抚摸他的脑袋，叹息道："或许一开始，就不该把你带回来……"

慕声闭上眼睛，一言不发。

她若即若离，总是站在一边，犹豫着插手却又不袒护到底。

她和慕瑶一样，给人缥缈的希望和幸福的幻觉，像是濒死之人看到的海市蜃楼，又像是远在天边的菩萨，笼罩着善良的光晕，却永远无法度他。

慕声的笑容讽刺极了："这是我慕家的家法。"

凌妙妙只记得书中说慕家父母待他冷淡，却没想到会是这种程度，不由得生出几分厌恶，嘟囔道："真狠。"

"你说什么？"

"唉，没什么，我只是在想……"凌妙妙有感而发，"所谓的捉妖世家，难道就一定正义？他们在捉妖这方面有功于世人，难道就说明他们在其他方面不会犯错吗？"

慕声默然片刻："这话什么意思？"

109

"意思就是，他们过分了。"凌妙妙望着他，"我那天看到你的伤了，那可不是寻常的家法，断不会有人用这样的方式管教孩子。"

家法？怕不是家暴吧。

慕声毫不在意地笑："是我没保护好姐姐，才会挨打。"

凌妙妙听得直叹气："凭什么非得你一直保护你姐姐？"她问出了自看书以来就一直在她心中的疑问，"就不能有人保护你吗？"

慕声的眸光停驻了片刻，那个瞬间，他眼中的景象犹如天上星河倒向流转，一齐向宇宙的源头汇聚。

"不会的。"他勾起嘴角，望着西落的太阳，平淡道，"我自己不死就好了。"

沉默蔓延开来。

凌妙妙咳了几声，扬了扬手上的符咒："你还教吗？"

慕声转而望着她："别用符纸了，我教你'炸火花'。"

前一秒还在为"黑莲花"伤春悲秋的凌妙妙差点儿蹦起来："真的吗？"

慕家绝技"炸火花"！

慕声的嘴角噙着笑，他从背后把着她的手，调整了半天，让她捏了个扭曲的手势。他的手几次不经意地擦过她的衣摆，弄得她有些痒。

"口诀我只说一遍。"他压低声音念了一遍，松开了她的手，"你来。"

凌妙妙紧紧闭着双眼，紧张地念口诀，随即砰的一声，一朵漂亮的火花在她的手边炸开。

"哇！慕声！"她的眼睛亮极了，"你太厉害了吧！"

慕声笑着看了她半晌，垂下眸子，眼里闪过一丝转瞬即逝的冷意。

四

事实证明，人不能过于得意，得意过了头，就容易平地里栽跟头。

凌妙妙还沉浸在那一朵火花的美艳中，突然一脚踩空，从虚掩着的陷阱中掉了下去。在急速坠落的瞬间，她看到慕声镇静的神色，对方嘴唇开合，眸中带着微微的笑意："小心些。"

她心里好像明白了什么，不禁向上破口大骂："你是不是早看见这儿有陷阱了？！"

陷阱里回声阵阵，而慕声的脸早就消失了。

她一直坠落，眼前一片翠绿的浓云，她本能地一闭眼，落在了云上，感觉被什么东西迅速拉住了四肢，随后被牢牢地捆了起来。

身下的地面冰凉冷硬，阴风从各个角落吹来，灌进她的衣领和袖口。

她睁开眼，只见一处看不见光的石洞，旁边立着一根竹子，这竹子并不寻常，有水桶那么粗，上面布满了竖向的黑色斑点，竹节粗糙得有些可怖，两侧斜上生出粗壮的枝叶，遮天蔽日。

凌妙妙从没见过这样茂盛的竹子。

她看着看着，那竹子竟然自己移动过来了，竹叶发出哗啦哗啦的响声。

她再仔细一看，那竟然是个以枝叶为手臂的竹子人。

竹子人说话了，居然有滑稽的鼻音："女人，你穿得真绿呀，混在丛林中害我们分辨了许久。"

凌妙妙低头看着自己碧色的衫裙，心道：怪我？

青竹林一节最让人恐惧的情节终于到来了，作为拖后腿担当的凌虞被妖怪抓走了，整整一夜才被主角们救回来。

少不了要陪这几根竹子过一夜了，凌妙妙叹了口气："这位仁兄，你是什么妖哇？"

"你瞎吗？不会自己看？"竹子人恼羞成怒，鼻音更重了。

"竹子也能成精？"凌妙妙表达了自己的诧异，下一秒便被竹节狠狠地抽了一下，"不是精，是妖！"

竹子的手是中空的竹枝，竹枝是劈开的，竹叶粗糙的倒钩上还沾着露水，抽在身上，马上就将凌妙妙的衣服打裂了一道，使她的皮肤上现出一道血红的印子。她疼得立刻闭了嘴，额头上冒了一层冷汗。

凌妙妙忍不住在心里质问系统：完成任务还有生命危险？

系统毫无回应。

史上最倒霉的穿书任务者凌妙妙只想两腿一蹬，耳边甚至传来了竹节磨刀霍霍的声音，听得她一阵胆寒："那个……竹子妖大哥……"她刻意强调了"妖"字，背后贴紧了石壁，"你们这么原生态的绿色生物，应该是茹素的吧？"

"哼。"那副滑稽的鼻音腔调又响起来，只不过这次凌妙妙一点儿也不觉得他可爱了，"我儿即将过满月宴，我要抓个人来给他做衣服。"

111

"那好哇,我可会做衣服了。"凌妙妙接道,"我给我们家小鸡、小鸭、小娃娃都做过衣服,小竹子嘛……"

她仔细想了想,应当是竹笋了,竹笋的衣服应该怎么做?那应该和苞米的绿色外皮差不多。

竹子妖有些烦躁地走来走去,一道墨绿色的阴影在她的面前晃来晃去:"夏天太热,冬天太冷,我要给他做一件好穿的新衣服。"

凌妙妙觉得自己被慢慢地吊了起来,绳索般的藤蔓紧紧地勒着她的手臂,一阵充血的疼痛过后便是酸涩的麻痹。她被悬在空中荡来荡去,浅碧的裙摆轻轻地触碰着脚面。

做衣服为啥要吊起来做呀?

凌妙妙心中有种不好的预感,这样坚持一个晚上,她的胳膊还能用吗?

咯咯吱吱——

那阵磨刀的声音渐渐地靠近了,听得人的耳朵麻了半边儿。一根绿油油的竹子慢慢地拱了进来,前头尖,后头钝,像一根巨大的绿色锥子,道道发黄的纤维呈放射状,汇聚在最尖的顶端。

凌妙妙一看这尖利的头儿,一阵胆寒。竹妖将那巨大的锥子举起来,一下便抵到凌妙妙的喉间,用那巨大的利刃在她的身侧来回比画,有几次钩住了她的衣裙,又被移开,似乎是在丈量,又似乎是在思考要从哪儿开始下手。

"嗯……"竹妖用鼻音满意道,"这次很不错。"

"竹、竹子妖大哥……"凌妙妙的声音都有些抖了,"敢问您……是想要……哪种衣服?"

竹子妖大哥对她这副落魄的尊容相当满意:"我心情好,带你看看旧衣服。"

凌妙妙被慢慢地放下来,竹妖用绳子粗暴地拖着她走了两个洞口,使她裸露的肘部被磨破了皮,蹭满了灰尘。

洞里阴森极了,上方倒挂着长长短短的钟乳石,在黑暗中宛如野兽口中的獠牙。

滴答、滴答……

洞内传来一阵阵滴水的声音。一滴冰凉的液体滴在凌妙妙的额头上,随后顺着她的鼻梁蜿蜒而下,待流到她的鼻尖上,悬而未落时,一股甜腻的铁锈味飘进了她的鼻中。

凌妙妙脑子里轰的一下，下意识地抬眼望去，看见空中吊着一个黑影。

那是一个赤身裸体的人的轮廓，体形庞大，难辨男女，垂着脑袋，枯黄的头发像拖把般倒垂下来。这个人虽然看上去已经了无生气，但是那躯体竟然在随风轻轻地飘荡，甚至像风铃般旋转着，看上去不胜诡异。

待他慢慢地、一点儿一点儿地转到正面，凌妙妙一声惊呼倒灌进了肚子里。

难怪这个人体形如此庞大还能被风吹动，他的肚子像是被吹破的气球一般四分五裂，皮肤被撑到极限，显出青黑的血管，肚子之下是翠绿的枝节，这枝节不住地生长，直直贯穿了他的腰腹、四肢，使得这具躯体看起来简直就像是在竹子外面套了一层人皮。

凌妙妙听说过冬虫夏草的成因：冬虫夏草并非冬天是虫，夏天又变成草，而是草籽在冬日里蛰伏进幼虫的身体，等到虫子冬眠了，就一点儿一点儿地生长，吸收虫子体内的养分，直到将其身体整个贯穿，做成一套保暖的衣服……

好家伙，"衣服"指的是人皮袄子。

她禁不住两腿发软："你、你、你要拿我'做衣服'？"

竹妖发出笑声："先前那个人太老，不耐穿，你正合适。"

"荒唐！"凌妙妙两手被绑着，挣扎着直往后退，"你知道我是谁吗？我义兄是柳拂衣！"

就算妖物们没听过男主角的大名，那外挂般的法器九玄收妖塔，总该有点儿威慑力吧？

"柳拂衣？"那竹妖愣了一下，冷冷地笑道，"黄口小儿，你身上一丝柳拂衣的气息都没有，还敢诈我？"

凌妙妙一惊，意识到自己的香囊已被慕声拿去了，禁不住一阵绝望："你别碰我，我是慕家家主慕瑶带来的，他们马上就到！"

"慕家人——"竹妖阴森森地笑了一阵，"我与他们有血海深仇，来得正好！她要寻来，我就先将你的尸体摆在门口！"

"来人，剥皮，开宴！"

凌妙妙没想到自己为求保命的话反倒成了催命符，竹妖话音未落，她便被迅速吊起，坐过山车似的穿过几个山洞。她的肩头被倒吊着的石笋划破，随后整个人又被重重地扔进一处石洞里，溅得尘土飞扬。

咯吱、咯吱、咯吱——凌妙妙直摔得两眼发昏，隐约看见一群小妖像是没有关节的木偶人，一扭一扭地直冲她来了。

凌妙妙在心里咆哮："系统？系统！救命！出人命了呀！"

她看见为首的浅绿色小妖俯身打量着她。

系统没有应答。

该不会……系统掉线了？一个人被扔在了这个世界里？一阵冰冷的恐惧笼罩了她。

"住手，别动我衣服！"凌妙妙嗷呜一口咬在竹节上，仿佛咬到了一张又干又硬的竹席子。

"脱不了，她咬人。"小妖说话奶声奶气的，语气里带着一丝委屈。

"哼，都要死了，要什么面子，你们一起上！"

另一边，柳拂衣在泉水的源头接了两酒囊的水，默然地将其中一个放在抱膝闭目养神的慕瑶身前，拿着另一个想要给凌妙妙。但他环绕了一周，却没找到凌妙妙的身影。

"阿声，妙妙呢？"他走过去，看见慕声一个人背着手站在树下出神。

"没见着。"慕声转过脸来，嘴角带着微微的笑意，墨玉般的眸子一动不动地望着他，那是一种带着敌意的回应。

柳拂衣心里一惊："她刚刚跟你在一起，这会儿怎么不见了？"

"也许跑哪儿去玩儿了吧。"慕声无所谓地转身欲走，肩膀被柳拂衣一把扣住。

柳拂衣神情凝重："妙妙不会术法，你让她一个人乱跑？！"

慕声将他的手轻飘飘地拍掉，不冷不热地笑："你这么担心，自己去找，何必来问我？"

这样莫名其妙的态度让柳拂衣有点儿生气了："慕声，你给我站住！"

"怎么了？"二人的争执惊动了慕瑶，穿着一袭月白色裙装的她站在了慕声的身后。

慕声微弯嘴角，瞪着柳拂衣的眸光澄明，说出口的却是极其委屈的话："姐姐，你评评理，妙妙自己乱跑，他反倒怪我没看住她。"

这一路上，慕瑶算是受够了花蝴蝶一般飞来飞去的凌妙妙，她望着柳拂衣，语气中带着一丝自己也没意识到的尖酸："我猜她不是去抓蝴蝶，就是去沐浴采花，一会儿便回来了。"

"瑶儿，她不像你我！"柳拂衣放眼望去，四处都是茂密的竹林，"妙妙头一次出家门，还不认路，万一出了什么事儿……"

"万一出了什么事儿，那也是你该负责的。"慕瑶望着他，"是你一意孤行，要带着她上路。"她眸光一转，不愿意再说人是非，"再说，你不都教她术法了吗？"

"对呀，我还教她'炸火花'了。"慕声的表情无辜至极，"如果有危险，想必她也能应付吧。"

"阿声！"慕瑶的眼神惊异里带着一丝责怪，"你怎么能……"

"放心，阿姐。"慕声温顺地笑着，"我教是教了，至于她学没学会，我就不知道了。"

"别碰我……再过来，再过来我就……"凌妙妙已经缩到角落里，前面一片绿幽幽的海洋，封死了她的去路。

刚才她被拖在地上走的时候，双手摸到了一块锋利的石片，现在她一边拖延着时间，一边割着绑着她的藤蔓，藤蔓早已松动，只剩下几根纤维连着。

哼，小妖们，我虽然术法是现学现卖的，可是柳拂衣写好的丹砂符咒，你们可未必扛得住！

找准时机，凌妙妙飞速地脱开手去，在怀里一摸，却摸了个空。

她浑身的血液倒流，符……符纸呢？

她的脑子僵硬地闪回到慕声教她"炸火花"的时候，他从背后纠正她的姿势，手若有若无地擦过她的衣服，她当时还有些奇怪。

想必那时候，他连柳拂衣的符纸也没给她剩下吧。

"啊，竟然让她挣开了！"

"快抓住她！"

小妖的呐喊声穿透她的耳膜，情急之下，凌妙妙冲着涌过来的绿色浪潮使出一个"炸火花"："去死吧！"

小妖们本能地向后一闪，绿色的浪潮便形成一个豁口。

出现了几秒钟令人尴尬的寂静——没炸响。

她再炸，对面又让出一个豁口，还是没炸响。她像个翻花绳的呆子，维持着扭曲的手势，手僵持在空中。

凌妙妙心里掠过一声冰凉的自嘲：傻孩子，"炸火花"是慕家独门绝技，慕声又怎么会轻易传给外人？

她可是知道慕声画了反写符和暗恋姐姐两个重大秘密的人，如此危险的陌生人，从始至终，慕声都没相信过她，也从没打算让她活着吧。

头顶有冰凉的水滴落在她的脸上，一滴又一滴……下雨了？

这种密闭的地方也会有雨吗？

她闭上眼睛，扬起脸，感受一滴滴的雨滴落在自己的头发上、脸颊上的冰凉触感。

土腥味里混杂着丝丝血腥味，是这个石洞里洗刷不去的阴暗潮湿的味道。

"她是诈我们的！她根本不会术法！"一群小妖冲过来，为首的那个气不过，先伸臂打了她一下。

竹妖打人都是用他们岔开且中空的手，像是打快板一样，一前一后地落在她的身上，不但声音清脆，打出来的创口也格外明显。

"打她！"有了第一个，千千万万的小竹妖都拥过来争先恐后地打她。

凌妙妙在雨点儿般的暴打中思考：如果系统真的掉线了，她要不要选择自爆身体，跟这群竹妖同归于尽？

这打得也太疼了吧？！

"行了！"带着鼻音的声音传来，先前见到的那个竹妖发话了，"一群蠢货，都给我让开！"

小妖们咯吱咯吱地向左右涌动着，让出一条路来。

凌妙妙伏在地上，衣裙已经破烂不堪，除了脸，身上到处都是被打出来的红印子。她又往角落里缩了一下，抬头望着竹妖。

女孩儿眼里黑白分明，有点儿不安，但并没有被吓破了胆。

"既然它们奈何不了你，我就屈尊亲自做一件衣服吧。"竹妖举起他背后飘浮着的那根巨大的锥子似的竹子，抵住凌妙妙的胸口。

凌妙妙低头望着这匕首般锋利的竹子，镇静地思考：通常的套路是反派死于话多，但显然它不至于说到明天早上……难道明天主角们救下来的，已经是一具半死不活的尸体了？

116

不行。她狠狠一凛：还是自爆吧，死也不要做虫草美少女……

那尖头往前了一寸，让她的胸膛传来痒痒的感觉，一股灼热自她的肌肤上生出，下一秒，一缕细细的烟雾升腾起来。

"冒烟了……"小妖们张大嘴巴。

呼——水蓝色的烈焰如同最凶恶的猎豹，在刹那间悄无声息地吞噬了竹节。

凌妙妙抬眼望去，只见竹妖手里握着的利器被烧得只剩一截香灰，一个小妖伸出指头轻轻地一戳，它便哗啦啦地碎了一地。

竹妖难以置信地望着手中的断柄。

它伸出手来，迅速增长了好几个竹节，远远地向凌妙妙袭来，在准备刺入凌妙妙身体的一瞬间，水蓝色的火焰如同游龙一般猛地探出头，沿着它的手臂飞速地爬向本体。那蓝焰速度之快，令它来不及收回手臂，惨叫出声："啊啊！"

竹妖如触电般打着滚，为保性命，只好忍痛自断一臂。那一截断掉的竹子，转瞬便成了地上一摊浅浅的灰烬。

凌妙妙喜极而泣。这是系统来了吗？系统活了？系统威武！

按理说，新鲜的竹子很难点着，但这水蓝色的火焰简直如同幽灵，刹那间便能悄无声息地吞噬一切，将所有活物化作黑灰。但凡想伤她性命之物，转瞬便死。

凌妙妙感动得泪眼汪汪，这么霸气还真不像是那傲慢的系统的风格！

这个夜晚，断了一臂的竹妖不信邪地想用各种方法弄死凌妙妙：用刀砍、用石头扔、用火烧、用水淹、用铁锅砸……

凌妙妙缩在角落里，眼看着自己面前的黑灰积了一堆又一堆，将竹妖气得直翻白眼，便干脆趴在那里安安稳稳地睡了一宿。

有"金手指"的感觉，实在是太爽了。

五

翌日一早，太阳还没升起来，洞穴便晃荡起来，逃窜的竹妖像是绿色的海洋，沿着断层四处流淌。

柳拂衣一脚踩穿石洞，一路上披荆斩棘，带着新一天的第一缕晨曦，光辉灿烂地来救她了。

凌妙妙喃喃自语："原文诚不欺我。"

"妙妙！"柳拂衣确实是着急了，见她缩在角落里，脚尖一点便到了跟前。

"柳大哥！"她像见着了娘家人，蹦起来跳进柳拂衣的怀里，不小心碰到了伤口，咝咝地吸着气。

"怎么了？"柳拂衣上上下下地打量着她，见她浑身都是血印，一时间不知道该如何是好，愧疚之色溢于言表，"都是我不好，让你着了妖怪的道。"

"没事儿、没事儿，都是皮外伤。"凌妙妙看见柳拂衣背后两姐弟的神色都格外古怪。

慕瑶一路斩杀竹妖，听到柳拂衣的话后看过来，脸上是愧疚又复杂的神情。而慕声远远地睨着他们，神色晦暗不明。

柳拂衣将披风脱下来给她披上，拉她出了山洞，安抚了一番之后，脸色又变得严肃："妙妙，遇到危险，为什么不用通讯符联络我们？"

他看见她的身上到处是伤口，心里一阵狐疑："还有我给你佩戴好的收惊符，你是不是私自摘下来了？阿声不是教了你'炸火花'吗？它们伤你的时候，你为什么不用？就算只能炸出来一个火花，对付这些竹妖也足够了吧？"

"呃……"凌妙妙面对这一连串的发问，内心无比复杂。

她总不能直接告诉柳拂衣，她一张符纸也没有，慕声教了"炸火花"也是逗她的，这一切全是"黑莲花"杀人灭口的诡计吧？

"我……"

不知何时，慕瑶和慕声已经解决完了所有的竹妖，无声地站在了柳拂衣的背后。

"你给我的符纸……"她对上慕声的那一双黑眸，深深地看他一眼，才抱歉地笑道，"我不小心弄丢了。"

柳拂衣被气得无言以对，差点儿克制不住想揪起她的衣领："什么都能丢，保命的符纸也能丢？！早知如此，就应该把符给你写在衣服上！"

慕瑶和慕声闻言，脸色都变得很难看。

"对不起柳大哥……我下次一定收好，绝不乱跑了……"凌妙妙勇敢地承受着男主角的怒火，态度格外诚恳，只希望柳拂衣快点儿息怒，别再刺激可怜的女主角了。

岂料凌妙妙越是退让，便越是激起柳拂衣的保护欲。在他的眼中，凌妙妙满身是伤，被恐吓了一个晚上，站都站不住了，还要向他道歉……这使他心中越发自责，冷了脸色："那'炸火花'呢？阿声不是教给你了吗？"

"我……"凌妙妙看看柳拂衣又看看"黑莲花"，一时手足无措。

柳拂衣见她吞吞吐吐，心里明白了三分，回头一看慕瑶姐弟神情冷淡、仿佛事不关己般站着，连一句也不问。他像是吞了一肚子冰碴子，浑身上下都是寒意："我就知道，慕家独门'炸火花'，岂能随便传给外人？"

他这话说得伤人，慕瑶望着他，许久才冷笑一声："我慕家光明磊落，要么不教，要么便好好教，怎么会使那种手段？"

"柳大哥！"凌妙妙一把拉住他的衣摆，笑道，"慕姐姐说得对，慕公子很认真地教我了，是我被那竹妖一吓，把口诀忘了。"

语毕，她感觉到慕声的目光沉沉地落在她的身上。

柳拂衣满脸质疑："真的？"

凌妙妙点头："真的，你想，我连符咒都记不住，'炸火花'的口诀那么难，我忘记也情有可原哪……"

慕瑶转身便走，柳拂衣蹙了蹙眉，追了上去："瑶儿！"

这一日是动身后的第十日，此处的竹子越来越稀少，隐隐约约听得见镇子那边喧闹的人声了。袅袅炊烟从远处升起，昭告着青竹林副本走到了尾声。

慕声的脚步声极轻，像是只猫儿，他的影子若有若无，很有耐心地跟在凌妙妙的身后。凌妙妙拉紧了披风，一路上头也不回地快步走着。

"凌虞。"慕声终于耐不住，开口叫她大名。

"不是说了别叫凌虞吗？我叫凌妙妙。"凌妙妙说话时头都没回，语气恶狠狠的。

慕声追上她，发尾在空中摇摆，眸中带着一丝深沉的探究意味："你没什么话与我说吗？"

凌妙妙面无表情地摇头，脚步飞快，似乎觉得连看他一眼都是在浪费生命。

慕声一侧身挡在她的面前，她向左走，他伸左手拦住她；她退而右转，他就伸出右手。

他直直地站在她面前，恰好能看到她黑亮的发顶。凌妙妙不肯与他进行眼神交流，一直低着头紧紧地盯着他的脚，甚至让他有些怀疑，她是不是在预谋着踩他几脚。

凌妙妙退无可退，这才仰头，露出冷笑："我与一个一心想杀我灭口的人，有什么话好说？"

"既然这样厌恶我，刚才为什么要说谎？"慕声的眼中竟然有淡淡的不解。

凌妙妙心中奇怪：这还是"黑莲花"吗？

"那是为了大局着想，不想让你们之间产生龃龉。牺牲我一个，造福千万家，懂吗？"

"黑莲花"不吭声了，转而垂下眼："柳拂衣披风上的味道熏得我头疼。"

又来了。

凌妙妙早就憋了一肚子火气："你事儿太多了吧，离我远点儿，咱俩都清净。"

"别动。"慕声伸手拽住她的披风，被她一巴掌打在手上。凌妙妙这次是实打实的恼了，毫不留情。

他的手被她拍得火辣辣的痛，下意识地收了回去。

她裹紧披风的模样像是护崽的母鸡，眼里几乎要冒出火来，灼得他需要后退两步，她说："我冷。"

慕声伸手要解自己的披风，听见她冷笑："我不想要慕公子的，就想要柳大哥的。"

他乌黑的眸子顿时一黯，他绷紧了嘴角，声音很低："我就这么不如柳拂衣？"

凌妙妙反唇相讥："毕竟教我术法的是柳大哥，来救我的也是柳大哥，你干了什么，你自己心里清楚。"

慕声看了她半晌："我给了你香囊。"

提起这个，凌妙妙就来气："柳大哥的香囊还能震慑小妖，你那香囊顶什么用？！"

"黑莲花"霎时间变了脸色，似乎在极力压制着怒火。

她撩开披风，想把它解下来："谁稀罕你的香囊了，还你！"

她拽了半天，手都拽红了，却发现这香囊是用术法系上去的，悬浮在

120

她的腰际，她走到哪儿跟到哪儿，竟然怎么也拿不下来。

慕声冷眼看着，似乎想说什么，但没说出口。半晌，他扭过头去："凌小姐，你看见了，我们跟你不是一条路上的人。倘若你现在抽身而退，我们可以将你安全送回家去，从此天高水长，各走一方……"

"哦。"凌妙妙骤然打断他，她有点儿回过味来了，"你刻意与我为难，是想让我知难而退，离开你们？"

她一来，就打破了三人微妙的平衡，这一通乱搅和，影响的不仅仅是柳拂衣，还有这朵本来心无旁骛的"黑莲花"。

慕声本是为了应对柳拂衣才留下她，岂料她偏偏跟他更相熟，他不习惯，进而恐慌，甚至横生戾气，欲永绝后患。就算她不死，他至少也得恐吓她几分。若换成普通的官家小姐，还真说不定被吓得哭爹喊娘要回家，恨不得离主角们远远的。

呵，这人心眼儿太多了。

凌妙妙的好胜心瞬间被激起十丈高。在阳光下她泛着栗色的头发充满光泽，柔韧地垂在两边，她笑了，眼中的怒火慢慢地熄灭："让你失望了，我非但要跟你们上长安，还要陪你们走到最后。"

我还会在终局保下你的小命，傻瓜。

二人如两头猛兽，不动声色地窥伺着彼此，敌不动，我不动。

慕声凝视着她，似乎真有几分疑惑："你到底为何如此执着？"

凌妙妙叹气："慕声，我把你当朋友，不求你投桃报李，只求你别老是践踏别人的真心。"

"真心？"他把这两个字在嘴里玩味一番，眸中的轻蔑神色越发明显，否决道，"世上哪儿有真心？"

凌妙妙捂着自己的胸口，一脸恼怒："慕公子，你现在就正在践踏我的真心。"

慕声沉着脸转身："以后再遇到危险，可别怪我没提醒过你。"

凌妙妙双手叉着腰，刻意提高了声音，活像仗势欺人的小妇人："有柳大哥保护我，我怕什么呀？"

这条路上，我连你慕声都不怕，怕什么路途遥远、危险重重。

慕声的背影一僵，他走得更快了。

"叮——任务提醒，任务一，四分之一阶段结束。阶段奖励'回忆碎片'，该道具可帮助任务者摸索主线剧情。"

121

凌妙妙的手里出现了一枚亮晶晶的玻璃片，她对着光左看右看："这就是回忆碎片？太敷衍了吧？"

透过玻璃看去，湛蓝的天幕变成暗灰色的，犹如在重重时光中褪了色。斑斑驳驳的灰蓝色像水彩一般铺开，刹那间将凌妙妙笼罩在其中。

"轻衣侯来了，轻衣侯来了！"

长安大道连狭斜，行人避让，青牛白马拉着七香车，一行浩浩荡荡的车马鱼贯进入宫城。①

高耸的城墙巍峨，匾额上书"安定门"三个字，锯齿状的城垛之上，一排猩红的旌旗一直蔓延到远方，在风中猎猎飘扬。

这样的肃静只维持了几分钟，喧闹声迅速蔓延开来，人声鼎沸。

都城的风气一向开放，年轻的权贵不喜以权压人，因此宫城外的男女老幼退到一旁时都敢伸颈去看，细声讨论，满脸都是喜气。

当世的轻衣侯传说是丰神俊秀、貌比潘安，是全国少女的春闺梦里人。

那拉车的骏马通体雪白，马鬃如流云，四蹄奔腾，姿态优雅，如同天上神马。被拉着的雕车精巧奢华，无一处不精致，那厚重的帘子垂着流苏，看不清其后的人长什么模样。

"小乞丐……你怎么不吃了？"好心的姑娘伸出柔荑，想摸摸男孩儿的头。

他看上去至多七岁，面如白雪，一双眼睛乌黑水润，一头浓密的头发半长不短地落在肩上。要不是嘴唇干裂，脸上布满尘土，他简直像个小仙童。

他面无表情地躲过了少女的手，眼中没有警惕，只是漠然。

"姐姐，你理他做什么？他是个怪物。"旁边乞讨的孩子淌着涎水凑过来，"他不吃，不如给我吧。"

少女有些讪讪，不情愿地将手上的点心分给一群乞丐，那些乞丐孩子

---

① 场景描写参考七言诗"长安大道连狭斜，青牛白马七香车。玉辇纵横过主第，金鞭络绎向侯家。……"——【唐】卢照邻《长安古意》

马上便如饿虎扑食一般将她围住了。

　　她的心里却还惦念着长得最好看的那个孩子："你……叫什么名字？"

　　他像是没听见一般不回答，旁边的小乞丐嬉皮笑脸地取笑他："小姐，这没娘的野种，没有名字。"

　　"我有娘。"他开口了，声音清越，如同弹奏瑶琴。

　　我只是……我只是……

　　那孩子的眼中刹那间涌出一股暗潮，这种不应该存在于小儿身上的强烈恨意，竟然为他黑亮的双眸添上一抹锐利的光。

　　"哎，你去哪儿？"她见他飞快地爬起来走了两步，竟然如雾一般消失在了她的眼前，吓得她揉了揉眼睛。

　　"看到了吧，姐姐，我说过他是个怪物。"旁边一张张嬉皮笑脸的小脸上闪动着饿狼般残忍又淡漠的神情。

　　轻衣侯的香车宝马过安定门。吆喝声刚降下去，马车猛地停顿一下，车上人合上手中书卷，蹙了眉头，低垂的睫毛下是冷冽的眸子，迸射出漫不经心的寒光："不是说了，本侯不需要查令牌吗？"

　　没有人回答。宽敞舒适的马车里只有从香炉里冒出的袅袅白烟。

　　他顿了片刻，神色一凛："什么妖物，出来！"

　　车里的四角挂着收惊符，几案上摆放着玳瑁貔貅，侧边悬挂着像模像样的桃木剑，各门各派的宝物摆满，将这小小的马车围成一个铁桶。

　　他不信，这样还有秽物闯得进来？

　　一阵凉风拂过他的面颊，他向后一撤，只见桌上转瞬便多了一个小孩儿，小孩儿袍子下两条赤裸的、纤细的腿轻轻地晃荡，露出雪白的双足。那幼兽般诡谲的小孩儿抬起头来，一双漆黑的眸子里满是酷虐的恨意。

　　"你是何人？"男人在这夜色般的眸中看到自己惊愕的倒影，"你要做什么？"

　　一只冰凉的小手突然卡上他的脖颈："我来……杀你呀。"

第二卷

长安城

第一章　帝姬

一

"啊！"宝罗纱帐里一个娇小的身影猛然坐起，一头黑发披散在绣着大片玉兰的素白寝衣上。

宫女从寝殿的角落小跑过来，隔着帐子问："帝姬，您怎么了？"

少女将柔嫩的手放在自己的脖颈上，手指发抖："佩云，有人要掐死我……"

纱帐被撩开，一张素净温婉的脸探进来。床上只有专门为夏天准备的蚕丝被，被皱巴巴地攒了个团。尊贵的帝姬僵坐着，拼命在脖颈前虚抓着什么，眼里满是恐慌。

佩云见她衣领下露出的皮肤被手指挠出几个红印，急忙将她的手拉开："帝姬别怕，做噩梦了而已。"

端阳帝姬长长地吐了口气，仰躺在床上，披散的头发被压在身下，娇容上满是疲惫。

室内三个角落摆放了雕刻精美的大鼎，鼎内放着大块的坚冰，正徐徐向上冒着白气。即使外面骄阳似火，凤阳宫里仍然有阵阵穿堂风，阴凉舒适。

佩云扶着纱帐问："帝姬，沐浴梳妆吗？"

床上的人翻了个身，眉头微蹙，姣好的脸上露出一丝不耐道："梳妆？今天有什么事儿？"

"下午赵太妃要去兴善寺祈福，让帝姬作陪……"

话音未落，端阳帝姬的瞳孔紧缩，她一个翻身坐了起来，脊背紧紧地靠住墙壁，浑身颤抖："本宫不去兴善寺！"

　　"帝姬……"佩云被吓了一跳，"可这不是三天前拜谒太妃时说好的吗？"

　　端阳的耳边仿佛又回荡起那个诡异的声音，一遍遍在她耳边呼唤着："神女……"

　　"谁在说话？"

　　梦里，寺院内古树参天，青石板下满是青苔，风吹叶落，发出簌簌的声响，檐角上悬挂的青铜铃铛颤动着。

　　"神女，快随小人来。吾等候您多时了。"

　　周围的场景飞速变化着，檐口翘起的古寺变作密林，又成了大片荒地，山峦如波涛般起伏，绿油油的麦田一望无际。最后，又回到了殿宇连绵的寺内。

　　"这是在做什么？"她环顾四周，周遭场景与她初来时别无二致，只是天色很暗，天空仿佛被人用一张巨大的布盖着，密不透风的，一片死寂。

　　"方才神女所在位置不对……现在对了。"

　　"你是谁，为什么叫我神女？"

　　那声音笑起来，随即传来此起彼伏的笑声，这些笑声有的浑厚、有的苍老、有的稚嫩，听上去竟有百十人之多的不同的声音。

　　她倒退了一步，回头望去，地上竟然密密麻麻地跪满了人，他们虔诚地伏在地上，仿若将她奉为神明："神女已至，仪式开始。"

　　再然后……

　　端阳猛地闭上眼睛，不愿再回忆起那场面，语气里满是怨愤："自打本宫跟母妃去了兴善寺，回来便开始做噩梦，我不想再去那个鬼地方了。"

　　佩云敛了笑："帝姬慎言！佛祖劝人向善，去一趟寺中能涤荡尘埃，只有抚平心绪之效，怎么会致使人做噩梦呢？"

　　此时宫中信佛已成潮流，天家妃嫔不论品阶高低，身份尊卑，一律自发地吃斋念佛，每年花一大笔开支在寺庙里，攀比谁更虔诚。而这股风潮，正是由端阳帝姬的生身母亲赵太妃带起来的。

　　谁都能说这件事儿不好，但作为女儿的端阳帝姬不能说。

端阳烦躁地揉了揉眉心："知道了，梳妆吧。"

"端阳帝姬，本名李淞敏，先帝宠妃赵氏之女，今上胞妹，深得圣宠……"凌妙妙搜肠刮肚地想着原书中的剧情，被慕声开口打断。

他眼含讥诮："你说的这些，哪个不是尽人皆知的？"

凌妙妙怒而反驳："你这么厉害，倒是说点儿新鲜花样出来？"

"派你出去打探消息，就收回来这么些废话。"他打量了凌妙妙半晌，"你到底有什么用？"

"阿声。"慕瑶放下茶杯，责怪地看了弟弟一眼，"凌小姐没有自己的暗线，别再折腾她了。"

连慕瑶都看出来了，最近这两个人之间有点儿反常。

他们从前倒是貌似很和谐，可这几天就像火药桶碰上了火星子，动不动就吵架，而口齿伶俐的凌妙妙获胜居多。而且，慕瑶似乎从没见过慕声如此……明显地欺负一个女孩儿。

他强行带着不识路的凌妙妙走到繁华的街市上，兜了几个圈子，将她一个人丢在人群中，自己抽身而退。隔了几个时辰，他才回街上，将无助的凌妙妙领了回来。

凌妙妙一个长在深闺的小家碧玉去市井打探消息，被那些丰乳肥臀的妇女讽刺刁难了一个下午，回来时灰头土脸。

慕瑶虽然不喜欢凌妙妙，但也不希望凌妙妙有什么危险。慕声屡教不改，幼稚得就像年龄瞬间倒退十岁，令慕瑶有些头痛。

休战。

凌妙妙白了慕声一眼，趴在客栈的红漆木桌上。

阳光从格窗半斜着投射进来，外面是长安外郭繁华的街道，人来人往。

柳拂衣从吱呀作响的二层踏步上来，见慕声与姐姐坐在一边，便走去坐到凌妙妙的身旁，喝了一杯茶水。

"怎么样？"慕瑶探身问道。

"下午赵太妃将带着端阳帝姬去兴善寺拜佛，到时我们跟在暗处……"

慕声冷笑一声："这赵太妃是不是以为，拿了慕家一块玉牌，就可以把我们当卒子用了？"

捉妖世家慕家世代为百姓谋求福祉而奔走，从不为荣华停留，也不会听从高位者的号令，除非此人手上有慕家的玉牌。

谁的手上有这块玉牌，谁就可以调动慕家人前来铲除妖邪，而慕家人无论在天南地北，都在所不辞。因此这玉牌很珍贵，总共只有三块而已，都给了曾有恩于慕家的人。

赵太妃手上就有这么一块，但慕瑶说不清这令牌的来由。

慕瑶听了慕声的话，神色明显不悦："既然觉得我们难登大雅之堂，何必大老远请我们来？"

慕声笑着看向柳拂衣，熟练地祸水东引："那就要看柳公子究竟是如何交涉的了。"

当今天下妖物横行，宫中不缺捉妖驱鬼的方士。这些方士宛如金丝雀，终身待在宫城内为帝王家服务，鲜少抛头露面。

同行相轻，宫中的方士们看不起宫外的捉妖人，认为术法的最高造诣在钦天监，捉妖世家都是野路子。自然，出身捉妖世家的姐弟二人也看不惯那帮养尊处优又没本事的方士。

"阿声不要误会。"柳拂衣从容地解释道，"钦天监岂是后妃能够随便调用的？想必她是遇上了什么难事，希望自己暗中处理，不想惊动陛下。"

慕瑶点头，直入主题："听说端阳帝姬自从十八岁生辰那天去了一回兴善寺，回来便夜夜噩梦缠身，的确奇怪。"

柳拂衣默然地望向窗外，目光仿佛透过重重楼宇，到达了那一片连绵不断的寺院古刹。

太妃信佛，具有强大的带动效应，崇佛浪潮转瞬就席卷了整个权贵阶层，乃至整个都城。

"物极必反，秽物最爱趁人疯狂时伺机而动。"他的眸中泛出一丝深沉的忧虑。

凌妙妙贴在冰凉的墙根上，插不上嘴，伸出筷子夹向盘子里的葫芦鸡。长安的葫芦鸡久负盛名，鸡皮炸得又酥又脆，油而不腻，金黄的薄薄一层，自然地与鸡肉剥离开，令人垂涎三尺。

不料在她夹住了鸡肉的瞬间，横空伸出一双筷子架住了她的。凌妙妙抬头一看，见到慕声笑吟吟的脸："凌小姐，你都吃了半只鸡了。"

骤然被这么说出来，凌妙妙涨红了脸。她这一路上，除了不停地给柳拂衣制造麻烦，刷存在感，就是在主角们紧张讨论情况的时候，在旁边吃吃喝喝。

这虽然是剧情需要，但确实挺丢人的。

凌妙妙觉察到慕瑶和柳拂衣的目光都落在自己的身上，遂讪讪地收回手去。慕声的筷子却不停，夹起一个酥脆金黄的鸡翅，轻柔地放进了她的碗里："怎么不吃了？我记得凌小姐喜欢吃鸡翅呀。"

他眸中的笑意宛如一汪春水，凌妙妙感觉自己被噎住了。

自从慕声"请"她急流勇退被拒绝后，他对她使绊子是越来越顺手了。

那天他强行带她到早市探听消息，巧言令色地蛊惑了一群卖鱼、卖水果的大妈，将她往人群里一推，转身就没影儿了。

那群胖胖的阿姨气势汹汹地将她团团围住，问的全是："那唇红齿白的小郎君多大了？是否婚配？去哪儿了？你是他的什么人？"

等她装疯卖傻地挣扎出来，头发都乱了，走在路上像是被抢劫过。而慕声站在路边，远远地递给她一面镜子，笑吟吟地邀请她看自己的尊容。

凌妙妙叹了口气。

柳拂衣的表情却异常欣慰，他鼓励地拍拍她的肩膀："妙妙，阿声给你夹的，快吃呀。"他甚至还拉着一头雾水的慕瑶站了起来："瑶儿，走，随我一起结钱去。"

一头雾水的慕瑶被他扯着走远了。

慕声无声无息地坐到了她的旁边，睨着她的脸："好吃吗？"

"这一路上你都不嫌烦吗？"凌妙妙无趣地扒拉两下鸡翅。

慕声笑得意味不明："凌小姐有趣极了，我怎么会觉得烦呢？"

凌妙妙哼道："不就是多知道你一个秘密吗？公平起见，那我再告诉你一个好了。"

少年的表情凝滞了片刻："别再提你的癸水。"

"这次不是癸水。"凌妙妙凑近了他，柔柔的声音在他的耳畔响起，"我十五岁的时候胸围只有两尺五……一年时间里，长了好多。"

慕声下意识地顺着她的脖颈往下望，想看看那"长了好多"是个什么程度，不想她立即用双手护在胸前，一下子躲远了他，斜睨过来，理直气壮道："往哪儿看呢？不知羞！"

周围的嘈杂声骤停，长安城的大爷、大妈、叔叔、阿姨停下了吃酒的动作，无数谴责的目光落在他的脸上，像凌迟的刀子。

不多时，指指点点的声音纷纷传来：

"长得挺好看的，不想是个登徒子。"

"人不可貌相，越是这样的，越是……"

"就是……"

咔嗒。一个彪形大汉如同一道黑云压过来，将腰间的佩剑往桌上重重一拍，挡在凌妙妙身前，对慕声横眉冷对道："我们长安风纪尤好，由不得你在此撒野。"

慕声望着大汉的手指，黑润润的眼眸中几乎要冒出火来。

大汉也冒火了："你还敢瞪我？"

慕声冷冷地瞥他一眼，没有回应，站起来，径自往大汉背后看，压着火气道："凌妙妙，出来。"

咔嗒！大汉又猛一拍桌上的剑鞘，直拍得桌子都要抖三抖："小子，你可不要太嚣张。"他转身对凌妙妙安抚道："姑娘，别怕，你初来乍到，人生地不熟，我们长安人都是你的乡亲，大哥给你做主。"

凌妙妙在心里几乎笑岔了气，从那雄壮的身影背后探出个脑袋，笑道："多谢这位大哥，您误会了，我们一起的，他……他跟我玩儿呢。"

"真的？"大汉狐疑。

"真的。"凌妙妙点头。

素不相识的侠义大哥拎起那把沉重的剑，安慰地拍了拍她，一步三回头，每回一次头，就要指着慕声的鼻子骂一句："给我小心点儿。

"一看你就一肚子坏水！

"休在长安撒野！

"再让我看见一次就打断你的狗腿！"

慕声面无表情地目送那身影远去，将目光转向站在一旁憋笑憋得直发抖的凌妙妙。见他看来，她的表情变得十分严肃，杏眼里写满了无辜："真没想到，长安百姓实在是太热情了。"

慕声变了又变脸色，咬牙转身："不早了，走吧。"

凌妙妙从不是个软柿子，找到机会就要反将一军，令人捉摸不透。偏偏他赶也赶不走她，只能把她留在身边继续观察。

身后的少女的紫藤色裙摆一旋，犹如木槿花绽开了花瓣，她犹自喋喋不休："对了，倘若我泄露你的秘密，你大可将我的秘密公之于众……你走那么快做什么？"

二

兴善寺一片殿宇连绵，画拱承云，丹栌捧日，白玉栏杆延绵而上，碧瓦飞甍在参天古树的掩映下连绵成一片。①

赵太妃的马车停在寺前，两个身着浅红襦裙的宫婢扶她下了车。

太妃年已四十，但保养得相当精致，瓜子脸上缀着一双妩媚的眼，仅眼角有些皱纹，薄唇微微勾起，年轻时候一定是位妙人。

这位先帝曾经的宠妃一身绛紫，辅以鲜亮的秋叶黄纹饰，她削减了贵重头饰，头上只别了一支素钗。临下马车，她似乎想起什么，将手上的镂金护甲也捋下来，交了给宫婢。

后面紧跟着又来了一辆马车，宫女佩云先跳下车来，伸手去扶车里的端阳帝姬。

李淞敏生得很像赵太妃，一双眼睛大而水灵，但身为公主，无须讨好他人，所以她比母亲要更自信，神态里总是带着一股骄横。

赵太妃远远地等着女儿过来，一见她穿着彩衣华裙，动作不紧不慢，太妃的眉头蹙了起来："佩云，你怎么给帝姬选的衣裳？"

佩云被吓了一跳，回头看端阳帝姬。

帝姬挽住赵太妃的手臂，撒娇道："母妃，是我选的裙子，今日天气好，适合出来踏青。"

"淞敏，都说了多少次了，佛祖面前，你姿态要放低些。"赵太妃顿了顿，见到端阳帝姬精神不济的慵懒模样，摸了摸自己女儿的眼皮，心疼道，"又做梦了？"她回过头去寻觅着，瞥见远山脚下柳拂衣伫立的身影，面色稍霁，扶着端阳帝姬的手，压低声音，"母妃已经找到解决办法。多半是从前咱们心不诚，才让神明怪罪。这回母妃捐了三百斤香油钱，亲自磕头赔罪，你肯定不会再做噩梦了。"

---

① 大启灵塔，广置天宫。像设凭虚，梅梁架迥，璧当曜彩，玉额含辉，画拱承云，丹栌捧日，风和宝铎，雨润珠幡，林开七觉之花，池漾八功之水。召六大德及四海名僧，常有三百许人，四时供养。（《辩证论（卷三）》

端阳帝姬满脸不赞同，想争辩什么，最后还是颓然放弃。

她顺着母亲若有若无的视线看去，碧蓝的天空之下远山叠翠，那里似乎伫立着一个年轻男人的身影，他的脊背挺拔，衣袖和披散的黑发随风摇摆，宛如谪仙。

她好奇地还想要看两眼，转眼已经走到了正殿门口，被赵太妃拉了进去。

一股浓郁的檀香味扑面而来，门在她的身后缓缓地掩上。赵太妃微微侧过脸，半张脸落在阴影中："都在门口等着。"

宫婢们恭敬地垂手，分两列守在门前。

烈日西斜，偶有一阵风吹来，寺中遮天蔽日的松柏轻轻地抖动，发出波涛般的响声。巍峨的殿宇在一片柔软中岿然不动。

树下细碎的光影洒落在柳拂衣的脸上，他用好听的声音低声吟诵："青青伊涧松，移植在莲宫。"

慕瑶的声音如玉石撞击，清洌动听："藓色前朝雨，秋声半夜风。[①]"

他闻声回过头来，冲她微微一笑。

"阿姐什么时候学了这首诗，我怎么不知道？"慕声微眯眼睛，不高兴地打破了这种和谐温馨的画面。

慕瑶好气又好笑地朝前面抬了抬下巴："现学的。"

慕声扭过头去，见到不远处被树木掩映的墙壁上，不知被哪个张扬恣肆的文士以苍劲的笔触题了一首诗。

凌妙妙扑哧一笑，被慕声一记冷眼吓得缩在了柳拂衣的身后，探出个脑袋，见慕声一张青春明艳的脸上满是阴沉，心里忍不住偷乐。

免费观看"黑莲花"吃瘪，生活真精彩。

"瑶儿，你可有感知到妖气？"柳拂衣把玩着那小巧玲珑的九玄收妖塔，露出沉思的神色。

"没有。"慕瑶迟疑，"不过，我想帝姬不会无缘无故被梦魇缠绕。

---

① 青青伊涧松，移植在莲宫。藓色前朝雨，秋声半夜风。（崔涂《题兴善寺隋松院与人期不至》）

134

只是现在赵太妃不许我们直接插手，查起来束手束脚，实在为难。"

柳拂衣劝道："家丑尚不外扬，何况是皇家秘闻。"

慕声眺望着重重栏杆之上巍峨的皇家寺院，朱漆柱外站着两排训练有素的锦衣宫婢，他忽然冷笑一声："马上，她便不得不求着我们接受这皇家秘闻了。"

"信女赵沁茹，带着女儿李淞敏来了……"紫色的裙摆被拖在地上，赵太妃合拢的手掌微有颤抖。她的声音越来越低，几乎像是在自言自语："既说我诞下个神女，应该福泽不尽，为何……为何反降困厄？"

莲花宝座之上，一座巨大的金身接引佛像，以某个微小的角度向下倾斜，和蔼地微笑着俯视芸芸众生。跪在大殿中的端阳帝姬不敢抬头，只觉得那栩栩如生的神像仿佛一团金光四射的云，压在她的头顶上。

她惶惶不安，一旁的赵太妃却闭着眼跪伏在那里，口中念念有词："信女已按指令，将全部身家尽数上供，求佛祖保佑我儿身体康健，不再被噩梦缠绕。早年的因果，应在我身上便是，那些恶毒之人……"赵太妃脑中轰然闪过许多画面，紧闭的双眼睁开，闪出一抹决绝的光，"统统入地狱，不得超生！"

赵太妃许完了愿，仿佛了却了一桩心事。她长舒一口气站起来，在案前净了手，点燃六炷香插入香炉中，随即再次跪倒在蒲团上，双手合十高举过头顶，向下至嘴边停顿，再向下至心口，摊开双掌，掌心向上，上身虔诚地拜倒。

烟雾缭绕着，斜升入空中。

"敏敏，你快拜一拜！"她急促地唤着端阳帝姬，扯着不情愿的少女跪在了蒲团上。

檀香气息浓郁，端阳帝姬恍惚间听见耳边传来一声轻唤："神女……"

一阵风仿佛一只手，若有若无地拂过端阳帝姬的脊柱。她感到头皮一阵发麻，几乎像是被人踩了尾巴一般立即跳了起来："母妃！你有没有听到？"

她的耳边传来越来越多的声音："神女……神女，快随我们来……"

老的少的、男的女的，狂喜的、焦急的……

呼唤声一声接着一声，被狂风搅散，空气被旋转的气流切割得破碎，

135

那些声音语不成句，慢慢地变作风的呜咽。

端阳帝姬眼前的光线慢慢暗了下去，延伸出一条长而黑暗的甬道，两旁微有亮光，分列摆放着色彩斑斓、神态各异的菩萨像。

为显皇家气派，寺内的佛像用的足金，观音像用的白玉，显得纯粹而威严，高不可攀。可眼前这些菩萨像，充满了青绿、靛蓝、朱红、藤黄等颜色，犹如民间城隍庙里泥塑彩涂的神像，艳丽而诡异。

端阳帝姬难以置信地望着，脸上渐渐涨红，几欲滴血。

那些佛像栩栩如生，连衣带的褶皱都活灵活现，更不要说面上神态。男男女女们衣衫半褪，足上、头上、腕上戴着层层叠叠的金饰，三两个挤在一起，以各种令人咋舌的扭曲姿势行鱼水之欢。明明应该是圣洁的神像，却比红尘男女还要疯狂恣意……

端阳耳边的音浪冲击着她的耳膜："神女，吾等候您多时了。"

她的脸色由红转青，牙齿咯咯吱吱地上下碰撞，心里只剩下一个念头。

噩梦，那个噩梦成真了。

她呼吸时几乎要从肺部牵扯出棉絮，恐惧像看不见的手攫住了她，她像一个瞎子在冰天雪地里崩溃地逃窜，颤抖着大喊："我不去……别叫我！别叫我！"

"敏敏？敏敏！"赵太妃看见端阳忽然发疯似的大叫并朝着空气拍打，急忙去拉，却被猛地推开。

端阳的脸色铁青，她扑过去用力地拍打着紧闭的殿门，凄厉地喊了几声，动作突然减缓了，黑色的血液顺着耳孔流出，在雪白修长的脖颈上拉出一条竖长的线。

赵太妃的脑袋一片空白，她发出了颤抖破碎的尖叫："我的儿呀——快来人！"

赵太妃的耳边响起了一个轻飘飘的声音，带着十足的讥笑和讽刺，像刺骨的冷风灌入她的耳朵："信女赵沁茹，你是不是拜错地方了？"

赵太妃因焦急而涨红的面孔瞬间变得煞白。她倒退了两步，转头茫然四顾。

"别叫我……"帝姬凄厉的叫喊声越来越弱。

她向后退去，身子软软地倒下去的一瞬间，看见大门被由外向内推开，随即所有恐怖的声音戛然而止，耳中只剩下树上的蝉鸣。

136

清风带着赤红的晚霞涌入，漫天绚丽的华彩都在那一人身后。

柳拂衣稳稳地接住了帝姬的身子，目光冷淡地扫过了阴暗的大殿，落在了呆若木鸡的赵太妃的脸上。

"娘娘。"他不动声色地提醒，"帝姬中暑昏厥，需要叫太医吗？"

柳拂衣将脊背挺得笔直，保持着十足的警惕，衣袖里揣着九玄收妖塔。但凡有一丝妖气，这宝物一定会跳出来，照得作祟之物无处遁形。

可惜没有妖气，带着热浪的晚风卷过他的发梢，寺外天际的晚霞与莲花座上金身佛像相映，端庄肃穆，华美异常。

见到佛像真身，外面的宫婢不敢逼视，齐刷刷地跪伏在门口。远处拉马车的良驹百无聊赖地扫动尾巴，四面寂静得只剩风声。

柳拂衣怀抱帝姬，衣袂摆动。

"对……"赵太妃紊乱的呼吸渐渐平静下来，手指将帕子绞得变了形，她伸出颤抖的手理了理鬓发，找回了一些体面，"帝姬中暑昏厥——来人，回宫。"

赵太妃慢慢地靠近了柳拂衣和其身旁神情严肃的慕瑶，似乎仍然心有戚戚，声音都蔫了下去："佛寺里确有古怪……拜托诸位了。"

"太妃娘娘。"慕瑶清清明明的眼睛盯着她，那双琉璃眼瞳中容不得一丝隐匿的丑恶，"寺里并无妖气。"

赵太妃一凛："不可能！"

"怎么不可能？"懒洋洋的声音自众人身后响起。

慕声雪白的脸半隐在阴影之中，唯独一双黑润润的眸子似乎倒映着满池的星光，像是阴暗中石破天惊的两抹亮色。

赵太妃望见他的脸，眼中闪过一抹惊色，嘴角不自知地痉挛了一下。

慕声从黑暗中走出，手里捏着六炷烧了半截的香，嫌弃地伸到了众人的眼前："几炷小小的迷幻香，便把你们都唬住了？"他没有在意赵太妃的神情，而是低头掀起香案上的桌布："妙妙，快点儿。"

香案后，凌妙妙捧着两大把香爬出："没来得及烧的香都在这里了，回去查一查吧。"

"太妃娘娘，说来真巧，下官从太仓郡过来遭遇船难，还是这几位大人显了灵通，救了下官一命。"郭修庞大的身影立在殿内，半躬着身子，满脸横肉的脸上是讨好的笑容。

赵太妃没作声，翘起尖尖的护甲，有些心烦地用茶杯的盖子剐蹭着杯口。

柳拂衣专注地看着一旁满头大汗摆弄着香的老太医和一个穿着绸布衣裳的年轻香师，不自知地拧起眉头，不知道在考量什么。

慕瑶安静地盯着自己的手，案前的茶水飘起如云的白色水汽，凝结在她的睫毛上。

"都是下官消息不灵通，几位大人受太后所托远道而来，又是下官的救命恩人，应该早做安排才是……"郭修看着地板，径自絮絮叨叨。

"行了！"赵太妃砰的一下将茶盏搁在桌上，"我叫你来是为了什么，你心里没数吗？"

郭修顿了一下，尴尬道："娘娘，臣……臣实在冤枉啊。"

"哼，你冤枉？"赵太妃狠狠地剜了他一眼，回首扬声道："陈太医、陆先生，你们说说，本宫冤枉他没有？"

那年轻的香师陆九，是按照慕声的意思特意从民间请来的，身上穿着一件特意准备的崭新的丝绸长衣，但在这华美宫廷里仍然显得有些寒酸。

他有些紧张，苍白瘦削的脸微微发红："回娘娘……这香、这香……是、是上好的檀香。"

郭修闻言，挺直了腰杆："臣自打当上这个礼部侍郎，夙兴夜寐、战战兢兢，唯恐不能为娘娘肝脑涂地。臣知道娘娘礼佛心诚，又怎么会做那种以次充好之事？"

他神色委屈，甚至伸手夸张地揩了一下眼角。

赵太妃忍耐着闭了闭眼睛："陈太医？"

"回太妃娘娘……"须发皆白的老太医颤巍巍地擦了一把额头上的汗水，费劲道，"这里面的确掺杂了可以安神和致幻的药草……"

"郭修！"老太医话未说完，赵太妃突然变了神情，怒不可遏地拍了一下桌子，"你还有什么话解释？我让你一路高升，走到这个位置，你就是这么回报我的？"

郭修被她吼得一哆嗦，头上冒出了一层细密的汗水，脸色发白："不可能、不可能呀……"

"陆先生。"

慕瑶不知何时出现在那年轻的香师身后，身上一股梅花冷香若有若无，惊得他向后退了两步。

她用纤细的手指捏了一小块香，在指尖捻开，嗅了嗅，沉默了半晌，问道："你既然是长安城里最有名的香师，辨不出这里还有一种多余的成分吗？"

陆九咽了口唾沫，下唇微微颤抖："草民……草民……"他定了定神，回答道，"的确还有一种多余的，但是依草民之力，难以……难以辨别。"

"陆九，不肯说？"赵太妃的声音尖厉刺耳，"要本宫求你吗？"

"娘娘不要生气。"慕瑶平静地打断了她，自然地挡在了身子发抖的香师前面，"陆先生是本分生意人，辨别不出是正常的，因为他未曾做过那杀人放火的勾当。"

她刻意咬重了"杀人放火"四字，目光凌厉地掠过了郭修的脸。

溪水从巨石上流淌而过，发出清脆的声响，水流分成无数股，又汇聚起来奔向远方。

"真倒霉。"凌妙妙蹲在大石头上，将手中的衣服翻了个个儿。

装衣服的木桶被水冲得微微漂动起来，被她手疾眼快地伸手扶住，拖到了一边。

无数绵密的水雾打在她的脸上，在这酷暑天里带来一阵清凉。她停下来，将红通通的脸颊凑近了溪水，弄得眉毛上全是水珠，又兴致勃勃地挽起袖子，将手臂也泡进水里。

哗——她将手臂从水里猛地捞出来，感受水顺着伸直的手臂流进衣服里痒痒的触感，玩儿得相当开心。

凌妙妙的头发多而顺滑，一支簪子固定不住，有一半已经散落下来。她干脆扯掉了簪子，任凭头发披散在背后，用湿着的手理了理发梢，把它们斜放在肩膀前。她开始对着半桶衣服发呆："我凌妙妙也算是娇生惯养，连自己亲爹的衣服都没洗过，居然要帮'黑莲花'洗衣服？"她对着水面里自己的倒影长吁短叹，"完成任务之后，好好犒劳一下自己，再去信息部投诉这个尸位素餐的系统。"

凌妙妙伸手将湿透的外袍再次泡进溪水里，开始了新一轮的自娱自乐。

直到风送来一抹玄色衣角，凌妙妙停下了动作，抬起头来，看到慕声居高临下的目光。

139

他躲在那里，也不知道听了多久。

慕声慢慢地蹲下来，注视她的眼里满含戏谑："凌小姐很不情愿。"

四面溪水奔涌流淌，他满意地看见她的神色由惊转惧。

凌妙妙憋了半晌，憋红了脸："你说啥？听不清！"

他抓住她的后领，将她拖到眼前来，二人的脸贴得极近，几乎要鼻尖相碰了。凌妙妙紧张地盯着他的嘴唇，那两片色泽粉红的薄唇相碰，轻柔地吐出一连串"毒液"："我说……既然不情愿，就别装腔作势了。"

"哈？"她冷笑一声，将脸向后闪躲了一下，"说得像我不情愿就可以不洗一样！"她将差点儿被水冲走的衣裳一把抓回来，放进桶里，狼狈地抹了一把脸上的水，"我们现在住在皇宫里，大把宫婢等着服侍你，你非不让她们洗，硬要折腾我，我有反抗的能力吗？"

比起把她丢在人堆里让她找路，还是洗衣服这种手段温和一些，毕竟这个世界的夏天如此难挨，她就算坐在大块坚冰旁边也待不住。

慕声的睫毛颤动了一下："我嫌她们粗手粗脚，想来凌小姐娇生惯养……"他的目光落在她白嫩的手上，那水葱似的手指紧紧地按着他的玄色衣服，对比十分明显，"我就喜欢娇生惯养的手帮我洗衣服。"

凌妙妙无言以对，半晌，继续认命地揉搓起衣服来："行，这就洗。你闪开吧，挡我光了。"

慕声依然蹲在石块上懒洋洋地注视着她。凌妙妙的头发柔软顺滑，服服帖帖地垂在胸口，随着她的动作微微晃荡。

他一阵眩晕，恍惚中有些褪了色的场景如片片雪花涌进他的脑海里，那个美艳如花的女人卸了钗环，像是世间所有的平凡妻子一样，眉宇间满是沉静的温柔。

院子里飘起了雪花，她的头上也落了星星点点的白，许多雪落在她面前的盆里，半天都不融化。

"娘，手冷吗？"

她抬起头来，一笑令万物失色："给小笙儿洗衣裳，不冷。"

那张脸……他感到眼前一阵天旋地转，身子晃了晃，被一只手一把扶住。

"怎么回事儿，蹲都蹲不稳当。"凌妙妙嫌弃地揽住他的腰，手是湿的，冰凉凉的。她故意在他的衣袍上擦了两下泡沫，这才悄悄地收回手，闪着水光的杏眼里含了一丝调笑："盆要跑、衣服要漂，你还要倒……我

140

就是活的八爪鱼，看我顾不顾得过来？”

他闪了闪目光，避开了她的衣领下那块雪白的肌肤。

妙妙早就习惯"黑莲花"的突然变脸，继续洗她的衣服，睫毛低垂，嘴唇满不在乎地翘着。

慕声忽然道："手冷吗？"

凌妙妙皱皱眉头，心里奇怪："不冷。夏天嘛，玩水多凉快。"她抿唇一笑，心里冷森森地接道：要是你敢让我冬天洗衣服……老子把盆扣你头上。

慕声半晌没吭声，换了个姿势，干脆盘腿坐在了石头上。

"对啦，慕声。"凌妙妙有一搭没一搭地跟他聊天，"其实你的衣裳也挺好洗的。"

这人一天换一件衣裳，换下来的几乎是干净的，还有一股若有似无的梅花香。那是他怀里的气味，"黑莲花"连香气也要跟姐姐保持一致。

"是吗？"

"对，只不过……"凌妙妙扯起一件来给他看，"没有土，都是血。"她开玩笑地望着他，"你以后少流血好不好？血印可比土要难洗多了。"

他一愣，竟然一时不知该如何作答。

今天的凌妙妙格外惹人亲近，不知到底是她的手上拿着自己的衣服，实实在在沾染了自己的气息，还是因为这溪水腾出的雾气柔化了她的眉眼。

慕声垂下眼睫，恰好看到一颗晶莹的水珠顺着她的发丝滚落下去，眼看要无声地落在她的衣裙上。

他鬼使神差地伸出手，飞速接住了它。水珠落在他的手心里，瞬间碎开，顺着掌纹飞速蔓延，仿佛一个再温柔不过的亲吻。

他似乎一下子清醒过来，攥紧了拳头。

"任务二进度提示：恭喜宿主，待攻略角色'慕声'好感度达到30%。"

没错，太仓郡主线剧情结束之后，凌妙妙如愿以偿地从系统那里得到了攻略对象的好感度通知，每增进5%，都会收到一条通知。

四分之一的路程已经刷到了差不多三分之一的好感度，这令她相当欣慰。只不过，作为毫无经验新任务者，她就像盲人走路，在这条根本不熟悉的路上摸索前进。

慕声慢慢地站起来，水珠早变作掌心一点濡湿，少年优美的侧脸被阳光镀上金边，耀眼的光聚集在他刷子般的眼睫上："你明知道这一路上是我故意刁难，为何还对我言听计从？"

凌妙妙被他这么一问，愣了半天，猛地爆发出一声笑："我说了要一直跟着你们，被折腾两下就退缩，岂不是太孬了？"

慕声不作声，望着她在阳光下的脸。他细细的白色发带被风吹动，犹如蝴蝶展翅。

二人衣袖摆动，在这个无言的瞬间，像世间最普通不过的少男少女，上演着什么两小无猜的初恋故事。

凌妙妙看着他笑，声音又甜又脆："我也问问你，这么折腾我，你是不是觉得挺开心？"凌妙妙俯身将洗好的衣裳装进桶里，捶了捶蹲麻了的腿，麻利地跳了起来，"这一路上，我看你玩儿得挺开心的，我也没觉得不高兴。"

凌妙妙哼着歌往回走。

她的心大可是家里人和学校老师公认的，连最不拘小节的豪放男生都对她的心宽似海拜服，遑论她是在平行世界里做一场游戏，完成一个任务。

她一向不跟小心眼儿的人一般见识，重要的是过程中的体验嘛。

慕声瞬间沉下脸色，转身就走："胡说。"

凌妙妙的脚步一顿。遭了，她又说错话了？

但是她听见脑子里叮的一声："任务二进度提示：恭喜宿主，待攻略角色'慕声'好感度达到35%，请再接再厉。"

三

"热死了、热死了！"小宫女佩雨匆匆地跑进凤阳宫内，把上襦的两处袖子挽到了肘上，额头上满是汗珠，抱怨道，"姐姐，外面的蝉叫得跟疯了似的！"

当值的大宫女嘘了一声："小声，帝姬在休息。快把衣服穿好，像什么样子？"

佩雨哦了一声，蹑手蹑脚地向内殿走去。

层叠的纱帐如轻云，掩藏着轻柔的声音。

"当时我们守在外间，听到里面好像有拍门的声音。但娘娘先前嘱咐，无令不得进入，大家都在犹豫，那个穿白衣的公子便走过来了。"佩云低垂眉眼，端着圆形的小盒，手法轻柔地给端阳手臂上的伤处敷上药膏，"在场的都是内宫奴婢，谁也没注意他是什么时候站在那里的，还没顾得上拦，他一把就将殿门推开了。"

端阳的两只耳朵被纱布包着，显得有些滑稽，一双眼睛一眨不眨地瞪着远方。她收回手来抱在怀里，嘴角泛出一丝笑："佩云，你可仔细看过他的相貌？"

"帝姬？"

"我长这么大，从未在京中看见过如此潇洒俊逸的人。"端阳的语气越发低下去，她的眸中仿佛有一团星火，不知是惊喜还是惆怅。

那天满天晚霞里，他站得笔直，衣袍在风中飞动……

佩云卷着床上的帐幔，神色有些犹豫："可是帝姬，那位公子是个江湖捉妖人，他……"

"江湖捉妖人又怎么了？"端阳的眉宇间显露出不悦，随即又浮现一丝笑意，"他是我的救命恩人，母后不也在重用他吗？我看他比那些世家公子有胆量得多，若是他能留在长安，以后必定前途无量。"

一旁的佩雨年纪稍小些，梳了个紧紧的发髻，额头上有许多碎发，站着听了半响，插嘴道："柳公子真的能留在长安吗？我见他身旁有一位白衣女侠，好像是和他一起的。"

端阳的娇容阴了下去，呼吸急促起来，她半响才稳住心神："那个女人梳的还是姑娘头，你怎么知道她与柳公子就是一对？"

佩雨睨着她的神色，眼珠一转，笑嘻嘻接道："帝姬说得对，他们肯定只是结伴而来。再说了，世上女子，谁能比得上我们帝姬呀？"

佩云低头安静地听着，不置一词。

端阳抑制不住地嘴角上翘，却佯怒着抄起蜀锦圆枕朝着佩雨砸过去："净会谄媚！"

佩雨接住了圆枕，蹦蹦跳跳地凑到端阳的身边，为她垫在背后。端阳作势，推了几次都没推动，二人在床边玩闹了一会儿，佩雨身子一退，不经意地撞在了佩云身上。

佩云仿佛感知到自己与这样的场景格格不入，宛如一只被火舌燎到的猫，不作声地退了下去。

端阳坐在了妆台边，专注地看着镜子里的自己，有些不悦地看着耳朵上的纱布："佩云什么都好，就是太闷了，让人扫兴。"

佩雨抿着嘴笑了，她的颧骨略高，一笑就露出颊边的一个梨窝，倒显得青春可爱："佩云姐姐毕竟曾经是陛下的人，说话做事自然也跟陛下相似啦。"

她用一双小手握着梳子，小心翼翼地避过了端阳的耳朵，在对方的鬓边别了一朵新鲜的芍药。

端阳微一皱眉，脸色由晴转阴："皇兄向来不待见我，连带着他的奴婢都对我拿腔拿调，真是憋屈。"她用手指绕上发丝，摸了摸鬓边那一朵娇艳的鲜花，心情又愉悦起来，"佩雨，这花儿会不会太艳了？"

佩雨笑嘻嘻地称赞道："这花儿夺不去帝姬半分风采，任谁见了，都觉得人比花娇。"

端阳忍不住笑出声来："就你机灵。"她站起身来，"听说母妃在客厅见他……"她伸出手最后整了整发髻，压不住嘴边的笑容，"刚好，本宫也顺便去见我的救命恩人。"

夏日的阳光灿烂，成排的木格栅在流月宫大殿里投下一片整齐的影子。烈日正盛，一阵阵蝉鸣声嘶力竭，端阳提着裙摆从步辇上跳下来，三两步到了檐下。

"殿下留步。"赵太妃身旁的尚宫站在玄关处，朝她福了一礼。

帝姬回过头，神情骄横："怎么？母妃在厅中，我不能进去吗？"

"回殿下，娘娘与客人有要事商谈……"

端阳帝姬已经透过帘栊望见厅中的几个人影，隐约见到白衣方士手捧茶盏坐在赵太妃的右侧，一时间走了神。

大殿中落针可闻，郭修正跪在地上慌乱地叩首："娘娘，臣实在冤枉，臣真的不知道！好好的香里，怎么……怎么会有这种东西……"

赵太妃几乎将眉头拧成了麻花，半晌才小心翼翼问道："慕方士所言非虚？"

慕瑶清越的声音淡然道："我绝对不会认错。"

被她挡在身后的香师陆九脸色苍白，丝绸长袍被汗水濡湿，在肩胛骨上形成两个深色的印子。

"郭修！"赵太妃眸中闪烁着惊恐，她猛一拍桌子，尖厉的嗓音几乎破了音，"你……你好大的胆子……"

郭修满面震惊，几乎瘫倒在地上，张嘴欲言，没想到一抬脸嘴一歪，当下控制不住，哭得涕泗横流："姨母！姨母救我！侄儿当真什么也不知道……"

柳拂衣和慕瑶对视一眼，眼中颇有诧异。这郭修居然还跟赵太妃沾亲带故。

"别叫我姨母，我有你这样的好侄儿？"赵太妃压低了声音，像是低声咆哮的凶兽，"这份差使满足不了你吗？你以为我不知道你在我眼皮子底下干了什么？！自己作死，还妄想别人保你……"

"姨母！姨母，侄儿真的冤枉！"郭修将头磕得砰砰作响，"侄儿、侄儿是贪慕富贵，可侄儿自小连杀鸡都怕，怎么敢杀人。这批香乃是我从长安城外泾阳坡一个叫作李准的商人那里买来的，当时只图便宜，未曾想到其中竟然有此玄机……"

赵太妃闻言松了口气，冷哼一声，虚脱般靠在椅背上，转头征询他人的看法："柳方士……"

柳拂衣与慕瑶交换了眼神，他点点头："檀香里面掺杂了这么多死人骨灰，动机未知，实为罕见，其中必有内情。"

慕瑶的神色严肃："请娘娘允许我们查一查这个李准。"

赵太妃本来不想再招惹麻烦事儿，可是事情毕竟是由她牵出，只好虚弱地摆摆手，让郭修起来："谅你也没这个胆子。你知道什么，还不速速告知两位方士？"

端阳帝姬正听得入神，不经意间碰到了帘上的缀珠，缀珠发出当啷一声响。赵太妃眼尖，远远地看见端阳脚上那一双挂着东珠的丝履，诧异道："敏敏，你站在那里做什么？"

尚宫只得替端阳帝姬掀开珠帘。衣着华贵的端阳走进来，靠近柳拂衣时心脏怦怦直跳。她瞟了他一眼，轻移莲步到了赵太妃的身旁，挽住了赵太妃的手臂，连声音都比平时温柔许多："母妃！"

帝姬身上带着沐浴后浓郁的熏香。赵太妃的目光在帝姬头上的娇花上走了一遭，太妃心里咯噔一声，有种不好的预感："身子没养好，怎么就跑出来了？"

端阳转过身子，露出一张明艳如霞的脸，对着柳拂衣端庄地行了个礼："我来谢谢几位方士的救命之恩。"

四

"女儿已到长安，暂住皇宫，吃喝一应俱全，爹爹不必担心……"凌妙妙咬住笔杆子想了半天，补充道，"天热影响食欲，近来瘦了几斤，但我很高兴。对了，红糖馒头很好吃，请爹爹重重赏咱家厨子。"

她将信纸折了两折，抬头在桌上四处寻觅信封的时候，看见一只撑在桌角上的白皙的手。

凌妙妙猛一回头，正对上慕声来不及收回的目光："你这人！怎么偷窥别人写信呢！"

慕声冷笑了一声，后退两步，慢条斯理地坐在了椅子上，跷起了修长的腿："我当是写给谁的，原来是写给你爹。"

"写给我爹怎么啦？"凌妙妙莫名其妙地看他一眼，"我离家三个月都没信儿，他老人家肯定在家抹眼泪呢。"

慕声侧头看窗外，阳光将窗棂的阴影投射在他的脸上："想不到凌小姐是个如此恋家的人。"

"谢谢。"凌妙妙刻意无视他语气中的嘲讽，将信纸塞进信封，睨着慕声的神色，笑眯眯地"补刀"，"你也常写家书吗？"

她知道他亲缘寡，没事儿就捅一捅刀子，好让"黑莲花"知道疼。

慕声没有什么反应，转着左手腕上的收妖柄，淡漠地回应："我见阿姐写过，不过跟你写的不一样。"

"怎么不一样？"

"开头是'父母亲大人膝下'，结尾是'女慕瑶跪禀'，中间肯定不会写什么红糖馒头。"

凌妙妙咳了一声："你们家一向家教严，不像我跟我爹，没大没小惯了。"

慕声微勾嘴角，露出一个似笑非笑的表情，这个表情既像讽刺，又像是忌妒。

凌妙妙挪了椅子坐在他的旁边："你就没自己写过？"

慕声迟疑了一下，眉头微蹙："给慕怀江和白瑾写信？"

"嗯。"凌妙妙隐约知道慕瑶的父母待慕声不好，但并不知道其中原因。

凌妙妙也不知是不是"黑莲花"记仇不记恩，故意忘记了人家的好意。对于捉妖世家的旧事，她能挖一点儿是一点儿。

146

慕声冷笑了一声："我不挂念他们，他们也不挂念我。有阿姐写信不就够了？"他虽以懒洋洋的姿势坐在椅子上，可浑身上下依然戒备着，宛如绷紧的弓弦，"除了家法，他们还留给我什么？"他微微一转黑眸，抚摸着头上的发带，恍然笑道，"哦，差点儿忘了，还有这个。"

凌妙妙抬头好奇道："这个发带是慕姐姐的娘送你的？"

"是白瑾亲手绣的。"慕声回答。

凌妙妙回头打量着他。慕声一向束发示人，这条白色发带他几乎日日不离身，既然如此珍视养母送的发带，看来他们母子之间的关系也没有那么差。

"那慕姐姐的娘，待你也还算不错的。"

慕声不应，脸上闪过一抹讥诮的神色，拿收妖柄在桌上敲了敲："你的信要怎么送？"

凌妙妙将信封揣进怀里："我早打听过了，有一位大员要去江南赴任，可以托他的随从捎过去，他今日出发，在南郊坐船。"她嘟囔道，"山高水远，寄信也这么麻烦。"她往小小的包裹里小心地放了两块点心，询问慕声，"嘿，够吗？"

少年皱眉看着她："问我做什么？"

凌妙妙反问："你不和我一起去？"

"我为什么要和你一起去？"片刻，他的眸中闪过一丝冷笑，"哦，凌小姐害怕迷路？"

凌妙妙面对他的嘲笑，黑白分明的杏眼里闪烁着笑意，不否认也不反驳："对。"她将包裹打好结，熟练地系在身上，"慕姐姐一早说了，我们兵分两路查案。她和柳大哥忙活了这么些天，我们两个一直窝在房里闲着，也不太好吧。"

凌妙妙知悉大部分剧情，凌虞送信一节看似无心，却引出后来的无限风波。从这个角度上来讲，她作为NPC（非玩家角色），推动剧情的发展义不容辞。

慕声眯起眼睛："你想顺便去查案？"

凌妙妙满脸诚恳："外面那么热，我们不去，就得慕姐姐奔波，你忍心吗？"

陆九在流月宫待了两个时辰，后背已经全湿透了。他走在出宫的路上，步履虽仍然有些虚浮，但比来时轻松许多。

他垂着头，让了半个身子方便慕瑶通过，可慕瑶放慢了脚步，刻意与他并肩而行。

"听说陆先生的沉香居生意很红火，长安城里算是独一份。"

陆九擦了一把额头上的汗珠，谦逊地笑道："哪里哪里，下九流的生意，勉强糊口而已。"

慕瑶回头打量着他的脸。陆九不过弱冠，已经是长安城里有名的香师，日进斗金。一个生意人混到今天这步，靠的就是为人低调、处事圆滑，甚至识时务到有些畏首畏尾。

慕瑶看了他半晌，才开了口，语气听不出喜怒："陆先生明哲保身是对的，只是，千万要对得起良心。"

她说话的时候，那双琉璃眼显得格外明净，眼角下的泪痣冷冷清清，看起来是如此纯粹、干净，不容欺瞒和恶意。

陆九一下子顿住了脚步，身子微微有些发颤，飞快地压低声音道："慕姑娘，此事太复杂，我劝你们还是不要查下去了……"

慕瑶的眉间闪过一丝微不可察的疑惑，她不动声色地道："陆先生的意思是？"

见陆九犹豫，慕瑶下意识地回头去找柳拂衣的身影，却见他和身披明霞似的端阳帝姬并肩走在一起，远远地落在后面，几乎看不清脸了。

她无声地回过头，声音里也带上了一丝情绪："你放心，我们捉妖人一生只为百姓福祉奔波，连妖魔都不怕，自然也不畏强权。"

陆九踌躇了片刻，叹了一口气："我们生意人结交的朋友三教九流，知道的消息又多又杂……"他咬了咬牙，压低了声音，"慕方士，您去过皇家兴善寺，觉得那里如何？"

"气势恢宏。"慕瑶沉吟片刻，"但我有一点儿疑惑，我对风水了解不多，但我记得，大殿背后需依山，兴善寺离城中这样近，四周都是空地，似乎有些不妥。"

陆九摇头叹息："您说得没错。寺院风水，应该立子午向，坐亡空线上，这样才好跳出三界外，不在五行中。兴善寺建寺之初，方士们千挑万选，选了最合适的一处地方，就是依着山的。之所以您觉得奇怪，那是因为……赵太妃礼佛十余年，十年前的兴善寺，并不是你们看到的那座。"

木窗下，茂盛的萱草半掩着宫道，娇小的身影站在榉树的阴影中。

"佩云，知道什么便快说，咱家身上事情还多着呢。"绸缎官袍的内监手边垂着拂尘，左顾右盼，焦急地望着少女郁结的脸。

"帝姬似乎是喜欢上那个柳方士了。"佩云手上捏着食盒，眼中写着迟疑和忧虑。

"那你……"

二人交头接耳，低声交谈一阵，一左一右分开了，身影消失在岔路口的两端。

凤阳宫的窗框就是一个取景框，框住了这样隐秘的场景。螳螂捕蝉，黄雀在后。

"哼，果然……"

木窗被轻手轻脚地合上，窗内的几个小宫女面面相觑，神情闪烁不定："佩雨姐姐，原来佩云姐姐真的一直跟别宫的人有来往……"

"嘘……"佩雨稚气的脸上露出愤懑的神色，"都给我忍着，总有一日我要抓住她的把柄，亲手将她交给帝姬！"

五

凌妙妙和慕声越往南郊走，气势雄浑的赭石色飞檐便越稀疏，塬上有成片的荒草，草叶足有半人高，塬下是连绵的良田，一眼望不到尽头。

刺目的日光照在郁郁葱葱的树间，在地上投下铜钱般明亮的光斑。

凌妙妙随慕声从马上跳下来，飞快地躲到了树荫下，浑身冒着热气，脖子被晒得火辣辣的疼。

慕声一身上下都是黑色，马尾高高束起，发梢扫在背后，脸上竟然连一滴汗也没有，简直有违常理。

凌妙妙靠在树上咕咚咕咚地喝完了半壶水，还漏了许多水顺着脖颈流进浅紫色上襦的领子里。

凌妙妙贪凉，上襦是冰丝织就，若隐若现地透出脖子上一节细细的肚兜系带。浸足了水以后，那带子映衬着雪白的肌肤，显得越发鲜红，像一条细细的小蛇，直往人心里钻。

慕声看得横出火气："你的嘴是漏壶吗？"

少女这才赧然地停下来，抹了抹嘴："对不住……"话音未落，她那点儿羞愧马上就消失了，将他上下打量了半晌，奇道，"你怎么一点儿也不热？"

149

慕声露出个讥诮的笑容，一点儿也不想理她，转身便走。

凌妙妙紧跟了上去："喝点儿水吗？"

他犹豫了一下，回身接了过来，仰头喝水，忽然感觉到凌妙妙投在他脸上的专注目光，长睫微微一动，与她目光相接："你看着我做什么？"

凌妙妙热得两颊绯红，一双眼睛微微眯起来，倒映着细碎的光："学习一下怎么喝水不漏。"

慕声无语，背过身去喝水。

信已送出，慕声左手牵着马，右边跟着一个半死不活的凌妙妙，还在向南漫无目的地走着。烈日当头，但不知为何，有人陪着，这条路竟然走得格外平静。

"好热……"女孩子平生最怕的就是夏天，凌妙妙用手掌盖在脸上，拖着沉重的步伐贴着树干前进。

慕声的影子落在长靴下，他微抿着薄唇，从容不迫地走在烈日下，余光不住地打量着凌妙妙的身影。

他有些不理解旁边的女孩儿怎么会突然如一株脱水的植物，软绵绵地趴成一团，像被吸干了精气一样。尤其是当她不小心碰到他的衣服，就如同被咬了一口似的缩到一边。他当下便没控制住，将她一把拉过来，眸光一沉："你躲什么？"

"你摸摸自己……"凌妙妙哭丧着脸，引着慕声的手触到他胸口的衣襟上——黑色的短打已经被太阳晒得发烫。

慕声沉着脸，无声地松开了手腕上的系带，将袖子挽到了肘部，露出雪白的手臂，不服气地示意她再摸。

凌妙妙被这动作吓了一跳，不敢驳了"黑莲花"的面子，伸手小心地摸了一下，眼睛立即瞪大了。

她在心底惊叹一声：还真是冰肌玉骨？

慕声的胳膊凉，她本能地靠近，冰蚕丝上襦轻轻地擦过他露出的肌肤，炙热的掌心不住地摩挲他的手臂，整个人愉悦地贴了上来，带来一阵淡淡的香气。

少年的感官忽然变得异常敏感，他忍不住立即放下了袖子："凌小姐就不能矜持一点儿吗？！"

假如他是一只猫，此刻他的毛都要被她摸秃了。这个人的脸皮不是一般的厚，前一秒还对他避之不及，后一秒又当他是人形冰块，她不仅用手摸，看样子还随时会抱上来。

凌妙妙缩到一边，嘟囔了一句："不是慕公子叫我摸的吗？"

"什么？"

凌妙妙摆手休战，连跟他争辩的力气都没有了。她走了两步，忍不住小心翼翼地问道："慕声，我们还有多久才到？"

"到？"他冷笑一声，"我们根本没往回走，一直在往南。"

"什么？！"凌妙妙几乎要崩溃，扭头四顾，"你确定吗？我看四边都长一个模样。"

少年嘴角一抽，眼中满是讥诮，他附在她的耳边轻飘飘地道："出门在外，稀里糊涂客死他乡，往往都是不识路的。"

凌妙妙敢怒不敢言，把嘴唇抿了又抿，感到茫然无助："这荒郊野地的，我们这是要走回去吗？"

慕声也觉得无趣了，转身拍了马背，冷淡道："那便回去吧，上马。"

"慕声！"

他回过身来，看见微风吹起她的襦裙和发丝。

她远远地看着田埂的另外一端，伸手指着远处掩藏在荒草中的一片灰茫茫的阴影："你快看……"

忽然大风吹低高草，一道日光照在飞檐的瓦片上，宛如被镜片反射，化作一道眩光直冲过来，刺得凌妙妙本能地躲了一下。

飞檐峭壁之下，重重栏杆向上蜿蜒，玉阶灰白，犹如草中枯骨，凭空出现了一座恢宏的海市蜃楼。

凌妙妙迟疑地回头看慕声："我们……又走回兴善寺了？"

荒草随风倒下，连绵的山峰宛如接天的黑影，山脚下的飞甍直射着如血的日光。飞檐之下却是另一种色调，接天古柏如狰狞鬼爪，栏杆与墙壁显出一种青灰的色泽，似乎笼罩在一片荫翳中。

见过"一线天"，没见过这种"一刀切"，凌妙妙不禁蹙眉："这是怎么回事儿？太邪门了吧。"

慕声没有出声，漆黑的眼眸一动不动地望着那里，嘴角绷紧，袖中的收妖柄无声地向下滑落，被他咔地攥紧在手中。

凌妙妙知道，他此刻处于戒备状态。

那道利剑般的日光直直地射在他的额头上，他没有躲，直直地抵住了那道光，只是微微眯了眼。

天色莫名地阴下来，游动的乌云遮住了太阳，光明与荫翳相互追逐。远处的高山似乎突然变得遮天蔽日，方圆几里的荒地里，似乎只有他们二人。

慕声的发带在风中飘飞，发出呼呼的声音，轻轻地擦过她的脸颊。

凌妙妙往他的身边贴近了一寸："这……不是那日我们去过的兴善寺，对吧？"

慕声侧头看她。凌妙妙对着一片灰蒙蒙的侧殿抬了抬下巴："'青青伊涧松，移植在莲宫'，题在壁上的那首诗不见了。"

少年微微一翘嘴角，睫毛下的眸子黝黑："真聪明，不过……"他的笑容稍稍加深，突然便成了讥诮，"凭空多出来的山这么高大，你还需要通过两行字区分？"

凌妙妙尴尬地扭头望了一眼连绵远山。

随着"兴善寺"越来越近，天色越发阴沉，风越来越大，席卷落叶，横扫尘土，渐有刮骨之势。

凌妙妙不住地抬头望天，天空已变成暗黄色，昏茫不清，远处的树影都在剧烈摇晃，发出哗啦啦的声响。

"喂……"她轻声提醒道，"看样子是沙尘暴。"

慕声一路上都在沉思，听见凌妙妙的话，抬起头望向天空，缓慢地转了一下眸子。

"呀……"凌妙妙跟着一望，一下被尘土迷了眼，飞速地伸手牵住了慕声的衣服，开始疯狂地干咳起来，眼泪直流，"我们找个地方避一避好不好？"

慕声低头望着拉着自己的衣角的手——凌妙妙被他丢在人群里过太多次，抓住他变成她的习惯性动作。

凌妙妙已经咳得半弯下腰，指节越收越紧，直拽得他向前一步。他低眉："沙子进了眼睛，又不是进了喉咙，你这是发什么疯。"

凌妙妙揉着眼睛站直身子，一双杏眼红得像兔子眼："你懂什么，我爹教的，这样就能把沙子从眼睛里震出来了。"她炫耀似的向前一伸头，"喏，你看。"

慕声顺势捏住凌妙妙的下颌，不顾她的挣扎，仔细看了一回。她那双又大又黑的眼珠下，眼底红得似要沁出血来，却莫名有种病态的美。

真娇气，他看着她游神，这么容易就红成这样……

风沙越发肆虐，他们的头发上都布满了黄色的沙尘。凌妙妙看着慕声一动不动地望着自己，简直气坏了："你还敢这么瞪？你不怕沙子进了你的大眼……"

话音未落，他手上松了劲儿，猛地闭上眼睛，一秒钟之内呆滞成了石像。

真是怕什么来什么。

"别动……"凌妙妙小心地踮起脚，安抚地拍他的肩头："你、你先蹲下。"

慕声整个人僵硬得像座雕塑，慢慢地盘腿坐下来，双眼紧闭着，长而翘的睫毛倾覆下来，任凭凌妙妙抬起了他的脸。

哼，风水轮流转。

凌妙妙开始幸灾乐祸："慕公子，你自己咳，还是要我帮你吹？"

慕声仰着头一言不发，在纤长睫毛的点缀下，少年的脸颊温柔得让人心软。

"好吧，那你担待着些。"凌妙妙深吸一口气，轻轻地捧住他的脸，他温热的脸颊让她的心突然狂跳起来。

"你等什么？"他等了片刻不见她有动作，居然强行睁开眼睛，莹润的黑眼珠定定地望着她，眸中闪动着星辰般的光泽，眼底被刺得通红一片，语气却漠然而不悦，"真是指望不上。"

凌妙妙吓得松了手，又忍不住凑近看了看，两双通红的眼睛四目相对。凌妙妙蹙眉："你的眼睛好红。"

她眸中闪过一丝轻微的怜惜，宛如一道细丝般的光，一下子冲撞进了他的胸口。

他的手动了一下，却被她紧张地一把握住："别揉。"她认真地嘱咐道，"伤眼睛。快哭，用眼泪冲掉。"

眼泪？慕声的眼珠茫然地转动，眼眶干涩极了，沙砾像是在蚌肉中一般磨着他的眼睛。

他是天生无泪之人，尽管那双眸子宛如秋池，一年四季都氤氲着水汽，但那水汽却是最虚妄不过的存在，是镜中花、水中月，就像他绝美却虚假的皮囊一般。

流泪究竟是什么滋味？

153

唯有忍受这种刺痛是他驾轻就熟的，熟到他甚至没有抬一下眉。

在他出神的时候，少女忽然捧住了他的脸。她凑过脸来，带着额发上若有似无的茉莉的熏香，对着他的眼睛吹气，温柔得仿佛只吹起了两三片羽绒。一阵沁凉的风拂过眼珠，他本能地闭上眼睛。

那样罕见的温柔如退潮般迅速离开，她避嫌似的收敛了自己的关怀。

"慕声。"她退在两三步外，微微抿唇，有些紧张地侧头问，"好些了吗？"

风沙仍在肆虐。

他无声地坐在土道边，发梢在风中摆动："你过来，坐在我身后。"

凌妙妙打量了他半天，想必堂堂"黑莲花"不会让小小的一粒沙给为难了，于是点点头，放心地躲在了他的背后。

少年的脸上没有表情，他薄唇微抿，右手竖起，左手飞速地贴了一张符，怀中光芒迸出。刹那间风卷尘土旋转起来，宛如一个漏斗，被倒吸入他的手中，林木哗哗作响，几乎要被连根拔起。

旋风左右摆动，似一条遮天蔽日的大虫，扭动身躯在挣扎，半晌，倏地钻进了慕声的怀里。眼前似乎被扯开了蒙眼布一般，骤然明亮起来。

被吹得哗哗作响的树木，瞬间恢复了平静。

凌妙妙望着晴好的天，被"黑莲花"的战斗力震撼了。

这年头有慕声这号人物，雷公电母都该失业了。

她好奇地将头凑到他的肩上："你有这样厉害的法宝，刚才怎么不早点儿拿出来？"

慕声看着手里橙黄的符咒，半晌才微微侧过头，将符纸拿给她看，笑容有些古怪。

凌妙妙仔细看去，他手中有两张重叠的符咒，下面的那张符咒很旧，黄色已经发褐，边角都残缺不全，但形制居然与慕声的那张一模一样，以至于它们叠在一起时，她差点儿没分辨出来。

"你的意思是，刚才的风沙是底下这张旧符搞的鬼？"

"这是封印，而且只是第一道。这种封印，意在隔绝进出，镇压鬼神。"他微微翘起嘴角，神色晦暗不明，"这是我家的封印符。"

"慕……慕家的封印符？"凌妙妙听得背后直发凉，"看这张符也有些年岁了，难道赵太妃有所隐瞒，她早在很多年前就召唤过慕家人？"

阳光照着慕声脸上毫无温度的笑容："有意思，慕怀江和白瑾曾经联

154

手将兴善寺封印在这处荒地中。"

凌妙妙仔细看那宛如海市蜃楼的建筑，里外空无一人，荒草连天，怎么看都像是鬼蜮："这真的是兴善寺？"

慕声冷笑一声："背山，立子午向，坐亡空线上，跳出三界外，不在五行中……这才是真正的兴善寺。"

"当年的流言曾被先帝一力镇压。"陆九将声音越压越低，导致慕瑶不得不靠近了他，侧耳凝神。

"传说十年前，兴善寺刚刚建起不久，便出了事儿，当时的三位住持一夜之间全部暴毙，寺院上方红光满天，三日三夜不散。自此之后，旧寺被封。皇室大兴土木，在长安城南，修建了一座一模一样的兴善寺。"

说到最后，他的嘴角勾出一个诡秘而嘲讽的笑容。

慕瑶的嘴唇颤动了一下，她想要说些什么，最终只是略微吃惊地吸了一口气。

"所以，慕姑娘明白在下的意思吗？"年轻的香师很瘦，面颊上的颧骨略微突出，带着一丝病气，他说话时没有看慕瑶的脸，而是直直地看着前方，"太妃娘娘，乃至整个皇室的人，他们都不像你们以为的那样单纯。"

慕瑶站定脚步，脑中飞速闪过许多念头，忽然道："在殿内的时候，陆先生看出来那里面混有骨灰了？"

陆九低眉一笑，五官隐没在阴影中："怎么会呢？正如慕姑娘所说，陆某只是个本分的生意人。"

第二章　神女

一

端阳帝姬以一种厌恶又挑剔的神情注视着镜中的自己，手指抚摸着一双明眸下的两团乌青，叮当一声将缀满珍珠的云脚簪子掷在了桌上，声音里带着烦躁："龟兹进贡的那一盒蜜粉呢？"

为她梳妆的宫女仿佛有些心不在焉，慌忙回过神来："回殿下，前些日子用完了……我拿咱们自己产的珍珠粉补上了。"

端阳盯着镜子的目光慢慢地移到了宫女的脸上，面无表情地盯了半晌，语气有些古怪："佩云，服侍本宫久了，你连一声'奴婢'也忘了吗？"

佩云呆呆地望着她阴冷的神色。端阳虽然一向性子骄纵，但从未苛待过他们，更别说这样阴阳怪气地说话。佩云当即慌乱地跪在了地上："奴婢知错。"

佩云低着头，惴惴不安地看着地板。她没有察觉到，端阳的胸脯起伏，眸光里有气愤和委屈交替浮现，似乎是在极力忍耐着什么。半晌，端阳才冷声道："你下去，让佩雨进来。"

佩云与佩雨擦肩而过，佩云一直低着头，显得有些心神不属。

佩雨是一年前入的宫，比佩云小四岁，今年只十五出头，个子才到佩云的胸脯，模样虽不及佩云周正，但胜在天真烂漫，笑起来的时候也格外有感染力。佩雨很瘦小，颧骨高，头发有些稀疏，发髻扎得紧紧的，显得脑袋挺大。

端阳已经趴在桌上假寐："来了？"

"殿下，你怎么还放任她在身边，我们明明都看见……"佩雨愤愤的声音格外清脆。

端阳立即直起身子嘘了一声，冷笑道："还不到时候，等我抓她个人赃俱获，看她如何抵赖。"说这话时，端阳的眼睛通红，宛如一只被攻击后发怒的小兽，"这五年，我哪里待她不好？吃里爬外的东西。"

佩雨垂下略大的脑袋，悄声嘟囔："她原是陛下的侍女，肯定打心里看不上我们这处，心气高了，自然要往外牵线搭桥。"

"呵，皇兄……"端阳的脸上一丝笑也没有了，她任由佩雨给她梳妆，手里用力地捏住一把橡木梳子，"皇兄是让先皇后娘娘养大的，心和我们不在一处。母妃辛辛苦苦生下他，却连个太后都当不上，我又算什么？"

那些虚名和宠爱，从来就没落实过。

她今日才算是不吐不快，出了一口浊气。若是佩云在旁，一定会严肃地提醒她谨言慎行，果然是帮着外人欺负她！

佩雨却不同，这是个忠心护主的，跟她在一起，端阳可以舒服地随心所欲。

佩雨年龄虽小，手劲儿却很足，她捏着端阳的肩膀，力道恰到好处，令端阳眯起了眼睛，语气也缓和下来："那天，你看见我和柳公子说话了吗？"

佩雨甜甜地笑了："奴婢瞧见了，真是一对璧人。"

"他懂得很多我不知道的事儿，是我见过的最温柔守礼的男子。"端阳帝姬的嘴角刚勾起又落下，"只可惜他身边总有一个人，时时刻刻同他在一起，我约他陪本宫逛花园，他也不答应。"

佩雨的按摩使她浑身放松下来，倦意袭来，她不禁打了个哈欠。

"帝姬昨夜没睡好？"佩雨看了她半晌，急急转身，踮着脚从柜子里找到一盒香料，"还好，佩云先前燃的香料剩了不少，帝姬回床上躺一会儿吧。"

"点上吧。"端阳心不在焉地应道。

佩雨打开纸包拈出一块香料，在香炉中点燃，一缕淡淡的幽香弥漫出来："帝姬觉得这安神香如何？"

157

她一扭头，发现端阳竟然已经趴在妆台上睡着了。

小宫女轻手轻脚地凑近了端阳，试探地推了推："帝姬？帝姬？"

没有得到回应，她在一片昏暗中长久地望着端阳睡着的脸。

"既然你们已经在南郊找到了那处兴善寺，证明陆九所言非虚——至少不全是捕风捉影，这件事儿有蹊跷。"慕瑶的眉头微微蹙起。

"如果要隐瞒或者封存什么，南郊那么大一座废弃的兴善寺，不可能不做任何处理地置之原地吧？"柳拂衣撩了衣摆坐下，一语击中要害。

慕声答道："那里很偏僻，四周长满荒草，不仔细看很难看得出来。"

凌妙妙发觉慕声刻意隐瞒了慕家封印的事情。

她想了片刻，跟着点头："那条路上人极少，就算有人看到那座大殿，多半也会当作海市蜃楼，不会冒险一探。"

话音刚落，她感觉到慕声的目光再度落在她的身上，似乎是在打量什么。

只是他们两个的说辞显然不能说服慕瑶，慕瑶当即做了决定："阿声，明日你带路，我亲自去看。"

"不行。"慕声登时变了脸色，"太危险了，阿姐不能去。"

慕瑶勾起嘴角，目露嘲讽："你方才不是说只是偏僻一些吗？"

慕声微微一转眼珠，显得迟疑又无辜："柳大哥说得很有道理，万一那里有封印，但是我们那日去得仓促，未曾发现呢？"

"好了、好了。"柳拂衣有些好笑地揉了揉太阳穴，"实地勘探不是什么要紧事儿。在此之前，我有几个疑惑要跟诸位提一提。

"先前我们猜测，帝姬的噩梦是由于檀香里添加了致幻的草药，那赵太妃每次都与帝姬同入同出，她为什么没事儿？"慕瑶正要回答，柳拂衣抬手阻止了她，接着道，"瑶儿发现檀香里有死人骨灰，这么多骨灰从何而来？骨灰不能燃烧，点燃之后只会扑簌簌地往下落，随风浮在空中，若说是以次充好降低成本，实在说不过去。

"郭修坦白，这批檀香是从泾阳坡一个叫李准的江南商人那里来的，此人在这一串事件中，究竟扮演了什么样的角色？他与十年前的旧事，又有什么样的关系？"

几人目不转睛地盯着柳拂衣，均陷入了沉思。

"还有一个问题，据陆九所说，十年前兴善寺落成不久，寺中僧人暴毙，红光漫天不散，这种怪事儿显然非人力可及，必有神怪参与。为什么我们在探访的过程中从不曾感受到妖气？"

一阵沉默，慕声面无表情，慕瑶像是想到了什么，脸色变得难看起来。

凌妙妙轻轻地开了口："柳大哥说'此事必有神怪参与'，就已经回答了第一个问题。"

柳拂衣赞许道："没错。致幻的草药未必真的会招致噩梦，就算有效果，也会一视同仁，只有神怪参与，才有挑选和控制的本事。"

慕瑶蹙眉："可是我们的确不曾感知到妖气，难道是对方修为深不可测……"

"阿姐不要把敌人想得太强大了。"慕声的语气温柔，"我们捉妖人探寻不到妖气，对方可能真的不是妖，却有同样故弄玄虚的能力。"

慕瑶和柳拂衣同时抬头："鬼？"

凌妙妙安安静静地听着，眨巴着一双黑白分明的眼睛。

柳拂衣悉心为她解释："妖是非人之物修炼得来，通常具有浓重的煞气，妖力越高者妖气越盛。但鬼是人所化，本质上是人存在的另一种方式，对捉妖人来说，鬼的怨气是不容易被感知的。"

凌妙妙诚恳地点头："所以，十年前的兴善寺红光和十年后的帝姬噩梦，很可能都有鬼魂的参与。"

柳拂衣思忖片刻，解释道："鬼魂与妖不同，它们移动的能力有限，基本上会被困在死亡的地方，如果要强行移动，需要依附媒介。"

凌妙妙听得头皮发麻："按柳大哥的说法，有没有可能，这个媒介就是檀香里的骨灰，骨灰随着风飘飞，沾染了女眷的衣襟，就跟着端阳帝姬回家了……"

如果凌妙妙那个胆小的丫鬟在身边，听到这番话只怕会尖叫着抱头鼠窜。

可惜在场的都是身经百战的捉妖人，面色并没有多大变化，都点头默认了凌妙妙的猜测。

慕声把玩着自己的腰带，歪头笑道："既然有鬼魂，那必是死了人。你们猜这些人究竟是死在兴善寺赵太妃那里，还是死在泾阳坡制香的李准那里？"

慕瑶冷冷的眉眼间有些郁结："枉死之人化作鬼，生前身后事，皆为因果。此事应是阴司插手，我们捉妖人以什么立场来管？"

事已至此，真相扑朔迷离，平静的局面下仿佛酝酿着暴风雨。慕瑶虽然迫切地想追查下去，但是……

慕声笑道："阿姐若是想查，我就陪着姐姐查下去，想必捉鬼和捉妖一样有趣。"

慕瑶回过头，恰好撞进弟弟带着无限纵容的眼眸。这么多年来，他谁的话也不听，却对她言听计从，总是无条件地站在她这一边。她的心中微微一动："阿声，姐姐谢谢你。"

"咱家有礼了。"

大门吱呀一声打开，剧烈的蝉鸣声一下子涌进内室，穿着一身崭新深蓝官袍的内监捧着拂尘，背后是两个梳着双丫髻的侍女。

内监迈进门槛，直冲着慕声而去，笑得满脸褶子："慕公子，太妃娘娘请您去前殿吃酒。"

慕声微微眯眼，回头望了一眼茫然的三人，指了指自己："只叫我？"

"呃……"老内监有些尴尬，但急忙回话，"诸位大人劳苦功高，一起去也无妨。只是太妃娘娘说了，先前慕公子和这位姑娘急着出去查案，都没能好好见一面……"

"阿声，你去吧。"慕声还未说话，柳拂衣便替他做了决定，柳拂衣又忽然伸手推了一把凌妙妙，不容拒绝地笑道："妙妙也去。"

阳光穿过宫廷内巨大的梧桐树，斑斑驳驳地落在凌妙妙的头上。

一行人在宫道中行走，穿过曲折的廊桥，时而被树荫笼罩，时而落入灿烂的阳光下。

不知为何，慕声走得格外缓慢，一路上不紧不慢地欣赏着皇室宫殿。凌妙妙走在他的旁边，努力无视着前方徐公公和宫女们频频回望时那热切的眼神。

迎面走过来一群青衣小婢，穿着花花绿绿的衣裳，打头的是一个十几岁的小太监。那太监自己还是个半大孩子，压不住人，小丫头们便放胆叽叽喳喳，惹得前面的徐公公老远见着就皱眉头。

孩子群里忽然骚动了一下，飞出一道黑影，直冲到这边来。慕声出手如闪电，伸手接了个正着。

小太监见徐公公面色差得像是要吃人，心里暗叫不好，立即带着他们跪到一旁："都闭嘴！谁乱扔的东西？"

慕声低眉看着手中的小玩意儿。

那是一支竹蜻蜓，小小的，做工很粗糙。

徐公公察言观色，见他神情并没有被冒犯的不悦，松了口气："都是民间来的野孩子，不懂规矩……"

慕声微动眼睫，伸手将竹蜻蜓还给他："无妨。"

徐公公挂着笑，转身便阴了脸，对着吓得战战兢兢的一群青衣小婢斥道："你们的脚踏进了皇宫里，就跟以前不一样了，以后谁再没规矩，抓到慎刑司里往死里打，听到没有？"

小太监吓得点头如捣蒜："是、是，公公说得是。"

徐公公冷哼一声，将那竹蜻蜓一折两半，信手扔进草丛里，转身冲慕声笑道："慕公子这边请，当心误了时辰。"

慕声看了他一眼，没有作声。

徐公公触到他的眼神，激灵了一下。这个瞬间，他觉得眼前这少年的眼神和陛下的有些相似，淡漠、冷厉，让人有片刻恍惚，当下心里打了鼓，没敢再催。

凌妙妙和慕声仍然跟在后面，不紧不慢地走。凌妙妙回头望去，那群青衣小婢还在原地跪着，风刮着道旁大树，绿浪翻滚，发出哗啦哗啦的声响。

"你怎么回事儿？"凌妙妙轻轻地碰了碰慕声的手臂。

"别说话。"慕声仍旧在观望四周，语气出奇冷淡。

"慕公子……"短短的路走了足有一刻钟，徐公公实在忍不住了，顶着一脑门热汗，迈着小碎步快速折返回来，笑眯眯地刚要开口，只听得啊呀一声，慕声突然弯下了腰，顿时吓得他手足无措，"哟！慕公子这是……"

凌妙妙也被吓了一跳，一把扶住了慕声。他慢慢地直起身子，脸色苍白如纸，嘴唇毫无血色，那双莹润的黑眸宛如泛着涟漪的湖面，闪动着水光。他露出一个勉强的笑容："实在抱歉，我突然间不大舒服，想必是无法赴娘娘的约了……"

徐公公吓出了一身冷汗。

慕声这样子哪儿像是不大舒服，简直像是下一秒就要昏过去了一样。

赵太妃在宫外请的方士，要是不明不白在他的手上出了事儿……

他的舌头都有些捋不直了："慕公子快、快回去休息，咱家回去报娘娘一下就是了。"他回头一摆手，呵斥两个吓傻了的宫女："还不快去叫太医！"他凑过来，看慕声脆弱得像个玻璃娃娃，一时间甚至不知道如何是好："慕公子坚持一下，咱家扶您回去休息。"

"不必了。"少年微微笑起来，强撑精神的样子格外招人怜惜，"老毛病，妙妙知道怎么办，回去躺躺就好了。"

说罢，他的目光轻飘飘地扫过凌妙妙的脸。

一脸茫然的凌妙妙被这目光一扫，立即以母鸡护崽的方式将慕声搂着，避过了徐公公的手，坚定道："我送他回去就可以了，您快去回禀娘娘吧！"

老内监纠结了片刻，哎了一声，提着新官服的下摆，着急慌忙地跑远了。

慕声还软软地靠在凌妙妙怀里。

她见人走了，压低声音问道："你又出什么幺蛾子？"

"哼。"慕声冷笑一声，念口诀松开了手腕上的收妖柄，白皙的手腕上被勒出了一条青紫的印子，脸上慢慢地回过血来。

凌妙妙看得心惊肉跳："你这装病的方式……真别致。"

"扶我回去休息。"慕声把眼睛一闭，掩住了眸中满不在乎的神色，"待会儿人要来了。"

二

佩云在外间汲水，用手背擦了擦额头上的汗，额角的发丝已经被汗水濡湿了。

凤阳宫外有一处小内院，院里有一口井，是给宫女们打水洒扫用的，高耸的竹丛外紧挨着宫道。

内院里只有佩云一个，她把袖口挽在手臂上，咬着牙提水，桶里的水不住地泼在她的裤脚上。

宫道外闪过一抹深蓝的衣角，随即竹丛微微响动，一张惊讶的脸出现在竹丛外："佩云，怎么是你在这儿，其他人呢？"

"都去午睡了。"纤弱的身影转过来，佩云的额头上布满汗珠，头微微低着，声音很轻，"我早上服侍不好，惹帝姬生气，被罚到外间来了。"

老内监越发震惊："你在帝姬身旁有五年了，帝姬怎么突然……"

佩云冲他摇摇头，汗珠顺着消瘦的下颌落进了衣领里："新来的佩雨活泼，更合帝姬的意。"她突然想到了什么，恳切道，"帝姬出事后，陛下一次也没来看过，她一定心寒。你们在御前的，要不要……"

"没的商量。"老内监还没听完便开始摇头，"要是帝姬因为其他事儿有个头疼脑热，陛下早就来探望了。只是……怪力乱神是陛下十多年的心病，谁也劝不动。"老内监沟壑纵横的脸皱成一团，他扫视着佩云心事重重的脸，许久长叹一声，"小帝姬不懂事儿，不懂谁是真的待她好，现在还追着一个方士跑……"他打量着佩云汗珠密布的脸，惋惜道，"可惜你没有当娘娘的命，只能这样熬着。"

佩云惶恐四顾，急忙想要打断他，但听到后半句话，眼中慢慢地浮出一丝怅惘。

她许久才回过神来，点头笑道："这就是我的命，没什么不好。"

凌妙妙将慕声安顿在床上，拉下了帐子，转身轻手轻脚地关上门。她走到床边，拿膝盖顶了两下床，顶得那床晃了两下："待会儿太医来了，你怎么应对？"

慕声翻了个身："不见，说我睡熟了。"

凌妙妙半晌才反应过来，指着自己的鼻子："你让我去给你拦人？"

帐子里的慕声不吭声，像是默认。

咚咚咚——敲门声适时响起。

凌妙妙只好收起"张牙舞爪"的表情，一脸诚恳地去应付御医。

凌妙妙别的本事没有，就是嘴皮子会说，脸皮又够厚，好说歹说把太医糊弄走了，转身回来的时候，觉察到空气里飘荡着一股似曾相识的腥味。

她皱了皱眉走到窗边，狐疑道："窗户怎么开了？"

帐子里慕声背对她躺着，似乎是睡着了，露出一个模模糊糊的轮廓。

凌妙妙在桌上餐盘里挑了半天，找了个鲜红的苹果，用小匕首削了皮，削得坑坑洼洼的，坐在慕声的床沿上边啃边问："真搞不明白，见赵太妃一面而已，又不会掉块肉。"

帐子里的慕声脸色苍白，他顿了顿才翻过身来接话，语气中带着抑制不住的厌恶："我不想见她。"

"为什么？"

"我头一次见她，就有一种很不舒服的感觉。"

凌妙妙回忆起兴善寺初见那日，慕声从大佛背后的阴影中走出，走到光亮中的那一瞬间，赵太妃的眼神忽然变得极其古怪。

那日风波，赵太妃已经被吓得面色铁青，可是慕声的出现，好像让她在惊异之外又多了一丝恐惧，像是看到了什么更恐怖的事情。

凌妙妙犹豫了一下："你认识她？"

"不认识。"

她叹息一声。

作者在原剧情中专注于慕瑶、柳拂衣的爱恨交织，或是联手打怪的剧情，对于慕声的背景着墨实在太少。"黑莲花"骤然升为这个剧本的男主角，身世却是迷雾重重，令人无从下手。

凌妙妙把苹果咬得汁水四溅，不由得离慕声远了一些："你的感觉无凭无据，难道檀香里有致幻草药，你也是猜出来的？"

慕声信手撩起了帐子，露出脸，黑墨似的眼瞳直直地看过去，像是试探："光明磊落的手段我未必看得出来，但是邪门歪道，我怎么会不熟悉？"

凌妙妙望着他怔了片刻，一掀眼皮，接着淡然地啃水果："那也算是本事。"她啃了一口，忽然注意到他的衣袖上沾染了一团黑红的污渍，"咦，你的手腕怎么了？"

慕声猛地缩回手去。

哐哐哐——又有人敲门。

凌妙妙叹了口气，起身带着笑脸开门："方才不是说过吗，慕公子已经睡下了，您老请回吧。"

"凌姑娘。"门外站着满脸笑纹的徐公公，怀里滑稽地抱着个黄白相间的毛茸团，"是奴才。"

"哎呀！哪儿来的猫儿这么……"凌妙妙伸手拎住了那毛茸团的后颈，满心欢喜地往怀里一抱，沉甸甸的，等她看到那东西琥珀般的黄色眼睛和额头上不太明显的三道横，声音顿时走了调，"可爱……"

这……这可是老虎哇！

凌妙妙僵硬地抱着老虎，不动声色地抖着。

小老虎出世没多久，十分温和幼嫩，身上的斑纹还不明显，毛发软绵绵，不仅毫无防备地伸出粗糙的舌头舔了舔凌妙妙的手背，还张嘴打了哈欠，露出两颗尖锐的虎牙。

内监笑眯眯的，不住地打量着拉下的帐子后慕声的身影："不知道慕公子好些了吗？"

"好多了……他睡一觉就没事儿了。"凌妙妙表情僵硬地敷衍道，伸手想要把老虎还给他，可这位公公完全没有伸手的意思，她只好端着老虎一边哆嗦一边干笑，"公公，这大猫打哪儿来的？"

"圣上狩猎，打死林中一只凶猛的母虎，洞里还有只小的，同去的嫔妃见小老虎可爱，不忍伤它性命，便着人抱回宫里养着。太妃娘娘说慕公子是少年英才，一定喜欢这个，专程送来给慕公子养着玩儿。"

凌妙妙听着，心里冷笑：赵太妃只见慕声一眼，就识别出他的蛇蝎本质了吗？

啧啧，真是一双慧眼。

"多谢太妃娘娘好意。"慕声的声音冷不丁地从背后传来。

凌妙妙回头一看，只见慕声竟然下床走了过来，脸色苍白得仿佛大病初愈，只是脸上似乎弥漫着一层阴云。

他低眉望着凌妙妙怀里甜甜睡着的小老虎，看了许久，十分平静地问她："妙妙，你喜欢吗？喜欢就留下来。"

留……留下来？

不对，重点是他问她干吗？

凌妙妙心里别扭的感觉越发强烈，见慕声似乎也压抑着什么情绪，干脆将小老虎轻手轻脚地往桌上一放，抽回手去："还是算了，我不喜欢。"

"凌姑娘，它还小，不会伤人的。"内监以为她害怕，急切地解释，"爪子上的指甲都让宫人剪掉了，不会钩到衣服。"

"我不是怕它伤人。"凌妙妙犹豫了片刻，"公公，老虎是林中猛兽，把它自小抱来当宠物养，难道它以后就会变成猫吗？"

"这……江山易改，本性难移。老虎毕竟是老虎。"

慕声仔细地观察着凌妙妙，看见她的眸中闪过一丝怜悯。

"明知道再温驯的小虎，实际都是猛兽，终有一日要露出利齿，等它

165

长大了如何处理？杀掉吗？"

"这……"内监一时无言。

"既然一开始就免不了怀疑和防备，那么它最后的结局都是一个死，又何必装模作样地给它几年宠爱？对它来说，这样的一生，还不如一开始就和母亲一道死在猎场上。"

话音刚落，两个人的目光都猛然集中到了她的脸上。

凌妙妙赶忙灌了自己一杯茶，飞快擦了擦嘴，笑道："对不住，我的话有些多了。"

小老虎还眯着眼睛趴在桌上，有一搭没一搭地摇着尾巴。

这幼小又无害的小生命怎么看都惹人怜爱，浑然不知身旁的人已经用几句话残忍地预测了它的命运。

凌妙妙动了恻隐之心，摸了一把它脖子上的软毛，被打扰的小老虎头一扭，在她的手背上张嘴一咬，活像是撒娇。

凌妙妙灵巧地躲过去。

内监还是有些不死心，赔着笑脸："瞧它多乖。宫里面有林苑，其实它长大了，也未必要死，会有专人驯养……"

慕声忽然笑着打断他："老虎小时候像猫，大家不过看个稀奇，不会真把它当猫儿养。我也不喜欢，看来公公又白跑一趟了。"

"那……真是可惜了。"老内监笑得略显僵硬，不过很快便找到了台阶下，"太妃娘娘嘱咐了，若是您不要，咱家便给端阳帝姬送过去。"

"多谢公公了。"

徐公公露出一个十分亲和的笑容，抱起了桌上睡得昏天暗地的小团子，眯着眼冲二人点头示意，迈着小碎步离开了。

慕声站在原地目送他离去，白色的中衣外，囵圄披上的衣袍半拖在地上，像是娇生惯养的小公子混混沌沌地刚睡醒，敷衍的笑容还挂在脸上，眸光却不含一丝温度。

许久，他转身慢慢地走回床边："你一点儿也不心软。"

凌妙妙不以为意："你觉得救它的嫔妃心软吗？杀母夺子，那不是悲悯，是残忍。"

慕声的步子猛然一顿，太阳穴仿佛炸开一朵浪花，一阵扭曲的痛楚猛然侵袭了他的头颅。然而这只是一瞬间，还未等他识别出来源，便如浪潮转瞬退去。

他慢慢地撑着床坐下来，拉开被子躺了下去，扭头盯着凌妙妙还带着细细的茸毛的侧脸。

她与世上所有的少女一样天真而庸俗，命如草芥。可是她又不太一样，一举一动都遵循某种执拗的规律。

她看上去好像可以不断变化自己行动的姿态，也可以不断因为贪生怕死而妥协，可是他隐隐约约地意识到，那些妥协都只是表象，她是绝对不会迷失自己的道路的。

"老虎和猫有什么分别吗？讨得了人的欢心不就行了？"他忍不住试探她的底气究竟从何而来。

天气很热，副本进度很慢，凌妙妙需要不停地克制自己上浮的肝火，而"黑莲花"总是变着法儿地想要与她探讨人生，还往往是以打哑谜的形式。

她谨慎地想了想，答道："欢心是这个世界上最容易得到满足的东西，但真心实意的喜欢不是。你真心实意地喜欢猫，应该是喜欢它既能被人抱在怀里，又不完全服从主人的个性，所以你宠它宠得心甘情愿。如果你喜欢的是虎，那就是喜欢它的残忍和野性，即使被它撕咬吞吃，你也会毫无怨言。

"如果养着小老虎，只是看它没有齿爪、没有反抗能力，就占有了它、主宰着它，看着老虎变成猫的笑话，心里又害怕着有朝一日会被它反咬一口，所以防着它、忌惮着它……这就是叶公好龙。"

她低头看着慕声半闭上的眼睛，心里一阵挫败。

她把人都说睡着了……

她抽出了褥子下面的团扇，轻柔地在他的脸上扇风，嘴角又止不住地挑起来，自语道："我讲得真好、真棒，就该录下来。"

谁料慕声骤然睁眼，一把捏住了她的团扇，眼睫下的眸子漆黑："那你喜欢老虎还是猫？"

凌妙妙挣扎了一下，妥协了："猫。"

慕声的嘴角慢慢浮起了一丝讥诮的笑意："果然，你们都喜欢无害的、可爱的……"

"这你就说错了。"凌妙妙抿嘴笑了，语气轻得像午间情人的私语，眼底沁出亮晶晶的笑意，"我选猫，不是因为它柔软好掌控，是因为我还没有遇见能让我甘心被吃的老虎。"

三

"啊——"

"帝姬、帝姬！"

一个白色身影猛地站起来，像是喝醉了酒，东倒西歪地径自朝墙壁上乱撞。

整个凤阳殿被尖叫声贯穿，午睡的丫鬟们头皮发麻，一骨碌地从床上滚下来，连爬带滚地走到了内殿，只见端阳像是发疯似的捂住双耳，踉跄着奔逃，不住地发出恐怖的叫声。

佩雨紧紧地追在她的身后，吓得脸都白了："帝姬，帝姬醒醒！"

端阳喊得嗓子沙哑，骤然脱力，被佩雨扑了个正着，小侍女用整个身子环住了颤抖的帝姬，两个人一起慢慢地滑坐在角落。

"神女、神女……"端阳不住地哆嗦着，嘴唇发白，齿间溢出断断续续的话语。

"殿下说什么？"凤阳宫所有的人一齐跪坐在端阳的身边，裙摆交叠在地上，像一群瑟瑟发抖的白兔，努力地想要听清楚她含糊的言语。

"又来了……"端阳茫然地抬起头，眼泪不住地溢出眼眶，崩溃地大哭起来，"你们快告诉他我不是！我不是！"

微微泛黄的纱布轻柔地包裹住端阳的耳郭。

老太医年逾七十，一双宛如枯树皮的手布满斑点，微微颤抖："帝姬只是受惊过度，已无大碍。"

赵太妃一颗心悬在嗓子眼里，此刻才落下来，她喃喃道："那就好、那就好……"

赵太妃头上戴着一支金步摇，细密的流苏垂在眼尾，厚厚的粉遮不住鱼尾纹和下垂的眼袋，锦衣华服也无法掩饰她由内而外的疲倦。

短短几日，这个悉心保养、总是要争一口气的女人一下子浮现出了颓丧的老态。

脱离梦魇的端阳帝姬面无表情，像个失魂的木偶人一样坐在贵妃榻上，脚边跪着凤阳宫当值的四个宫女。

佩雨跪直身子，轻轻地摇晃着端阳的手臂，哭得满脸泪痕："帝姬，帝姬你说说话呀……"

"现在的情况，诸位也看到了。"赵太妃将目光从女儿身上收回，扭过头的瞬间，她像是做了什么决定似的，眼中带上了一丝破釜沉舟的狠意，"当日在兴善寺，慕公子说，帝姬梦魇乃是檀香的问题，陈太医也证明了这一点。"她的目光不带任何感情地掠过慕声的脸，被他轻易地躲了过去，"现在，帝姬一未去兴善寺，二未接触檀香，为何还会做这种噩梦？"

她的尾音猛然沉下来，带着兴师问罪的压迫感。尽管这话是冲着慕声来的，脾气却撒在了柳拂衣和慕瑶的身上，让凌妙妙有种错觉，觉得赵太妃似乎有些忌惮慕声。

慕声保持着礼貌的微笑，面色丝毫未变。

柳拂衣淡然接过话头："前些日子，我曾经叮嘱帝姬，将进寺所穿衣物全部更换，不知道……"

一旁跪着的婢女接道："奴婢们依照柳方士言语，将那些衣物全部剪碎焚毁了，现在帝姬身上穿的，里里外外都是新的。"

柳拂衣点点头，不再言语。

"柳方士。"赵太妃似乎有些急了，以护甲啪啪地叩了两下桌子，"十多日了，天之贵女被不知什么东西缠得生不如死，这东西就查不出来了吗？"

凌妙妙冷眼看着赵太妃压抑着怒火试探着，心想：这女人活得好累。

慕瑶眼里进不得沙子，刚要开口，却被柳拂衣阻住。

他平静地睨着赵太妃的脸："我们查证数日，有个猜想需要向娘娘取证。"

赵太妃抬手，不动声色地理了理发髻，那手有些发抖："你说。"

"等一下。"少女尖厉的声音响起。

"等一下。"慕声的声音同时响起。

众人回头，慕声无辜地一笑，指着跪在地上的佩雨："我看那位姑娘似乎有话要说。"

赵太妃有些诧异："佩雨，你要说什么？"

佩雨膝行几步，一把抱住了赵太妃的腿："娘娘，娘娘给帝姬做主，帝姬是让人陷害的！"

赵太妃的表情瞬间变得紧张而狠厉，她一把攥住了佩雨纤细的手臂："谁？"

佩雨抹了一把眼泪："帝姬虽然没有接触檀香，可是今日室内点了安神香。奴婢自小熟悉香料，初点上只觉得味道有些奇怪，现在才想明白，一定是那香料里加了东西。"

赵太妃急促地喘息着，脑中闪过无数思绪，声音沉稳下来："那香是谁管的？"

地上跪着的宫女们慌乱地接道："是佩云姐姐管着的。"

"佩云……"赵太妃眸中露出一丝迷茫，旋即变成狠厉，"来人，去把凤阳宫里点剩下的安神香取来，把佩云也给本宫押过来！"

慕瑶看着场面越来越混乱，想要解释什么，却被柳拂衣拉住。

他温润地望着她，轻轻地摇了摇头，镇静地做了个口型：静观其变。

侍卫宫女一齐出动，脚步声杂乱起来。赵太妃一动不动地坐着，桌上的茶一口未动，已经冰凉。

不一会儿，脸色苍白的佩云便被扭了过来，被粗暴地推到了地上："跪下！"

佩云惶惑地抬起头，正对着赵太妃阴沉沉的脸。

"娘娘，这香里的确掺了致幻的草药……"陈太医颤颤巍巍地开口，"跟上次檀香中验出的是同一种。"

"贱人！"

一巴掌带着猛烈的凉风，扇到了佩云的脸上。佩云整个身子被巨大的力道带飞出去，狠狠地倒向一侧。

赵太妃气喘连连，旁边的姑姑急忙抚着她的胸口，为她顺气。她的手指头几乎要戳在佩云的额头上："说，谁给你的胆子，让你暗害帝姬！"

佩云的嘴角已经被打破了，她许久才缓过神来，迷茫的眼里慢慢浮现出无措的哀戚："奴婢……奴婢没有害帝姬……"

"娘娘别听她狡辩，佩云一早就跟凤阳宫外的人鬼鬼祟祟地勾搭上了！"一个小宫女愤愤地插嘴。

另外两个也急忙附和："是呀，都是我们亲眼看见的，今天中午还听见她和一个人说话，他们在背后说帝姬不懂事儿，那个公公还说、还说可惜佩云'没有做娘娘的命数'！"

此言一出，满室陷入了诡异的寂静。

"娘娘……"赵太妃脸上的神色似哭似笑，她带着浓重的讽刺腔调重复了一遍。

她混迹深宫三十年，见过多少女人使尽浑身解数，沉沉浮浮，就为了一句"娘娘"。从前她也是这其中的一个，现在她的时代已经过去，早有新人粉墨登场。

佩云一向话少，此刻脸色发白，毫无辩解的意愿，眼泪顺着红肿的脸颊，一滴一滴落在地板上。

小宫女们的恐惧全部爆发出来，争先恐后地揭露："娘娘为帝姬做主哇！那公公不怀好意，佩云一定是有什么阴谋！"

"放肆！"赵太妃抄起茶杯砸了过去。

茶杯哐啷一声碎在美人榻边，吓得几个小宫女一时失声，瑟瑟发抖地将头叩在了地上，活像是把头埋在沙地里的鸵鸟。

赵太妃的眼眶发红，含着无限的不甘和委屈，胸脯剧烈起伏着："陛下身边的人，也容你们置喙？"

闻言，几张带着稚气的脸花容失色。

苏佩云跟在端阳帝姬身边五年，是凤阳宫资历最老的宫女，在此之前她伺候在御前。如果说她与宫中内侍交换信息，最大的可能是那人就是她原先就认识的——天子身边的内侍。只是她做事躲躲藏藏、畏首畏尾，人们不由得往坏处想。

这道理小宫女想不明白，赵太妃却深谙其中的可能。

佩云会有那么大的胆子公然谋害端阳帝姬？如果她背后的靠山正是九五之尊呢？

"我就知道，这么多年了，皇儿还是记挂着那件事儿。他自小坎坷，不亲本宫，我也认命。"赵太妃含着眼泪笑着，显得愤懑又悲凉，"当年那件事情是因我而起，冲我来不行吗？敏敏还小，他怎么能拿自己妹妹开刀？"

"娘娘！"尚宫姑姑顺气的手已经有些抖了，她抓住了失态的赵太妃的衣襟，企图阻止赵太妃再说下去，"娘娘，消消气吧。"

柳拂衣和慕瑶对视一眼，沉默地看着这场混乱的皇家恩怨。

传说赵沁茹出身名门贵族，自小身娇体贵，入宫后又做了宠妃，连先帝也为她摘星星摘月亮，她唯有一点意难平，那就是没能坐上皇后的宝座。但她一直觉得自己才是最后的赢家，因为先皇后无子，她生的儿子养在无子的先皇后名下，顺顺利利地继承了大统。

事到如今，她才发现自己输得彻底。

这位年轻的天子被先皇后培养成了另一种人，与她不同的人，一个光风雾月、爱憎分明的高位者。他对待亲生母亲的态度非常暧昧，始终保持着礼貌和客气，客气得有点儿生疏。

先皇后去世多年，赵太妃始终没能成为皇太后。

她从前宠冠六宫，也不过是天子之妾。现在母凭子贵，却终究只是个太妃。

甚至她生养的女儿，他的嫡亲妹妹，也不过顶着一个天子宠爱的帝姬名头，没有一天享受过哥哥的亲昵对待。

赵太妃怎么能不气？怎么能不疯狂？

赵太妃望着佩云，透过眼前少女这张消瘦可怜的脸，仿佛看到儿子陌生而厌弃的眼神，她的声音里带着肃杀的狠意："把她给我压下去，关进天牢，不许给她吃喝，也不能让她寻短见！"

站着、跪着的诸人敛声闭气。他们隐约知道，今日过后，一场大战即将拉开序幕。苏佩云只是个引子，一旦儿子前来找母亲要人，就到了这场根深蒂固的矛盾最终爆发的时候。

"娘娘……"被侍卫粗暴地架起来的佩云忽然抬起了头，她的脸上沾满了散乱的发丝，脸颊高高地肿起，"佩云在帝姬身边五年，一直将帝姬当作自己的妹妹一般爱护，事情不是我做的，更不是陛下……"

她的声音越来越远，伴随着侍卫的叱骂声和清脆的耳光声，渐渐消失在门外。

柳拂衣的身边传来一声轻微的衣袖摩挲声。慕瑶趁乱悄悄地离开了人群，走到了太医身边，拈起一小块安神香细细地分辨。

慕瑶猛地抬起头，想要说些什么，柳拂衣冲她摇了摇头。

他们之间相当默契，几个眼神来回，已经明了对方的心意——按兵不动。

"母妃，这是……怎么了？"坐在贵妃榻上的端阳帝姬，休息了两个时辰才像是回了魂，小心翼翼地开口。

"帝姬，帝姬你可吓死我们了……"佩雨一下子抱住端阳帝姬的小腿，"是佩云用香料暗害你，已经被娘娘关进牢里了。"

端阳动了动娇嫩的嘴唇，眼中迷茫，待听到佩云被拖下去了，闭了嘴，迷茫变成转瞬即逝的伤感。

柳拂衣走到端阳的面前，神情关怀："殿下感到舒服些了吗？"

172

端阳的脸上迅速浮出一朵红云，神情变得鲜活灵动起来："好多了，谢谢柳大哥。"

"嗯，好好休息。"柳拂衣安慰地拍了拍她的肩膀，感觉到一道紧张的目光如闪电般迅速地落在他的手上。他回过头去时，只见佩雨和其他两个小宫女垂着脑袋，安安分分地跪在地上。

柳拂衣扫视一圈大殿内，整了整衣角。端阳的眼神贪恋地跟着他，见到他慢慢地走回慕瑶的身边，眼里那束光慢慢地熄灭了。

"家家有本难念的经，让各位看笑话了。"赵太妃使了个眼色，早有人收拾好了地上的碎茶盏，宫女以梨花木托盘捧了新的茶水来，恭敬地摆在案上。

柳拂衣低眉细细地抚摸自己的掌纹，宛如一幅公子如玉的画卷，保持着沉默。

一个清脆的声音传出："我们一路走来，打探到许多有趣的市井传闻。长日无聊，若娘娘和帝姬不觉疲乏，我们一起聊聊天如何？"

一双双眼睛都看向凌妙妙。

说话的人梳着双鬟，翠绿的衣衫轻薄娇俏，一双黑白分明的杏眼半掩在绣着五瓣梅花的白纱团扇背后，笑容带着民间小儿天真的憨气，即使用语过分亲昵，却一点儿也不让人觉得僭越。

"好哇、好哇。"端阳帝姬率先拍着巴掌答应下来，叫人搬了个蒲团过来，十分接地气地挤在了赵太妃的身边。

因为凌妙妙一直与慕声走在一起，看似不构成威胁，端阳对她的印象一直不错。端阳似乎已经走出了噩梦的阴影，兴奋地冲佩雨他们摆摆手："你们下去吧。"

佩雨面露忧色，三步一回头地退了下去。

宫人贴心地掩住门，将聒噪的蝉鸣声挡在外头，格栅外隐约可见绿浪翻滚，是夏日青葱。

四

赵太妃仍然有些心事，摆摆手，无声地屏退了打扇的姑姑，于是门扉内只剩下几人。

赵太妃低头抿茶，步摇垂下的流苏轻轻地摇晃："现在可以说了吗？"

"母妃……"端阳有些吃惊。

"你先别说话。"赵太妃静静地看着慕瑶，没有什么心思再与他们演戏："本宫对慕家有些了解，捉妖世家，疾恶如仇，一旦查案，必然负责到底、不会姑息，对吗？"

慕瑶抬起眼睛，那双眼睛清清明明："是。"

"本宫用玉牌召你们来的时候，就做好了心理准备。"她勾起嘴角，脸色称不上好看，"你们想要问什么，便问吧。"

慕瑶在桌上放下一小块焦黑的香料："娘娘以为，帝姬的噩梦只是迷幻香的作用？"

端阳回头看着母亲的脸，目光充满震惊。

"这样吧。"慕声忽然开口，漆黑的眸中带着笑意，"我们今日的闲聊分作两个部分，帝姬先来，说完便请摆驾回宫，后半部分，留给你的母妃参与。"

端阳先时看慕声，只觉得他模样俊俏又礼数周正，是个讨人喜欢的小公子，万万没想到他说话竟然不顾尊卑，令她憋红了脸："你！"

赵太妃却按住了她的手，沉声道："就这样吧。"

柳拂衣亲手为端阳斟茶，用双手推到她的面前："我们今日问帝姬的话，都关乎帝姬以后的安全，请帝姬知无不言。"

果然，端阳的怒火刹那便被心上人的茶浇熄了，她笑着端起来羞涩地抿了一口："那是自然。"

凌妙妙悄悄地瞥着身旁的慕瑶紧绷的嘴角，有样学样地做了个同款表情，目光紧紧地盯着柳拂衣，甚至还夸张地握紧了粉拳，夸张地展示了面对情敌时咬牙切齿的模样。

慕声望过姐姐，余光又瞥见一脸苦大仇深的凌妙妙，带着冷意将头扭向窗外。

柳拂衣耐心地等端阳喝完茶："得罪了，请帝姬回想一下那个噩梦的具体内容。"

端阳的脸色立即变得苍白，呼吸急促起来，她求救般地看着母亲。

岂料赵太妃强硬地捏住了她的手腕，眼底的神色不容辩驳："敏敏，好好想。"

"我梦见……我梦见我在兴善寺里。有一群人、一群人……叫我神女，说他们等我很久了，要我跟着他们走。"

听到"神女"二字，赵太妃的眉心一跳，她咬紧了牙关，勉强绷住了情绪。

"然后呢？"

端阳似乎有些头痛，用手轻轻地捶了两下鬓角处："我跟着他们一起走，走了很远，路过了麦田，又回到了兴善寺。"

几个人相互交换眼色，柳拂衣不动声色地引导："你有没有发现，兴善寺有什么变化？"

"变化……"端阳点点头，眼神中充满疑惑，"兴善寺似乎跟我来时有些不大一样……寺前有许多人都跪着，说'神女已至'，要开始什么……仪式。"

赵太妃的手不易觉察地颤抖起来，她的鬓边开始生出冷汗。

"再然后呢？"

"再然后……"端阳忽然咬紧牙关，脸色潮红，眼神闪躲着，恐惧又难以启齿道，"本宫不想说了！"

"敏敏……"赵太妃闭了闭眼，握住了女儿纤细的手腕，"此处没有外人，你说出来。"

端阳含着眼泪，仿佛这段回忆是奇耻大辱一般，咬牙道："我进到大殿里面，看见了、看见了许多泥塑的佛像，有男有女，正在、正在……"

"正在行欢好之事？"慕瑶的声线清冷，让人觉得灵台清静，生不出一丝一毫的恶念。

端阳的目光怔忪，半晌，她轻轻地点了点头。

大殿内忽然变得很安静，端阳帝姬的脸通红，她眼里泛着水光，不敢看柳拂衣的脸。

赵太妃的神情有些古怪，她将左手和右手交握，尖尖的护甲扎在手背上，也似乎全无知觉。

许久，慕声打破了沉默："然后呢？"

他的声音很冷静，甚至是冷漠，似乎全然游离在帝姬羞愤委屈的情绪之外，不受任何干扰，也不带任何怜惜，让慕瑶有些吃惊地抬起了头。

端阳眼中的委屈和愤怒更甚，她气得直抖："你大胆！"

凌妙妙暗中碰了碰慕声的手臂，想让他收一收那不合时宜的微笑："殿下别怪慕公子唐突，他是心急，我们要知道实情，才能保护你呀。"

柳拂衣颔首，身子前倾："妙妙说得对。殿下不要有顾虑，这里没有

175

外人。"

端阳这才被安抚下来，有些委屈地一咬牙，痛苦地回忆道："然后……然后他们将本宫绑在柱子上，当着……当着那些菩萨的面，掐住我的脖子……"

噩梦的最后，是泼天的红云。

在阴暗空旷的大殿中，火龙沿着每一道梁、每一根立柱快速地蔓延，浓烟滚滚，刹那间便笼罩了视野。红云吞没了地上姿态各异的菩萨，带着浓烈的焦味与热气，将大殿变作巨大的蒸笼。泥塑像上泛着诡异的红光，所有的人声化作怪笑，夹杂着哭喊。

而她，就是蒸笼中的祭品。

带着火星的横梁猛地掉落下来，在窒息的痛苦中，端阳感到自己从脚底开始，一寸一寸地皮开肉绽。

眼前扼住她脖子的人已经化作一团火，身体不住地发出可怕的噼啪声，他的声音听起来和鬼叫差不了多少："神女，我们为众生献祭。"

"就是这样。"端阳一双大眼睛赌气似的瞪着慕声，肩膀却因为记忆中的恐惧而微微发抖，"你满意了？"

"多谢殿下的配合。"慕声微微一笑，笑窝中带着少年人特有的天真，仿佛这些世俗常情，他一点儿也不曾懂得，"现在你可以回去了。"

端阳气得脸色发紫，回过头来，急切地想让母亲为自己主持公道，却意外地发现赵太妃似乎完全没有注意到慕声的表现，对方维持着左右手交握的姿势，神情复杂地瞪着桌面，鬓边竟然生出了许多冷汗。

"母妃！"端阳嗔怪着推了一下她的手臂。

不料赵太妃猛地抬起头来，眼睛直直地看着幕后："来人，送帝姬回宫！"

从头到尾，母亲连看她一眼都没顾上，端阳心里突然有些惶恐："母妃……"

赵太妃几乎是架着她的手臂将她用力地往外推，声音很低："敏敏，你先回去，这件事情，母妃会替你解决好。"

"可是我……"

"还不快去？"赵太妃瞪着尚宫姑姑，骤然提高了声音，尾音尖厉得有些变调。她似乎是觉得这样还不够，将头扭向柳拂衣，近乎以命令的语气嘱咐他："劳烦柳方士送帝姬一趟。"

殿门被轻轻掩上。圆形格栅窗前有张深棕色的小案台，案台上斜放着一个造型别致的太湖石香炉，两股细细的烟气从中盘旋升起。

赵太妃端起了茶杯，袅袅的白雾挡住了她面上的表情："慕方士方才说，此事并不仅是迷幻香的缘故，本宫想知道各位的依据是什么？"

慕声半垂着眸子，指尖把玩着白瓷托盘，并不作答，像是没听到一样。

气氛一时间有些尴尬。

慕瑶隐约感觉到弟弟进入皇宫后的表现有些奇怪，以为他是要小孩子脾气，无心去问，淡淡地补充道："我们没有什么依据，只凭经验来说，迷幻香之流比起冤魂作祟，不过是小伎俩。"

赵太妃的脸色彻底变了。

慕瑶的神色平淡无波，眼角下的泪痣显出与她庄严的神色不相称的娇艳："娘娘，按殿下所说，她梦中第二次返回的兴善寺，是……"

"这件事的确跟本宫有关。"

慕瑶的试探被赵太妃强硬的语调打断，慕瑶不动声色地闭了嘴。

"敏敏说的那个神女，十年前本宫就曾听说过。"赵太妃抬起头吐出一口气，表情中有一股狠意，仿佛下定了决心，"慕方士，本宫将自己的秘密全部告诉你们，慕家定会将此事解决，对吗？"

慕瑶皱了皱眉，隐忍许久，还是涵养好地答道："是。"

慕声的手指停住了，他无声地抬眼，摆出了一个洗耳恭听的坐姿，乌黑的眼睛里流露出一丝唯恐天下不乱的意味。

但凡涉及慕家的名声，他总是看热闹不嫌事儿大。

凌妙妙心想：赵太妃气成那样还没忘记支开柳拂衣，可见她的缜密心机已经渗入了骨子里。现在殿中只剩下了慕家人，为什么她还不提曾经请慕怀江和白瑾封印兴善寺的事情？而慕瑶这个亲生女儿，居然也不知道这件事。

确实有些古怪。

"十年前，先皇后病重，本宫从太医那里打听到了消息，她不一定能熬过那个冬天。当时宫里唯有本宫最得先帝宠爱，她没有一儿半女，我却儿女双全，敏敏也已经六岁，身体健康。对于本宫来说……"

赵太妃停顿了一下，似乎在斟酌言语。

"成败在此一举。"慕声不咸不淡地替她补全。

177

慕瑶警告地看了他一眼，示意他收敛些。

慕声冲她露出个温顺又无辜的笑容。

赵太妃的脸色很黑，但她没有反驳什么，接着道："十年前，本宫信佛已久，先帝对本宫多有怜惜，在城郊建立了兴善寺，取兴国、扬善之意。适逢皇后病重，本宫便自请入寺为其祈福。"

"敢问娘娘，烧香拜佛灵吗？"慕声状似无意地插了一句。

这一次慕瑶和凌妙妙都没拦他，而是随着他的发问，一起竖起耳朵听着赵太妃的回答。

"怎么不灵？当初本宫生敏敏的时候，全靠佛祖庇佑……"她似乎意识到说得有些多了，闭上了嘴。

这就对了。

赵太妃礼佛之心诚，基于她对这种信仰的盲目信任，是出于对自身利益寻求保佑的狂热。她对佛学的了解其实不多，作为宠妃，她几乎没有理解过佛经的释义，敬佛的行为也浮于表面，实在谈不上通禅。她心诚的表现，不过是花大价钱建造一座豪华的皇家寺院，以及在逢年过节的时候，像暴发户一样疯狂地捐赠香火。

她在尘世有所求，寄托于佛，并不曾在意自己内心的愿望是否世俗。

这样一个对佛"叶公好龙"般追捧的赵太妃踏入兴善寺，究竟是为皇后祈福，还是祈祷皇后快点儿死掉以便自己上位，谁都不知道。

"兴善寺建好第三日，天竺国来了一队教众，远渡重洋来讲经。十年前，佛教在我朝兴盛没多久，合宫上下只有本宫因为动用了娘家赵氏的关系而对其有所了解。先帝事务繁多，缺少兴致，就让本宫安排那群人在兴善寺安顿，顺带听他们讲经。

"为首的那人姓陶，叫作陶荧，看起来很年轻。他自称是华国边陲人，长在天竺国婆罗门，受佛法熏陶，不惜远渡重洋来普度众生，路上遇见许多流民，那些流民受他感召，都自愿成为信徒，于是他们一行人浩浩荡荡地走到了长安。"

慕瑶和慕声对视一眼。

"他们一进来，沐浴焚香，三跪九叩，日夜不眠不休地念经，随后陶荧对本宫说……说他以金刚之目，看出本宫的命薄，幸得神女托生于腹中，遂能扭转乾坤，得了凤命。他报出来的神女的生辰八字，与敏敏的分毫不差……讲经只是托词，他们其实都是为膜拜神女而来。"

凌妙妙有些听不下去了，扭头一望，慕瑶和慕声的脸色也一言难尽。

十年前，佛教刚入此地没几年，因为信仰的人不多，规矩、经文都是断断续续传来的，教众良莠不齐，浑水摸鱼的不在少数。什么佛教徒还能看面相、算命格的？

帝姬的生辰八字，只要买通宫人就能打听。只怕是"南郭先生"碰到了崇佛的赵太妃，利用了她急切想要当皇后的心，糊弄了她。

慕瑶并未揭破，只是问道："娘娘信的是密宗？"

赵太妃的眼中闪过愤恨之色，脸色格外不好看，她端着茶杯的手都有些不稳："当时……当时本宫还不知道那是密宗，只以为是真传。"

密宗与显宗相对，都是古老的佛教宗派，其中，密宗带了些特殊色彩。相较于显宗将教义广示天下，密宗提倡的是将教义口耳相传、秘不示人，也因此这一派经历了曲折的传播，最后几近灭绝。

密宗最具代表性的一点，是在显宗提倡禁欲的情况下，密宗对男女之事毫不避讳。

帝姬在梦里看到菩萨泥塑也上演了活春宫，显而易见这是密宗。何况陶荧说自己是从婆罗门来，密宗正是由婆罗门教和大乘佛教合并而来。

只是，陶荧和这些人，究竟是否就真的是密宗教众呢？

慕瑶点点头，示意赵太妃继续。

"本来、本来本宫也是半信半疑。"赵太妃的眼中闪过一丝懊恼，"可是那个陶荧一连预测几件事都不出错，他说皇后枯木逢春，她就真的熬过了冬天；说本宫二子失一，我那几日将皇儿看得紧紧的，没想到……"她的表情微微扭曲，带着怨恨，"没想到所谓的'失'，是我的皇儿被病愈的皇后要了去。"

皇后经历了九死一生，彻底放弃了生育的想法，极聪明地利用国母的身份，将宠妃唯一的幼子养在身边。

自此，赵太妃的孩子注定成为储君，可他名义上的母亲却成了别人。

"本宫在宫里不能哭、不能怨，甚至只能对着皇后谢恩……"赵太妃从齿缝中溢出几声冷笑，"本宫忍不住去问陶荧，敏敏不是神女吗？那他说的凤命，究竟何时到来？"

赤金佛像和玉观音究竟有没有显灵，贪恋着世俗权贵的人说不清楚。

但如果……有一个百试百灵的活佛在面前，你能忍住不去相信他吗？

五

"柳公子，我母妃没事儿吧？"端阳帝姬青色的裙摆轻轻地擦过青灰色的莲花砖，她一出门便想方设法支走了尚宫姑姑，换得一段跟柳拂衣同行的珍贵时光。

她没敢直视柳拂衣的眼睛，刻意挑起话题，声音里带着一丝不易被察觉的轻颤。

"放心吧，不会有事儿。"柳拂衣的笑容很浅，他说话时惯于注视着对方，眼睛里的真诚令人难以抗拒。

端阳飞速地瞥他一眼，声音越发柔和了："那就好……"

临到凤阳宫前，年轻的帝姬还想要与心上人依依惜别一番，谁料殿门猛地从里到外推开了，大头娃娃似的宫女一头冲了出来，乳燕投林般扑向了她："殿下！"

"佩雨？"端阳看清人影，心中郁闷极了，"怎么了？"

佩雨挽起端阳的手臂，一脸忧色："殿下受惊了，外面热，快进来消消暑。她又冲柳拂衣灿烂地一笑："有劳柳方士。"

柳拂衣站在远处，安静地打量佩雨一番，知趣地告退。

端阳的面上立即显出失落的神色："柳公子……"

柳拂衣转过身来，耐心地听。

"我，其实我……"端阳有些犹豫。

端阳不明白。那些世家公子，总是像苍蝇一样围着她转，有时她多给谁一个眼神，都会被解读成偏爱。她向来讨厌这些自以为是的人，可是眼前这个人，明明她都已经做到了这个地步，他却好像一点儿也不懂似的。

他越是彬彬有礼，她越着急，即使她知道此刻不是最好的时机。

柳拂衣望着她黑亮而迟疑的眼眸，慢慢地展出一个有些怜惜的笑容："我知道。"

"你知道本宫要说什么？"帝姬站在原地反问，质疑和惊喜并存。

柳拂衣颔首，余光掠过了屋檐下表情焦虑的佩雨，劝道："殿下进殿吧，当心中暑。"

端阳的眸中闪过一丝失落。

"陶荧对本宫说，只要神女归位，本宫的运数就会走上正途。"

慕瑶蹙眉："神女归位？"

"是。"赵太妃长叹一声，眼角细密的纹路越发明显，"当时敏敏只有五岁，什么也不懂。本宫问他，如何能让神女归位？"随后，她的表情变得不自然起来，嘴角向下撇去，眼中流露出介于恐惧和愤恨之间的情绪，"陶荧告诉我，九月初十将端阳帝姬带入兴善寺，令众人朝拜神女，仪式过后，神女即可归位。此事绝密，不能让别人知晓。"

慕瑶的眸光越发冷清，直穿赵太妃的脑门儿："九月初十那一日，娘娘赴约了吗？"

赵太妃低头望着杯盏，陷入了沉默。许久，她咬着牙，额上青筋凸现："兴善寺中原有三位住持，都是本宫的心腹。有一个连夜来告诉本宫，在陶荧他们的住处，发现了不少打火石和稻草。"

大殿内静默了片刻，窗外甚至传来隐约的蝉鸣声。

"娘娘发现此事有不妥，是否质问了陶荧？"

"我对陶荧等人深信不疑，好吃好喝地供着他们……"赵太妃咬紧牙关，"本宫问他，仪式究竟是什么。他告诉本宫，所谓神女归位，是要受一道火刑，魂归西天极乐，涅槃重生。"

三个人无力地靠在椅背上。现在看来，这几个人也不是密宗教众，是相信自焚能够使人获得永生极乐的邪教团混入了皇家寺院。

凌妙妙忍不住插了一句嘴："人死才说魂归西天，陶荧这样说，娘娘信了吗？"

赵太妃攥紧了杯子，竟然表情复杂地沉默了。

"听闻先皇后有恶疾，每到天气转凉，身体每况愈下。"慕声的声音回响在大殿中，他翘起嘴角，鸦青的睫毛盖住了眼中的情绪，"娘娘心里也是半信半疑，只是到了关键时候，死马也可当活马医，对不对？"

他这话说得格外刻薄，刻薄到赵太妃捏着茶杯的手都用力得泛白了。

"陶荧承诺本宫，火刑之后，只是神女之灵归位，帝姬不会有事儿的。"她像是在辩解什么，见到众人神色各异，接着轻轻地道，"九月初十那一日，本宫抱着敏敏，她什么也不知道，在本宫怀里一直闹，闹着要吃桂花糕……"

慕瑶长叹一声："母子连心，娘娘终究是舍不得冒险……"

用一个女儿换利益，但凡这样考虑过的母亲，哪怕只是想一想，都会觉得这个念头像一座大山压在心上。每当女儿甜甜地唤一声娘，那座山都会更重一些。

所以这些年来，赵太妃对端阳帝姬千娇万宠，不仅是疼惜，还有愧疚。

赵太妃露出个嘲讽的笑容："舍不得……"

"但娘娘又不甘心放弃希望，所以想了个两全其美的法子？"慕瑶的眸光瞬间转冷，犹如翻滚的河水刹那间冻结，她之后的话语一声比一声凌厉，"所以您找了一个与帝姬同年、同月、同日、同时生的女孩儿，作为端阳帝姬的替身，去试一试那火刑过后，是不是真的能涅槃。"

赵太妃默然听着，妆容已经有些脱落，一张青春不再的脸显得有些狰狞。

她哑口无言。

"娘娘，涅槃成功了吗？"

富丽堂皇的兴善寺大殿内，两侧由泥菩萨开道。小女孩儿穿着最艳丽的衣裳，脖颈上和手腕上戴着沉重的金饰，被绳缚在祭台上。

"神女……

"神女……"

此起彼伏的声音如幽魂飘荡，带着令人战栗的狂热和兴奋。

空荡荡的殿顶往上，是靛蓝和朱砂绘成的壁画，一朵硕大的十瓣莲花层叠开放在众人的头顶，红的似鲜血，蓝的似幽夜。

火光蹿天而起，刹那将祭台烧成了一个火球，尖厉的叫声宛如一把钢刀，撕裂了所有人的头皮。

梦即刻醒了。

"然后娘娘做了什么？"慕声步步紧逼，"你看到事情失控，便逃了出来，令人关闭了殿门……"

"不、不……你们不知道！"赵太妃瞪着慕瑶姐弟二人，目光神经质地如毒蛇的芯子般反复舔舐他们的面容，"不是本宫，是陶荧，他根本就是个疯子！他将油料洒满了整个兴善寺，他根本就是想让大家一起死！"

事情脱离了赵太妃的掌控，在那个惊心动魄的刹那，她忽然间醍醐灌顶，明白了所有的事儿都是一场荒谬的骗局。只是那荒唐的"神女归位"如果被他人所知……

"你说陶荧想在火中殉道，那三位住持呢？你命人锁死殿门时，有没有想过他们？"慕瑶语气中的谴责意味更浓，"那里面，不是所有人都想死吧？你锁死大门时，只想将此事彻底掩盖，有没有听到里面传来的拍门声？"

死亡远比想象中的更可怕，当巨大的痛楚来临时，所有的生命都会遵从求生的本能。

谁不想活着？谁愿意去死？

可惜，一切都来不及了。

赵太妃的冷汗一滴一滴从额头上滚落，她的脸色惨白，慢慢地浮现出一个疲倦而凄惨的笑容。

"直到亥时，消息方传到先帝那里，说陶荧等人是邪异之士，引火自焚……大火烧了一天一夜，兴善寺的外轮廓仍在，里面的人早就化成了焦灰。该处置的人一个也没落下，没人知道本宫九月初十去那里究竟是要做什么。"她的眸中闪过一丝嘲讽，"不，还剩一个人知道。"

"那个人是本宫的亲骨肉，现在的天子。事发之前，本宫一时糊涂，生怕火刑之后再也没有母子三人团聚之日，就抱着敏敏去见她哥哥，说了好些话，想必是那时露了馅。"她轻轻地勾起嘴角，"所以，一切都是报应。"

被皇后一手培养的储君沉默而早慧，猜出了其中关窍，没有揭穿母亲，但是从此以后对她产生了深深的厌恶之情。

皇家兴善寺新建便遭焚毁，横死百人，招惹邪异，惊扰宠妃，实在不是个好兆头。

先帝宠爱赵氏，竟然下令封存旧寺，在宫外重建一座一模一样的新寺，并以强硬手段将消息镇压。

十年过去，时人只知道长安城内的那座皇家寺院，却不知道郊外的那一座废邸才是其真身。

"活人之事，怎称得上是报应？"慕声的脸上是与赵太妃截然相反的轻松愉悦，他的声音很轻，几乎像是在讲睡前故事，"要看冤死的鬼魂，能不能放过娘娘和帝姬。"

赵太妃霍然抬头，惊恐万分："你说……你是说……"

"娘娘没听错。"慕声绽放出一个极其明艳美好的笑容，"冤有头，债有主。一点儿迷幻香，怎么有能耐让帝姬夜夜梦魇？刚才那宫女，想必是受了十足冤枉。"

"娘娘。"殿门猛地被推开，露出尚宫姑姑一张焦急的脸，急促道，"陛下来了！"

话音未落，尚宫姑姑整个身子便被玄色朝服的衣袖掀到了一边。年轻的天子带着夏日的暑气，惊涛骇浪般卷进了殿中。

桌上的茶水冰凉。天子有着刀削斧凿似的深刻容颜，一双凛冽黑眸的形状宛如浓墨一笔勾勒，流畅而贵气。

凌妙妙打眼一看，嚯，眼前这位天子，竟然跟慕声是同种眼形。

天子还没换下身上的朝服便匆匆而来，绯红的夕阳为他衣摆上的金线镀上了灿烂的颜色。他黑着脸环视了一周，不顾客人在侧，径自朝赵太妃道："佩云是朕送到端阳宫里去的，母妃不分青红皂白拿朕的人，问过朕的意见没有？"

没想到这么快就到了母子对峙的时刻，赵太妃还没从方才的对话中缓过来，脸色惨白地瞪着他。

天子不喜其生母，对神鬼之事更是冷淡。

偌大一个钦天监，硬是靠预报天气支撑了那么多年。那么多自命不凡的方士，没有一个敢去天子面前跳脚。

此时的慕声、慕瑶和凌妙妙自然也属于方士之流，在天子不悦的扫视下，感到芒刺在背。

慕声站起身来，与年轻的天子一般高，两个俊俏的少年面对面站着，天子绷紧嘴角，而"黑莲花"似笑非笑。

二人的目光短暂相对，又很快漠然地错开。那个瞬间，尊贵的天子微微皱起了眉头。

慕声已经弯腰行礼，垂下眼帘，谦恭得看不出一丝锋芒："告退。"

第三章　舍利

一

泰泽湖烟波浩渺，大片碧绿的荷叶接天连叶，将一条细细的九曲回廊隐没在绿色的海洋中。

凌妙妙的耳边传来嗡的一声，一阵凉风擦过脸庞，一支青黑的竹蜻蜓已经飞上了湛蓝的天。她手疾眼快地在头顶一抓，竹蜻蜓便被她抓在手中，它的翅膀仍在旋转着。

竹子是被锋利的匕首削细的，还带着凌厉的棱角。凌妙妙抚摸着那粗糙的表面，有些意外："你做的？"

慕声黑漆漆的眼望着凌妙妙的手心，他答非所问："你玩儿过吗？"

"那当然，小时候飞坏了好几支呢。"凌妙妙摆弄这支简陋的竹蜻蜓，跃跃欲试，"慕声，我把它飞出去，你能在它掉进水里之前把它取回来吗？"

"黑莲花"怔了一下，竟然破天荒地点点头。

"行。"凌妙妙兴高采烈，眼珠发亮，"来，检查一下你做的竹蜻蜓好不好。"

竹蜻蜓倏地从她的掌心飞出去，在空中笨重地打了个转，就像断线风筝般一头栽下去。

她吃了一惊。

慕声一抬手，下坠的竹蜻蜓仿佛被一根线牵住似的，在空中划了个弧线倒飞回去，落回了他的掌心。

慕声捏着竹蜻蜓，满不在乎地翘起嘴角："是你不会飞。"

说罢，他放了手，竹蜻蜓猛地飞出去，一下子直升天空，搅散了湖心亭外金灿灿的阳光，在晴空中飞得又高又远。

凌妙妙仰头看着，嘟囔道："不对呀……"

待竹蜻蜓落下时，她不信邪地把它抓在了自己的手心里。

她将旋转杆翻了个个儿，看清了翅膀的顶端，顿时觉得又好气又好笑："你这竹蜻蜓飞得起来才怪！"

慕声瞬间沉了神色，伸手就要夺，被她一转身，灵巧地躲开了。

凌妙妙指着翅膀给他看："翅膀是一片竹片，左右还得削出两个斜面，才能靠涡流飞起来，你做个平的……"

这也不能怪他。可怜慕声只看了一眼这普普通通的玩具，依葫芦画瓢，画得不像。

眼看着少年气急败坏，她顺势将竹蜻蜓往袖里一藏，以迅雷不及掩耳之势去摸他的袖口："嘿，你还作弊……"

她伸手一拉，果然在他的袖子里找出一张小巧的符咒。

凌妙妙哭笑不得地冲他扬了扬那张黄纸："有意思？"

慕声的双手垂在身侧，眉宇间泛出一丝戾气："我想让它飞到哪儿，它就会飞到哪儿，难道还不够有意思？"

他这副模样，活像是考试作弊被抓包的学生，困兽犹斗似的抵抗着外界的目光，尽量装得又凶又横。

"也不是不可以。"袖子里的竹蜻蜓粗糙的表面摩擦着她的手指，"只是因风而上、听天由命才像竹蜻蜓，你用符咒控制着它，就将它变成一个傀儡了，还叫蜻蜓干什么？"

"叮——系统提示，恭喜宿主获得关键物品'竹蜻蜓'，已放入任务箱。提示完毕。"

脑子里的系统提示骤然打断了凌妙妙的思路，她只好匆匆结束说教，瞥了一眼独自站在风中的"黑莲花"，忽然觉得他有点儿可怜。

慕声明明与她站得极近，可是连那飞扬在风中的衣角都像是结了一层冷霜，即使他整个人被阳光包围，也融化不了他身上那一股独行的寂寥。

什么东西在他那里都一样，即使是做一支竹蜻蜓，他也要强咬牙关，不肯落后别人半分。他掩耳盗铃，却一点儿也没感受到其中的乐趣。

他的喜怒哀乐都藏在心里，自己别扭、自己艳羡、自己忌妒，心思百转千回也没有人知道，更没有人在乎。

就连她对他的亲近，也不过是为了完成任务。

"黑莲花"，惨哪。

一张联络符飘了出来，在空中炸了个小小的火花，发出噼啪一声响。

"该回去了。"他伸出手，心情平复下来，"还我吧。"

凌妙妙打量他半天，小声地说道："其实你也没办法把什么都掌握在自己手里，不如交一点儿给上天，给自己留点儿惊喜呗。"

她的声音又低又柔，恍惚间让他想起很多年前养父母悄声商量对策的情景。他们头抵着头，白瑾轻声细语地劝着慕怀江，发现他来了，便立马正襟危坐，恢复了严肃又淡漠的面目。

一个人只有对极亲近的人，才会用这样熟稔的劝说语气。

他们从来不会用这种语气对他说话。

阳光落在少女的头上，照得她的发丝泛出明亮的光泽，在这晴好的天气下，连她的眼珠都是半透明的，像是剔透的琥珀。

凌妙妙捏着竹蜻蜓，兴高采烈地与他擦肩而过。她向前走了几步，又倒着走了几步，回过头时扬扬手，一脸灿烂地朝他笑着，又生怕他听不见似的，把手放在嘴边比了个喇叭大声说："我帮你改改，做好了还你。"

"长安城里姓陶的人家不多，我只查到一脉，居于城郊，祖祖辈辈都是手艺人。"柳拂衣折了一枝垂柳，在地面上写了个浅浅的"陶"字。

慕瑶看着那个字，神情严肃地点点头。

"柳大哥，又在破坏花草树木了？"凌妙妙见着柳拂衣，脚步也变得轻快了，远远地撒着欢儿跑来。

柳拂衣抬头看见她，瞬间发出笑声。

慕瑶侧眼打量着凌妙妙。

这个女孩儿说话做事丝毫称不上端庄，甚至有些"张牙舞爪"的意味，有时又显得矫揉造作。可是柳拂衣见到她就会不由自主地笑，好像她的性子意外地讨他的喜欢。

慕瑶沉思起来：难道真的是自己太闷了吗？

"阿姐。"

慕瑶的思绪被打断，她回头就看见慕声灿烂的笑容和递到她嘴边的水囊。

"喝水吗？"

她把手臂微微一抬，轻轻地挡开了，摇摇头："我不渴。"

慕声有些失望地封住了水囊的口，下一刻，又雨过天晴地从怀里摸出一个滚圆的橘子："阿姐？"

慕瑶无奈地看他一眼："专心听着。"

慕声回头一看，他的旁边就是一个专心听讲的模范。只见凌妙妙一双大眼睛正专注地望着柳拂衣，要多认真有多认真，连他的几句闲聊都照单全收。

凌妙妙抢走了那根柳条，拿在手里漫不经心地捋着玩儿，掉了一地的嫩叶子。

她的眼睛明晃晃的，一眨不眨，流淌着掩饰不住的仰慕。慕声觉得自己的心也像那根柳条，被她弄得七零八落，只剩莫名的烦躁。

柳拂衣口干舌燥地讲着："缠着端阳帝姬的鬼魂，暂时可以确定是死在旧寺中的陶荧和教众。泾阳坡的李准看似与此事无关，他产的香里却同时混有迷幻香和这些死人的骨灰……是谁收殓了这些尸骨，运到了那么远的泾阳坡？"

主角们是捉妖界的扛把子，打架斗法算是上乘，可毕竟不是职业侦探，这些琐碎的线索快把众人绕昏了。

柳拂衣见大家一筹莫展，叹了口气："旧寺是厉鬼的大本营，不管他们用什么方法跑到了新寺，只要拿住了旧寺，也就切断了鬼魂的源头。其中原委，等彻底解决了源头再说。"他扫视众人，"去一趟？"

自从来了长安城，柳拂衣身上一沓厚厚的符咒毫无用武之地，慕声手腕上的收妖柄都落了灰，大家早就想活动活动，听到这句话都感到精神一振。

凌妙妙的脑子里也随之一震。

"叮——任务提示：任务一，四分之二进度开始，请宿主做好准备。"

二

午后阴云罩顶，下了一场瓢泼大雨，打得泰泽湖中的荷叶在一片白雾中左右欹斜，将池水溅起丛丛水花。

端阳帝姬闭着眼睛听雨声，潮气从紧闭的殿门缝隙中渗进来，萦绕在纱帐中。漫长的午睡令人昏昏沉沉，她懒洋洋地坐起身来，披上了外衣。

"佩雨？"她唤了一声，寝殿内空荡荡的，只有她一个人。

从前佩云在的时候，会小心翼翼地守在门口，只消一声"佩云"就会匆匆进来，端着漂着新鲜的蔷薇花瓣的铜盆和湿毛巾来给端阳擦脸。

浓重的水汽弥漫在空气中，被子满是潮气。端阳披了衣服自己起了床，拖着步子挪到了妆台前。

这个时候，她有些想念佩云。

然而这股怅然只停留了一瞬间，一方面是因为她对佩云的情绪立即转变成怨愤；另一方面，是因为她在妆台上发现了一封信。

信封是用低廉的黄纸糊的，端端正正地摆在梳妆台上，上面压了两朵鬓边花。信封上无头无尾地写了个"敏"字，开口被粘得严丝合缝。

她似乎预感到了什么，心跳忽然怦怦跳起来，颤抖着手将信封撕开了。

只有一张信笺，因为信封内混着干花，散发着淡淡的香气。

夏日的急雨来去匆匆，转眼乌云散去，亮光从窗口洒进来，照亮了端阳因为欣喜和惊惶而绯红的脸。

她的视线这才离开了信纸，她抬头望去，平开窗竟然没有关牢，清脆的鸟鸣声沿着窗缝灌入凤阳宫。

她将信纸紧紧地攥在手中，难以置信地跑到了窗边，窗外花园里雨水洗过的翠绿枝叶摇曳，白色绣球花上还带着露珠。

"他……来过吗？"端阳扶着窗棂，失魂落魄地笑了。

凌妙妙一行人在上一次去过的茶铺歇脚。

茶铺很简陋，用粗细不一的木条搭起，外面盖了茅草扎成的篷子，还搭了一块破布，差点儿被突如其来的暴雨掀飞了去。好在主角们一人守着一个角，勉强压住了屋顶。

雨水顺着缺口不断向下滴，凌妙妙将碗里的茶喝了一半，又接了一半的雨水，到现在依然是满满一碗。

她捧着破碗叹气，水面上倒映出她模糊的眉眼。

"我突然想起一件事。"慕瑶的神色依然很严肃。

这几日她瘦了，对襟领口处的锁骨突出，整个人看上去越发不食人间烟火。

"你们说添加迷幻香和骨灰的，究竟是不是同一批人？"

柳拂衣正十分细致地剥着花生，相比慕瑶，他的神情相当淡定："你怎么会想到这个？"

"总觉得我们忽略了什么。若说骨灰是为了给魂魄搭桥，那为什么要多此一举地添一味太医一验便知的迷幻香呢？难道负责这批香的郭修没有先检验出来？"

柳拂衣将剥好的花生在凌妙妙和慕瑶的面前一人放了两颗。

慕声撑着脸，认认真真地回答姐姐的问题："如果这迷幻香就是郭修加的呢？"

"你们还记得验香那一天吗？"凌妙妙将花生咬得嘎嘣直响，"郭修、陆九、宋太医三人同时在场。其中，宋太医表现正常，而陆九一问三不知。如果说他是害怕被牵涉到权力斗争中，隐瞒骨灰的事情可以理解，但迷幻香呢？一个专业香师怎么会辨别不出香里含有迷幻香的成分？况且就算他不说，随后的宋太医也会验出来，早晚都要泄露的事，他为什么偏偏不说？"

慕瑶的眼神变了一瞬："他曾经提醒过我，这其中内情复杂，不宜深究，看起来不像是容易被吓破胆的人。现在想来，陆九那天的表现确实不太对劲……"

柳拂衣侧耳凝神，此刻才开了口："他不是害怕，只是忌惮，赵太医能说的事儿，却不能由他说出来，他是不是在忌惮谁？"

慕声方才已经一针见血地猜到了，几人几乎是异口同声："郭修？"

"陆九，给老子滚出来！"

街道东头来了一队人马，如同潮水一般涌来，随即训练有素地分散开，数十个黑袍侍卫腰间挎着刀，转瞬便将两层高的知香居围住。

为首的那个虎背熊腰的大汉，正是郭修，站在包围圈内破口大骂。

街上行人如同被鱼嘴分开的流水般远远地避开，躲在远处窃窃私语。

"这么多侍卫呢……"

"出什么事儿了？"

凶神恶煞的郭修身旁还立着一位镇定自若的副手，面色冷淡地攮着一张加盖官印的纸给来往众人展示："朝廷查案，知香居歇业。"

显然，下属们已经对郭修急躁的脾性见怪不怪了。

知香居是长安街头最大的香料商店，生意十分兴隆，里面的顾客摩肩接踵，一听出了事儿，都慌慌张张地拥出来。知香居如同漏酒的破坛子，顾客们足足用了十余分钟才走完了。

长安城内秩序一向很好，很少有人聚集在一处。郭修的大嗓门即刻吸

190

引了许多目光，少顷，好奇的长安居民便形成个巨大的包围圈，探头探脑地打探情况。

郭修已经被手下劝住了，旁边一个小厮踮着脚给他打扇，他正瞪着眼睛盯住门口，脚尖不耐烦地一下一下地点着地板。

这一等就是半个时辰。

最后，一个身材瘦小的小厮终于从楼上下来，点头哈腰地问道："请问大人是……"

他话说到一半，被郭修一把揪住领子提了起来，他的脚尖离开了地面，眼珠瞪得如牛眼般大。

郭修问："陆九人呢？"

小厮的领子被扯得脱了线，他整个人缩成了一团："陆……陆老板……在二楼……"

"哈，好大的架子！"郭修怒不可遏地瞪了一眼纹丝不动的二楼窗扇，握紧的拳头发出咯吱咯吱的声响，眼看就要拿这小厮当作出气筒，背后突然传来一声招呼。

"郭大人特地前来，陆某有失远迎。"

小厮被甩在地上，揉着肩膀连爬带滚地跑远了，走前十分忧虑地看了来人一眼。

陆九冲他摆摆手，示意自己没事儿，一步步走过来。

他的面色苍白，整个人又瘦了一圈，颧骨显得越发高耸。大夏天的，他居然还披着一件白色长衣，脸上挂着若有若无的笑容。

郭修眯了眼睛："姓陆的，我真是小看了你。原以为你是只兔子，没想到还会咬人。"

陆九唇边的笑意不减："郭侍郎说什么兔子不兔子的，陆某是粗鄙生意人，听不明白。"

二人站在黑色侍卫的包围圈中叙话，郭修的面色不善，如同乌云压顶。而陆九却表现得相当镇定，甚至还伸出手轻柔地抚摸着自己披着的衣服的衣角。

旁人窃窃私语的声音瞬间嘈杂起来。

"别给老子装蒜，说，这批檀香里的'料'是不是你加的？"

陆九惊讶地抬起头，神色无辜："陆某一介草民，自然是事事都听从大人的了。"

191

"你……"郭修的脸色憋得酱紫，他忍了半晌，才压低声音，"姑母心神不宁才去拜佛烧香，我都是为了她们着想！我让你加些助眠安神的香料，你加致幻的草药做什么？"

陆九一言不发地笑着望他，眼尾的笑纹一根一根，犹如刀刻。

郭修被彻底激怒了，他一把扯起陆九的领子，强迫对方与自己通红的眼睛相对："你早就知道里面掺了死人骨灰，为什么不说？故意害老子是不是？"

"主理拜佛祭祀之物，是郭修的第一份肥差。他一方面想要压低成本，多捞些油水，另一方面也不想放弃讨好太妃的机会。因此，得了泾阳坡李准那批低价檀香之后，他心里不安，十有八九会去找懂行的人鉴定，甚至是加工处理，提升品质。为了保密，这个人不能是宫里人，但又要足够专业，想必他找的就是民间香师陆九。"

慕瑶皱了皱眉："陆九……他一早就知道这批香有问题……"

"何止。"凌妙妙轻飘飘地抛了个眼神过来，"说不定，那迷幻香就是他自己亲手加进去的。"

柳拂衣的面色严肃，他甩下几枚酒钱站起来："现在就动身，我们错估了陆九与此事的关系。"

啪——

陆九用力甩开了郭修的手，倒退了几步，在对方恼怒的目光下，慢条斯理地整理着自己被扯得变形的领子："大人与其在这里大呼小叫，不如去关心一下太妃娘娘的掌上明珠。"

郭修难以置信地望着他："你说什么？"

陆九看着他，微微一笑。这是一个相当违和的笑容，一种从未出现过的尖锐嘲讽的意味出现在他向来谦恭的脸上："我说，端阳帝姬出事儿了，恭喜大人，是全宫城内第一个知道的。"

端阳帝姬失踪了。

主角们折返了不足一里，就迎面遇上策马狂奔的郭修。

来人见了柳拂衣和慕瑶，犹如见了亲爹娘、大救星，径自从马上滚下来，庞大的身躯使得尘土飞扬，让凌妙妙下意识地后退了一步。

郭修几下爬到男女主角的面前，头发也乱了，衣裳也被汗湿透，毫无形象地一顿鬼哭狼嚎："柳方士、慕方士，求求你们救救帝姬吧！小人……小人实在是没办法了！"

凤阳宫内风平浪静，一切发生得毫无征兆。

帝姬午睡起来，梳妆打扮，穿上了江南进贡的幻色真丝广袖，神采飞扬地走出凤阳宫，此后便如蒸发的露水，消失在了偌大的宫城之中。

"那个陆九让我拿了，用尽各种手段，他就是不肯吐半个字，这是……这是故意与皇家为难呀！小人本打算去禀告太妃，孰料陛下正在流月宫与太妃说话，小人这是求告无门……各位方士，小人知道你们神通广大，定能找到帝姬……"

看得出来，郭修这回是真的急了。

他先前低价购香，与陆九在背地里搞了小动作，谁知他找的这位商业伙伴，是个别有用心的幕后推手，搅得宫城一片狼藉。

这次帝姬要是有个三长两短，追责下来，他靠裙带关系得来的仕途算是彻底完了，要是赵太妃迁怒，甚至连他的小命也不一定留得下来。

也难怪他厌到现在还不敢禀告赵太妃，只盼望能在事情暴露前赶紧把人找到。

柳拂衣紧皱眉头："你可仔细检查过凤阳宫？"

"找了、找了……在帝姬的妆台下面，发现了……"郭修看了看他，欲言又止，从怀里掏出一封黄纸信封来，颤巍巍地递给了柳拂衣。

信封上写了个"敏"字，封口是让人小心翼翼撕开的。柳拂衣从里面掏出信笺，上面还存留着干花的气息。

信笺上一片空白，只余落款处一个尚未褪去的浅褐色的"衣"字，简直是对主角们的嘲笑。

柳拂衣捏着信，气得脸色发青。若是谁吃了熊心豹子胆，冒用他的名讳给帝姬写情书，将人约出去暗害，那可真是……

"用了特制的墨水，时效过了，字迹会褪去，谁也不知道信上写的是何处。"慕瑶冷笑，"真是嚣张。"

郭修看看这个又看看那个，急得像热锅上的蚂蚁团团乱转："各位大人……请问你们……"

"去，将凤阳宫里那个叫佩雨的宫女控制起来。"慕声打断了他的话，言简意赅，全然不顾一头雾水的郭修，"再去大牢里面，知会陆九一声。"

慕瑶与柳拂衣对视一眼，均赞同地点了点头。

"佩……佩雨？"

慕瑶点头："先前我们不能十分确定，但能在管理森严的凤阳宫里将这封信堂而皇之地摆在帝姬的妆台上，想必是凤阳宫内的人。"

郭修有些迟疑："可是凤阳宫内的小宫女多了去……"

"郭大人，你恐怕还不知道。"慕瑶看了他一眼，"帝姬第二次在凤阳宫梦魇，我在大殿中用手验过安神香，佩雨点的安神香没有骨灰，就连迷幻香都只是撒在表面，显然是后来加进去的。佩雨指控之前的宫女佩云，是刻意栽赃陷害。"

柳拂衣接道："帝姬之所以在那一次梦魇，是因为她的肩膀上被人撒了骨灰粉末。在此之前，佩云已经被罚至外间，凤阳宫的小宫女指证是佩雨给帝姬梳洗打扮、按摩肩膀。我们对这个丫头早有怀疑，先前不说，是以免打草惊蛇。"

郭修听得脸色发白，心里完全想不明白："一个小小的宫女，怎会……"

怎会成为事件中如此重要的一环？

凌妙妙说："佩雨此举，一来将大宫女佩云调离帝姬身边，方便蛊惑帝姬；二来祸水东引，用佩云和迷幻香转移视线。她几次三番作为，都是与陆九里应外合，你觉得她和陆九会毫无关系吗？"

郭修被几个人这样提点，豁然开朗，竟然在脑海里拼合起两张本来应该毫无关系的脸。

巧了，陆九的高颧骨、高鼻梁、薄唇……佩雨……佩雨那张营养不良般的脸上的高颧骨、高鼻梁、薄唇……

他脑子里嗡的一声，跨上马拨转马头，一鞭子抽了马屁股上："多谢诸位提点！小人这便回去审问她！"

柳拂衣目送着他策马远去，脸色称不上好看："他们动作如此之快，我们既已经落了下乘，现在更不能坐以待毙。按照帝姬的梦魇，她最终应该去的地方是旧寺。这些人费尽心思铺垫噩梦，不就是想要让噩梦成真？"

慕瑶立刻赞同，拉过了凌妙妙，四个人凑成一个紧密的包围圈："这样，拂衣与我前往旧寺寻觅帝姬。以防万一，阿声你带着妙妙在此处等着郭修回禀，待听全了陆九的交代再行动。"

"阿姐……"慕声蹙眉，"我同你一起去旧寺，让柳公子陪妙妙在这里吧。"

"不行。"慕瑶拒绝得干脆利落，"旧寺鬼怪众多，得靠拂衣的收妖塔才能镇住。况且，我们二人必须有一个留在此处，万一太妃祭出玉牌，慕家人必须亲自来接。"

三

流月宫。

圆形窗竖格栅的一排细密的影子落在桌面上，光移影动，流动的云雾在窗台上映出带着靛色的变幻暖光。

香雾斜升，馥郁的烟气沾染了天子绣着金线的黑袍。年轻的天子轻轻地向后靠了靠，暗自对浓郁的熏香皱了皱眉头。

赵太妃以手撑着额头假寐，尾指套着尖尖的护甲，指缝间隐约露出深而长的眼角纹。

"母妃……"

"皇儿。"赵太妃没有睁开眼睛，仍然保持着那个看似疲倦的姿势，"你纡尊降贵到母妃这里来，不就是为了要走那个丫头吗？"

年轻的天子被这话一噎，顿了顿才道："母妃知道佩云是冤枉的，她自小服侍在朕身边，最是老实谨慎……"

赵太妃冷笑一声，抬起眼，带着嘲讽笑意的眼眸深深地望向他："皇儿，人是会变的。"

天子一怔，明显感受到母亲的态度有所不同了。

先前她是贪图名利、娇气跋扈，但是对他这个儿子，总怀着一种打心眼儿里的热忱。她期盼着他的到来，总是喋喋不休地对他说话，给他许多他并不需要的关怀，每当他要离开时，她的眼里会流露出失落和不舍。

现在，这个被他牢牢地握在手里的深宫女人，转眼间变成一个冷静的陌生人，他反而生出一种无所适从的慌乱。

"母妃想必是对此事有些误会。"他叹息一声，"是朕让佩云盯着帝姬，一日三餐、游玩进学，帝姬的大小事宜都一字不落地向朕汇报，与她交换信息的那个太监，不过是个传话筒罢了。"他犹豫了片刻，有些不太情愿地承认，"淞敏是朕的同胞妹妹，朕怎么可能对她漠不关心？她自小不与朕亲近，朕也拉不下脸来找她，只好以这样的方式，承担一个兄长的

195

责任……"

赵太妃盯着桌面不语,眼中慢慢地浮出一层水雾。

"是朕将苏佩云送进凤阳宫,因为朕觉得她妥帖细心、举止稳重、进退得宜,让她照顾、教导帝姬,想必对淞敏有益。"

"举止稳重、进退得宜……"赵太妃陡然一僵,像是听到了什么好笑的事情,紧紧地瞪着天子,"你觉得,我这个母妃行不正、坐不端,没办法对女儿言传身教?"

天子一怔:"朕……朕不是……"

他看着赵太妃布满血丝的眼睛,明白他们无法正常交流,便颓然放弃了。

母子二人沉默许久,气氛僵持而凝重,他率先开口:"母妃心里一直有怨,是怨儿子没让母妃做太后?"

赵太妃的嘴角噙着一丝无所谓的冷笑。

天子径自耐心地继续道:"您对我有生养之恩,可是一国之母,必然是要以德配位,无可指摘。"

他这话意有所指,说得十分强硬,戳了赵太妃的痛处。她的胸口起伏了半晌,嘴唇不住颤抖:"十年前的事情,你就抓紧了不放!你认定我有错,我在你面前就要一辈子抬不起头来……我都是为了谁?你说!"

天子的脾气也被激了起来:"朕在先皇后处,吃喝不愁,被照顾得很好,母妃有什么可担心的?争名逐利、草菅人命,难道也是为了朕?"

"她照顾你很好?"赵太妃的眼泪簌簌而下,她用手揪着胸口的衣服,似乎闷得透不过气来,"我不好!我自己的儿子不跟我亲,吃得好不好、睡得香不香、有没有好好进学……我什么都不知道!"她说到最后,几乎是咬牙切齿,"儿子,你究竟懂不懂一个做母亲的心?"

天子在这份盛怒面前尴尬地沉默了。

他习惯了杀伐决断,毫不拖泥带水地行事,在女人积压已久的小爱与埋怨中,却感到无所适从。

十年,足以让最亲密的骨肉亲人变得陌生。

积怨爆发过后的场景是无言而丑陋的,赵太妃的眼泪如同小溪,冲花了浓重的脂粉。出阁前坐着七香车、受万人仰望的赵小姐,尽管有着万里挑一的尊贵与美艳的容貌,最终也不过是深宫中一个被亲情捆绑的年迈的母亲。

196

而往事已不可追。

半晌，她才开了口，絮絮叨叨的，不知是在对谁说。她的声音低哑，像是老旧的纺车："你知道吗？你舅舅死时拉着我的手，以慕氏玉牌为交换，流着泪请我将他的孩子接回来。我那时十分诧异，想他半生辉煌，娶了如花美眷，儿女双全，临了却还惦记着那野孩子……"她看了皇帝一眼，苍凉地笑了，"我现在明白了，这是诅咒。我们赵家人早年不择手段，拿孩子换虚名，到头来都是要还的。"

天子暗暗地疑惑。

母亲突然提起了舅舅，他过世足有七八年的舅舅，对方生前就与皇室不亲，死后的葬礼也并未大张旗鼓，几乎早就被众人忘却。

他听得莫名其妙，但不想深究。

时间有限，他此行的目标只有一个，就是要缓和与赵太妃的关系，让她松口放佩云出来，其他的事情不在他的计划之内。

他从袖中掏出个檀木盒子，轻轻地放在了桌上，睨着赵太妃的神色，先一步服了软："孩儿此行不是来伤母妃的心的，这么多年，孩儿也有不懂事的地方，特带了礼物来，请求母亲原谅。"

赵太妃恹恹地拿起来，掀开盒子看了一眼，宛如被一道雷劈在了头顶，面孔唰地雪白，手也颤抖起来。许久，她才道："这是什么？"

天子没有注意到她的脸色变化，打量着那盒子，道："是天竺献上的舍利子，传说这舍利子是佛家至宝。朕想着母妃礼佛心诚，必然喜欢，便特意呈上来……"

"舍利……舍利子……"赵太妃恍若未闻，手抖得越来越厉害，两眼一翻，从椅子上栽了下去。

"舍利子？"

凌妙妙听得一个头两个大：这女人到底还有多少事儿没抖搂出来，当年的真相，到底有多少个版本？

"凌姑娘，你知道舍利子是什么吗？"郭修抹了一把额头上的汗水，在酷暑天来回两趟，他的衣服湿得像刚从水里捞出来似的，"为了这个什么舍利子，娘娘到现在还在半死不活的，提起它就发疯！"

他抚着胸口，上气不接下气，满脸心有余悸。

凌妙妙再三确认："你说陛下给太妃娘娘送了天竺献上的舍利子，她

197

看了一眼就晕了？"

郭修点点头："凌姑娘有所不知。"他半弯下腰，有些为难地压低了声音，"娘娘一出事儿，流月宫乱作一团。她身边的尚宫姑姑只好把事情全告诉了小人。原来，十年前那个叫陶荧的人带着教众入宫，并非传教，而是献宝，宝贝正是天竺佛寺至宝舍利子。娘娘和先帝陛下都秘密地看了，对他的身份深信不疑，那舍利子就被安置在……呃……先前那个兴善寺佛塔最高层。"

凌妙妙的大脑飞速运转着，几乎要过热死机。

原书剧情走到这里，视角全在柳拂衣身上，全篇只写了柳拂衣怎样从鬼影重重的旧兴善寺里勇救帝姬，两人共患难如何暧昧，慕瑶如何暗自伤神，恋爱谈得如何曲折……完全没提及慕声这边的情况。以至她和"黑莲花"两个人要在没有剧情提要的情况下，手足无措地查案。

她一个半吊子大学生，智商不足。慕声的智商倒是够了，可惜他事不关己只等看热闹。

这样的"神雕'瞎'侣"，靠谱得了才怪。

凌妙妙强忍着头痛："你说陶荧献上舍利子放在旧寺，按理说已经一把火烧成灰了，那陛下拿出来的又是什么？这舍利子是佛家至宝，又不是五块十块的小石子满地都是……"

郭修痛心疾首："怪就怪在这点！陛下献上的舍利子，乃是正正经经的天竺高僧跋山涉水贴身带过来的，绝对不可能是之前陶荧献上的那个……"

"那就是说，陶荧献上的舍利子可能是假的，却被先帝和赵太妃误当成至宝，妥帖保管起来。今天赵太妃见了真的，发觉自己被骗了，然后就……气晕了？"凌妙妙说不下去了，转头看着一直缄默的慕声，见他心不在焉地望着地面，忍不住用胳膊肘捅了捅他："你说呢？"

慕声的嘴角勾起冷笑："赵沁茹出身世家大族，又为宠妃，天下至宝不知道见过多少，怎么会轻易被一个陌生人用真假难辨的宝物牵着鼻子走？"

郭修一呆，摸了摸鼻子："慕方士的意思是……陶荧献上的舍利子是真的？"

"是真是假我不知道，但一定很灵。"慕声看了郭修一眼，笑容越发诡异，"你以为，单凭陶荧会算几个八字，就蒙得过赵沁茹？"

凌妙妙脑子里咔嗒一声，如同锁链扣成了环，前因后果慢慢地连接起来。

赵太妃说，她对陶荧深信不疑。

世间不会真有活佛，他究竟靠什么力量让赵太妃在短时间内求仁得仁，宛如神仙降世，一步一步诱惑她，使其最后敢下"火烧女儿"这样大的赌注……

如果灵的不是陶荧，而是他手握的什么"至宝"呢？

"我看不是灵，是邪！"凌妙妙抓住郭修的衣服，飞速道，"她有没有说那舍利子放在哪里？"

"在哪里？"郭修被眼前的两个人问糊涂了，"不就是放在旧寺的佛塔上吗？"

凌妙妙冷笑一声："开玩笑。如若那东西真的十年前就被一把火烧成灰，她今天就不会晕了。"

赵太妃礼佛，不求心中安定，只求得偿所愿。这是一个唯结果论的女人，礼佛、信教、搞邪教，任何事情只要能帮她实现愿望，她都会冒险一试。

心中有欲望的赵太妃，在邪教火烧兴善寺后仍然能安心礼佛，本来就有些说不过去……

她可能放弃那个百试百灵，有着神奇力量的舍利子吗？她怎忍心明珠蒙尘，宝物葬身火海？如果她将其神不知鬼不觉地转移，继续收为己用……

但当她若干年后见了舍利子真身，才反应过来，先前被她奉为至宝的那东西并不是真正的佛家圣物，而是一切灾难的根源，可不就得昏倒？！

"传太妃娘娘懿旨——"

两三匹马先后奔腾而来，带头的人双手捧着一个丹漆木盒，墨绿软缎上面放了一枚巴掌大的玉牌，顶端被雕刻成貔貅的脑袋，下方缀着红线攒成的流苏。

"奉慕家玉牌，特请慕方士立即前往兴善寺，找出舍利子带回流月宫，不得延误！"

慕声瞥了那块玉牌一眼，就仿佛看见了老师布置的作业，皱皱眉头，百般不情愿："慕声遵令。"

四

那夜火烧兴善寺，赵太妃慌乱地将舍利子从塔中取出，悄悄地转移到新寺。

这"舍利子"本是不知道哪里的邪灵，沾染了烈火中横死的人的怨气，更是煞气四溢。放在新寺里的"舍利子"，简直就像一个中枢遥控器，一旦有了沾染死人骨灰的檀香，它便以骨灰中携带的怨鬼为兵刃，操纵千军万马，缠着可怜的端阳帝姬。所以，新寺的阴寒不亚于旧寺。

内有邪灵作祟，外有陆九、佩雨配合，端阳怎样都无法挣脱这个弥天大网，直到所有真相大白于天下。

七层佛塔上至最后，楼梯陡得厉害，空间狭小，只能容人弯腰通过。

光线昏黄，凌妙妙在一大片荡起的灰尘中努力护住手中一点儿微弱的烛光。

塔中空空荡荡的。

凌妙妙被里面阴冷潮湿的味道呛得连连咳嗽，叫苦不迭地从小小的窗口探出头去，像是渴望光明的囚犯。

只见慕声抱着手臂站在塔下，抬头望她。她焦灼地喊："慕声，那舍利子没在上面哪！"

少年的黑眸中是莹润的水色，含了一抹极其暧昧的笑意："那是自然。若是还在这里，那位太妃娘娘下懿旨也就不会用'找'这个字了。"

凌妙妙将蜡烛从窗口丢出去，直砸他的脸："你耍我！"

慕声伸手一挡，轻巧地拿住了那支细细的红烛，可怜的火光已经熄灭了，烛芯在空中划出细细的一线烟雾。

慕声低眉，指尖砰地炸出一朵橘黄色的火花，将烛火转瞬间又燃了起来，明灭的火光映着他白玉般的脸。

他端着蜡烛细细地看："现在扔得爽快，我看你一会儿怎么下来。"

被困在黑暗的佛塔中的凌妙妙无言。

凌妙妙觉得：自己上辈子或许是只蜥蜴，否则怎能解释她能够五体投地、四肢并行地摸黑倒退着迅速爬下陡峭的佛塔？

"呸！呸！"她吃了一嘴的土，开始拼命拍打自己的衣袖、裙摆和头发，好在出门时多穿了几层，只脏了一件外裳，里面的襦裙还是干干净净的。

整理好仪容仪表之后，她从塔身的背后走出，远远地看见慕声端着蜡烛在发呆。

暮色四合，兴善寺内院空无一人，树木影影绰绰，殿宇檐下亮起了血红的灯笼。皇家的灯笼像是一朵朵冷红色的花，高贵而漠然。

少年手中的烛火却是昏黄的，带着虚幻的暖意，勾勒出他的长睫和鼻梁的轮廓，照得他苍白的脸宛如伸手一触就会破碎的肥皂泡泡。

空气中飘浮着一股淡淡的腥气，伴随着若有似无的甜香。

凌妙妙拽着衣摆走过去，一路整理着衣袖："你觉得应该怎么找？"

慕声低着眉，毫不在意："自然是一间一间地找。"

他的眸光掠过了她的衣服，慢慢地扫到了她的脸上。他这才带上一点儿幸灾乐祸的笑容："爬下来的？"

凌妙妙咳了一声："爬……爬好呀，锻炼四肢能力，还不会摔跤，跟晨跑一样——健康！"

秋蝉长嘶。

兴善寺内殿宇连绵，菩萨和金身罗汉各有配殿，月光清冷地打在大理石地面上，映出白霜花一般的冷光。

在殿内找东西，要翻供品桌、检查塑像，趴在地板上一寸一寸地翻找。更糟糕的是，洒扫的宫人偷懒，供品桌下全是灰尘和乱絮。

自然，消极怠工的慕声是不会这样趴在地板上找的，努力推动剧情发展的凌妙妙第十次趴在冰凉的地板上时，只恨自己不是个金属探测仪。

这样下去不是办法。她拍了拍手站起来，走到他面前："慕公子，你们捉妖人大阵仗见得多了，这么效率低下，想必是会被淘汰的……就没有别的简单点儿的办法吗？"

她说着话，黑白分明的眼睛却一眨不眨地瞅着慕声的袖口，那里存放有大把符纸，随便撕一张出来，应该都比她趴地板好用。

只可惜"黑莲花"刻意将手藏在身后："没有。"

慕声抬起头，脸色比平时苍白许多，在月光下越发显得两只眼睛黑得发亮。

凌妙妙微微一哂，搬了个蒲团来坐，开始伸手整理两鬓精致的簪花。

她站立时弓字褶的白色裙摆勾勒腰身，坐下时裙摆却可以如菖蒲花瓣般肆意展开，腰间的十六片缀纱装点在裙摆间，每一片以金线绣着半开的杭菊，倒映着流雪般的月色。

论打扮上的精致程度，凌妙妙绝对不输给"黑莲花"。

201

慕声瞥了她一眼，果然先被她裙上月色吸引了片刻，然后蹙眉："还不接着去找？"

凌妙妙抬头望着他，双鬓以碧色丝带扎着，露出白玉般小巧的耳垂，杏眼里映着水色："我累了。"

月下的人间少女比平日里多了三分颜色，更多了三分仙气，连这赌气似的娇嗔也令人怦然心动。

可惜慕声的脸上看不出多少惜花的情绪。他蹲下来，凑近了她的脸，眼里的怜悯并着嘲弄："这才找了几间就累了？"

她望着他的眼，静默了片刻，毫无征兆地伸出手。慕声避闪不及，被她冰凉的手结结实实地按在了脑门上。

"没生病呀……"她歪过头兀自疑惑，"你到底哪里不舒服？"

凌妙妙的手腕几乎立即被擒住，他用了九成的力气，捏得凌妙妙的骨头都快断了。她强压痛感，咬着牙向下一瞥，另一只手飞快地抓住慕声的手腕。

她感到他的手颤了一下，是被碰到伤口的本能反应。

被她一捏，他的袖口洇出丝丝的血迹，湿漉漉的触感沾染上她的指尖，一股淡淡的甜腥弥漫在空中。

慕声没有躲闪，任由她握着自己的右手，左手仍然紧紧地抓着她的手腕，形成一个相互僵持的姿势。

二人在晦暗的大殿中一动不动地对视着，半边脸隐没在黑暗中，眸中都沾染了明亮的月色。这一刻，大殿里静得只能听见彼此交织的呼吸声。

"慕子期，为什么你要用你的血供养水鬼？"

凌妙妙神色平静地开了口，两只眼睛亮闪闪的。

宛江船上，她指着他的鼻子质问他为什么不上药的时候，露出的也是这样的表情。

慕声怔了一瞬，眸光逐渐深沉，语气有些咬牙切齿了："我早告诉过你，太聪明不是什么好事儿。"

凌妙妙望着他，慢慢地松开了手，无声地笑起来："怎么办？又让我发现一个秘密，你是不是要立刻弄死我？"

那笑容又灿烂又轻佻，看起来竟然十足兴奋。

慕声也放开她，冷眼看她揉着自己的手腕，拉下脸警告她："你以为我不敢？"

"你自然不敢。"凌妙妙垂首,"慕姐姐还在等着与我们会合。"

慕声果然一僵。

任何时候,凌妙妙拉出他姐姐这座大佛,都能把他压在五指山下让他不敢造次。

慕声一直觉得凌妙妙像只兔子,只管动着三瓣嘴吃吃吃,遇到危险就一头钻进洞里,只留下个毛茸茸的屁股的那种兔子。可是最近,这只兔子的胆子肥得过了分。

失血的眩晕感尚未退去,慕声的脑子昏昏沉沉,他在空荡荡的佛殿里踱步,却并不因此焦虑,反而觉得心中浮出一种久违的轻松。

任何时候,长时间地独自背负一个秘密,都会使人疲倦不堪。

他也已经到了沉默忍耐的尽头。

"我真的很好奇,你对妖物出手向来毫不留情,以你的脾气,那苟延残喘的水鬼,早就该在过宛江的时候就死绝了,不是吗?"凌妙妙仍然坐在蒲团上,盯着慕声徘徊的身影。

慕声的脑海中却闪回那句冰凉的诅咒。——"你在这里杀妖怪杀得快活,可还记得你在地下的娘?"

他有些心烦地转了一圈腕上的收妖柄,答非所问:"你什么时候发现的?"

"当时在皇宫,你借着装病,两次支开我去应付太医,水鬼趁机从窗口进来。不说你手腕上平白无故多了伤……"她嗅了嗅自己的手指,皱了皱鼻子,旋即又笑,"水鬼的那种气味,我这辈子都忘不掉。"

慕声借着月光打量凌妙妙带着茸毛的脸。

这只兔子时而聪明时而糊涂,时而恨不得躲到天涯海角,时而又亲近得蹬鼻子上脸。她几次三番踩线,却让他下不了狠心斩草除根……

若不是她真心实意地喜欢柳拂衣,他简直要怀疑凌妙妙是专程冲他而来的了。

柳拂衣……他心内冷笑一声,多加了一项,这兔子眼光不佳。

"慕声,那玩意儿究竟用什么东西威胁你,竟让你退让至此?"

凌妙妙心想:"黑莲花"手狠心黑,做事全无人性,现在却任人骑在头上,那水鬼掌握的一定是什么了不得的秘密。

真是刺激!

一提起这个,慕声顿时恼了:"跟你有什么关系?"

203

"自然有关系。作为朋友，我好心提醒你，不要被人骗了。"

这话说得真心实意，又理所当然，带着凌妙妙一贯无知无畏的脾性。

夜风送来栀子花的香气飘散在空中，是浓郁得几乎有些糜烂的味道。

慕声低头望着她："我希望以我的血换一些秘密。"

言外之意，你不要多管闲事儿。

凌妙妙一贯抓不住重点，仰头一脸好奇："你的血到底有什么特别，引得妖物竞相追逐？"

香气越发明显，到了有些呛人的程度。

慕声的话刚开了个头："我的血……"少年意识到自己被凌妙妙带偏了去，眸中闪过一丝恼意，"我凭什么告诉你？"

凌妙妙白皙的小手在鼻子前面猛扇："咳咳，哪里的花这么香？呛死人了。"

慕声这才留意到空气中浓郁得近乎呛人的味道，心里陡然一惊：糟了，一时大意……

他浑身上下迅速地紧绷起来，右手腕上的钢圈瞬间脱出，捏在了指尖，左手一把拎起地上的凌妙妙，但已经晚了。

月光不知何时被游动的黑云遮蔽，大殿里伸手不见五指，一点儿点儿昏黄赤红的光从脚下慢慢亮起。

朱红、藤黄、靛蓝……首先映入凌妙妙眼帘的是一只手腕，腕上戴着一圈又一圈沉重的金饰，随后是一对对交缠在一起的男女暴露的身躯。

这、这……这是……

"呀！"

凌妙妙心惊肉跳，眼里仿佛被辣椒水刺了，下意识地闭上眼，鸵鸟埋沙一般，飞速一头扎进慕声的怀里，脑袋好像要将他的胸膛钻出个洞来。

慕声无语。

凌妙妙浑身都在抖，被骤然惊到的她，心跳如同牛皮大鼓被咚咚敲响，几乎感染了慕声。他将她紧紧地揪着他衣服的手指掰开，斥道："是欢喜佛，没见过吗？"

他对凌妙妙这种激烈的反应有些诧异，之前宛江水鬼龇牙咧嘴，上来就吃人，也没见她吓成这样。

"欢……欢喜佛？"她慢慢地回过神来，心跳平稳下来。

她不是没听说过密宗的欢喜佛，只是那些雕塑乃是脱离了低级趣味

204

的艺术品，不像眼前那仿佛挑战人体极限的放荡的交媾，已经毫无美感可言，简直让人有一种头晕目眩的生理抵触。

她现在有些怜悯端阳帝姬了，一个女孩子，梦里整天看见这样的景象，谁能吃得下、睡得着？

"好了，都是假人。"慕声看在她难得失态的分儿上，有些僵硬地拍了拍她，期望她赶紧起来。

谁知她的手还是紧紧地搂着他的腰，而且身上的温度渐升，从她的脖颈里慢慢地熏蒸出一股醉人的花香来。

慕声并非正人君子，因邪术，心念也比一般捉妖人脆弱，这种环境于他不是什么好事儿。他的脸上立即结了一层冷霜："凌妙妙，你给我放开！"

"我……我放不开……"

凌妙妙简直快哭出来了。

不知那栀子花的香气是什么邪门玩意儿，凌妙妙吸进去以后感觉四肢如被千万只蚂蚁啃啮，不听使唤。她的心头燥热，像是百爪挠心，见个人就想紧紧搂住。她要努力克制自己才勉强留得住神志，更别提指尖麻痹得厉害。她现在整个人成了一株倚靠植物的大型菟丝花……

穿书任务者这种高危的身份，就应该给她设定一个金刚不坏、五毒不侵的体质，现在这样动不动就中招，算怎么回事儿？

"黑莲花"作为一个合格的"病娇"，必然也是有感情洁癖的，谁敢坏他名节往身上扑，他不把人扒拉下来碎尸万段才怪。

"叮——高危提醒：角色'慕声'好感度下降1%。"

"叮——高危提醒：角色'慕声'好感度下降2%。"

"叮——高危提醒：角色'慕声'好感度下降4.5%。"

"叮——高危提醒……"

凌妙妙的心在滴血。

下一秒，慕声成功地掰开她的手，将她撂倒，像控制恐怖分子一样，把她的双手反剪，将她按在了蒲团上。

爆炸般的系统提示终于停了，凌妙妙流着泪应答："谢谢。"

慕声一脸无语地放开了手。

凌妙妙精疲力竭，翻了个身解脱般仰躺在了地板上。

慕声冷眼看她，少女枕着一头散落的凌乱长发，微微合着眼，长睫轻轻地抖动，两颊红得反常，显然是中了严重的……媚香。

205

他犹豫了一下，推了推她："喂。"

凌妙妙却猛然向后缩了一下，眼里波光粼粼，半是渴望半是哀求，声音都走调了："别……别碰我。"

被她这样看一眼，慕声方才碰到她的指尖都像是被火燎到似的烧了起来，心头的邪火猛蹿。

刚才她自己贴上来，现在却这副模样，倒显得他要对她怎么样似的。

门外夜色深沉，幻境与实境虚幻缠绕，少女就这样脸颊绯红地躺在一群姿势各异的欢喜佛中间……

慕声心思一飘，便要分神压制，一分神他就止不住地烦躁起来，戾气横生。

他一路走到现在，还没有什么人能这样干扰他。

他的眸光落在她的身上，见凌妙妙已经半挣扎着坐起身来，理顺了头发，绣着杭菊的白纱裙摆上倒映着最纯洁的月色，而脸上……是最动人的媚色。

慕声心中的暴戾迅速被荡平，转瞬变成空荡荡的躁意。

不行。

他心中隐约有个慌乱的猜测：如果此时不快刀斩乱麻，从此以后，事情将不为他所控。

他将变成什么模样，自己也无法预测。

他用手撑着站起身来，放了收妖柄。钢圈莹莹闪光，浮在空中，犹如打头阵的将军。

普通少女的人生，与他们光怪陆离的生活千差万别，本不该有交集，他早就有一千个一万个丢下她的理由。

离开，他现在必须离开。

他迈步，却突然横出一只手拉住了他的袍角。

凌妙妙在虚幻和现实之间挣扎，只记得自己下意识地拉住了就要跑路的慕声。那其实也不是她害怕，而是被他多次丢在大街上的后遗症。

"黑莲花"确实阴晴不定，可比起在这个世界上手无寸铁的自己，到底是块免死金牌。

慕声久久没有发声。

凌妙妙用尽全力睁眼一瞧，恰巧对上他漆黑的眼眸。

那双黑润润的眼睛毫无笑意，似乎在认真地做抉择，严肃中带着混乱的茫然。眸子里如冰雪覆盖原野，白茫茫的一片，毫无生机。

她心里一惊，随后慢慢地松开了手。

她毕竟不是慕瑶，不是慕声心中不可替代的唯一。他们即使上一秒谈笑风生、患难与共，也不过……也不过只是……

算了吧。

她抽回手去，用全身的力气翻了个身背对慕声，将自己揉成一团。

总归在书里，佛堂幻境一节，她、柳拂衣、慕瑶都在，即使她被丢在这里，想来也会有旁人来救。

冷汗顺着额角滚滚而下，她用力闭着眼睛，心想：我戏份儿重得很呢，不稀罕求没良心的人！

慕声见她放手，心里一空，一种从未有过的烦躁感顿时漫上心头，脑中再次混乱一片，脚像粘在地板上似的，怎么也提不起来。

凌妙妙的五感迟钝得厉害，她没注意翻身时，袖中掉出一截巴掌大的物件，噼啪一声跌在大理石地板上。

慕声一怔，弯腰捡了起来。

那是做了一半的竹蜻蜓，竹节处的倒刺被细细地打磨平了，翅膀一半纤薄精致，边缘薄得如刀刃，另一半还是整块的材料，没来得及雕刻。

"慕声。"

他一怔，只看得见女孩儿侧眼一丛浓密的睫毛，她的声音几乎听不出异样："往后别让那水鬼耍得团团转了，与其听她瞎掰，倒不如直接去问你姐姐。"她有气无力地抬抬手指，宛如躺在美人榻上歇息的老佛爷，语气相当轻蔑："说完了，滚吧。"

凌妙妙已经被冷汗打湿眉毛，小腹痉挛，媚香入骨，眼角已经染上嫣红。她勉强端着念完台词，下一秒便一头堕入无限的黑暗中。

慕声茫然地望着她，手指下意识地沿着竹蜻蜓的杆儿抚摸下去，摸到几道刻痕。他对着光一看，杆身由上到下一笔一画地刻着两个歪歪扭扭的字——"子期"，再往下不知道是什么东西，字迹糊成一团。

他面无表情地摩挲着，辨认出来，那是个被人胡乱涂掉的桃心。

凌妙妙也许是觉得这样羞愤地对待桃心过分粗鲁，又在下面耐着性子刻了一朵小小的五瓣花。

梅花。

"我帮你改一改，做好了还你——"

做好了还你，子期。

骤然间，慕声感到胸口一阵奇异的尖锐疼痛，就好像这几道刻痕，刀刀都一笔一画地刻在他的心上，又深又重，直进溅出血珠。

五

凌妙妙迷迷糊糊地醒来时，惊讶地发觉自己趴在慕声的背上，鼻端是他的领子里飘出来的一点儿若有若无的梅花香。

"黑莲花"这一路走得有些狼狈。凌妙妙这人看起来苗条，背在背上倒真是不轻，像座山一般压着他，压得他每一步都走得踏实。

收妖柄银光闪闪，在前开路。左右泥塑像咧着血盆大口，一丝不挂地往上扑，还未近二人的身，便被钢圈打得化成一摊淤泥向下滑去，泥土迸溅。

前方黑压压的一片，不知有多少"欢喜佛"拦路。地上妖物的鲜血汇成小溪，他踏着泥泞的尸首而过，简直像是深一脚浅一脚地走在雪原里。

凌妙妙的天灵盖剧痛，她缓了很久才天旋地转地回了神，发觉嘴里含了一枚圆溜溜的珠子，闻不到先前那股浓郁的花香了。

这是什么？

她听到耳边嗡的一声。

"系统提示：物品'竹蜻蜓'已使用。提示完毕。"

凌妙妙一怔，旋即心痛如绞——垃圾系统，怎么她还没刻完就给用了？

兴善寺已非兴善寺，长长的甬道有厉鬼伏于两侧，发出怪笑声，泥菩萨眉间生出妖气，脚下都是邪魅。

慕声低垂着长长的眼睫，微微侧头观察凌妙妙的脸。

她立即闭上眼睛装晕。

慕声的耐性被消耗殆尽，既然背上的女孩儿不省人事，他也无须顾忌什么。

他左手一沓符咒一字排开，悬浮于空中，咬破右手食指，先在凌妙妙唇上轻轻一点，再以沾了鲜红血液的手指为笔，从右向左，飞速地写过去。

凌妙妙让他点了一嘴血，不小心吃进去一点儿，舌尖顿时盈满了带着异香的甜腻。

天，居然有人的血是甜的……

那些水鬼要血，不会是把慕声的血当成蜂蜜了吧……

她胡乱想着，下意识还想伸出舌头去舔，慕声突然回头，狠狠道："别吃！"

话音未落，血字已经画过十来张黄纸，笔锋狠狠一顿。手指离开，那些符咒重重地抖动几下，像被撒开的纸牌，骤然朝四面八方飞去。

顿时，狂风呼啸，偌大的兴善寺宛如被风吹动的纸房子般，鼓鼓囊囊地兜住了风。门窗剧烈摇动着，仿佛下一秒就要爆裂，巨大的佛像发出嗡嗡的震颤声，供品桌上的烛台、香炉，骨碌碌地滚落一地。

红光骤然绽开，伴随着躯体炸开的撕裂声，无数暗哑尖厉的声音此起彼伏，宛如有几百个人努力摇晃着快散架的老旧架子床，让人心头发颤。

二人的头发和衣袖被狂风吹着，在空中猎猎作响。

凌妙妙的小腿打战，她闭上眼睛，只能听到耳边呼呼的风声。

她的记忆仿佛回到了宛江船上那一日，少年浮在空中，衣袖如蝶翅伸展，红光满室，烫得人眼皮发痛，连风声都好像杀戮的刀子。

反写符。

她不看慕声的脸也知道，他又使邪门歪道了。

风停浪止。

凌妙妙半睁开眼，惊异地发现，泥塑像的残肢堆成了小山，分列两侧，"黑莲花"宛如一艘破冰船，毫不费力地清出了一条光辉大道来。

她倒吸一口冷气，险些把嘴里的珠子咽进喉咙里，一时呛住，便疯狂地咳嗽起来，呸了一声把珠子吐了出来。

"喀喀喀……这……这是什么？"

周身的红光暂歇，慕声反手狠狠一拍她的大腿，眉宇间戾气未消："吃进去！"

这一拍毫不怜香惜玉，惊得凌妙妙以迅雷不及掩耳之势将珠子含进了嘴里，心里咚咚直打鼓。

他甜甜的血不让她吃，强迫她吃这什么味也没有的珠子，什么人哪？

她顿了片刻，含着珠子含混不清地问："你……不是要把我丢下吗？"

209

慕声沉默了半响，狠狠道："你再多话，我现在就把你丢下！"

凌妙妙噤声。她看出来了，"黑莲花"救她一定是经历了百转千回的心灵路程，正在对自己不该有的仁慈生闷气呢。

"那你放我下来，我……我自己走吧？"她小心翼翼地看着慕声的后脑勺，扭了两下，本想从他的身上滑下来，却发觉自己的身体僵成了一整块石塑像，别说走路了，连"扭"这个动作也无法完成。

她大惊失色："我怎么动不了了？"她脑子一转，反应过来，悲愤地喝道，"你又在我背上贴了那鬼符纸？！"

慕声顿了顿，强压怒气解释道："你的身体连媚香都抵抗不了，嘴里含青丹，再贴一张定身符，才勉强镇得住，懂吗？"

凌妙妙颓了下来："噢。"

凌虞是真的弱，弱到人神共愤的地步。穿书任务者脆弱如她，真是前无古人后无来者。

他们拿了赵太妃的玉牌，就要替她找到舍利子。现在凌妙妙想找，却成了这副尊容，慕声又是个有心看戏的……这得找到猴年马月去？

凌妙妙算算时间，应该已经过了二更，什么时候才能与主角们会合？

"哎，慕声。"

凌妙妙最受不了死气沉沉的漫长旅途。

以往她出去玩儿，坐在副驾上絮絮叨叨防止司机睡着的准是她，她的声音又脆又亮，即使压得很低，也像银铃轻响，再疲惫的路上都是欢声笑语。

她笃定了心思找人说话的时候，格外无知无畏："你知不知道有种虫子眼瞎，为了防止误食自己的孩子，小虫子一出世，老虫子就分泌一种液体给它抹在身上，靠气味分辨，你刚刚是不是也……"

慕声回头冷冷地瞪了她一眼。

这只兔子趴在他背上，毛茸茸的脑袋在他的脖颈间来回磨蹭，嘴里不知胡说些什么玩意儿，偏偏他一个不注意，全听进了耳朵里。

有种虫子眼瞎……她这是说谁呢？

以往他与慕瑶在一起，姐姐开口闭口都是术法道义，别家的姑娘也都谈些风雅之事，到了她这里，谈的事事都反常。

他有时真的疑惑，凌妙妙当真是养在闺中的大小姐？不是山野竹林里什么动物成的精？

"别生气嘛……"凌妙妙顿了顿，长长地叹一口气，吹得他的脖颈一

210

阵痒，"我不是有意把你说成老虫子的，我就是好奇。"

他竟然有些想笑，眸光沉沉。她的身上有一种泛着傻气的聪明，让人不能轻易妄下断言。

"反写符一出，难以控制。你刚才若是舔掉了我的血，我出手识不出人，你可能会死。"

凌妙妙心想：那不就是猜对了呗？故弄玄虚。

"不过，我那么大一张脸，你做标记为什么非涂在我嘴上，让我一个不注意吃到嘴里，你还骂我……"

慕声回头瞥见她轻颤的睫毛，刚消掉的火再次横出，刹那间蔓延全身。

为什么他在血珠迸出的刹那，对着那一张白皙的脸，偏偏往她嫣红的唇上一点？

为什么？

总有些事情发生时只一瞬，不可细究。若要强行细究，非得让人暴躁不可。

"你的话太多了。"

凌妙妙觉察出"黑莲花"语气中的烦躁，心下顿时明了，自己又踩线了。

她眼下处的这个节骨眼有些敏感，作为"朱砂痣"，想要一点儿点儿地替换掉别人心中的"白月光"，进一步水到渠成，退一步功亏一篑，事事都要格外小心。

况且，她现在还没有这个自信。

她画风一转，一秒钟切换成了思春少女："对了，你说慕姐姐他们是不是也会被这媚香暗算哪？"

听见慕瑶的名字，慕声的心立即提了起来。他再一细想，柳拂衣和慕瑶都是经验丰富的捉妖人，就算有人中招，那也只会是脆弱的端阳帝姬。

下一秒，凌妙妙的声音果然响起，听在慕声的耳中酸溜溜的："万一端阳帝姬仗着自己中了媚香，对着柳大哥动手动脚，占了柳大哥便宜怎么办？他那样温柔的人，定然不会拒绝，到时候……啊！"

一瞬间，凌妙妙感到四肢百骸仿佛被虫蚁爬了满身，那一种难熬的感觉瞬间席卷而来。

"慕声！"她感觉到自己的眼泪横流。

慕声有些出神地看着手里的符咒，垂下眼帘。他刚才听到一半，怎么就一股邪火直上天灵盖，想也没想，唰的一声就把她衣服上的符纸给撕了？

"啊……你快给我贴回去……"凌妙妙无法自控地在他的背上扭起来，宛如一个被诱惑的瘾君子，额头上爬满冷汗，"有你这么做朋友的吗？"

慕声轻轻地回过头来，冷眼将她望着："现在舒服了吗？"

凌妙妙抬起眼，眉毛湿漉漉的，难以置信："你说什么？"

"黑莲花"微微一笑，水润润的黑眸深不见底，语气分外温柔："舒服了就安生些。"

这一路上，凌妙妙过得非常精彩。

媚香入骨，让她半死不活，偏偏她的嘴里还含着一颗青丹，让她不至于昏过去。

她迷迷糊糊间出现了幻觉，恍惚看见空气中出现了凌虞的脸，阴郁地嘲笑着她，仿佛在说："不自量力。"

"对不起，我再也不骂你了。"凌妙妙望着她涕泗横流，伸出一只手向虚空抓去，想跟她握握手，"兄弟，你惨哪，嫁给这种人，你太惨了……"

慕声耳聪目明，听到背后窸窸窣窣的响动，绷紧了神经。

凌妙妙比他想象中的硬气，一路上安静得像一具死尸，无法控制的眼泪吧嗒吧嗒地落在他的背上，却死活也不肯吭一声。

这会儿，他听见她突然开始嘟嘟嚷嚷说些什么，脚步一顿，竖着耳朵听，只听见她哼哼道："凌虞……对不起……我再也不骂你了……"

慕声一怔，微微侧头，怕她真是难受得失了智，还刻意颠了颠，想把她弄醒："你骂你自己做什么？"

这一颠不打紧，凌妙妙正昏昏沉沉，嘴一张，口中的青丹啪嗒一声掉在地板上，在黑暗中骨碌碌地滚远了。

凌妙妙霎时间眼前一黑，彻底昏厥了过去。

慕声一下子绷紧了后背，竟然有些无措。

真是作死……他身上的青丹也是救急用的，荒郊野地，他上哪里再去弄一颗青丹来？

他犹豫了片刻，矮下身来，想把凌妙妙放在地上。谁料少女回光返

212

照般醒了过来，两颊晕红，两眼亮晶晶的，盈满了泪水，用力拉住他的袖子，生怕他有所动作："从地上捡的，我才不要吃！"

这地上可全是妖怪的残骸和血液，来来回回让他们踩上几趟，不知成了个什么光景。

慕声扭头和她对视了半晌，确认她神色中的抗拒是认真的。他已然被她折腾得没了脾气："那你想如何？"

"去那边。"她伸手一指，折腾着酸软的胳膊和腿，强撑一口气，十分自觉地趴在了慕声的背上，一手紧紧揽住他的脖子，仿佛生怕马儿尥蹶子将她踢下来一般，"殿中的金身大佛像……镇……镇得住妖邪。"

那座佛像，可是整个兴善寺重重殿宇内供奉的神像中最贵重的一座。

皇家一掷千金，用足金打造了一座最辉煌、最震撼的神灵真身，每次赵太妃前来兴善寺，都要首先去正殿参拜。

世间万物，一物降一物。即便兴善寺再邪，那样沉重的足金被一笔一笔地雕刻出神圣眉眼的瞬间，冥冥之中也沾染上了空灵的佛性，不动声色地庇佑众生。

他们不知道，就是在这座佛像前，端阳帝姬七窍出血，赵太妃慌乱之中曾听见那个又细又喑哑的声音传来：

"信女赵沁茹，你是不是拜错地方了？"

案桌上有两盏烛火，光明璀璨。凌妙妙靠在供案旁，脸上的嫣红慢慢褪去。

只要她仰头望去，就会看到那座金身大佛如山般巍峨地屹立着，映着昏黄的火光，金光璀璨。它以一个略微倾斜的角度，慈悲地俯瞰芸芸众生。

凌妙妙靠在佛像的脚边，心中一片平静，颇有种背靠大树好乘凉的感觉。

"慕声，你怎么不过来？"

少年一人立在殿中，像是一道虚虚的黑影，也像是世间最不可捉摸的游魂，直到风吹动他头上的发带，这才平添了几分生动。

他闻言慢慢地回过头来，走近了她，似乎觉察到什么，毫无尊敬之意地仰头看上去。

佛祖的眉眼仁慈肃穆。

咯吱、咯吱……

凌妙妙怀疑自己耳鸣了，竟然听到背后有什么东西在震颤。

这种声音宛如将要孵出小鸡的蛋发出的……

待到看见慕声的神色，她才慢慢地张开嘴巴，犹如石化般回头望去。

咯吱、咯吱……

佛像正在以一个非常快的频率颤动着，仿佛里面有什么东西受到了强烈的感应。

凌妙妙瞪着慕声："这是……这是……"

慕声眯眼看着佛像，笑容毫无温度："邪物，还真是对同类敏感呢。"

"黑莲花"倒是有几分自知之明。只是这年头儿，邪物见邪物，也兴打个招呼？

凌妙妙一面向慕声奔去，一面注意到他脱了手腕上的收妖柄捏在手里，禁不住汗毛倒竖："你想干啥？！你不要对佛祖不敬……"

话音未落，收妖柄猛地击出，直冲塑像的脑袋而去。

凌妙妙：阿弥陀佛，"黑莲花"一人做事一人当。

慕声的神色异常严肃，他的动作极快，犹如暴风骤雨侵袭，在收妖柄飞去的同时，他将一沓符纸一抹在空中排开，借着旧伤口的一点儿血飞快地画了一横。那些符纸便迅速形成个包围圈，像龇牙咧嘴的恶犬，又如一圈利箭，狠狠地向塑像攻去。

可怜皇室的金身塑像，头脚被围，四面楚歌，转眼间受到无数攻击，金光迸射，直入人眼。

凌妙妙本能地拿手臂挡住眼睛。

"原来，你见了我不是兴奋……"慕声的眼角微微发红，眼中跃动的杀意慢慢地熄灭了，他有些无趣地说，"是害怕呀。"

凌妙妙睁开眼睛，结束这场战役快得出乎意料，眼前只余几缕呛人的烟雾，大殿中又恢复了死寂。

塑像呢？凌妙妙抬眼一看，几乎被惊出一身冷汗来。号称用足金打造的塑像被拦腰斩断，破败的下半身漏了个大口子，里面竟然是中空的，透出一个模模糊糊的带着棱角的影子。

凌妙妙凑过去看，借着烛火的微光，隐约见那是一个红漆盒子，再细细一看，盒子外部乃是用牛皮包裹的，由于时间过久，牛皮腐烂剥落，显得斑斑驳驳。

她的胸中一阵心跳，她爬上了供桌，弯腰将那盒子拿了出来，呼的一吹，厚重的灰尘飞开，四处起舞。

二人对视一眼。

慕声毫无兴趣地往她手上瞥了一眼："打开吧，这就是赵沁茹要的舍利子。"

凌妙妙颤抖着手将其打开，盒子没有上锁，只是端口的皮子被磨破了，有些锈住了，开的时候发出了一丝挠心的咯吱声。

黄绸布上躺着两枚黑乎乎的小石子。凌妙妙不禁望着"黑莲花"："这就是舍利子？"

慕声也望着她："看我做什么，我也没见过舍利……"

忽然间凌妙妙感到手背一凉。一道黑影从盒子中倏地跃出，落地变成一个人的模样，弓着背，飞速地钻入破落佛像背后的墙内。

她忽然被慕声往边上一拉，他仓促道："先别跟来！"

随即嗖的一声，凌妙妙眼睛一花，慕声已经追着那黑影而去，消失不见了。

佛像背后的墙上有一个看起来波光粼粼的圆形大洞，那边似有云气飘摇，看不真切，显然是个幻境结界。

"喂……"她拍了拍墙壁，墙壁是实心的。

刚才那一下，是妖物太弱？还是慕声太强？抑或是……它根本是个请君入瓮的陷阱？

慕声生来张狂自负，喜欢置之死地而后生，刀山火海，亦作坦途。对于他，陷阱和挑衅都一样是邀请，只有赴约一条路。

那她呢，追还是不追？

凌妙妙心一横，将盒子放下，将小石子拿手帕一包揣在袖中，踏上供桌，一头扎进了圆洞。

第四章　陶荧

一

柳拂衣的体力正在飞速消耗着。

树林中迷雾重重，清冷的月光照着满地落叶，白雾如绵云丝丝缕缕地飘荡，萦绕在人们眼前。

如果只有他和慕瑶一路相携而行倒还好说，只是他的背上还有一个中了媚香的端阳帝姬，一路上还要留意照顾……

"柳大哥……"端阳的两颊酡红，声音里带着哭腔。

柳拂衣感到有些棘手，回过头去问："怎么了，殿下？"

端阳在他的背上扭来扭去，让慕瑶的脸色越来越黑。

"本宫……本宫真的很难受……"

"殿下且忍忍，就快到了……"

条件不好，只好创造条件。慕瑶的身上带着伤，这种时候顾不上男女大防、君臣有别，只能让柳拂衣背着端阳。柳拂衣给端阳喂了一颗青丹，轻柔地嘱咐她含在嘴里。

端阳的神色凄苦："我们要到哪里去？"

柳拂衣的神色坚定："回宫去。"

然而，他们的眼前是一片茫茫的白雾，不识前路如何。慕瑶瞥见粗壮的树干上那道熟悉的菱形刻痕，望着柳拂衣叹了口气。

他们又走回原地了。

旧寺早已成了恶鬼的大本营，二人不敢懈怠，一路杀来，好不容易才救出了被吓没了半条命的端阳帝姬。不料帝姬又中了媚香，他们手忙脚乱之际，不慎踏入这个幻境。

幻境中总是这样一个月夜，端阳吓怕了，对于时间的流逝毫无感觉，他们却知道，外面可能已经过了一天或更长的时间。

捉妖人的符咒对于消灭厉鬼秽物事倍功半，柳拂衣和慕瑶身上的符咒在一次次消耗中也用得差不多了，若是有多余的，也不至于放任端阳帝姬扭成了麻花儿。

二人猛然感到脚下一凉，警惕地向下望去。原来是一只獾，它飞速擦过了柳拂衣的袍角，踩着落叶嚓嚓嚓地掠过去。

慕瑶感到一阵精神紧绷下的眩晕，此刻突然放松，有些迷茫地想：幻境里也会有獾吗？

端阳帝姬早就如惊弓之鸟，将头埋在柳拂衣的脖颈处，吓得尖叫起来："那是什么？"

柳拂衣被她的叫声震得耳鸣，强忍眩晕拍拍她的手臂："没事儿的、没事儿的，就是一只动物……"

话音未落，那獾回过头来，转瞬间变成一团蜷缩的黑影，伸展了四肢向柳拂衣直冲过来。

"拂衣！"

"啊！"

慕瑶和端阳同时尖叫起来。

柳拂衣真的很倒霉。

倘若只有他一人，他便可挥展袖袍，身披月光，与妖魔鬼怪决一高下，偏偏他此刻背着一个手无缚鸡之力、遇事只会尖叫的端阳帝姬。他施展不开，又担心自己一跃而去，那东西会趁机掳走端阳，只得咬着牙正面对着那黑影，生生受了一击。

那黑影是个人。

低等的妖物是绝对不会如此精准地攻击捉妖人的脆弱点的。柳拂衣柔软的腰腹连带他抵挡的手，被对方用刀剑般的黑气精准地捅了进去。

慕瑶红了眼睛，一通火花从掌心迸裂，以排山倒海之势一路炸到黑影的眼前，直烧成一片火墙。

那黑影似乎很惧怕火，浑身的毛发都乍了起来，向后倒退几步，几乎消散成一片黑烟，又在不远处再次聚拢起来。

与此同时，慕瑶旋转而来，挡在柳拂衣的身前。四五张符咒被用掌心一拍，朝着黑影飞了过去。

"柳大哥！柳大哥！"帝姬声嘶力竭地尖叫起来。

柳拂衣身受重伤，白衣上满是鲜血，眼看就要站不住了。他强撑着一口气将她放在了地上，唇色苍白，只道："没事儿，殿下，不要怕。"

端阳将他抱在怀里，眼泪流得更加汹涌了。

慕瑶听见端阳尖厉的叫声，一时心乱如麻，只是她回头的一瞬间，身后那黑影飞速地伸出了一根刺，似乎是早在等她分神的这一刻。

千钧一发时，一个火花——那不能叫作火花，更像是一团汹涌的火球瞬间爆裂开来，火球的内核是冷酷的蓝色，外周是带着斑纹的橘色，绚丽而杀伤力巨大。

黑影被这火球轰的一炸，发出一声惊天动地的嘶鸣。在嘶鸣的尾音里，依稀听得到一个男人的咆哮。

那是陶荧的怨灵。

慕声的袍角翻飞，惊起漫天落叶。枯败的落叶被巨大的力量斜冲起来，形成一道旋涡，将黑影围在中间。陶荧的怨灵经受不住这猛烈的风，在空中喑哑地碎成了粉末。

若是慕声晚来一步，后果不堪设想。

慕声雪白的脸在这种情景中显得格外阴森，他远远地望着地上悬浮的黑影，漆黑的眼底一片肃杀："接着跑哇。"

空中的黑雾久久不能成形，宛如一个被炸破了相、捂着脸哭的人，怨毒地盯了他半晌，哗的一声消散在空中。

"阿姐，你没事儿吧？"

慕声转过身来的刹那，浑身上下的戾气被收敛得干干净净，瞬间变成乖巧听话的少年郎，眼睛红红地跑来牵过慕瑶的手。他看见慕瑶手上的几道浅浅的划痕，惊异地叫道："你受伤了？"

一旁正在大出血的柳拂衣失语。

慕瑶怔怔地看着弟弟，一时间忘了抽回手去。

他的出场突兀又惊人。而他爆发出的力量，是她从未见过、也从未想象过弟弟能够拥有的。至于他身上的气息，已经不能用妖气浓重来形容了。

是因为沾了妖物的血吗？还是……

"你们还愣着做什么？"一声大喝打断了她的思绪，端阳帝姬哭得眼睛都肿了，紧紧地抱着失去意识的柳拂衣，"柳大哥都快死了，你们还站在这里聊天？！"

慕瑶大惊失色，扑过去要看柳拂衣的伤口，被愤怒的端阳一把打开了手："都怪你！"她又转向慕声："还有你！"

慕声沉下了脸色，被慕瑶拉住。慕瑶劝道："阿声！"

慕瑶强行忍受着委屈，好声好气道："让我帮他处理一下伤口。"

她摸出身上仅剩的一枚止血符，贴在柳拂衣的伤口上。

好在那只是普通伤口，既无妖力，也无剧毒，只是失血会令柳拂衣遭些罪。只要他好好地修养几天，并无大碍。

慕瑶轻轻地松了一口气，不自知地伸出手抚上了柳拂衣苍白的脸，语气极轻，像是在哄他睡觉："拂衣，没事儿了。阿声来了。"

柳拂衣从半昏睡状态中醒来，睁了眼。二人目光相对，他微微笑道："嗯，我没事儿。"

他只说了一句话，就再度昏睡过去，仿佛撑着到现在，只为了给她这样一个安心的笑容。

凌妙妙从佛像背后的洞中钻出来，看到的就是这温情的一幕。

她设想了无数次与主角们会合的场景，设想了无数次孤身而行，一路上可能遇到的困难，就是万万没想到，一钻进幻境结界，就直接让她和主角们会合了。

真是敷衍的穿书任务哇。

"阿姐，让我看看你的手。"

对着慕声那双莹润得近乎泛着水光的眼睛，和那可怜兮兮的神态，任谁都无法拒绝。慕瑶将纤长的手从袖子里掏出来，百般不情愿地递到了弟弟的手上。

慕声小心翼翼地吹了吹那几道划痕，就把她拉到旁边坐下："我帮姐姐上药……"

"不必了。"慕瑶哭笑不得地抽回手去，"都是皮外伤，哪儿这么娇气？"

慕瑶穿着毫无修饰的月白上襦，芋紫色的抹胸上面是漂亮的锁骨，发丝垂了一两缕下来，即使满脸狼狈也依然清丽动人。夜风吹动她的裙角，她低着眉，眼角的泪痣越发娇艳动人。

219

只是她挂念着柳拂衣的伤，仅仅出来不到一刻钟，就有些心神不宁。

本来她有些疑惑慕声出场时那狠厉的气势，可是看他这副熟悉的乖巧模样，就是她最了解不过的弟弟的模样，想想也就算了。

至于他身上那一股强烈的气息，多半是衣服上沾了太多妖物的鲜血的缘故。

慕声的眼睛一眨不眨地望着她，他嘟囔道："柳公子只顾着帝姬，顾不上姐姐，下次我再也不离开阿姐了。"

"说什么孩子话？"慕瑶闻言只觉得好笑，笑着笑着又浮现了一丝心酸，"我们受赵太妃所托，当然要照顾好殿下的。倘若不能保护殿下，要我们这些捉妖人做什么？"

她回头看着慕声的脸，有些欣慰又有些失望。

慕声已经高她一个头，虽无血缘，却有不输于慕家人的好相貌，也有着跟她一样出类拔萃的捉妖天赋。

可是这么多年，弟弟似乎一直没有长大，还是那个守在她房间门口眼巴巴地等着她回来、用一个故事便换得他笑逐颜开的少年。

如今慕家已倒，重担落在她的身上。前路茫茫，慕声只是依赖着她，多有任性之举，不能同她分担一星半点儿……她心中浮现出星星点点的寂寞。

女孩子在寂寞无措的时候，多半会思念起自己平素依赖的人。

此刻，她尤其思念柳拂衣。他温热的怀抱、温柔的开解，足以为她撑起一片天地。

从前为了小事跟他赌的那些气，好像都变得不那么重要了。

这个幻境正是端阳帝姬重复了多次的梦境，从新寺到旧寺的那段路途，星光璀璨、秋日虫鸣都与真实世界一般无二。

夜风微凉，卷起人的衣袖和衣角，吹走人心中全部的燥热。

慕声与姐姐并肩而立，脸上一副岁月静好的神情，心中却犹如一团乱麻，脑中不断想起凌妙妙嘱咐他的那句话："与其听它瞎掰，不如去问你姐姐。"

阿姐真的会知道吗？

即使知道，她真的会告诉他所有人都尽力掩盖的真相吗？

过往数十载，他从未像这段日子一样，充满了连自己也无法消除的迷茫和惶惑。如果这一切不过是美好的假象，他伸手戳破，梦便醒了，那该

220

怎么办？

他看着慕瑶沉默的侧脸，心里明白，其实她也有话要问他，只是她现在忧心柳拂衣，暂时顾不上他。

慕声的嘴角带上了自嘲的笑意。

二人在风中站立，明明靠得很近，却各怀心思，遥不可及。

二

端阳帝姬就像一只护崽的母鸡。

凌妙妙走到哪儿，端阳就虎视眈眈地盯着她到哪儿，盯得凌妙妙心头火起："殿下，您……您老看着我做什么？"

端阳靠坐在树下，肩上还披着柳拂衣的外袍，强行让不省人事的柳拂衣躺在她的腿上，连腿被压麻了都坚持不动。

凌妙妙跟她周旋："我看看柳大哥怎么样了。"

"不要。"端阳搂着柳拂衣，小脸上显出骄矜地警惕，"柳大哥喝了药刚睡下，你别打扰他了。"

凌妙妙同情地望着扭曲着枕在端阳腿上，还不时被她轻轻地拍一拍的柳拂衣，心道：究竟是谁在打扰他？

但她没出言讽刺，只是诚恳道："殿下，柳大哥曾经救过我。"

"那有什么了不起的？他也是我的救命恩人。"端阳高高地扬起下巴，带着养尊处优的女孩儿一贯的骄傲和不容置疑，"他还救过我三次呢。"

端阳的神色变得柔和起来，她想到柳拂衣为妖物所伤时，还顶着一张苍白的脸，对她轻柔地安抚："殿下，不要怕。"

她鼻子一酸就要哭，可是她告诉自己不能哭，她是华国最尊贵的帝姬。天子富有四海，她便坐拥百川，现在柳大哥受伤了，她要保护他，无论如何都不会让他再受伤，一丁点儿都不行。

凌妙妙见端阳眼中悬着泪，许久端阳又抹了抹脸，换上坚定的神色，一时间不好打扰端阳的幻梦，只好朝着不远处的另一棵大树走去。

凌妙妙走前充满怜悯地看了看柳拂衣，想着他这么睡怕是要落枕，心里默默道：对不住了柳大哥，没能救你于水火……

青桐树皮光滑，枝繁叶茂，是一种秀气又漂亮的大树。凌妙妙将外裳脱下来盖在身上，分外惬意地靠在了树下。

不论长夜如何漫漫，今夜都是休息的好时机。

"打他！"
"打死他！"
狭窄阴暗的街巷，落叶和积水都腐烂在这里，清晨的醉汉会在这里旁若无人地小解，仿佛所有腌臜的事情都发生在这无人的地方。

四五个小孩儿围了个圈，将中间一人用力按住，拳打脚踢。中间那个小小的身影如同一条濒死的鱼拼命挣扎着，最后真让他在包围圈中打出一个缺口，连爬带滚地冲了出去。

男孩儿的头发齐肩，并未像其他孩子一样束起，而是任由那一头黑亮顺滑的头发披在肩上。他面若白雪、眸似辰星，乍看过去，像个有几分惊艳的漂亮女孩儿。

身后几人立刻撒腿追上来。

这便立刻显出了差距，打人的那些孩子足有八九岁了，身强体壮，被打的孩子最多七岁，身量不足，手臂也纤细，比他们都矮一头。后者跑了两步，轻而易举地被追兵扑倒。

他躺在地上大口喘息，黑葡萄似的眼睛倒映着黄昏绚丽的天际。

他开始看着天边的火烧云，看得很专注。

"你到底会不会说话？"
"真是个哑巴吗？"
领头的孩子踹了踹他的腿。他抬眼望过去，紧紧地抿着嘴，眼中没有任何情绪。

"是个怪胎，从不理人！"几人窃窃私语，对视一眼，"打他！"
雨点儿般的拳头落下来，他伸出手臂挡住脸，肘部的衣袖很快裂开几道口子。

"干什么呢？"
听到这个声音，孩子们都停下来，眼里迸发出惊喜："大哥？"
这是巷子里的孩子王，今年十三岁了，身量最高，块头最大，下巴上冒出青黑的胡楂，嗓音也变得像鸭子叫，是第一个迈入少年行列的人。他穿着一件破烂的绸衫背心，驼着背，手里的棍子在地上一敲一敲，发出咚咚的声音。

地上那小孩儿却不看他，径自坐起来，手脚麻利地便要溜走，秀气的

222

脸上一点儿表情也没有。

"我让你走了吗？"

见那白色的小小的身影恍若未闻，他心头火起，几步跨过去，伸手便将那小孩儿提了回来，摔在了地上。

那小孩儿抬头冷淡地看他一眼，瞳似乌葡萄，眸光潋滟如秋水，睫毛纤长，眼尾妩媚。

他的喉头突然一紧——就连街巷口最美的"豆腐西施"，都没有这样招人的一双眼。

这个年龄的少年人初谙世事，好的不学，坏的学了个干净，他心里仿佛有猫爪子在挠，挠得他浮躁不堪。他对着那张小脸看了又看，回头笑道："小子们，爷爷给你们表演个好的。"说罢，他神色一变，"给我把他按住了！"

那小孩儿看着一张张神色各异的脸，脸上的表情终于有了些变化，慢慢地浮现出惊慌的神色。

不要……不要……

小孩儿眼看那张脸越贴越近，对方的眼神直勾勾的。

他见识过类似的眼神，大概知道那代表什么含义。

他拼命摇着头，随着心跳加速，仿佛有什么东西在慢慢地破碎开来……

"大哥，你离他这么近做什么呀？"有小孩子疑惑地问道。

孩子王用指头狠狠捏住他雪白的下颌，刻意在上面留下两枚嫣红的指印，笑道："这你就不懂了吧，这叫狎弄。"

"噢！"孩子们似懂非懂地起哄。

男孩儿忽然剧烈地挣扎起来，宛如鱼死网破前最后的挣扎，一脚蹬上按着他的脚的那个孩子的脸。

"反了他了！"一巴掌抽在男孩儿的脸上，令他的嘴角沁出血迹来。其他孩子拥上来，用力将他按在地上。

那双黑漆漆的眼睛绝望地看着越来越近的脸。他颤动了两下睫毛，闭上了眼睛。

不要碰我。

不要逼我。

红光骤然迸出，血红色与暖黄的黄昏交叠在一起，小孩儿齐肩的头发暴长起来，刹那间便到了腰间。

黑发每伸长一寸，狂风便加大一分，满树的枯叶被全部扫下枝头，街巷口的断墙砖瓦噗噜噜地落了满地，瓦砾飞溅。只听得被截断的几声惨叫，不似人发出的。

他的周身沐浴着强烈的红光，许久才茫然地睁眼一瞧，只见地上横七竖八地躺着几个人，分明就是方才按住他肩膀的那些孩子。他们此刻瞪圆了眼睛歪在地上，维持着扭曲的姿势，早已没了呼吸。

男孩儿静静地看着，一时间来不及反应。

直到长发随风飘起，落在他的肩头，他伸手一摸，这才惊慌起来，倒退两步，转身跌跌撞撞地奔出巷口。

头发长长了，一下子长得这么长。

娘会生气的。

老旧的木楼梯上，一路的鲜花被冲撞得东倒西歪，有人跌了扇子，争奇斗艳的脂粉美人里发出了此起彼伏的尖叫声："什么东西？"

他怀着那样深重而迷茫的恐惧，头也不回地跑向了二楼。

背后有人拿着扇子，气得直跳脚："反了他！当这里是什么地方？快拦住他！"

谁也拦不住他。

帐子是放下的，房间里是甜腻的催情香气，屋子里暗得几乎看不见阳光。他呆呆地站在那里，看着那张熟悉的床。

直到帐子被风吹起，他看见她被人压在身下，额上粘着发丝，红色肚兜挂在脖颈上，裸露的肌肤雪白，就仿佛春日里化掉的最后一点儿肮脏的雪。

曾经他兴致勃勃地想去堆个雪人，可是还未来得及把雪拿在手里，那些雪就已经化成了透明的泥。

"娘。"

那样灰败无神的眼睛，一定不是她的。这不是那个在镜子前面笑吟吟地为他梳头的人。

"太阳落山之后，无论如何不要回来。"

男人用青筋暴出的手捏起床头柜上的茶盏丢了过去，伴随着一声接着一声的斥骂。

224

上好的骨瓷碎在男孩儿的额角，温热的液体顺着他的脸颊流下来，些许暗红覆盖了他的视野。

帐子不住地被风掀起，他跪在原地，静静地望着她的眼睛。

她终于流下泪来。那样污浊的眼泪，蜿蜒地顺着她无瑕美艳的脸流下，宛如一道不可拼回的裂痕。

"小笙儿，谁让你回来的？"

慕声回来时，两棵青桐树下都已坐满了人。

端阳帝姬抱着柳拂衣，瞪着一双带着黑眼圈的眼睛，充满爱意地守着他。见到慕声过来，她眼里的困意瞬间变成警醒，满脸都写着"你不要对我柳大哥怎样"。

慕声懒得搭理她，转而朝另一棵青桐树走去。树下睡了个蜷缩着的少女，她连身上的外裳掉了也不知道。

他冷眼一瞧，见凌妙妙的双眉紧紧蹙着，不知在做什么梦，显然睡得很不安稳。

夜里气温极低，不太适宜露宿，像她这样从未经历过风霜的娇花，这样睡一觉，很可能会生病。

凌妙妙……他蹙眉，都叫她不要贸然跟来，她居然对他的话置若罔闻。

一个路痴，不知是怎么奇迹般走对了那么一段长而复杂的路找到了他们。

荒郊野地，倒头就睡……

慕瑶已经轻手轻脚地到柳拂衣那边去了，不知道在跟端阳交涉些什么。

慕声远远地看着姐姐充满爱意地用帕子为柳拂衣擦脸，脸上没什么表情。

他顺手捡起了地上的外裳，扔回了凌妙妙的身上，又在不远处堆了几根柴火，生起了火堆。

女孩儿的眼泪簌簌而下，不知她梦到了怎样的伤心事："娘……"

慕声一怔。

印象中，太仓郡只见郡守，不见郡守夫人，郡守多年都没有续弦，家里冷冷清清。

225

凌妙妙这样没心没肺的人，也没有娘亲照拂。

他骤然升起一股同病相怜之感，眉宇间的神色柔和下来，宛如在这安静的夜里，连内心深处的孤独也可共享。

"娘……"

"别叫我娘！"一棍子抽在男孩儿细细的蝴蝶骨上，男孩儿的背上被打出了一道紫红的印子，"都怪你！都怨你！要不是你，我们娘儿俩怎么会落到如此境地？"

她的眸中含的是西子湖迷蒙的水色，唇上的胭脂是天边绮丽的晚霞。

她还是她，美艳无双的那个她。只是她却用力地、怨毒地瞪着他："明日要去哪里？记得了吗？"

他将所有的泪水咽回喉咙，点了点头。

"好孩子。"她揉着他的脑袋，眸中尖锐的恨意如箭，"那个男人是我们家的仇人，杀了他，让他永世不得超生，我们才能有路可走。"她呵呵地笑着，表情有片刻的凝重，转瞬却哭起来，抱着他，温热的眼泪灌入他的衣领里，"小笙儿，娘不是有意打你的。天上地下，没有人像我一样爱你……"

他黑葡萄般的眼里倒映出院中篝火。院中落了漆黑的纸钱残骸，犹如几只黑翅膀的蝴蝶。

男孩儿的黑发齐齐地落在肩上。

他的眼中先是迷茫，末了，染上一层恨意。

是的，他要杀了那个人，杀了她的仇人。但凡是她要做的，他都会替她去做，让她难过的人，他一个也不会留。

记得离开无方镇的那一日，天很凉。

她的泪如繁星坠落天际，一滴又一滴，伴随着雨水不住滑落。她的脸色如此苍白，手心里没有一丝温度。

他的膝盖泡在水洼里，早已没有知觉。他盯着像泥人一样跪在前面的她，开始数着她的睫毛，一根、两根、三根……

她晃了一下，唇色苍白得吓人。他被吓了一跳，便也忘了数到哪里。

那样的瓢泼大雨，令桥头上的石狮子都隐没在白雾之中。大门吱呀着开了条缝，里面的人提着厚重的石榴红裙摆，斜斜地撑着伞。

"容娘，你跪也没有用。我给过你面子，可你得罪的是什么样的客人？"对方锐利的目光落在他的身上，声音带着湿冷的埋怨，"我早就告诉过你，他是个祸害，不能留下。你就是不听……"

被叫作"容娘"的女子抬起头，雨水打在她光洁的额头上，如白瓷般细腻的皮肤被雨水濯洗着，冲掉了凡俗的胭脂水粉，越发显出她不可方物的颜色。

这样空灵的美，像是九天之上的一片羽毛，不落凡尘。

"可是……可是我们已经无处可去……"她悲哀地笑了，仰起头迎着雨，像是从前无数次用竹瓢倒着撒了花瓣的热水沐浴的样子，"小笙儿是我的孩子，是我的宝贝。"

"唉。"那人长叹一声，盯着他齐肩的发梢，目光幽怨，"你知道断月剪的代价是什么，你何必自毁前程？"

"我的一生早已经毁了。"她盯着朱红的院门，细细地端详着那上面剥落的漆面，"可是小笙儿，他不能变成个怪物。"

她侧过脸来，发丝滑落。他惊异地在她漆黑的眸中，发现了另一双栗色的重瞳。

凌妙妙猛地惊醒，发现身上安安稳稳地盖着外裳，眼前篝火正烧得热烈，发出轻微的噼里啪啦的响声。

她盯了那跳动的火舌许久，才后知后觉地伸手摸了摸脸，摸到了满手冰凉的眼泪。

青桐树的背面，慕声靠着树干小憩。

这些年来，他几乎从未真正入眠，虽然闭着眼睛，但是时时刻刻保持着警惕，短暂的休整便足以支撑他继续前行。

可就在这片密林中，万物都在安睡，阿姐也一切安好。同一棵树的背面是温暖的火光，还有一个睡得昏天黑地、哼哼唧唧的凌妙妙。

他在她哼哼唧唧的梦话中，竟然坠入了久违的睡梦中。

明亮的阳光从窗口洒进来，投在墨绿色的帐子上。帐子很薄，层层叠叠，被暖融融的阳光柔化得模糊不清。帐子的四个角挂着小小的铜铃，只要上面的人翻个身便会发出清脆的响动。

床上趴着个少女，她跷着裸露的双腿，脚趾小巧玲珑、晶莹如玉，两腿一晃一晃的。

他走进屋里，那少女毫无察觉。她的面前放了本薄薄的册子，她两手托腮撑在床上，径自看书看得认真，时而发出一阵笑声，笑得那铃铛晃动得更加厉害。

他走近才发觉，少女浑身上下只穿了一件赤红的肚兜，肚兜在裸露的后背上系了一根细细的线，松松地打了个结。

这根鲜红的线衬着雪白的肌肤，直逼人的眼。她的头发未绾，随意地铺散在床上，从凸起的蝴蝶骨，至下凹的腰线，再至起伏的臀，线条宛如被一笔勾勒出来，流畅至极。

他有些迟钝地认出来了，那是凌妙妙，他从未见过的凌妙妙。

可是梦里的他竟然如此自然地走上前去，拎起她眼前的那本书，随手丢在了远处的地板上。

少女仰起头，满脸愠怒："我正看着呢，你抢我书做什么？"

他的脸和她的凑得极近，他无辜地笑着："天色太暗了，伤眼睛。"

"胡说。"少女拧眉，"快给我拿来。"

他偏偏胡搅蛮缠地挡在她的眼前："我不。"

"你行。"

她咬牙切齿，猛然一撑双手，就要自己爬起来捡，岂料让他故意伸手一钩，便让那层薄薄的衣料落了下来。

她一惊，只好以迅雷不及掩耳之势埋进他的怀里，将风光遮了个严实。

床角的铃铛响个不停。

"你怎么不要脸呢？"她骂了一句，狠狠地在他的腰上拧了几把，又使劲地拍他的背。

他不以为意，自然地用手抚上她的腰线，将她搂紧，熟练得仿佛重复过千百次。

他的手与梦中人的手重合，落在了温热的肌肤上，沿着她的腰际摩挲，宛如婴孩第一次生涩地触摸启蒙的玩具。他心里有些迷蒙地想着：那墨色中最纤细的一笔，原来是这样的滋味。

慕声猛地站起来，他的面颊微微发红，连耳郭都红了，眼中的迷茫逐渐转变成滔天的怒火。

为何是她？怎么会是她？

他心里来来回回只剩下这一句。

平和慵懒的梦境如同罂粟花海的幻境，诱使颠沛流离的游子沉沦，是他一生不曾体验的安宁。

他从未梦见过姐姐，却先让凌妙妙入了梦。

姐姐……那绝不可以，从头到脚都不合适，阿姐是他不可亵渎的，却也是他无法触摸的。他翻来覆去地想着，竟然觉得姐姐变得遥远而陌生。

仿佛这个百媚千娇的影子，会对着他嗔怒微笑，会与他亲密无间、一起沉沦的人，只能是红尘中打滚的凌妙妙。

他僵硬地回过头去，只见凌妙妙依然安稳地睡在落叶上面，身上的衣裳又滑落了，露水打湿了薄薄的真丝上襦，若隐若现地露出她白皙的肩膀。

他将衣服给她扔了回去，僵硬地站在原地，手握成拳。

他心道：想必还是受了媚香的影响，才会做这样出格的梦。

他迈步往林中深处走去，脚下的枯叶发出低吟。

少年一路走到溪水边，听着溪水冲击石头发出的哗哗水声。他跨入溪水，面无表情地向下一坐，半个身子浸入了冰冷的溪水中。

三

凌妙妙第二次醒来，是被冻醒的。天仍然黑漆漆的，要习惯幻境中的永夜需要很大的力气。尤其是她睡着后温度骤降，周围又湿又冷，寒冷浸入了骨子里。

"系统提示：额外奖励'影像催化'使用完毕，请再接再厉。提示完毕。"

影像催化？

凌妙妙一头雾水，歪着头想了半晌，心道：难道刚才那个梦就是影像催化？

梦中迷漫着无方镇经久不散的烟雨，细密的雨丝连成了笼罩全城的白雾。她闭上眼睛，那种强烈的悲意便涌上心头。

好吧，总归让她多了解了"黑莲花"一点儿，用了就用了吧。

她的心在夜里格外柔软，她伸手入袖子里捏了捏攒下的一沓符纸，感到一阵安心。她打定了主意，等到下次再见到水鬼，她一定抢先一步出

229

手，替慕声把那玩意儿灭了。

现在她知道的估计比水鬼还多，而且她绝不会要"黑莲花"拿血来换。

另一边，熬了大半宿的端阳帝姬终于撑不住了，闭上眼睛坠入光怪陆离的梦境，她的手还放在柳拂衣的身上，维持着一个抱着玩偶的姿势。她全然没有看到，在她的身边，漆黑的人影凝聚成形，狞笑着经过了熟睡的慕瑶，走到了凌妙妙的面前。

凌妙妙感到眼前一暗，再一抬头，就跟那黑漆漆的人影大眼瞪小眼了。

凌妙妙被吓得说不出话。

那"人"既不攻击她，也不与她交谈，只是呆呆地站了片刻，随后转身一步步走进了密林里。

"系统提示：任务一，四分之二进度任务开始，请宿主做好准备。"

陶荧的怨灵形如一团黑色的火，勉强凝成个长着四肢的人形。这玩意儿没有眼睛，但如果盯着它眼睛的位置看，依然能感受到它怨毒的凝视。

现在它静静地望着凌妙妙，不声不响地转身走入林中，踩得落叶发出嚓嚓的轻响。

它走得很慢，一步三回头，摆明了是要引她过去。

她傻了才会跟着走。

她想到的，凌虞自然也想到了。书里的这个夜晚，凌虞清醒地直面了陶荧的陷阱，她心知自己离了主角们就不能自保，一路谨慎小心，到了此刻自然不会犯傻中计。

但凌虞作为本文的捅刀小能手，怎么可能放过兴风作浪的好机会？她转念一想，计上心头，悄悄地弄醒了慕瑶，哭哭啼啼地指了黑影的去处。

慕瑶心思单纯，一心想要捉住怨灵，听闻此言自然急追而去。

这一追就坏了，女主角一脚踩进反派的陷阱，遇到了天大的劫数。

柳拂衣醒来找不着慕瑶，而凌虞和帝姬结成了情敌联盟，装傻充愣，硬是不肯说出慕瑶的去向，活生生耽误了救援的黄金时间。

等到柳拂衣和慕声千难万险地找到人，联手将慕瑶救下时，慕瑶差一点儿就吃了大亏，身心创伤不可估量。

待秋后算账时，柳拂衣为人宽容善良，遇事不会往坏里想。可慕声是谁，对于此事的始作俑者和她们的小心思一清二楚。他狠狠记住了这个仇，往后和凌虞成了婚，一笔一笔地还在了她的身上。

凌妙妙打了个哆嗦。

这就是任务一的四分之二进度的任务。她还没过几天安生日子，这么快又到了使坏，不，是作死的时候。

她暗自低头，月光照在她郁结的脸上，给她的眉毛镀了一层银光："系统，慕声的好感度多少了？"

"系统提示：角色'慕声'平均好感度56%，提示完毕。"

平均？凌妙妙愕然。她作为数学系学生，对题干的字眼敏感得不得了，好感度这玩意儿又不是什么气温、降水、工资或者收益，怎么偏偏这次成了平均值？

"系统提示：角色'慕声'好感度正处于剧烈波动状态，系统提供今日平均值，便于任务者参考。"

凌妙妙不能理解。

"给我一个最高值？"

"系统提示：94%。"

她的心猛跳一下。

"最……最低值呢？"

"系统提示：0%。"

她的心又猛跳一下，有种坐过山车的眩晕感：怎么回事儿，忽而爱她入骨，忽而恨她欲死，"黑莲花"这是发疯了吗？

她扭头一望，帝姬搂着柳拂衣，垂着脑袋打盹，不远处躺着睡容平静的慕瑶。这个夜晚安静得只能听见火堆发出的噼啪声，她四处寻觅，没看见慕声的身影。

目光再转，她看到了地上一串不太明显的脚印，通往密林深处。

大半夜的，他一个人跑那儿干什么？

算了、算了，正事重要。

凌妙妙站起身来，慢慢靠近了慕瑶，在对方的面前蹲了下来。

少女的睡姿非常端庄，无论是躺在皇宫里的豪华大床，还是睡在这硬邦邦的、布满落叶的地上，她都保持着直挺挺的姿态，两手交叠着放在腹部，似睡美人那样优雅。

凌妙妙自惭形秽。

月光是天然滤镜，慕瑶的睫毛很长，面容白皙，连嘴唇的弧度也那么

231

性感。凌妙妙欣赏着她唯美的睡颜，心里暗暗地想：真不愧是女主角……

睡美人猛地睁开眼睛，一双发亮的黑眸直直地望着她，眼角那颗泪痣冷冷清清。

"哇！"凌妙妙猝不及防，被吓得一屁股跌坐在地上。

寒鸦飞起，一旁的端阳帝姬也被惊醒，一脸呆滞地望着她们。

慕瑶看清眼前的人，眸中浓重的戒备这才散开了一些。她叹了口气，坐了起来，客气道："凌小姐？"

端阳帝姬搂紧了怀里的柳拂衣，一脸警惕地暗中观察。

凌妙妙笑得一脸尴尬："慕姐姐，你叫我妙妙就可以。"

慕瑶看她一眼。

从前凌妙妙不分时段地缠着柳拂衣，即使她劝告自己对方是少女无邪，也实在无法同凌妙妙亲近，现在来了个更加霸道、更加娇纵的端阳帝姬，眼前这位柔弱的官家小姐似乎一下子变得亲切了许多。

于是她应声开口："妙妙，出什么事儿了？"

凌妙妙面对她询问的眼神，心里明白系统有心拉快进度，专治自己这样瞻前顾后的拖延症患者。

开弓没有回头箭，凌妙妙深吸一口气，带着刚刚被慕瑶吓白了的脸，伸手指向了林中，口齿清晰地道："刚才……我看见那个黑影，从那边过去了。"

慕瑶神情一凛："刺伤拂衣的那个黑影？"

昨日他们刚从旧寺出来，形容狼狈、精疲力竭，才会给那邪物可乘之机，以致让它伤了柳拂衣。慕瑶虽然是个女孩儿，可毕竟是慕家家主、声名在外的捉妖人，有自己的傲气和脾性，对方伤她所爱，她定然要讨一个公道。

见凌妙妙点头，她不再多问，毫不犹豫地立即站起身："我去会它一会。"

"哎，慕姐姐！"慕瑶的衣袖突然被拉住，她低头，看见凌妙妙一双带着惶恐的眼睛，"那个黑影边走边回头，想必是刻意引我们过去，一定是个陷阱！"

慕瑶很古怪地看了她一眼。

凌妙妙也在侧耳等着系统的提醒或警告，心怦怦直跳。

很好，没有。

她告诉了慕瑶这个消息，就算完成了任务。只要她劝住慕瑶不要以身犯险，就能改变故事的结局，也就不至于给自己招来杀身之祸。

"你放心。"慕瑶不大会安慰人，有些生硬地对她绽开一个安抚的笑容，"你在这里等着就好，我有办法。"

慕瑶说完，抽了袖子便走。她的心里很急，那怨灵已离开有一段时间，要趁它没跑远，速战速决才是。

凌妙妙的心里比她更急，她连滚带爬地扑过去，用力抱住了慕瑶的腿，声音堪称凄厉："不要哇慕姐姐！你……你再考虑考虑？"

端阳帝姬眉毛一挑，被凌妙妙这种异常的行为吓傻了，死死地瞪着妙妙的脸。

慕瑶一低头，看见眼前的少女满脸惊恐，对着自己拼命地摇头："慕姐姐你别走，别走哇……"下一秒，少女一副快哭出来的样子，"我、我真的害怕……"说着，对方似乎还觉得不够，伸手一指旁边的端阳帝姬，"殿下也害怕的，是不是呀？殿下？"

慕瑶不听她的，也总该卖尊贵的帝姬几分面子吧？

端阳帝姬惊得一缩脖子，满脸警惕地抱紧了柳拂衣，鄙夷地看了看拼命朝她眨眼睛的凌妙妙，下巴一扬，没好气地答道："你自己没骨气害怕，别拉上我。本宫才不害怕。"

她斜眼看着慕瑶，偏偏看到一张月光下清冷美丽的脸，使她越发心气不顺。

她巴不得慕瑶早点儿离开，好让她和柳拂衣单独相处，便出言讥讽道："慕方士要去便从速，你哭哭啼啼的，在这儿演什么双簧？"

对方话中的轻蔑之意诛心，慕瑶被她这样一激，当下变了脸色，拿出一张符纸重重地拍在了凌妙妙的背上。

她提步而去，远远地留下一句话："妙妙别怕，在此地等我回来便是。"

凌妙妙仍然保持着抱腿的姿势，直挺挺地跪在原地，动也动不了，眼睁睁地看着慕瑶进了密林，心里冰凉一片，恨不得将端阳帝姬蒙头暴打一顿。

命运就是这么残忍，在凌妙妙打端阳之前，还须得靠对方。

"殿下……殿下……"她只剩眼珠子骨碌碌地转着，急切地唤着。

端阳被她扰得不耐烦："干吗？"

凌妙妙急得跳脚："你快帮我将背上的符纸撕了，拜托你了！"

端阳帝姬瞧见她灰头土脸、可怜兮兮的模样，忍俊不禁，越发心情愉悦，干脆闭上眼睛闭目养神。

"帝姬！端阳帝姬！李淞敏！"凌妙妙咬牙切齿，见她毫无反应，又只好软着央求，"我一直跪着，膝盖好痛。殿下，你帮帮我好不好？"

哼，好没骨气。

端阳白眼一翻："本宫偏不帮你，你就跪在那里好好赏月吧。"

凌妙妙没声了。

端阳本以为她认命不喊了，刚松了一口气，下一秒，就听见一把又甜又亮的嗓门嘹亮地响起来，惊起栖鸟无数："柳大哥快醒醒！杀人了！着火了！柳大哥呀！"

嘎嘎的鸟鸣伴随着哗哗的林木响动，那声音大得能搅动风云，足以深入睡梦。

怀里的柳拂衣动了动，眉头皱了起来。端阳心中一阵慌乱，将柳拂衣轻轻地放下，几步跑过来捂住了凌妙妙的嘴。

"柳大哥！柳大……嗯嗯……"

"别喊了！"端阳真的急了，用力捂住凌妙妙的嘴，柳眉倒竖。

凌妙妙拼命挣扎："那嗯……殿下……帮我……嗯掉符咒……"

端阳一勾唇角，眼珠黑亮，倒映着月色："哼，本宫凭什么答应你。"

凌妙妙挣扎得更加厉害，二人摇晃不止，当啷一声，端阳的怀里掉出来一把小小的匕首，在月光下闪动着寒光。

这匕首柄部镶满珠宝，光辉璀璨，还是柳拂衣在旧寺中救端阳的时候，塞进她手里，交代她寻求自保用的。

她一看那匕首，心里便涌上无限的柔情和勇气，立即捡起来握在手里，刀刃向上竖起，故意恐吓道："安静些，否则本宫即刻扎你一刀。"

凌妙妙不挣扎了，怔怔地看着刀尖，又抬眸安静地望了她一眼，眼里是晶亮亮的月色。

端阳帝姬见恐吓起了效果，得意地勾起唇角，还未来得及反应，黑影一晃，眼前的少女宛如一尊雕塑直挺挺地倾倒下来，一下子将端阳扑倒在地。

"嗯……"慌乱中有一声压抑的痛呼。

端阳感到一股热流流到手臂上，许久才从眼冒金星的眩晕中反应过来，心里惊恐万分：刀……刀还没收……

凌妙妙的额头上布满冷汗，她心道：头悬梁、锥刺股的人真是勇士，一般人受不了。

温热的血液涌流出的瞬间，凌妙妙感到身上的桎梏一松。她撑着地，艰难地站了起来，右腿上扎着一把匕首，血迅速染红了裙摆。

端阳帝姬瘫坐在原地，看着她，像是看着一个怪物："你……你这是做什么？"

凌妙妙冲她嫣然一笑，笑得心满意足，令她一阵毛骨悚然。随后，在她惊恐的目光中，凌妙妙转身一瘸一拐地走进了密林。

方才千钧一发，凌妙妙走投无路，作为史上最弱穿书任务者，她不得已开了口："系统，求助，这个破烂符纸怎么解？"

"系统提示：术法求助一个月只有一次使用机会，任务者是否确定使用？"

凌妙妙咬牙暗骂一声周扒皮："用。"

"系统提示：'定身符'，简易符咒之一，可冻结行为人活动长达一个时辰，但若行为人有鲜血流出，'定身符'当即失效。"系统很贴心地补充了一句话，语气活像是诱导，"系统会帮您自动开启减轻疼痛的安全模式。"

"行！"

凌妙妙走得很慢，一走一拐。腿上的伤口虽然不太痛，但右脚一落地便拐了一下，提醒着她现在是个伤员。

不能加快脚程，急得她出了一背的汗。

不冤、不冤，都是苦肉计……她一路走一路做心理建设，今天你不搞瘸自己，明天慕声把你搞瘸，没错……

她沿着脚印一路走，越走越偏，越走越黑，渐渐地，听到一阵清晰的水声，叮叮咚咚。

咦，林子里竟然有条小溪。

下一秒，溪流里一个模糊不清的人影映入眼帘，月光照着他头上洁白的发带，皎洁的冷光停驻其上。凌妙妙这才认出了人，停住了脚步。

长夜中的树林温度极低，溪水冰冷彻骨，他一动不动地浸在冷水里，双目紧闭，不知道待了多久，连眉毛上都结了一层白霜。

凌妙妙看他半天，心中思忖："黑莲花"洗澡怎么不脱衣服呢？

青桐树下，端阳帝姬颤抖着手，重新将柳拂衣的头搬上了自己的腿。

先走了一个定海神针似的慕瑶，又走了一个神神道道的凌妙妙，就连慕声也不知道去了哪里，林子里只剩他们二人，她却一点儿也没觉得轻松，反倒觉得周围的阴冷更进一步，令人胆寒。

更糟糕的是，昏迷了大半天的柳拂衣在她的怀里微微动了一下，慢慢地睁开了眼睛。

"殿下……"他的声音有些虚弱，待他到看清眼前人的脸，发觉自己正枕在帝姬的大腿上，心里顿觉不妥，挣扎着坐直了身子。

柳拂衣作为实力卓越的捉妖人，他的恢复能力惊人，短暂的昏迷之后，他的体力和精力都得到了足够的补充。

"柳大哥，你醒了……"端阳本来预备了一肚子话想对他说，被他一看，全咽回了肚子里，才说了一句，声音便打战，只觉得想哭。

如果可以，她真想扑进他的怀里哭一场。

柳拂衣醒来后第一件事便是环顾四周、观察环境。四周安静得可怕，不远处的火堆仍在，树下扔着凌妙妙的外裳，人却不在。

这块地方空空荡荡的，只剩他们两个。

他本能地紧张起来，英俊的脸上浮现了一丝警惕："殿下，瑶儿呢？"

端阳帝姬一怔，咽了咽口水："她……她去打水了。"

柳拂衣盯着她躲闪的眼睛，心里掠过一丝怀疑，但他不动声色，仍然言语温和："那妙妙呢？我方才昏昏沉沉，似乎听见她在叫我。"

该死的凌妙妙！

端阳暗骂一声，矜持地微笑起来："她和慕声一起走的，我也不知道他们一起去了哪里。她走之前叫了你几声，是想看看你有没有醒。"

柳拂衣盯着她姣好的脸看了半晌，心里总觉得格外地不踏实："是这样吗？"

"是。"端阳心里一横，"柳大哥，你伤还没好，要不要再躺一下，休息一会儿？"

柳拂衣摇了摇头，一手扶住了额角，眸光落在布满落叶的地面上，眉头猛地蹙起来："地上怎么有血？"

糟糕……端阳心里一慌，顺着他的目光望去，果然见到刚才凌妙妙坐着的地方，留下了一小块已经变黑的血迹。

"殿下。"柳拂衣的脸上没了笑容，声音很轻，但依旧能看得出来他有些生气了，"方才出什么事儿了？"

那块血迹戳到了端阳帝姬的痛处，她从小到大，从未那样伤过人。她即使将手擦得干干净净，手上也还隐约有着沾到凌妙妙又稠又热的血的感觉。

她颤抖起来，气势也弱了许多，凭空生出许多怯意："我……我……"

柳拂衣见她这般模样，便知自己猜得八九不离十，心中越发焦急，语气也更加冷淡："我再问你一遍，慕瑶去了哪里？"

端阳的脸色铁青，许久，她哇的一下哭出声来："柳大哥……慕方士是……是去追黑影了……"

柳拂衣心中一个咯噔。此处是陶荧的地盘，不知还有多少怨灵，敌众我寡，前路难测，慕瑶实在不该轻敌。

他了解她的脾性，这是个外柔内刚、外冷内热的女孩儿，坚强又倔强，一定是为了他才急于报仇，孤身一人擅自行动。

他的心中一阵疼痛，伴随着不可抑制的慌乱。他抓住端阳问道："哪个方向？走了多久？"

端阳见大势已去，抽泣地指了指密林："有半个时辰了。"

柳拂衣眉眼一凛，他放下她便起了身，但袖子被端阳一把拉住。

向来骄矜任性的帝姬如同一个害怕被抛下的小女孩儿，缩成了一团，哭得泪痕斑斑驳驳，小心翼翼地唤他："柳大哥，你别走……"

柳拂衣回了神，被她一拉，才意识到自己昏了头，竟然想把毫无抵抗能力的帝姬一个人丢在幻境中。他立即蹲下来，从怀中摸出一张符纸。

他咬破指尖，以鲜血代朱砂写符，将其贴在树干上，又在地上虚虚画了一个圈，飞速对端阳帝姬嘱咐道："殿下别怕，我已造好结界，污秽之物不能入内。在我回来之前，你就在这树下等我，知道了吗？"

柳拂衣以鲜血绘符，威力巨大，寻常大妖无法破解。

帝姬看着他澄澈的眼眸，肿着眼睛点了点头。

"慕声！慕子期！"

一个熟悉的声音响起。慕声怀疑自己又出了幻听，睁眼一瞧，便看见那个让他花了一个多时辰才勉强逼出脑海的人影正站在他的面前。

慕声骤然见了她，那些不该想起的画面全都争先恐后地跑了回来。他气息不稳、心虚浮躁，眉间顿时笼罩上一层冷意："你来这里做什么？"

凌妙妙的脸色苍白，额头上全是汗，她险些气笑了："这林子是你家的吗，只有你能来？"

她的语气不善。

他猛然发觉她的衣裙上有一大片血迹，腿上还插着一把小巧的匕首，匕首柄部镶嵌了玛瑙琉璃，光辉璀璨，并非凡物。他见过这把匕首，这是柳拂衣的私藏。

她流了这么多血，带着这凶器一路走过来……

慕声的心里有一股火气直顶到了喉咙：柳拂衣疯了，胆敢捅她？

他眸光一沉："怎么回事儿？"

凌妙妙急得气喘吁吁，忽略了他的问话："你快救救慕姐姐吧，她被黑影掳走了！"

为了渲染事态的紧急，防止"黑莲花"问来问去耽搁时间，她添油加醋、火上浇油，刻意将事情的危险程度拔高了好几个层级。

慕声整个人哗的一下从水中跃出，袍角还滴滴答答地流着水。他的眼眸漆黑，定定地望着她，闪烁着骇人的光："你说什么？阿姐怎么了？"

凌妙妙看着他的神色，顿了顿，往旁边一指，冷静地答道："快去，那边，她已走了半个时辰。"

"你在这里等着。"慕声的身影一闪，如风掠过她，转瞬就消失了。

凌妙妙闭了闭眼睛，眼前明月皎洁，照着空荡荡的密林，高耸的云杉像无数侍卫，密密地包围了她，清泉拍打溪石，发出叮叮咚咚的响声。

她苍白的脸对着月亮，轻轻一哂。

不远处有栖鸟长鸣一声，离开枝头，呼啦啦地振翅而去。

四

端阳帝姬一个人坐在青桐树下，不时有风吹来，林间树叶响动，哗哗啦啦，犹如无数张嘴在窃窃私语。她将自己缩成一团，用乌黑的眼睛惊恐地四下张望。

"不能怕，我不能怕，我要在这里等着柳大哥回来……"她骄傲地昂起下巴，左顾右盼，"我堂堂端阳帝姬，岂会害怕一个人待个一时片刻？"

风声越来越大，让她感到手臂一阵寒冷。

好冷啊……

"端阳殿下？"隐约间她听到有人在叫她。

她一怔，先惊后喜：这林子里还有认得她的人？

长时间的奔波颠沛，被困在这幻境中，她的情绪早就到达一个临界点。她无数次幻想着，倘若这时候有母妃派的人找到她，接他们回宫去，该不知道有多幸运。

"端阳殿下、殿下……"

那个声音越来越近时，她反倒警惕起来，心内惴惴不安：那兴善寺内鬼魅也能说话，万一……

不行，不能想，越想越害怕……

她鼓起勇气，盯住不远处树木的枝干，默不作声，开始数起上面的叶子来。

那声音又清晰了一些："端阳殿下，柳拂衣出事儿了。"

"柳大哥出事儿了？"她一惊，脱口而出。

"嗯，殿下。"那声音显得很焦急，"他被困住了，急等着救援，殿下快随我来。"

端阳立即站起身来，刚想迈出一步，却猛然止住，一时陷入两难。柳大哥说了，让她在这棵树下等他回来。

"殿下，来不及了，快随我来呀！"那个声音催促着。

端阳一时间又急又慌、进退两难，许久才道："那他找到慕瑶了吗？"

要是慕瑶被救下来，肯定不会看着他遇险，或许还有一搏之力。

那个声音愣了一下，应道："救谁呀？他都自身难保了。"声音顿了顿，接着劝她，"殿下，柳拂衣现在只有你能救，快随我来吧！"

只有我能救了……端阳脑子里嗡的一下，热血上了头。

方才发过誓的，她想，我说过要保护柳大哥，不让他受一点儿伤害，说到便要做到。

"那你等一等，我就来了。"

她想了想，转过身去，唰地撕掉了贴在树上的符纸，转而贴在了自己

239

的袖口。

这是柳大哥亲手写的符，只要带在身上，就能保她平安了吧？

端阳浑然不知，这威力巨大的镇鬼符纸从特定的位置撕下来的一瞬间，就成了一张普普通通的废纸。

她在袖子上贴好这张废纸，毫不犹豫地迈出了安全区。她向前走了两步，望见林中站着一个佝偻着腰的老头，老头穿着一身青黑短衣，正眯眼望着她。她急急问道："他在哪里呀？快带我去！"

那须发皆白的老头茫然四顾，冲着空气和蔼地笑了笑，小心翼翼道："小老儿眼睛看不清楚，殿下随我来，跟紧些。"

端阳一路跟着他走，待到走过一丛高耸的蓬草时，她无声无息地蹲在了蓬草的后面。

"殿下？殿下？"前头的人发觉她没跟上来，回过头来，四处寻觅。

蓬草背后，端阳用双手用力捂住了嘴，不让自己发出一丝声音。她浑身发抖，缩成一团，眼泪哗啦啦地流下来。

这个老头，他没有脚。

一团小小的火光带着暖黄的颜色映着柳拂衣的脸，倏地，那抹黄慢慢变成灰紫色，黄纸的边缘卷了起来，细细的烟雾升腾起来。

手中的最后一片追踪符也燃成了灰烬。

寒鸦四起，一排乌压压的蝙蝠哗啦啦地掠过他的头顶。

他越往前走，前路越狭。

他跟着那道几乎淡得看不见的烟雾走，冷静地观察四面的响动，猛地用手拨开树枝，果然见到前面的空地上出现了一队黑影，左右各四，整整齐齐、无声无息抬了个血红的轿子，正在飞快地走着。

那轿子也像幻影似的，细节全融在模糊不清的光晕中，随着前后摆动飘飞出几缕红光。

最后的一点儿烟雾彻底消散在此处。

柳拂衣无声地跟着，却没有看见那棵被慕瑶刻了菱形标记的树。也就是说，他现在彻底脱离了陶荧刻意困住他们的地方，正往妖物的大本营去。

不知为何，他心中有一股强烈的预感——那红色轿子里坐着的就是慕瑶。

她还好吗？

他决定不再等了，将身上仅剩的十张攻击属性的符纸一一排开，飞快地抽了三张出来，沾了快要干涸的血迹，一笔画过去。

三张符纸迅速燃烧起来，转瞬间凝成一把狭长的光剑。柳拂衣握住剑柄，从树丛背后一跃而出。

光剑带着熊熊烈火猛地向下劈开，血红的轿子哐当一下落了地，抬轿的黑影四散逃开，发出凄厉的鸣叫。柳拂衣轻盈地立在轿子顶上那个小小的攒尖上，剑锋转了一周，宛如砍菜切瓜似的将那八个小鬼拦腰斩断。

黑气凝成的怨灵沾到光剑的刹那，全部惨叫着消散了。

四周安静下来，荒郊野岭，林木葱翠，地上落着一顶血红的轿子。那红漆的颜色格外刺目，就好像被涂满了鸡血。轿子口的厚重帘子上依稀绘制着鸾凤和鸣的纹样，下面缀着的流苏一动不动。

柳拂衣犹豫了片刻，照理他应该警惕陷阱，不该轻举妄动。

可他此刻心乱如麻，依稀回忆起许多被他遗忘的事。

六年前在破败的慕府门口，那个总是冷着脸的美貌少女捡到了他，一个人千辛万苦地将他拖回房间，每日默默无言，细心照料。

适逢慕家倾颓，慕怀江、白瑾遭遇横祸，未得善终。全家上下，除了慕氏姐弟，全部因大妖一纸反写符殒命。整个捉妖江湖都在看慕家的笑话。

那个少女年仅十五岁，便不得已做了慕家的家主。她表面清清冷冷、雷厉风行，其实在夜里，她便做回了慕家大小姐，为白日的压力与磨难痛哭一场。

其实，第一日他便醒了。从那天开始，他每天闭着眼睛听着这个素不相识的少女坐在他的床畔，对他有一搭没一搭地倾诉着心事。

她只剩个弟弟，但因为她是姐姐，不能对着弟弟露怯，她干脆对着个陌生的捉妖人说，反正他昏迷着，最能保守秘密。

只要门关着，她就是十五岁的慕瑶，是他陌生又熟悉的朋友，会思念爹娘、忧心前路、面对挑衅气得浑身发抖、面对侮辱委屈得直哭的少女。

但只要门开了，她走出去就是清清冷冷的慕家家主，是术法高深、为人高傲、要用细细瘦瘦的肩膀扛起整个没落的世家的捉妖人。

第六日，慕瑶喂他喝药，他一时忘情，动了眉心，少女当即像是受了惊的雏鸟，猛地将药碗放在了桌上，语无伦次道："醒……醒了就自己喝。"

她想到数日以来对他倾诉了多少话,不知内心被他窥探几何,就羞红了脸,夺门而逃。

他望着那背影,心中一片深重的怜惜。

他本独来独往,但从那以后,他再也没有离开过慕瑶。他什么也未曾说过,却总是陪在她的身边,尽他所能帮助她、照拂她,甚至教她用符、陪她历练。两个人在一起肩并肩,心照不宣地做了一对游侠。

只是,伴随着她长大,他们越熟稔,她越是独立倔强,不肯跟他敞开心扉,遇事只会自己扛着。

"瑶儿?"

轿子里无声无息。

他飞快地挑起帘子,与此同时,光剑在手,咬着牙斜着劈下去,直直削去了轿子的顶部。

如果里面有埋伏,此举应该可以断了它的后路。

轿子没了顶,内里破旧的坐榻和猩红的地毯暴露在他面前。

里面空无一人,坐榻上放着几件叠得整整齐齐的衣服。

不好。

他心头一沉,手却不受控制地拿起了衣服,只见摆在下面的是淡黄襦裙,上面是月白上襦,中间夹着香芋紫色的抹胸。那紫色分外温柔,只是染了斑斑血迹,铁锈味混杂着一股熟悉的梅花冷香。

这是慕瑶的衣服。

他的手颤抖起来,眼里忽然漫出了浓重的杀意。小木塔自袖中蹿出,旋转升上天际,转眼间变成半间房子大小,从塔的窗户射出的光芒如火烧。

他已经认出这里的路,顺着这条小路再往前走就是旧寺,如果他没猜错,陶荧会带着慕瑶在那里等他。

而慕瑶既是猎物,也是诱饵。

"九玄收妖塔听令!"他攥紧拳头,声音格外低沉,依稀带着少年时期独来独往时那股冷酷无情的味道,"妖邪秽物死有余辜,许你大开杀戒,片甲不留。"

凌妙妙拖着一条伤腿,一瘸一拐地自林中走回来。

242

她有常识，知道这碍眼的小匕首拔不得。腿上有大动脉，要是她轻举妄动，搞不好血溅三尺，会让她即刻就死了。

就算是处在安全模式……她也害怕。

林中树木潇潇，皆是冷意。她睁着一双乌溜溜的杏眼四处观望。不就是群众自救吗？现在她拼死拼活地为慕瑶搬了救兵，怎么也算是将功补过的大功臣，到时候慕声说不定还要反过来感激她，这简直是再好不过。

那溪边又黑又冷寂，她待不住，想要溜达溜达，就出来了。

她一路走回大本营，就见篝火已灭了，柴火七零八落地躺在地上，被风吹散了。树下只剩她撤下的衣服，一个人都没有。

"奇怪了，柳大哥不是昏着吗？能去哪儿？"

她四下望去，发现不远处一丛蓬草在簌簌抖动。她靠近了看，突然发觉蓬草的背后藏了一团黑影，险些将她吓得背过气去。她还没缓过劲儿来，身旁又凭空传出一个苍老的声音："殿下……殿下在哪儿？"

这……这怎么还有生人？

那团黑影瞬间抖得更厉害了。

凌妙妙看见对方的头上露出了凤簪优美的轮廓——原来是端阳帝姬！

她心里明白过来几分，回头一看，清冷的月光下，嘴里殷切地唤着帝姬的那个老头半隐在丛林中，虚虚浮着，既没有脚，也没有影子。

嚯，堂堂端阳帝姬，被一个鬼缠住了。

凌妙妙走到蓬草背后，一巴掌拍在端阳肩膀上，吓得对方险些失声尖叫。端阳猛地回过头来，脸色惨白如纸。

凌妙妙蹲下身来，眼带威胁地对她比了个噤声的手势，随后扶住她的肩膀，压着她趴得更低。

端阳帝姬见到是熟人，惊恐的神色消散了一些。

凌妙妙对着她的脸左看右看，一把拔出了端阳发间那支价值不菲的赤金簪子，端端正正地插在了自己的头上。

端阳瞪着她，气得直发抖：都什么时候了，她还……

"殿下，您在哪里？时间不多了，快跟我来！"

这叫魂般的声音一出，两人都僵住了。凌妙妙看了她一眼，转身走出了蓬草丛。

"哎！你干吗？！"帝姬大惊失色，挥舞着袖子，对她拼命做着口型。

好不容易才来了个认识的人陪她，她才不要再一个人待着……

凌妙妙被她缠得脱不了身，转身指了指蓬草丛后面的小块空地，嘴唇微启，脸色格外冷淡："蹲好。"

端阳的气焰顿时灭了。凌妙妙是有张小家碧玉的脸，平素怎么看都是个有些咋呼的官家小姐，可是她这一天却完全颠覆了端阳心中对她的印象。

这人裙子上满是血，腿上还插着一把匕首，再加上先前那令人毛骨悚然的笑容……

她如此表里不一，跟慕声一样，无论如何对端阳而言都是恐怖的存在。

凌妙妙在帝姬无声的控诉中，径自走到了老头面前："本宫不是就在这里吗？走吧。"

那怨灵立即顿住，许久，才充满警惕地问："帝姬……是你吗？"

开什么玩笑，连声音都不一样。

凌妙妙哼了一声："老眼昏花的东西，不是本宫还能是谁？"她伸手抚摸着头上的簪子，声音又脆又响，如同珠玉噼里啪啦地碰撞在一处，"你仔细看看我头上的赤金凤簪，方才那个丫头戴没戴着？"

此言一出，她那股娇纵睥睨的气势便将这怨灵唬住了。确实，比起刚才那个颤巍巍的女孩儿，眼前这个凶巴巴的似乎更像帝姬一点儿……

凌妙妙幸灾乐祸地看着老头的鬼魂。他本就矮小，还佝偻着背，头顶只到她胸口，气势先矮了三分。

非但如此，原著里还说了，兴善寺的怨灵因为火灾的关系，眼睛都让烟熏坏了。这帮教众鱼龙混杂，本就是乌合之众，莫名其妙成了怨灵，没几个人追求上进、认真修炼，所以除了陶荧，其他人至今还是熊瞎子。

他们不仅瞎，而且傻，还是一盘散沙……

端阳在原著里被这伙人抓了去，差点儿被搞成了神经病，虽然主角们搭救及时，她没丢性命，但被烧坏了脚趾，落下了残疾。后文端阳再度出场时，脾气越发偏执。

现在由她这个知道剧情的人代为受过，也算是爱护队友了。

况且，陶荧在慕瑶那边，想必此刻正在和柳拂衣大战八百回合，眼前这些小鬼成事不足，败事有余。

这是送到门口的人头，捡不捡？

见他神色犹豫不决，凌妙妙气势汹汹地接道："本宫不是你们的神女吗？"

老头抹了一把并不存在的汗水，神色瞬间恭敬起来："是……是，神女。"

凌妙妙在袖中一掏，掏出手帕，手心里放着两枚黑黑的舍利子："喏，那你看看，这是不是你们的圣物？"

老头伸手一摸，在摸到舍利子的瞬间，面容顿时扭曲开来，多了毛似的跪地求饶，只差以头抢地了："是圣物……是我们的圣物……"

凌妙妙越发疾言厉色："我是神女，又有圣物，那你还在这里犹豫什么？"她拍了拍腿，"本宫刚才急着追你，摔了一跤，现在腿疼得走不了路，你还不快想办法！"

那怨灵趴在地上，伸手急急地招呼着。草叶响动，一队小鬼立刻远远地走来了，一共八个，左右各四，摇摇晃晃地抬着一顶红色的软轿，快步走了过来。

轿子落在她面前，八个小鬼你看看我，我看看你，全都龇牙咧嘴地趴在了地上。老头趴在最前头，神色毕恭毕敬，小心翼翼地支起手，将帘子掀起了一个角："请、请神女上轿。"

五

软轿看着破旧，坐上去却意外舒适，只是小鬼抬轿不太稳当，颠得凌妙妙有些困了。

她坚持掀开帘子的一个角，看着飞速向后掠去的夜色。虽然她不识路，但记住路还是必要的。

"殿下切莫着急……"老头一路飘在轿子旁边，非常贴心地帮她放下了帘子，"我们马上能找到柳公子了。"

轿子里传来一声冷笑："找什么柳公子？"凌妙妙接着道，"我们难道不是去完成仪式的吗？"

老头愣了一下，脑子有点儿蒙，怔了半晌，赔笑道："呃……是、是、是，殿下说得是。"

老头禁不住往轿子里偷瞄了一眼：神女不愧是神女，连这也知道。

凌妙妙打了个哈欠，敲了敲软垫扶手："快一些，本宫还真是迫不及待想要归位了呢！"

十年前端阳没完成的仪式，陶荧即使化成怨灵也念念不忘。在长安城副本的结尾，他用各种各样的手段把端阳弄进幻境来，完成了对皇家的报复。

本来他想亲自来见证这个历史性的时刻，只可惜慕瑶比想象中难缠，打乱了他的阵脚，拖住了他。

他只好把仪式的事情先交给手下的教众。

轿子有规律地颠着，一阵浓重的倦意袭来，即使凌妙妙心里清楚，怨灵这边的轿子经常有诈，还是没忍住，在昏暗的轿子里睡了过去。

兴善寺大殿燃着幽幽的烛火，两侧的地面上分列着色彩艳丽的"欢喜佛"，有的还如蛇一般缠动，有的已经碎成了粉末，地上一片狼藉。

九玄收妖塔镇在高高的大殿横梁之上，飞速旋转着，发出一阵呼啸声。塔下金光直照得空气都干燥起来，不断有丝丝缕缕的黑气被宝塔吸入，隐约传出令人毛骨悚然的尖厉哀号。

柳拂衣的手上、衣服上沾着的怨灵之血，全部变成风干的红蜡。整座大殿中都是怨灵，已经没有活人的存在。

因为不确认慕瑶是否安全，他已经破了平生第一次例。经过一个时辰无休止的杀戮，他站在供桌旁边，任由九玄收妖塔大开杀戒，仰头看着那座被熏黑的金身大佛，汗水流入衣领。

佛像也似笑非笑地看着他。

"柳拂衣……"一个恍恍惚惚的声音传来，黑影虚虚地凝出一个人形，站在他的背后。因为被九玄收妖塔的金光灼伤，对方的脸只剩下一半，显得更加怨毒可怖："捉妖人除魔捉妖，灵鬼之事当属阴司管理，你的手未免伸得太长了。"

柳拂衣转过身来："人不犯我，我不犯人。"

"要怪就怪慕家人先出手。"怨灵伸出一只手臂，似乎是指着他的鼻尖，"此事一开始，本是我与赵沁茹的仇怨。但是慕家人自恃才高，一而再，再而三加以干涉，我只好……"

他邪笑起来，那笑声宛如金属摩擦，让人起了一后背的鸡皮疙瘩。

柳拂衣平静地睨着他："你与赵太妃，有什么深仇大恨？"

"恨！恨极了！"那黑影飞速地绕过柳拂衣，站到了佛像前，似乎在仰头看着佛祖慈悲的眉眼，"赵氏高门贵女，飞扬跋扈，在家为掌上明珠，入宫即为天子宠妃，绫罗绸缎、锦衣玉食，一声令下……"他顿了顿，"多少显贵趋之若鹜，层层压榨百姓，哪儿管路有冻死骨。"

在这个停顿之间，他似乎略过了很多话语。

柳拂衣皱了皱眉。

"你曾经是赵太妃的属下？"他有些疑惑，"据我所知，陶氏居长安郊外，都是手艺人。"

"你说得对。"黑影又怪笑了起来，"陶氏一族，从未出过显贵，皆为平民，是十里八乡远近闻名的手艺人。"

柳拂衣目露嘲讽："既是如此，那你为何欺骗赵太妃，说自己来自天竺婆罗门？"

"柳方士猜猜我们陶氏是靠什么手艺吃饭的？"那黑影不答反问，语气更加讽刺。

"制陶？制蜡？木工？"

小门小户只求温饱，杂七杂八，什么都做。

"你错了。"怨灵幽幽道，"是制香。"他从供桌前闪着诡艳红光的烛火前走过，"陶家主母陶虞氏，最擅长制香，这本来是她从娘家带来的手艺，可自从丈夫死后，制香就变成陶虞氏养家糊口的唯一手段。"

柳拂衣眉心一跳，电光石火间，心里已经有了猜测："陶虞氏是你什么人？"

怨灵并未作答，陷入了诡异的沉默，许久才道："陶虞氏制香，只是为了温饱，养活一家老小，她过自己的日子，谁也没有招惹。"

柳拂衣看着他，点头："谁也没有招惹。"

"可是赵沁茹，就因为她是高门贵女、天子宠妃，她要信佛，举国上下都必须心怀虔诚，这是什么道理？"怨灵的声音骤然拔高，"一年一大参拜，达官显贵肆意搜刮，不顾民怨沸腾……只因为陶虞氏会制香，只因为她制的香最好最优，就让她不眠不休赶制庆典三天所需的特制香，还要说是承了贵人的恩。你说，这又是什么道理？"

柳拂衣顿了顿，答道："或许赵太妃给了足够的赏钱，只是贪官污吏层层盘剥……"

"给了赏又如何？"陶荧打断他，半转过身来，紧紧地盯着柳拂衣，"我们陶氏小门小户，从不敢攀此等权贵，只想过自己的小日子，却连说'不'的资格都没有。

"陶虞氏守寡，儿女壮年早夭，一生辛劳，几个子孙，全靠她一双手

247

带大。因常年忙于制香，她的双目被熏出顽疾，还落下了头晕的毛病。她熬了那么多年，家里才过上了好日子，本来、本来不用再如此拼命……"

他走近几步，靠近柳拂衣，身上的黑气不住地被九玄收妖塔吸进去，他却似乎毫无察觉："你知道她被强迫制香时多大年纪了吗？六十五岁！足足六十五岁！若生在富贵人家，早该颐养天年，她却被赵沁茹的亲信强行抓来赶制香！她的身体每况愈下，大庆前一天的夜里，她昏倒在制香房里，不慎碰落了烛台……"

柳拂衣闭了闭眼，感到一阵眩晕："陶虞氏可是死于意外？"

怨灵发出一阵尖厉的笑声："大火烧了一天一夜，烧死了她，也烧尽了陶虞氏辛辛苦苦攒下的基业……"他的声音有些变调了，仿佛沾了湿漉漉的潮气，"第二日，我拉着哭哭啼啼的小六去兴善寺讨一副棺材，却发现那里热热闹闹地办着大庆。侍卫将我们暴打一顿，扔到寺外，说陶虞氏没有赶出香，让赵妃失了面子，没有追责已是幸运，还敢来讨要赏钱……"

柳拂衣双目澄明，定定地望着他："所以，你花了多年假造身份，改头换面，想方设法混进宫里，让赵沁茹的女儿受烈火焚烧之痛，也想让她尝尝痛失所爱的滋味？"

第五章　朋友

一

凌妙妙醒来时，发觉自己被绑在高高的架子上。不远处即是熟悉的供桌和佛像，她现在不需抬头就能跟佛祖面对面。

她抬眼望去，头顶是一幅巨大的十瓣莲花彩绘，花瓣赤红如血，层层叠叠地绽开，更衬得幽蓝的背景十分深沉。

她的脚下堆满了一捆一捆的柴火，老头和一众怨灵聚在一起商议些什么，发出细碎的声音。

她现在就像是架子上的鸭子，看着厨师们扎堆讨论着下一步该用木果烤还是炭火烧。

她挣扎了几下，发现双手被牢牢地反绑着，腰上也缠了好几圈手腕粗的绳子，要多结实有多结实，根本不是闹着玩儿的。

凌妙妙的额头上沁出一层薄汗来。

"陶荧师父还没来吗？"几个小鬼偷偷看着她，见她醒过来了，惴惴不安，"师父不是说如果这个时辰还等不到他，就……"

另一个小鬼也忍不住了，悄悄地回头看着老头："就先一步开始仪式。"

老头佝偻着背，摸了摸胡子，又踱了几个圈，拿不定主意。他思来想去，终于下定了决心，挥手道："仪式开始！"

那个被端阳帝姬描绘了无数次的神秘仪式，就在这样仓促的条件下，毫无征兆、毫无准备地再一次开始，在场所有的怨灵纷纷跪伏下来。

"神女——

"神女——"

一时间怨灵的声音如山呼海啸，淹没了整个大殿。

"喔——"

几个看起来只有七八岁的小鬼争先恐后地跑出来："神女！神女！"

有一个还激动地绊了一跤，手上的打火石被摔出三米远。

凌妙妙无语。

怎么着？一说要点火，你们还挺兴奋。

打火石噼啪碰撞了一下，一星红点儿落在了木柴上，随即烈火轰的一下向上涌来，一股热浪如同暴风直扑到凌妙妙的脸上。

她紧紧地闭着眼睛，咬紧牙关。

火舌向上舔舐她的鞋底，她的身上忽然闪烁出一星蓝光，一道蓝色的烈焰在火焰即将触碰到她的瞬间包裹了她全身，下一秒，本来烧得很旺的火焰如同瞬间被冰冻，突然熄灭了。

正在欢呼的小鬼："咦？"

凌妙妙乐了："不好意思呀，本宫今天像根湿掉的柴火棍，点不着。要不咱歇歇，明天再试？"

她敢以身犯险，就是仗着这神奇的护体蓝焰，但凡有伤她性命之物，触之片刻便死，这火刑自然也奈何不了她。

老头和几个小鬼对视一眼，商量了半天，回身朝她作揖，笑出了一口豁了的牙："神女，既然如此，咱们暂且跳过这火刑，先举行第二项。"

等会儿……第二项？书里怎么没写？

凌妙妙有些蒙了。

随后，老头拍了拍掌，几个小鬼抬了一个一人高的黑色大盒子来，咣当一声放在了地上。

凌妙妙定睛一瞧，这盒子好像是……是个棺材。

老头带着小鬼们合力将棺材掀开，从里面抬出个人来，放到了地上。随即，几个小鬼爬上了高高的架子，七手八脚地解开了她身上的绳索。

凌妙妙的四肢都被小鬼架着，飞速地下了地。

底下的老头指着棺材里抬出的那个"人"，笑眯眯地说："第二项，请神女与圣童同修共好。"

九玄收妖塔感知到陶荧的气息，更加兴奋，金光四射，照得整个大殿

250

灿然生辉。

陶荧在这样的照射中，身上的黑气飞速地消散瓦解着。他一动不动地盯着柳拂衣，不知在想些什么。

收妖塔的威力，道上的妖魔鬼怪都心知肚明。一旦柳拂衣放纵这个塔吞噬邪灵，不论是妖、是鬼都在劫难逃。他即使负隅顽抗，也迟早会被消灭。

岂料柳拂衣伸手一指，收妖塔便有些不情愿地后退一步，收敛了光芒。他神情严肃："我让你把话说完。"

陶荧的怨灵一顿，笑得簌簌抖动："柳方士不必假意为我主持公道。

"号称光明正大的捉妖世家家主慕怀江，竟然以镇鬼封印帮助皇家掩盖丑事，现在慕瑶又主动插手阴司之事，想要再次杀灭我们这些冤魂。你们捉妖人，不都是这种贪慕虚荣、恃强凌弱之辈吗？"

柳拂衣向前一步："当年之事我不了解，只是慕瑶此次前来，是因赵太妃手持慕家玉佩，听命而来，别无选择。"他看着眼前残缺不全的怨灵，"陶荧，你要为陶虞氏报仇，照理说我不该干涉，可你不该蛊惑这么多教众自焚，又意图谋害端阳帝姬，因为他们都是无辜之人。你既然选择这么做，我与瑶儿必定要出手对付你。"他伸出手，九玄收妖塔便飘到了二人的头顶，仿佛下一秒就要迸发出强烈的金光。他的手因焦急而有些发抖："你的仇怨自有阴司决断，我现在要你告诉我，瑶儿在哪里？"

陶荧诡秘地望他许久，低低一笑："我不告诉你。柳拂衣，我也要让你尝尝痛失所爱的滋味。"

话音未落，那个残缺不全的黑影瞬间化为一团黑气，向上一蹿，直奔塔身而去。

柳拂衣的脸色煞白，他翻手收塔，然而光芒万丈的九玄收妖塔已然将这自投罗网的怨灵吞吃干净。

柳拂衣收回九玄收妖塔，慌乱地将变回小木塔的神器抖了半晌，也只是徒劳。

他有些心神不宁地四处张望。

陶荧竟然宁死也不愿意说出慕瑶的下落。

"哥哥……"

佛殿内传来轻轻一声响。柳拂衣回过头，只见一个七八岁的小女孩儿披散着一头黑发，拽着他的衣角，正仰头看着他。

251

女孩儿没有脚，是个年纪极小的小鬼。

她拽了拽他的袖子，怯怯道："我知道那个姐姐在哪里，你随我来。"

小小的怨灵穿着一身崭新的绫罗绸缎，手腕上戴着层层叠叠的金饰，个头儿只到柳拂衣的腰际。

柳拂衣跟着她往殿外走："你也是教众吗？"

小鬼回过头来，一双乌黑的眼睛看着他："阿娘说，我和帝姬同年、同月、同日、同时生，是天大的福气，因为我有福气，赵妃娘娘才选中了我，让我代帝姬做神女。"

柳拂衣心里一梗。

端阳是无辜，可眼前这个代她受了火刑而死的民间女孩儿，又犯了什么错？

他柔和地牵住了她小小的手："痛吗？"

小鬼瑟缩了一下，似乎有些怕，低下头去想了半晌，只是有些畏惧地接道："哥哥，我为你带路，是有条件的。"

柳拂衣一怔，随即问道："你想要什么？"

小鬼说："你可以出寺去，告诉我阿娘一声吗？她丢的那枚绣花针是我藏起来的，藏在褥子底下了，她总是半夜点着灯刺绣，阿爹说多少次她都不听。我走的那天，她还在找。"

柳拂衣没料到是这样的回答，良久才点头："好，我帮你告诉你阿娘。你还有什么话，我一并带给她。"

小鬼又想了想，冲他笑道："告诉我阿娘，我做了神女啦，在天上住最好的房子、睡最软的床，还有小丫头给我扫院子。"

柳拂衣怔了许久，点了点头。

当年那出偷天换日的戏码，赵太妃必然将知情者斩草除根。十年已过，物是人非，这个徘徊在旧寺的女孩子不知寺外已沧海变桑田。

女孩儿停下来，指了指远处。

眼前是一处极高的架子，上面绑着一个身着抹胸与刺绣短裙，手腕上和脚腕上套着层层金饰的少女。她着装暴露、长发披散，白皙的手臂和大腿裸露着，骤然望去，几乎像是那妖冶的欢喜佛成了真。

慕瑶如此骄傲的人，被人打扮成这般模样悬挂起来，不知道受了多大的委屈。

柳拂衣回头望着小鬼："我不收你，你自行阴司备案，知道吗？"

小女孩儿歪头看了看柳拂衣，有些好奇地敲了敲他手中的木塔："陶荧师父在里面吗？"

柳拂衣急忙将塔收回袖中："他的冤屈自有专人处置，但他有罪过，就要付出代价。我的收妖塔，只收罪有应得之人。"

他在似懂非懂的小女孩儿背后贴了一纸引路符，望着她被符纸操纵而去，叹息一声，飞身上了架子。

慕瑶人事不省，嘴角还有未干的血迹。

他将绳索解下来，将她拦腰抱着，飞落在地上，心急如焚："瑶儿、瑶儿？"

慕瑶微微睁开眼睛，瞧见他的脸，还未言语，眸中率先闪过一丝哀意。

柳拂衣捧着她的脸，说话很轻，唯恐吓着了她："我来晚了，瑶儿，我来晚了，对不起。"

慕瑶喉头一哽，眼泪不受控制地流了下来。

柳拂衣将她抱在自己怀里，在她背上拍了拍："别哭，现在没事儿了。"

慕瑶想到自己身上的衣物不妥，偏偏这种狼狈和屈辱的模样全都被他看见了，一时间委屈、羞恼、痛苦全部交杂在一起，她挣扎起来，柳拂衣却将她抱得更紧。

"我知道你在想什么。"他非常平静地说，"你这个样子很美。"

二人狼狈地坐在地上，这对眷侣全无从前的光鲜和潇洒，他们却感到，此刻他们的距离比从前任何一个时刻都要靠近。

他放开她，望着她的眼睛，不知道在想什么，许久才开了口："瑶儿，你知悉我的心意，我此生都不会再离开你。"

慕瑶怔住了，眼泪流过她苍白的面颊。她看着柳拂衣对着手心里的小木塔道："我柳拂衣对着九玄收妖塔起誓，再也不会让慕瑶受这种委屈。"

她看着他宛如盛着惊涛骇浪的眼睛，心内如同被重重击了一下，一股强烈的暖意席卷而来。

她彻底放下心来，依偎在他温暖的怀里。

如果她是一叶漂流的船，那她现在才真正拥有了港湾。

慕声几乎与柳拂衣同时出发，也同样选择了近路，可是他这一路上格

253

外坎坷。

他的至阴体质，极易吸引妖魔鬼怪，再加上此前两次放血写就反写符，对邪物来说，他现在简直就像是香味诱人的火锅，每走几步就有怨灵拦路，就连树林子里的黑蝙蝠都冲着他猛拍翅膀。

三日之内，他已经用过一次反写符，如果不加节制，极易走火入魔。因此，他只能一路走一路老老实实地斩杀邪灵，几乎用完了身上所有的符纸，硬生生靠着两个收妖柄和"炸火花"开辟出了一条路。

待他闯入兴善寺，已然精疲力竭。而寺中只剩一片狼藉，根本没有活人的影子。

只见横梁断裂，斜躺在地上，瓦片坠落在四周，供桌上的两支红烛燃到了尽头，沿着桌子流下几道血红色的烛泪。

昏黄摇曳的烛光照着满地泥泞，所有的怨灵要么神形俱灭，要么四散逃窜，显然是经历了一场恶战。

四周安静极了。慕声向前走了几步，环视四周……他来迟了吗？

有个长发的小鬼飞快地掠过了他，脸上写着惊惶，被他伸手一拉，这才停了下来。

"好险、好险，太快了。"那女孩儿拿袖子擦了擦额头，满脸虚惊。

他的目光落在她的绫罗上，她的背后被贴了一纸引路符，所以才不受控制地往符纸指向的地方去，但这符的威力对她这样的小鬼太大了，这才令她跑得飞快，难以驾驭。

慕声神情复杂地望着符纸上那熟悉的笔法，一时间不知该恨还是该庆幸——柳拂衣醒了，还来过了？

"哥哥……"小女孩儿仰着头，乌黑的眼睛好奇地盯着他看，"你也是来救那个姐姐的？"

慕声看了她一眼，骤然转身，头也不回地离了寺，袍角掀起一阵冷风。

二

眼前一个漆黑的人影越来越近，她已经能嗅到对方身上一股火烧的焦臭味，浓郁地扑面而来。

凌妙妙确定这是个人，一个几乎被烧成炭的死人。

"等等、等等，放开我！"凌妙妙的四肢被小鬼抓着，拼命地挣扎起来，"圣童又是什么，你们不给本宫解释解释吗？"

254

老头做了个手势，小鬼们将她扶了起来，让她坐在了一旁。

"神女有所不知，这圣童跟您一样，也是天定之人。天地初分，阴阳调和，有阴就有阳……"

凌妙妙忍无可忍："说简单点儿！"

老头愣了一下，开始摸着胡子笑眯眯道："意思就是，神女与圣童，缺一不可，阴阳调和，这才能贯通天地之气。神女、圣童双双归位，永登极乐……"

胡说八道，狗屁不通！

凌妙妙的心里生出一股异样的悲愤，这圣童也不知道是哪个可怜的过路人，被生生烧成这样，连尸首也不得入土为安。

陶荧当真是与皇家有血海深仇，想出这么多花样来折腾端阳，就算端阳不死，也要狠狠地凌辱她一把，真是令人叹为观止。

她看着老头的脸，尴尬地指了指那具新鲜的焦尸："那个……你们看，这个'圣童'已经先行……先行涅槃了对吧？本宫这个神女还没受火刑，现在就同他……同他圆房，本宫真是有些自卑。"

几个小鬼围坐在她的身旁，闻言面面相觑，纷纷点头，不知在咕咕叽叽地说些什么。

那个老头一怔，转了转眼珠，笑眯眯道："神女天赋特殊命格，与圣童是天造地设的一对，无须自卑。"他招呼了一下，几个小鬼再次紧紧地拉住了她的手臂，几乎将她架了起来，就要往那尸首上按，"吉时有限，神女抓紧时间！"

凌妙妙简直快哭了："等……等一下！"

慕瑶被安顿在青桐树下，身上盖着柳拂衣的衣服，双眸紧闭。

一旁重新燃起的火光映照着柳拂衣温柔的脸，他用手在她的身上轻轻地拍了几下，看她睡得熟了，这才满脸忧虑地抬起头来。

树干上的镇鬼符纸和端阳帝姬一同消失了，还有一个凌妙妙不知所终。

这几日，他们只靠随身的一点儿干粮和幻境中的溪水度日，这种时候与队友失散是一件非常危险的事。如果不能及时找到他们，后果不堪设想。

他站起身来，在可以看得到慕瑶的范围内四处寻觅着，在一丛高高的蓬草下面发现了抱着膝盖睡着的端阳帝姬。

"殿下……"他轻轻地碰了端阳的肩头。

她宛如惊弓之鸟，立刻蹦了起来，待看清了他的脸，这才疲软下来，带着满腹的委屈和惊恐，一头扎进了他的怀里，放声大哭："柳大哥，你总算回来了……"

慕声一路行色匆匆地向回走，临近青桐树，放慢脚步，先一步走进了密林。

永远的黑夜令人烦躁，那一轮又大又圆的月亮宛如纸片剪出来的，冷冷清清，没有一点儿生气。

溪水泠泠作响，叮叮咚咚，如同少女在歌唱。落叶在他的脚下咯吱、咯吱地破碎，他越走越快，没有刻意隐藏脚步声。

枝头上的鸟雀受了惊，扑棱棱地飞离枝头，溪边空空荡荡的，只有倒映着粼粼月光的溪水冲刷着长满青苔的大石。

不是让她在这里等吗？

他低头，看见地上一摊小小的、凝固的血已经变成黑色，藏在斑驳的枯叶之间。

他盯住那摊血迹，僵硬地站了片刻，转身飞快地折返。

他刚到，就看见一对男女搂抱在一起，而远远的树下躺着脸色苍白的慕瑶。

"阿姐？"

慕瑶躺在火堆旁边，睫毛上凝结了一层霜，呼吸平稳。他蹲着俯视一眼她的睡颜，如同有谁伸出冰凉的手给他顺了顺气，让他心中安定了一些。

但也只是一瞬间，他又很快烦乱起来。

慕声用视线环绕了一圈，没见着凌妙妙的身影。

这种烦乱几乎立刻成了难以控制的戾气，他几步跨过去一把将柳拂衣拉开，看了柳拂衣一眼，又转向了正哭得梨花带雨的端阳帝姬，语气冷淡："柳公子，现在不是抱美人的时候吧？"

柳拂衣皱了眉："阿声，你误会了，我……"

他的话音顿止，因为他发现慕声向上睨着他，那是个格外古怪的眼神，充满敌意和戾气："你为什么刺伤凌妙妙？"

"妙妙？你见过她了？"柳拂衣愣住了，许久才理解了这话中的意思，满脸震惊，"你说我……"

慕声一动不动地盯着他，眼神充满了压迫感，嘴唇轻启："那把匕首不是你的吗？"

柳拂衣看着他想了许久，才反应过来"匕首"指的是哪一个，再仔细回忆，他似乎在救人时将那匕首交给了端阳帝姬，此后一直没有收回来。

他下意识地看向身旁的端阳，恰巧看到她一张慌乱的脸。

慕声顺着柳拂衣的目光转头望着端阳，那神色让端阳打了个寒战，不禁向后退了几步。

慕声的眸子沉成了危险的黑色。天家公主骄横跋扈惯了，想要什么都是直接拿来，偏偏凌妙妙与她喜欢同一个人，又不像慕瑶有术法傍身，端阳自然是想怎么欺凌便怎么欺凌……

"是你捅的？"

"我……我不是故意……"她慌乱之下，语无伦次。

柳拂衣看着他们二人一个眼露寒光，另一个吓得脸色惨白，一时有些急了："到底怎么回事儿？妙妙怎么了？"

端阳战战兢兢，两腿发软，不敢直视慕声乌黑的眼睛，只得看着柳拂衣，语气中充满懊悔："我……我与她闹着玩儿的，我也没想伤她，只是想吓唬她一下，谁知道她自己撞上来，就……"

柳拂衣感到一阵微风刮过脸颊，还未等他反应过来，就见慕声伸出一只手，径直掐向了端阳的脖子。慕声几乎是扼住了她，又瞬间移动了数步，狠狠地将她撞在了树上，那双水润润的眸子毫无波澜地凝视着她："人呢？"

端阳的眼睛瞪得极大，她的脸立即因充血而涨红，她张了张嘴，却没能发出声音。

柳拂衣这才意识到，眼前的慕声竟然是真的动了手，如果自己再不出手，这少年就真的要把端阳帝姬弄死了。

"阿声！"他几乎是立刻冲过去将慕声拉开，有些失态地冲对方大吼，"你疯了吗？"

他惊出一身冷汗。

慕瑶这个弟弟一向只在姐姐的面前乖巧，待旁人稍显生疏，他是知道的，他还知道对方有些脾气，不能被人惹急了。可是他万万想不到慕声会做出这种出格的事儿，事情发生得太急太快，直到此刻，他还是觉得有些不真实，简直像在做梦一样。

端阳瘫坐在了地上，抖成了一团，惊魂未定地捂着脖子，目光呆滞地咳了起来。

从小到大，她养尊处优，别说被掐着脖子，就是谁敢大声对她说一句话，都会被拖下去杖毙。就算是那些恐怖的噩梦，也没有像刚才那样让她如此近距离地感受到死亡的气息。

慕声将柳拂衣的手拂下来，似乎是努力地控制住了自己，冰凉地看他一眼："拦我做什么，我在问话。"

柳拂衣终于觉得他有必要替慕瑶管教一下弟弟了，几乎是瞪着慕声低斥出声："有你这么问话的吗？"

"柳公子。"慕声看着他，嘴角上翘，满是讥诮，眼里没有一丝反省的意思，还反过来兴师问罪，"你先前与凌妙妙形影不离，现在连她人也看不住，还来管我如何问话？"

"你……"

慕声已经转过身去，俯下身来，冷淡地看着发抖的端阳帝姬，嘴角的笑收了起来："凌妙妙人呢？"

端阳的泪珠啪啪地直往下坠，睫毛拼命抖着，她使劲地遏制着自己的抽泣声："在……在那丛蓬草旁边，遇见、见一个鬼，本来叫的是我，没想到她、她替我、替我去了，坐了一顶红色的轿子，往、往那边去了。"

又是轿子！柳拂衣一愣，无限担忧涌上心头。

慕声听着，乌黑的眼珠微微一转，脑海里不受控制地浮现出少女苍白的脸，想起她一瘸一拐的身影，和那被汗水打湿了的眉毛。

自作聪明。

她流了那么多的血，想必那刀扎得很深。她现在走都走不了，更何况是从陶荧那里跑出来？就这样还敢不自量力地替别人出头？

即使她性命无虞，但危及性命之外的事呢？

慕声轻轻一压眉头，身体一闪就向外飞掠而去，黑色的衣角扬起一阵风，如同过境的台风。

他忽然觉察到柳拂衣跟了上来，眼中顿时闪过一丝戾气，一招"炸火花"毫不留情地炸向身后，喝道："给我回去看着阿姐，她若出了事儿，我唯你是问！"

那火花差点儿炸在柳拂衣的脸上，他猝不及防，不得不后退几步躲避开来，等到那火花消散，慕声早已经消失了。

他十分惊愕地站在原地，心想：今晚的阿声简直疯了。

"等一下！等一下呀！"凌妙妙使劲挣扎着，努力不挨到那焦黑的身体，背上出了一层汗，"本宫……本宫才见到这个、这个圣童，你们能不能先让我跟他熟悉熟悉？"

她甚至怀疑那可怜的圣童能不能承受她的重量，会不会被她一碰，就直接碎成渣了？

可那毕竟是人肉组织纤维，不是炭哪……她这样一想，鼻端焦臭的味道更加明显，胃里即刻翻腾起来，令她头晕目眩。她强忍着，没有吐在尸体身上。

"陶荧师父那边没有消息了，会不会是出事儿了？"一个小鬼怯怯地问，"他说了，会过来看仪式的。"

老头的脸色猛地阴沉下来，他转过身瞪着拼命挣扎的凌妙妙，语气也阴森森的："还不快一些？"

"神女，得罪了。"小鬼在她的耳边轻轻一笑，抓住她大腿上那个突出的匕首刀柄，突然向下按了一下。

"哇！"一阵猛烈的痛楚令她双膝一软，直接跨坐在了那具焦炭的两边，痛得她弓起了脊背。

这痛苦减轻模式真不是假的吗？为什么还是这么痛？又或者说，如果不开启这个减轻模式，她早就昏过去了？

在一阵眼冒金星的眩晕中，凌妙妙感觉到有人在按着她的脑袋，眼前一张焦黑的脸越靠越近，冷冷地瞪着她。而离得近了，除了焦臭以外，凌妙妙还闻到了一股难言的腐臭味。

"不要吧……"凌妙妙咬牙仰着脑袋，心中咆哮道：系统、系统，护体蓝焰快给我打开呀！

然而什么也没有发生，她已经感受到汗水顺着耳郭流下的冰凉的触感，耳边全是小鬼们的热情高涨的呐喊助威声，乱七八糟响成一片，仿佛此刻不是在围观圆房，而是在举行运动会。

熊孩子，不学好……

刺啦——

凌妙妙忽然感到背上一凉，她身上的衣服被撕了个大口子，露出短短

259

的褒衣下没被遮住的光洁后背，欢呼声猛然间高了一浪。

刺啦——

衣服又被撕了一块。

凌妙妙目瞪口呆，记得这个撕衣服的剧情是发生在慕瑶身上的……

凭什么她也要经历这样的剧情啊？！

耳畔猛然传来一阵尖啸。

北方的冬风吹过铝合金窗，像刀子一样从缝隙中挤出来时，才会发出这样的声音。

凌妙妙被这声音刺得一阵耳鸣，忍不住皱起了眉头。

热闹的欢呼猛然高了几个度，似乎突然变成尖叫，尖叫声划过她的耳畔，直刺她的耳膜，让她又是一阵耳鸣……她感到紧紧拉着她的手臂的桎梏一松，便下意识地往旁边一滚，急忙远离了"圣童"的身体，慌乱中还蹬了他几脚。

"圣童"远比她想象中的结实，竟然没有碎成渣，只是被她蹬得扭曲了一下，又弹了回来，冷冷地看着她。

妈呀，真可怕……她闭着眼睛，又向旁边一滚，这次压到了什么温热的东西。那东西把她向上一捞，将她整个抱了起来。

那似乎是谁的手，无意间贴住了她被撕裂的衣服下光洁的肚皮，引得她起了一身鸡皮疙瘩，开始尖叫着蹬腿："放、放、放开！"

那人被她晃得左摇右摆，只好蹲下身躯，将她扔回了地上："别喊了，闭嘴！"

这声音格外清晰，回荡在大殿里。

她这才意识到耳边一片安静，仿佛之前小鬼们嘈嘈杂杂的呐喊声都是一场噩梦，而此刻正是噩梦清醒时的寂静时分。

她抬起头来一看，看到了一双熟悉的黑眸。

三

慕声的眉梢眼角带着诡异的艳色，眼角通红，红得几乎像是画了个浅浅的桃花妆，那双秋水般的眼睛被衬得宛如两颗黑水银。

照理说，这三日内他不能再碰邪门歪道。可是他刚进来，就看到她的衣服被撕裂的场景，那一抹暴露出来的雪白脊背刹那间刺痛了他的眼睛。

他心里冷静地浮现出一个念头：必须立刻让它们消失，用收妖柄一个

260

一个打太慢了，他等不了。

他下意识摸向袖口，袖中竟然没有剩下哪怕一张攻击类的符纸，这就如同杀戮正酣的将军找不到称手的兵器。他在几乎镇静的盛怒中，胡乱地将手伸到背后，将发带狠狠一松。

他立刻就后悔了，可是他既已出手，就没有回头的余地。

这些怨灵本就是鬼，经了这一遭，现在估计已经神形俱灭。

三日之期不可违，他偏偏违了这最严重的一条。方才他越杀越兴奋，几乎在冲天的戾气中失控，起了吞食天地的欲念，直到一声惨烈的尖叫声将他骤然惊醒。

凌妙妙躺在地上，一边叫一边拼命踹着一具焦尸。这声音将他一点儿一点儿地诱过去，待他勉强克制自己的神志将她抱起来，她又扑腾起来，对着他的耳朵尖叫了好一阵。

叫得他满身黑云退散、戾气顿消，仿佛双脚踩到了实地，彻底回了人间。

凌妙妙呆呆地望着他，没有想到她还能有让"黑莲花"亲自来救的一天，这简直是……

她磕磕巴巴地吐出几个字："子……子期……"

不过，她怎么觉得，才一会儿不见，他长得跟原来不太一样了呢？

慕声也望着她的脸。

凌妙妙现在镇定下来了，杏眼里倒映着水色，意外里带着几分委屈，一眨不眨地瞪着他，满脸不敢置信地叫他的名字。

她委屈什么？因为来的人不是柳拂衣？

他垂下眼帘，体谅她刚刚受了惊，才刻意收敛了语气中的寒气："是我。走吧。"

没想到下一秒，他就被凌妙妙结结实实地抱了个满怀。少女的手臂紧紧搂着他的脖子，对方似乎将所有的重量全部交给了他，这才放纵了情绪："我、我一直等你……没想到你真的会来……"

他感觉到脖颈上热乎乎的，随即变成湿漉漉的，只听到凌妙妙哭得好伤心。

嗯，她刚才差点儿就和尸体抱在一起，吓成那样也没有哭，想必眼泪全憋到了现在。

凌妙妙像条羽绒被子似的紧紧裹住了他，又热又轻柔，调动了他所有

261

渴望疯狂的邪性。他伸出手，想拎着她的衣服把她揪开，但触到她光滑的肌肤，才想起她的衣服已经被撕破了。想到他这个动作好像有点儿不怀好意的意味，只好硬生生改成了轻轻一拍。

凌妙妙感觉到"黑莲花"一反常态的乖巧，居然任由她抱着，还好心地拍着她的后背安慰她，于是在无限感慨中放纵自己哭个痛快。

这么多天的压力好像都在这几分钟宣泄一空，令她心情大好。

慕声突然感觉怀里一轻，随即是一阵空虚的冷。她已经擦干了眼泪，自己挣扎着爬了起来，非常自觉地躲到了一边，带着浓重的鼻音道："对不起。"

他也跟着站了起来，发现大殿里昏昏暗暗，刚要开口，地面开始轻轻摇动，如同小规模的地震。

凌妙妙震惊地望着地面，一瘸一拐地走到他的身边，表情相当不安。

"陶荧死了，幻境也即将崩塌了，准备出去吧。"他望着她破破烂烂的裙子上干涸的血迹和那一把匕首，犹豫了一下，弯下腰用手撑住了膝盖，飞速道，"得快走，你上来。"

凌妙妙瞪着通红的眼，茫然地望着慕声。

"你那样走，我还得等你。"他似乎有些恼了，"又不是第一次了，快点儿。"

凌妙妙怀着微妙的心情趴了上去，连腿疼都有些忘记了，在他的耳边问道："哎，你吃饭了吗？"

她的老毛病又犯了，絮絮叨叨的，废话式多，哪壶不开提哪壶。

凌妙妙对他的沉默不以为意，另起了话头："慕姐姐救回来了？"

"嗯。"

"她没事儿吧？"

"嗯。"慕声顿了顿，睫毛轻颤，突然问，"阿姐真是让那黑影掳走的？"

凌妙妙一时语塞："也……也差不多。"

"差不多是什么意思？"

"就是……"她的声音小小的，还有点儿不服气，"就是追着黑影跑的。"

"那你跟我胡说什么？"

他扭头看她，想在这张没心没肺的脸蛋上面找出点儿畏惧，却只看见她眨巴着一双黑白分明的杏眼，无辜地瞅着他："我就是想让你快点儿去呗，别磨磨叽叽的。"

世上怎么会有这种人。

慕声联想到端阳帝姬的脸，眉间闪过一丝戾气，冷淡地补了一句："以后若是不想早死，就少管别人的闲事儿。"

"这怎么能叫闲事儿呢？"凌妙妙笑嘻嘻地戳了戳他的肩膀，戳得他直皱眉头，"我素来胆大，也没有怎么样嘛。现在不是正好，皆大欢喜。"

胆大？他心内冷笑一声，刚才不知道是谁叫得房顶都要被掀开了。

地面上的震颤是一阵一阵的，间隔的时间越来越短，震颤的幅度越来越大。

慕声忽然停了下来，将她放在了地上，又撩起衣摆蹲下身子，将她受伤的腿捞起来放在自己的膝上，开始盯着刀鞘上的宝石看。

"你干吗？"凌妙妙汗毛倒竖，警惕地护住匕首，"这可不能乱拔呀！慕子期，会出人命的……"

他轻飘飘地答道："这刀柄总是碰到我，硌得我腿疼。"

凌妙妙的脸色苍白："你能不能将就忍一下，不能因为你不舒服，就……就要我的命吧？"

话音未落，慕声一指头伸进了她的嘴里，带着指尖上甜腻腻的血。下一秒，她的双手手腕被他一手紧紧地攥住，他另一只手毫不拖泥带水，嚓地拔出了腿上的匕首。

凌妙妙眼睁睁地看着自己的血冲了出来，竟然奇迹般没感觉到一丝疼。

慕声的动作快得晃眼，他将一纸止血符啪地贴在她的伤口上，她这才感觉到一阵若有似无的痒。

这张止血符贴得快准狠，血还没来得及喷涌而出便止住了。

她脑子想的却是：捉妖人这里不是有这样好用的止血符吗？宛江船上那一次，他居然放任自己流血不加处理，这个自虐狂……

慕声抬眼望着她："疼吗？"

凌妙妙的嘴里还留着一丝未散的甜，她下意识答道："不……"

慕声忽然笑了，漆黑的眼眸中闪烁着恶劣的笑意："早知道就该让你疼一下。"

他不再言语，拉住她的手臂，将傻极了的凌妙妙一甩背在了背上，手腕一用力，把那拔下来的沾着血的匕首断成两截。刀刃落在腐烂的枯叶中，闪烁着寒光，刀柄还被他握在手里。

凌妙妙听见一阵窸窸窣窣的响动，原来是他手上用力，让刀鞘上镶嵌的宝石纷纷掉落，噼里啪啦地落在了草丛中。最后他手一松，将那千疮百孔的刀鞘也丢掉了，两只手堪称优雅地拍了拍，嫌恶地拍掉手上肮脏的灰尘。

她望着落叶中那些闪烁的光点渐渐远去，安静了好一阵，听着树梢上偶然传来的鸟鸣声，轻轻地开口："子期呀，我们算不算朋友？"

慕声的嘴角噙着一抹讥诮的笑意："我从来没有朋友……"

背上的少女突然笑了，一股热风吹过他的耳朵，她狡黠地闭上眼睛："嗯，我知道，你就只有一个姐姐。"

慕声听着她的言语，一时间微微失神。人生在世，他什么都不曾剩下，就只有、只有一个姐姐吗？

"那就是不算朋友咯……"她接着道，笑着搂紧了他的脖颈，几乎让他觉得那是一个十分亲昵的撒娇的姿态。她的声音很甜，带着十足真诚的夸赞："其实你真的很好，不需要朋友也很好。"

她说完了便毫不在意了，甚至趴在他背上睡了一觉又醒来，一会儿玩儿他的头发，一会儿戳他的领子，弄得他屡屡分神、不胜烦扰。

"太无聊了，我给你唱个小曲儿好不好？喀喀，'沂蒙山的妹子哟……'"地板一个猛晃，高亢的嗓音被骤然截断，"哎呀，怎么又地震了？"

月光很亮，如遍地银纱。

他在这世上游离于温情之外，几乎独存于世。可是现在的确有一个人，除了慕瑶之外，比旁人都离他更近一步。

先前他是激烈反抗，恨不得杀之后快，现在似乎变成坦然接受。

他隐约感到，这段路是他愿意放慢脚步走的，因为没有姐姐和柳拂衣，没有慕家，也没有赵太妃和玉牌，他即使负重，竟然也可以这样轻松。

这样的暖，贴得这样紧……他不想放开。

四

端阳帝姬从幻境出来，一回宫便大病一场，不知是精疲力竭，还是受

264

惊过度的后遗症。

在她高热不退的这几天里，佩云寸步不离地守着她，每隔一个时辰，便用冷水给帝姬擦身降温。

凤阳宫的帘栊微动，一个穿着玄色衣袍的身影默默地走了进来，屏退了宫内侍奉的宫女，站在端阳的床边。

佩云看到了他的影子，手上的动作不禁一顿。

"她好些了吗？"

佩云低眉："回陛下，帝姬的烧已经退了。"

"那便好。"天子望着佩云纤瘦的侧脸，而佩云本该光洁的十指上，因为受刑留下了数道狰狞的疤痕。他顿了顿，开口："佩云，是朕不好，委屈了你。"

佩云低着头，飞快地摇摇头，一滴露珠似的泪水也跟着被甩掉了："奴婢没事儿，不怪陛下。"

谁让她所爱之人偏是九五之尊，纵然她守在御前，与他也是云泥之别。她除了低进尘埃，受他所托，照顾好他的亲人，还有什么别的办法？

天子将手覆了上来，握住了她冰凉的手，带着无限怜惜："佩云。"

她猛地一战。他已经松开了手，那尊贵挺拔的身影转身离了凤阳宫："敏敏娇纵了些，但是个好姑娘，看顾好她。"

伤筋动骨一百天。

虽然系统不可能让她真的伤筋动骨，凌妙妙还是在主角们的要求下在皇宫里休养了三个月，遛鸟、喝茶、看戏，过得相当惬意。

这三个月里，长安城、兴善寺、陶荧和檀香的所有前尘往事全部尘埃落定，凌妙妙倚在床上，兴致勃勃地听慕瑶和柳拂衣的对话。

"当年陶虞氏守寡之后就成了陶家的主母，她自小有着超群的嗅觉，将娘家的制香本领带到陶家之后，发扬光大，开了一家香料铺子，兼制香，在本地小有名气。"

慕瑶坐在凌妙妙的床畔，低眉拿着一把匕首削苹果，削着削着，将苹果雕成了只小兔子，递给了凌妙妙。

凌妙妙把眼睛瞪得像铜铃般大，满心欢喜地接过来，左看右看，几乎舍不得吃："哇，谢谢慕姐姐！"

慕瑶微笑颔首，与搬了凳子坐在一旁的柳拂衣对视一眼，神情无限恬然。

他们每一次生离死别之后的平静日子，都是两个人心照不宣的甜蜜。

"陶虞氏生了两子一女，但子女身体不好，都没活过二十岁，留下零零星星几个孩子。她年近半百，还在忙着拉扯孙子。

"陶荧是陶虞氏长孙，从小给她打下手，帮她料理香料铺子。陶荧之下还有几个弟弟，其中有一个孩子继承了奶奶灵敏的嗅觉，最得陶虞氏喜欢。这个男孩儿排行第六，出事儿时刚十二岁，还没有大名，家里人都管他叫'小六'。"

凌妙妙捧着苹果，静静地问："'小六'就是陆先生吗？"

慕瑶点点头，无声地叹息："陶荧痛失至亲，又遭侮辱，立誓要报复赵太妃、报复皇家，可是最终也没能伤害端阳，反倒将自己的性命搭了进去，心有不甘，才化成了怨灵。他托梦给已长大成人的弟弟，两人时隔多年，再次联手装神弄鬼完成了一次复仇。"

"'陆'即是'六'，他即使隐姓埋名，也没有忘记自己是陶家后代。"

"那佩雨……"

"佩雨在进地牢的第二日就自尽了，陆九知道此事，万念俱灰。"慕瑶幽幽道，"这件事情里，最无辜的当属佩雨。"

"陶虞氏意外身亡，大火烧掉了陶家的香料铺子，陶家便散了。陶氏几个年少的孙辈流离四方，陶荧独自北上，其余男孩儿投奔了亲戚乡邻，剩下一个还没长牙的女孩儿没人要，被小六抱着去了江南。他在南方经历了非常艰难的一段日子，从香料铺子的跑腿伙计做起，花了很长时间，开了自己的香料铺。这期间，他一个人养大了妹妹，把她养成了一枚复仇的棋子。"柳拂衣叹息一声，"随后小六带着攒下的积蓄和妹妹一起来到长安，两人分头行动，他开了一家知香居，妹妹进了宫，想尽办法做了凤阳宫的侍女……

"这个女孩儿，入宫前也没有名字，因排行第九，贱名九丫头。"

陆九、陆九，九丫头的那一份，小六代你一起活。

凌妙妙靠在床头，心情有些复杂地看着地板："虽然我们是赵太妃请来的，但我总是觉得，陶家走到今天这一步，脱不开皇家的关系……"

柳拂衣伸手摸了摸她的脑袋，轻声安抚："冤冤相报何时了？好在郭修还算有点儿用，为陆九求个无罪释放。捉妖人行走四方，见多了这世间的不平事，只能尽我们所能，求个问心无愧。"

慕瑶接道："等我收回玉牌，我们就与赵太妃再无关系。柳拂衣去送陆九回江南会仔细劝他，让他过好后半生。"

二人默契地站起，将要离开，柳拂衣替她掖了掖被角："好好休养。"

凌妙妙笑得乖巧："知道了。"

待门一关，她立刻像个弹簧一样从床上跳起来，做着活动筋骨的啦啦操，舒展被勒令躺在床上而憋坏了的身体。

慕声推门进来时，就看到少女穿着中衣、长发披散，在屋里又蹦又跳、腿脚麻利、精神饱满，一点儿伤员的样子也没有。他反手将门重重一关："你干什么？"

凌妙妙正跳得脸上发红，被他捉了个正着，一时间瞠目结舌："我……"

慕声勾唇，满眼都是讥诮："我知道，凌小姐这几日不能晨跑，憋得走火入魔了。"

凌妙妙讪讪地退了两步躺回床上，拉开被子把腿一盖，脸上露出了愁苦的神色："哎哟，刚才没注意，腿好疼。"

慕声一步步走过来，衣服上带着回廊里新鲜的露水潮气，他坐在了她的床边。

他伸出手，忽然按在了她的大腿上，还用力摩挲了两下。

凌妙妙一脸震惊地将他的手打开："你这人，摸我大腿做什么？"她呆滞了一瞬，几乎是立刻反应过来，抱着腿叫了起来，"痛啊，好痛……"

慕声冷眼看她，黑眸中盛满了讥诮的笑意："接着装啊。"

凌妙妙的脸上依然红扑扑的，不知是刚才活动的热气未消，还是谎言被拆穿了恼羞成怒。她放下了腿，瞪着他："你到底来干吗？"

慕声不同她啰唆，从衣服里掏出一支竹蜻蜓，伸手递给了她。

"这是什么？"凌妙妙愣了一下，看见他掌心的竹蜻蜓还没刻完的翅膀，心里确认了是自己刻的那一支，这才假模假样地问，"这不是我的东西吗，怎么在你这儿？"

说着她便要去拿，慕声将手掌一拢，让她拿了个空："这上面写了我的名字。"

"写了你的名字就是你的吗？"凌妙妙哭笑不得，"行，你想拿去便拿去，又还给我做什么？"

慕声垂着长长的睫毛，似乎是很认真地望着竹蜻蜓，他顿了顿，低声道："你帮我刻完。"

一时间空气静默，明明即将入冬了，室内却还是干燥得一如既往，竹蜻蜓在凌妙妙的指尖转了几转，令她感到莫名有些灼热。

她咳了一声，一拍大腿，豪爽地应了："行啊，没问题，搁我这儿……"

"你现在就刻。"他忽然抬起眼来望着她，眸中一片黑润润的。

她当着"黑莲花"的面做手工？

不行，折寿……

四目相对，凌妙妙僵硬了片刻，立刻推托："我……我才被匕首扎了大腿，现在看到匕首就害怕……"

慕声的目光冷冷地掠过放在桌上的苹果兔子，和一柄搁在兔子旁边锋利的匕首。

苹果被刀切过的部分由于放得太久，已经氧化变色了，看起来有些凄凉。

他冷笑道："怕？阿姐拿匕首给你切苹果的时候，你欢喜得很吧？"

他说着站起身来，一把拿起那个苹果，径自送到了嘴里，一口便咬掉了兔子的头。

凌妙妙盯着"黑莲花"红润的唇，目瞪口呆，半晌才发出一声哀鸣："你！你还我兔子！"

凌妙妙快哭了，这么可爱的苹果，她放了一上午都没舍得吃，让他两口就给、就给……

"黑莲花"吃得两腮鼓起，挑衅地看着她的眼睛，带着恶劣的笑意。

凌妙妙将竹蜻蜓往床榻上一丢，气得心脏乱跳，直挺挺地躺回了床上，抽出枕头遮住了自己的脸："你太过分了，我不刻，我绝对不刻。"

慕声看着她剧烈起伏的胸脯，一言不发地拿起果篮里一个苹果，再拿起桌上的匕首，三下五除二，一只几乎一模一样的"兔子"便现了形。他左手捏着苹果，右手将匕首往桌上重重一拍："给。"

凌妙妙在枕头下露出一双眼睛，生无可恋地一看，惊呆了："你也会？"

慕声满脸轻蔑："这本就是我拿来逗阿姐开心的雕虫小技，没想到阿姐却学来送你。"

凌妙妙将枕头一丢，看着他灵巧地避了过去，气不打一处来："送我怎么了？我是病人呀！"

慕声拿着苹果勾唇一笑："阿姐削的苹果只能我吃。"

幼稚鬼，连个苹果也要拈酸吃醋。

凌妙妙刚满脸复杂地接过苹果，又听得他十分冷静地说："你往后只准吃我削的兔子苹果。"

神经病！

凌妙妙带着对"黑莲花"的无限怨愤，像对待阶级敌人一般无情地啃掉了他给的苹果，拿帕子擦干净手，捏起了那支竹蜻蜓。

她想到自己在这上面刻了桃心又涂掉，还没来得及削掉就被"黑莲花"看到了，心里就一阵恼怒，就好像自己的心思全被人偷窥了似的。

她无声地叹了口气，左手虎口顶着竹蜻蜓的杆儿，将翅膀顶到手心上，右手拿起匕首，开始熟练地削起来，木屑如下雨般落在地上。

凌妙妙作为曾经的航模社社长，让她做一个木头飞行器都不在话下，只是感受到旁边有一双注视着她的眼睛，手心里便出了一层薄薄的汗，手法也不受控制地花哨起来，仿佛心里有一股兴奋又不安的力量令她刻意卖弄。

慕声看着那一双白皙纤细的小手握着刀，令人眼花缭乱地削着木杆。少女鼓着腮帮子，一双杏眼一眨不眨地望着手心里的竹蜻蜓，连睫毛都未动一下。

她好认真。

"哎，你看好。"

她突然出声，他才发觉自己走了神，有些僵硬地将目光移回到她的手上。

凌妙妙满手木屑，捏着竹蜻蜓现场教学："翅膀不能做成平的，这里要扭一下……"她一刀下去，翅膀上便显出一个坎儿，再稍加打磨，另一边的翅膀也现了雏形，"两边翅膀一高一低，才能借势而上。"她在端口处斜着削了几下，"翅膀一定要薄，像利刃一样，能将风劈开。"她顺手将翅膀在慕声的手臂上轻轻一划，飞快地划出一道红印子，"喏，要这么利才可以。"

慕声望着自己的手臂发呆。

这一下不轻不重，微微的疼，更多是痒，来得猝不及防，简直像在心

269

上挠了一下就猝然停止。

而停止之后，他居然感到漫无边际的失落。

纤细的手指捏着竹蜻蜓对着窗口，明亮的日光给纤巧的蜻蜓翅膀镀上了一个柔和的亮边。凌妙妙左看右看，啧啧称赞道："真漂亮。"

慕声伸手要接，她临时变了主意，抢着放在手掌里一搓，咻地放出去，兴高采烈："先试试看！"

竹蜻蜓一下子飞得老高，啪地撞在了梁上，这才落回地面。

凌妙妙伸了个懒腰，放松地滑了下去，懒洋洋地躺在了床上，揉着酸痛的眼睛："成功啦，去捡吧。"

慕声却没动，依然坐在她的床边，似乎在踌躇什么。过了半晌，凌妙妙看见眼前伸来个细细的小钢圈，是慕声天天套在手腕上的收妖柄。

凌妙妙一脸茫然地望着他。

慕声不看她，眼睛一眨不眨地盯着眼前的收妖柄："这个给你。"

凌妙妙的内心轰隆一震，简直就像开香槟现场，塞子噗的一声飞了出去，泡沫顿时喷射出好几米，还是打着旋地疯狂喷射。但她面不改色，冷静得有点儿小心翼翼："你……要把你的收妖柄送我？"

她没记错的话，这一对收妖柄是慕瑶送的，意义重大。当时大船过宛江，"黑莲花"宁愿被捕，也不肯丢一个。

慕声抬头望着她，似是对她这种反应十分不满，黑眸中写满了恼意："给你就给你，废什么话！"他顿了顿，目光落在远处地板上的竹蜻蜓上，低声道，"算那个的回礼。"下一秒，他似乎又有些后悔，急躁起来，"不要就……"

话音未落，凌妙妙一把拿过它套在手上，还甩了甩衣袖，把它妥妥地藏在了袖子里，生怕他再后悔似的："要哇，怎么不要，早知道是这个交换法，我给慕公子做十个八个竹蜻蜓！"

慕声瞪她："你……"

"我知道！"凌妙妙瞬间收敛了猖狂的笑容，抢先字正腔圆地说道，"你是怕我什么也不会，再拖大家后腿，大公无私地分我一个。"她晃了晃手腕，一双杏眼大而明媚，笑出声来，"谢谢啦。"

她的心里却是另一番想法：这收妖柄本来是一对的，现在他们两人各拿一个，多多少少有点儿情侣款的意思，这算不算是在成功的道路上前进一大步了？

"我走了。"慕声俯身将地上的竹蜻蜓捡起来拿在手上,临出门时停了片刻,微微侧头,不知在等些什么。

凌妙妙毫不在意地翻了个身,顶着午后暖洋洋的阳光,将脸舒舒服服地埋进松软的枕头里,深深地吸了一口沁人的松香,顺口道:"慕公子,帮我带上门。"

啊,在皇宫养老真幸福。

慕声不动声色,捏着竹蜻蜓的手垂在身侧,食指在竹蜻蜓的杆儿上摩挲,反复抚过凹下的刻痕。杆子上的刻痕从上至下,一笔一画,刻得顺顺溜溜的,没有一点儿犹豫。

子期。

这人只在背后悄悄地这样叫他,当面从来都是慕公子、慕公子,为什么不叫他子期?

他半回过头去,只见少女趴在床上,两条腿翘起来晃荡着,轻薄的裤脚里若隐若现地露出纤细的脚踝。她正天真无邪地将小脸埋在枕头里蹭来蹭去,这个姿势,莫名重合了某个暖色调的梦境。

砰。

门霎时间被人狠狠地关上了,似乎有人想要用力截断什么。

五

端阳帝姬在这个深秋结束了漫长的风寒。在她病着的那些日子,天子每隔几天就要去凤阳宫坐坐,佩云温柔地侍奉在侧,三个人聚在一起,一派岁月静好的景象。

凤阳宫外守着的小宫女,甚至时常非常惊悚地听见内殿传来兄妹俩的阵阵笑声。

曾经二人之间仿佛隔着山河大海,见面也只是生疏地行礼,经历了这件事才知晓了彼此的心意。如今他们居然可以相谈甚欢,找回了身为骨肉至亲的亲密,端阳这个华国最受宠帝姬的身份,终于坐实了。

一切都在朝着好的方向发展,除了赵太妃。事情发生到现在,她从未露过面,几乎处于一种沉寂的状态。

凌妙妙在花园里遛弯儿的时候,见到流月宫内络绎不绝地走出了一串长队,穿着紫色官袍的内监们三三两两地抬着贵重的茶桌、梨花木凳、四折屏风,小心翼翼地迈着碎步经过她的身边。

"小心点儿、小心点儿……"拖长了调子的监工拿着拂尘指挥，语气不含一丝感情。

"请问这是？"

来往搬东西的小内监冲她额首，赔着笑脸悄声道："太妃娘娘迁宫哪，借过、借过。"

赵太妃居然要从金碧辉煌的流月宫搬走。

两个小内监经过她的身边，抬了几个摞起来的木箱子，最上面的没盖严实，大概是装着珠钗簪花一类的物件儿，能听得见里面玉石碰撞的叮叮当当的清脆响声。两人咬紧牙关、青筋暴起，连走路都有些摇摇晃晃。

"哎、哎……"其中一个突然尖声叫嚷起来。

话音未落，噼里啪啦的一阵响，上面的箱子向左打滑，微微倾斜，敞开了口子犹如巨兽吐出洪水，项链珠宝洒落一地。

小内监的两腿微微打战，在闷热的空气中出了满头汗水。两人将箱子放在地上，开始相互责怪起来。

轰隆……

天有不测风云，转瞬间乌云密布，天空变成发闷的土黄色，一阵阵惊雷声由远及近，眼看就要下雨了。

"怎么回事儿？"监工的骂骂咧咧地来了。

两个人顾不上相互推诿，急忙趴在地上捡，豆大的雨滴已经开始落下来，地上洒满了一朵一朵的圆印。

凌妙妙看得心里着急，也蹲下来帮忙捡，将几朵散落的浅色珠花收在手里。一支金簪子旁边还有个装订精致的卷轴，这一摔，便微微散开了。

凌妙妙伸手一捞，画卷顺势展开，露出了一幅人像。

这幅画的尺寸只有寻常人像的四分之一，小巧玲珑，展开只到手肘，难怪可以被塞进妆奁，和一众珠花藏在一起。

画像有些年头儿了，淡金色的绢缎肌理柔和而贵气，画法非是写意，而是工笔，连头发丝都一根一根描绘得清楚。

画上男子倚马而立，身披白毛狐裘披风，露出内袍一点儿低调奢华的花纹，脚蹬黑色的登云靴，头戴紫金冠，头发却非常肆意地只绾了一半，另一半黑亮如矿石般的发丝披在身后，被风吹起。

在这个世界，男子既然戴了冠，就不能披头散发，不然会遭人指点。

可是画上男子生了一双狭长而贵气的眼，鼻梁高挺，嘴唇紧抿，显得稍微冷淡而倨傲，那披散的头发便丝毫不会显得轻浮。

就好像是哪一位贵公子微醺，兴至浓处，跨上白马狂奔数里，浑然不顾自己在狂风中散乱了鬓发，待到兴尽才傲然下了马，在落着雪花的冬夜，无意间朝画外人看去。

凌妙妙也盯着他看，对方高鼻梁、深眼窝，形成了英挺的轮廓，偏又面白唇红，俊美得像精修过的纸片人。

有趣，赵太妃的妆奁里藏了个帅哥的画像。

凌妙妙啧啧着合上画像，不过一秒，她蓦然顿住，又慢慢把它展开。

画上落上了几滴圆圆的水渍，雨开始大了起来。

她似乎在哪儿见过这人。

这样出众的相貌，乍一看惊艳，可由于各部分都长得过于完美，反而没什么特色，再仔细回想便觉模糊不清，脑子里只留下一个"帅"字……

她到底是在哪里见过？

是那个青牛白马过城门的……百姓……红旗……七香车……

她诧异地叫出声："轻衣侯？"

传闻当世轻衣侯，丰神俊逸，貌比潘安，是全国少女的春闺梦里人。

画中人是"回忆碎片"里出现过的轻衣侯。

一个颤抖的声音在她的耳畔响起："你怎么会认得轻衣侯？"

屋内的沉香浓重，四面门窗紧闭，帘栊放下来，细细的几丝光斜着打在桌面上，光线昏暗而萧索。

慕瑶和赵太妃隔了一张陈旧的乌木几案，相对而坐。

赵太妃的头上戴了一支素钗，青丝里竟然混杂了半数白发，嘴角和眼角的皮肤都松弛黯淡，眼袋大得吓人，一双眼睛再无光彩。

慕瑶暗自唏嘘，初见时，赵太妃还是保养得当的中年贵妇，才短短半年，对方竟然形同老妪。

下雨了，密集的雨点儿如豆般敲打着窗棂，帘栊微动，传来悲鸣的风声。

慕瑶将眼前的盒子打开，只将那枚挂着玛瑙小珠和红流苏的玉牌拿了出来，沉默无言地揣在了自己的怀里。

赵太妃坐在那里一动不动，宛如由石头雕出来的人。

这偏远的沉香殿乃是先前被废的妃嫔居住的冷宫，破败不堪。旧事东

273

窗事发，众人唏嘘指点，在皇帝默许下，她将自己隔绝于众人之外，从此以后做个没人认识的孤家寡人。

"娘娘，我还有一事想要请教。"慕瑶有些犹豫，"我在旧寺遗址，发现了慕家的镇鬼封印，那封印制威力巨大，印象中，除非我爹娘联手，否则制不出这样的封印……"

赵太妃机械地点点头，语气平淡无波："慕方士不必怀疑，当年是本宫手握慕家玉牌，编造谎言，强令你父母镇压兴善寺鬼魂，掩盖真相。"她勾起嘴角，露出一个冷冷的、嘲讽的笑容，"做出这等有违天道之事，走到今天，也是因果报应。"

慕瑶的疑惑却更浓重，她的语气不由得有些急促："可是倘若娘娘十年前便已用掉了玉牌，那么……"她掏出袖中玉牌来，侧眼看着，"这块玉牌……"

一个人怎么会有两块玉牌？

赵太妃沉默许久，古怪地笑了笑："你手上这块玉牌不是我的，乃是旁人所赠。若不是事关敏敏，实在没办法，我也不会轻易动用。"

慕瑶蹙起眉头。

慕家玉牌稀世难得，一块可操纵捉妖世家的令牌，能让使用者纵横鬼神间，甚至比平常的虎符兵符都还要重要，谁会将它轻易转手相赠？

她禁不住追问："这块玉牌的原主是谁？"

赵太妃仿佛一瞬间苍老了十岁，望着她的眼神变得极其沧桑："是本宫的弟弟，赵轻欢。"

赵太妃的眼里闪过伤感、愧疚和怜悯，定定地望着慕瑶的脸很久，她似乎想要说些什么，终究一字未吐。

"轻衣侯过世近十年，不想凌小姐这样的小辈还能认得出……"徐公公镶嵌在皱纹中的浑浊眼珠盯着她，他撑了一把巨大的黄油纸伞，将两人庇护在伞下。

他的语气有些奇怪，似含有无限唏嘘。

周围的雨转瞬密集起来，大雨哗啦啦地浇在地上，抬东西的小内监喧哗起来，吆喝着将家具抬到檐下暂避。

凌妙妙看着画像，不答反问："娘娘藏了轻衣侯的画像在自己的妆奁里？"

老内监微蹙眉头，似乎不满她的恶意揣测："轻衣侯殿下是咱们娘娘一母同胞的亲弟弟。"

凌妙妙怔了半晌，将画像卷起来往他的怀里一塞："打扰了。"

她转身跑进雨帘里。

太乱了……轻衣侯是赵太妃的弟弟？

等一下，轻衣侯过世近十年，算算时间……闯进七香车里掐他的脖子的那个小孩儿……再算算年龄，似乎对得上……

"黑莲花"和赵太妃相看两厌，难道是杀弟仇人和苦主之间的心灵感应？赵太妃费尽心思搞了一只小老虎送过去，是要暗示什么？养虎为患？为虎作伥？

她晃了晃脑袋，一时间想不明白。

在谈话的最后，慕瑶从袖中掏出个红漆剥落的牛皮盒子，打开来推到赵太妃的眼前。

金黄色的绸布上躺着两枚黑色石子，赵太妃看了一眼，立刻像被烫到了一般闭眼揉着太阳穴，似乎头痛得厉害。

慕瑶并没有因为她有所抗拒而停止，问道："娘娘可知这是什么？"

"能是什么？"赵太妃撑着头冷笑一声，"是邪物。"

这是将她要得团团转、害得她失去一切的邪物。

慕瑶怜悯地望着她："我和拂衣验过，这所谓的舍利子，其实只是陶虞氏的牙齿。"

赵太妃猛地抬头，嘴角不自知地抽动，牵出数条皱纹。

陶虞氏生不得善终，死后却被错当作灵物受叩拜敬仰，这是陶荧一手造就的天大嘲讽。

慕瑶与她对视许久，才叹息道："此事虽然告一段落，但还有许多疑点未解。以怨灵一己之力，不可能赋予这两颗牙齿如此大的能量。还有兴善寺众人的骨灰遗骸，是如何大老远地跑到了泾阳坡，又混入檀香中间？"她定定地望着赵太妃，"娘娘，我们怀疑背后有大妖作祟，所以泾阳坡李准这条线必须查下去。"

赵太妃似乎十分疲倦，勉强维持着礼貌，只是漠然点点头："请便吧。"

275

黑莲花

白羽摘雕弓

著

攻略手册

下册

青岛出版社

QINGDAO PUBLISHING HOUSE

第三卷

泾阳坡

第一章　香厂

一

"你说什么？"

骨瓷茶杯嗒的一声落在描着金边的碟盏上。端阳帝姬将眼睛瞪得又圆又大："柳大哥他们什么时候走的？我怎么不知道？"

佩云垂手站在一旁："昨日上午……"

"怎么没有人告诉本宫一声？"她惊诧地叫出声来，刹那间由惊诧变成震怒，猛地从椅子上站起来，盯着佩云的脸，"皇兄故意不让你们说的是不是？他就是不想让我……"

"敏敏，说皇兄什么呢？"年轻的天子恰好走进殿内，脸上还挂着笑容，与面色紧绷的端阳形成鲜明对比。他撩起衣摆坐在椅子上，从盘里拈起一枚花生放进嘴里，转头拉起佩云的袖口，不经意地低声问道："手好些了吗？"

"好……好多了。"佩云急忙将十指收进袖中，不让他瞧见那上面留存的疤痕。

左边是天子关怀的目光，右边是帝姬盛怒的眼神，她感觉两颊像是各被人打了一耳光似的，火辣辣的，十分难受，便扭身脱离了包围圈："奴婢去倒茶。"

被她掀过的珠帘摇摇摆摆，传出噼里啪啦的一阵脆响，大殿内只剩下兄妹二人。

"皇兄，你就让柳大哥这样走了？"端阳的盛怒刹那间变成委屈。

"他走不走，同你有什么关系？"天子慢慢地敛去笑容，皱了皱眉，似乎不忍心对妹妹说重话，"敏敏，那些捉妖人有自己的生活，天南海北到处跑，不似你，从小就过着养尊处优的生活。"

端阳帝姬的眼里盈满了泪水："可是皇兄，柳大哥他为了救我，差一点儿就死了。"

天子顿了顿："朕知道。"他看着帝姬消瘦的小脸，她出事儿后大病一场，脸上健康的红晕都消失了，令他心里一阵愧疚，"是哥哥不好，让你受惊了。"

"我在说柳大哥，你说这个做什么？"端阳皱着眉，"我知道哥哥一直看不起捉妖人……"

佩云安静地听着殿内隐隐约约的争执声，在外面发了很久的呆，右手放在左手上，仰头看天上的云。

天际湛蓝，是一个晴好的日子。刚刚被他抓过的手腕似乎依然留有火热的触感。

她把手伸出一点儿点儿来，细而修长的手指被丑陋的褐色疤痕盘踞着，即使皮肤溃烂能够痊愈，却依然留着牢中阴暗潮湿的痕迹。

他们本就是云泥之别，现在看来，她似乎更配不上他了。

阳光落在椭圆的指甲上，为其镀上了模糊的光泽。她自嘲地笑着。

"佩云……"

她听见身后有人在叫她，那声音空灵动听，仿佛仙子在歌唱，骤然入耳，让人头皮一麻。

她回过头去，凤阳宫外的蔷薇花丛轻轻地颤动，那些娇艳的绯红色的花朵在阳光下摇摆，似在邀她共舞。

"佩云……"

又是一声呼唤。

这一日的天气难得的好，阳光灿烂，沿路的木芙蓉开成一片粉红色的云霞。

微风吹来，摇落花雨缤纷，如梦似幻，空气中飘浮着沁人心脾的花香。

柳拂衣和慕瑶并肩在道中走着，不经意间放慢了脚步。

二人挨得很近，一步一步地向前走着，不像是赶路，倒像是漫无目的地散步。

半晌，柳拂衣的手无声地向紧挨着他冰凉的袖口伸进去，握住了一只冰凉的小手。

他生涩得有些紧张了，两人的手心里都是冷汗。慕瑶一怔，旋即笑逐颜开。

二人依旧步履不停地走着，只是他们的手紧紧地牵在了一起。

凌妙妙走在后面，瞪大一双杏眼，看着这对小情侣越挨越近，最后直接在漫天花雨中牵起了小手。她心里一阵兴奋，长途奔波的困意一扫而空。

她下意识地回头看慕声，却惊异地发现他居然在盯着路面出神，完全错过了这精彩的一幕。

这么重要的修罗场，"黑莲花"居然走神？

往常这人的目光总是对慕瑶片刻不离，他又时常对柳拂衣投以怨毒而忌妒的眼神，她对此早已习以为常。所以她才觉得最近这段日子的他格外反常，"黑莲花"看花、看草、看路上的小鸟，就是不往慕瑶的身上瞅。

她没忍住，用胳膊肘捅了捅他，伸手一指："嘿，快看你姐姐。"

慕声下意识地抬头一望，就看到了这令他火冒三丈的一幕，但这三丈高的火气成分复杂，不知究竟是因为阿姐和柳拂衣亲密无间，还是因为旁边这人的语气居然带着幸灾乐祸的笑意……

他们两个失意人不过是半斤八两罢了，这个傻子高兴什么呢？

他目光冰冷地回头一望，对上那双黑白分明的杏眼。她怔了一下，仿佛突然反应过来，笑容消失，低下头看着自己的手。

少女蹙起细眉，眸光潋滟，羡慕又怅然地长叹一声："柳大哥牵了慕姐姐的手……我还从来没有牵过柳大哥的手。"

白皙手腕上的收妖柄自然地收紧了尺寸，被风吹得来回摇摆，宛如一只小巧的银镯子。在江南，小女儿家最喜在两腕戴上挂着铃铛的银镯子，令其随风而响。

铃铛……

慕声的怒气不知为何比方才更重，他连语气中都带着恼怒的冷意："好好走你的路，别到处乱看。"

凌妙妙撇了撇嘴角：果然是城门失火，殃及池鱼。

离开长安城的第三日，主角们谢绝了赵太妃安排的车马，背起行囊，抄近道徒步走向城郊的泾阳坡。

对于这种一天走十几公里，风餐露宿，晚上就地睡在树下的生活，凌妙妙竟然已经完全习惯了。

虽然这一路上没有妖物劫道，也没碰上自然灾害，顺利得不可思议，但凌妙妙一路上看着小情侣暗流涌动的浓情蜜意，再挑唆慕声，看他气得麦毛，倒也觉得不无聊。

泾阳坡虽然名字有个"坡"字，但其实是四座小山组成的。这四座小山自然而然地围成一处谷地，从上往下俯瞰，犹如山中被砸出一个大坑，大坑中长满了茂密的林木。

凌妙妙不太懂风水，只记得文中写过，泾阳坡冬暖夏凉，山灵水秀，两条溪水滋润大地，村民依山而筑，繁衍生息，是个天然的世外桃源。

可惜，后来村落中暴发了瘟疫，一大半村民不幸染病而死，剩下的要么搬迁了，要么逃难了。短短几年内，这处世外桃源空无一人，满是废墟。

又过了几年，一位富甲一方的江南商人李准，带着自己的妻子、仆从举家搬迁过来，将遗留的房屋修葺加固，额外搭建府邸，就在此地安家落户。

按理说，商贾之人最迷信风水，若说向往长安，李准怀里兜着大把的银钱，大可在都城买一处好宅邸，可他居然选择在这荒凉的泾阳坡落脚。偌大的泾阳坡，只住了他们一家人……

这场面实在有些诡异。

前面忽然传来阵阵喧嚣声，慕瑶顿了一下脚步。

凌妙妙凑上前去看，只看到一片黑压压的人影站在道中，那些人望着他们，开始还人声鼎沸，但是见到了他们的身影，就慢慢安静下来了，似乎正等着他们的到来。

凌妙妙小心翼翼地问："这是……土匪劫道？"

不会这么倒霉吧……

柳拂衣摇了摇头，示意她少安毋躁。妙妙闭了嘴，四个人迈着警惕的步伐一点儿点儿地向那些人靠近。

一步、两步、十步……那些人的面貌清晰起来，有老有少、有男有女，那些人站在一起，安安静静地望着他们。

柳拂衣看着那群人，似乎想到了什么，面容扭曲了一下，似乎是气极了，非常罕见地说了一句不太中听的狠话："蠢材！"

话音未落，一个黑熊一般巍峨的身影一路小跑着，向他们奔了过来，对方的脸上洋溢着喜气洋洋的笑容："各位方士舟车劳顿，辛苦辛苦，这边请！"

柳拂衣有些牙疼似的盯着他："郭兄，你不必如此客气。"

"嘿，客气自然还是要客气的。"郭修以为他是客套，笑得灿烂如菊，答得也格外真诚，"经历这么多事儿，本官才知道什么是人外有人、天外有天。要不是各位提点，本官不知道死过多少次了。"郭修感激地拱起手，一一行礼，"四位对在下恩同再造，这点儿小事儿不足挂齿、不足挂齿。"

凌妙妙差点儿笑岔气。

主角们之所以婉拒了赵太妃舟车相送的美意，辛辛苦苦地迈着双腿抄近道走过来，就是为了低调，打泾阳坡的李准一个措手不及。

查案哪儿有这样大张旗鼓地查的？郭修实在是"聪明周到"，还特意跑来放话通知一声，简直是提醒这边查漏补缺，做好万全的准备。

他们这十几里路，全白走了。

慕瑶面色发黑地盯着眼前滔滔不绝的郭修。

"小人知道诸位方士要来，特意邀请泾阳坡李准李兄弟前来招待，李兄实在热情，这不……"

他回头一望，穿着一身绸缎长衣的李准冲他们谦逊地一拱手，笑出一口白牙。

随即，身后传来一片男女老少的山呼海啸："欢迎四位方士前来参观！"

看这训练有素的架势，想必是这群人在他们来之前已经对着天空号过好几遍了。

李准确实热情，把一家老小都带出来迎接他们。倘若他真有条件，说不定还能再拉起一个"欢迎领导莅临指导"的大横幅，挂在半山腰上造势。

李准站在人群的最前面，此人虽然年过三十，可面相上显得非常年轻俊俏，甚至有种与宁采臣相像的白面书生的气质。

主角们下意识去找"宁采臣"身边的"聂小倩"。

与他并肩而立的是一个身着华丽彩裙的丰腴女人，墨绿色金纹的祖领下，露出了雪白胸前的深深沟壑，向上是修长的脖颈。

她有一张让人过目不忘的大脸盘，足足比身旁李准的大了一圈，瞳距极远，双眼极小，看起来像一只人形树懒，又像一条被做成罐头的胖头鱼。

这一张脸上，唯独红润的嘴唇长得还算得体，丰满润泽，是标准的美人唇。

四个人望着她，一时失语。

长安街上丰腴的女人众多，但绝对没有一个比她长得更加古怪。

凌妙妙感到身边的慕声瞬间绷紧了身体，这是捉妖人提起警惕的标准反应。

李准向前一步，笑眯眯地朝他们介绍："这位是内人，十娘子。"

"胖头鱼"有些迟缓地笑眯了几乎没有存在感的眼睛，看上去古怪又滑稽，美人唇一开一合，发出了清甜的声音："诸位请随我们进宅子去。"

与此同时，凌妙妙听见前面的慕瑶对着柳拂衣压低声音说："有妖气。"

二

"来，多吃些水果。"

十娘子伸手将盛着四只李子的碟子推到凌妙妙的眼前，冲她眯眼一笑，声音清甜，显得格外温柔。

李子大而饱满，乌漆漆的果皮上挂着白霜。四方桌上摆满了精致的碟盏，有黑葡萄、水蜜桃、鲜红柿子，都是最新鲜的，个个儿饱满，甚至找不到一处疤痕。

天青色茶具的釉色极亮，杯子上画着竹叶，茶水澄清，茶叶舒展饱满，飘着浓厚的香气。此处富丽堂皇，比起太仓郡郡守府有过之而无不及。

来的路上，主角们一路走着，一路暗自惊叹。李准一家搬来了泾阳坡的荒村，将其大加整改，使之丝毫不见之前的衰败，一座座小小的宅邸藏身青山绿水中，少有外人来，有十成十的隐居意趣。

李准的宅子用的是江南的黛瓦白墙，背后有郁郁葱葱的林木映衬，庄重而优雅。他们拾级而上，推开门，惊了天井中栖息的长尾雀儿叽叽叫着飞上了天，馥郁的花香扑面而来，蔷薇、木槿、海棠，粉色和红色花团锦簇，蜂蝶流连。正在浇花的小童子见了人，飞快地放下壶，忸怩地跑进了内室，花圃中的潮气折射出七彩光晕。

阳光穿过矮墙，透过高大的树木，落在天井中的青石砖上，洒下一块块明亮的光斑。

鸟语花香，仆妇成群。日子过成这样才真的是意趣盎然。

坐在正厅，十娘子和几个小丫鬟一起忙来忙去，帮柳拂衣添水，给慕瑶递方巾，转个身还给凌妙妙塞了一个黄澄澄的鸭梨。

十娘子迟缓地眨眨那对小眼睛："甜的，尝尝。"

她的手指修长白皙，十分漂亮。除了她的脸有些滑稽以外，她浑身上下，一举一动，哪里都像个温柔能干的主家太太。

"谢谢。"凌妙妙笑着接过来，转头兴冲冲地向慕声展示手上的梨："哎，你……"

她刚说了一个字，梨就一下子到了他的手上。

慕声垂下眼帘，漫不经心地从怀里摸出一把小匕首，单手脱了鞘，咔嚓咔嚓几下就削掉了果皮，回到凌妙妙手上的是只生动形象的兔子梨："给。"

凌妙妙沉默地盯了一会儿兔子梨，面上满是疑惑的神色："我问你要不要吃，你给它削成这样干吗？"

他们的默契培养成这样，真是没谁了。

凌妙妙的身旁传来一阵低低的笑声，她回头一看，慕瑶、柳拂衣和十娘子都看着他们笑。她和慕声的行为好像两个小孩儿在泥地里打架，极大地取悦了围观的大人。

慕声用黑润润的眼眸望她一眼，又盯着梨，紧抿嘴唇，好像又生气了。

"你真厉害，梨也能雕。"凌妙妙睨着他的脸色，笑着圆场，咔嚓几下咬起了梨，吃得汁水迸溅，禁不住惊叹，"好甜！"

她习惯性地舔舔嘴唇，唇瓣粉嫩莹润。慕声看了半晌，又不动声色地扭过头去看窗外。

十娘子笑得开怀，递了条手帕过去，像是温柔亲切的邻家姐姐，看着妙妙的眼神充满了慈爱："还有柿子，我们自家下人种的，也很甜。"

李准坐在上座捧着脸，像个孩童似的，目不转睛地看着十娘子圆圆的脸盘和她笑着的神态，甚至忽略了客人。

柳拂衣和慕瑶在那眼神里看出了浓浓的爱意，不禁诧异地对望一眼。

是的，李准对妻子的爱已经到了外人能够一眼看出的程度。他走到哪里，就要将十娘子带到哪里，两人不是十指相扣，就是并肩而行。就连要跨过那不知走过多少次的门槛，他都要托住妻子的手臂，嘱咐一句："慢点儿，小心。"

他看她的眼神，始终像是热恋中的少年，带着好奇和无尽眷恋。

李准是有为商贾，家财万贯，又生得风流倜傥，可他一个外室填房也没有，专宠十娘子一人。这十娘子并非什么天资绝色，甚至长得颇为古怪，随便一个丫鬟仆妇看起来都比她顺眼……

慕瑶和柳拂衣对视的这一眼，就蕴含了无限的疑惑和猜测。

"不知李兄是什么时候搬到泾阳坡的？"柳拂衣打断了李准专注的凝视。

"哦，柳兄不必客气。"李准回过神来，微微笑道，"四年前小女病重，李某几欲变卖家产为她治疗，幸而遇见十娘子。"话题兜兜转转又绕回到了十娘子的身上，李准的眸光明亮得像天上星，他自豪又温柔地看了十娘子一眼，"她妙手回春，不仅治好了小女的病，还提议我们举家搬来这里，便于小女疗养。我们次年春天便搬过来了。"

主角们一时沉默。

慕瑶的面色复杂："看不出来，尊夫人还是位医者？"

山清水秀的泾阳坡固然好，可是这里曾经暴发过瘟疫，死了数以千计的人，村落早被废弃。外面的村民总是听到里面的风声如鬼语，阴气森森，连打柴人经过都要绕道。

哪个正经大夫会建议病人搬到这座天然的坟场休养身体？

十娘子一怔，有些不好意思地低下头笑了："不敢妄称医者，略通岐黄之术罢了。"

柳拂衣点点头，又问："李兄有个女儿？"

刚才一家老小出来迎接，他没看见像是李准女儿的女孩儿，还以为李准和十娘子并无所出。

"是呀，小女名叫楚楚，乃原配方氏所生。"提起女儿，李准的脸上盈满了暖融融的笑意，连语气也更加温柔，"今年刚满五岁。"

话音未落，穿着褐色衣衫的乳娘抱着一个小孩儿走进来，他便欢喜地指过去："瞧，说曹操，曹操就到。"他站起身来走到乳娘的旁边，冲着那小小的女孩儿轻轻地拍了一下掌，又点点她的小脸，逗她道："是不是呀？楚楚。"

小女孩儿的头发还有些稀疏发黄，自然卷曲的发梢贴在脑门上，白嫩的脸上生着一双灵动的黑眼睛，鼻头小巧，除了嘴唇略有发紫，几乎像个易碎的洋娃娃。

楚楚有些怕生，望着父亲的手指，眼里刚有些笑意，又望见厅堂里坐了生人，便害羞地将头埋进乳娘的怀里。

看小女孩儿这模样，便知道十娘子肯定是后娘，而李准的原配方氏必定是个大美人。

父女二人美得如出一辙，越发显得大脸盘、宽眼距的十娘子格格不入。

然而他们一家三口出人意料地亲密无间。乳娘将手一伸，楚楚就自己伸着小胳膊投入十娘子的怀抱，乖乖地坐在她的膝盖上，专注地玩儿起她金丝袄领上的布纽扣。

"今天小姐很乖，喝了两碗药，没有哭闹。"乳娘满面笑容地禀告。

骤然听到乳娘说自己，楚楚将脸贴在了十娘子的怀里。十娘子伸出修长的手在她的背后宠溺地拍了几下，清甜的嗓音夸张地起伏，如同在唱歌："真的呀？这么乖吗？"

小女孩儿在她的怀里一拱一拱的，似乎是在不好意思地点头。

李准的心情不错，他屏退了乳娘，无不感慨地喝了一口茶："柳兄不知道，能看到楚楚能平安长到这么大，是李某最大的福气。别说是搬迁，就算是让我散尽家财，我也甘之如饴。"

柳拂衣前倾了身子，十分关切："不知令千金得的是什么病？"

"喘症，同她亲娘一样。"李准怜惜地望着楚楚稀疏的头发，眼里浮上几丝伤感，"我的发妻方氏正是身患此症，生楚楚的时候，不幸病发而死……我与方氏只余这一条血脉，我只想照顾她平安长大，以慰方氏在天之灵。"

喘症，也就是心脏方面的问题，娘胎里带来的遗传病。难怪孩子年纪小小，嘴唇却泛着不健康的紫红。

慕瑶感到有些惊奇："喘症也能治好？"

"来，楚楚，回去睡了。"十娘子忽然抱起有些打瞌睡的女孩儿，走向内室，带着歉意向众人点头致意："不能说痊愈，只是稍加控制。楚楚身体比别的孩子虚弱，需要多睡几个时辰。"

众人纷纷点头，目送她鲜亮的裙摆慢慢地消失在视野里，一时间各怀心思。

佩云回到殿内时，皇上已经走了，只剩眼圈红红的端阳帝姬，正在面对着柱子生闷气。

"帝姬……"她蹲下身来，察言观色地收拾起了地上散落的碎片。

显然，先前这场谈话，兄妹不欢而散。

"你也是来替皇兄劝我的？"帝姬转过脸来，娇容委屈而愤懑，"你是不是也像皇兄一样认为，我应该嫁给那些王公贵族，哪怕他们一个个都是酒囊饭袋，只要有权位，就能做驸马？"

佩云捡拾的动作顿了一下，她抬起头望着端阳："帝姬，您是华国最尊贵的女子，理应配最优秀的人。"

端阳脸色一沉："你还是站在皇兄那边……"

"帝姬。"佩云那一双总是显得温顺的眸子竟然闪烁着火焰似的光芒，"如何评判最优秀的人，天下无恒定的标准，制定标准的应该是您。"她站起来，一步一步靠近端阳，将两手放在对方的肩上，"您喜欢的，就是最优秀的。"

端阳怔怔地望着她的眼眸，突然觉得今天的佩云似乎和平素温顺的她有所不同。

端阳眼眶一热："你也觉得，我应该追求自己的幸福对不对？"

"是呀，帝姬。"佩云琥珀色的眸中映出端阳的脸，"人生在世，生命如此短暂，不要给自己留下遗憾。倘若帝姬您都不能得到自己的幸福，我们又怎么可能做到呢？"

"佩云……"端阳被她说得热血沸腾，伸手反握住她的手，就好像突然获得了一个坚实的盟友，"那你说，我该怎么留住柳大哥？"

佩云蹲下来，柔和地望着她的眼睛："陛下之所以反对，不就是因为柳方士漂泊不定吗？只要让他不再漂泊、不做方士，不就可以永远留在帝姬身边了吗？"

李准为人确实热情好客。凌妙妙一行人在泾阳坡李府住了三天，吃的每一顿饭都是李准亲自作陪。其间，这位风流倜傥的年轻富商和柳拂衣推杯换盏，把酒言欢，柳拂衣将一路上捉妖的趣事说了个遍，两个人聊得分外投缘。

大多数时候，十娘子默默地坐在李准的旁边，不多插嘴，时不时给他夹菜，做一条眯眼笑着的"胖头鱼"。

"柳兄，你上次说的那个……那个狐妖，真有那么厉害？"李准一脸好奇，只是他喝得多了，话有些说不利索。

"是有些棘手。"柳拂衣维持着沉稳的风度，笑容谦逊，"狐妖蛰伏在太仓郡，伺机吸人精气，被瑶儿用收妖柄制住了，对方的妖丹也被打碎了，再不能出来害人。"

十娘子斟酒的手微微颤了一下，她立即用左手扶住了酒壶。

这个细节是凌妙妙顺着慕声的目光看到的。事实上，泾阳坡这一段是她最心虚的一个副本。

她读《捉妖》时，读到十娘子出场已经是后半夜，阅读进入了疲倦期，半梦半醒间只记得电子书哗啦哗啦地翻页，等她从小憩中回过神来，已经自动翻到了慕瑶跳下裂隙的那一段，中间都是被略过的部分。

她当时正在为大段狗血风格的感情戏发愁，没什么耐心翻回去看剧情，索性囫囵吞枣，就将这一段看到了结尾。

也就是说，从现在开始到泾阳坡的高潮部分，对她来说都是一片空白，她从此刻开始不再是旁观者，而是剧情的一部分。

想想还真有点儿刺激。

慕声这一顿饭吃得格外沉默，他借着吃饭的工夫，仔细地观察着每个人的表情。凌妙妙发现，他的目光在十娘子的脸上停留得最久，而且目光充满疑惑。

慕声此人，做人到处都是缺点，但在专业素养上没得挑。他的业务能力，在慕家，乃至整个捉妖界里都算得上顶尖。他既有敏锐的洞察力，又能快速地想明其中的弯弯绕绕，更妙的是战斗力还超强，要不是手狠心黑，又被慕家二老刻意压制着，也不至于到现在还寂寂无名。

当然，这寂寂无名里可能还有他隐藏实力、时常隔岸观火的原因。

凌妙妙跟着慕声看，果然能发现许多容易被忽略的细枝末节，比如十娘子温柔的神情下有一点儿不易察觉的僵硬。

第一天见到李准一家，主角们就感受到了整个泾阳坡弥漫着若有若无的妖气，这妖气很淡，分散于宅邸内，竟然很难判断出源头究竟是谁。

当时柳拂衣试探着问："你们觉得……李准和十娘子，是否有嫌疑？"

慕瑶顿了顿，有些不确定地开口："我见那李准眼底发青，精气神不足，像是被什么东西吸了阳气，但也不能确定。"

凌妙妙揣测着她的弦外之音："李准被吸精气，那就是十娘子有问

289

题了？"

慕瑶摇摇头说："十娘子身上的妖气很淡。事实上，这里的每个人身上或多或少都带了些妖物的气息，我判断不出是因为有大妖隐藏其中，刻意收敛了自己的妖气，还是因为泾阳坡这里是大批死人埋骨地，招惹了四面八方的小妖。"

柳拂衣点点头，脸上丝毫不见轻松："如果真是前者，那大妖一定比我们预想的更强。"

"假如真是十娘子，那会是什么东西？"慕瑶的指尖无意识地敲着桌面，"蛊惑心智的……狐狸？画皮妖？还是……"她噎了一下，似乎是打了个绊子，才接着说出了后面的话，"还是'她'？"

凌妙妙忽然闻到浓郁的食物香气，接着唇边被什么东西抵住，她下意识一张口，咬住了一条爆炒虾。

凌妙妙的思路瞬间被打断，她定睛一看，看到眼前一双离得极近的水润黑眸。

慕声拿着筷子，又把虾推了一下，这才收回手转过身去，用只有她听得到的声音轻声问："你不吃饭，一直盯着我做什么？"

"哦……我、我看你吃得挺香，我……我找找食欲。"凌妙妙食之无味地嚼着虾，尽量使自己显得平稳，后知后觉地反应过来刚才发生了什么，连手心里都出了一层冷汗。

"黑莲花"给她喂饭。

这是什么诡异场景！

慕声本来正专注地观察着十娘子，余光瞥见旁边有一双杏眼一眨不眨地望着他的脸发呆以后，就再也没能集中精神了。

她明显在神游天际，连他转过脸那么近地看着她，她都没有觉察。凌妙妙翘起的睫毛根根分明，粉嫩嫩的嘴唇微张，有股傻乎乎的娇态。

他本能地觉得不能再看了，于是便以迅雷不及掩耳之势伸手往那红彤彤的、娇嫩的嘴里塞了一条虾。

刚才那一下，她似乎并未觉得不妥，像是被投食的小动物扭过头，安静地叼着虾，乖乖地吃了进去。他的心却跳得厉害，像得了什么病一样。

凌妙妙强装镇定地答完，偷偷地睨着"黑莲花"的神色。慕声的筷子顿了一下，他垂着眼帘，嘴角勾起一抹讥诮的笑容："现在有食欲了吗？"

"有了、有了。"凌妙妙就像被教导主任抓住的正在翻墙的少女，心虚地低着头，猛地扒拉着米饭。

他果然还是阴晴不定的"黑莲花"，不能多看。

"不知李兄是否还靠制香厂营生？"

柳拂衣将话题引向制香厂，几个人的目光都集中在李准的脸上，慕瑶靠在椅背上的腰挺直了。

他们待在泾阳坡的这几天，一方面是观察李准一家，熟悉地形，另一方面是为调查制香厂做个铺垫，毕竟掺杂着骨灰的檀香是从制香厂流出的，去制香厂一探究竟才是重点。

李准哈哈一笑："柳兄说笑了，小弟那些铺子搬不走，全部转手换作银钱。到了泾阳坡闲得无聊，这才招工开了制香厂，说是'厂'，其实不过是个二三十人的小摊子罢了。开这制香厂，一来是为打发时间度日，给闲暇的仆妇们一些活计做，二来也是为了还愿。"

"还愿？"

"楚楚从鬼门关走了一遭，现在能健康成长，李某感谢上苍，欲多行善事，积德积福，宁愿做赔本买卖，为寺庙提供上好的檀香。"

众人闻言都点点头：李准的说辞和郭修的对上了，物美价廉的香是这样来的。

恰好楚楚被乳娘抱过来，李准和十娘子轮番逗了她一会儿，她又耷拉下脑袋揉着眼睛，昏昏欲睡。

正如十娘子所说，李楚楚生过大病，身体底子不好，每天也只有这一两个时辰是精神的，可以和爹娘玩儿一些并不需要剧烈运动的游戏，如猜字谜、算算数之类的。李准夫妇对她很是溺爱，一旦她困了，十娘子便马上抱着她回房休息。

今天的楚楚虽然困了，但明显和主角们已经慢慢熟络起来，甚至小心翼翼地走过来抓住了慕瑶伸出的手，露出一个羞涩的微笑。

十娘子在一旁道："楚楚很喜欢慕姑娘呢。"

被骤然示好的慕瑶柔和下了神情，握了握她的小手："明天慕姐姐陪你玩儿好不好？"

小女孩儿歪头望着她，一双眼睛如黑宝石，顾盼生辉。

凌妙妙忍不住伸出爪子，朝她挥了挥："还有我。"

楚楚望着眼前两个如花似玉的大姐姐，认真地点点头。十娘子温柔一笑，将她抱起来往内室走去："楚楚乖，多睡一会儿，明天才有精神玩儿。"

楚楚睁着那双宝石似的黑眼睛，一直回过头来看她们，慢慢地消失在巨大的屏风后。

"择日不如撞日。"今日李准的兴致十分高涨，他又敬了柳拂衣一杯酒，"既然柳兄对小弟的香厂感兴趣，我今天便带你们去看一看，不知各位意下如何？"

慕瑶与柳拂衣对视一眼，赶忙答应下来："那自然好。"

李准的制香厂在泾阳坡的边界，因取材方便和减少污染等原因，与李府的距离并不近，一行人足足走了一个时辰才到。

山上长满茂密的树木，显出沉郁的墨色，微风吹来，绿浪翻滚，一座座小木屋沿着山脉的形状错落排布。不远处，正是一大片占尽天时地利的檀香林。

山脚下，几间较大的木屋是存放原料和香料的库房，旁边有晾晒场，大片的白布上还整齐地摆放着刚沥洗过的乌黑树皮，空气中弥漫着湿漉漉的香气。

正如李准所说，穿着短打的工人只有二三十人，男女老少都有，但他们进进出出，各司其职，剥树皮、沥洗晾晒、推磨盘打粉；大家都忙忙碌碌、有条不紊地工作着。

李准指着屋内冒起的炊烟："我们的香都是取最好的檀香树皮，掺杂秸秆粉末，不易碎散，还要在中药粉里滚一圈，才算得成型。香味悠久淳厚，静心安神。"

主角们在香厂里里外外观察了一圈，哪里都挑不出毛病。

无论是熬煎中药的厨房，还是造香的加工室，都窗明几净、整整齐齐，一看就是一条秩序井然的加工线。

工人们似乎也受了这种纯净悠长的香味影响，干活儿不疾不徐，毫不浮躁，眉梢眼角竟然都带着古朴的禅意。

慕瑶在一堆摆得整齐的佛香和香塔前驻足，掰了一小段揉碎，拈在指尖嗅了嗅，有些懊恼地摇摇头。

这些香里没骨灰。

慕声无声地走上前去，帮她把上面堆着的香一一掀开，径自从最底下拿了一块，递到姐姐的手上。

慕瑶与他对视一眼，迟疑地嗅了嗅，慢慢地睁大了眼睛。

"慕姑娘觉得我们制香厂如何？"

骤然看见热情的李准向她走来，慕瑶不动声色地将手上的香藏在袖中："品质上乘，不愧是皇家用香。"

李准十分得意地点点头，招呼道："诸位也累了吧？随我回去，十娘子在家备了好酒好菜。"他用亮晶晶的眼睛瞥向柳拂衣，豪爽地拍了拍柳拂衣的手臂："柳兄再陪我喝一杯。"

他们看出来了，李准常年隐居在这人迹罕至的地方，热情好客的他快憋坏了。

三

山中的夜并不寂静，草丛里的蛐蛐儿发出阵阵低吟。偶尔有萤火虫发出一团团冷色的微光，大多数时候，暗淡的月色都不足以温暖这漆黑的夜。

几人轻轻地踩在草丛里，发出咯吱、咯吱的轻响。

"柳……柳大哥。"凌妙妙在温度骤降的夜里被冻得有些哆嗦，摩挲了几下自己的手臂，"我们是不是绕了路呀？"

话音未落，她阿嚏一声弯下了腰。

连凌妙妙这个路痴都感觉出来了，他们夜里走的这条路和白天的不是同一条。

白天他们随李准去过一次制香厂，兜兜转转，没发现不妥。直到慕声将上面的香掀开，从底下拿了一把掺杂着骨灰的香。

按照李准所说，制香厂晚上不开工，那下面这些掺着骨灰的香又是从何而来？

他们要想寻求真相，得在夜里再来一探究竟。

柳拂衣刚要回答，见她吸溜着鼻子，突然想到什么，然后解开了自己的披风。

凌妙妙揉着鼻子，还没反应过来，只觉得一阵带着梅花冷香的风吹过她的脸，随后便披风严严实实地包住了。她的肩膀被人一掰，整个人被生生地扭了过来，慕声给她系上带子："大半夜出门，穿这么少是想被冻死？"

凌妙妙不习惯熬夜，一到深夜，脑子迟钝得像糨糊。她蒙蒙地抬头望他，四目相对的刹那，那双潋滟的黑眸顿了一下。

他猛地勾住她的肩膀，飞快地将她又扭了回去："好了，走路。"

慕声长而翘的睫毛飞快地颤动两下，随即他瞥向不远处的柳拂衣，这是一个有点儿警告意味的神色。

凌妙妙眼看着正准备脱披风的柳拂衣僵住了手指，对方的表情从惊诧变成欣慰，甚至还对她露出了诡异的笑容。柳拂衣将双手一拢，又将带子系了回去，开始自说自话："突然觉得又有些冷了，不脱了。"

柳大哥这是在干什么呢？她飞速地甩了甩脑袋，勉强让自己清醒一点儿。

凌妙妙说来也挺委屈，他们四个人，其中三个都有炫酷的夜行披风，一看就是专业队员，只有她没有，行囊里都是花的绿的襦裙，这行头一看就是混饭吃的团队花瓶用的。

只是……刚才"黑莲花"脱了自己的披风给她？

她猛地回过头去，恰巧撞上慕声的眼神，大脑一片空白，下意识地脱口而出："谢谢慕公子！"

慕声望着她在月色下亮晶晶的眸子，手指在袖里无声地捏紧：好呀，她在柳拂衣的面前避嫌成这样，连他的大名也叫不得了。

凌妙妙战战兢兢地望着他面无表情的脸，心里咆哮：怎么又生气了？！

泾阳坡副本开始后，凌妙妙收到过一次系统通知，得知慕声的好感度卡在了70%。如果以50%为分水岭，他现在应该是对她有点儿好感……

他应该是对她很有好感才对。

那为什么她损他，他生气；夸他，他也生气；不好好说话会惹他生气，好言好语地谢他，还惹得他生气？

不懂少年心的凌妙妙每一分钟都处在煎熬中，觉得自己寸步难行。

每个人都各怀心思，只有慕瑶一人认认真真地回答她开头提出的问题："这是阴阳裂。"

"什么是阴阳裂？"

柳拂衣答道："泾阳坡被四座大山环绕，是天然的凹地。凹地，本就有聚拢的意象，又是数千村民的埋骨地，阴气极重。到了夜晚，群妖汇聚于此，白天的泾阳坡和夜晚的泾阳坡完全不同，所以叫阴阳裂。"

慕瑶停在溪水前。

泾阳坡有两条溪水流过，眼前这是最大的一条，溪水汩汩流淌，流过长着青苔的石头，有些足有一人高，有些是没在水下的小圆卵石。白天，他们就是踩着这些石头小心翼翼地到达对岸的。

到了晚上，不知为何，水竟涨起来了，没过了石头。

凌妙妙拎起裙摆要蹚过河去，被慕瑶拦住："小心，这是暗河。"

凌妙妙心里有些崩溃。差点儿忘了，白天和晚上，这里全然不同。

"像水鬼、缠女一类的妖物，最爱潜伏在溪水中，在夜晚吸收阴气，在太阳出来前离开。"

谁能想到眼前这条倒映着清冷月光的小溪流，其实是妖物用以强身健体的矿物洗澡池。

不知道主角们怎么对付，她肯定对付不了，只好眼巴巴地看着柳拂衣："柳大哥，那我应该怎么过去？"

柳拂衣想了想，笑了："这好办，你不要沾水，我背你过去。"

她点点头，刚想走过去，听到背后传来一道冷冷的呼唤声："妙妙，过来。"

凌妙妙扭过头，看见慕声隔了几步盯着她，浓密的眼睫下是两汪水润的眸，只是眸中泛的是冷光。慕声转而瞪着柳拂衣，看上去余怒未消。

她有些怵这眼神，迈着腿往柳拂衣那里靠近："这不太好吧……"

"怎么不好？"他将眼眸一沉，嘴角一翘，讥诮的神色瞬间占据这张青春明艳的脸，"凌小姐又不是第一次麻烦我了。"

柳拂衣一怔，忽然揽着毫无防备的她疾走几步，把她往慕声的眼前一送，拊掌道："好了，就这样，大家抓紧时间过河。"

"哎，柳大哥！"她瞪大眼睛回身去抓，却抓了个空，手腕被慕声用力地攥住，被他一下子拉回到他的身边。

"真不好意思，凌小姐，柳大哥不想背你。"他眼里含着寒星，定定地望她一眼，他俯下身来，"快点儿，要么上来，要么自己想办法过去。"

凌妙妙撩起裙摆趴上去，揽住他的脖子。慕声生着气，将她向上一送，也不提醒，差点儿让她翻下去。她左思右想气不过，在他的肩上狠狠地拍了一下："你怎么啦？没事儿犯什么病？"

慕声冷笑："坏你好事儿了，真对不起。"

凌妙妙皱起眉头，气鼓鼓地想了半晌，还是放低姿态，趴在他的耳边，不耻下问："出门还好好的，突然生什么气？"

少年顿了片刻，偏过脸去，远离了她温热的唇："我没生气。"

妙妙哼了一声："没生气，你阴阳怪气地喊什么'凌小姐'？"

慕声长睫微颤，他反唇相讥："你不也喊'慕公子'了吗？"

他的腿已经浸入寒冷的水中，发出哗啦哗啦的轻响，搅碎了水中月光。

他们的冷战不过一分钟。

凌妙妙闲不住，转眼又拍拍他的肩，开始絮絮叨叨："哎，慕声，考你道题——今有立木，系索其末，委地三尺。引索却行，去本八尺而索尽。问索长几何？"

她在说什么东西？

"考勾股定理的，勾股定理学没学过？"

他皱了眉。

"《九章算术》读过没？"

慕声闭上嘴，决定无论她说什么，他都不回应。

凌妙妙恨铁不成钢，猛拍他的背："老祖宗的智慧呀，到你这里就断了！"

她一直得不到回应，似是说得有点儿累，软绵绵地挨在他的背上歇了片刻，有气无力地拿手指拨弄他黑亮的头发，嘟囔道："偏科呀，慕声，难怪连竹蜻蜓都不会做……"

慕声始终低眸留意着水面。

他们行至溪水中央，无数妖物被他吸引而来。他干脆利落地将袖中的符纸斜飞进水里，把冒头的水鬼和缠女都远远地打飞开来，杀出一条宽阔的大路。

一切杀戮都在水下寂静无声地进行，这些暗流涌动背上的人什么都没发觉。

慕声三心二意地听着，听见了她提起他不会做竹蜻蜓，刚要生气，偏偏她伸出手指头在玩儿他的头发丝，一下、两下，令他感到酥麻的痒……

他就好像被拿捏住了似的，什么也说不出来，思绪全跟着她的掌控走。他长长的睫毛颤了颤，眼前还飘浮着溪水上的水汽，将一切都模糊得软绵绵的。

凌妙妙说得口干舌燥，正在放空，忽然听得他低声应道："十二尺。"

"哈？"

"索长几何？"

她反应数秒，才反应过来这人是在答题。

凌妙妙自己默算了一遍，鲤鱼打挺似的活了过来，猛拍他的背，声音清脆，兴奋得不得了："你可以呀，慕子期，我收回刚才的话，你就是老祖宗智慧的化身。"

少年被她夸张的一顿折腾弄得有点儿臊了。

早知不理她了，疯兔子。

凌妙妙在长途旅行中的确有点儿疯，是为了提醒自己和司机都不要睡着。

她刚安生了几秒，困意果然像藤蔓似的慢慢地升上来，让她的眼皮越来越沉重，迷迷糊糊间看见一个细长条的东西一扭一扭地攀上了慕声的腿，黑色的，鲜红的芯子一吐一吐。

她一个激灵，睡意全无。

蛇！

那蛇爬得飞快，刚才还在慕声的腿上，转眼就蜿蜒着爬上了他的腰。

她急忙撑着他的肩膀伸长手臂，想把它抓掉，还没挨到，就被慕声猛一巴掌打在她的手背上，直接将她的手打偏了。

那蛇受了震动，哧溜一声滑了下去。慕声把一个火花砰地炸响，红光消失后，水蛇断成了几截，啪嗒啪嗒地掉进水中，还在冒烟。

凌妙妙两眼冒火地揉着通红的手："你打我做什么？"

他似乎比她还生气，声音有些不平稳："那是蛇，你拿手抓？"

"它往你身上爬呀！"妙妙的气焰弱下去，想来她也确实有些后怕，"我没想那么多……"

不知何时竟然已经上了岸，慕声将她往树下一放，回头用黑润润的眸子盯住她，还含着怒火："你觉得我奈何不了一条水蛇？"

"是我多虑了。"妙妙缩在树下，一双泛着水色的杏眼瞪着他，"慕公子神通广大，怎么可能阴沟里翻船呢？"

"你……"

溪边的一丛蒲苇突然不合时宜地簌簌颤动了几下。慕声正在气头上，一个火花毫不留情地炸了过去，中途就膨胀成杀伤力巨大的斑斓火球，直接将成片的蒲苇噗的一声夷为平地。

"什么东西，滚出来。"

在蒲苇的背后，露出端阳帝姬被炸得满脸黑灰的惊愕的脸。

凌妙妙目瞪口呆地看着被炸得衣不蔽体的端阳，刚上岸的柳拂衣和慕瑶也满脸惊愕，连慕声脸上的表情都有一瞬间的呆滞。

端阳坐在地上，迟缓地低着头望向自己变成破布一般的衣裙和满腿的

297

灰，抬起一张黑乎乎的小脸，慢慢地流下了两行泪水。骤然一看，她像是刚从煤窑里被解救出来的矿工。

她是来表白的。

天知道她换了多少种熏香的花瓣，试了多少件不满意的新裙子，换了多少次妆容，才光鲜亮丽、光彩照人地走出凤阳宫。在佩云的帮助下，千辛万苦地逃出皇城，千里迢迢地赶到柳拂衣所在的泾阳坡，就是想给他一个意想不到的惊喜。

可是现在……当着所有人的面，她竟然是以这样的形象，出现在他的面前。

而那个慕瑶，干干净净、清清爽爽地站在他的身边，与他一起看着自己……

她扭头，怨毒的目光径自冲向那个扎着高马尾、眼眸乌黑的少年。

他简直是她的克星。她在柳拂衣的面前一再丢丑，都是因为他……

凌妙妙见端阳一脸咬牙切齿、恨不得将慕声剥皮抽筋的样子，心中啧啧道：狼来了的游戏玩儿多了，这次"黑莲花"实在不是故意的，也没人信了。

慕声似乎是没看到端阳的脸色，满面无辜："我不知道是殿下躲在暗处鬼鬼祟祟的，下手没轻重，险些误伤了殿下，子期知错了。"

这道歉在端阳听来简直如火上浇油。她伸手一指，碎成布条的衣服便扑簌簌地往下掉，她"啊"的一声尖叫，捂住了自己的胸口，瑟瑟发抖。

柳拂衣几步上前，将披风脱下来披在她的身上，神情严肃，关怀道："殿下，出什么事儿了？"

端阳用两手紧紧地抓着那温暖的披风，看到柳拂衣的脸，愤怒全化作委屈，她抓住他的双手，用一双大眼睛望着他，顿了半晌，才说出口："柳大哥，我……我有话想跟你说。"

柳拂衣一怔，慕瑶已经脸色不佳地转过身去："我去林子里逛逛……"

"瑶儿！"柳拂衣微微敛眉，竟然将她叫住了，他没有回头，语气异常坚定，"别走远，待在我看得到的地方。"

慕瑶怔在原地，端阳两眼含泪。

三人之间暗流涌动。

凌妙妙察言观色，扯了扯慕声的袖子："喀，没我们的事儿了，走吧。"

说着，凌妙妙便拂开茂密的树叶，提着裙摆飞速地进入了林子。

这是大型修罗场啊，还是给可怜的女二号留几分面子。

慕声见姐姐还站在原地，反倒是凌妙妙又自作主张、腿脚麻利地进入树林不见了，暗骂一声，飞快地提脚跟了上去。

四

凌妙妙已经找到了一个绝佳位置。

林中这处空地在那三人所在地的不远处，能隐约听见那边的声音，又听不清具体的内容，既有安全感，又能达到回避的效果。

慕声捡了几根树枝丢在地上，砰的一声激起一道火花，噼啪作响的火焰映在他白玉般的脸上。他抬眸瞥了凌妙妙一眼，恰好见到她抱膝坐在树下发呆。

他拿棍子捅了捅火堆，使一两点儿红通通的火星飘飞出来，脸上没什么表情：“你不是也喜欢柳拂衣吗？”

妙妙笑了一声，将手臂枕在脑后，放松地靠在了树上：“论样貌、论出身、论才学，我哪里都比不上帝姬，何必凑这热闹，丢人现眼呢？”

慕声抬眸打量树下的少女，闪动的火光在她姣好的面容上跃动，那一双波光流转的杏眼、粉嫩的颊、润泽的唇……他觉得她浑身上下，就连垂挂髻上碧色的蝴蝶结，都比端阳帝姬看着顺眼。

他面上却丝毫不显，点头道：“嗯，你还算有几分自知之明。”他瞥见凌妙妙对自己怒目而视，嘴角微微翘起，看似无意地补充，“不过，论讨人喜欢的本事，你比她强多了。”

凌妙妙的表情一秒钟由阴转晴，她用双眼闪亮亮地望着他：“真的呀？”

他的睫毛轻颤：“假的。”

凌妙妙瞬间垮下脸去。

慕声专注地捅了一会儿火堆，手有些酸，于是将棍子拿出来歇了歇。

凌妙妙慢慢地蹭过来，挨在他的身边，抱着膝望着火：“我跟你换换岗呗？”

“什么？”他诧异。

“我看一会儿火，你休息一下。”凌妙妙一脸疑惑地望着他，“都坚持了大半宿了，不累吗？”

而且他还背着她走了那么长一段路。"黑莲花"似乎从不用睡觉，简直要成仙。

慕声略有些走神。

他从小到大，多少次出门历练，无论何时何地，都是他在做着这些细枝末节的事情，长长久久地照顾着姐姐，从来没有人提过要跟他"换换岗"，让他也休息一下。

他从夜色中来，隐匿于夜色中的角落，他就是夜，却还要长长久久地燃烧自己，伪作光明。

"跟你说话呢，发什么愣？"女孩儿用白皙的手在他的眼前晃了晃，打了个哈欠，不耐烦地催促，"快点儿决定，我要困了。"

她在皇宫"养老"三个月，生物钟调整得格外健康，现在大半夜不睡觉在林子里跑，她的眼睛都快睁不开了。

慕声纤长的睫毛宛如一排黑羽，慢慢地垂下来，他把声音压得很低："你去睡吧。"

话音刚落，凌妙妙当的一声直挺挺地倒在了树叶铺成的"地毯"中，均匀的呼吸声立即响了起来。

她太困了，竟然直接睡着了。

他顿了顿，将她压在身下的披风抽出来，拿在手里半晌，展开盖在她的身上。

女孩儿双目紧闭，卷翘的睫毛在眼睑处投下一片阴影，两颊红润，睡得毫无戒心，在他这样的人身边，居然也能毫不在意地拥抱甜梦。

这人……

他的手慢慢地向下，不受控制地抚上她的脸，再慢慢地下移，触碰到了她微凉的、柔软的、粉嫩的、总是满不在乎地翘起来的唇。

他记得初见她时，她的唇上还有涂到外面去的口脂，他曾经如此大胆地抚摸过，从唇角一直抚到唇珠。当时，那双秋水般的眼睛战战兢兢地望着他，倒映出他的影子。

那时他怎么没有发觉这张脸这般诱人……

慕声猛然一凛，他像触电般收回了手，又伸手猛地推醒了凌妙妙。

"嗯？"她骤然惊醒，挣扎着坐起身来，一脸懵懂地望了他半晌，环顾四周，只见一片黑压压的夜色。她顿时爆发了起床气："什么呀，我还以为天都亮了！我才睡下几分钟，你就叫我起来？"

"你睡得够久了。"少年垂下长睫，掩去眼中的情绪，言简意赅，"换换岗。"

凌妙妙揉了揉脸，接过了他手里的棍子，一脸呆滞地捅着火堆。

她睡了很久了吗？怎么一点儿感觉也没有……跟没睡一样。

少年靠在树下闭目养神，感受着自己半天都平复不了的心跳。

开始时，他的脑子里纷纷乱乱，全是密密麻麻的杂念，渐渐地，听着耳畔窸窸窣窣的声音，和一阵阵风声的尖啸后，黑暗中的一切全部化作大片大片的光晕，吞没了他。

叮叮当当……

墨绿色的帐子顶，有四串铃铛一同响起。

床在晃。

阳光被温柔的帐子层层滤去，到了女孩儿的脸上和额头上只剩下一点儿暧昧的柔光。

她的脸好红，她半眯着眼睛，眼里一片涣散，白皙的脖颈暴露着，一头泛着栗色的长发散乱地枕在身子下。

再下面……是他。

他的吻掠过她柔软的小腹，手顺着那腰肢向上，慢慢地将剩余的衣衫向外掀。

她的上襦是用驼色的真丝做的，绣有莲花暗纹，将她衬得肌肤胜雪，像是诱人的小糕点。而他就是饥肠辘辘的食客，明知道眼前的珍馐要层层剥开，慢慢品尝，还是忍不住扯掉包装，一口吃下肚。

他急不可耐，从未感到如此空虚，如此……渴望。

她伸出手阻住他，眼中都是迷迷蒙蒙的欲色，欲说还休，美得惊人。

他将她乱动的手臂强硬地压在枕边，慢慢地靠近，吻她的唇，从唇角到唇珠，辗转反侧，直到她无力挣扎，睫毛簌簌抖动。

他松开手，她自然地搂住他的脖颈，像一株攀附而上的柔软藤蔓。

好热、好软。裙摆被哧地撕开，从小腿撩上来，他顺着那曲线一路向上，她只是讨饶地喊："子期……"

连这声音都是语不成调的，像是邀请他更进一步，攻陷城池，彻彻底底、从内到外地宣示主权。

一片海，狂风席卷，波涛浪涌。女孩儿是漂在上面的船，她又是怕又是难受地哭着，冰凉的手指胡乱拂过他的脊背，引得他一阵战栗，只得将她的手抓下来，将那样冰凉的一双手握在手心里。

他将她的手贴近自己滚烫的心口，见到她睁开眼睛望着他，他慢慢地贴过去，温柔的吻落在她的额头上。

她彻底变成海上的孤舟，唯能依靠着他，为他所控，实实在在、彻彻底底地被他拥有。

殊不知他这片茫茫大海，纵使狂风暴雨，电闪雷鸣，也只拥有这一叶小舟。

凌妙妙蹲在"黑莲花"的旁边睨着他的脸，手里拿着他的披风。

她心里有些犹豫，他这一动不动的模样，是睡着了还是没睡着？

她想了半天，心一横，将披风往他的身上一扔，转身就跑。谁知少年伸出一只手，忽然一把抓住了她的手腕，直接将她拖回怀里……

那个瞬间，她在他的眼睛里看到了某些失控的情绪。

"子、子期？"

她被他盯得心里直发毛，不叫还好，开口一叫，他似乎立即清醒过来，迷茫了片刻，黑眸中爆发出巨大的怒意，霎时间站了起来。

凌妙妙还没开口控诉，他就先避过她的脸，倒退两步，像是遇到了什么洪水猛兽，飞快地爬起来跟跟跄跄地冲出了林子。

她忍不住拿起火棍朝他的背影一丢，没打准。

这人怎么回事儿呀？莫名其妙！

五

第一次夜探制香厂，失败得没边儿。

先是莫名其妙地跑出一个端阳帝姬硬要跟柳拂衣告白，被婉拒以后，柳拂衣不放心她哭哭啼啼地一个人回去，只得连夜将她送回凤阳宫。

再就是慕声，在树林里睡了半个时辰以后，忽然脸色大变，进而折返。慕瑶问他是不是不舒服，他也只是摇头。

慕瑶好不容易关心一次弟弟，温柔地抬起手，想摸摸他的额头："阿声，让阿姐看看。"

要是往常，他早就欢天喜地自己凑过来撒娇，这一次却生硬地躲开了她的手，面无表情地进了屋。

慕瑶惊愕地问凌妙妙："他怎么了？"

被"黑莲花"气得半死的凌妙妙满脸愤懑："我哪儿知道？他犯病了。"

她的声音又甜又脆，直接穿越门板传到了慕声的耳中。他坐在地板上，靠着床榻，黑润润的眼眸一动不动地盯着地上的菱形方砖，一盯就是半个时辰。

他就是犯病……

为什么他一闭上眼，满脑子都是……都是让他压在身下的……

他用力地闭上眼，泄愤似的炸开一溜火花，砰、砰、砰、砰，令四周游荡的小妖遭了殃，刹那间被他炸碎了妖丹。

因柳拂衣送帝姬回宫，慕声闭门不出，原本热闹的宴席变得冷冷清清，这一日的宴席便早早地散了。十娘子为了补偿他们，下午特意开了小宴，摆了几道她拿手的糕点，专门请来凌妙妙和慕瑶两个人。

桌上摆了褐色的栗子糕、浅黄的核桃酥、粉红色的樱花馅饼、雪白的白糖糕，摆在花瓣形状的碟子里，恰好拼成一朵四瓣花。十娘子给两个人斟茶，茶叶里飘荡着小小的花苞，一股沁人心脾的甜香飘荡出来。

"这些都是你做的吗？"凌妙妙望着那晶莹剔透的樱花馅饼惊叹，这样的手艺，就是她最爱的做红糖馒头的那位厨子都未必赶得上。

"是呀。"十娘子眯着眼睛笑，直笑出了双下巴，"长日无聊，我钻研厨艺，也好给阿准和楚楚换换花样。"

凌妙妙拈起一块樱花馅饼尝了尝，咬进去一瓣粉嫩的花瓣。她又端起花茶喝，两种清香碰撞在一处，有种奇异的魅力。

"太好吃啦！"凌妙妙由衷地夸赞。

十娘子咪地笑了，使双下巴越发明显，微弯美人唇，极其温柔地接道："凌小姐很会吃呢，今天的茉莉花茶，就是专为甜点搭配的。"

凌妙妙一脸恍然地点点头。

本来三个女孩儿的聚会，应该是十分恣意快活的，可慕瑶不擅长这样的场合，始终放不开，很少说话，因此只有凌妙妙和十娘子一问一答。

"叮——系统提示：待攻略角色'慕声'好感度达到75％，请再接再厉。"

凌妙妙被这突然的提示音一扰，阵脚骤乱，借着喝茶的工夫，开始思考起人生：慕声一个人待着，还没见她，好感度就能凭空增加？

他到底在房里干什么呢？

待她回过神来，慕瑶已经开始按例询问了："不知李夫人的娘家在哪儿？"

十娘子温温柔柔地答道："我本姓斐，娘家……在灵丘附近，我是家里第十个女儿，被乡里相邻叫作十娘子。"

"灵丘……"慕瑶皱皱眉头，"夫人与李公子是在江南相识，灵丘距离江南，一北一南，怕是……"

"哦，我小小年纪便外出游历了。"十娘子笑笑，回答得滴水不漏，"我从灵丘出发，一路走一路求学，跟着些巫医大夫，学了些医术皮毛，本想在江南定居，开一家医馆营生。"

后来十娘子嫁给了家财万贯的李准，这医馆自然是没开成。

慕瑶又问："夫人是什么时候遇见李公子的？"

凌妙妙听得心里发毛，想提醒慕瑶一下，因为她的语气太过紧绷，听起来不像是闲聊，倒像是审讯。

可十娘子一直保持着良好的涵养，面带笑容，非常温柔地回答着问题："我认识阿准的时候，他还很年轻……"

她微微笑了，神情恬然又惆怅，似乎越过眼前的一片虚无，看到了许多年前的回忆。

"有多年轻？"

十娘子仿佛忽然回过神来："哦，那时方姐姐还在，楚楚还未出生。他们的感情很好，每天傍晚，都要手挽手出门散步。有一次，阿准问方姐姐'你猜肚子里的孩子是男孩儿还是女孩儿'，方姐姐说'我猜是个像你一般俊的男孩儿'。阿准便笑，点点她的肚子说'我倒想要一个跟你一般俊的女孩儿'。"她有些难过地低下眉，语气放轻，"后来，方姐姐总是一个人坐在庭院里哭，她的身体一直不好。"

慕瑶微微皱眉，总觉得十娘子的叙述有些怪，但一时又辨别不出哪里奇怪。

"后来，楚楚出生了，方姐姐在生楚楚的时候喘症发作，去世了。我看到阿准一个人带着孩子，每天沉浸在悲伤里。"十娘子顿了顿，"楚楚也有一样的喘症。我努力研习医术，就是为了能够帮到阿准。两年后的一天，楚楚突然发了喘症，因乳娘看护不力，险些丢了性命，幸而我去得

304

及时……"

慕瑶听着，表情有些茫然："也就是说，夫人和李公子早就相识，一直是……朋友？"

十娘子动了动嘴唇，最终垂下眼帘，抿唇笑道："是的，朋友。"

小童子掀动了帘子，使帘子叮叮当当地响，他跑进来："慕姐姐，柳哥哥回来了，在院子里等您。"

慕瑶一天都在担心柳拂衣，生怕他会因为帝姬的事情被陛下刁难，闻言立即站了起来："李夫人，失陪了。"

十娘子微笑着点点头，目送着她离去。

凌妙妙本在犹豫要不要也寻个由头告退，却听到十娘子清甜的声音："凌小姐请留步。"

凌妙妙转过头来，有些惊讶地问："夫人有话对我说？"

十娘子不似刚才那样端坐着，而是有些慵懒地靠在了桌上，漂亮纤细的手端着茶杯，宛如美人捧酒。如果不是她顶了一张树懒似的脸，这个动作真是十分妖娆。

她注视着凌妙妙，意味不明地笑了两声，笑声格外动听："我知道慕姑娘一直怀疑我，方才一直询问。你也对我好奇，为什么不发一语？"

凌妙妙一怔，有种坏心思被戳破的羞愧："我……确实对夫人很好奇。"

十娘子喝了一口茶，只是她喝茶的动作宛如喝酒一样，似乎让她带上了几分醉意："你是不是在好奇，为什么我长成这副模样……"她用漂亮修长的手指慢慢地抚摸过自己的宽脸和浅浅的眼皮，"阿准却能那样喜欢我？"

"没有、没有……"凌妙妙急忙摆手。

虽然十娘子长得像胖头鱼，瞳距比常人宽了些，但好歹眼睛、鼻子该有的全都有，她的相貌不应该成为被攻击的对象，她也不应该这样自卑。

十娘子轻笑了几声，像是被她的反应逗笑了："你不想问问我，怎样才可以让一个人死心塌地地喜欢上你吗？"

凌妙妙联想到自己谜一样的攻略对象，忍不住点了点头："那夫人说说看，怎么才能让一个人死心塌地地喜欢上我？"

十娘子看着凌妙妙，眯眼笑道："阿准喜欢我，是因为……"她又将话题引向了自己，眼神变得格外认真，"这个世界上，没有人比我更爱他。

"我可为他一日三餐亲自下厨，学会五湖四海的菜系；我可为他缝制冬装夏袍，做腰带、绣荷包；他康健时我陪侍在侧，与他一同待客；他生病时我侍疾床头，衣不解带；我包容他的一切缺点；热爱他的所有不足；我了解他的一切喜好，爱他所爱、厌他所恶；守护他想守护的一切、抵御他想抵御的所有；我愿为他付出我所有的时间、精力、能力乃至生命。这世上，他找不到一个人比我更加爱他。"

凌妙妙怔怔地望着十娘子。

十娘子端着茶杯，用清甜的嗓音将这些娓娓道来。明明是平淡的语调，但到了最后，凌妙妙想起了江堤浪涌，海浪咆哮、也想起了一场盛大的表演落幕时如潮的掌声。

"你明白吗？想要让人爱你，只有一个办法。"她将纤细的手指贴上自己妩媚的美人唇，两只眼里似乎泛出了些哀伤的意味，像是琵琶曲最后那一声铿锵的拨弦音，"那就是付出同等的爱。"

第二章　楚楚

一

　　凌妙妙带着满脑子的十娘子讲的关于"爱"的教育混混沌沌地迈出门槛时，恰巧碰上了慕声。

　　少年已经恢复正常，只是看她的眼神里有些意味不明的情绪，令人难以捉摸："柳拂衣回来了，晚上开宴。"

　　"哦。"她心不在焉地点点头，与他擦肩而过。

　　慕声回头望着她的背影。凌妙妙一向没心没肺的，这会儿也只顾自己往前走，只是她走得慢了许多，步伐有些虚浮，似乎有些……伤感。

　　他微蹙眉头。

　　凌妙妙望着沿路的木槿花，心里想：以爱换爱……这实在是一个笨办法，若是遇到对的人，事半功倍。若是遇到错的人呢？只怕南辕北辙，伤透了心也未必换来一顾。

　　只是，一个将爱奉为圭臬的女人，会是坏人吗？抑或是，爱被她重视得过了头，也会扭曲成恨，至盈则缺？

　　短短几日，李准已将柳拂衣视为知己，表现得格外热情。李准不仅一口一个"柳兄"叫得十分亲切，每一顿饭还专门准备了好酒好菜招待他，生怕不能将李府所有的好东西全堆在他的面前。

　　柳拂衣送帝姬回皇宫时，李准便怏怏不乐，早早离席；柳拂衣一回泾阳坡，李准立即便光彩照人，还筹备了丰盛的晚宴。

　　又是一顿觥筹交错的晚餐。凌妙妙扒拉着盘子里的美食，默默地盯着柳拂衣的脸，她感觉这些日子，柳大哥的脸都吃圆了一圈……

她突然感受到旁边有道冷冷的目光扫过来，回头一看，发现慕声正在一动不动地盯着她的侧脸。

"你看我干吗？"凌妙妙叼住筷子，疑惑地问。

他立刻偏过头去："吃饭就吃饭，你盯着柳拂衣做什么？"

凌妙妙噗的一声笑了，压低声音附在他的耳畔："柳大哥长得俊呀，不看他难道看你吗？再说了，你看，慕姐姐也盯着柳大哥呢，你怎么不管？"

慕声眼眸一沉，似是火冒三丈，直到这顿饭结束，他果真再也没有理她。

晚饭后，李准照旧派人上茶解腻，大家剔着牙说说闲话。

乳娘抱着楚楚来了，笑道："小姐今天中午睡得多了，下午睡不着，精神头儿足得很，闹着要出来玩儿。"

李准自然十分欢喜，拍了拍手，敞开怀抱："楚楚，到爹爹这里来。"

小女孩儿自己下了地，用小小的声音和李准说了一会儿话，开始羞涩地朝慕瑶这里张望。

李准恍然大悟："前天楚楚说要跟慕姐姐和柳哥哥玩儿，昨天扑了个空，今天还惦记着，是不是？"

楚楚黑宝石似的眼珠里闪过笑意，她不好意思地将头埋进李准的怀里。

慕瑶和柳拂衣相视一笑，柳拂衣伸出手邀请："楚楚小姐？"

楚楚整整衣衫，像个小大人似的摇摇摆摆地走来，将手搭在他伸出的手掌上。

为了方便与楚楚玩儿，两个人从椅子上转移到了地上。李准特意叫小童送来两个蒲团，让二人盘腿坐着，以免着凉。

柳拂衣从怀里掏出一条红绳，头尾相结，用手支着，而慕瑶带着温柔的笑容，用十指娴熟地翻起花绳。楚楚瞪大了眼睛，许久，兴奋地拍起了巴掌。

三个人迅速打成一片，又笑又闹，看起来像……和谐的一家三口。

李准在一旁笑着注视着，看了一会儿，嘱咐道："十娘子腹痛不适，提前离席，劳烦柳兄代为看顾楚楚，小弟先去看看内人？"

柳拂衣摸了一把楚楚的头，含笑点头："李兄自去，一会儿楚楚累了，就让乳娘将她抱回去。"

李准点点头，放心地离去，一旁侍立的小童也亦步亦趋地跟着下去了。

累了一天的乳娘坐在不远处的圈椅上，开始歪着头打瞌睡。

一时间，正厅内只有窸窸窣窣的说话声和笑声。

楚楚不会翻绳，时常弄反了方向，这次又翻到了死胡同里，眨巴着眼睛一筹莫展，噘起了小嘴。

在一旁观察的凌妙妙手疾眼快地几步上前，准确地钩住那"死胡同"向回一翻，瞬间还原到上一步。楚楚看直了眼睛，猛地拍起了巴掌。

慕声看着三个人都兴致勃勃地参与游戏，也向前一步，站到了凌妙妙的身边。

楚楚骤然看到他靠近，脸上的笑容退了下去，她向后退了几步，靠在柳拂衣的怀里，探出头怯怯地望着慕声。

慕声蹙眉，有些尴尬地停住脚步。

柳拂衣拍拍楚楚的背："怎么了？这是慕哥哥，你见过的。"

楚楚也不玩花绳了，两只手勾住柳拂衣的脖子，将头埋进了他的怀里，声音怯怯地说："我怕这个哥哥。"

"楚楚……"

"我怕……"

凌妙妙望着"黑莲花"僵住的脸，心中啧啧道：没想到这样一个外表极具欺骗性的青春少年，骗了慕瑶和柳拂衣，却没骗过一个孩子。

慕瑶见楚楚连翻绳都不玩儿了，一副要哭的模样，一阵心疼，扭头对慕声毫不留情地瞪眼："阿声，你出去逛逛吧。你吓着她了。"

慕声紧抿嘴唇，一言不发地扭头离开，走了两步，又折回来，一把拉起地上的凌妙妙。

"慕姐姐让你走，你拉我干吗？"

凌妙妙正玩儿在兴头上，自是不愿意起来，整个人耍赖似的瘫在蒲团上。慕声似乎更加生气了，一手拉她，一手抱住她的腰，将她连拉带抱地提离了地面。

"妙妙，屋里闷，出去透透气也好。"柳拂衣回首冲凌妙妙摆手，笑出一口白牙，一点儿施以援手的意思都没有。

指望谁都不能指望柳大哥。

凌妙妙垂头丧气地陪着慕声出门吹冷风。

少年低头走路，眸中闪烁着柔润的水光："你就这么不愿意跟我出来？"

"里面又亮又暖，外面又黑又冷，还有阴阳裂，处处都是危险，谁想出来呀？"

慕声微微一顿，将披风脱下来罩在她的身上，一回生两回熟，这次自然得连心跳加速的过程都没有了。

"还知道外面冷？不是跟你说了晚上多穿点儿吗？"

凌妙妙抬手将兜帽戴起来，兜帽下面露出她的小脸，她一脸无辜抬了抬胳膊："我多穿了呀，你看，我连秋天的夹袄子都穿上了。"

她的眼里映着月色，像是穿着兜帽的小精灵。

慕声看了她半晌："那你把披风还我。"

"我不。"凌妙妙飞速地系上带子，歪头冲他笑，露出了得意的嘴脸。她笑了半晌，忽然一指天幕，扬声叫起来："慕声你快看，有星星。"

泾阳坡的苍穹被四座山峰的山巅囊括，广袤无垠，黑暗中有无数细小的星子，如同天鹅绒上镶嵌的碎钻，光辉闪耀。

"你没见过星星？"他随她仰头看。

大惊小怪。

可是夜色如此深沉，有风吹过，即使知道周围是处处陷阱的阴阳裂，也依然能够嗅到流淌在空气中醉人的花香。慕声细辨，这香气似乎是从身旁女孩儿的发间传来的。

她低下头，气鼓鼓地踢着地上的小石子儿："你这人真没意思。"凌妙妙受了挫，沉默了几秒，似乎又想到什么开心事，喜滋滋地与他分享，"都说小孩儿能看见大人看不见的东西，你说楚楚今天是不是也这样，看出了别人没看出的东西？"

慕声用一双潋滟黑眸凝望着她："看出什么？"

她伸出手指故意戳他的胸膛，勾起嘴角："看出你的本质呗。"

她白皙的手指抵在他的心口，不轻不重的，蓦然让他想起，在那个出格的梦里，他握住她的双手，贴在自己滚烫的心口……

不行……

他向后退了一步，离开她的触碰，沉下脸："我的本质是什么？"

岂料浑然不觉的凌妙妙竟然往前一步，戳得比先前还用力："表里不一、蛇蝎心肠……"她望着他的脸，思索了很久，想不到词了，只好悻悻道，"反正跟慕姐姐和柳大哥不是一路人。"

他一把握住她的手指，让凌妙妙挣了一下，他依然用力地抓着，两只眸子亮得惊人："怎么不是一路人？"

凌妙妙似乎听到了什么笑话："他们可为大义生，为苍生死，你能吗？"

少年依旧用那双黑漆漆的眼睛望她，冷冷一笑，似乎含有无限讥诮："你又能吗？"

凌妙妙思索了一下，旋即笑了。

这一笑似乎是一股清流，倏忽缓解了紧张的气氛，使得方才的"步步紧逼"，都像是一个有些暧昧的玩笑。

"这还真说不准。"她脆生生地答，"我这人小家子气，遇到大问题，不敢轻易回答。不过，如果我的至亲或者爱人已在局中，我愿意为他生，替他死。"

慕声慢慢地放开她的手，仰头看星星，睫毛一动不动的，不知在思考些什么。

灯下，乳娘的鼾声已经响起。

厅堂里空荡荡的，但很暖和，楚楚正在翻着花绳，忽然朝内堂的屏风扭过头去。

慕瑶觉得奇怪，便问："你在看什么？"

楚楚飞速地回过头来，嘴唇微微发紫，颤抖地说："姐姐……"她用小鹿般的眼睛惊惶地看过来，"楚楚告诉你一个秘密。"

慕瑶的心提起来，她凑过去听，安抚道："什么秘密？"

"十姨娘……会变脸。"楚楚仰起头，小小的身子在颤抖，细细的声音越压越低，"每天晚上，她会变成另一张脸，变成一个好漂亮的姐姐的脸，同爹爹睡觉。"她飞速地说完，又扭头向屏风看去，见那里没有人来，这才放下心，有些神经质地玩弄起自己的手指，眼里泪水滚动，紫色

311

的唇虚弱地颤抖，"我好怕，我想娘……"

慕瑶感到头上如有惊雷炸响，和柳拂衣对视一眼，看到了彼此眼中的诧异。

溪水泠泠作响，明月似钩。

"子期，你有一个娘，对吧？"凌妙妙抿抿唇，小心翼翼，"不是慕姐姐的娘，是你的娘。"

慕声望着她沉默了片刻，应道："嗯。"

二人并肩在星空下走，微风卷拂树木，绿浪翻滚，哗哗的声音如同低声的吟唱。女孩儿拖着他的披风，无声无息地走在他的身边，发间传来幽幽的香气。

草丛里有促织长鸣，安适的秋夜，适宜说些心里话。

"倘若你娘……"她斟酌了一下语言，望向他，"是青楼红姑，风月女子，你当如何？"

慕声语调平平、干脆决绝："不如何。"

如果真有这个人，他一定倾尽全力对她好，让她再无后顾之忧。至于沦落风尘……早年的苦难蹉跎，都是为了养活他，谁敢欺她、伤她、将她推进泥淖，他便把他们一个个找出来，让他们不得超生。

"嗯……"她有一搭没一搭地应道，"你几岁与她分离？"

"慕家人说是三岁。"他的唇边带着一抹讥诮的笑意，"我记得足有七岁余，具体情况……"他的眸中迷蒙无措，"我不知道。"

她的额头开始沁出汗水："你娘很爱你，你也爱她。"

他垂下眼睫："她爱我，我也爱她，可是我没再见过她。"

"慕声，你有一个失踪的娘，你很爱她。"她把声音压得很低，似乎是在试探，"你自小在姐姐身边长大，身旁只有她的关怀……"

慕声仿佛是预料到凌妙妙要说什么，感到心脏似乎被谁捏紧，太阳穴和心口同时剧痛起来。

"是不是恰好她填了这份空缺……你会不会……其实是把对你娘的爱，转嫁到……"

"住口。"他的脸色苍白，额角的青筋瞬间暴出。他用力咬住牙关，控制着漫出身体的巨大的杀意。他像一头濒临发狂的野兽，死死地瞪着她，黑眸中透出难以自控的戾气："别再说了。"

眼前少女的表情诧异，眼中甚至有一丝罕见的怜惜。半晌，她抬起手，做了个安抚的手势，像是妥协，又像是承诺："我不说了，永远不说。"

怪她，一时得意忘形，一切都是主观猜测，就贸然拿出来戳人痛处。她想动大树的根基，但偏偏自己是局外人，不知道他到底把这执念看得有多重……

凌妙妙心中懊悔得揪起来：别人都傻，就她聪明。

真是……自作聪明……

慕声向后退。

她的话像魔咒一样盘桓在他的耳侧，就仿佛有人温柔地诱惑他打开怀抱，再以尖刀利刃，想要毫不留情地剜去他藏在怀里的那腐烂的顽疴。

是这样吗？

像她说的那样……

他脸色不善地转过身，飞快地向回走去。五道符纸咻咻咻地从他的手上飞出，横起旋风，将四周聚拢过来的小妖向外炸开，令它们粉身碎骨。

他把手紧紧地攥成拳，掌心有血渗出，只有更尖利的痛，才能让他在慌乱之中唤回一点儿体面的理智。

她怎么敢这样说……定是胡说……

二

"阿声回来了？"柳拂衣有些诧异，"你怎么不进来？"

少年回来时身披寒霜，走过天井，落了一肩清冷的月光，伫立在阴暗的屋檐下，一言不发。

慕瑶抱着有些打瞌睡的楚楚，压低声音招了招手："来得正好，阿姐有话交代你。"

他这才动了一下步子，迟缓地走进了厅堂。

室内暖融融的亮光如波涛涌来，一瞬间让他有些睁不开眼。他站在距离慕瑶两步远的位置，将流血的手心藏进袖中，用力擦了两下："阿姐。"

烛火下，他的眸子漆黑，脸上一丝暖意也没有，他就像淋了整夜雨的

313

小动物，浑身上下的毛都蔫蔫的，打不起精神。

慕瑶有些担心："你怎么了，身体不舒服吗？"

慕声摇摇头，再次歪头避开了慕瑶伸出的手："我没事儿。"

慕瑶面露怅然。阿声最近似乎长大了，有个理智的声音这样告诉她，他开始有自己的心事，也与她疏远了，一时间她不知道是该欣慰还是该失落。

柳拂衣插话："妙妙呢？"

慕声顿了顿，轻声道："在后面。"

门被吱呀一声推开了，仿佛是要印证他的话似的，紧跟着进来了满身寒霜的凌妙妙，她的手上还搭着慕声的披风。她关上门，安安静静地走到主角们的身边，罕见地没有主动开口。

两人谁也没有说话，甚至没有给彼此一个眼神。

他们闹别扭了——柳拂衣通过观察下定结论。

可惜现在不是调解矛盾的最佳时机。

"有件事儿得和你们商量一下。"慕瑶压低声音，简要地讲了刚才在这里发生的事儿。

"慕姐姐怀疑，十娘子是画皮妖？"凌妙妙抬起眼。

"按楚楚的话来分析，十娘子可能是趁夜幕降临戴上画皮，催眠李准，趁机吸食他的精气。这个画皮妖很可能已进化到高阶。"柳拂衣压低声音，以手指在地面上虚画，"她只在夜晚画皮，便可操控李准在白日也对她百依百顺。她借李准的阳气庇护，大肆活动。画皮妖到了高阶，活人的精气无法满足她的贪欲，还需要吸食大量的阴气……"

"所以她诱骗李准举家搬来泾阳坡，是因为这里曾是万人埋骨地，阴气厚重，甚至滋生出了阴阳裂？"

"对。"柳拂衣看了她半晌，没想到什么要补充的，遂点点头。

"还记不记得前些天我们和十娘子一道吃茶？"慕瑶转向凌妙妙，"她给我们讲了她和李准的相识过程，当时我觉得有些不对劲，却没想明白哪里不对劲，现在想明白了。"

凌妙妙有些不在状态："是哪里不对劲？"

"她的视角有问题。"慕瑶肯定地说道，"她讲述的她和李准的'相识'，画面里只有李准和他的妻子，没有她的存在。她就像是庭院里的一棵草、一朵花或是一只动物，旁观着他们的生活，自己却没有参

314

与其中。

"她说自己是李淮的朋友，可朋友又怎么会连一句对话都没有呢？"

凌妙妙满脑子都是那一天十娘子将手指放在唇上的画面，十娘子告诉她，让一个人爱上自己的方法是付出全部的爱。

画皮妖，顾名思义，戴上画皮，魅惑众生，以虚伪的面目蛊惑人心。

口口声声说最爱李淮的十娘子，真的是妖……是会吸食他的精气、操控他、摆布他、迷惑他的画皮妖？她的"以爱换爱"理论根本就是个笑话，始终依仗的还是一张倾国倾城的美人面皮？

凌妙妙的心里一团乱麻，她沉默了许久才接道："那我们要怎么做？"

"我已在她房门外的地面上布好了七杀阵。"慕瑶轻声道，"如果她真是大妖，一出房门便会被困住。但是她的房间我们不好进入，还需要楚楚配合。"

柳拂衣俯下身去，扶住小女孩儿的肩头："楚楚，柳哥哥方才说的，你都记住了吗？"

楚楚点点头，慢慢地伸出小手，露出半截藏在袖子里的橙黄符纸。

柳拂衣以血绘制的符纸可削减大妖的实力，控制大妖的行动，使之头昏脑涨，以至于束手就擒，效用和道士镇鬼的桃木剑差不多。

"今晚十姨娘哄你睡觉的时候，你找机会将这个贴在门上，不能让她发现，能做到吗？"

楚楚似懂非懂地望着他的脸，将符纸一点儿点儿地塞回袖子。半晌，她扬起小脸，黑宝石般的眸子闪烁，十分认真地点了点头。

"好孩子。"柳拂衣拍拍她的背，叫醒了旁边睡得鼾声如雷的乳娘。

小女孩儿被乳娘抱在肩头，将要走到屏风背后时，她咬住唇，冲柳拂衣挥了挥小手。

主角们也冲她挥挥手，这大概是全文最小的剧情参与者了。

"是不是大妖，明天就见分晓。"慕瑶嘱咐道，"明天夜里，我们再去一次制香厂。看看没了大妖控制，制香厂还藏着什么猫儿腻。"

慕声从头至尾保持沉默，像个游魂似的听完了慕瑶的布置，又心事重重地转身回了房间。中间慕瑶看了他几次，他都避开了她的目光。

"阿声、阿声……"慕瑶望着他的背影直皱眉头，想回头问凌妙妙，却发现凌妙妙早就溜掉了，旁边只有一脸茫然的柳拂衣："咦，人呢？"

慕声推门。

屋里只燃着两支小小的蜡烛，正好照清楚家具的轮廓。他转身关上门，黑暗瞬间将他围拢。

他将外袍脱下来，放在桌上，在黑暗中熟练地绕过了柜子，撩开帐子，坐在了床上，开始卸腕上绑带。

他才卸了一条，眸光猛然一凛，如闪电般出手向身后掐去："谁？"

"我……喀喀喀喀……"女孩儿夸张地发出一声尖厉的长鸣，活像是被掐住脖子的公鸡。

他摸到了绸缎般绵软的脖颈，顿时松开手。空气中飘浮着熟悉的馥郁清香。

是凌妙妙，她在他的床上。

他从指尖砰地炸出一朵火花，照亮了她的脸。那一双杏眼里倒映出一抹光亮，一眨不眨地望着他。

火花灭了，屋里又陷入黑暗，隐去了她的脸。

她似乎有些慌："你这屋里黑成这样，怎么不点灯？你看得见吗？"

他顺手在桌子上摸了一支蜡烛，把它砰地点燃了，端在手里。他刚想把她赶下去，忽然皱起眉头："你喝酒了？"

酒气混杂着花香，像是开得过于烂漫的花的香味，有些甜腻得醉人。她抱着个酒壶，两颊泛着红。

凌妙妙嗯了一声："酒……酒壮尻人胆。"

爬上"黑莲花"的床，真是需要莫大的勇气。她现在手心里还湿漉漉的，生怕慕声一个暴起将她丢下床。

慕声果然拉住她的衣角，将她向外拖，语气不善："你下去。"

"可你现在也不睡觉哇……"她放下酒壶，用两手抱着床角的柱子，闹起来，"我就坐坐嘛，别那么小气嘛，子期、子期、子期……"

她连声叫他的名字，喊得他仿佛被百爪挠心。他压着火气一连点了三支蜡烛，摆了一溜，把他们之间照得亮亮堂堂的。

这样才好，比刚才那昏暗的气氛好多了。

"你喝酒吗，子期？"

"……"

"这么早就睡觉，真无聊，没一点儿夜生活。"

"……"

"明天就要……"她骤然惊醒，咬下了"跳裂隙"三个字，"就要捉妖了，今天我们多玩儿一会儿好不好，嗯？说话呀子期，说话嘛……"

还真是酒壮尿人胆。慕声冷眼看着她用双手抱着柱子，占足了嘴上便宜，完全没有平时察言观色的那点儿机灵劲儿。

她大半夜跑到男人的床上喝酒……

慕声刚熄下去的火又呼的一下冒了起来，他拉了拉她的袖口，耐着性子道："你在我这儿干什么？回你自己房间去。"

"我不——走！"她把那个"不"字拖得又长又不情愿，生气地瞪着他，好像他才是侵占别人领地的那个。

交涉失败。慕声扯了一把领子透了透气，感觉屋里好热。

他的脑子乱成一锅粥。

术法、修行、慕家、前途、姐姐……这些本来在他心里已然理顺的事情，一见到她就全乱了，他什么都来不及细想，只顾得上眼前的兵荒马乱。

"你喝了多少？"他拎过酒壶来，发现是空的，顿时火冒三丈，黑眸一沉，"你全喝了？"

"嗯！"她很骄傲地点了一下头，语气像街边口沫横飞的说书人，"我一口闷，没断！"

他凑近了她，两双眼睛像照镜子一般对着，近得可以看见彼此根根分明的睫毛。他压低了声音："那你让我跟你喝什么？"

"你来呀，有的是！"她从怀里一掏，居然又掏出一个酒壶，眼眸亮晶晶的，"我给你留着呢。"

凌妙妙的衣服被扯开了些许，白皙的肌肤若隐若现。他想往后退，偏偏凌妙妙拉着他的手不放，强行让他握着酒壶："你摸摸，热的，我揣怀里帮你加热啦……"

她自顾自地笑起来，笑得如银铃响动，像盘丝洞里的女妖精。

四周都是她发间的香气，眼前的娇躯近在咫尺，不断与梦境重合。

他觉得自己要发疯了。

在纷乱的思绪中，他不断地回想这个晚上从她的嘴里吐出的话，这些

317

话化作几柄刀子插进心里，让他清醒清醒。

他想到阿姐，果然如冷水浇头。

眼前的人动了一下，往里面靠了靠，骤然离他远了一些。凌妙妙抱住膝盖，将自己蜷缩起来，只伸出手轻轻地戳他。

"喝不喝？

"给点儿面子嘛。"

他回头猛地吹熄了蜡烛，屋里陷入先前的黑暗。

凌妙妙呀了一声，抱怨道："摸黑喝酒，什么毛病，你看得见我的脸吗？"

他心道：就是要看不见才好。

他微垂长睫，心烦意乱地端起酒壶，一饮而尽。

这酒是不知谁给她的烧刀子，又烈又呛人。

"你……给我留点儿行不行？"凌妙妙开始扯他的袖子，强行将酒壶夺过来，一边抢，一边絮絮叨叨地教训他，"你这人没意思，只顾自己喝，知不知道什么是推杯换盏？"

凌妙妙几乎要喝晕了，嘴里的话自己往外蹦，昏昏沉沉，过不了脑子。

慕声将酒壶从她的嘴边夺下来，一把抢回去。

他们就这样拉拉扯扯、相互讥讽，摸着黑解决了一整壶酒。

本该冷若冰霜的夜晚，偏偏……慕声喝得满身燥热，心里几乎要烧起来。

"你为什么半夜喝酒？"

还跑到他的床上喝。

她顿了一下，放低了声音："我心……心里有点儿难受。"

他勾起嘴角，黑眸中闪过一丝讥诮的笑意："凌小姐也有心里难受的时候？"

他还以为，她百毒不侵，万事不挂心。

"嗯。"不知是不是喝醉了的缘故，她居然没像往常一样顶回来，而是软绵绵地应，"我找你道歉来的，对不起。"

少年一怔，旋即冷笑一声。

"子期，真的……"她慢慢地蹭过来，眨巴着眼睛，近乎神志不清地凑近他，异常真诚地开始道歉，"刚才我不该那样说的，对不起嘛……

"对不起……"

"……"

"对不起，对不起……"

按理说，这件事绝对不该用这样的解决办法，心结这种东西，岂是用三言两语就解得开的？可她偏偏就用这么直接的方式，简单粗暴地面对困境。

她是如此不依不饶。

那些折磨了他一晚的关系，让他考虑了一晚上的事情，又乱了，他满脑子都是她的哼哼唧唧。

"行了！"少年忍无可忍，伸手将她软绵绵的脸推开，"凌妙妙，闭嘴。"

她沉默了几秒钟，在巨大的倦意中翻了几个白眼，又攥紧了拳头，似乎在拼命提醒自己不能就此睡着，开始口齿不清地解释："我作为朋友，其实是担心你。"

"我有什么好担心的？"

她的舌头都捋不直了："不对，说错了，是关心你。"

"你关心我什么？"

"你和慕姐姐不合适呀，你喜欢慕姐姐……会很惨的，根本不会有人理解你，你的花瓣都要愁掉了呀。换个人喜欢吧，慕声，换个人喜欢……"

她软磨硬泡地闹个不休，还反复提起慕瑶，惹得他心头火起。

他本应该将凌妙妙扔下床，可是她的手指一寸一寸地爬上他的脸，冰凉的，动作如此温柔怜惜。

他鬼使神差地没动，任由她捧起自己的脸，冷静地问："我应该喜欢谁？"

凌妙妙骤然绽出一个灿烂的微笑，一双眼睛绽放华光："喜欢我呀，喜欢我这样的，把你养得白白胖胖……"

她又笑起来，笑得整张床夸张地晃动。

她果真是喝醉了，胡言乱语。

耳畔忽然有一阵风撩起发丝，他没有防备，少女的脸毫无征兆地贴下来，在他的颊边印上柔软冰凉的一吻，转瞬便离开了。

慕声僵在原地，耳畔轰鸣作响。

他的脸几乎要烧起来，她还火上浇油地用手指来回抚摸着那个位置，好似想要擦去蹭在他脸上的口脂，口中长叹："可惜呀，我属意柳大哥，今生与你无缘了……没关系，改天我给你介绍好的……"

后半句话灌入耳朵，他一把将她推倒在床上，少女陷进柔软的被子堆里，还弹了一下。

"干吗推人？你无耻！"她蹙起眉，恨恨骂他一句，拉起被子，一翻身睡到了床里。

"起来，回你自己的房间去！"他搂住她的腰将她往外拖，心里已经天崩地陷，太阳穴剧烈的疼痛，脑子嗡嗡作响，只知道一点，自己要离她远一点儿。

如果再听她说下去，他可能会直接心脏爆裂。

凌妙妙用力抓着帐子不放："我不走！这个床比我的软，我要睡这个！"

他咬紧牙根："那我去哪里？"

"你去睡我的床！"她闭上了眼睛，睫毛不住地颤动，伸手胡乱一指，"在对面、对面，快去，别吵我！"

他站在床边，望着被她折腾得鸡飞狗跳的床，她的襦裙下面露出白皙的脚踝，脚踝下压着他的被子，被子被她无意地夹在了两腿之间，他拽了一下却没拽出来。

他骤然感到脸颊发热，猛地抓起放在桌上的外袍，进入了对面的房间。

三

鸟雀啁啾，在窗子外叫个不休，简直像是在吵架。

用早膳的时候，只见李准，却不见十娘子的人影。

"尊夫人的身体好些了吗？"慕瑶淡淡地问道。

李准面带忧色，心神不属："不知为何，十娘子昨夜头痛欲裂，折腾了一个晚上，只怕今日也需要卧床静养。"他喝了一口茶，无不烦躁，"平时也没见她有什么头疼脑热，这一次怎么……"

柳拂衣点点头："李兄先不要打扰她，让她多睡一会儿。"

众人心知肚明，十娘子不舒服，多半是那镇妖的符纸起了作用。一旦她卸去防备，浑浑噩噩走出房门，便会被门外那七杀阵牢牢困住，束手就擒。

他们要做的，便是保守秘密，按兵不动。

凌妙妙的眼底有两道乌青，脑子里还有些昏昏沉沉。

她没想到，昨天去厨房借的两瓶烧刀子居然这么够劲儿，慕声也不按套路出牌，竟跟她同壶而饮抢酒喝，活活让她喝断片了。

柳拂衣早起不见他们的人，敲门也没人应，推开门一看，只见她睡在慕声的床上人事不省，魂都吓掉了。柳拂衣将她捞起来，给她灌了一碗醒酒汤，开始摇晃她的肩膀。

她一睁眼，就见柳拂衣满脸紧张地问："昨天晚上……没事儿吧？"

她尚在迷茫，头发乱得像鸟窝："嗯？"

"怎么能喝这么多？昨夜阿声没欺负你吧？"

"柳公子，说话要注意。"少年抱手立在门口，被阳光拉出纤长的一道影，莹润的黑眸盯着她的脸，满眼嘲弄："凌小姐半夜来我这耍酒疯，哭着闹着霸占我的床，到底是谁欺负谁？"

凌妙妙瞪大了眼睛。

"妙妙，梳头水不要用那么多，满屋子都是香味，闻多了反胃。"他不理会满脸惊愕的柳拂衣，朝着凌妙妙讥诮地一笑，转身进了厅堂。

他们这顿饭吃得各怀心思，大家几乎都是机械地往嘴里递着米，精致的茶点变得索然无味，甚至有些难以下咽。

因十娘子病着，李准闷闷不乐，早早道一声抱歉便下了席，说是要回去照看十娘子。

他病着时，十娘子也是这样衣不解带地照顾他，现在她病了，他实在没有办法再与客人兴高采烈地谈天说地。

十娘子的房间被贴了符，已成为她的牢笼，无辜的人再进去多有不妥。柳拂衣刚想阻拦李准，乳娘突然抱着楚楚急匆匆地从屏风后面闪出来了："老爷，看看小姐吧，小姐不肯喝药！"

乳娘的脸颊上全是汗珠，她小心地将楚楚递过来。小女孩儿的嘴唇发紫，还在颤动着，眼睛半眯，小脸惨白。

李准急道："楚楚，你怎么这么不乖，为什么不喝药？"

"爹爹……"她伸出白生生的手臂要抱。

李准将她接过来，满脸紧张地看着女儿的小脸。

她宝石般熠熠生辉的黑眸里盈满泪水，许久她才断断续续地嗫嚅：

321

"爹爹，我做噩梦，我好怕……"

"不怕不怕，爹爹抱。"李准拍着楚楚的后背，感觉到她的身子在一阵阵地发颤，忍不住对乳娘喝道："还愣着干吗？把药端来！"

几个人都围着楚楚看，瘦弱的小女孩儿像小鸡崽一样发着抖，即使被父亲抱着哄着，也没能让她安定一点儿。

乳娘急匆匆地将用白瓷碗盛着的褐色的药端了过来，她的步子快了些，几滴药汁洒在托盘里，犹有异香。

慕瑶有些奇怪："这药……"

柳拂衣阻止了她。

李准正在轻声慢语地哄楚楚喝药，眉头紧蹙，拿勺的手有些颤抖，见她一勺一勺地喝下了药，这才安下心来，长舒一口气。

"楚楚，以后不能不喝药，知道吗？"

小女孩儿在他的怀里怔怔地点头。

李准将空碗和勺放在乳娘端着的托盘上，揉了揉眉心，放轻了声调："刚才我也是急糊涂了，先下去吧。"

乳娘迟疑地站在原地，许久才有些畏惧道："老爷，药……好像喝完了……"

李准刚放松下来的表情立即紧绷起来："怎么不早说？"

"我也没注意……"乳娘急得快哭了，"我前两天看还有许多，今天再一看，已经是最后一包了……"

李准半刻都没有耽搁，沉着脸站起身来，接过小童递来的外裳，穿在了自己的身上："柳兄，我得出门一趟。"

"李兄这是要去给楚楚买药？"柳拂衣有些诧异，"现在就走？"

"唉，柳兄不知道。"李准烦闷地摆了摆手，拉了拉领子，"这药铺在镇子上，离我们泾阳坡远得很，我现在出门，得在外过一宿，明天才能回来。"他俯身怜爱地看了看楚楚苍白的脸，将她细软的发丝别到耳后，这才抬起头看柳拂衣，"楚楚这病需得每日一碗药，断不得。"

柳拂衣点了点头，将厅堂里挂着的一把油纸大伞递给他："那李兄派个童子去便是，何必亲自跑一趟？"

"唉，还非得我去不可。"李准接过伞要出门，又折回来，在几案下面多抓了一把银钱，有些无奈地笑笑，"这药乃是内人的秘方，我答应她不示外人，只能我亲自去抓，还要跑几家不同的药铺子分别抓来才行。

"劳烦柳兄帮忙照看楚楚了。"

李准抛下一句话，急匆匆地出了门。

慕瑶和柳拂衣面面相觑，想要看看那盛药的碗，乳娘却已经把碗端去厨房了。

凌妙妙觉察到空气中残留的一点儿苦涩的气味，涩中带着异香，嘟囔道："这药好香……"

"是血。"慕声望着她回答，语气淡淡，"是妖怪心头血的味道。"

李准匆匆地出发之前，交代下人们要给十娘子送饭。李府的厨娘特意准备了一份小米粥端进去，不到十分钟，她又原封不动地端出来，脸上写满了郁结。

"怎么了？"慕瑶停下夹菜的筷子，询问那端着托盘站在屏风前发呆的厨娘。

厨娘指了指十娘子房间，压低声音："敲门没人应，推了门一看，夫人背对我在床上躺着，帐子都没挂起来，看样子还没醒。"她顿了顿，又有些愁苦，"这都躺了一天了，会不会出什么事儿呀？"她在自己的围裙上擦了擦手心里的汗，满脸担忧地问，"老爷不在，几位方士见多识广，需不需要我去请个郎中……"

"暂时不必。"慕瑶微微一笑，安抚道，"你先下去吧，过了今天，要是还没有好转，再去找郎中。"

胖胖的厨娘没什么主意，哎了一声，便端着托盘回了厨房，嘴里嘟囔着："熬得烂烂的小米粥，可惜了呢……"

楚楚坐在柳拂衣的膝上，正在张口吃他喂的虾，忽然闭上了嘴。

柳拂衣拿起手帕给她擦了擦嘴，柔和地问："不吃了吗？"

吃过药以后，楚楚的脸色恢复了正常，几乎看不出病色。她乖顺地任由柳拂衣帮她擦干净嘴，望了他一眼，似乎有话要说。

"楚楚，还有哪里不舒服吗？"慕瑶的语气有些紧张。

慕瑶和柳拂衣两个人，一个抱着小女孩儿擦嘴，另一个拿着小勺时刻准备喂汤，配合默契。若不是凌妙妙知道内情，真的会以为他们二人是一对恩爱的年轻父母。

凌妙妙扭过头，饶有兴趣地观察慕声，见他垂着眼帘，正在端着碗认真地吃饭，没对眼前场景做出什么过激的反应。

她有些失望地托腮仔细盯着他，想从他的脸上看出点儿端倪来，不料慕声忽然抬眼，两人的目光便撞在了一处。

少年被盯得有些难以下咽了，这才忍不住抬了眼，见她颤了一下睫毛，像是被发现的小鹿，情态生动至极。

慕声的心猛地跳了一下，他立即低下眼扫视桌子上的几盘菜，似乎在飞速地考虑要在哪一盘里夹一筷子来堵住她的嘴。

凌妙妙已经从他有些不对劲的动作中知道了他要干什么，立即移开脸，警惕道："我不要。"

慕声的手一抖，夹起来的胡萝卜块掉了下来，他抬头望她一眼，双眸黑沉沉的。

凌妙妙被他这样一看，嘴里的话立即拐了个弯："不要吃胡萝卜……我要吃鸡！"

她还配合地推出了碗。

慕声的神色放晴，他转而夹了一块盐酥鸡丢进她的碗里，有些僵硬地别过脸："吃你的饭，别到处乱看。"

他心里却在游神：兔子居然不吃胡萝卜，真令人惊奇。

"兔子"动着嘴开口了："我最讨厌胡萝卜了，尤其是煮熟的胡萝卜。"

她一边吃鸡，一边愤愤地盯着桌上的胡萝卜牛腩，仿佛看见了宿敌。

慕声心想：那是自然，哪儿有兔子喜欢吃煮熟的萝卜？

凌妙妙吃着吃着，瞥了一眼慕声的神色，发觉他低垂的眸中竟然隐约带着笑意，心里顿时诧异万分。

柳拂衣和慕瑶都在他面前演恩爱小夫妻了，他居然还能笑出来？

完了，"黑莲花"气出毛病了。

"楚楚，是不是有话想对慕姐姐说？"慕瑶给她喂了半碗汤，楚楚喝得心不在焉，还呛了两回，一直用黑亮的眼盯着慕瑶，似乎欲言又止。

楚楚犹豫了一下，用小手解开了自己的衣裳，唰地向上一拉，雪白的肚皮上鼓囊囊地贴着几个牛皮纸包。她用两只眼睛怯怯地盯着慕瑶的脸，似乎在观察对方会不会生气。

慕瑶一时语塞，笑容僵在脸上。

半响，柳拂衣又好气又好笑地把那几个纸包一个个地拿出来摆在桌上，摸了摸楚楚的脑袋："是你故意把药藏起来了？"

楚楚怯怯地点点头，似乎有点儿委屈，又有些懵懂："我不想让爹爹去看十姨娘……"她想了想，眸中露出几丝恐惧，"昨天晚上十姨娘头昏，没有变出漂亮姐姐的脸，爹爹要去看她，她就把脸藏在被子里，很凶地将爹爹骂走了。"

因楚楚身体虚弱，随时可能发生危险，李准不放心假手他人，刻意将她的床安置在自己和十娘子的房间里，中间只用屏风隔断。隔着屏风，年幼的楚楚屡次见到十娘子"变脸"，可能留下了严重的心理阴影。

慕瑶叹了口气，无奈地摩挲着她柔软的发顶。

天色渐暗，暮色四合，转眼已经到了傍晚。

这一整天，十娘子一步也没有踏出房间，不吃、不喝、不说话，令主角们束手无策。

按照先前的计划，他们应该在傍晚出门去查探制香厂了。可是柳拂衣怀里还坐着一个说什么都不肯去休息的小女孩儿，她犹自瞪着一双大眼睛，怯怯地依偎着柳拂衣，小手还抓着他的衣襟，生怕一睡着便会被丢下和十娘子独处。

李准不在，下人们拿不定主意，柳拂衣是她现在唯一可以依靠的人了。她既已帮主角们贴上了符纸，就是正面与十娘子为敌，一旦被发现，后果难以预测。

因为这个，主角们也不放心将她一个人留在李府。几人商议了一下，柳拂衣道："这样吧，我们带着楚楚一起去……"

慕瑶被楚楚晶亮亮的眼睛盯着，没有立即表示反对。

反倒是慕声有些不情愿："阿姐，路上艰险，她又有喘症，恐怕不太方便。"

楚楚将小嘴一撇，眼里委屈不堪，转头趴在了柳拂衣的怀里："我怕这个哥哥……"

慕声冷笑一声扭过头，黑眸望着窗外，不再言语。

慕瑶看了看楚楚瘦弱的脊背，似乎是下定决心："不妨事，路上我来照顾她。"

楚楚立即坐直身子，揉揉困倦的眼睛，拍了拍巴掌："太好了，我可以去遛弯儿了！"

夜黑风高，一行四人带着楚楚，踏上了"遛弯儿"的险路。

柳拂衣伸臂托着楚楚，慕瑶站在一旁，伸出纤细的手指，温柔地整理着小女孩儿披风的领子，月下荒草泛着银光，旁边是潺潺的溪流。

这幅剪影温馨和谐、缱绻万分，简直像是一幅岁月静好的画。

相比之下，他们身后的慕声隐没在黑暗中，心不在焉地踢着脚下的石子，仿佛是孑然一身的夜旅人。

微凉的露水顺着植物的叶子流下来，滴落在他的手背上，弄得他满心凉意。他将叶子揪下来在指尖揉着，忍不住回头寻觅少女的身影。

凌妙妙走快了两步跟上了他，黑白分明的杏眼恰好看过来，夹袄上毛茸茸的领子衬着她红扑扑的脸。她伸出两掌，展示手上戴的一双线织的手套，活像是小老虎伸出两只宽厚的爪子："慕声你看，我穿了秋天的袄子！"

他低眸掩住眼底浮出的一丝暖意，低声应道："嗯。"

凌妙妙非常失望："你怎么这么蔫哪？是不是冻着了？"她拉开慕声的披风，抓住他的衣服角捏了几下，口中啧啧道，"穿这么少，慕公子是买不起冬衣吗？"她麻利地将自己的手套脱下来，朝他挥一挥："我爹爹给我织的，可暖和了。喏，你试试？"

黑衣少年慢慢地将自己的袖子从她的手里扯出来，别过头去，顿了许久才道："你自己戴着吧。"

唉。凌妙妙呼出一口白气，有些惆怅地拍了拍手套。"黑莲花"好高冷。

泾阳坡的夜晚很安静，天空如浓稠的墨汁倾倒，黑得纯粹而旷远，满天大大小小的星星泛着闪亮的冷光。在阴阳裂的作用下，秋虫停止长鸣，偶尔传来诡异的窸窣声，似乎有很多看不见的东西在树后扎堆儿谈笑。

夜晚，蛰伏的妖物都出来透气了。好在楚楚已经在柳拂衣的怀里睡着了，没听见这些令人毛骨悚然的声音。

潺潺的水声靠近，偶尔伴随着咕嘟咕嘟的气泡冒出。走在前面的慕瑶和柳拂衣停了下来，眼前的流水在月光下泛着粼粼冷光，风吹动河边青草，沾湿了植物的半腰。

又到了过暗河的时候。

慕瑶打头阵开路，柳拂衣抱着楚楚紧随其后，他回头望了凌妙妙一眼，刚准备说什么，却看到慕声早已自然地弯下腰，两手撑在膝盖上。风吹动他的发带，仿佛展翅欲飞的蝴蝶，不经意地落在他黑亮的发上。

　　光风霁月的柳大哥看到这一幕，欣慰地闭上了嘴，唇畔浮现了神秘的微笑。

　　慕声的腰弯得自然，凌妙妙趴得更自然，熟练得就像骑自己的马驹。慕声将她的膝弯一托，就轻巧地把她背在了背上，迈腿哗啦啦地踏入了暗河。

　　水下饥饿的妖物被生人吸引，瞬间围拢过来。

　　慕声无声无息地盯着水面，手中的符纸不断地打入水中，飞进水中的符纸角度刁钻，又准又狠，仿佛一条条梭子鱼，只发出了轻微的扑哧声，连水花都没溅起多少。

　　他三心二意地打着小妖，还留心听着背上的女孩儿说话。可凌妙妙今天异常安静，他左等右等，就是不见她开口。他正在纳罕，就听见她说了在他背上的第一句话，还是一种格外惆怅的语气："慕声，你说我什么时候才能自己过暗河呀？"

　　少年的脸猛地一沉。

　　凌妙妙感觉他的手臂瞬间收紧了些，勒得她的大腿有些痛，不禁扭了两下，随即听到他应道："你就这么想自己过河？"

　　"其实我也懒得自己过河……"她弯了弯唇角，无意中用微凉的脸贴住了他，嘟囔道，"但我觉得每次都让你背过河，好像挺麻烦你的。"

　　她那沾了水的裙摆悬在空中，有时触碰到她的小腿，她都觉得冰冷刺骨，更何况慕声是两条腿直接泡在水里。

　　"慕姐姐也是女孩子，她能自己过河，那我也可以。"她玩儿着慕声的领子，顺嘴问道，"水是不是很凉？"

　　慕声顿了许久才答："不凉。"

　　那声音很轻，几乎像是在自言自语。

　　"那我什么时候才可以自己过河？"

　　他似乎不大喜欢这个棘手的问题，沉默半晌才找到了措辞："要等你学会用符纸。"

　　"我会呀！"凌妙妙霎时间激动起来，猛拍他的后背，"柳大哥教过我口诀，我现在还记得呢，要不要我给你背一遍？"

少年似乎有点儿恼了："不要。"

"那你给我点儿符纸，我试一试。"她还沉浸在兴奋中，开始拽慕声的袖子，"有没有剩下的，给我几张呗？"

"没有。"他冷言冷语地答，扭头警告地看她一眼，黑眸沉沉，"别乱动。"

"你真小气。"凌妙妙愤怒地扭了一会儿，没得到什么回应，便无趣地趴在他的背上不动弹了，她一不折腾，便开始犯困。

她安静下来，便显出夜晚的寂寥，身旁只有哗啦啦的水声，和水中隐约传出的咕嘟嘟的气泡声。

慕声走着，步子慢了下来，极轻地撒开一只手，从怀里抽出一沓橙黄的符纸。他垂下纤长的睫毛，单手点了一遍，又无声地塞进她毛茸茸的袄子里。

女孩儿睡得迷迷糊糊，连眼睛都没有睁开，感觉到他的触碰，缩了一下，又软绵绵地贴上来，嘴里抱怨："别戳我。"

他飞速地抽回手去，重新捞起了她滑下的膝弯，睫毛颤得像蝴蝶振翅。

四

夜深了。

窗户开着一条缝儿，窗棂上还夹有打卷的落叶。冷风吹进来，吹得那落叶咯吱作响，悬起的纱帐鼓了起来。

侧躺着的十娘子睁开眼睛，脸色灰白，额头上布满细密的汗珠。

她慢慢地喘息着，每喘息一下，都发出艰难的嗬嗬声，胸口起伏剧烈，那白皙丰满的胸，几乎要挣出低垂的坦领。

她用那双纤长美丽的手向上摸索着，扶着床头，挣扎着坐起来，脚上胡乱蹬住了地上的鞋。

窗外夜色清寒，照得屋内一支细细的蜡烛越发惨淡。

她扶着额头，天旋地转地走着，像一个酩酊大醉的人左摇右摆地走在街头。

"呼……呼……"她一路走，一路喘着粗气，面容灰白，分离的双眼凸出，布满了血丝。

她慢慢地绕过了绣着青竹的屏风，屏风后是一张小床，床头还摆着一个红漆拨浪鼓和几只小布偶。

床上没有人。

头痛骤然增加，她急忙扶住屏风，才没让自己倒下，身躯却靠得那屏风咯吱着向右推移了几米。

"乳娘……"她倚着屏风，艰难地伸出手，似乎想喊些什么："阿准……"

她用力地喊，却没发出什么声音，自然没有人答她的话。

李准和乳娘都不在，这座空屋是专为她一人准备的牢笼。

她用两眼瞪着那空荡荡的小床，良久，视线下移，落在床旁边的墙面上，再转，望见了紧闭的门。

窗棂里卡着的落叶被风吹得咔嗒作响，门上贴着的橙黄符纸，在风中卷起一个小小的角。

制香厂里灯火通明，远远望去，星星点点的红灯笼宛如赤红的游蛇，蜿蜒到了远方。

凌妙妙有些震惊："李准不是说，制香厂只在白天开工吗？"

柳拂衣面色警惕，双眼紧紧盯着前方的灯火，他将手指贴在唇上，无声地比了一个噤声的动作。

怀里的小女孩儿睡得正香。

主角们放轻脚步靠近，沿着草丛中铺好的石板路来到制香厂前。

晚风将木屋上悬挂的盏盏灯笼吹得左右摇晃，灯笼发出暗淡的红光，灯下有许多人在忙碌地走动着，在地面上投下晃动交错的影子。

诡异的是，人们来往忙碌，却没有交谈声，甚至连脚步声也难以察觉，一切悄无声息地进行着，静得能听见风过树丛的声音。

慕瑶紧抿嘴唇，抬手指向了角落。顺着她的手指看去，红色的暗淡灯笼下，有四五个人围聚一堆，拿着铁锹和铲子飞速地上下挥舞着，影子虚化成无数道，一时间犹如群魔乱舞。

飞扬的尘土带着草根、泥屑堆成了一座小山丘，未几，地上被挖出一个大坑，挖土的工人们飞速地扔掉铲子蹲下身来，七手八脚地从里面抬出了什么。

一团浓重的黑气从土坑中向上涌去，几乎遮蔽了他们的脸。

"这是什么？"凌妙妙瞠目结舌。

"是死人的怨气。"慕瑶盯着那一团向上飘浮的黑气，眉头紧皱。

那一团乌云似的黑气，转瞬分成了四五股，飞速消散在空中，只剩下工人们的脸。灯下，那几张脸面无血色，鼻孔处还残存着几缕未散的黑气。

他们居然将死人的怨气吸走了！

几个人将手一松，任由那具被刨出来的尸体摔落在地上。

经年风吹雨打、泥土掩盖，那尸体上的衣服已经看不出颜色，几乎和土地混为一体，从袖口、下摆叮叮当当地掉出几根森白的骨头。

没有那一股怨气支撑，死人也只能腐化为普通的白骨，就此散了。

工人将地上的白骨拢成好几堆，几个人用下袍兜着站了起来，像兜水果一般轻松地兜了回去。

慕瑶跟了几步，双目在月色下闪着亮光："看看他们去哪里。"

柳拂衣蹙眉看着怀里熟睡的楚楚。

慕瑶补充道："拂衣在这里等吧，看顾好楚楚，别吓着了她。"

此处距离制香厂还有十几米距离，看不清那些诡异的景象，还有几丛矮树作为遮蔽，进可直入制香厂，退可远观防身，是个较为安全妥当的地方。

柳拂衣点点头，看着慕瑶嘱咐道："你们小心。"

几人跟着工人的脚步向前挪了几步，恰巧看到他们闪身进了屋，弯下腰，将怀里的白骨一股脑儿倒进火烧得正旺的灶膛里，那些骨头残渣如同进了油锅的奶酪，迅速融化了。

这实在是挑战现代物理。要知道，即使是火葬场的焚化炉，也至少是从两百摄氏度开始升温的，要想将坚硬的人体骨骼焚化，至少需要将近一千摄氏度。

凌妙妙指着炉子下不断散落的灰烬："慕……慕姐姐，这个也是因为没有怨气支撑吗？"

她的声音有些抖，身旁的慕声突然站得离她近了些，几乎是贴在了她的身边，一眨不眨地观察着她的脸。

凌妙妙的身旁是火光，身上还穿着秋天的袄子，让他靠得热乎乎的，反手将他往旁边推："我听慕姐姐说话呢，你别捣乱。"

慕声确认她的脸上没有丝毫畏惧，完全不需要安慰，刚才问话时的颤音说不定只是兴奋到颤抖……

他沉着脸退到了旁边。

慕瑶严肃地点点头："这些尸体身上所有的怨气已经被吸走，一丝活气也没有了，这样的尸体与地上的落叶和尘土没有分别，轻易便可瓦解。"

凌妙妙点点头，心中感慨：浮舟的世界设定真是天马行空啊……

灶上还熬着中药。

李准曾经说过，他的制香厂生产香，不单要用最好的檀香树皮，还要加入安神静心的中药，眼前这些药想必是需要整宿熬制以备翌日使用的。

灶膛里的骨头越堆越多，烧成的灰尘越堆越厚，不一会儿就有粉末从缝隙里跌了出来，洒在了地上。

看守炉火的人隐约可见是个年迈的老妇，脸上皱纹密布，她迟钝地低下头，嘴里嘟囔着什么，似乎在抱怨这些"灰尘"弄脏了地面。

她慢慢地弯下佝偻的背，将地上的骨灰拢了拢抓在手心里，随后掀开砂锅的盖子，把骨灰倒进了正在咕嘟冒泡的中药里。

几人面色一变。

香里的骨灰，原是这么来的……

月色从窗口透出来，如冷霜般打在墙上，一只纤细修长的手颤抖着扶着墙壁，随即是一个高挑儿丰满的身影。她弯着腰，跌跌撞撞地扶着墙靠近房门，每走几步便要停下来，气喘吁吁的。

她的另一只手紧紧地抓着一张撕下来的符纸，符纸被她手心上的汗水浸湿了，皱成一团，纤薄的符纸上还有隐约可见的血迹。

她挣扎着，东倒西歪地扶着墙壁，涂了丹蔻的指甲在墙上拓出深深的印子，指尖因为用力而发白。

还有几步，她就可以走出房门了。

"慕姐姐……"

"阿姐！"

一个不注意，慕瑶已经满脸严肃地走上前去，径自推门进了屋。

凌妙妙感到头皮一阵发麻，紧跟着慕瑶闯进了屋里。

慕瑶已经站定在燃烧的火炉前，定定地盯着老妇。那老妇守着炉子，似乎没有觉察到来人，还在不断地弯腰从地上拢起多余的骨灰，撒进砂锅里，动作迟缓而机械。

"请问……"

她试探着开了口，可眼前的人没有一点儿反应，就好像他们之间隔了一层厚厚的墙壁。

慕瑶一把抓住老妇的胳膊，抬高了声调："看着我！"

老妇抬起满脸皱纹的脸，双目无神，胳膊被慕瑶抓着，可手指还在重复着机械的动作，就好像一个被设定好程序的机器人。

慕瑶猛地撒开手，老妇跌在地上，又一声不吭地爬起来，接着重复捡骨灰、倒骨灰的工作。

慕瑶冷静地转过脸来，一左一右往外推着紧跟在后面的慕声和凌妙妙，压低声音："这些确是白天在制香厂劳作的工人，他们都被人控制了。我们走。"

他们刚出门，果然又有几个人兜着新的骨头残渣进门了，匆匆的身影与他们擦肩而过，就好像这些人与他们不存在于同一个时空。

不远处，三三两两聚拢的工人无声地挥舞着铁锹，一朵朵暗淡的红灯笼摇曳着，墙上地上充满纷乱的影子。

十娘子迈出了房门，先左脚，后右脚，随即扑倒在门口，靠着墙剧烈喘息着，散乱的鬓发被汗水沾湿，凌乱地贴在额角。

她仿佛一个溺水的人挣扎到了岸边，贪婪地呼吸着久违的空气。

走廊里空无一人，月光微弱至极，她坐在浓重的黑暗中。

手中被揉成团的符纸滚落到了地上，彻底变成普通的废纸。

"阿准……楚楚……"她唤着，终于可以发出声音。

她扶着墙站起来，没有注意地上几点闪烁的银光。那几个点恰好连成一个圈，圈内丝丝缕缕的光线若有若无，像是捕鱼的网，又像是看不到底的深渊。

她狼狈不堪，脚上的绣鞋掉了一只，光着一只脚，拖着裙摆，无声踏入了那一个圈，喊道："阿准，你们在哪里？"

李府的灯火一盏接一盏地亮起，夜里也开始有了窸窸窣窣的声音。

乳娘披着衣服跑进来，手里端着一盏烛台，睡眼惺忪，见了眼前人，吓了一大跳："夫人，您这是怎么了？"

"楚楚不见了……"十娘子睁得极开的双眼中露出一丝恐慌，她向前跟跄了几步，彩旗般鲜艳的裙摆扫过了银亮的圈。

慕瑶跑得越来越快，身后跟着凌妙妙和慕声，三人几乎是拔足狂奔，远远地看见了树丛背后柳拂衣抱着小女孩儿的身影。

柳拂衣正紧皱眉头，方才布在十娘子房门口的七杀阵传来感应，有人毫发无伤地踩过了阵。

七杀阵是捉妖人呕心沥血发明的手段，专为大妖准备，对方的妖气越重，阵法困得越紧，七步之内必杀其锐气，不可能对十娘子毫无反应，除非……

慕瑶刹那间脸色煞白，连嘴唇都失去了血色。慕声的身影如同一道黑色的闪电，瞬间移动到了柳拂衣的身边，依然晚了一步。

湿热的血渐渐沥沥顺着柳拂衣的衣袍流下去。

柳拂衣缓缓地低下头，却见小女孩儿纤细的手臂已经穿透他的胸膛，她雪白的小脸满是血点儿，总是发紫的嘴唇此刻是诡异的血红。

她慢慢地牵拉嘴角，露出一个甜美的微笑，宝石般的黑眸里闪烁着冰冷的光芒："柳哥哥，谢谢你一路抱着我。"

五

慕瑶急奔而来，苍白的嘴唇颤抖着，被眼前的景象惊呆了。

慕声脸色急变，他用一双黑眸紧紧地盯着楚楚的脸，唇畔含着冷笑，语气森冷："邪物，难怪你总是怕我靠近。"

少年被人愚弄了一路，此时此刻真正动了怒，手中收妖柄猛地脱出，直捣楚楚的脸。

他所处位置，距离楚楚和柳拂衣一步之遥，下手若不留情，那妖物避无可避。

可是转瞬之间地动山摇，大地在震颤着，柳拂衣和楚楚二人的身影消失在慕声的眼前，收妖柄当啷一声弹回他的脚边。

"自不量力的捉妖人。"那稚嫩的笑声从半空中传来，引得回声阵阵。

几人仰头一看，楚楚正操纵着脸色煞白的柳拂衣站在十几米开外的地方，地上竟然裂开了一道巨大的缝隙。这裂隙足有几人宽，横亘在他们眼前，宛如大地上一道狰狞的刀疤。

裂缝下方，是深不见底的黑暗。

那二人站在裂隙的另一端，楚楚笑着伸手举高，令柳拂衣双足离地被迫悬在空中。

凌妙妙心惊肉跳地盯着柳拂衣的脸，他因失血过多，几乎失去意识。

慕瑶的声音在颤，她拼命摇头："不要……不要……"

楚楚的手臂慢慢地向外伸，柳拂衣的青筋暴出，发出一声难耐的闷哼，随即咬紧牙关，再也不发出声音。

他颤抖着喘息，目光冰冷地看着自己鲜红的心脏从胸膛中脱出，被那小小的手捧着，鲜血淋漓，犹自跳动不息。

不过是死而已，捉妖人本就在刀尖舔血……谁会畏死？

柳拂衣感到胸口一阵冰凉，随即是难耐的空洞，仿佛连整个生命中的欢愉和温暖都被抽离了身体似的。他抬起眼，看到了慕瑶颤抖的瞳孔。

只是……瑶儿不要怕。

直面这种血腥的场面，凌妙妙的腿都软了，但她感觉到慕瑶单薄的身躯在发抖，一把架住了慕瑶，让慕瑶不至于摔倒。

在这个世界，心脏离体会死吗？

那还真不一定。

纵使知道男女主角最终一定会化险为夷，还生了几打孩子，此时此刻，她还是忍不住满心外溢的怨愤，仰头吼道："冤有头债有主，谁惹你，你找谁去，掏柳大哥的心做什么？"

这样一个好人，不过因为对万物过于宽容和温柔，才给人可乘之机……

"你真傻……"楚楚十分满意地欣赏着手中跳动的心脏，许久，欣赏而痴迷的目光转移到了柳拂衣苍白的脸上，"不掏心，怎么将柳哥哥做成我专属的玩物呢？"

慕声不打算废话，径自跃至空中，想要跳过裂隙攻击，发带在风中飞舞。谁知那裂隙越扩越大，使那二人越退越远，他怎么飞都飞不到对岸。

他转身一折，落在树梢上，烦躁地把收妖柄在指尖上转了几个圈，眸中闪烁着冰冷的杀意。

"你想杀我？"小女孩儿充满邪气的眼中闪过一丝嘲弄，"我是天生地长的幻妖，泾阳坡这天地山川皆为我所操控。我翻手为云，覆手为雨，你就是有天大的本事……"她笑了，小小的嘴唇血红，"也杀不了我。"

慕声用漆黑的眸默默不作声地望着她，指尖微微发抖。

"我是慕家家主慕瑶，这一路走来，不知斩杀多少妖魔。"慕瑶抬高声音，尾音微有发颤，那双琉璃瞳中倒映出浓重的月色，"你若惹我慕家，天南海北必将尔诛杀。快将你手上的人放开。"

"口气真大。"幻妖啧啧摇头，用阴森森的目光地盯她许久，嘻嘻地笑了起来，"不如……先看看你背后？"

凌妙妙感到后背一阵发凉，随即看到了地上黑云般的影子。

她回过头去，背后是乌泱泱一群人，有男有女、有老有少，工人们面色铁青、目光涣散，手中拿着棍棒，肩上扛着铁锹。

这些……都是幻妖的傀儡。

慕声觉察不对，眸光一沉，立即朝这边飞身而来。树丛中忽然飞出无数黑压压的蝙蝠困住了他，宛如黑色的浪潮，几欲将少年吞没。

幻妖笑了："别急呀，慕声，我专为你准备了一关。"

自打凌妙妙开始任务，就从未遇到过这样腹背受敌的情况，不禁心跳加速。在这个时候，慕瑶的冰凉的手忽然握住了她的手，慕瑶的声音很低："妙妙别害怕，我们能出去。"

凌妙妙一怔，旋即笑道："嗯，慕姐姐，我不怕。"

话音未落，她被慕瑶用手臂一挡，护在了身后。慕瑶伸出手，袖中的符纸在空中排开，猛然击出，刹那间将最前面的一排傀儡击倒。

随即，后面的工人挥舞着铁锹围了上来，人越来越多，宛如潮水，将她们困在小小的包围圈内。

凌妙妙微皱眉头，贴紧了慕瑶的后背，已经能感受到她的蝴蝶骨。她用力将右手腕上的收妖柄卸了下来，拿在了手上。

"慕姐姐。"她压低声音问，"收妖柄的口诀是什么？"

慕瑶顾不上去想她为什么忽然这样问，便在她的耳边说出了口诀。

凌妙妙仓促中听了个一知半解，刚想要囫囵着念，忽然注意到这细细的小钢圈顶上刻了一排小字，先前她没仔细看，还以为那繁复的凹痕是装饰的花纹。

凌妙妙带着冷汗看过去，这行小字跟慕瑶方才所说的似乎对得上。

335

慕声把口诀给她写在了收妖柄上。

干得漂亮!

她皱着的眉头骤然一松,她将手中的收妖柄脱出,银光闪烁,刹那间打倒了一大片人。

她与慕瑶背靠背,竟然真的勉强抵挡了十多分钟。

然而傀儡被操控着,既没有神志,也无痛感,只会按照主人的指令做事,即使是被打掉了胳膊腿,也会顽强地爬起来,继续用铁锹不要命地砍她们。

凌妙妙望着围上来的一群缺胳膊少腿的丧尸,有些眼花。

她被毛毛领子捂出了一脖子的汗,郁闷地扯开领子,早知道今天要大动干戈,她就不穿秋天的袄子了!

"妙妙!"慕瑶拦她,语气急促,"你不要用收妖柄,这些都是普通人,只是被做成了傀儡……不要误伤他们。"

"哦……"她郁结地将收妖柄套回手上。

伤害无辜似乎确实不妥,可是光靠慕瑶一个人,顾不过来她们两个,何况围上来的工人越来越多,慕瑶手中的符纸越来越少……

她真是愁得要哭了。

砰——

一个烟花般的火球猛地爆开,黑云似的蝙蝠被炸成了一片一片,骤然散开。收妖柄在天上飞来飞去,抵抗残余的蝙蝠的靠近。慕声从围困中脱出,眼角发红,眸中满是戾气。

他望着幻妖的脸,默然喘息着,伸手摸向了发顶。

"阿声!"

熟悉的声音似惊雷炸响,让他的手猛然顿住。

慕瑶一边对付着围上来的工人,一边扭头紧紧地盯着弟弟的脸,声音近似呵斥:"你要干什么?"

"阿姐……"少年怔在原地,目光破碎地望着她的脸,似乎有些无措。

他的眸子渐转,待看到她们二人被围困在举铁锹的工人中间,包围圈越缩越小,几乎快要顶不住了,他刹那迸发出浓重的杀意,手摸向发带,语气委屈中带了一丝偏执:"阿姐,我要保护你们。"

"我不需要你来保护！"慕瑶眸中晶亮，似乎是闪烁着水色，她的语气越发冰冷，带着沉郁的警告，"慕声，娘给你扎这个发带，不是为了让你解开的。"她静静地看着他的脸，一字一顿，"你要记得你答应过我什么。"

慕声的手指一僵，他慢慢地把手放了下来，就仿佛大圣被念了紧箍咒，于疯狂杀戮的边缘悬崖勒马。

他就这样停滞了片刻，直到工人们震耳欲聋的喊杀声从远处传到耳朵里，才被立刻惊醒，从怀里慌乱地掏出一把匕首，咻地狠狠反插入自己肩窝。

"阿声……"慕瑶呆住了。

慕瑶不知道，凌妙妙却眉头一跳：那是旧伤的位置，先前那里曾经被水鬼捅穿过，这么长时间，那伤口也不过刚刚愈合。

因是旧伤，刚长好肌肤被轻而易举地捅开，少年咬紧牙关，额角的青筋迸现，握住刀柄用力转了半圈，随即猛一下将它拔出，浓稠的血液随着闪着寒光的刀刃一并迸出。

刀是冷色，血是暖色，他的衣襟转瞬湿了。

甜腻的血气蔓延，飞速地飘散到众人的鼻中，战局似乎在此刻停顿，所有人都朝着慕声的方向望去。

他的脸色发白，泛着水色的黑眸如同被大雾笼罩的湖面，他望着下面抬头观望的傀儡，慢慢地勾出一个复杂的笑容："我在这里。"

刹那间，林子一阵反常的躁动，树叶相互拍打，无风自动。

唰啦啦……

似乎有无数妖物正在蠢蠢欲动，像鲨鱼嗅到了血气追逐着遇难者的躯体，从四面八方聚拢而来，聚成闪烁着尖利獠牙的黑云，想要一哄而上，争抢分食……

他从树梢上一跃而下，落在距离凌妙妙她们稍远的地方，捏紧了收妖柄，似乎对朝他疯狂拥来的妖物浑然不知，再抬眸时，已是满眼挑衅的笑意："都朝我来。"

慕瑶身边的工人当啷当啷地丢下了手中的铁锹和铲子，又怔怔地扔下了木棍，像是被拨浪鼓的声音吸引的稚童，一摇一晃，本能地朝那血气的源头拥去。

包围圈转瞬散开，哪怕二人现在朝着傀儡们招手，也不会再对它们产生什么吸引力。

慕声是至阴之体，本来就招妖招鬼，现在又刻意在阴阳裂中放血，只怕是把自己当了活靶子。

就算"黑莲花"顶天立地，那也是单枪匹马，寡不敌众，要是他真傻到听姐姐的话只用一张张符纸打怪，今天非得被这些猖獗的妖物啃成骨头渣……

凌妙妙顾不得许多，喊出一声："子期，保命要紧！"

她的声音又脆又亮，直穿过树丛和妖物的围困，径自入了慕声的耳朵。

他茫然抬起头，朝她望去，少女黑白分明的杏眼正隔空看来，明亮如天上星星。

也只是一瞬间，视野转眼被围上来的妖物遮蔽，他被困在无尽的鲜血与攻击中，犹如坠入无边无际的黑暗。

向来都如此……

温柔只片刻，炼狱才长久。

"啧啧啧，真是姐弟情深。"幻妖似笑非笑，扭过头来，望着手上跳动的心脏，似乎是在唏嘘，"一个两个男人都甘愿为你去死，慕瑶，你真是好本事。"

柳拂衣已经合上双目，垂着头悬在空中，脸色惨白，生死不明。

小女孩儿的脸上露出一丝诡异的微笑，血红的唇几乎咧到牙根："只不过，遇到了我，就会让你知道，自己是怎么输的。"话音未落，她操控着失去意识的柳拂衣，猛地跳进了地上的裂隙中："对了，帮我谢谢十姨娘日日一碗心头血的供养，咯咯咯……"

童稚的笑声反复回荡在泾阳坡的山水间，令人毛骨悚然。

"柳大哥！"

凌妙妙的身后忽然传来少女的失声尖叫，嘶哑的尖叫声几乎刺痛了她的耳膜，令她整个耳朵都麻麻地发痛。

随即一个紫色的影子扑向了裂隙，脚步毫无章法，又有四个穿道袍的影子紧随其后。

那四个影子移动得飞快，转眼间便架住了那个深紫色的身影，将她硬生生地拖了回来，连声劝道："帝姬，帝姬使不得！"

"危险，帝姬不能去呀！"

凌妙妙呆呆地看着木槿花般的帝姬瘫坐在地对着裂隙痛哭，心里想着：端阳帝姬已经赶到裂隙旁边，接上了她记得的原著情节，那么下一个情节就是……

与此同时，她听到熟悉的叮的一声："系统提示：任务一，四分之三阶段任务开始，请宿主做好准备。"

第三章　裂隙

一

　　这个幻妖由山灵水秀的泾阳坡孕育，与半路出家的妖物、邪物都不同，是得到了上天眷顾的强者。倘若没有变故，她或许会成为林中精灵。

　　只可惜多年前一场大瘟疫骤然暴发，村民们不愿背井离乡，导致疾病迅速蔓延，转瞬席卷全村。从此，泾阳坡变作天然坟场。

　　这里的住民遭遇横难，暴尸荒野，无人悼念。于是亡灵心中的怨念聚拢在一起，凝成了幻妖极恶的核心。

　　幻妖有了意识，又可轻易变换形态，可能是山间风、树间雾、新居民带来的小女儿，一切就变得极其恐怖。

　　没有强劲的对手，就没有精彩的剧情。原著《捉妖》中的泾阳坡尾声一节就是一个小高潮：柳拂衣为幻妖所伤，被她挟持着跳进了裂隙，生死不明，而慕声被妖物围困。作者似乎还嫌场面不够乱，加入了匆匆赶来的端阳帝姬。

　　帝姬告白被拒，在宫里痛定思痛地反思了几天，而佩云一直在她的耳畔给她鼓励。

　　佩云说："既然不能让柳公子放弃捉妖，那殿下便支持他的事业，助他一臂之力，也算是还他先前救命的恩情。"

　　端阳帝姬深以为然，当即从钦天监中选了四个最厉害的方士，一路快马加鞭地赶来，想助柳拂衣一臂之力。

　　她未料见到心爱的人最后一面，就是看到他被幻妖拉着跳进了深不见底的裂隙。

当时，柳拂衣的胸前有一个血洞，面如金纸，毫无生气。

端阳坐在裂隙旁边哭得肝肠寸断。她身后的四个方士老头面面相觑，苦着脸，不知如何劝解。

许久，才有一人小心翼翼道："殿下，那柳公子已被掏了心，眼见是不能活了，我们还是回去吧……"

端阳双眼血红，她狠狠地推了他一把，如同发狂的小兽："你才不能活了！还不给我掌嘴！"

那方士暗暗叫苦，装模作样地在自己脸上打了几下。

另一个老头顿了顿，委婉道："殿下息怒……呃……此地多邪、妖物频出，为殿下玉体着想，还是快快回宫……"

当今天子不喜鬼神之事，钦天监活得极其窝囊。这四个方士空有一身本事无处施展，被尊贵的帝姬点来重用，自然心中窃喜。可没想到帝姬是个倒追男人不要命的，横冲直撞、不听人言。他们这才明白，这烫手山芋扔不掉了。

端阳帝姬狠狠地瞪着他："要回你自己回，本宫不回去！"她咬了咬牙，似乎下定决心，指着旁边那黑洞洞的深渊，一字一顿道，"本宫要下裂隙！"

凌妙妙心里一紧，剧情的高潮来了。

果然，一旁遭遇重创、像影子一般沉默的慕瑶听到"下裂隙"这三个字，仿佛立刻惊醒了，飞速走几步，眼看就要往裂隙里跳。

"哎，慕姐姐！"凌妙妙一把拉住她，压低声音飞速劝告，"慕姐姐，你冷静点儿……"

"阿姐！"慕声也在众妖的包围中，隔空叫住了慕瑶。他额上的碎发已经被汗水打湿，整个人看上去像是从水缸里捞出来的，脸色惨白，双目发红："阿姐！别下去，那下面可能是阵！"

这不是夸大其词。

幻妖跳下了裂隙后便消失了，如若地下是幻妖的家，那裂隙便是幻妖家的门。一个大妖抢了宝物回了家，却不关门，难道是专门等着人上门吗？

幻妖留着裂隙，就是等着慕瑶奋不顾身地跳下陷阱，但那究竟是什么样的陷阱，谁也无法预料。

慕瑶自然也懂得这个道理，可是她此刻顾不上考虑生死，只是望着裂隙，绝望道："拂衣在下面。"

"阿姐……下面危险，别下去……"

慕声以一对多本就危险，要眼观四路、耳听八方，最忌分神。就在慕声拦她的工夫，已经挨了好几下攻击，使他转瞬从势均力敌变成处于劣势，已经快顶不住了。一旦有一个缺口，他就会立刻被妖物吞没。

慕瑶径自往裂隙走，脸色很差："是生是死，我也要把拂衣带上来。"

凌妙妙的心提到嗓子眼上。原著写到这里，总是藏匿于阴暗角落的捅刀小能手凌虞再次出现了：她误以为柳拂衣已死，伤心欲绝，悲伤霎时间转化成恨意，把还在迟疑的慕瑶一把推下了裂隙，自己则跑进了树林。慕声目眦尽裂，恨她入骨。

这就是她在四分之三阶段的任务，她要在慕声的眼皮子底下，把他最爱的姐姐推进裂隙里去。

她左转右转，焦虑得几乎站立不住。

旁边的端阳帝姬还在和方士争执："我凭什么不能下裂隙？"

"帝姬千金之躯……"四个穿道袍、蓄长须的方士对视几眼，咬牙齐齐跪下，"地裂之下妖气浓重，恐为魔窟，帝姬若是以身涉险，我等万死难辞其咎……"

帝姬一时语塞，许久才问："既然不想我以身涉险，就不能陪本宫一起下去吗？"

"这……"方士们面面相觑，脸色都很难看，"下面实在危险，还是请帝姬移驾……"

她恨恨地望着这几个瑟瑟发抖的方士，觉得他们就像是纸老虎，吃着皇家的俸禄，遇事却胆小怕事，全然靠不住。她指着他们的鼻子喝道："你们不是长安城里最厉害的方士吗？怎么连一个裂隙都不敢陪本宫下？"她气得跺了几圈，一跺脚，"好，本宫自己下去，不必跟来！"

"帝姬！"慕瑶忽然伸手拦住她，面色苍白，却语气笃定，"帝姬请回吧，我会下裂隙，将拂衣救出来。"

端阳怔怔地望着慕瑶的脸，慕瑶那双琉璃瞳如宝石般澄澈，眼角下一颗泪痣衬得对方清冷美艳。慕瑶的话语虽轻，却不容辩驳。

愁得抓耳挠腮的凌妙妙望见了帝姬，乱转的眼神慢慢地定了下来。

慕声的眼角血红，语声几乎变成哀求："阿姐，我求你……"

他猛然一放收妖柄，将攻到身前的妖物击开，手上爆出几个火花，却因为气力不支，那火花仅仅生了一簇细弱的小火苗便匆匆熄了。

他似乎妥协了："等我一下，我陪你下去。"

慕瑶的背影一僵，凌妙妙也跟着一愣。

原著里慕声百般阻挠，不让慕瑶下裂隙，是因为他对柳拂衣的生死漠不关心，自己不救，也不想让姐姐去救。二人激烈争辩，才给了凌虞可乘之机。

现在，剧情已然走偏，慕声的话已经说到这个地步，按照常理，这时候慕瑶应该等着弟弟了。说不定她还会去帮弟弟一起杀妖，二人再一起下裂隙，彼此多少有个照应。

可是凌妙妙身负任务，不能再等下去了，是成是败，在此一举。

此时此刻，凌妙妙、慕瑶、端阳帝姬三人站在一处，相互之间离得很近。

恰好，四个方士见到端阳站在了裂隙边，生怕帝姬脑袋一热跳下去，或是脚下踩空坠下去，也一股脑儿地拥了过来，将帝姬团团围住，想把她拉到安全的地方。

一时间裂隙旁边聚拢了七个人，拥挤地混成一团。

凌妙妙手疾眼快，一把将慕瑶推了下去，随即拽着慕瑶下落的衣角，紧跟着跳了下去，高喊道："慕姐姐等等我，我也要去救柳大哥！"

慕声听到喊声，难以置信地一望，浑身血液结成了冰。

非但阿姐一意孤行地跳下了裂隙，旁边的凌妙妙也跟着她奋不顾身地跳了下去，两个人的身影转瞬间全部消失。

凌妙妙甚至没有看他一眼。

他的脑中一片空白。

转瞬之间，慕声只觉心中天崩地陷，他勉强维持的防御圈旋即被攻破了，万般攻势如几丈高的海啸，劈头盖脸而来。

四个方士目不转睛地盯着裂隙下看。

那两个人唰唰两声下去了，半晌却连个声响都没有，这裂隙仿佛地狱张开的血盆大口，来一个吞一个，令人尸骨无存。

几个方士出了一身冷汗，生怕端阳帝姬也跟着下去，连拉带拽将她往外拖。

"放开本宫，你们放开本宫！"端阳帝姬对他们拳打脚踢，哭得几乎崩溃，"我也要去救柳大哥……"

话音未落，大地猛地震颤一下，随即狂风暴起，所有的树干疯狂摇晃，叶片如雨，连地上的沙砾尘土都打着转飞上了天。

妖物的厉声尖啸骤然齐声响起，惨烈无比，几乎要将夜幕撕裂。

惨叫声一声又连着一声，群魔乱舞，万鬼同哭，总是隐匿于黑夜的阴阳裂此刻才真正变成一个血淋淋的炼狱场。

"不好……"两个方士抬头，眸中映出诡异的红光。

那红光来自天边，几乎笼罩了半个夜空。

少年悬浮在空中，头发有些散乱，扎起的高马尾塌了些许。总是系成蝴蝶结的发带松散下来，成了长长的白色飘带，在呼啸的风中乱飞，时而贴在他的脸上，时而卷上半空，似乎是月色拉成一线，在他的头上疯狂起舞。

他的头发黑亮，衣袖疯狂摆动，眸中肃杀的暴戾慢慢地氤氲开，酝酿成空洞的黑，似乎众生万物在他的眼里都不过是可被踩在脚下的蝼蚁，不值一提。

这是身披夜色而来的邪神，以杀戮为乐，欲将天地玩弄于手掌之间。偏偏他的眉梢眼角都泛着红，衬着漆黑的眼睛，显出了有些妖媚脆弱的颜色。

那是淬了毒的美丽，无论谁多看一眼，都要以死为代价。

"慕公子难道不知道，捉妖人以反写符为大忌吗？"

一个方士几乎不敢相信自己的眼睛，眼前这位可是一向自傲的捉妖世家的公子，对方居然以自己的血堂而皇之地使用邪术？

况且，如果他没记错的话，当年慕家倾覆，就是因为大妖的一纸反写符。正派捉妖人都对反写符避之不及，慕家人尤其忌讳，几乎恨之入骨，可他竟然……他怎么敢……

话说回来，这个方士也是头一次见到反写符可以爆发出如此惊人的力量，一笔能一举将阴阳裂中汇聚的妖物屠戮个七七八八，实在是闻所未闻。

他感到手脚发凉，像是一座石塑像。身旁同伴拉了拉他的袍角，压低声音，脸色都变了："怕不仅是反写符……"

慕声慢慢低下头，长长的眼睫垂下，望着脚下几张飘浮的沾了他的血

344

的符纸，慢慢地勾起一丝无所谓的笑容。

反写符？他不仅以血画符，还松了发带，一日之内，连犯两禁，可是有人会管他吗？

阿姐不会为他停留，就连他松开发带也不能让她等上一等。

连她……也不会。

迷迷蒙蒙中，他听见女孩儿清脆的声音对他喊"保命要紧"，他才有了杀出重围的底气。她默许他放纵沉沦，容忍他做旁人不能容忍之事，对他还有一丝一毫让他贪恋的关怀，可是到了生死关头，她却为了柳拂衣跳下万丈深渊……

终究，他比之不及，无足轻重……

他慢慢地落下地面，眸中的戾气暴增，清明和混沌反复交替，似乎一会儿是漆黑的夜，一会儿是起着大雾的白天，忽而茫然无措，忽而冷酷无情。

几个方士觉察到眼前人的状态不对，如临大敌，审时度势地慢慢向后退着，仿佛赤手空拳的人面对一只饥饿的猎豹。

其中一人寻了个机会，拉起挣扎的端阳帝姬，一记手刀将她劈昏，扛在肩上，转身撒腿便跑。

慕声没有去追，漠然地望着几人奔逃的身影，又垂眸望着脚下裂隙，神色复杂。

裂隙下方漆黑一片，深不见底。

要跳下去吗？

他慢慢地蹲下来，用手触摸裂隙的边缘，泥土下是坚硬的岩石，粗糙冷硬，一股股寒气化作丝丝缕缕的白雾，从裂隙中飘浮出来。

好冷。

处于阴阳裂中的泾阳坡里，无论是妖是人，活的已经奔逃，逃不掉的已经被他所杀，四面一片死寂，只余他一人。

跳下去吧。

把阿姐和凌妙妙救上来，先救上来，再算总账。

他肩上的伤口还在渗血，血液滴滴答答地滴落在灰白的岩石上，令他茫然地笑了。阿姐是素来不听他的，可凌妙妙跑什么呢？

她难道不知道，她对柳拂衣不过是一厢情愿，无论做什么都感动不了对方……即使如此，她也愿意不听他一言。

让她别跟来，她迈腿便来。

让她在树林里等，她偏要乱跑。

让她等一等，她理都不理，径自往裂隙里跳。

难道要把她的手脚打断，绑在他身边，她才会听话吗？

邪术的劲头已经过去，他就好像吃了兴奋剂的运动员，熬过了药效，便在茫茫的夜色中觉得又冷又倦。他的小腿轻微地抽搐着，连带半边身子也轻轻地颤抖起来。

骤然，轰隆隆的声音沿着大地传来，如同闷雷从地下炸响。

天旋地转，一股巨大的力量将他甩离裂隙几丈远，仿佛巨人的手掌不怀好意地玩弄着掌心里一只小小的雨燕。

他立刻借力再次腾空，脱离了桎梏，让身经百战的收妖柄再次披甲上阵。

慕声望见地面的情景，脸色骤变，直接向裂隙俯冲过去。与此同时，环绕着泾阳坡的远山隆隆作响，离他最近的一座开始崩裂，硕大的石块像雨点儿一般朝他砸过来。

轰隆隆……

裂隙正在缓缓地闭合。

幻妖说得没错，这泾阳坡的山水树木皆为她所控，她翻手为云，覆手为雨。即便慕声能够一击杀死所有有生命的妖物，但没生命的乃至孕育生命的天和地，他无法掌握，更不可能逃脱。更何况，他现在已经是强弩之末。

他渗出的鲜血越来越多，几乎汇聚成溪流淌在衣服上，先是一滴滴，随即变成一股细流。他被甩到地上，打了个滚便咬牙爬起来，拖出一道长长的血痕，甜腻的味道笼罩了周围的空气。

他撑着地面的指节颤抖着，努力支撑着身体，他浑身上下都湿淋淋的，如同溺水的人，绝望地盯住裂隙的位置。

裂隙早已合上，徒留一道纤细如蛇的痕迹，像是无声的嘲笑。

二

裂隙之下是一座阴寒的地宫，有着高高的殿顶，墙壁上每隔几步就有一个凹陷，幽绿的火种在其间燃烧着。

凌妙妙跟着慕瑶安稳地落了地，几步追上了她："慕姐姐你没事

346

儿吧？"

慕瑶骤然回头，抢先抓住了她的手，神色严肃："你怎么也下来了？下面有多危险你知道吗？"慕瑶有些慌乱，捏了几张符纸在手里，手都有些抖，抓着凌妙妙的肩膀，笃定道，"我送你上去。"

"不用，我不上去……"凌妙妙使劲摇头。

不是她非要下来，而是如果她留在上面实在无法承受"黑莲花"的怒火，就算他没看清姐姐是被她推下去的，也难保不会迁怒于她。

要跳，干脆一起跳好了……她和慕瑶都跳下去了，他就没人可以怨了。反正她有系统防身，暂时不怕危险。

就是不知道他一个人在上面的情况怎么样，能不能变通一点儿，能不能领略她那句"保命要紧"的精髓……

慕瑶急了："别任性！这是幻妖的地盘，下面处处都是机关，我自己都不确定能全身而退，护不住你怎么办？"

凌妙妙瞪着一双黑白分明的眼睛，头摇得像拨浪鼓："我真的没事儿，慕姐姐，我……我运气好，轻易死不了的。"

慕瑶气得踱了几步，转头再次扶住了她的肩，那双美丽而清冷的眼睛严肃认真地望着她："你就当是帮我一个忙，好吗？阿声一个人在上面，我怕他做傻事儿，你上去看着他……"

凌妙妙把头摇得更厉害了："慕姐姐，我要救柳大哥……"

慕瑶刚要开口，地面轰隆隆一阵颤抖，二人齐齐仰头望去，只见头顶遥远的"一线天"越缩越窄，连夜空上的星星都暗淡无光，几乎看不到了。

黑暗如大网兜头盖脸地撒下来，就要将她们笼罩。

"裂隙要闭合了！"慕瑶的脸色急变，她搂住凌妙妙的腰，咬住牙，想要借力将凌妙妙送上去。

没想到这个刹那，一道利斧般的寒光从天而降，眼看就要劈到她们的身上。

慕瑶的瞳孔急剧放大。

这样下了死手的攻击，恐怕是幻妖送给她们的第一道大礼。她若在宝物充足、气力正盛的时候，方能稳稳地接住这一击。可是现在她猝不及防的，还要保护一个手无寸铁的凌妙妙，她这一挡，就算不死也要去了半条命……

来不及了。

她猛地转身，想和凌妙妙换换位置，先拿收妖柄挡一挡，未料那少女使劲抱着她的腰，坚持挡在她的前面，咬牙道："慕姐姐先别动！"

白光猛然落下，如同斩首的铡刀，又快又狠。倏地，一道水蓝色的火焰猛地蹿出，刹那间将凌妙妙包裹在其中，又因为她紧紧地抱着慕瑶，二人皆在蓝焰的掩盖之下。

一蓝一白的光在空中对撞，发出一声刺耳的尖啸，巨大的能量炸开，光芒刺目。随后，一切尘埃落定，地宫还是那个地宫，幽绿的火焰阴森森地照着地面，空气中只飘飞着几点蓝色的火星。

她们好不容易化险为夷，地宫中只余两人交叠的喘息声。凌妙妙放开慕瑶，开始虚脱地揉着自己被晃花的眼睛。

许久，慕瑶才有些犹疑地问："妙妙，你身上那是什么东西？"

"呃……"凌妙妙陷入沉思。

她该怎么给慕瑶解释系统的护体蓝焰？

慕瑶没有等她回话，径自弯下腰，从地上捡起了什么。凌妙妙借着冷色调的光一看，有点儿眼熟，是个扎着细细白丝带的秋香色香囊。

她下意识地往自己腰间摸，只摸到一小节粗糙的断口。

这是"黑莲花"用术法亲手给她挂上的香囊，她走到哪里跟哪里，自动打结，打的还是死结。她卸了无数次，换了无数件衣服都没能摆脱。她觉得搁在外面奇怪，只好将它盖在了袄子下面，平素不露出来。

现在……它却这么轻而易举地断了，凌妙妙的心里说不出是什么滋味。

慕瑶用纤细的手指捏着那香囊，摩挲了几下，面色有些古怪："这个香囊……哪里来的？"

"我……"凌妙妙也不知道自己为什么要撒谎，睫毛颤得厉害，"我路上捡的。"

慕瑶抬眼看她一眼，随即飞快地解开了系着香囊的白色丝带，将里面的干花一把一把地往外掏。

妙妙有些震惊地看着她的动作，瞠目结舌地看见她从一堆干花里面拿出了一张折成小块的符纸。

慕瑶将符纸展开，只见橙黄的符纸上面红艳艳的一片，令她霎时间脸色惨白。

"慕姐姐……怎么了？"妙妙小心翼翼地观察她的表情半晌，有些摸不着头脑，"这个香囊里，怎么有符纸呀？"

慕瑶捏着符纸，给她看上面繁复的字迹，笔触粗细不一，有的地方鲜红，有的地方发褐，看上去是指上蘸着鲜血写的。

慕瑶看着那符纸，目光格外复杂："反写符。"

凌妙妙的脑中嗡嗡作响，"黑莲花"强行塞给她的香囊里，藏了一张反写符？

她有些难以置信地试探道："那……刚才那个蓝色火焰……"

"方才那个，正是它的手笔。"慕瑶的脸色仍然难看，"这张反写符能够感应杀念，借力打力。一旦觉察到攻击里带着杀意，便立即奏效……以恶止恶。"她满脸复杂地将符纸塞进香囊里，递给了凌妙妙，指尖微微颤着，"若是平时，我定然将它销毁，可是你捡的邪物，却阴错阳差成了你的护身符……"

她欲言又止，不再说话了。

凌妙妙接过来，把拿出来的干花一点儿点儿地塞回去，又把它塞成一个圆滚滚、鼓囊囊的模样。她展了展香囊的角，在指尖拎着晃了晃，低头嘟囔道："可是我系在身上好好的，不知怎么竟然掉了。"

"这张反写符已经没用了，所以香囊才会断开。"慕瑶解释道，"幻妖并非平常妖物，是天地孕育之灵，以死人怨念做心，它的攻击能量极大，捉妖人都难以抵挡，刚才那一挡，已经超出它的极限，是以两败俱伤。"

凌妙妙沉默地将断开的小香囊揣进了自己的怀里，又拿指头戳了戳，仿佛在戳"黑莲花"圆滚滚、白生生的脑门。

你安生点儿吧，以后做个普普通通的、表里如一的香囊。

晨光熹微，少年半倚着树干，在凌晨的清寒中醒来，睫毛上落下了第一丝微光。

鸟叫声渐渐清晰起来，阴阳裂在旋转，慢慢地转换到了光明的一端。世界由黑白两色恢复五彩缤纷的模样。

慕声身上的伤口缓慢地开始愈合，伤口处的血液也不再流淌，他感觉到头重若千斤，昏昏沉沉，他晃了晃头，发白干裂的嘴唇呼出几缕炙热的气息。

他头晕目眩的，身子发烫，大约是在发烧。

他上一次生病似乎还是在小时候，慕瑶出门历练，他又惹恼了白怡蓉，一个人被关在柴房里，靠着一桶冰水熬过了一周。

后来，他的忍耐力变得极强，他平素不露声色，别人也发现不了异样，也不敢仔细打量。

再后来，他的身旁多了个火眼金睛的女孩儿，总是能轻而易举地将他看穿。

对方动不动就拿冰凉的手摸他的额头，摸他的衣服够不够厚，问他手腕上的伤哪里来的……问他赤足蹚水过河凉不凉。

他慌张又恼怒……也对此生了贪恋。

他低垂着眼帘，手指攀上发顶，一点儿一点儿地将塌下来的头发扎上去，又将发带系牢。

即使这是紧箍咒，他不是还得照样引颈受戮，主动钻入牢笼，任别人用缰绳牢牢控制着他、压抑着他……

他本是个怪物，不为世人所容，从不敢露出真面目。

如果这样，他可以被接受的话，那就这样吧。

一辈子这样……也无所谓……

太阳渐渐升起，大树落下几片叶子，从他的衣袍上滚落。他一步一步走向溪边，用水一点儿点儿洗去头发上的血渍，身上一阵阵地发冷。

他犹豫了一下，泡进了冰冷的溪水中，脚步跟跄着，几乎是整个人翻了进去，激起了水花。

流淌的溪水带上了丝丝缕缕的红。

他的发梢上滴滴答答地散落着水珠，睫毛轻颤，他开始在水中不自知地打着寒战。

他还觉得冷，还觉得痛……就暂时不会死。

水中有一只手，划开波浪过来，慢慢地攀上了他的胸膛。

慕声睁开眼睛，一把抓住了那只手，戾气顿生："谁？"

那手转瞬间化成了黑气，消散在空中。

熟悉的阴森森的笑声靠近，一股腐烂的气息环绕了他："瞧瞧我们小笙儿，都落魄成什么模样了。"

黑影凝成个胯大细腰的人形，暧昧地朝少年的脸撩起了水，似是嘲弄，又似是挑衅。

慕声偏过头，脸色冷得似冰："不要叫我小笙儿。"

　　"怎么，那就是你的名字呀，你还想抛弃不要了不成……"水鬼笑起来，指尖慢慢地爬上了他的胸膛，来回抚摸，"真可怜，若不是为了慕瑶，何至于如此……"

　　慕声猛然向后退，半个身子出了水，忍耐地将收妖柄捏在手上。如若不是他头昏得厉害，连带着手都在抖，他必定立刻出手，片甲不留。

　　哗啦……

　　突然他被人一拖，那股巨大的力量牵拉着他，让他又坐回了水里。溅起的水花劈头盖脸，将他的头发都打湿了。

　　他怒意迸现，猛一用力甩出收妖柄，那钢圈却被那只黑雾凝成的手牢牢地抓住。

　　水鬼发出一阵猖狂的大笑，如若她有眼睛，此刻一定笑得满眼泪花："小笙儿，你看，我现在一只手便可以让你动弹不得。"她用力地抓住收妖柄，慢悠悠地靠近了他白玉般的脸，"你连收妖柄都控制不住了，何必要逞能呢？"

　　她的另一只手抚上了他的脸，向下摸到了脖颈，被摸过的地方湿漉漉的全是水珠，顺着他白皙的下颌往下淌。

　　慕声用黑沉沉的眼眸望着她，头晕目眩，似乎是在忍耐和混沌的交界，他的身体因盛怒而微微发颤。

　　领口哧的一声被扯开，露出少年的锁骨，她抚上去，毫不轻柔，甚至刻意带着一丝凌辱的味道，将他的皮肤按得发红："小笙儿，今天给我这里的血如何？"

　　慕声面无表情，身子难以控制地打着冷战，不知是因为高热，还是动怒，无声地伸手摸向发顶。

　　"你还想动禁术吗？"

　　水鬼停了下来，饶有兴趣地望着他，仿佛看到了什么格外好笑的事儿："让我数数，一次、两次、三次……啊呀，你若是再碰，可就是第三次了呢。"

　　慕声僵住了手指，呼吸中带着干裂的灼热，脑子里似有一团火在烧，身上却又湿又冷，这样割裂的感觉令他难以忍受、戾气暴涨，可是他的手臂在抖，连杀人的力气都没有。

　　"你还敢放纵自己，就不怕你失控变成怪物了吗？"那尖尖细细的嗓

351

音夸张地笑着，黑气凝成的手又骤然在他的脸侧浮现，顺着他黑亮的头发向下抚摸："小笙儿，你可知道，你的头发本该比这长得多。"他的头发被她牵起几缕，那声音带着几丝恶意蛊惑的味道，"你该感谢你的娘，是她用断月剪帮你剪短了头发。"

"……"

"你知道断月剪是什么吗？"

"……"

"断月剪呀，是要用寿数求来的仙家至宝，它能斩断情爱，又能斩断怨恨，但断爱、断恨，二者只能选其一……你猜猜，你娘选了什么？"

慕声动了一下，眸光闪烁，似是忍耐住了极大的痛楚："别说了。"

"我说完了……你听了我的秘密，就该拿你的血交换。"水鬼语气急变，手的动作从抚摸变成紧紧地扼住他的咽喉，锋利的牙齿猛地插进他锁骨下的凹陷，血珠刹那间涌出。她贪婪地吮吸着，网一般的黑雾将少年用力地困在水中："小笙儿，动用禁术之前，想想你可怜的娘……"

慕声闭上眼睛，睫毛颤动，脸色越发苍白。

头痛欲裂，加上失血的眩晕，他有些支持不住。

他将指甲嵌进掌心，交叠的痛楚传来，裂隙……裂隙里还有人……

他定了定神，眼前的世界又清晰起来。

水鬼将他放开。少年的脸色惨白，身子不由自主地向下滑落，他用手臂勉强撑着自己，保持了体面的坐姿。

水鬼抹了抹看不清楚的嘴，似乎有些意犹未尽："小笙儿，你非要待在捉妖世家，与我族类为敌，弄得自己人不人、鬼不鬼，这是何必……你娘一生都是个笑话，不想，连你也是个笑话，咯咯咯……"她望见他肩头的那个血洞，嘲笑的目光又变得怨毒起来，咬牙切齿道，"这是鬼王留下的痕迹吧……你既让鬼王尸骨无存，我也让你记得这钻心之痛。"

话音未落，她的手再次洞穿那个伤口，令鲜血迸溅而出。

慕声额角的青筋暴出，他咬紧牙关，没有发出一丝声音，只是似乎忍耐到了极致，目光有一瞬间的涣散。

太阳跃上天际，天光大亮，苍绿的山、翠绿的树、波光粼粼的溪流，一切丑恶腌臜之物都在阳光之下化为乌有。

水鬼遁走，黑色的雾气在太阳出来之前消失在水中。

少年的身体向下滑落，他几乎失去了意识。他躺在水中，冰冷的溪水带走了成片的红。

灿烂的阳光照着他卷翘的眼睫上悬而未落的水珠，折射出七彩光晕，如同璀璨的钻石。

三

地宫，不辨日夜。

唯一的光明是墙上幽绿的鬼火，一丛一丛地蜿蜒到远方，诡异而冷寂。狭窄的走廊很长，空无一人。她们逐级而下，越靠近大地深处，那股带着霉味的湿漉漉的潮气越重，像是泥土带着植物根系的味道。

这条狭窄的通道两面都是高墙，闷不透风，让凌妙妙有些担心两面的墙会随时合拢起来，将她们挤成肉酱。

自从凌妙妙和慕瑶下了裂隙，各种机关就没消停过。每走几步，她们就会遇见一道幻妖给她们设置的关卡，有时是从天而降的大石块；有时是墙壁里嗖嗖嗖地穿出的毒刺；有时是从地底攀爬上来的怨灵，用冰凉的手触摸凌妙妙的脚踝，发出幽幽的哭声，搞得她头皮发麻、后背发凉，像跳皮筋一样疯狂跺脚。

这一路上，凌妙妙被折腾得草木皆兵，就连自己垂下的头发扫过脖颈，都怀疑是有人在后面不怀好意地摸她的脖子。她瞪大了一双乌溜溜的杏眼，一步三回头。

慕瑶的嘴唇有些干裂，汗水打湿了额发，头发丝贴在脸上，鼻子上还沾了一块灰，完全没有了平日的体面。凌妙妙也好不到哪儿去，她们两个四目相对，活像是大饥荒里相携逃难的妯娌，让凌妙妙忍不住笑弯了唇角。

杀人机关告一段落，慕瑶的神经也略微松弛了一些，她扬了扬下巴："你笑什么？"

凌妙妙伸出脏手往裙子上抹了两把，低着头给自己重新扎发髻，嘴里叼着碧色丝带，含含糊糊道："慕姐姐从来没有这样狼狈。"

慕瑶先是一怔，随即轻轻一哂："我狼狈的时候多着呢，你没见过罢了。"她一顿，又似乎想到了什么，半是疑惑半是试探地问，"阿声把收妖柄给你了？"

"嗯。"

慕瑶的表情有些复杂，似是欣慰，又似乎是忧虑："妙妙，你跟着我

353

跳下来，真是为了拂衣？"

凌妙妙仰头望着她，呆滞了一秒，嘴里的丝带掉下来，她手疾眼快地伸手一捞，旋即一脸虔诚地入了戏："那是自然，我喜欢柳大哥呀，喜欢得真心实意、真情实感……"

她这一番表白可谓滔滔不绝、掷地有声，活像是宣誓。

不知道怎么，她说得过于正式，反而让慕瑶觉得有些戏谑的味道，总之……有点儿奇怪，但慕瑶一时半刻想不明白其中关窍。

慕瑶点了点头，打断了她，似乎是被吵得有些头晕："好了，既然下来了，我们便一起把拂衣救出来吧。"

提到柳拂衣，慕瑶的神情有些黯然。

他素来强大，似乎从来都会化险为夷，她便一直存有几分侥幸，觉得他是立于不败之地的。

但侥幸总是最不可信的，六年前她也天真地以为有爹娘撑着，慕家即使再衰败也固若金汤，谁能想到她曾经那么亲近的人，会是伪装成人的大妖……

一夜之间，她没有了家。现在，她不想再失去柳拂衣。

凌妙妙在拉她的衣角："慕……慕姐姐……"

少女的杏眼里闪现着恐惧，白皙的脸被纷乱的影子遮住了。

慕瑶扭过头来，只见前面立着十余个高大细长的地鬼，前前后后，蓄势待发，宛如一片高耸而密不透风的水杉林。

有影子，就有光。

地鬼逆着光，他们之间的缝隙中竟然透出温暖的光亮，隐约可见背后明亮宽阔的厅堂。

不再是墙壁凹槽里幽绿的火种，而是暖色调的、人间最熟悉的烛火。

她们竟然走到了地宫的核心。

凌妙妙透过地鬼们的间隙向里面望去，先看到厅堂内一排闪烁的烛光、几只梨花圈椅，视线慢慢向右移，就见主位上坐着穿红裙的小女孩儿，两腿悬空，双手捧着一杯没有热气的茶，嘴唇血红，像是偷偷抹了大人的胭脂。

她宝石般闪耀的黑眸带着不怀好意的笑意，正在望着右边。

右边……

凌妙妙的视线再向右转，只见一双骨节修长的手执着茶盏，那手极其苍白，似乎经年不见光。

坐在右边圈椅上的青年男子长发披肩，低垂眉眼，神态温和，像是在认真而礼貌地聆听主人说话。

看那饱满的额头、高挺的鼻梁……凌妙妙猛地一惊：柳大哥活了？

他喝了茶，旋即微笑地注视着幻妖的脸，看起来似乎并无异常，只是嘴唇苍白得毫无血色。他背后立着一张绣着四君子的巨大屏风，看起来有些眼熟……

凌妙妙再仔细瞅，赫然发觉这地宫里的种种布置，圈椅、屏风、桌上白瓶里插的红梅，乃至于立式烛台的位置和蜡烛的数量，都与李府分毫不差。除却那假模假样的窗户外面是伸手不见五指的黑，简直像是将李府的厅堂活生生地搬到了地下。

凌妙妙正出神间，突然被慕瑶拉着向后退。慕瑶忙着与打不完的地鬼缠斗，还没顾上仔细看厅堂内的人。

慕瑶喘得越来越厉害，二人相互拉扯着后退，凌妙妙的后背已经贴住了冰凉潮湿的墙壁。

地鬼犹如无声的幽灵慢慢逼近，不言不语地投下一组散乱的影子。

"符纸不够了。"慕瑶压低声音，反手抓住了凌妙妙的手，贴住了她的耳朵，"待我数一二三，将这包围圈撞个豁口，你趁机冲出去……"

她语气严肃而绝望，似乎是做好了破釜沉舟的打算。

"不用了，慕姐姐……"凌妙妙热得浑身是汗，顺手拉住了袄子的前襟一扯，使钉在前面的一排暗扣崩开，她飞速将衣服脱下来揉成团，准备大干一场，"没符纸就用收妖柄，其实我还能顶一时半刻……"

话音未落，一沓厚厚的符纸忽然从她袄子里掉出来，有的散落在她的脚背上，有的滑到了地面。

"咦？"她的动作一顿。

烛光摇曳，影影绰绰。橙黄的符纸一张叠着一张，被流动的空气吹得轻微卷动，红艳艳的丹砂连成了一片瑰丽的云霞。

符纸像又薄又利的飞刀在空中散开，将地鬼纤长的影子劈成几段。地鬼们墨绿色的血液四处喷溅，在地上积了一洼又一洼的血泊。

眼下只剩成堆的妖尸，地宫的地面像是杀鸡宰鱼后的菜市场，一片狼藉。

啪、啪、啪。

鼓掌声响起，中间间隔的时间很长，像是带着浓重嘲讽意味的倒彩。

小女孩儿懒洋洋地靠在椅子上，像是没有骨头一般，似笑非笑地望着被打散的地鬼们遗留下来的一点儿烟雾："竟然让你们打通了关卡，我该说什么呢？天无绝人之路？"

慕瑶紧紧地盯着主位旁捧着茶坐着的那个身影，脸色苍白得像是丢了魂。可是柳拂衣始终低着头看着茶盏，甚至没有抬头看她们一眼。

凌妙妙热得两颊发红，在袖子里艰难地数着剩下的符纸，这沓符纸多半是慕声悄悄塞的，她衣服穿得厚，竟然对此毫无察觉。

按他的脾性，把符纸给她的时候应当是分门别类排好的，可惜掉出来的时候弄乱了，当时她和慕瑶就像被逼到绝境的人发现了一箱满当当的手榴弹，抓起就用，让这一沓符纸被用得只剩五张了。

她将那可怜的符纸拿手指展平，小心翼翼地塞进袖子里。

唉，真浪费……

凌妙妙忽然觉察到一道又湿又冷的目光落在她的脸上，茫然抬头望去，只见幻妖的脸色有些难看。

一般反派出场大多爱摆出架势，喝完倒彩再羞辱主角一番，彰显自己掌握全局的霸气。可是幻妖讲完一番开场白，却见眼前的两个人竟然毫无反应：一个目不转睛地盯着柳拂衣，像是没听到她的话；另一个貌似在听，实际上不知正在袖子里搞什么小动作，目光游移……

小女孩儿瞪着凌妙妙的手，脸上阴云密布："那几张破符纸根本奈何不了我。我劝你不要以卵击石、自作聪明。"

凌妙妙脸上神情愕然："我就是数一数，也没打算拿出来用。"

"你说什么？"幻妖骤然抬高了声调。

"没什么。"凌妙妙嘟囔着缩在了慕瑶的背后，只余一双黑白分明的杏眼瞧着对方。

慕瑶却恍若丢了神似的疾走几步，让妙妙躲了个空。凌妙妙心道不妙，急忙跟上了慕瑶的脚步。

慕瑶已经快步走到了青年的面前，声音有些打战："拂衣……"

柳拂衣端坐着，头发柔顺整齐地披散在洁白的素纱外裳后，手里捧着茶盏，双眼满含闲适地低垂，睫毛都一动不动，似乎充耳不闻。

"慕姐姐……"凌妙妙紧张地去拉失魂落魄的慕瑶。

"拂衣……"慕瑶已经抓住了柳拂衣的衣袖，像是个小女孩儿哄生气的玩伴一样，小心翼翼地晃了两下，声音发飘，"你……你看看我……"

柳拂衣这才随着她的动作有了反应，望着被她拉住的袖子，目光缓慢地移动到她的脸上，眸中露出了深重的茫然，迟疑地问道："阁下是谁？"

他的眉眼还是如此温柔多情，眸中的神色不似伪装。

慕瑶放了手，仿佛她刚才触摸的是一团火，整个人苍白得似乎风一吹就能倒下："你不认得我了？"

幻妖慵懒地靠在圈椅上。

她的头发已经不像在李准府上时那样发黄稀疏，没绾发髻，任凭浓密的头发搭在椅背上，泛着紫色的冷光。她冷眼望着慕瑶说话，看上去异常邪魅。

"慕姐姐……"凌妙妙附耳过去，"柳大哥可能是被控制了，像那些制香厂的工人那样。"

幻妖跳下裂隙之前，放话要将柳拂衣做成她专属的傀儡娃娃。

在这个世界中，幻妖以掏心控制人，心脏离体，也就将七情六欲与记忆全数带走。

慕瑶闻言，茫然地转过脸，脸色苍白得吓人。

柳拂衣没有答她的话，接着低头认真而温顺地看着手中的茶盏，茶盏里盛着的是褐色的不明液体，像是放凉的中药。

幻妖意味不明地笑了两声，不再理会慕瑶，勾起血红的嘴唇，娇声对柳拂衣道："不知哪里来的闲人不请自来，扰人清静，实在是不知礼数。柳哥哥，我们接着喝茶好不好？"

小女孩儿伸出细长的手臂，遥遥一敬，表情挑衅。

柳拂衣端起茶杯欲饮，唇畔带着一丝温柔的微笑："好。"

"等一下！"慕瑶叫住他，扭头看向幻妖，神情惨淡，"你给他喝的什么东西？"

幻妖叹了口气，血红的嘴唇下撇，幽幽地盯着茶盏里的茶："柳哥哥，怎么办，她实在太吵了。"

柳拂衣像是听话的管家，闻言立即搁下茶杯起身，脸上的笑容敛了干净，眉宇间带着一丝陌生的戾气："请你即刻离开我与楚楚的家。"

"楚楚？"慕瑶的嘴角挂着一抹苦笑，"你醒醒，她不是楚楚。"

柳拂衣神色冷淡："她是谁，轮不到你来置喙。"

慕瑶抬眸望他，脸色苍白，眼里已有泪光，轻轻地道："那你……还是柳拂衣吗？"

那语气有些凉，像清晨凝结的露水慢慢地渗入家具的缝隙，潮气一点儿点儿侵蚀着木头，将其泡得发涨、变形。

傀儡的脸上露出了一丝迷惘，在那个时刻，似乎是熟悉的柳拂衣回来了。

"还等什么，还不动手？"幻妖的语气忽然变得极其烦躁，她满脸戾气地盯着柳拂衣的背影，令他猛地出手。

"慕姐姐！"凌妙妙想将她拉开，但还是晚了一步。一阵劲风袭来，傀儡柳拂衣毫不留情地抬起掌，直接将清瘦的慕瑶挥倒在了地上。

"你干什么？！"凌妙妙一把将其推了个趔趄，随即蹲在地上去看慕瑶。

少女坐在地上，半张清丽的脸都肿了起来，嘴角还淌着血，她用手捂着脸，满眼绝望。

凌妙妙倒吸一口冷气。

打人不打脸……这谜一样的剧情，似乎矛盾不够激烈，就不能体现男女主角爱情的多舛似的。

傀儡怔怔地望着地上那个脆弱的人影，眼中再次闪过迷茫的神色。幻妖从椅子上跳下来，一步一步地走到了慕瑶的面前，看着她狼狈的神情，嘻嘻笑道："打脸都赶不走呢，既然这样想留，那便住下来吧。"

这既是邀约，也是挑衅。意味着她们二人能有机会再次接触柳拂衣，可也避免不了每天注视着他被幻妖操控，对其唯命是从。

慕瑶抿紧嘴唇不言语，咽下羞辱，也应了邀约。

幻妖贴近了她的耳朵，轻笑道："你不是问我给他喝什么吗？没有心脏的柳哥哥要靠喝血维持生命，既然你来了，从今往后，这项工作便由你代劳。"

四

慕声浑身上下都叫嚣着疼痛，宛如全身的骨头都被人揉碎了。

他微颤眼睫，感到眼前的光晕模糊成一片。屋里飘浮着脂粉的香气。他睁了眼，只见白纱帐子顶上绣着的牡丹，红彤彤的一片，忽远忽近，看不真切。

明明眼前有光，却像是冬天的雪花覆盖在他的眼皮上，没有一丝暖意。

好冷……

他双手用力，挣扎着坐起来，撑着身体下了床榻。夏天的竹席子在手掌中印下几道痕迹，他感到一阵天旋地转，伴随着激烈的耳鸣，耳边传来白瓷勺子剐蹭碗边的碰撞声音。

眼前女子茂密的黑发盘成贵气而复杂的髻，插着一支剔透的翡翠发簪，两耳的水滴形耳坠摇晃着，她低眉搅动手中的药汁。

她的白色外裳在腹部松松地打了个结，赤色抹胸的襟口开得极低，几乎要露出大半个酥胸。

"来，把药喝了。"她一抬头，露出一张妆容精致的脸，双眼眼尾上挑，像两个小钩子。

他晃了晃神，面前这张脸对他犹如洪水猛兽，令他即刻警惕地向后退去，冷淡地开了口："蓉姨娘？"

他发出的却是几年前的童声，还带着点儿变声期的沙哑。

他记起来了，昨天刚历练归来，他受了重伤，需要卧床三日。只是……他环顾四周，屋里的豪华摆件、脂粉香气都与他格格不入，他怎么会睡在了她的屋里？

那女人微蹙眉头，勾人的眸中露出一丝不满："小笙儿，你怎么叫我姨娘，我是你娘啊。"

男孩儿怔了半晌，抱膝坐在了床上，小脸半埋在胳膊里，露出一双秋水似的黑眸，眸中满是冰凉的不安和抵触："蓉姨娘，你为什么叫我小笙儿？"

女人用力将勺子向碗里一放，似是孩子气地与他置气："娘一直叫你小笙儿的，你不记得了吗？"

娘？

小笙儿……

头痛骤然袭来，如浪潮盖过了他。刚醒来时的眩晕、想吐的感觉似乎卷土重来，转瞬令他的意识又模糊了。

他再将眼前看清楚时，女人已经坐在床边，一勺一勺地喂他喝药。

勺子靠近了唇边，中药浓郁的苦味顺着热气往上飘，他故意咬紧牙关。

"喝呀。"她温柔地哄,见他不张嘴,低头思索了片刻,点头笑道,"小笙儿嫌药苦是不是?娘这就去给你加一块糖。"

而他一把拉住了她的裙摆,十二岁的脸与十八岁的脸重叠交替浮现,分不清楚是庄周梦蝶还是他产生了幻觉。他忍着头痛,问出了声:"你真的是我娘?"

"我是你娘啊……小笙儿。"

他感到天旋地转……好冷……

慕声似乎整个人被泡在冰窟里,连血液的流动都被冻得凝滞起来,四肢被困在雪中,感到棉被一般的雪在融化,冻得他手脚生疼。

恍惚中他在雪地中行走,留下一地整齐的脚印,前方是少女时期的慕瑶,身影高挑瘦削。这道身影又被模糊成光晕,与天际和雪原融为一体。

"阿姐……"

少女惊异而茫然地回过头:"你是谁?"

他头晕得厉害:"我是阿声啊,是你弟弟……"

慕瑶满眼诧异,许久才笑道:"小弟弟,你怕是认错人了。我娘膝下无子,蓉姨娘只有我一个女儿,哪里来的弟弟?"

她好笑地摇摇头,回过头去,抛下他,越走越快,身影渐渐消失在茫茫大雪中。

他的眼前纯白一片,飘落的大雪覆盖在他的肩头。

"蓉姨娘只有你一个女儿……那我……又是谁……"

头痛尖锐刺骨,如同植物的根系要扎根在他的颅骨之中,霸占他的整个身体。他在痉挛般的痛楚中反复失去意识,直到疼痛消退的间隙,才后知后觉地记起什么。

原是梦中梦,是真是幻?他脑子里混混沌沌的,一时间还分不清楚。

只是,裂隙……

裂隙下面还有人等着他。

慕声的神志终于尽数回归。

天色渐暗,他还泡在冰冷的溪水里,身上带着伤,如若此时不抓紧时间起来,等阴阳裂转到阴面,溪水化作暗河,又是一场无妄之灾。

少年挣扎着爬向岸边,用尽全身的力气靠在了树干下,湿透的衣服仿佛有千斤重,湿淋淋地贴在身上,又潮又冷。

风吹动树林,青草发出潮湿的清香。林中似有仙子经过,带起一阵香

360

风到了他的身旁。

那陌生又熟悉的身影蹲下身，口中哼着天真无邪的曲子，轻柔地靠近了他，她发上有熟悉的栀子香，闻着便像醉卧百花间。

赫然是他的心中所想。

先前他嫌弃这股梳头水的香气，现在，它却仿佛是他活着的唯一证明。

恍惚中，从林中而来的女孩儿勾着他的脖颈，在他的颊边落下冰凉轻柔的一吻，她柔软的唇像天边云朵，似山间流岚。

他猛地揽住她的腰，将她的人抱坐在腿上，扣着她的十指，俯身吻了下去，似乎要将这朵云禁锢在怀里，再用力地揉进胸膛。

只要他不放她飘走，对方就永远属于他。

少年紧闭双眼，在她的唇上辗转流连，纤长的睫毛翘起，似乎所有暴烈的情绪，都在山间、云间寻到了温柔的寄托。

许久，他才将她松开，伸出手指，来回抚摸着她红润的唇，声音有些暗哑："你不是跳进裂隙里了吗？"

她也用手指轻柔地扫过他的颊，黑白分明的杏眼中有无限怜惜："是呀，所以，我也只是你的幻梦。"

说罢，怀中人影立即消散了。

月光如银纱，笼罩着少年苍白的脸。

他茫然地望着空荡荡的膝头，骤然惊醒，似乎有些不敢相信刚才的梦是虚妄。

噼里啪啦，树叶被打得上下摇晃，带着土腥味的冰凉雨点儿落在他的脸上。

先前还是豆大的水滴，即刻变成瓢泼大雨。

暗河里满是被溅起的丛丛水花，芭蕉叶被打得抬不起头来，细密的水雾里，雀鸟被打湿翅膀，在雨中艰难地低飞。

慕声抹了一把脸上的水，仰头接雨，水汽氤氲的黑眸在雨帘里越显湿润，似乎带上了湿漉漉的潮气。

他慢慢地垂眸，从怀中摸索着拿出一个皱成一团的纸包，因为被水泡过，纸和纸粘连到了一处。

雨水顺着他的脸颊流淌，聚集在苍白的下巴上，又顺着下颌流进衣领里。

361

他静默地掀起两张纸的边缘，在大雨中极具耐心地将其慢慢分开，五颗饱满的红枣堆在一起，只是糖衣有些化掉了，成了黏糊糊的糖汁。

"这是金丝蜜枣，专补血的。

"我爹说了，每天吃红枣，健康不显老。

"留着以后吃。"

她用冰凉的手指给他喂了一颗枣，霸道地封住他的唇，不容拒绝地请他感受这份甜。

鸟叫啁啾，阳光从竹林间落下，像丝丝缕缕的糖，她的手指便在他无声的轻吻之下。

他的脸色有些发青，嘴唇在深夜极低的温度下不自知地微微战栗着，雨水顺着他的发梢滴滴答答地流下，被打湿的黑发粘在脸颊上。

他缄默着放了一颗蜜枣在嘴里，感受着迟来的甜蜜慢慢地化开。

是甜的。

他的黑眸闪动，仰望着看不见星星的夜空。

视野里无数雨丝自广袤苍穹落下，闪烁着银光，如同千万根针俯冲下来，要将大地戳成千疮百孔的筛子。

他忍耐着黑暗和冷，舔了舔唇边遗留的甜。

裂隙，总会再开。

"外面可能下雨了。"

小砂锅里的汤药咕嘟咕嘟地沸腾着，中药味中混杂着一丝稀薄的血腥气。凌妙妙拿着扇子，不熟练地俯身瞅着火，鼻头沾了一小块灰。

"你怎么知道？"慕瑶低眉包扎着手腕上的伤口，脸色有些苍白，但仍然平和地微笑着。

"我觉得今天地下格外潮。"凌妙妙苦大仇深地盯着炉火，烦躁地扇起了风，吹得那炉火左摇右摆。

人不爱住地下室是有原因的，常年不见阳光和蓝天，心情容易变差。凌妙妙在地宫住了三四天，感觉自己变得越来越暴躁。

地宫的构造与李府的布置一般无二，也可能是幻妖只住过李淮的家，所以认为人类的房子应该是那样，就依葫芦画瓢给自己建了座一模一样的。而她们，就住在先前住过的对应的房间里。

可这地下世界就像是精美的仿制品，即使再巧夺天工，也终究比不上真实世界。

相比之下，慕瑶表现出了超乎寻常的耐性。

幻妖提出的条件很欺负人，不但晨昏定省招她们来，故意让她们看着被做成傀儡的柳拂衣为她鞍前马后，还要让慕瑶每天放一点儿血给柳拂衣煮药喝。

凌妙妙这几日才感受到女主角外柔内刚的脾气体现在哪里，慕瑶不仅答应了，还坚持了好几天，忍着心痛如绞，面无表情地等待着时机。

只是……

背后落下一个高大的影子——是柳拂衣踱到了厨房。

三个人挤在厨房，一时有些局促。

凌妙妙对傀儡心情复杂，昂起下巴，挡在慕瑶的身前："你来干吗？"

他把骨节修长的手从靛蓝色的袖口中伸出，端起案板上搁着的空碗，像是在缓解与生人对话的尴尬，神色冰凉冷淡："楚楚让我看看你们熬好药没有。"

"好了。"慕瑶语气平静地接过他手上的碗，掀开砂锅盖子，用勺盛了一碗，摆在托盘上。

她白皙的手腕上包着手绢，随着动作，手绢上透出丝丝的血迹。

傀儡无动于衷地望着那伤口，不知道在想些什么。

"拿去吧。"慕瑶平和地递过托盘，只是没有看他的眼睛。

柳拂衣转身欲走，突然被一只手拦住了，低头就见一双晶亮亮的杏眼。女孩儿抬眼瞪着他，像一只虚张声势的小老虎："慕姐姐放血给你熬药，不说一句谢谢吗？"

他怔了一下，旋即冷淡道："多谢。"

柳拂衣谪仙般的身影飘然远去。

身旁的人影骤然一歪，案板上的勺子被撞掉了，当啷一声摔在地板上。凌妙妙在猝不及防的混乱中，手疾眼快地架住了慕瑶。

慕瑶的脸色、唇色都因失血而变得苍白，她扶住了自己的额头，眼神涣散。

待慕瑶意识清醒时，她靠在冷硬的椅子上，一只碗抵住了她的唇，碗中的热气飘浮上来，蒸在她的脸上。

"慕姐姐……"她睁开眼，看到凌妙妙的脸颊红扑扑的，凌妙妙站在

363

她的椅子前，将碗倾了倾，把热水灌进她的嘴里，"你可能贫血了。我借用了一下厨房的砂锅，给你煮了点儿热水，喝点儿吧。"

慕瑶急忙抬手接过碗，端起来抿了一口，烫口的水入了肺腑，熨帖人心。

凌妙妙摸遍全身上下，一时赧然："呀，红枣没带在身上。"她旋即又笑，眼眸亮晶晶的，"厨房里连块糖也没有，柜子里都是空的，里面还有这么长的小虫子，比蜈蚣的脚还多。"她伸出手夸张地比画了一下，满脸嫌弃地皱起鼻子，语气欢快，"幻妖造厨房只造了个空壳子，跟堆沙堡似的，你说可不可笑。"

慕瑶无声地抿着水，幅度很小地勾了勾嘴角，眼泪落进热水里，打出几朵小小的水花。

"妙妙，坐下歇歇吧。"

凌妙妙无措地盯着以碗遮脸的慕瑶，难道她的安慰不起作用，还把女神给弄哭了？

她蹲下来，小猫一样趴在慕瑶的膝头，仰头向上瞅她的脸："慕姐姐，我昨天做了个梦，梦见你和柳哥哥成婚了，先在无方镇住了几年，然后继续游历江湖。你们生了三个孩子，两个男孩儿一个女孩儿，男孩儿们老打架，女孩儿长得像你。

"慕姐姐，我做梦一向很准的，我们一定出得了裂隙。"

慕瑶放下碗，已经很好地掩藏起了眼泪，柔和地望着她笑道："既然我与拂衣成双成对，那你呢？"

"我……"凌妙妙顿了一下，回过了神，"我做孩子干娘呗……"她一转眼珠子，露出一个相当奇特的笑容，"难道姐姐你肯让我做小妾，我们姐妹二人共侍一夫？那我倒是没什么意见，柳大哥想必也愿意得很。"

这样离经叛道的话，先前慕瑶听见了肯定会目瞪口呆，或许还会怒火中烧，可现在，慕瑶却知道她是什么用意，被她逗笑了。

不见天日的地宫里，两个人一蹲一坐，面对面笑了一会儿，笑得像未出阁的小女孩儿在闺房里拍着手玩家家酒。

慕瑶感到心里一阵鼓胀胀的暖意，同时也几乎确定，凌妙妙对柳拂衣无意。

但凌妙妙是个好女孩儿，值得最好的对待。

只是真的如凌妙妙所说，她能毫发无损地熬过此难，与他白头偕老吗？

"慕姐姐。"凌妙妙斟酌了一下，开口道，"你知道幻妖是怎么把人做成傀儡的吗？"

慕瑶端碗的手颤了一下："先掏心，再用咒。"

"那你说……"凌妙妙开始玩儿自己的手，漫不经心地问，"要是把掏出来的心安回去了，会怎么样？"

慕瑶似乎猛地一怔，随即倾过身子，附在她的耳边："不瞒你说，我正有此意。"慕瑶压低了声音，"这几日我四下观察过，地宫的构造跟李府一般无二，只是厅堂里那屏风后面有些文章。"

"厅堂后面……是十娘子夫妇和楚楚的卧房？"

"是。那么多间房里，只有那一间的门口设了封印。正如你所说，幻妖造的这处地宫是个空壳，按理说也没有防盗的必要，如果她设下封印，想必只有一种可能——里面存放了贵重的东西。"

凌妙妙仰头："比如柳大哥的心脏？"

二人对视，慕瑶眼里半是期望，半是深重的焦虑。

凌妙妙知道慕瑶在愁什么。她们两个落在幻妖的地盘，美名曰做客，其实就是变相囚禁，幻妖阴晴不定的，哪天心情不好，随时可能将她们处以极刑。她们想要在这种条件下抢柳拂衣的心脏，无异于天方夜谭。

但她们要想主动脱困，再救下柳拂衣，似乎只有这一条路。

事实上，原著就是这样发展的。泾阳坡一卷的故事末尾，慕瑶经过数天筹划，想办法进入了那一间加着封印的密室，试图夺回柳拂衣的心脏。

可是幻妖的心思九曲十八弯，阴毒至极，其实是刻意做出疏忽的假象，引诱慕瑶上钩，故意布好了杀局等着她。

但慕瑶毕竟是慕家家主，幻妖为了将她一举杀灭，不得不向天地日月借力，但幻妖自己又不愿离开主战场，于是打开了裂隙，令午夜的月光照进了地宫。

千钧一发之际，守在裂隙旁边的慕声趁机跳下，将主角们捞上了岸。

想起"黑莲花"，凌妙妙就头痛。

穿书的她对于男女主角的剧情几乎毫无影响，可是自打慕声遇到了她，故事的路线似乎就有些走偏了。

太仓郡一卷，慕声没有害死凌虞一家；长安城一卷，慕声又为了她两度使用禁术，加速了"黑化"过程。

到了泾阳坡这里，她给慕声号的那一嗓子如果生效，可能会对他的"黑化"的时间点产生影响，更别说作为他主战武器之一的收妖柄，有一个送给了她。

如果蝴蝶效应的理论成立，现在掀起的可能早就不止一场飓风，恐怕是世界毁灭。她根本不能确定他在上面的情况怎么样，更无法百分之百保证他能在那个千钧一发的时间点赶来救慕瑶。

所以……

"慕姐姐，我们不要再观察了，明天就去抢柳大哥的心脏吧。"

慕瑶愣住了："明天？"

既然幻妖有意做局，那她们趁着陷阱还没做好，提前出手，打对方个措手不及，看看能不能改变剧情发展，让主角们少些曲折？

五

幻妖慵懒地靠在椅背上修剪指甲，小小的手上，十只手指都涂了红艳艳的丹蔻，与她血红的唇、眉间的戾气一样，看起来有轻微的违和。

不是她喜欢这具五岁女孩儿的身体，而是作为天生地长的幻妖，唯一的短板便是无法化人形，现在只有这一具现成的躯壳能为她所用，为此她还蛰伏了许久，想来也真是憋屈。

这种憋屈，她便发泄到了这几个自不量力、被她耍得团团转的方士身上。

"柳哥哥……"她微掀眼皮，懒洋洋地唤，"我有些饿了。"

柳拂衣立在她的身旁，如同忠心耿耿的骑士，闻言立即恭顺而体贴地道："我去厨房给你拿些吃的。"

幻妖从鼻子里发出嗯的一声，露出了诡异艳丽的微笑："好。"

柳拂衣走远，脚步不疾不徐，连背影都流露出一种遗世独立的气质。

幻妖伸手看着自己剪好的指甲。其实这地宫就是一座空壳，厨房里什么食物都没有，所谓的生活，不过是依照着李府的日子做个样子。

只是她数百年孤独寂寞，现在有这个傀儡陪伴，哪怕这人间烟火都是假的，她也觉得十分满意。

柳拂衣进了厨房。

厨房里只有凌妙妙一个人，少女穿着一身浅碧色的衫裙，侧着身子站着，正在低头看着砂锅，灶却是冷的。

366

"怎么不熬药？"他无声地靠近了她，偏冷的靛蓝色衣摆随风而动，带着一股陌生的威压。

凌妙妙抬头，满眼惶惶然，欲言又止，怯怯道："柳大哥……"

"怎么了？"他冷淡地问。

少女伸出细细的手指，小心翼翼地指了指灶台，吞吞吐吐："火……"

他弯腰去看，黑洞洞的膛里，柴火凌乱地堆着，皱起眉头："火怎么了？"

她的声音在他的头顶响起，有些缥缈："火点不着……"

柳拂衣松了口气，还以为出了什么事儿，原来是这种鸡毛蒜皮的小事儿。

他刚要起身，凌妙妙猛然伸出背在身后的手，她的手里握了客厅插着红梅的那个白瓷瓶，哐啷一声砸在了他的后脑勺。

碎瓷片崩裂一地，点点血迹如红梅，滴滴答答地绽放在碎片上。柳拂衣的身子顺着灶台无声地滑了下去，伏在了地上。

"柳大哥对、对不住，回头让你打回来……"

凌妙妙心跳不止，两脚在不自觉地抖动着。她以一个非常扭曲的姿势，咬牙拖着柳拂衣的身体移了个位置，扶着他坐着靠在灶台边。

他被几缕长发遮住了脸，凌妙妙将他的脸摆正，头发理好，让他看起来像是坐在地上小憩。

她用脚将地上的碎片拨到了一边，从袖中抽出仅剩的五张符纸，因手抖得厉害，抽了三次才抽出来，手心都被汗打湿了。

她一面按照慕瑶教她的阵法，绕着柳拂衣在地上贴符，一面竖着耳朵听外面的动静，生怕一个不注意，幻妖便闻声而来，掐断她的脖子。

她将最后一张符纸贴好，几张符纸上的字迹同时闪烁起来，相互感应，这表明她贴的位置没有偏差，阵法即刻便能生效。

凌妙妙拍拍裙子站起来，倒退着走出了符纸围成的圈，临到门口时，用靠在门边的竹竿突然将砂锅一拨，使陶瓷砂锅从桌上滚落到了地上，轰鸣着破碎了，发出巨大的响声。

她扔下竹竿，转身飞快地跑出了厨房。走廊不采光，几乎漆黑一片，靠着梁上冷红的六角灯笼照亮。她拎着裙子敏捷地跑过时，六角灯笼便随风而动，垂下的流苏来回旋转。

她闪身进了厅堂，藏在巨大的屏风后。透过屏风的缝隙，她能看到正在修剪指甲的幻妖扔下剪刀，跳下圈椅，狐疑地往厨房走去，小小的女孩儿走路像猫儿，几乎没有声音："柳哥哥？怎么了？"

幻妖走远了。

屏风背后，那间始终锁着的房间吱呀一声开了一条缝儿，凌妙妙透过门缝儿，看见了慕瑶清冷的琉璃瞳。慕瑶冲她点了点头，旋即无声地掩上了门。

六角灯笼的摇晃慢慢地停止，地上恍惚的一团红光不再变幻，一切重归寂静。凌妙妙将湿透的后背贴在了冰冷的墙面上，几乎把自己当成一根柱子。

如果她们运气好，幻妖一旦靠近被打昏的柳拂衣，就会被那五张符纸聚成的阵暂时困住。慕瑶要趁此机会进入幻妖的房间，去夺柳拂衣的心脏。

按她们商量好的，凌妙妙站在门口望风，一旦形势有变，即刻敲三下房门，提醒慕瑶出来。

她一个人站在屏风背后，惴惴不安地盯着转角，好几次盯花了眼，杯弓蛇影地以为看到了幻妖的衣角。

房间很大，以一张绣着青竹的屏风为分界，靠门是十娘子和李准睡的大床，这些日子，幻妖令柳拂衣睡在这里，以便供她随时差遣。

床上的帐子规规矩矩地挂着，被子被叠得整整齐齐，床单上不见一丝褶皱。

这是柳拂衣的风格。慕瑶淡笑。

房间本就只靠烛火照亮，还被屏风挡着一层，显得昏暗暧昧。慕瑶的目光逡巡一周，没有发现异常，她绷紧脊背，绕过了屏风。

屏风后是一张小床，枕头旁边有几只东倒西歪的布偶，因为被开膛破肚而漏了棉絮，有小老虎，也有娃娃，布偶旁边是膨起的枕头。

这个枕头对五岁的女孩儿来说，显得有些高了。慕瑶缓缓靠近，伸出纤长的手指，将枕头掀开了一个角。

枕下果然有一个成人巴掌大小的漆黑盒子，她感到心跳急促，将盒子抽出来。盒子口上以小儿涂鸦的笔法画着一把锁，紧紧地闭着，她用两手一掰，没能打开。

这锁，原是幻妖画的封印。

她感到背上的汗水湿透衣衫，一手搂住那硬物，一手在怀里迅速摸出一张符纸盖住了锁。符纸贴上的刹那，扭了一下，起了皱，即刻燃成了灰烬。

她不信邪，又贴了一张，符纸再次飞速地烧掉了。灰烬滑落的同时，慕瑶忽然发现盒子上画的锁消失了。

她心中一喜，颤抖着手掀开盒子。

但她的瞳孔蓦地放大——盒子里空空如也。

恍惚间，有微风掠过她的头顶，烛火诡异地四下摇摆，满室虚影乱晃。她猛地抬头，就见柳拂衣面色铁青，无声无息地坐在窗口，正面无表情地望着她。

她倒退两步，裙摆摇晃，地上闪亮的几个点骤然浮现，汇成个圆，像铁笼子的底盖，等着收网。

轰隆隆……

地宫忽然晃动起来，恍惚中让人有种船行水面的错觉。清辉如水当头泼下，泼成了一条银亮的光带，甚至将屏风上的绘画照射得分毫毕现。

裂隙开了！

凌妙妙不敢相信自己的眼睛。按原著剧情，要等幻妖正面对上慕瑶，才需打开裂隙借天地之力。可是她们都已提前行动，事情还算顺利，幻妖一去就没回来，厅堂里只有她一个人，裂隙怎么突然就开了？

她紧紧地盯着紧闭的那扇房门。难道在她的眼皮底下，慕瑶还是出事儿了？

身前一道黑影掠过，带过一阵混合着花香和甜腻的气息。她被人推着倒退几步，踉跄着退进了黑暗里，随即被压在了墙上。

脊背骤然贴住冰凉的墙面，她本能地想要逃离，那人已经贴了上来，用身体将她用力地挟制在他与墙面之间，在她尖叫出声之前，一把捂住了她的嘴。

凌妙妙瞪着眼睛，看到屏风缝隙里掠过幻妖红色的衣角。小女孩儿阴郁无声地走回了厅堂，面无表情地环绕一周，没有发现他们，又走了出去。

触到幻妖扫视的眼神的瞬间，凌妙妙打了个哆嗦。她垂眼往下看，睫毛轻颤，但黑暗里伸手不见五指，再看也是枉然。

369

她的心跳一阵紊乱，刚才若没有这一躲，她就是暴露在幻妖面前的活靶子。

二人紧紧地贴在一起，她的睫毛快要扫到他胸口的衣襟上，她几乎被慕声的气息包围了。

看来，只要裂隙一开，他就会来，剧情没有因为她的自作聪明发生任何改变。

只是……

慕声手心滚烫的温度传递到她的唇上，简直像是在用电熨斗烫她的嘴。

这人在发烧，还烧得不轻。

幻妖绕了一圈又离开了。慕声放开手，倒退一步，转身走到了有光的地方。凌妙妙离开了墙边，提起裙摆跟着他走了几步。

慕声转过身望着她，声音很轻，话中熟悉的讥诮之意听起来恍若隔世："你以为挡住自己的脸，幻妖就看不见你了？"

对哦。她猛然反应过来，屏风下面是会露出她的脚的，一叶障目不过如是，她怎么犯傻了呢？

"怎么了？"

他见她低着头沉默不语，捏住了她的下巴，抬起她的脸，强迫她与自己对视。

凌妙妙愕然望着他那双熟悉的黑眸，旋即慢慢地低垂眼睫，目光小心地落在他抬着自己脸的手上。

这样有侵略性的动作，从前他是不会做的。

在原著里，慕声一个人被留在裂隙上，心里怨恨姐姐在乎柳拂衣不顾惜性命，再跳下裂隙时，已经是一朵"黑化"了的"黑莲花"。

可是现在的情况又有些不同，她提前推动剧情，裂隙也跟着提前打开，提前跳入裂隙的慕声比原著里狼狈得多。他的脸色异常苍白，显然是放了血又生着病，让她有点儿担心他会不会下一秒就直接昏倒了。

如果说他"黑化"了，他不可能放任自己这样不体面地出现；若说他没能"黑化"，现在这种反应又是……

她眨了眨眼睛："你……发烧了。"

慕声怔怔地松开手，有些迷惘地盯着女孩儿的脸，只觉得心里混沌一片。

离得这么远，她也能看得出？

凌妙妙伸手，想看看他肩上的伤口是否愈合了，又怕弄痛了他，便轻轻地摸了摸他肩下的衣服。

是湿的。

她闪着黑白分明的眼睛，瞪着慕声，有点儿生气了："你听见我跟你说的话了吗？

"不可能没听到吧？我喊得那么大声，半个泾阳坡的都听得见。

"我不是说保命要紧吗？你怎么把自己搞成这样？"

他望着她，欲言又止，半晌才垂眸，声音轻不可闻："我听到了。"

听到了。像是被瞬间钉进木桩里的钉子，像不容拒绝划开天幕的闪电，他午夜梦回，依然是这脆生生、甜蜜蜜的最后一句。

可是，有什么用呢？

不过是一句话的工夫，用不了她一分钟，眼前这人却为了柳拂衣跳下裂隙。

他渐冷的目光落在她的腰际，然后猛然抬眼，眸中有惊讶、愠怒闪过："香囊呢？"

凌妙妙指指怀里，一脸无辜道："我装这儿啦。"

这个动作有些歧义，恍然间让他觉得，她是在指着自己的心。

凌妙妙隔着衣服摸着怀里的香囊，嘴里抱怨："你这个香囊，要系就系紧些，不要动不动就掉了，让我在地上到处找。"

他的眼中迅速溢出几丝奇异的情愫，如同在湖里丢了颗石子，一圈一圈温柔的涟漪荡漾开来。他垂下眼帘，遮住了眸中情绪："嗯，回去以后给你系个不会掉的。"

371

第四章　十娘

一

风声卷动帐子，将作为格挡的屏风吹得咔嗒作响。

见柳拂衣一掌毫不留情地袭来，慕瑶在地上打了个滚，刚刚避开，却避无可避地半坐在了阵中。

她顺而直的黑发散落下来，覆盖了肩膀。

她的左脚踝伤了，已经站不起来了，后半段的对峙几乎都是贴在地上进行的。柳拂衣的数次攻击都是擦着她的脸过去的，差一点儿就能要了她的命，方才若是她不落入阵中，就只能死在他的手下。

她从没想过，即使到了这一步，她依然舍不得对他出手。

傀儡收回手掌，冷漠地看着坐在阵中的少女，就仿佛看着一只被关进笼中的鸟。

"拂衣。"慕瑶竟然冲他笑了笑，笑容哀伤。

傀儡空洞的眼中生出了一丝迟疑，似乎在疑惑眼前人为何只守不攻。

这时，窗户被人推开了，穿着红裙子的幻妖懒洋洋地坐在脆弱的窗台上，两条腿悬在窗边。幻妖轻轻一招手，傀儡便颔首，毕恭毕敬地回到了她的身边。

慕瑶望着幻妖，心里暗叹一声。她和凌妙妙都只顾着门，殊不知上了封印的门只是个幌子，窗户才是幻妖进出的通道。幻妖与柳拂衣都从后院绕进来，不会经过厅堂，凌妙妙在门口守得再紧，也是白费功夫。

"柳哥哥，干得好。"幻妖咧开血红的唇，绽放了一个诡异的笑容。

柳拂衣站在她的身边垂首道："裂隙已开,是否趁此时⋯⋯"

慕瑶的脸色霎时间变得惨白,唇边浮现一丝绝望的笑容。裂隙一旦打开,幻妖便可借天地之力将她置于死地。

而这居然是由他提醒的。

"不急。"幻妖满意地欣赏着慕瑶惨淡的神色,"外面还有一个⋯⋯不,是两个。"她意味深长地望着屏风后紧闭的房门,鲜红的嘴唇轻启,"给他们来个大团圆。"

地宫里阴暗潮湿,闷得人心头发慌。好在裂隙开着,输送来柔和的月光,一点儿稀薄的、湿漉漉的新鲜空气也慢慢地涌下来。

外面的雨应该是停了。

想到这里,凌妙妙抓着慕声的衣袖多摸了几下:"淋雨了?"

少年睁开眼,半晌才道:"这你也知道?"

对方说这句话时,凌妙妙有种错觉,觉得眼前的人瞬间变成了一只浑身的毛都湿漉漉的小狗,心里的委屈都漫成了河,还抿着嘴一声不吭,只用乌黑的眼睛欲言又止地望着她。

凌妙妙咻地笑了,但身在地宫,不敢放肆,她立即捂住了嘴,压低声音,亮晶晶的眼里闪烁着得意:"我聪明不?"

慕声看着她,眸中流露出复杂的情绪。

她嬉皮笑脸地追问:"你怎么不躲躲雨呀?"

少年敛眸转身:"我送你上去。"

按照原书中设定,幻妖乃天地托生,是无敌的反派,除非用柳拂衣的神器九玄收妖塔将其一举歼灭,否则他们只有被吊起来打的份儿。

他们惹不起,只好躲开。慕声显然也明白这个道理,想快点儿把她们送出裂隙,摆脱眼前的困境。

"叮——系统提示:角色'慕声'好感度升至85%,请再接再厉。提示完毕。

"叮——系统提示:任务一,四分之三进度附加任务现在开始,请任务者说服角色'慕声'拯救角色'柳拂衣'。提示完毕。"

凌妙妙到了嘴边的"好哇"卡了壳,被生生咽了下去,她沉浸在连收两条系统提示带来的巨大震撼中。

原文中"黑化"的慕声跳下裂隙,想要将姐姐带出去,而慕瑶坚持要

373

将柳拂衣的心脏抢回来，慕声软硬兼施，她都不肯走。他没有办法，只好替她去将柳拂衣也救了回来。

凌妙妙没想到攻略得到阶段性胜利的同时，原本属于女主角的剧情也莫名其妙加给了她，难道这是系统对她篡改主线剧情的惩罚？

她联想到明明应该被困在阵中，现在却毫发无损，还到处游荡的幻妖，心中一沉。她本想让慕瑶少受些苦楚才讨巧地篡改剧情，谁知弄巧成拙，难道慕姐姐被伤得连说服慕声这个任务都完成不了？

她立即摇摇头，指了指屏风后那扇紧闭的房门："慕姐姐还困在里面。"

慕声顺着她的目光一望，眼眸沉了下来："我知道。你先上去，我再将阿姐带上来。"

他说着就拉起了凌妙妙的手臂，却见女孩儿惶惶不安地抽开手，把头摇得像拨浪鼓："我不走，我要留在这里救柳大哥。"

又来了。他感到一阵气闷，但还是勉强压制住了火气，冷声道："你留在这里也没什么用，只会添乱。"

凌妙妙的眼睛在黑暗中极亮，满眼都是不信任："那你会帮我救柳大哥吗？"

慕声皱着眉头，抿着嘴沉默了半晌，吐出的话像被冻住了一般冰冷："我凭什么？"

其实他与柳拂衣并没有什么深仇大恨，这一路相携而来，多少还有些感情，更何况他深知阿姐对那人的依赖，他不一定会对柳拂衣弃之不顾。只是此时凌妙妙脸上的不安和怀疑让他满腹火气，简直要生生炸开，忍不住就迁怒了柳拂衣。

"我就知道你不会，你只顾着慕姐姐，到时你救走了慕姐姐，柳大哥就没人管了。"女孩黑白分明的眼中罕见地浮现出一层薄薄的水光，她在几步之外倔强地瞪着他，像是在跟他对垒，"所以我不走，我死也要和柳大哥死在一起。"

"你……"

凌妙妙睨着"黑莲花"的脸，只见少年的脸色都变了，黢黑的眸中仿佛流淌着沉郁的星河，纤长的睫毛一动不动。他们四目相对，而他的眼里怒火滔天。

他半天没说出话来，也放弃跟她争辩，直接走过来一把箍住了她的腰，不顾她的挣扎将她拖着走，眼眸黯黑，薄唇轻启："上去。"

她没想到"黑莲花"居然仗着自己有力气上的优势要强行救她，眼看就要任务失败了，凌妙妙一慌，眼里的酝酿了半天的委屈泪水没忍住，哗啦一下流了出来："别碰我。"

慕声骤然放开了手。

他觉察到她在发抖，再回头一看，他整个人僵在原地，仿佛被人兜头盖脸地浇了一盆冷水。

她居然哭了。

是被他吓哭的。

他冷眼瞧着凌妙妙拿袖子无声地擦眼泪，手在袖中攥成了拳，莹润的眸中先是盛怒，随即是茫然。

柳拂衣没事儿，她就正常得很，但是一旦事关柳拂衣，她总是要将他推到敌方阵营，似乎要马上躲开他，投向柳拂衣的怀抱，不想跟他扯上一点儿关系。

是的，到底柳拂衣才是她的独一无二，是她的心之所属。

他把手攥得更紧了，连关节都开始闷痛，却仍是抵不上心口那奇怪的酸涩和空洞。

"你就这么讨厌我？"他的语气里含着连他自己都没想到的失落。

少女骤然停止了擦泪的动作，碧色的发带垂在白皙的颊边，睁着发红的大眼睛，一脸振奋地望着他，脆生生地道："我不讨厌你呀，子期，你若是不计前嫌救了柳大哥，那我就更喜欢你了。"

他就像被关在笼中的困兽，只要向前冲便会狠狠地撞在笼子上，偏偏能够从缝隙里看到外面诱人的食物，引得他不住地往前冲撞。随后一只胳膊伸进来，喂了他一块肉，又摸摸他的头，却是鼓励他再接再厉，继续往前冲撞。

慕声默然地盯了她很久，眸中沉沉，辨不出到底是什么情绪。

凌妙妙提心吊胆地望着他，观察了许久，心里也有点儿急了："子期，抓紧哪，慕姐姐很危险的。"

他慢慢地靠近了她，伸手拍了过来。凌妙妙闭眼一躲，那一掌擦着她的耳朵过去，她才发现他是往墙上狠狠地拍了一张符。

随后，他蹲下来，以她为中心，在地上画了个半圆。

凌妙妙的裙摆时而擦过他的衣服，他站起来，望了她半晌，才道："你站在这儿等我。"

凌妙妙心中兴奋，点头点得像小鸡啄米，期望他快点儿去救慕瑶和柳拂衣。

谁知他非但没走，还逼近几步，几乎将凌妙妙逼得嵌进墙里。

少年低头看着她的脸，黑润的眸像是冰凉坚硬的曜石，看上去倒真有一二分威胁，他将声音放得极轻，几乎是贴着她的耳朵说话："要是再乱跑，我就打断你的双腿，拿锁链牵着你，听见没有？"

仰着头的女孩儿开始还有些紧张地望着他，听到最后竟然无畏地笑出了声："你若是能救回柳大哥，我让你遛遛也不是不行。"

慕声陡然僵住，黑眸中的怒火几乎要溢出来了。

真是……好得很。

凌妙妙眨了眨眼，看着慕声满脸铁青地指着她的脸。他半晌都没能说出话来，似乎身子都有些发抖了，这样僵持了一会儿，他转身走了，衣袍带过一阵冷风，像城上猎猎作响的旗。

站在圈里的凌妙妙望着"黑莲花"远去的背影，心里弥漫出一种意外的酸涩来。她叹一口气，捶了两下站累了的腿，伸手摸了摸怀里的香囊，好像这样才能安心一些。

谁知他又飞速地折返了回来，站到她的面前。

他们四目相对，凌妙妙骇然地放下手。少年长长的眼睫轻颤，他沉默半晌，扔给她一沓符纸，一言不发地转身走了。

三更天，月光最盛。无数细小的尘埃在冷白色的光柱中飞舞，如同冬天飘飞的雪花。

慕瑶趴在地上，双目紧闭，睫毛在眼底投下一层浅淡的阴影，绸缎般丝滑的长发在月光下泛着亮光，如同被囚禁的月宫仙子。

有人慢慢地蹲下身来，伸手托起她的手臂，将她从地上扶起来。她骤然惊醒，手指下意识地捏紧了收妖柄。待她看清眼前人，整个人难以置信地僵住了："拂衣……"

"嘘……"裂隙投下的月光照在他面无血色的脸上，照得他浓密的眉毛根根分明，他仔细端详着慕瑶的脸，带着无尽的贪恋。

慕瑶握住他的手臂，琉璃般的瞳孔在月下越发透明，闪烁着淡淡的光："你方才与我交手时……便醒了？"

无心之人，只堪作傀儡。

可是有的人即使没有了心，依然不甘愿做一具行尸走肉，他们在清醒与混沌的边缘挣扎，挣扎着要活过来，为了信仰与至爱。

他微勾唇角，脸色苍白得吓人，像是已死之人诈了尸。他伸手捧着慕瑶的脸，手也是冰凉的："真傻，为什么不还手？"

慕瑶低眸，想要掩盖住眼中的泪水："是我技不如人。"她也伸手顺着他的头发抚摸上去，摸到了对方后脑勺处的一大块结痂的伤口，温声道，"还疼吗？"

柳拂衣笑道："疼。妙妙那丫头，一点儿也不手软。"

门外忽然传来一阵骚动，慕瑶神色一凛，她警惕地望向门外。

"阿声来了，暂且能够拖住幻妖。"柳拂衣轻轻地道，"瑶儿，我的时间不多了。"

慕瑶摇头："你的心脏在哪里？我一定帮你找回来……"

"瑶儿。"柳拂衣打断她，神色有些疲倦，但仍然温柔地笑着，从怀中掏出小木塔来，低垂眼睑，"无心之人，怎堪长久。如果此劫不过，收妖塔就由你代为保管。"他强行掰开慕瑶攥着的拳，将小木塔放在她的手上，"我把口诀告诉你……"

"我不听。"她倔强地抿着唇，脸色苍白，眼下的泪痣越发明显，"你答应过往后不让我受委屈，说到便要做到。"

柳拂衣将手指放在太阳穴上，似是忍着极大的痛楚。

慕瑶慌乱地扶住他的手臂："拂衣……"

"瑶儿，你听话。"柳拂衣将手放下来，眼底浮现了淡淡的乌青，握住她的手，想说些什么，可是他想要交代的事情太多，一时竟然不知从何说起，只是重复了一遍，"你听话。"

她的眼泪簌簌而下，她附耳过去："那你说，我记着。"

柳拂衣伸手一揽，将她紧紧地抱进怀里，下颌抵住她的发顶，许久才恋恋不舍地放开，在她的耳畔念了口诀。

"记得，正对裂隙，借着四更月光驱动收妖塔……口诀……不得外传……"

"好……"

慕瑶依在他的怀里，觉得他的衣襟上似乎沾着如霜的夜露。二人偎在一起，沉默地听着门外幻妖和慕声的打斗声，都没有说话。

良久，柳拂衣拍了拍慕瑶的衣襟："时间差不多了。"

慕瑶不肯起身，泪水倒灌进嗓子里，味道泛苦。

他也没有催促，只是望着光柱中蜉蝣似的尘埃，平平淡淡地道："瑶儿，若此劫能过，我们成婚好不好？"

"好。"

他望向门边，门外一阵诡异的寂静："若此劫不过，来世……我许你凤冠霞帔。"

二

门突然被推开，回弹在了墙上，发出砰的一声响。架子上摆着的小瓷瓶滚落下来，哗啦一声摔成了碎片。

幻妖的红裙如同猩红的旗帜，雪白的赤足一步一步踩在地上，指尖生出刺目的光芒。

慕声踉跄几步，被巨大的力量甩进了屋里，扶了一把柜子才站稳。他迅速环视一周，面色一变。

阿姐不在。

幻妖的目光也扫过了地上空荡荡的阵法，眉心的暴戾之气顿生："人呢？"

柳拂衣毕恭毕敬地站在一旁，半张脸隐没在黑暗中："人折腾得厉害，我将她押下去，关进地窖了。"

幻妖并未起疑，并且放下了心。她扭过头看着一路与她缠斗的慕声，露出个阴森森的微笑。

慕声顺着她得意的目光向下看，发现自己恰好站在几个闪亮的光点中间。

幻妖满脸嘲讽，笑得嚣张："果真是姐弟俩，一个两个都自己往阵里钻，省了我好大力气。"

慕声发觉不对，本能地捏紧收妖柄。他想要跃出，步子却骤然顿住，随即脸色大变，跌坐阵内。

幻妖满意地低着头看他，鲜红的小嘴微张："真可惜，若不是关心则乱，你还能再耗我一时半刻。"她仰头去拉柳拂衣的手，脸上换上了无辜的笑容："柳哥哥，说好的大团圆，少一个都可惜。你把那个女人关在哪里了？带我去看。"

柳拂衣心脏离体，这一日又没有喝以人血为引的药，此时的他面无血色，眼底发青，已显枯败之色。

幻妖皱起眉头，似乎想到了什么，转身走到地上的少年身边，附在他的耳边笑道："你姐姐的血不行，你的血……想必要中用得多。"

378

她的脸与慕声的脸贴得极近，着意观察他的表情。

少年不闪不避地与她对视着，白玉般的脸上生着一双秋水似的黑眸，眼尾挑起个小小的弧度，带着难以觉察的妩媚。

他的眼底竟然含着晦暗的笑意，毫无气急败坏的意味。他的嘴角翘起，那是一种挑衅的神色，是一种来自同类的、充溢邪气的挑衅。

他都已经是手下败将，还不见棺材不落泪……

幻妖骤然起身，阴鸷地走出了房间。柳拂衣跟在她的身后，无声地反手关上了门，将慕声一个人关了屋里。

安静半响，少年慢慢从地上爬了起来，轻巧地迈脚跨出了阵法，低头看着地面上的几个光点，眼底闪过一丝冷笑。

这阵，早就废了。

当时他发觉脚下有异，目光飞速地掠过幻妖背后的柳拂衣，那脸色苍白的傀儡也正在看着他，空洞的眸中瞬间闪过了一丝微光。

他一向看柳拂衣不顺眼，但在那个瞬间，二人却默契得惊人。

他无声地将收妖柄套入自己的手腕，狠狠一勒，随即脸色苍白地跌坐在阵内，瞒过了幻妖。

阴阳裂中的泾阳坡夜间的温度极低，远处不住地传来妖物的呦呦低语，天上黑纱似的流云时而遮蔽月亮。

慕瑶站在高高低低的草丛中，一手托着小木塔，低眉望着深不见底的裂隙，另一只手在身侧绷紧着，度日如年地数着时间。

裂隙向无尽的远处蜿蜒，如大地张开的巨口，裸露的岩石像满嘴尖利的牙齿，咆哮着要将夜空吞下。

裂隙之下，凌妙妙眼睁睁地看着慕声进了门，出来的却是毫发无损的幻妖和柳拂衣，幻妖的脸上还挂着嚣张的笑意，凌妙妙顿时目瞪口呆。

这是大变活人吗？

凌妙妙心念一转：糟糕，她只顾着门，却忘了窗户……

她忍不住向门里张望，里面黑乎乎一片，什么也看不清楚。"黑莲花"没事儿吧？别是被幻妖踩在脚下蹂躏了……她刚想迈脚，却蓦然想起慕声的话，她要是敢出圈，他就打断她的腿，拿锁链牵着遛。

凌妙妙默默地把迈出的腿收了回去。

裂隙投射的月光有一半照进屋内，连木制家具上交错的浅白指痕和被白蚁腐蚀的细小豁口都能看得清清楚楚。

　　风扬起纱帐，烛台上的白蜡无声地淌着浑浊的热泪，一点儿点儿微弱的暖光摇曳着，在皎洁光明的银色月光下显得分外穷酸。

　　慕声在屋里慢悠悠地踱了一圈，目光深沉地上下打量着，视线慢慢地落在了那张小床上，几只被开膛破肚的布偶旁边，是明显被拱起的枕头。

　　他望着那枕头，嘴角带着一丝讥诮的笑意。阿姐救人心切，想必是一脚踩进了这个陷阱里。

　　幻妖狡猾多疑，怎会留下如此明显的线索？

　　他伸出左手，一把细细小小的平安锁便悬落下来。他仰着头，饶有兴趣地看着。

　　刚才他与幻妖缠斗，她无意坠下这个闪烁着银光的平安锁，被他借机无声地钩到了手上。

　　想必这锁是李淮夫妇花重金请人特制的，镂刻得极其精心，锁身又轻又精致，锁链细得像一条线……否则也不会这样轻易让他得手。

　　他望着锁上浮现的一丝若有似无的黑气，低头拎起床上那只最大的布偶。

　　布偶有些旧了，裙子是用废旧衣料做的，空荡荡的眼睛是两枚硕大的纽扣，针脚显得有些粗糙，估计是十娘子亲手给爱女缝制的玩具。

　　如若慕瑶再细心一些，她就会发现，这只布偶的棉花都脱出了，却还是反常的重。

　　他面无表情地一扯，布偶残存的缝线被刺啦一声扯开，更多的棉花像下雪一般落在他的脚面上。他将手伸进布偶内，在鼓囊囊的棉花中，用力抽出了一个拳头大小的硬质盒子。

　　盒子与他手上的银锁一接近，便双双嗡鸣起来，旋即发出咔嗒一声，盒子自己打开了，露出了里面鲜红的一角。

　　少年还未看全盒中之物，便按着盖子，意兴阑珊地将其扣上了。

　　幻妖自己无心，便要将他人之心强加给自己。即使是这样，她还是不放心，还要把那人制成傀儡，将钥匙挂在自己脖子上，把人牢牢地掌握在手心里。

　　慕声仰头，皎洁明亮的月光落在他纤长的睫毛上，照着他脸上讥诮的笑容。

　　阿姐光风霁月……又怎会像他这种邪物，轻而易举地明白同类的心思？

他捏着盒子推门而出，几步闪到了屏风后。

圈里的少女似是站得累了，软塌塌地靠在墙上，目光呆滞地望着地面，时不时地敲敲腿，可也不敢蹲着或坐着。他画圈时太急了，画得有些小了，几乎将她锁在了墙边。

她的嘴里偶尔嘟囔些什么，他不用猜也知道，是在愤愤地骂他。看来"断腿之约"还是有些威慑力的。他心中除了欣慰之外，居然浮现出了一种从未有过的膨胀的快感，那是控制着她的快乐。

他晃了晃头，想将这种荒谬的念头排出脑海。

凌妙妙骤然见慕声出来，瞬间瞪大了眼睛："子期……"

他将盒子扔给她，还没来得及说一句话，就瞧见她忽然变了神色，惊诧地望着他的身后，半晌没说出话来："你……你……"

他却懂了。

风声从身后袭来，他低眸望着地面，偏头避开，左手的收妖柄滑落到了指尖，他跨了一大步揽住凌妙妙的腰，瞬间带着她退到了几步之外。

她绽开的裙摆像是晕开在水里的颜料，随着波浪起伏摆动。

幻妖披头散发地站在他们的背后，鼻孔、耳中都蔓延出黑气，两只眼睛如同被烧得发红的铁，声音低沉得几乎像是某种野兽在沙哑地咆哮："你们竟敢耍我。"

最让她接受不了的，大概是即使是柳拂衣成了傀儡，也依然背叛了她，誓死与故人同心。

她剧烈的情绪波动带动了泾阳坡的天地变化，地宫开始摇晃起来，墙上镶嵌的幽绿火种忽明忽暗，柱子纷纷开裂，发出骨骼破碎似的恐怖声音。

凌妙妙被慕声带着，抱着盒子晕头转向地躲，心中满是绝望。

完了……无敌的幻妖居然还是暴走了。

下一秒，她的背上突然被拍上一张符，腰被慕声揽住向上一托，她的五脏六腑险些被勒出来。随即，她的脚下像被装上了个发射器，推着她以令人头晕目眩的速度直接飞出了裂隙。

少年冷冷的声音远远地落在下面，刹那间便听不见了："带着你的盒子走。"

三

凌妙妙像火箭般冲出裂隙，打了个滚儿，猛地扑倒在慕瑶的旁边。

慕瑶的手一抖，险些将收妖塔掉进裂隙，她冷汗涔涔，握紧了收妖塔退后一步："妙妙？"

凌妙妙一动不动地在地上趴了很久。慕瑶蹲下来将她轻柔地扶起来，满脸忧心地看着她，又急着摸她的额头："你没事儿吧？"

少女望着空气呆滞了一会儿，像是刚刚回了魂，从怀里掏出一个拳头大小的盒子塞进她的手里，上气不接下气道："这是柳大哥的心。"

慕瑶呆呆地捧着盒子，巨大的惊喜从天而降，她一时没有反应过来。

"还有，慕姐姐。"凌妙妙气喘得像是在百米冲刺，让慕瑶有些担心她因为接不上气而昏倒，她指着慕瑶手上的小木塔，吐字如走珠，"柳大哥教你用收妖塔了吧？你能保证一会儿用它收掉幻妖对吧？"

面前女孩儿的两颊发红、两眼明亮，满脸急切地望着她，一连串的问题几乎将她绕晕了。

"是……"

慕瑶刚点了个头，就看见凌妙妙霍地站了起来，几步跑到裂隙边上，拎起裙子便毫不犹豫地跳了下去。

"妙妙！"慕瑶大惊，跟着冲到裂隙前，只见凌妙妙的最后一截衣摆也已经消失在黑暗的裂隙下。

凌妙妙安然地闭着眼睛。

慕声那一下极猛，让她冲上裂隙的速度像是坐火箭，弄得她的胃里翻江倒海。她趴在草地上缓了缓，便开始"问候"系统。

"系统，我要投诉。

"让攻略对象保护穿书任务者，还要系统干什么用？我会去信息部给你们打差评的，等着吧。"

爱惜羽毛的系统对"差评"二字敏感至极。

"系统提示：系统会保障任务者的人身安全，险境一般分为蓝、绿、红三个层级，一旦遇到高危红色险境，将直接启动人身安全保护机制，这是任务系统的职责所在。根据记录，任务者'凌妙妙'目前仍未遇到过红色险境，因此未在保护范围内。提示完毕。"

凌妙妙揪了地上两株草，杏眼里泛着冷光，闻言将草一扔："是吗？那行，我现在就遇一个红色险境试一试。"

系统无语。

语毕，她将盒子往慕瑶的手里一塞，第二次跳进了裂隙。

潮气顺着裂隙向下蔓延，依稀带着地上植物根系的腥气，竟还有一丝若有若无的栀子香。

慕声被逼到角落里，几乎与黑暗融为一体，只余乌漆漆的眼睛含着水色，映着一点点亮光。

他心想：自己一定是昏了头，才会闻到她发间的味道。

空气中甜腻的味道格外明显，湿漉漉的液体打湿了他肩头的衣裳，少年掉头转弯时，有一瞬间的眩晕。

他不能露出半分怯意，他的背无声倚着墙壁，借了几分力，也趁此机会稍稍休息了片刻。

幻妖被这种甜腻的气味激发了邪性，身上外溢的黑气越发浓重，看起来像是个披头散发的厉鬼。

自幻妖暴怒以后，她的攻击完全乱了章法，她多数时候是对着一大片空气释放能量，发出的黑气像一张细密的大网盖过去，似乎要以排山倒海之势将眼前这条漏网之鱼挤成肉酱。

她的喉咙震动："慕声，半个阴阳裂中的妖物都被你屠戮干净，你以为这样的能量不会反噬吗？"

慕声依然挂着那种令人疯狂的挑衅的笑容，似乎被逼到绝境的人不是他。

慕声歪头看她，纤长眼睫下的眼睛慢慢地浮现带着杀气的黑色："可惜，我杀妖的时候，你不在。"

"好狂妄的口气。"幻妖冷笑，"你从来都是这样吗？"

慕声毫不在意地拨弄自己的头带，笑道："上一个这样说我的妖物，已经死了。"

他虽然把手放在发带上，心里却有一丝忌惮。这是第三次了……

眼前似有亮光一闪，慕声抬眼，看见一个熟悉的小钢圈当空而来，却不是他放出去的收妖柄。

那只收妖柄的力道完全不足，从幻妖的背后袭来，只胜在幻妖毫无防备，竟然也将她打了个猝不及防。

骤然挨了一闷棍的幻妖还没有反应过来，便挥袖朝背后胡乱打去。

她自然是没打准。一道敏捷如兔的身影在刀剑横飞的攻击中左闪右避，挽着裙子飞速奔来。慕声感到怀里猛然一沉，女孩儿已经扑到他的跟前，与他四目相对，怀里的人气喘吁吁，两眼晶亮地望着他。

她的脸上还带着一路奔跑而来生出的热气，发间香气幽幽，像初春的花朵开满枝头。

他看清了这一张明艳的脸，感到一阵愠怒，头皮发麻，尚未反应过来，呵斥的话语已经脱口而出："你回来做什么？"

可是他愠怒之余，还有一丝可耻的喜悦，像在缝隙里生长的植物，破土而出，攀缘而上。

就连月光都无法完全照亮的裂隙，似乎被这道身影点亮了，她的脚印踏过之处，就是生机勃勃的光。

"知道了、知道了，回头让你遛遛。"凌妙妙鼓着腮帮子，似乎浑然不知眼前的情况有多恶劣，扯着他的袖子，将他从角落里拉出来，"我照顾病人呀。"

慕声被气笑了，用黑眸定定地望着她的眼睛："照顾我，还是来给我添麻烦？"

他说着，压着她的脑袋趴下去就地一滚，让幻妖打了个空。他们的头上噼里啪啦地掉下一堆碎石，堪堪落在他们的脸边。

二人的呼吸交叠在一处，凌妙妙不慎落在他的怀里了，像是一团柔软的小动物。

她的脸离他极近，近得他可以清晰地看到她的脸颊上细小的茸毛，在这种生死一线的时刻，他竟然想摸一摸。

他这样想着，睫毛颤了颤，便伸出了手。

她似乎理解错了什么，下巴抵着他的胸膛，忽然从怀里拿出一沓符纸，不容拒绝地塞进他伸出的手里，杏眼里波光流转："子期，谢谢，这是我还你的符纸。"

他低眉看着符纸上熟悉的笔迹，满脸讥诮："用我的符纸还我？亏你想得出。"

身旁的石柱挨了攻击，崩开几道裂纹，震得人耳边轰鸣。他迅速撑起身来，手疾眼快地捞起了地上的女孩儿，拉着她贴在了墙根上。

轰隆——

柱子猛地倒下去，碎石迸溅在他的腿边，地宫骤然倾倒了半边，激起扬尘滚滚。

身旁的人暖融融、软绵绵地贴在他的旁边，像是个毛茸茸的毯子盖住了他。他肩上的伤口似乎崩开了，温热的血液顺着他的手臂流下去，他竟然只觉得浑身发热，没觉得疼。

幻妖已经被黑气吞没，小女孩儿的身体无法承受这种浓重的妖气，皮肉寸寸爆裂开来，血管肌肉开始外露，场景十分可怖。

"看到了吗，那就是失控的妖。"慕声垂下长长的睫毛，忽然对她说。

凌妙妙敷衍地嗯了一声，也不知听没听到，抬手抓住了自己的收妖柄，拉起慕声的手，套回了他的腕上。

少年漆黑的眸里带上了冰冷的怒气："你这是什么意思？"

"什么什么意思？"凌妙妙眨眨眼，"我暂时借你的呀，用完了还给我。"

"黑莲花"一直是靠两个收妖柄打天下的，若少了一个，就爆发不出惊天动地的战斗力了。

他的脸色骤然转晴。

凌妙妙踮起脚，冰凉的手忽然覆上他的额头："你没烧糊涂吧？可以保护我吧？"

"嗯。"

他半晌才答，应得极轻，睫毛轻轻地扫到她的手掌，让她有些痒。

她放下手，挠了挠手心……还是痒。

地宫地动山摇，凌妙妙两手空空地站在"黑莲花"的身边，虎视眈眈地盯着暴走的幻妖。

她的手心里都是汗，心脏像是极速跳动的鼓点。她有心想找个机会试一试经历红色险境会如何，却都让她堪堪避过了。就连她站在慕声的身前，努力做他的人肉盾牌，都被他一把抓回去护在身后，没被伤到分毫。

地上大大小小的碎石块横亘着，像是被炸过的采石场，令二人跟跟跄跄地退开。

幻妖的攻击不留余地，像天上下刀子，避无可避。凌妙妙一不留神，被碎石块绊了一下，猛然失去重心。

她还未挨到地面，便被他拽起来。幻妖趁此机会，将暴涨数尺的血红指甲扑哧一声没入慕声的胸膛，把他的肩胛一路顶到了墙上，撞得他头顶的幽火摇晃。

幻妖的指爪用力，开始慢慢地旋转。慕声咬紧牙根，染血的手指一点儿一点儿地、艰难地扶住了墙。

眼前一道影子闪过，身旁手无寸铁的女孩儿竟然伸出手，一把扭住了幻妖的手臂，冷静道："放开他……"

这样以卵击石的反抗，更像是挑衅。

慕声瞬间清醒过来，脸色大变，额角的青筋霎时间暴出，张口想要说话，受损的心肺却倒灌了一口血，猛地喷在了衣襟上。

"找死……"幻妖冷笑，甩开慕声，转而去教训这不怕死的小东西。

幻妖反手一击，毫不留情地打在她的小腹上。

凌妙妙弓起身子，手指顿时渗出热乎乎的血液，踉跄着退了两步。

与此同时她听见了系统的提示音。

"叮——系统提示：已启动红色险境防护模式，全方位保护任务者安全，请任务者继续任务。提示完毕。"

"我……就是找死。"凌妙妙睨着幻妖，用余光瞥了一下被甩出去的少年，他正在撑着地艰难地爬起来，头发贴在脸上，眸中黑得似无星无月的夜晚。

她倒是没什么感觉，只是……"黑莲花"都吐血了。

"这么喜欢掏心玩儿，你有种……别打偏呀。"她倒退几步，干脆捂着小腹，无赖地一屁股坐在了地上，恰好挡在慕声的面前。

她的腰被他一把搂住，下一秒他就要爬起来了。她说着话拖延时间，不住地把慕声的手指往下拨，只希望他慢点儿起来。

系统的防护才是真的无敌，即便幻妖把她戳成筛子，也不会对她造成任何实质性的伤害。

只是他若再挨一下，恐怕就要血溅三尺，一命呜呼——她也不用攻略了。

"你以为我不敢？"幻妖的手指猛然击出。

这个瞬间，闪亮的收妖柄霎时间飞来，狠狠地撞在她的指头上。

飞出的收妖柄带过一阵猛烈的风，粗暴地扬起凌妙妙的发丝。

眼前那长长的指骨被折断了，带着丹蔻的半截指头软塌塌地垂着，还晃了几下，使凌妙妙起了一身鸡皮疙瘩。

"你敢？"少年从她的身后直起身来，唇边含着一抹未擦净的血，显得诡艳至极，眸中流淌着的戾气慢慢凝成了深沉的黑色。

他从背后禁锢住少女，强行拉开她的手，迅速地将一张止血符贴在她的伤口上，以一种抱孩子的手法托住她的两肋向上一抱，把她抱在了自己的腿上。

386

幻妖突然发出了一阵凄厉的号叫。地宫开始地动山摇，碎石块不住地从四面八方滚下来，犹如滔滔山洪，倾泻不止。

四更天，月光转了角度，投下的光带掺杂了九玄收妖塔刺目的金光。凌妙妙挣扎着往上看，看到了越来越多的灼热光芒。

慕瑶出手了。

可是慕声似乎浑然不知眼前发生了什么，还一动不动地坐在原地，紧紧地抱着她。

凌妙妙从来没有跟他贴得这样近，一时大骇，不舒服地转了个身，却被他一把按在怀里，发顶贴在他雪白的下颌上，动弹不得。

他的动作异常强势，双臂像是禁锢着她的铁链，不由得她反抗。她越挣，他便收得越紧，让她一时不敢动了。

她的余光瞥见慕声的手直奔发带而去，她心里悚然一惊，急中生智，放声喊道："啊呀，子期，我……我好疼……"

禁锢着她的手臂顿了一下，随即一松，她趁机挣开束缚，抬头看到了他的脸，心里咯噔一下。

眼前人眼角发红，面无表情，唇上染着鲜血，眸中深沉的颜色像是永夜的天幕和致命的毒汁，他像是某种蛰伏到了最后的兽类，即将发出震天动地的咆哮，与敌人不死不休。

凌妙妙一把拉住了他的手臂，心脏怦怦直跳："别、别摘！"

"别摘……"是她脆生生的声音。

他有些无措地低头望着她，眸中的戾气慢慢地退散些许："不摘，我只是……"

只是松一松……

"松一松也不行。"少女似乎有读心术，眨巴着一双杏眼，怜惜却强硬地望着他的脸。

他们四目相对。她斟酌了一下语言，一字一顿地说："你头发扎得这样整齐，松了就不好看了。"

松了就不好看了。

原是这样吗？

原来……不是同姐姐一样的原因……

原来不是因为怕他……

"嗯，就这样……乖。"凌妙妙抓着他的手，像哄孩子一样让他把手

387

慢慢地从头顶放下来，小心翼翼地观察着他慢慢恢复正常的眼睛和表情。

凌妙妙骤然放松，才发觉背后的衣服都被冷汗打湿了。

原书里写慕声"黑化"的剧情，就是刚才那样的表现。差一点儿，就差一点儿，"黑莲花"就在她面前"黑化"了……

好险……

九玄收妖塔金光璀璨，照着凌妙妙的脸，给她的眉毛和发丝镀上一圈暖融融的金边。

幻妖化成无数缕黑气，像是池中争抢食物的游鱼，一股脑儿地奔向裂隙上方的九玄收妖塔。

凌妙妙紧张的劲头过去，有些无力地偎在慕声的怀里，虚脱地闭上了眼睛，等着慕瑶来救他们。

慕声纤长的睫毛却颤动起来，他立即低头去看她雪白的脸，紧张地伸手攥住了她的手腕，捏得她生疼："不准睡。"

"没睡……"凌妙妙强打精神甩开他的手，眼睛半睁着，像一只精神不振的病兔子，满脸不耐烦，"放心……死不了。我还等着回去见柳大哥呢。"

慕声有一瞬间真想把她丢出去。

可是他好冷，好不容易抱紧了一团温暖的火，他怎么舍得放开？

他没有伸手的力气，甚至还放任自己将脸贴下来，慢慢地贴在她顺滑柔软的发顶。

栀子的气味飘散出来，她的衣领、袖口、长发……都仿佛化作新鲜馥郁的花朵。他的意识渐渐涣散。

怀里的人……好香。

四

幻妖一死，众妖便一哄而散，四下奔逃。

摆脱了阴阳裂的泾阳坡像是洗去了妖冶的滤镜，山的苍青、树的翠绿、天幕的湛蓝，都淡了几个色调，泯然平常天地。

鸟雀在山间发出一连串的啁啾声，窗棂上似乎停了只喜鹊，一声接着一声地叫，吵得人耳朵痛。

轻而薄的帐子被扬起，散发着皂角的清香。

慕声醒来时，帐了的一角轻柔地扫过他的脸。

这里是李府，是他先前住的房间。他的衣服被换过，伤口也被包扎好了，身上妥妥帖帖地盖着薄薄的被子。

他听见了一阵窸窸窣窣的声音。

他顺着声源扭头一望，额上的湿方巾滑落下来，掉在了枕边。

女孩儿站在窗边，将头探出去，只留下个水蓝色的背影。裙子外面套了一件孔雀蓝的袄子，领子毛茸茸的。可能是屋里热了，她故意没有把袄子穿好，让它滑落在臂弯，露出里面薄而透的真丝上襦，背部白皙诱人的曲线若隐若现。

她披着袄子，伸出手到窗外虚打了几下，似乎在与外面什么人懊恼地交涉着。

慕声的眼睛一眨不眨地望着她的背影，他竖着耳朵听，只听得少女清亮的声音："一天三顿喂你谷子，还吵。在哪里筑巢不好？非要搭在人家墙上，也不怕翻下去。"

喜鹊蹲在窗棂上歪头看她，似懂非懂的，啾啾啾地叫得更厉害了。

"嘘，安生点儿。"她气急败坏地从窗台上捏了一把谷子扔过去，"多吃，少说话，叫得又不好听。"

鸟儿扑棱棱地拍翅前去觅食，叫声骤然停止。

她这才叹了口气关了窗，扭身回来。

慕声立即闭上眼睛。

"咦？"她走到枕边，捡起了滑落的方巾，却没有急着给他盖上，而是伸出手在他的额头上摸了几下。

半晌，她似乎是觉得这样测量温度不够准，于是扳住了他的脸，俯身下来。

她温热柔软的唇瓣贴在他额头上的刹那，少年陡然僵住，浑身的血液都往头上涌。

"不烧了。"她松了口气，步伐轻快地起身出门，换了一盆水回来，搁在了桌上。

凌妙妙无意中一低头，就见一双莹润的黑眸正一眨不眨地盯着她的脸，将她吓了一跳。

"醒啦？"

少年坐起身来，扎起的头发滑落到腮畔，半晌才答："嗯。"

凌妙妙愣了半天，白皙的手指弯曲起来，点点自己的脑袋，语气严

389

肃："你下次要注意点儿。一直发烧，脑子会烧坏的。"

慕声看着她，长长的睫毛微颤。

"懂不懂怎么注意呀？"女孩儿的眼睛泛着光泽，脸颊像挂着白霜的鲜果儿，她看他一言不发，用力弹了一下水盆，狠狠道，"拿水，物理降温。"她又看他一眼，恨铁不成钢地说，"淋雨不算。"

慕声垂下眸子，印象中最后一幕，就是她半死不活地靠在自己怀里……

他立即抬眼："你的伤……"

凌妙妙一脸不耐烦："我没事儿，都是皮外伤。倒是你……"

她懒得再说了。这个人新伤叠旧伤地忍着，大病小病一起熬，精力体力都被消耗到了极点，因此才会一昏就是三天。

他这种活法就是在挑战人类极限，得改，得从头改。

"你先前说过，妖的攻击不会在你身上留下痕迹……"凌妙妙斜眼看他的肩膀，"这次怕是例外了，你这里伤得太重，估计以后也会留疤。"

他静静地听着，面色平平，没看出对此在意的神色。

"不过你也别太伤心。"她还一本正经地安慰他，"你有没有听说过一句话，伤疤是男人的勋章。"她自顾自地笑了一下，"你就当多了块勋章呗。"

她笑得像猫儿，瞳孔透亮，骄傲地抬起前爪，发丝在阳光下闪着金光，满室灿然生辉。

慕声扭过头，有些生涩地说："你怎么不去找你的柳大哥？"

凌妙妙愣了一下，才反应过来这个别扭的称呼，笑道："柳大哥和慕姐姐在前厅呢。"

阳光透过窗棂洒了满室。瓶中的红梅被换成白色的菊花，纯粹得几乎易碎，匾额上挽着的白绸花在风里微微地颤动。

几个人沉默地坐着，室内安静得听得见窗外的鸟雀啁啾。

柳拂衣重伤初愈，脸色还有些苍白："李兄，节哀。"

李准眼下两团乌青，有些憔悴地坐在圈椅上，盯着地面，喉结滚动了一下，没发出声音。

李府的小姐新丧，棺椁小得还没到成年人的膝盖，仆妇、童子哀哀地痛哭三日，如今有点儿麻木了。

"花开花落皆有时，由不得人。"慕瑶的声音清越地响起，几乎像是喟叹。

她回头望向一旁。地上鲜艳如旗的裙摆铺开，女人的腰肢纤细，胸部丰满白皙，低开的襟口别了一朵白花。

十娘子坐在地上，纤细的脖颈之上是尖尖的下颌和红润的美人唇，再向上是高挺的鼻子、精致的鼻尖，两只妩媚的眼睛睫毛浓密、波光流转。

这张脸，本来是倾倒众生的模样。

"慕姑娘，我没有骗你。"她幽幽的甜润的嗓音响起，"我家住灵丘，排行第十，族名斐十娘子。斐氏狐族不喜出世，世世代代隐居山林，是狐族中妖气最弱的一族。"她用纤细的手指慢慢地抚上了自己红润的脸颊，"你们是不是想不到，会有狐妖活成我这个模样？"

李准循声望着她艳丽的脸，神情复杂。

"我自小向往外面的世界，便私自走出去，浪迹天涯。"

小狐狸一路辗转，一路跌跌撞撞，最终停留于如画的烟雨江南。

"江南李府，最是奢华，庭院里有九十九种香花，还有一个瓷娃娃似的小男孩儿……我舍不得离开，便悄悄地在院子里打了个狐狸洞，住了下来。"

慕瑶道："你对我说的那些，都是你亲眼看到的。"

十娘子哀笑着点点头。那年轻的商人从小就是天之骄子，家财万贯、风流倜傥，不知愁为何物，见谁都笑嘻嘻的。小时候就爱爬上爬下地采摘鲜花，与邻居家的小姑娘们挤眉弄眼。长大以后，他竟然最是专情的，对发妻方氏百般呵护。

他在她的眼中是那样的生动。

那样的生动——那就是人。

"我……很早就爱上了他。可我知晓，人妖殊途，我只能远远看着他长大、成婚、生子，看着他过上夫妇和睦、子孙满堂的生活，这也是最好的结局。"

可是天有不测风云。上天似乎是不想让李准这一生过于顺遂，偏偏夺去方氏的性命。方氏拼死留下的小女儿，也是个半死不活的病秧子。

一夜之间，李准像是老了十岁。

"我看着阿准只剩一个人……夜里在院中干坐着，抱着楚楚，整日整夜不肯撒手，生怕她夭折在襁褓里。他散尽家财求医问药，可我知道，楚楚活不了多久。"

那个漆黑的夜，万物无声，乳娘只是打了一个盹儿，年方一岁的幼儿骤然发病，不到一刻钟便面色青紫，没了呼吸。

她看在眼里，心急如焚，向三更的夜月借力，强行化作人形，将身体冰凉的孩子抱起来四处求医。

"我走过满街的医馆，他们都告诉我，没救了，孩子已经死了，再晚些，尸体都该硬了……"十娘子垂下长而浓密的睫毛，美人唇轻启，"我知道，楚楚死了，阿准必然肝肠寸断。我怎么舍得他难过……我想起来，斐氏族中有招魂秘术，可活死人肉白骨，可我年岁尚小，妖力不足，无法使用。"

"所以……你去找了幻妖？"

"妖族的姐妹指点于我，说泾阳坡幻妖乃天地托生，威力巨大，可以借出大把妖力，只是要付出些代价。"她有些自嘲地一笑，"我连夜赶到泾阳坡求见幻妖，不知怎么，她一次见我，便十分不喜。"

幻妖自然不喜。

她天生地长，几乎可以为所欲为，可天地也限制了她的力量，她没有实形，不能化人。就连一只修为不足的小狐妖都能化出美艳人形，她却不行，这令她忌妒万分。

"她答应借我妖力，但开出两个条件。一是让我前往长安郊区兴善寺旧址，收敛死人的尸骨，送至泾阳坡来供她吸食。"她歪过头去，似有些疑惑，"我曾问过她，她说，这是前一个向她借力的人该给她的报酬。"

慕瑶点了点头。

当时陶荧求告无门，转向歪门邪道，以自己和教众的性命为代价，央求幻妖为陶虞氏的两颗牙齿赋予妖力，将假舍利子变为邪力之源。

因幻妖不能化作人形，无法走出泾阳坡，那些教众的尸骨是由十娘子代为转移的。

"第二个条件……"她顿了一顿，讽刺地笑道，"幻妖看上我这张脸。"

李准哽咽了一下："你……"

"其实外貌于我并没有什么。"十娘子仰头望着房梁，"若是能换得楚楚一条命，给她也就罢了。把脸给了幻妖，我只好去别处寻觅，我走了很久的山路，找到了一个刚死不久的鲤鱼精，便借了它的壳子，成为你们看到的模样。"她接着笑道，"我假称自己是医女，实际上行的是招魂禁术，将楚楚救了回来。只是，用这禁术救人代价极大，需要施咒者日日一滴心头血供养，我只好以医女的身份暂居李府，每天亲自给楚楚熬药。"

李准紧抿嘴唇，眸中是颓然的迷茫，似乎同样沉浸于回忆，他记得她的胸前是有一块疤，他曾经问起，她只含糊地说是小时候不慎弄伤的……

十娘子看着自己细长的十指。

"缘"之一字，谁说得清楚？她美艳如花时，也未必讨得了李准的欢心，可是当她套了那滑稽不堪的鲤鱼精的脸，顶着旁人的指点和嘲笑、衣不解带地照顾小女孩儿的那段日子，李准反而被她的细心和善良打动。

她有他一人之爱，旁人的白眼对她不过是过眼云烟。

"当我知道我可以常伴阿准左右，做他的妻子的时候，我即日便发誓，要以我的性命爱他。他的家便是我的家，他的女儿便是我的骨肉。我做了当家主母，将家里料理得井井有条，只要我在一日，就要保楚楚一天的性命。

"可我的妖力维持不了这么久的招魂之术，只好诓骗阿准……举家搬到了泾阳坡。"

"但你不知道，幻妖无法套上你的脸，正在气急败坏时，望见了魂魄半离的小女孩儿，便生出了坏心思。"

她以禁术救回来的小女儿，慢慢的，不再是楚楚。

鸠占鹊巢，一切都在无声中发生了翻天覆地的变化。可是新婚宴尔的年轻夫妇毫无察觉，还以为花月圆满，好日子还在前头。

李准站起来，一步步地走到十娘子的面前，蹲下身来，宝石般闪烁的黑眼眸沉痛地望着她的脸："注定要失去的，强留也留不住……你何苦如此……"

十娘子淡笑，眼底的哀意蔓延："倘若是你想留住，我拼死也替你留住。"

"荒唐。"李准冷笑一声，猛地起身，转过身去。

"阿准。"十娘子叫住了他，手指抚摸着襟口的白花，目光空洞，"对不起。"

"你没有对不起我。"他的表情也有些空洞。

眼前这"人"，竟是二十年前就已经认识了他，还废了大半生周折，生生死死地为他编造了一场幻梦。

而他始终身处局中，一无所知，与她五年同床共枕，却不识对方的真面目。

"阿准……"十娘子又叫了他一声。她低垂着眼睫，斟酌了许久，似乎万般缱绻都化成酸涩的一叹："这五年能做你的娘子，每一天，都是我最快乐的日子。"

李准沉默不语，手握成拳。

"我很抱歉，欺骗了你。"她长长地叹了口气，目光空洞地望着远方，似乎是解脱了，"大梦一场，终有醒的时候。人妖殊途，现今你我夫妻，一别两宽……"

"谁要跟你一别两宽？"李准转过身，打断了她的话，眼眶发红，"成婚的时候你说了，要陪我过一辈子，你要背誓吗？"

十娘子花容失色，两点晶莹的眼泪跌落下来，沾湿了衣襟。

他伸手捏住她的下颌，低眸凝视着她，面色复杂，嘴唇在微不可察地颤抖。

他竟在哽咽。

他似有千言万语，最后却只剩下一句："既然从前不识，那就从今天，重新认识好了。好吗？斐十娘子。"

五

凌妙妙坐在慕声的床边，搅了搅碗里的药，心血来潮地舀了一小口尝了尝，整张脸顿时皱成一团："呸、呸、呸……"

慕声满脸复杂地看着她："那是我的药，你喝什么？"

"我不得试试温度吗？"凌妙妙张嘴抱怨时，舌尖还是麻痹的，那股苦涩的味道在她的嘴里缭绕不去，她忍不住将药碗放在桌上，"不行，这药不能喝。苦死人了。"

"怎么不能喝？"他刚端起来准备一饮而尽，突然顿了顿，手一抖，将碗又放回了桌上。

"怎么啦？"凌妙妙瞬间紧张起来，"你手也伤了？"

少年摸着自己的手腕，顿了一下，才低着头意味不明地嗯了一声。

她不记得他的手上有伤啊，难道他在裂隙下面拉她的时候太用力，被拽脱臼了？

凌妙妙瞅着他的袖口："伤到哪儿了？"

他沉默几秒，耳尖有些发红："说了你也不知道。"

她颓然叹了口气，蔫乎乎地端起碗来，把勺子凑到他的嘴边："那你下午得叫慕姐姐来看看。现在先这样凑合凑合吧。"

慕声低下头，非常配合地喝了药。

室内一时安静无声。

他喝了两口，忽然垂着眸开口："我头一直扭着，好累。"

凌妙妙无语地望着他，不能想象一个人只用动动下巴低头喝药也能觉得累："我手举着还酸呢。"

他望她一眼，言简意赅："你往里坐些。"

凌妙妙低头一看，自己的膝弯都已经抵着床沿了，再往里……

她索性将两只鞋一蹬，直接盘腿坐上了床，都已经上来了，才觉得自己有点儿过于不客气了，迟疑地补充一句："不介意吧？"

慕声低着头看着她手里的碗："别废话。"

凌妙妙扭了个身，慢慢地挪到了他的旁边。他向里移了移，给她让了个位置。

"这样果然舒服多了。"凌妙妙喟叹一声，摩拳擦掌，几乎是正对着他的侧脸，把勺子伸过去。

他的嘴忽然一闭，令药汁直接倾洒出去，从嘴角顺着他的脖颈往下流。

"哎！"她手疾眼快地抓起床边手帕接住了下滑的药汁，顺着他的脖颈一路向上擦，擦到了他的嘴边，干脆直接堵住了他的嘴，狠狠道，"你还说我嘴漏，我看你才是真漏，该进水的时候闭什么闸呀？"

她用四根手指按着手帕，白色手帕上是他潋滟的黑眸，正一眨不眨地望着她，睫毛纤长。

四目相对间，凌妙妙底气都有些不足了："你……你是不是觉得这药太苦了，喝不下去？"

他微微一颤眼睫，望着她的脸不说话。

她将药碗放在桌上，一只手捂着他的嘴，另一只手飞快地从怀里掏出个纸包，把它单手展开，拈起两颗粘连的蜜枣塞进他的嘴里，随即再次捂住他的嘴，生怕他抗拒地吐出来。半晌，她歪头问："甜吗？"

少年轻轻地捏住了她的手腕，让她移开绢子，他已经默然将枣咽了下去。

凌妙妙擦擦手，再度端起碗来，苦口婆心道："良药苦口利于病，慕姐姐亲手给你抓的爱心方子，你还不快点儿喝完？"她微微张嘴，"啊——"

她发誓，她对幼儿园的小弟弟都没有这么耐心。

他定定地望着她微张的唇，半晌，吐出一个字："甜。"

凌妙妙一口气噎进肺里，有种想摔碗的冲动。怎么会有人的反射弧这么长？

慕声这次喝药，喝得十分不顺利，一勺药他要分三口咽下去。她催他，他便垂下眼睫，淡淡地说："烫。"

"我刚尝过了，不烫。"凌妙妙恨铁不成钢，把勺子怼在他的嘴唇上，恨不得给他灌下去，"要不、要不你自己吹吹……"

他看看药，又看她一眼，那眼神充满了谴责，看得凌妙妙都有些过意不去了，只得对着窗口吹进来的凉风又耐心地凉了十分钟。

她再喂，他还是时不时闭口，弄得药汁横流。

"你怎么连喝药也不会呀？"凌妙妙恼了，愤愤地展示沾满褐色药汁的手帕给他看，晶亮的杏眼气鼓鼓地瞪着他。

慕声望她一眼，沉默了半天才开口，神色委屈："太苦了。"

她没有反驳，想了想刚才的味道，这药确实令人难以下咽，只好默然再喂，一脑门的汗又被风晾干了。

慕声把一碗药喝完，足足用了三刻钟，磨得她没了脾气。

她收了碗，活像刚刚打完一场仗，揉揉酸痛的手腕，才想起来什么："对啦，我的收妖柄……"

慕声闻言，从左腕上卸下她的那只收妖柄，抬头一看，却怔住了。

她手握成拳，露出纤细皓腕，伸到他的眼前。

她下意识的动作，竟然不是伸手去接收妖柄，而是……要他帮她戴上。

他踌躇许久，目光不住地被她的手腕吸引，腕侧的骨节微微凸起，皮肤光滑细腻，微微透出一点儿青色血管，向上的整个小臂都白皙柔软，隐在挽起的孔雀蓝袖口深处。

他踌躇了半晌，还是没忍住，一把握住了她的手腕。

凌妙妙丈二和尚摸不着头脑地被他抓住了手，感觉到他的指腹贴着她的手腕来回摩挲了几下，弄得她的手上发痒，心头也仿佛有只爪子在挠。

那感觉，简直就像小孩子抓住了新玩具……

爱不释手。

脑海里蹦出这四个字的刹那，她浑身一个激灵，自己怎么能产生这么荒谬的错觉？

慕声也猛然撤回手去，似乎无处安放自己的目光。

凌妙妙还懵懂地伸着手："刚……刚才这是？"

他手里捏着收妖柄，睫毛抖动，语气却很平稳："没什么……怕套不上，量量尺寸。"

随即，他拉过她的手腕，飞速地把收妖柄套了上去，没再看她一眼。

凌妙妙心里一虚，她捧了捧自己的脸颊，又比了比手腕，嘴里嘟囔："我最近的确是胖了些……但也不至于到套不上的程度吧？"她顿了顿，用手指戳他，"那你上一次怎么没量？"

他停顿一秒，骤然拉开被子躺了下去，翻身朝着帐子里，远远地躲开她，"你回去吧。"

"啊？"

"你走吧……我要睡了。"

十娘子用纤细漂亮的十指执着茶壶，颜色澄清的茶水被拉成一线，倒进慕瑶的茶杯。

"多谢。"慕瑶望着她姣好的侧脸，顿了片刻，语气柔软下来，"先前是我猜测不实，对你多有误解……抱歉。"

桌上摆着四道小茶点，精巧细致，都是当家主母亲手制作并且亲自摆盘的。她作为李夫人，把家打理得井井有条、无可挑剔。

十娘子浓密的睫毛像小扇子，她低而甜润地笑道："我还是第一次听闻捉妖人向妖物道歉。"

慕瑶的神色认真而诚恳："我慕家有家训，斩妖只为卫道，保百姓安定，绝不无故滥杀。"

十娘子颔首，语气温柔："捉妖世家慕氏光风霁月，嗯，我略有耳闻。"

柳拂衣也道："我也欠你一个道歉，对不住。"

十娘子笑了："谎言终归是谎言，总要有戳破的一天，我本是妖，藏得再好，也会露出马脚，怎么怪得到你们？现在一切尘埃落定，反倒安心了。"她将盘子里装饰的薄荷叶片耐心地摆好，许久才低眉道，"只是我有一个疑惑，藏在心中许久……"

柳拂衣和慕瑶对视一眼："不妨说说看。"

十娘子抬起那张倾国倾城的脸："我等妖族化人，四肢俱全便已

397

觉得是平生所幸，从不刻意追求外貌。但对于人来说，皮囊究竟意味着什么？"

这一句话，把两个人都问住了。

楚楚夭折的那一夜，十娘子戴着兜帽抱着孩子上街求医，只露半张脸，三更半夜里，半数医馆都能为她灯火通明。人们与她搭话，大多轻声细语、毕恭毕敬，唯恐惊扰着天上人。她的身上没带银钱，也有人为她垫付。

可自从她套上鲤鱼精的壳子回到李府以后，世界瞬间变了个样子，街上的孩童见她便啼哭，妇女见她便窃窃私语，男人们对她避之不及，眉眼间闪烁着奇异的厌恶。

她去抓过几次药，同样的医馆、同样的伙计，对后来的她却是冷言冷语、爱答不理。

李府内外，她走过之处，角落里都有低低的笑声。下人们好奇又畏惧地打量她，与她当面说话时毕恭毕敬，背地里却从不与她亲近。

在这翻天覆地的变化中，只有为数不多的几个人待她如常，如寒冬中的火焰，李准就是其中之一。

"开始我不懂……后来，渐渐也明白了。"她苦笑道，"人类的世界还是那个样子，只是我的脸变了。"她抚摸着自己娇媚的耳垂，目光茫然，语气中带着一丝微不可察的讽刺："人，有时真的很奇怪。似乎不美丽的人不配得到爱，太美丽的人也不配得到爱。我竟搞不懂，他们要的究竟是什么。"

慕瑶觉得她似乎话中有话："美丽怎么会是罪过？难道你从前……"

"不，不是我。"她解释道，"你难道不知道无方镇的那一位吗？我狐族少女，自小便被父母、族人耳提面命，那位便是反面例子。阿妈、阿爸曾经对我说，皮囊太美丽是不祥，故而我即便化人，也总是担惊受怕、战战兢兢。"

"无方镇……"柳拂衣茫然了片刻，目光一凛，"你是说……麒麟山？"

灵丘就在麒麟山下一隅，斐氏狐族都知道"她"也说得过去。

"现在谁还记得麒麟山？"十娘子目光幽幽地望着他，"活成个笑话，大抵如此——世人只知无方镇，不识麒麟山。"她似乎感同身受，许久才长叹一声，"美丽岂是不祥？她不过是爱错了人罢了。"

慕瑶听了良久，这才反应过来，喉头发紧："你见过'她'？"

十娘子点点头："儿时有幸见过，那时她还没有走出麒麟山，同样是天生地长的妖，却比幻妖强了太多。后来便再也无缘见面，只是在妖族姐妹那里有所耳闻。时至今日，无方镇那位，想必早已失控了。"

慕瑶的脸色苍白，她不经意间捏紧手上的收妖柄："她……她在哪里？"

十娘子微微一笑："你们若是想找她，便去无方镇等吧。那是她缘起之处，也是她梦断之所，她纵然跑到天涯海角，终究还是会回到那里……"

六

夜幕降临，路边的蛐蛐儿叠声长鸣，周遭的行道树只能看出一个模糊的轮廓。

三辆马车在昏暗的道路上依次安稳行进，车轱辘旋转，发出吱吱呀呀的声音。

泾阳坡副本走到尾声，他们和李准夫妇挥手作别。

李府上下离开荒僻的泾阳坡，浩浩荡荡地搬回江南旧宅，而主角们要北往长安城，因为架不住李准的厚意……借了他三辆马车。

李准出手必然阔绰，车内非常宽敞，榻上垫着柔软的丝绸软垫，神似卧铺，可供行人安稳休息。车夫训练有素，一路上没有发出任何噪声。

凌妙妙蜷缩在车里，身上盖着厚厚的棉衣，借着帘子的缝隙中透出的一线昏暗的光，翻来覆去地把玩着手里的玻璃片。

泾阳坡副本和附加任务的奖励，加起来就换来这么一个小小的"回忆碎片"，还是她看不明白的回忆。

在那个场景里，慕府的房间宽敞奢华，宽阔的几案前，长相妖媚的女人穿着层叠繁复的坦领裙，手把手地教慕声学术法。

那时慕声看起来不过十一二岁，眉眼还留着两三分稚气，先前那垂在两肩的头发却已经用白发带高高地扎起来了，露出雪白的耳朵和优美的鬓角，堪堪显出少年人的轮廓。

那女人坐在他的身后，以一种出人意料的亲昵姿态，握着他拿着笔的手，从右至左，慢慢地在黄纸上画符。

笔尖上蘸着鲜红浓郁的丹砂，用笔锋细细地勾勒着，曲里拐弯，活像是走迷宫，一笔连缀下来，图腾似的字符密密麻麻地画到了左侧。

笔锋一顿，那女人抽开手，低头问他："小笙儿，记住了吗？"

那声音如黄鹂娇啼，带着向上的语调。她的脸几乎贴住了他的额头。

慕声并没有抗拒之色，只是沉默地望着桌上的黄纸，不知道在想什么。

那女人耐心地从下面抽出一张纸，又将笔蘸满了丹砂，淡淡道："若是没学会，娘再教你一遍……"

"我记住了。"他答，声音还是略有沙哑的童声，"可是……"

"可是什么？"

他顿了顿，似乎有些茫然："阿姐曾对我说过，画符切不可从右向左，由内往外……"

女人笑了："你姐姐说得对，我教你的是反写符。"

少年骤然抬眼，眸中带着惊异的神色。

"想问我为什么教你这个？"女人翘起唇角，已经拿起笔，细细密密地在新纸上再次勾勒起来，耐心得仿佛在点妆描眉，"慕瑶根骨极佳，三岁开始修炼，才走到今天这一步。你半道儿出家，慕家这些人又不肯好好教你，你若是不自己想些办法，这辈子都不可能赶得上你姐姐。"

她已经画好了一张，搁了笔，怜惜地抚摸着他的头发："你不是想要保护姐姐吗？若是不变得强大，下次，还是只能躲在她的背后。"

慕声扭头，沉默地望着她在阳光下清浅的栗色瞳孔。

她的抚摸越发轻柔，像是在逗弄一只宠物，她轻启红唇，语气散漫："小笙儿，你也知道自己是个什么东西，对不对？"

男孩儿抿紧嘴唇。

"你本就从黑夜中来，还想披一身的光明，哪儿来的这种好事儿？"

慕声紧握的拳慢慢松开，拈起了笔，像是在和谁怄气似的，一声不吭地画满了一张，只是手有些抖，收尾时线条有些弯曲。

女人拿起纸来细细地看，满意地嗯了一声，弯起嘴角："小笙儿果然是最聪明的。"

凌妙妙仔仔细细地看了那女人的脸，确定她绝对不是先前梦里的那个。

那张脸给人的印象深刻至极，纵然对方沦落风尘，哭花了妆，也美得空灵。不似眼前这个女人，美则美矣，却是锥子脸、大眼睛、钩子一样的眼尾，她窄肩细腰、酥胸半露，走的是妖媚惑人的路线。

可是慕声的的确确叫她"娘"，二人的动作也亲昵如母子，看起来竟然没有任何违和之处。

凌妙妙接着往后看。

门被推开了。

小童端着托盘上了茶，恭敬地递到她的手边，似乎不太敢抬头直视女人的脸："二夫人。"

"嗯。"她端起茶来，抿了一口，挥挥手，"下去吧。"

"二夫人……大小姐回来了，在前厅……"他说着，小心翼翼地抬起头，有些奇怪地看了女人一眼。

她正在专心致志地将托盘里的几碟糕点摆在慕声的眼前，闻言只是淡淡道："我一会儿便过去。"

小童又好奇地偷瞄了她几眼，躬身退了出去。

这个陌生的女人，是慕家的二夫人……印象中慕声似乎同她说起过，慕怀江确有一房妾室，此女名叫白怡蓉，虽然慕瑶叫白瑾为娘，只唤二房为蓉姨娘，事实上慕瑶却是这个二夫人的孩子。

只是，当时慕声说白怡蓉为人狠毒，他背上那些鞭痕有一半是这个女人从中挑拨的结果。一旦他没能保护慕瑶，这个女人便会上手打他，抑或是用别的方法折辱他，简直就是恶毒继母的典范。

现在看来，事情似乎不像他说的那样，至少这段碎片看来，在这个阶段，他和白怡蓉的关系已经好到了以母子相称的程度……

凌妙妙烦躁地翻了个身：究竟是他有所隐瞒，还是此事另有隐情？

门被童子关上了，女人见慕声看着碟子，迟迟没有动作，便问："怎么不吃？"

慕声有些迟疑，睫毛颤动："我……很久不吃甜的了。"

女人低眉："吃吧，都是你原先爱吃的。"

他拈起一块糕点凝视着，漆黑的眼里满是茫然："是吗？"

她的手有意无意地拂过他头上的发带："你身上的忘忧咒一时半刻解不开，记不起来也是正常的，娘怎么会骗你？"她看着他吃糕点，嘱咐道，"小笙儿，反写符的事情，不要跟别人提起。"

他一顿，点点头，末了冷不丁地抬头，神色很认真地问："嫁入慕家，可是你所愿？"

她唇边的微笑淡淡的，和她眼中的神色一般漫不经心："小笙儿不是一直想要个爹吗？现在你有爹也有娘，还有你最爱的姐姐，我们一家人都在一起，岂不是正好？"

马车忽然一个急刹，马儿发出嘶哑地长鸣，让凌妙妙险些从榻上滚下来。

她掀开帘子，就见车夫满脸惶恐，忙不迭地同她道歉。

三辆马车一辆挨着一辆，前面的两辆也已经停了下来。凌妙妙仰头一看，高高的城墙巍峨如山，伫立在夜色中，显出砖石刚硬冰冷的轮廓，城门上悬挂的灯笼明亮，映照出匾额上遒劲的字体。

"我们……到了？"

"回凌小姐，到了……"车夫将马鞭搁在腿上，掏出方巾擦了擦汗，仰头看天，语气有些发愁，"就是到得不太凑巧，晚了。"

行人若想进城，大多计划着在天黑之前到达，否则容易无处可住宿。然而，计划赶不上变化，他们现在晚了这一两个时辰，城门已关了，说不定今晚又要露宿街头。

在最前面的马车夫吆喝了一声，打了个手势，准备掉头折返，马儿打着响鼻，疲倦地踏着步子。

忽然空气中传来一阵钝重的金属摩擦声，随即是一阵嘈杂的人声。

车夫勒马，诧异地回过头去："门开了？"

长安的大门只供权贵进出，小门用以百姓通行，右侧的小门已经向内打开，火把的光亮如夜空中的星，一整排次第浮现，让他们的眼前骤然明亮起来。

举着火把的侍卫迎了出来，待看清柳拂衣的脸，喜不自胜，挥舞着手中的火把向城墙上面打手势："是柳方士的车！"

转眼，火把的光芒如星火燎原，像是组成了一只移动的火龙，无数侍卫在城墙上奔跑起来，一个挨一个地传递着消息，直传递到宫城深处。

凌妙妙诧异地望着城门，他们只是查案归来去做个交接，竟然当得起这么大的阵仗？

显然，前面的慕瑶也心生疑惑，掀开帘子，警惕地看着外面。

三辆马车在众多侍卫的簇拥下被迎进城门，侍卫们欢天喜地的喊声这才变得清晰起来："驸马爷回来了！驸马爷回来了！"

侍卫们一个传一个，声音由近及远，转瞬响彻宫城内外。整个宫城似乎都在此刻沸腾起来。

远远地传来内监尖而细的嗓音，划破宫城之夜，活像是唱戏："迎——驸马——入宫——"

四周一片山呼海啸，慕瑶望着前方，脸色惨白。

"帝姬的事情，说什么的都有。"店小二压低声音添着茶，将茶水哗啦啦地倒进瓷杯里，"具体的，小的也不太清楚，只是听说帝姬好像……"他指了指脑袋，声音越压越低，"这里受了刺激，人糊涂了。陛下给她说了门亲事，可她临嫁人前一晚就发疯了，抱着柳方士的牌位成了亲，说自己已经嫁了个死人。"

凌妙妙和慕声坐在一边仰头听着，而慕瑶一个人坐在对面，低头不语。

"小人的相好的在宫里当值，听说帝姬逢人便喊叫、摔东西，只有那个大宫女近得了身，叫……什么云。陛下也是真急了。"

面前的菜肴还是他们初来长安时点的金黄酥脆的葫芦鸡、翠绿的小茴香煎饼、赤红的烤肘子、光滑的酿皮子，却几乎没人动筷子，桌上显得很沉寂。

算算时间，柳拂衣跳了裂隙之后，帝姬大约是亲眼见到他被掏心，以为他死了，这才受了打击，再加上被逼嫁人，就为爱情献了身。

"大家都以为帝姬这疯病是好不了了，要抱着牌位过一辈子，谁知道驸马爷活着回来了……"小二摇了摇头，脸上挂着唏嘘的笑容，"峰回路转，也算坏事儿变好事儿。"

柳拂衣一进城门便被截进宫门里去了，不论如何，端阳都是因他而疯，才口出妄语。天子寻遍四海名医，都束手无策。解铃还须系铃人，天子只好将全部希望寄托在柳拂衣的身上，半是恳求，半是逼迫地让他做了驸马。

然而，那厢高兴了，这厢定然凄苦。凌妙妙知道慕瑶受到的打击有多大。柳拂衣受诏入宫已有三天，却杳无音信。照他的性子，想必也见不得帝姬为他失魂落魄，必然要待上一段时日，只是需要多长时间、有无变数，一切都是未知。

这样一来，他们曾经计划过的婚期，不得不延后了。

捉妖人的一生就如水中浮萍，聚散无常，他们寻求安稳的执念又不太强烈，所以总会被诸事阻挠。这光想着就令人着急。

403

慕瑶索然无味地吃着饭，心里却在思索着另一件事儿。

那个晚上，帝姬到泾阳坡来找柳拂衣表白，她也在场，柳拂衣当着她的面回绝了帝姬的厚意。他说："在下已有心悦之人，帝姬这样的贵女，不该在我身上浪费时间，早当另觅良人。"

柳拂衣把话说到这个份儿上，就是再愚钝的女孩儿也应当明白其中的意思了。帝姬的面皮薄，她当场大哭一场，哭完便抽抽噎噎道："我……我岂是没人要的？既然柳、柳大哥并无此意，本宫堂堂帝姬，气量宏大，自然不、不会无趣纠缠，只是你救我两次，这样的恩情我定会、会偿还，我端阳不欠人情！"

当时柳拂衣和慕瑶对视一眼，都笑了："是。"

端阳哭哭啼啼地回宫了，临走还顶着一张哭花的小脸，指着他们狠狠地道："本宫绝不祝福你们！"

在她看来，帝姬不过是在锦绣堆里心怀幻想、崇拜英雄的小女孩儿。帝姬的执念，真的深到了可以抱着死人的牌位结婚的地步吗？

"阿姐。"她抬头，是慕声在唤她，"茶凉了，我帮你换一杯。"

她无力地点点头。

慕声倒掉了她茶盏中的冷水，换了新的，又无声地给凌妙妙的茶盏也倒满了水。

少女托着腮，目光跟着慕声的动作走："谢谢。"

他的眼里这才带上了一点儿暖色，只是他望向姐姐时，这点儿暖色便迅速褪尽了："阿姐，我们先在客栈住几日，等柳公子几天，好吗？"

慕声说到"柳公子"三字的时候，语气寒凉如冷刃。

慕瑶用纤瘦的手指执着圆润的棋子落在棋盘上，却半晌不见眼前人有动作。她抬起头，只见少年低头望着棋盘，似乎在专注地思考。

她却知道，他这是走神了。

她屈起手指叩了叩棋盘："阿声？"

慕声无声地回了神，应声落子，棋盘上黑白两色棋子的走势优劣顿显。

慕瑶垂眼一望，将已经拿起的棋子扔回了棋筒里。

"阿声。"她平静地望着他，"你这样让我，不如不玩儿。"

慕声的眸中霎时间带上了一丝慌乱。他让棋向来不着痕迹，只不过

404

刚才跑了神，又冷不丁地被唤了一声，于是走得明显了些，才让阿姐看出端倪。

窗外是夜色，桌上的矮灯照着棋盘，光线单薄暗淡。长安酒肆的小隔间清雅精致，但终究不是家，少了几分人气，连空气中都飘浮着陌生的灰尘气味。

客栈提供的棋子是上好的云子，触手生凉，他捏着光滑圆润的白子的时候，想起的是凌妙妙弯起眼睛笑着的模样："这是云子，色如嫩牙，白的像慕公子一样。"

她的闺房里有十几盏高高低低的立灯，倒是有些像她这个人，带着夸张又鲜活的浪漫。她就坐在那片光晕中，偏安一隅，乐不思蜀。

他定了定神，将手覆盖在棋盘上，乌漆漆的眼睛从下往上看，带着几分讨饶的意味："再来一局，我好好下。"

慕瑶顿了顿，勉强地勾了勾嘴角。

这几日，她的下颌越发消瘦，锁骨凸出得几乎钻出衣领。他知道，虽然慕瑶表面上若无其事，实际上心里不知道为柳拂衣的缺席有多伤神。

这样的阿姐，从小到大都有爹娘疼惜着，也有他那样周全地守护着，偏偏为了一个柳拂衣吃尽了苦头……他的眼里漫过一丝冷意。

"阿声，你怎么下棋的？"慕瑶疑惑地望向他。

"阿姐，我们今次换个花样，好不好？"他打起精神，"谁先连成五子一线，就算赢。"

慕瑶皱眉盯了棋盘半晌，似乎有些不喜他孩子气的提议："这是什么下法？"

他一顿，随即耐心地摆着棋："是五子棋。"

她执着棋子，无奈地笑了笑，旋即捏了捏眉心，显得有些意兴阑珊："阿声啊，你练术法若是也能花这样的心思，我们慕家也不至于落到此种地步了。"

慕声的动作僵住了。

慕声从慕瑶的房间走出来时，脸上还带着一丝茫然，满心寒凉的疲倦。

房门里透出慕瑶窈窕的影子，显得单薄又寂寞。柳拂衣的事给慕瑶带来了巨大的空洞，慕声花再多的时间陪伴她，也不过是杯水车薪、无法填补，对她来说就像是玩家家酒。

她的世界，他从来无法融入。所以，他也一向孤独。

他走着，不受控制地踱到了隔壁房门口，敲了敲门。

半晌才有人开门，凌妙妙的头发凌乱，她见到是他，立即睁大眼："不是说让你安慰慕姐姐吗？你找我干吗？"

她的门只打开了一条缝儿，她堪堪将小脸伸出来一望，是抗拒的姿态。

他忍不住用力地抵住门，眼眸沉沉："不能让我进去吗？"

凌妙妙退了一步，满脸无辜地把人放了进来，又环视小房间一圈，只觉得屋里简洁得像后世的标准间。

她被房间外的凉风吹得冷飕飕的，摩挲着手臂跟在慕声的后面："跟你的房间长得一模一样，有什么好看的。"

慕声瞥她一眼，走过去关上了门："你在睡觉吗？"

女孩儿已经走到妆台前，半弯着腰对着镜子理头发，闻言一愣，有些底气不足地答道："没有。我……我就是在床上看看书。"

"看书？"

她撩开帐子，从乱七八糟的被子底下抽出一本薄薄的册子，眨巴着黑白分明的眼睛，有些赧然地解释："外面太冷了，我就……我就盖着被子看了。"

她看到激动处，也就……在床上"简单地"打了几个滚。

慕声看了她一眼，又望着她手里那本封皮上没字的册子。

"哦，我发现一本特别好看的书。"凌妙妙满脸兴奋，"楼下小二借给我的。"

少年抽过来，一目十行地一看，脸色变得有些古怪："你……"

凌妙妙滔滔不绝道："这本书就是讲一个公子暗恋自己的教书先生，但是先生不愿断袖、抵死不从，然后公子就软硬兼施、软磨硬泡、死缠烂打，先生自杀了两次都没成功，后来却发现自己对公子也有感情，他们就……"

慕声的黑眸闪了闪，却是在专注地看她兴奋得红扑扑的脸："然后呢？"

"没然后了，我才看到这儿。"凌妙妙抑制不住脸上的笑容，"你喜不喜欢，我看完借给你呀。"

"好哇。"他依旧盯着她的脸。

凌妙妙一顿，差点儿咬了舌头。

刚才她就是一时口快，哪个取向正常的男人会看这种书？本以为他会嫌恶地走开，可是慕声怎么不按套路出牌……

她一时没了词，顿了顿，弯腰从桌子底下掏出个柚子，吃力地砸在了桌上，眼睛亮晶晶的："对了，我请你吃水果吧。"

刚好她一人吃不掉，还在发愁。

慕声的语气有些古怪："这也是楼下小二给的？"

"是呀。"她拿匕首把柚子皮划开一道，鼓着腮帮子开始吃力地剥柚子。

"书、水果……"他的语气越发寒冷，"他怎么不送我呢？"

少年冰凉的目光落在她的脸上，有种危险的压迫感。

凌妙妙剥得满头大汗，完全没有看到他的脸色，只觉得他的问题问得奇怪，没好气道："我自己掏钱买的，你要是掏钱，他也帮你买水果。"她烦躁地撒了手，将柚子搁在桌上，朝他一滚，揉了揉酸痛的手腕，"累死了，你剥一会儿。"

慕声沉默地接过剥了一半的柚子，从怀里拿出一把匕首，哧地插进柚子皮里，右手拉着皮，旋即哧哧哧的几声，轻巧地将果肉剔了出来。那柚子还没来得及反应，就被又快又狠地"剥皮抽筋"了。

凌妙妙看得一愣一愣的，他的动作却没有停止，又将柚子掰成了单瓣的，还接着往两边撕开薄薄的皮儿，卷起来托着，将整齐饱满的果肉递到她的嘴边。

感到柚子的清香骤然袭来，凌妙妙低着头，呆住了。

"不是说要我剥吗？"少年的声音低而平淡，出奇的耐心。

她的脸蛋骤然有些发热，她没好意思低头去咬，踌躇了半晌，拿手接住了，说话都有些磕巴："剥、剥、剥外面那层就可以了。"

她隐隐有一点儿感觉，他最近变得有点儿奇怪。

按理说此时正是柳拂衣撇下慕瑶不顾，姐姐伤心脆弱的关键时期，原著里慕声已经开始主动争取姐姐了……可是眼前，她的攻略对象还在一瓣一瓣地替她剥柚子……

"哎……好了、好了。"凌妙妙抓住他的手腕，"别剥了，小心手疼。"

他没有动，任她握着，目光落在她白皙的手上："我没用手，用的是刀。"

凌妙妙尴尬地撒开手，飞快地往嘴里塞了一瓣柚子。

柚子清甜而汁水饱满，令人心情愉悦得每个毛孔都舒张开来。她含含糊糊地问："慕姐姐还好吗？"

慕声低垂着纤长的睫毛，弯了弯唇角，坦然地露出自嘲的微笑："阿姐素来不听我劝。"

"那你……劝我呗。"凌妙妙满脸同情，托腮瞅着他，语气特别真诚，"我听你劝。"

慕声呆了一瞬，旋即道："劝什么？"

"无论柳大哥娶了慕姐姐，还是娶了帝姬，我都不高兴。"她撇了撇嘴，愤愤道，"不高兴死了。"她眨眨眼，"劝吧。"

少年几番变化脸色，许久，才语气平平地道："那你换个人喜欢吧。"

凌妙妙饶有兴趣地看着他："我应该喜欢谁？"

他觉得这段对话有些熟悉。当时在泾阳坡李府，女孩儿坐在他的床上，满眼醉意，怜惜地捧着他的脸，而他冷静地问："我应该喜欢谁？"

"喜欢我呀，把你养得白白胖胖……"

他睨着她，心里百转千回，半晌才冷冷地答道："总归不是柳拂衣。"

"子期，你该不会是这样劝人的吧？"凌妙妙满脸失望，"难怪劝不动慕姐姐了，这也太直接了。安慰人也要讲究语言艺术的……"

他微不可察地笑了笑。

她哪里知道，他面对阿姐时舌灿莲花的功夫，在她这里全都使不出来，心里又干又涩，说多错多。

凌妙妙一边说一边吃，吃得累了，递给他一瓣柚子："你怎么不吃？"她见他半晌不接，直接拿起来抵在他的唇边，"尝尝呗。"

他顿了一下，乖乖地张嘴将柚子吃了下去。水果冰凉而甘甜，见他吃完了，她又耐心地喂他一块。

他干脆刻意不伸手了。

凌妙妙无知无觉，一边喂一边趁机教育他："慕姐姐多可怜呀，柳大哥不在，她只有你一个弟弟了，你不陪她，谁来陪她？"

"你和阿姐不是也玩儿得很好吗，你怎么不劝？"

"我……我哪儿像你，我又不知道慕姐姐喜欢什么，也不太清楚怎么讨她的欢心。"

她说话时有些心虚。

原著写到主角们回到长安，柳拂衣缺席，慕瑶黯然伤神，"黑化"的慕声意欲取而代之，于是在一个月黑风高的夜里，向姐姐自陈身份，表明心迹。

"狼人"自曝，还能讨得了好？慕瑶无法接受撕掉面具的弟弟，甚至对于身边蛰伏了这样一个擅长伪装、低劣的人而感到崩溃和恶心，他们的矛盾激化，姐弟二人从此决裂。"黑莲花"彻底"黑化"，摇身一变，彻底晋升为后期的反派角色。

按照现在的剧情发展，他未必会"黑化"，可姐弟间的决裂和矛盾不可避免。

对一个长年暗恋他人的人来说，倘若不被当面拒绝，就不会彻底断了念想，心思藏在心里，就总觉得还有希望。

所以这段日子，凌妙妙非但没有阻挠，反而刻意促成慕声与慕瑶单独相处的机会。她从心里希望他能迈过这个坎儿，只有他决绝地迈过了慕瑶这段历史，她才能有勇气面对崭新的他。

只是，看着慕声像猫儿一样乖巧地吃着她喂的水果，莹润的眸中带着难以掩饰的失意和疲倦，她心里又有些愧疚，仿佛为了自己的私心，做了伤害他的事情似的。

"其实，我也不知道如何讨阿姐欢心。"少年的声音渐低，"无论我怎么做，她都不会开心。"

"那你就再接再厉……"

"只因为那个人是我。"

凌妙妙微蹙眉头，把一块柚子猛地塞进他的嘴里，阻止了他后面的话。

"太好了，一点儿也没浪费。"她乐不可支地擦去手上的汁水，慢吞吞地将柚子皮拢在一处。

凌妙妙觉察到他的目光一动不动地落在她的脸上，才随意道："你不要总是这样自贬嘛，你哪里不好了？"

她屈起手指比画了一下，杏眼里带着笑意："是比柳大哥差那么一点儿一点儿，但也没你说的那么差，慕姐姐很喜欢你的，我能看出来。"

"是吗？"他垂下眸子，复而抬起眼来望着她，低声重复了一遍，"我……没有不好……"

凌妙妙傻乎乎地笑了："你怎么跟小孩儿学说话似的呢？"

隐约传来打更的声音，凌妙妙走到窗边往外看，钩子似的月亮挂在树梢。

她伸了个懒腰："都这么晚了，快回去睡觉吧。"

已经很晚了吗？他站起身来，望着她的背影，只觉得心中空荡荡的失落漫成了海。

凌妙妙已经毫无留恋地把他往门外推了："就在隔壁，我就不送你了，快去、快去……"

夜灯单薄纤弱，微光如豆。

少年一人站在房间里，环顾四周，卷起帐子的床榻。屋中有圈椅、黑褐小桌和桌上插瓶的干花……正如她所说，他们的房间几乎是一模一样的。

可是又截然不同……这里没有她的气息，便萧索如寒冬。

第五章　情蛊

一

在长安停留的第三天，他们收到了柳拂衣匆匆递来的信，信封上还残留着连绵阴雨天的潮气，薄薄的纸被露水沾湿，变得皱巴巴的。

慕瑶展开信纸时颤抖的手指暴露了她的急切，可是她扫了一眼信的内容之后就脸色惨白地笑了笑，一言不发地将纸叠成四折，锁进了匣子里。

"阿姐。"慕声敏锐地绷紧了神经，目光定在她的脸上，"怎么了？"

她垂下眼帘，眼角的泪痣在灯下显得格外动人，肌肤仿若透明："没什么，追查之事耽搁不得，我们先去无方镇吧。"

慕声把手扣在匣子上："让我看看。"

"不管他了，再下一盘吧……"

"让我看看。"他一动不动的，眸中满是冷意，罕见地在姐姐的面前表现出了执拗的一面。

慕瑶脸上强撑着的笑意终于退了个干净，她有些破罐破摔地松开手，靠在了椅子上。

慕声抿着嘴取出那张苍白的纸，信上的字迹异常潦草，只有短短两行："情况有变，归期不定。不必等，先行。"

他嚓地一甩，将纸拍在桌上，语气沉沉地说："阿姐！"

慕瑶别过头去，飞速地擦去了一丝溢出眼角的晶莹的泪珠，深吸一口气，红着眼眶强笑道："阿声，别闹。"

慕声沉默地看着她的脸，若非被逼到绝境，她不会露出这样失态的神色。

他知道阿姐对柳拂衣用情之深。毕竟他年少时使尽浑身解数也无法介入他们二人之间，都嫉妒了柳拂衣这么多年，他也习惯了。经历数次劫难，柳拂衣与阿姐逐渐变得密不可分，难以撼动。眼看他们就要成婚了，慕声也只是觉得，或许这样就是故事的结局了，是他不得不接受的终点。但只要阿姐幸福，也无不可。

事情都已经发展成这样了，他还能怎么样呢？

可是为什么偏偏是这个时候，柳拂衣突然撇下阿姐离去……

这么多年，慕瑶从来没有当着他的面哭过。

他的眸中慢慢地沉淀出一种异样的冰冷："阿姐这次还要等他吗？"

慕瑶惊异地抬头："什么意思？"

他的语气越发冰冷："他一而再，再而三如此处事，难道阿姐还要原谅他吗？"

"原谅？"她蹙起眉头，"拂衣并未对不起我，谈何原谅？"

他垂下眼帘，柔和美丽的睫毛盖住了眼里翻腾的憎恶："柳公子从不洁身自好，他三心二意、摇摆不定，任何一个女人送上门来，他都不会拒绝。阿姐，这就是你喜欢的人？"

慕瑶怔住了，随即气得发抖："阿声，你说话怎么这样刻薄？"

少年猛然站起身，居高临下地望着慕瑶，沉默了许久，似乎到达了压抑的爆发点，发出一声意味不明的嗤笑声："刻薄？"

慕瑶也跟着急促地站起来，眼前人莹润的黑眸中熟悉的无辜和亲切迅速退尽了，浮现出陌生的乖戾，他周身都弥漫着一层冷意，与平时截然不同。

慕瑶顿了顿，语气放低了："你到底想说什么？"

"这么多年了，我想说的话，阿姐不是早应该料到吗？"他的眸中仿佛结了冰，笑容里的讥诮之意越发明显，"他若足够喜欢你，早就上赶着娶你了，如今他连娶你都要推三阻四，你就没有想过，他根本不值得吗？"

"慕声！"慕瑶先是被戳了痛处，头皮一阵发麻，随后才后知后觉地发现，他今日的话全是主观臆断，偏又说得异常难听，几乎是句句在忤逆她。

她本就在气头上，而他又煽风点火……她勉强压住火气，解释道：
"这么多年，你难道还没认清吗？拂衣并不是你所说的那样。"

　　她刻意放柔了声调，想缓解此时的气氛。

　　"那又如何？"他却毫不留情、步步紧逼，"在我看来，你根本不需
依仗他、求着他。"

　　"谁求着他了？"慕瑶的自尊心被骤然践踏，心里的火倏地被点燃
了，她的神情冷了下来，"我虽然一直同拂衣在一起，但那是因为喜欢，
何曾依仗过他！"

　　她顿了顿，又觉得跟他争辩毫无意义，因为他不懂。

　　她的语气缓了下来："感情的事情，都是你情我愿……阿声，你还
不明白。"她慢慢地坐了下来，有些疲倦地喝了一口水，想让自己冷静下
来，"你先出去吧，让我静一静。"

　　"我不明白，难道阿姐就真的明白？"慕声站着不动，有种咄咄逼人
的压迫感。

　　"阿声，出去……"

　　他对慕瑶的话语充耳不闻，微弯嘴角，脸上带着毫无温度的笑容：
"我看阿姐糊涂得很呢。"

　　慕瑶抬起头，用淡色的眼眸盯着他，冷笑道："好，就算如你所说，
我是依仗着柳拂衣。那我若离他而去，你说，我们两个该依仗谁？"她的
声音越来越高，还带着一丝委屈的沉痛："慕家能够撑到今天，不过苟延
残喘，你以为没有拂衣一力支持，我们如何还能在捉妖江湖中保有一席
之地？"

　　慕声缄默片刻，古怪地冷笑道："那是因为阿姐从始至终不够信
任我。"

　　慕瑶皱眉："我何尝不相信你？"

　　"我说过我可以保护你、为爹娘报仇，可你从来没放在心上，宁愿相
信柳拂衣，也不肯相信我。"

　　慕瑶被他气笑了："你实力如何，难道我做姐姐的不清楚？你的术法
一大半是我教的，法器也是我送的。慕家的术法，我自己都只是学得一知
半解，何况是你？你连我都打不过，怎么面对'她'？"

　　"我可以。"他骤然打断她，眸中翻腾着黑云般的戾气，低眉盯着自
己屈起又张开的手指，呼吸颤动，声音却极轻，"我非但能打过你，放眼

天下，也没几个人能是我的对手。"

慕瑶注视他片刻，脸色变得极其难看："你想怎么做到，解开发带吗？"她冷笑一声，"是非不明、不择手段……这么多年，我就教会了你这个？"

慕声的神情骤然出现一丝裂痕，又很快被掩藏在乖戾之后。

慕瑶将装着冷掉的茶水的茶杯推至一旁，动作大了些，令茶水泼了出来，沾湿了她的手指："在裂隙之下，妙妙怀里掉出来的香囊是你送的吧？"

慕声听到这个名字，骤然抬眼，眸中的惊异还未消退，就听见慕瑶冷笑道："你知道凌妙妙是怎么说的吗？她说，香囊是她路上捡的。"

慕声的脸色骤然变得十分复杂。

凌妙妙她在背后这样维护他……

"香囊里有什么东西，你当我不知道吗？妙妙不懂事儿，帮着你瞒我，她以为这样就是为了你好……"

"阿姐……"他再度打断她，面上的神情犹如碎开的水中月，眼中空荡荡的，"我是什么东西，你不是早就知道吗？"

他走了两步，步子很轻，仿佛踩在了一道危险的临界线上。

"正派加给我的束缚再多，也改变不了我骨子里的低劣。"他说出"低劣"二字时，语气中带着冰冷的笑意，令人毛骨悚然。

"我非但画了那一张反写符，还有很多张，多到……我数不清了。"他骤然绽开一个灿烂的笑容，"我三番五次动用禁术，死在我手中的妖物，不知凡几。"他垂下的纤长睫毛，在眼底投下一小片阴影，那张青春俊俏的脸上带着阴鸷狠厉的气息，"我睚眦必报、血债累累，在阿姐面前，我不过是装作一只温驯的宠物，想要骗取一点儿怜惜。现在我告诉阿姐……"

慕瑶猛地起身，骇然倒退几步，步伐虚浮，嘴唇微张，半晌没能说出话来。

他抬起头来，脸上带着破碎的笑容："我告诉阿姐，我可堪依靠，比柳拂衣强得多。从此以后，我们还做姐弟。

"不过是报仇而已，阿姐若是想要杀'她'，我自有办法。天下良人无数，阿姐随意去挑，何必仰仗一个柳拂衣？"

她的嘴唇颤动了半晌，她猛地摇摇头，终于发出了声音："不可能。”

她严词拒绝，此语犹如斩首刀一刀落下，判定了他的结局。

“不可能？”少年冷笑一声，顿了半晌，似乎才将弥散的神志一点儿一点儿地拉回来，“不可能放弃柳拂衣？还是……”他藏在袖中的手指已经微微颤抖，面上却维持着带着压迫意味的笑意，“我不配待在慕家，做你的弟弟了？”

慕瑶脸色铁青，她倒退了几步，在巨大的慌乱中摸到了袖中的匕首，悄悄地握在了手里，这才略微镇定下来。

“阿声，你累了……先回去休息吧。”

眼前是他最熟悉不过的脸，慕瑶竟然绽出一个十分生硬的微笑，刻意放柔的语气里还带着一丝掩藏不住的慌乱。

慕声陡然僵住，如同被人劈头盖脸地浇了一盆冰水。

他情愿阿姐能给他一巴掌，打他、骂他、像往常一样训斥他，好让他知道他还是她的家人，还是她的弟弟。

而不是像现在这样，她假意冲他笑着，像是手无寸铁的猎人机智地同野兽周旋。

这是多么随机应变的敌对。

他的目光向下，落在她发颤的手上，见到她的袖口隐约露出了匕首刀刃的轮廓。

夜色如此漆黑，仿佛漫山遍野的雪花席卷而来，化作无数冰锥刺进他全身上下的每一处穴位。

原来，阿姐也和那些人一样，害怕他的真面目。

只是她势单力薄，暂且不敢撕破脸皮，只好用一点儿假意的配合先稳住他。

仿佛有什么东西，在他的心里慢慢地裂开了。

那一点儿仅剩的自尊，哗啦一声，破碎得无法捡拾。

他缄默许久，抽回脚转过身去，仿佛整个世界都在此刻离他而去。从此白天也成黑夜，他一步一步，在走不完的黑夜里打转。

他孑然一身，再无亲人。

“阿姐……也早点儿休息吧。”

“你的本质……表里不一、蛇蝎心肠。”

"反正你和柳大哥、慕姐姐不是一路人。他们能为苍生死，为大义生，你能吗？

"你和慕姐姐不合适呀，不会有人理解你的，你的花瓣都要愁掉了呀……"

他不记得自己是怎么走到凌妙妙的房间的，只记得自己像是被困于沙漠中的濒死的旅人，凭着本能奔向虚幻的绿洲。

从前她是瑰丽的彼岸，吸引着他的注意力，现在他已是断线风筝、离群孤雁，要是没有彼岸的星火，就只能是迷失在风浪里的航船。

"慕声，你有一个失踪的娘，你很爱她。你从小在姐姐身边长大，身旁只有她的关怀……是不是她恰好填了这份空缺，是不是你把对你娘的爱，转嫁到……

"如果养着小老虎，只是看它没有齿爪、没有反抗能力，就占有了它、主宰着它，看着老虎变成猫的笑话，心里又害怕着有朝一日会被它反咬一口，所以防着它、忌惮着它……这就是叶公好龙。"

清冷的月光打在走廊上，他的脑中循环往复，一字一句，都是她曾说过的话。

只是，她怎么可以如此一针见血……字字珠玑、句句谶言？

门被猛地推开，桌上的烛光也随之呼啦摇曳了一下，映出满室的破碎光晕。

凌妙妙放下书，满脸诧异地站起来："你走错啦，隔壁才是你的房间……"

她的话语顿时停止，因为她发现慕声的脸色极其难看，整个人像幽魂一样，飘到了她面前。眼前这个比她还高一个头的少年，竟然……在微不可察地发着抖。

她怔了怔，出神一想，今天他待在慕瑶那里的时间似乎比往常更久，难道……

她瞠目结舌："你……你……你去表白了？"

"我没有。"他许久才道。

他呆滞着，像是冬天里被冻僵了的旅人，反应慢了半拍。

"没有？什么意思？"凌妙妙让他弄糊涂了。

他的嘴唇都在颤："没有就是没有。"

可是看这模样，他肯定已经去了，决裂已经发生了，马上就到了他"黑化"的关键时刻。她顾不得慕声走错房间的事情了，飞快地收拾了书和笔，轻手轻脚地往外溜："那我不打扰你了，你一个人静静吧……"

她的衣服却骤然被人从背后拉住。

"你去哪里？"他的声音很低，似乎疲惫至极。

凌妙妙让他揪着，手里抱着书，背对他眨巴着眼睛："我……我去你的房间里睡呀。"

奇怪了，一般人失恋被拒了，难道不想自己待着静一静吗？

他缄默着，半晌也没能说出挽留的话，只用力拉着她的衣摆不放开。

他在一片混沌中感知到，若是让她走了，他可能会即刻毁灭。

凌妙妙顿了顿："好……好，我不走。"

慕声这才放开手。

凌妙妙让他坐下来，又给他倒了一杯热茶。她趴在桌上，小心地看着他："喝点儿水吧。"

他不动，她将他的双手拉起来放在杯盏上，随即不容拒绝地拢住他的双手，强迫他感受着杯子的温度。

二人的手交叠了片刻，慕声感到自己的手前后都是暖的，垂下纤长的睫毛，颤抖着端起茶杯喝了一口水。

温热的茶水顺着他的喉咙直达肺腑。

他回暖过来。

凌妙妙已经溜到床边，弯着腰铺床了。她用手拍打着展平了的被褥，回过头说："要不……你今天就睡在我这儿吧，好不好？"

他颔首，任凭凌妙妙拉着他，将他安顿在她的床上。

凌妙妙趴在床边，隔着被子拍拍他，眼眸亮晶晶的："什么也别想了，睡吧，我守着你。"

凌妙妙是被身后咔嚓、咔嚓的声音惊醒的。

深夜极凉，她感到背上瑟瑟发冷，鼻端是油墨刺鼻的味道。她这才惊觉，自己趴在桌上睡着了，正好压着摊开的书页。

夜色深沉，桌上点着的蜡烛燃到了尽头，屋内只有一点儿清冷的月色，透过窗格照射进来，投下四块菱形光斑。

咔嗒、咔嗒、咔嗒……

身后的噪声还在传来，若不是屋里进了老鼠……那就是进了贼。

她晃了晃昏沉沉的脑袋，飞快地点燃蜡烛，端着烛台往床榻上一照，被惊得魂飞魄散。她看见帐子外面萦绕着云朵般的黑气，黑气盘旋不去，像风一样掀动了床角挂着的一把木头床刷，是以噪声不绝。

纱帐里的人睡得极其不安稳，似乎处于梦魇。

她之前听说过失恋以后不哭不闹的人容易憋出内伤，"黑莲花"是憋得暴走了吗？

她急忙跑过去，隔着帐子外的黑云叫唤着："子期、子期？"

少年双眼紧闭，睫毛颤动，满头都是冷汗。

她顾不得许多，一头扎进团团的黑气中，掀开帐子，整个人钻了进去，摇了摇他的手臂，骇然发现他的衣裳都被冷汗湿透了。

"慕声，醒醒啊！"她有些慌了，额头上出了一层冷汗，"你这是怎么了？"

"黑化"不是应该是很酷的吗？他怎么会如此狼狈……

"叮——系统提示：角色'慕声'暂时处于遭遇重大挫折后的灵力外泄期，尚未进入'黑化'过程，任务者给予角色一定的生理刺激即可唤醒，比如……"

灵力外泄……生理刺激……

她心里乱成一片，话都没听完便手脚并用爬上了床，坐他的身上，左右开弓，低头照着他苍白的脸抽了几个耳光，脆生生地骂道："不就是表白失败吗？有什么大不了的，世界上除了你的姐姐就没别人了吗？何苦在一棵树上吊死？别这么孬！给我醒醒！"

系统："比如给予角色亲吻……"

凌妙妙骤然收回手去，觉得尴尬至极，骂道："你怎么说话这么慢？！害得我……"

慕声都这么惨了，处于昏迷中还要挨她几下打。

她满怀歉意地低下头，用手摸着他白玉般的脸，好在他只是看着脸皮薄，被她打了那么几下，倒也没留下什么痕迹。她正出神，手指猛然被人攥住。

他的手心火热滚烫，他梦呓道："妙妙……"

"嗯……"她眼神一亮，"是我、是我，快醒醒……"

她的一声惊呼截断在喉咙里。

她猝不及防地被他一个翻身压在身下，惊慌失措地想要起身，双腿却被他的膝盖顶得动弹不得，小腿的骨头开始发痛。

她的手腕被他用力抓着压在枕侧，让她差点儿说不出话来："你疯了吧……"

他的唇骤然落下来，而她猛一偏头，让他吻了个空。他旋即暴戾地将她两只纤细的手腕用一只手一并抓着，按在了头顶，腾出一只手来，捏住她的下颌。

"你……你……"

少年双眸紧闭，昏暗中依稀可见他睫毛的弧度。

凌妙妙被气得说不出话来，这人眼睛闭着，意识模糊，还能如此精准地制得她反抗不了……

他的唇再度落下来，稍微偏了些，只印在了她的唇角。

凌妙妙不动了，她的心剧烈地跳着。他浑身上下都是冰凉的，散发着萧索的梅花冷香，只有唇和掌心火热。

他阵势极大，又是按着她，又是掐她的下巴，吓得她抖成一团，只觉得在劫难逃。

谁知落下来的吻出乎预料的柔和，一下接着一下，像是蜻蜓点水，似乎不是掠夺，倒像是……讨好。

纵然他已经占据了压倒性的优势，骨子里依然卑微。

她这才从慌乱中镇定下来，脸上热得发烫，二人的呼吸纠缠在一处，只听得他在昏暗里忽然开口，依然像是说梦话："你会一直陪着我？"

她只是愣了片刻，他的吻就骤然变得暴烈起来，他甚至在她的唇上轻咬了一下。

"嗯！"她在惊惶中猛然应答道。

"永不离开？"他接着问，声音低哑。

她眨了眨眼："在这个世界的时候……永不离开。"

他似乎终于得了允诺，这才失去意识倒向一旁。

帐子外的黑云骤然散去，露出明媚的月光。

从今往后……天上地下，唯此一人，是他的彼岸，也是他的归港。

二

凌妙妙被叽叽喳喳的鸟叫声吵醒，阳光落在她的眼皮上，十分滚烫。

她睁不开眼，在床上懒洋洋地翻了个身……旋即清醒，直直地坐起身来，捏住了身上的被子。

被子安稳地盖在她的身上，帐子是放下来的，她的身旁没有人。

她被吓了一跳，撩开帐子坐了起来，光脚穿上了地上的鞋，伸着脖子往外看。

屋里也没人……

慕声一大早就不见了人影，不会是跑出去报复社会了吧？她揉了揉脸颊，强迫自己冷静下来，飞快地披上了外套。

她刚穿了一边袖子，门便被吱呀一声推开了。她惊诧地看见慕声衣冠楚楚地从门外进来，自然地坐在了桌边。

他看起来情绪恢复如初，动作毫无凝滞，表情正常得很，似乎昨晚的一切都只是她的梦。

"你……你去哪儿了？"她小心翼翼地从床上爬下来，拉开凳子坐在了他的对面。

"我去找阿姐喝早茶。"他破天荒地绽放了一个微笑，带着他那具有欺瞒性的明媚，一如初见时的模样。

阿姐……慕瑶？难道？他们不是应该已经……决裂了吗？

"噢……"她说不上是惊异还是失望，坐在了桌边，心里有些奇异的酸涩，"你怎么今天突然去找慕姐姐喝茶？"

"我有些事儿，需要跟她商量。"他不动声色地倒茶，将茶杯推到她的面前。

凌妙妙有些心神不属地抿了一口，没忍住问了一句："什么事儿呀？"

"你的婚事。"

"噗……"她一口茶喷了出来，猛地咳嗽起来，咳出了眼泪。

慕声走过来，将咳得东倒西歪的凌妙妙揽进怀里，轻柔地拍了拍她的背。

凌妙妙从他的怀里挣出来，小鹿般的眼睛一眨不眨地望着他："什么意思？"

凌虞好像是嫁给了慕声，可绝不是这种嫁法，似乎是慕声用了某种手段，控制了她……她的千头万绪还没理清，他竟然忽然来求婚了？

慕声潋滟的双眸映着她的脸庞，流露出无尽宠溺："嫁给我，不好吗？"

"我……"她只觉震惊，"你……这未免太突然了。"

少年脸上的笑意微敛，他慢慢地蹲下去，趴在她的膝上，仰头向上看，那一双秋水般的眼在根根分明的睫毛掩映下，黑亮得惊人："我……片刻都不愿再等了。"

凌妙妙抽出膝盖，离他远了些，有些难以置信："可你昨天才给慕姐姐表白……"

"我没有表白。"他的神色骤冷，旋即他站起身俯视着她，"阿姐，就只是阿姐而已。"

凌妙妙敏感地察觉到，他说"阿姐"二字的时候，之前那种饱含的热忱和亲昵全部消失了。这两个字从他嘴里吐出来，非常漠然，不带丝毫感情。

少年伸手将女孩儿一缕翘起的头发轻柔地别至耳后，手指无意间擦过她的耳郭，引得她一阵下意识的战栗，他的语调很平静："如果你不喜欢，我对阿姐的感情斩断了也未尝不可。"

凌妙妙怔怔地看着他的脸，只觉得他周身的气质又发生了天翻地覆的变化，让她有些不敢轻举妄动了。

"子期？"她试探着唤了一声。

"嗯。"他垂眸望她，这熟悉的一垂眸，让她放下了大半的心。

他还是他，只不过变得有些古怪而已。

"我觉得……"她踟蹰了一下，睫毛颤动起来，"我觉得这种事情，还是急不得……"

"你心里还装着柳拂衣？"他骤然打断她，手指捏紧，眼里一片暗沉。

"我……"

她像是被消了音，"没有"二字说什么也吐不出来，脑海里一连串的警报声交叠响起。

她颓然明白过来，在任务一中，她始终是那个暗恋着柳拂衣的人设。

任务一天不结束，她便一天不可自作主张。

"关柳大哥什么事儿？"她只好换了种说法，疯狂揉着被痛楚折磨着的太阳穴，痛得眼泪都在眼眶里打转。

这画面看在慕声的眼里，却认为她是口是心非。

421

"那该怎么办？"慕声柔和地发问，周身寒意更甚，漆黑莹润的双眸定定地望着她，语气带着一丝偏执和认真，"你答应了我，陪着我，永不离开。"

"子期，你听我说……"

少年捏住她的下巴，把她的头抬了起来，目光流连在她的脸上，竟然带着无限的迷恋和痛楚。许久他才轻启薄唇："凌妙妙，我的心给你了，你能不能试着喜欢我？"

她怔怔望着他："我……"

一连串的警告音让她的头快要炸开了，她强忍着系统提示给她带来的痛楚，急切道："我真的不讨厌你，子期……"

她已经着急地拉下他的手，抱住了头，用力地捶了两下。

她喜欢柳拂衣以外的男人这件事儿，不能由凌虞的嘴说出来……现在任务已经是四分之三进度，再熬过四分之一，她才算拥有了真正的恋爱自由。

他望着她，低笑了一声，这答案显然不能让他满意。

他眸中深沉之色越发浓郁，像是满溢出来的漆黑夜色。他忽然用腿顶住了她的双膝，一手搭在她的肩膀上，动作看似亲昵，却用了几分力，直接将她按在了椅子上。

"子期……"她茫然地抬起头，挣扎起来，有些慌了，"慕声、慕声……"

他却充耳不闻。

他的眸中明暗飞速地变换着，如同有乌云时聚时散，忽而明晰清澈、忽而深不见底。

凌妙妙骇然地望着他的眼睛。难道他命中注定要"黑化"一次？拖延了这么长时间，还是无法避免，而且不是为了慕瑶，而是……

他竟然缓缓笑了，如迎春花开放般明媚，语气非常柔和："你可以不喜欢我，我们从头开始也好。只是……想嫁给柳拂衣……"他的眼眸蓦然一黯，眸中的戾气令人心惊肉跳，"做梦。"

而是为了她……

他微微勾着唇角，笑容毫无温度，手指已经放在纤细秀丽的发带上，扯了一下。

晚了……

挣扎着的女孩儿骤然被定住，不受控制地望着他变得美丽绝伦的眼睛。

他蹲下来，顿了顿，带着几分诱哄的味道，一字一顿地说："你喜欢我。"

她迟缓地开口："我……"

她才说了一个字，却顿住不说了。

他眸中出现一丝恼意，偏执地重复了一遍："你喜欢我。"

"我……喜……欢你。"她终于艰难地吐出了这几个字。

与此同时，强行逆转他人心志致使的反噬骤然啃啮他的心脉，他睁大眼睛，捂住心口，一口血吐了出来。

他毫不在意地拿袖子擦去吐出的血迹，苍白的唇上带上几丝妖冶的鲜红。他一意孤行地接着道："你愿意嫁给我。"

"我……愿意……嫁……给你。"

他又遭了一回反噬，脸色苍白，青筋几乎暴起，强忍了片刻，嘴角仍旧溢出一丝暗红。

"好，就这样……就这样说定了。"他慢慢地压下喉间的腥气，微微笑着将脸贴在她的膝上，抓起她铺在地上的柔软的裙角在手里轻柔地把玩。

许久，他颤了颤睫毛，似乎在自语："不要拒绝我，我……承受不起你的拒绝。"

他借发带之力蛊惑凌妙妙，将她抽魂夺魄，但是这种状况只能维持七日。七日，足够他将一切都办妥。

他就是这么贪婪、这么低劣……他就像个瘾君子，拥有她一日，便可沉溺一日，再往后、再往后……

他害怕去考虑往后的事儿。

凌妙妙目光呆滞，她摸摸膝上的人，用手指绕着他的头发打圈圈，像小孩儿一样好奇地问："子期，你在干什么呀？"

他将她的手捉住，闭着眼温柔地亲吻她的手指，答非所问："今生今世，你非得陪着我不可。"

凌妙妙低头迟缓地系上衫裙的系带，坐在妆台前，对着镜子扎辫子，垂挂髻扎得软塌塌的，她左看右看，不满意地噘起嘴："扎歪了。"

她的指尖描摹着镜子里倒映出来的少年的脸，随即点点镜面，"你，你帮我。"

慕声无声地贴近了她，凌妙妙惊异地回头，似乎有些不明白镜中人怎么能出现在现实中。

慕声握住她柔软的发髻，将它拆了，随即拿着梳子蘸了一点儿梳头水，有些生疏地理顺她栗色的长发。

镜中的女孩儿不吵不闹，只睁着一双小鹿般的杏眼好奇地看，乖顺得像个娃娃。

"我不要这个。"她忽然挣了一下。

"什么？"他微微一顿，望向镜中。

"不要这个味道。"她捏起鼻子。

他骤然明白过来，她说的是他梳子上蘸的梳头水，带着浓郁的栀子花香气的梳头水。

他低眉望着梳子，有些迷惘："你从前一直用它梳头。"

"子期不喜欢。"她愤愤道，"我也不喜欢。"

他骤然僵住，搁下梳子，牵起她的几缕发丝轻嗅着，眼神迷离："我没有不喜欢……从前都是骗你的。"

"真的？"

"真的。"

"嗯，那我也喜欢。"镜中人的脸上骤然转晴，她笑弯了眼睛，"我也喜欢。"

少年微微弯起唇角，轻柔的吻落在她的头发上。旋即，他又蹲下，单膝着地，亲吻她的侧脸。

凌妙妙偏头，指尖嗒嗒地点着镜子："扎头发。"

他不舍地放开她："好，扎头发。"

香炉中烟雾缭绕上升，安静得可以听见室外叽叽喳喳的鸟鸣。

他梳了一刻钟的头发还嫌不够，扎上缎带的时候手有些发抖，好在他扎发带时还算熟练，最后的蝴蝶结打得漂亮而凌厉。

凌妙妙对着镜子审视辫子，满脸挑剔："扎得比我扎的还歪。"

他握住她弯起的垂挂髻，带着征询的意味看着镜子："再来一遍？"

"不要了。"她扬起下巴摇头。

"那便不要了。"他的眼眸漆黑莹润，他半晌才抿唇承诺道，"以后

424

会越来越好的。"

凌妙妙微眯眼睛，哈欠连天。这便是情蛊的副作用，会让中蛊的人一天到晚精神不济。少年将手伸到她的背后，不顾她的挣扎将她拦腰抱起，安顿在床上。

"我不想睡觉。"她强撑着精神，玩弄着他的衣服上钉着的几颗黑色玉珠。

他用手覆盖在她的手背上，握住了她的手："休息一下，吃饭才会有精神。"

"嗯。"她乖乖地抽回手去，把手交叠在腹部，睫毛轻颤。

慕声的脸色微有苍白，他神色复杂地望着她："一会儿要说的话，记得了吗？"

"嗯。"她点头。

"要不要练习一遍？"

她顿了顿，扭过头："不。"

少年却强行将她的脸扳回来，肯定道："练习一遍。"

她眨着眼睛，戳戳他的胸口："你会难受。"

他眸中骤然荡开温柔的神色："不会再难受了。"

她咬紧牙关摇了摇头。

他不再强求，低垂眼眸，伸手理了理她额际的头发，微微笑道："要你说一句喜欢，果真比登天还难。"

等到帐子里的凌妙妙睡了，他便坐在桌前，取下笔架上的笔，将草帖、婚书、聘单一应写过去，写得快而决绝。

咚咚咚——

听见敲门的声音，他搁下笔开门，只见小二满头大汗地拎着一只黄嘴黑翅的大鸟上楼来，鸟还在扑棱扑棱地扇动着翅膀。

见他开门，小二面露喜色："公子，您要的雁。您瞧，精神头儿大得很呢。"

少年拎起它的翅膀看了半晌，颔首，递给对方一锭金子。小二道了谢，将金子揣进了自己的怀里。

"雁和信，什么时候给您送到？邮差回过了，就算是快马加鞭，少说也要三日，中间要坐航船。"

他的声音很低："够了。路上把它照顾好。"

"好……"

"子期！"背后传来一声呼唤。

他猛然回过头去，就见凌妙妙提着碧色的裙子赤脚跑到他的身边，指着那只扇动着翅膀的鸟脆生生地道："我要这个野鹅！"

"哟，凌姑娘。"小二笑得打战，"这……这是大雁。"

她脸上的神情惶惑而无辜，她歪头重复道："我要这个野鹅。"

小二的表情凝滞了一下，他总觉得这位姑娘看起来怪怪的，不似前几日那般机灵活泼。还未等他反应过来，眼前的少年已经直接将她强行抱起，抱回了床上，用帐子把她遮住。她还在指着大雁挣扎道："我要……"

慕声匆匆地走回来，又给他一锭金子，低声道："这只留下，再去寻一只。"

他又往里好奇地看了一眼，但是触到了少年沉郁的警告眼神，感觉像是被人扼住了脖子，便飞快地收了眼神："好……"

凌妙妙蹲在地上，拿指头小心地戳了戳大鸟黄色的喙。

"嘎！"它不胜烦扰，有气无力地叫了一声，声音都嘶哑了。

女孩儿笑了，双眼弯弯，像只小动物。她的面前还放着两只小碟子，一只碟子里盛了一点儿清水，另一只盛了堆起来的草叶。她捻了一根草放在大鸟的嘴边试探，半晌，失落道："子期，它不吃饭。"

慕声专注地望着她的脸，只道："缓缓就好了。"

"它是不是很不喜欢被抓来呀？"她紧张地抬起头，"我们把它放回去吧……"

慕声的指尖落在她的颊上，一点儿一点儿地摩挲着："放回哪儿去？"

"从哪儿来，放哪儿去……"

"放？"他无谓地一笑，"妙妙，这是我送草帖的随礼。"

她顿了顿，注意力果然被转移了："草帖是什么？"

他深情地望着她，欲言又止："是写给你爹爹的信。"

"爹爹……"她似乎想起来什么，坐定在桌前，忽然捂住头，"爹爹……"

"怎么了？"他紧张地抓住她的手腕。

而她眼里似有微光一闪，整个人忽然定住了一般。

世界寂静了两三秒。

四目相对间，她慢慢地把手从头上放了下来。

"我也要给爹爹写信。"她微微抿唇，从笔架上取了笔，就着他刚才研好的墨和铺好的纸，开始歪歪扭扭地写起来。

慕声低头一瞧，见她写得飞快，反反复复只有两句话：

"爹爹，我喜欢子期，我愿意嫁给子期。

"我喜欢子期，我愿意嫁给子期。

"我喜欢子期，我愿意嫁给……"

他猛然感到心中一阵疼痛，于是攥住她的手腕："别写了……"

"你别拦我给爹爹写信呀……"她犹自挣扎着，最后一笔画了出去，横亘了整个红色格子，仿佛切割了整张信纸。

他终于夺下她手里的笔，两人衣服上都是点点墨迹。她低头看一眼自己黑乎乎的手，怔了几秒，嫌弃地擦在他的衣服上。

慕声低头看着她的手。

她擦干净手，又变得不安分起来。她忽然搂着他的脖子蹭他，似乎很烦躁，嘴唇多次碰到他的脸。

慕声将她拉开，用手指抵在她的唇上，违心道："妙妙，再等等……"他的拇指在她红润的唇上反复摩挲，似乎这样就能望梅止渴似的，"再等等吧。"

只是……要等到什么时候……等到七日之后？

他还会有机会吗？

凌妙妙闹得累了，这才将头埋在他的怀里，狠狠道："你跟我道歉。"

这话的语气和情绪都像极了原来的她，让他整个人僵住了，随即兴奋和战栗同时升起，他甚至不敢低头看她的脸，睫毛颤了颤："道歉？"

"说你错了，不该对我用这种手段。"

他刹那间低下头去："妙妙？"

他怀里的人依然双眸涣散，玩着自己的手指。

七日还未到，果然，这一切都是他的错觉，心中说不上是松了口气，还是怀着深重的失落。

他将人抱在膝上，重新抽了一张纸，抱着她写起来。

她的脑袋偏了偏。从他的角度，他能够越过她的发顶，看见她白皙的鼻尖和眨动的睫毛。她问："你怎么代我给爹爹写信？"

他翘起嘴角，边写边道："理应我写。"

慕二公子，求娶太仓郡郡守凌禄山的独女凌虞。

青年才俊，家世相当，用词用语无不谦逊妥帖。他的字板正清峻，和他本人一样具有很强的迷惑性，能使人错以为他是一个光明磊落、值得托付的好少年。

透过这薄薄的一张纸，他几乎能看见岳丈满意的微笑。

他写至落款前，空了两行，将笔给她，用指尖点了点纸："在这儿写。"

她盯着空出的那两行，没有动。

他的唇贴近她耳侧，语气带着耐心的诱哄的意味："写你刚才写的那两句话。"

对于一个独宠女儿的父亲来说，什么家世人品都不重要，亲女儿的首肯才是最重要的。

凌妙妙捏紧了笔，却不落笔："你跟我道歉。"

少年轻笑一声，低头吻她的头发："我错了。"

凌妙妙顿了顿，唰唰地写了一行字，撂了笔，开始自顾自地玩儿起了手指。

慕声低头一看，纸上只写了五个字："我讨厌子期。"

他没有说话，而是另抽一张纸，更加工整地将纸上的内容誊抄一遍，落款之前空下两行，又将笔塞到她的手里："好好写。"

凌妙妙抿抿嘴唇："好好道歉。"

他不知她为何对道歉的执念如此深沉，漫不经心地哄道："我错了。"

她咬着牙，写得比刚才还要潦草。

"我恨子期。"

他再抽了一张纸。

他从未想过自己会有如此耐心的时候，仿佛只要她不喊停，这个游戏就会无限循环下去，而他毫无怨言。

待他再次把笔给她，她都有些倦了，打了个哈欠："先道歉。"

他垂下眼帘，撩开她的头发，吻落在了她的耳垂，语气中带上几丝偏执与委屈："可我真的喜欢你。"

啪——

她将笔摔了，使墨汁飞溅。她似乎觉得摔得还不过瘾，又捡起来抓在手上，像松鼠掰坚果似的鼓起腮帮子，掰了几下笔，没掰断。

慕声把笔接过来，在手里咔嚓咔嚓地将它折成几段摊在她面前，用水润的眸子望向她："气消了吗？"

凌妙妙瞪着他的眼神，简直就像想把他也跟笔似的掰断了。

他又从笔架上拣了几支狼毫一字排开，毫不在意地说："不够的话，我再帮你折几支……"

凌妙妙还没听完，就骤然扑到他的怀里，一口咬在他的肩膀上。他将她紧紧地按在怀里，而她又踢又打又挠，牙上还用了几分力，咬得他的衣服里洇了血丝。

慕声感到肩上猛地传来痛感，眸中闪过异样的光。

这一刻，她才像她，外柔内刚、有脾气的凌妙妙，她尖牙利齿，抓住机会就要反将一军……这一刻，他的心也刹那间活了过来，随即是深重的酸涩和茫然。

那一日，阳光落在她栗色的发顶上，令她头顶的碎发都像是被镀了暖融融的金边。她伸手打落了他的竹蜻蜓："因风而上、听天由命才像蜻蜓，风大风小都会干扰到它，你用符咒控制着它，就将它变成一个傀儡了，跟别的傀儡又有什么不同？"

原来越沉沦就越感到空虚，他想念的，始终是她。

蜻蜓和傀儡，终究是不同的。

他冷静地抱着她，黑眸闪动，用微不可闻的声音道："是我错了。"

怀里的人一顿，不挣扎了："你，一会儿去把野鹅放了。"

"嗯。"

她顿了顿，闷闷道："再写一张。"

他低下头去，凌妙妙也睁着杏眼望着他，又眨了眨眼睛。

他铺开纸，写下抄了三遍已经烂熟于心的字字句句。

他又在落款前空了两行。凌妙妙从他手中夺过笔，趴在桌上写下她的心意。

"爹爹，我喜欢子期，我愿意嫁给子期。"

429

三

中午他们得去和慕瑶吃午饭。

凌妙妙要将沾了墨汁的衣裙换下来，她解衣带之前，骤然抬眼瞪着他："你回避。"

慕声似乎有些意外："昨天你也没有让我回避……"

她慢吞吞地解着衣带，满脸不高兴："昨天是昨天，今天是今天。"

他顿了顿，依言背过身去。

凌妙妙将裙子脱下来，换上一件齐胸襦裙，又系带绕到背后交叉打结，却没压住裙头，使裙子径自掉落下来。

她感到背上骤然一凉，随即感觉到有手指擦过她的背，有人飞快地帮她拎起裙头，压在了背上。

她骤然僵住，背对着他，脸红到耳朵根："你怎么回事儿？不是让你回避吗？"

"我回避了。"少年用三根手指按着她的裙头，抵在她雪白的脊背上，语气听起来很无辜，"裙子掉了，我帮你接住。"

她急忙将手伸到背后，从他手中接过裙头，飞快地将系带缠了两圈，睫毛颤得飞快："你不回头，怎么看得到我的裙子掉了？"

她的腰骤然被他揽住，整个人再度被他抱在怀中。他的吻难以克制地落在她的颈侧，似乎连掩饰都懒得掩饰了："嗯，我错了。"

"你……"她噎了一下，气急败坏地往外钻，"你松开，我结还没系好……"

他一手搂紧她，另一手从床上捡起长长的半截系带："我帮你系。"

这几日，由于被抽魂夺魄，她的辫子会扎歪、纽扣会错位、系带打成死结，这都是常有的事儿，他不觉得奇怪。

她有些语无伦次了，连呼吸都是错乱的："这是系在前面的！"

"知道。"

他不以为意，双手环过她的腰，拉起了系带，下巴抵在她的肩上看着，在她的胸前打了个结，蝴蝶结抽紧的瞬间，他感到怀里的人重重地抖了一下。

"怎么了？"他低眸看她，骤然发现她整张脸都红扑扑的，他的眼里闪过一丝迷茫，抚了抚她滚烫的耳尖，"你竟会害羞？"

430

被情蛊控制的人，像是三魂七魄不全的痴儿，对外界的感知都是迟钝的，竟然也会脸红？

她被摸了耳尖，瞬间像是被烫到似的偏过头去，几乎是手脚并用地往外爬，像刚刚掉进陷阱的小动物一般奋力挣扎："放开……"

他的手一松，她便骤然向前扑倒在床上，在衣服堆里翻了个身背对着他，恼羞成怒，脆生生地道："你从我的床上下去！"

他俯身一拉，又将她拖回来："妙妙……"

昨天，她也不曾有这么大的脾气……

慌乱中，凌妙妙低头嗷呜一口咬在他的虎口上，少年忽然撒了手，妙妙抱膝缩成一团，秋水般的双眸气急败坏地瞪着他："换你自己的衣服去！"

他不敢再逼她了，怀着满心的疑虑，默然回到隔壁的房间。

这一折腾，把午饭时间整整推迟了两刻钟。慕瑶一个人坐在一桌冷饭前等着，一动不动的，像是一座塑像。

她沉默地抬起头，看见凌妙妙是被慕声牵着来的，步伐还有些踉踉跄跄的。慕声拉开椅子，将凌妙妙安顿下来，几乎将一切能为她代劳的事情全部代劳了。

慕瑶顿了顿，唤道："妙妙？"

乖巧坐着的凌妙妙扭头冲她笑："慕姐姐。"

这一笑，令慕瑶放下大半的心。她神色复杂地看了慕声一眼："先吃饭吧。"

那天晚上，她几乎彻夜不眠，在脑海里反反复复地回想这些年来与慕声相处的场景，才发觉自己忽略了很多事情：他在她面前，一直都太乖了，从来都是说一不二，对她言听计从，以至于让她忽略了他本来的个性，习惯性地教育他、约束他，乃至逼迫他……

他骤然掀开假面，她难以接受的同时，还有一丝酸楚的荒诞感。

她与他有着天壤之差，与邪门有着血海深仇。以她的为人，必与邪门歪道势不两立，她巴不得除之后快，可是当他转身走出房间的刹那，她竟然感受到了巨大的心痛。哪怕他有再多的伪装，都是与她相依为命多年的弟弟，这些年的情分，难道会如水东流？

那一刻，他觉得自己众叛亲离，她又何尝不是。

她无法再当他是至亲，但也不忍心当他是仇人。

他们默契地保持着这样微妙的平衡，绝口不提那天晚上的事儿，还如从前般相安无事地相处着，但她知道，一切都变了。

　　而慕声会变成今天这样，她也难辞其咎。

　　但她没想到的是，慕声来找她的第一件事儿，就是要娶凌妙妙。

　　她知道，现在对他来说，她的意见无足轻重。即使是她阻挠，他也自有办法做到。

　　只是他状态不稳、行事乖戾，已经彻底变得无所顾忌，若是强行将无辜的凌妙妙牵涉进来……

　　她还是选择答应下来，以慕声的姐姐的身份做这个主婚人，若他有什么出格的行为，她也好代为矫正。

　　慕瑶扭过头，看到凌妙妙一边剥着虾一边侧着头，还在叽叽喳喳地跟自己说话，看起来并无异样。

　　"慕姐姐，我们什么时候去无方镇呀？"

　　慕瑶勉强一笑："十日后就走。"

　　"不等柳大哥了吗？"

　　慕瑶顿了顿："不等了。"

　　凌妙妙颔首，将虾塞进嘴里，一会儿，又笑道："慕姐姐吃虾要蘸酱油吗？"

　　"不蘸。"慕瑶看着女孩儿粉嫩的脸颊，女孩儿忽闪忽闪眨着杏眼，面色很好，带着小女儿家的娇憨，看起来似乎什么都不知道。

　　这种轻松很快感染了慕瑶，她想，或许他们真的是两情相悦。

　　慕声沉默地听着她们的对话，凌妙妙说话语速很快，精神饱满，看起来和往日没有差别，令慕瑶紧绷的神色渐渐松弛下来，他紧攥的手指也慢慢地放松了。

　　这人在情蛊之下也这么活跃。他无声地勾了唇角，茫然地望向窗外，说不清是欣喜还是怅然。

　　酒肆窗外车水马龙，阳光从窗子里照进来，平铺在桌上，映得茶水粼粼闪光。

　　"妙妙，成婚是人生大事，你真的想好了吗？"慕瑶问出最后一句。

　　凌妙妙眸子一转，咬了咬筷子头，旋即灿烂地笑道："我喜欢子期，我愿意嫁给子期。"

　　慕瑶愣了愣，也笑道："好。"

午饭到了尾声，慕瑶转头对凌妙妙道："吃完饭，你想不想去我房里坐坐？"

"不必了。"慕声抢先一步代凌妙妙回答，伸出手来，"妙妙跟我走。"

凌妙妙顺从地被他牵着，站起身来，又被他拉到了身后，那是一个非常强势的保护姿势。他的笑容毫无温度："下午要去街上，不能陪阿姐聊天了。"

"也好。"慕瑶张了张口，想不到该说什么，只得生硬地提醒了一句，"照顾好妙妙。"

凌妙妙用纤细的手指捏住蝴蝶钗，往头上比了比，蝴蝶的翅膀一颤一颤的，在阳光下闪着金光。

摊位上的簪子琳琅满目，不过都是小手工制作，比不得首饰店里的精巧繁复。这蝴蝶钗的款式也很简单，还没有她头上原来戴的那支精致。

摊主巧舌如簧，拍着巴掌，爆发出一阵夸张的惊叹："好看！太好看了！十足符合姑娘的气质，真是天上有地下无。"

街市喧闹，人来人往。

商铺鳞次栉比，五颜六色的招牌挤占了街面，吆喝声此起彼伏。

他本想让她去首饰店里买的，但见她听了摊主的话忽然在阳光下笑了，便没有开口。

凌妙妙忽然扭过头，故意踮了踮脚，那蝴蝶的翅膀便开始上下摇摆，闪动着光。她笑得很兴奋，眼里也似有流光闪烁："你看，会颤的。"

印象里，她只有小时候才戴过这种夸张的、亮晶晶的东西，想来还有些怀念。

"买一支吧。"他毫不犹豫地付了银钱，睫毛轻颤，只觉得他的心也被那翅膀颤得七上八下。

凌妙妙顺手摘下原来的云脚发簪塞给了他，戴上了这支翅膀会动的小蝴蝶发钗。他将云脚发簪随手揣进怀里，旋即飞快地扳过她的下巴："戴歪了。"

"不可能呀。"凌妙妙伸手去摸，却没摸到。

他已经将发钗轻巧地摘了下来，捏着她的脸重新给她戴了一遍。

不知为什么，他刻意把动作放得极慢，手指屡次无意地抚过她的发丝，弄得她脸上发痒，让她有些躁了："好了没有？"

他不撒手，扭头朝店主道："再来一支。"

他将两支发钗给她戴上，一左一右，刚好对称。

她伸手一摸，恼了："谁让你戴两支对称的？"

一只蝴蝶像是无意中栖息在头发上的，两只对称的蝴蝶……不就成了装裱的蝴蝶标本了？

对称规整的发饰最适合小女孩儿。她梳了个双髻，鬓发上再戴两只对称的蝴蝶，让他打扮得像个六七岁的娃娃……

少年打量着她红扑扑的脸，眼里似有满足的笑意："好看。"

"我不要。"

见她愤愤地伸手要摘，慕声挡住她的手，再次扭头道："再来一支。"

摊主一连卖了三支蝴蝶发钗，心内狂喜，毕恭毕敬地递了过去。

慕声端详着她的脸，将右边的发钗稍微挪了挪位置，往右边又簪了一支。小小的蝴蝶在她栗色的鬓发上次第闪光，令人目不暇接，夸张而又不遵常理，倒是应了她这个人。

凌妙妙忍无可忍地猛扯他的衣摆："快走吧。"

再待下去，她怀疑自己会被他打扮得满头蝴蝶。

走过了三四个摊位，她的手上已经拿了好几个玩意儿。

她把火红的糖葫芦捏在手上转了转，低头咬住了第一颗山楂，还未咽下去，就听见身旁的少年低声道："我也想吃。"

她看他一眼，鼓着腮帮子指了指糖葫芦的摊位，含糊道："去买。"

他的眼睛一眨不眨地望着她的脸，语气含了一丝委屈："我想吃你手上的。"

凌妙妙一怔，忍痛将剩下的糖葫芦递了过去："那给你……我再去买一串。"

他却不伸手去接，只是垂眸望着她手里红彤彤的糖葫芦，又用那双漆黑莹润的眼睛望着她。

凌妙妙明白过来，火冒三丈地走过去将他的手拉起来，强行将糖葫芦塞进他手里，扭头走了，发间的蝴蝶发钗闪闪烁烁："爱吃不吃！"

"哎！"

434

算命先生的摊位前有个人影一闪，撞得桌子颤动，桌上插着的黑白八卦棋左右摇摆，一连串骰子滚落到地上。

那人身量高大，斗笠压得很低，斗笠上还垂着黑纱，他匆匆地道了一声"抱歉"。

凌妙妙与他擦肩而过，又回头瞅着那背影熟悉，紧跟几步追过去："柳大哥！

"柳大哥，你去哪儿呀？"

那身影闻言一顿，随即飞快地绕过街巷拐角，一闪身便不见了。

一张纸笺斜飞出来，在空中打了几个转，匆匆地落在她的脚下，

她顿住脚步，顺手捡起来揣进怀里，心怦怦直跳。

堂堂捉妖人，大白天的却像做贼似的把脸遮着，还狼狈到要在集市上乱窜……

旋即，凌妙妙被人一把抱回怀里，慕声的声音在她的耳畔低低地响起，带着令人颤抖的冷意："想往哪儿跑？"

她指着空无一人的小巷，还未反应过来："没跑，我看见柳大哥了……"

"我没看到。"

"真的……"

"你看错了。"他打断她，神色冷淡地牵着她的手腕往回走，用力得仿佛像是用锁链扣住了她。

凌妙妙一路被他拽着走。

天色渐晚，集市上的摊位收起，街道骤然宽阔起来。两旁二层三层的酒肆点起灯，觥筹交错的声响从格窗中传出来，整条街上暖黄的灯火如星。

路越来越偏了，他们走到最后几乎看不见屋宇。夜风吹来，影影绰绰的大树抖动着，无数片细小的叶子相互碰撞，发出沙沙的声响。

凌妙妙不识路，直到扎进空无一人的密林，她才警觉起来："我们来这儿干吗？"

慕声松开她的手，将她抵在粗糙的树干上，漆黑的眼睛倒映着月光，答道："说话。"

她颤动睫毛，被他身上清冷的梅花香包围："说……说什么话？"

林木如波涛般摆动，交错相连的树冠遮天蔽日，偶尔听得见林间寒鸦

435

的一声长啼。

她骤然靠在冰冷的树干上，不由得打了个寒战。他便又向前了一步，身体快要贴住她的，这样带来的压迫感令她头皮发麻。

他抿着唇，用手指轻柔地绕着她鬓边的碎发，似在极力克制自己，半晌才抬起头，漆黑的眼眸定定地望着她："妙妙，拿出来。"

"什么？"她的眸光闪动。

他耐心地看着她："柳拂衣给的东西。"

凌妙妙骤然抬眼，眼中冒火："你不是说我看错了吗？"

他翘起唇角，白玉般的脸上挂着意味不明的笑容。

这样的环境和距离，让她无端有些强烈的处于劣势的感觉，她顿了顿，戾了："不是给你的。"

他抬起她的脸，复杂地凝视着她的双眸，声音很轻，不知是在对她说话，还是在自言自语："不听话。"他俯身下来，嘴唇轻轻地碰到她的脸颊，"都已经这样了，还不听话吗？"

她避开，飞速道："想必也不是给我的，既然不是给我们的，那我们都不要拆。"

"我们"二字一出，少年一顿，神色稍霁，目光落在她的脸上，语气缓和："放在你手里不太好，还是拿出来给我吧。"

凌妙妙摇摇头，瞪着他，带着视死如归的倔强。

慕声沉默半晌，垂眸望着她，虚指了两下她的胸口，漆黑眼底似含有冷冽的笑意："你以为放在这里，我就不敢拿吗？"

话音刚落，他欺进一步，骤然吻上她的唇，左手将她的双手制在背后，旋即趁她不备，右手将她袄子的系带抽开钻了进去。

"嗯……"她剧烈地挣扎起来。

他稍微离开，声音微哑，似乎在忍耐的边缘，警告她："不想让我碰到，就别乱动。"

凌妙妙审时度势地不动了。

他吻完，那张薄薄的纸笺也被他捏在了手里。

他并不着急展开纸笺，而是先帮她把袄子系好，将毛领子抽了出来，拍平。看着她通红的小脸，若不是她满眼愠怒地瞪着他，他还想再摸摸她的脸。

这一下得逞，消去了他大半怒火，他眼中的愉悦想掩盖都掩盖不住。

436

他神情轻松地展开信笺看，只见上面横七竖八的墨迹下面，有一行潦草的字："瑶儿，我已得脱身之法，十日后无方镇花折酒楼会合。照顾好自己。"

他翘起的睫毛微颤，面上带着讥诮的笑意："还算有点儿能耐。"

"你别把它扔了。"凌妙妙凑过来要看。

他将手中的信笺一抽，轻巧地避过了她，没让她看见一个字，将信笺揣进了自己的怀里。

"我为什么要把它扔了？"慕声望着她的双眼，刻意道，"柳公子说了，回来便要和阿姐成婚。"

凌妙妙无言。

酒肆的灯光亮着，一楼的大厅仍坐满了人，小二穿梭其中，正在往外提水，他看见了他们，特意过来打了招呼。

"对了，凌姑娘。"他眉眼弯弯，"那本书看完了吗？"

凌妙妙怔了片刻："书……"

慕声挡在她的面前，少年的面容明艳，但笑容疏离："我们先上去了。"

"噢……"小二挠挠头，疑惑地看着那女孩儿被少年紧紧地牵着上楼。

凌妙妙回了房间，径自翻箱倒柜，最终从桌子下面捡起了那本没看完的小说，呼地吹了一下上面的灰，转身便要下楼。

"你去哪儿？"他挡在她的面前。

凌妙妙仰头："还书。"

"我帮你还。"

凌妙妙看了他半晌，似乎是忍了又忍，将书扔给他，扭身掀起帐子，气鼓鼓地躺到了床上。

少年捏着书下楼，老旧的木楼梯发出咯吱、咯吱的轻响。他走着，忽然想到什么，慢慢地拿起书，翻到最后一页，一目十行地扫完了结局。

凌妙妙清醒的时候讲过，故事讲的是公子爱上他的先生，便不择手段、强取豪夺，逼得先生两度自杀，后来二人竟还强行在一起了。

昏黄的灯在他的头顶摇曳着，使他浓密的睫毛在眼底投下一小片阴影，他微微抿起唇。

书的最后一回，先生不堪忍受公子的占有欲，第三次自杀，本想吓唬一下公子，没想到真的死了。公子遭遇重创，吐血而亡，死前绝望地笑道："强扭的瓜终究不甜。"

少年啪地合上书，莹润的黑眸中闪过一丝慌乱与愠怒。他捏紧手指，忍着自己想用"炸火花"点燃这本书的冲动。

好在她没看完。

"慕公子来还书？"小二一天到晚都笑吟吟的，拿起汗巾擦了擦脸，接过了书，放在了一楼的木架子上，接着走去擦桌子。

慕声立在一旁，声音很低："你那位相好，最近有传来宫里的消息吗？"

"宫里……您是想问柳驸马？"

"嗯。"

"我听说，在柳驸马日日悉心照料之下，帝姬的疯病已大好了。"

慕声点点头，不再吭声。

小二擦了桌子，又好奇地问："慕公子的婚事筹备的如何了？"

"快了。"

小二愣了一下，竟然没太明白"快了"指的是什么意思，另起话头："对了，慕公子，我听闻捉妖世家都傲得很，不与普通人家联姻，那凌姑娘想必很讨人喜欢吧？"

他先前与凌妙妙打过两回交道，对方嘴甜又没架子，是个蛮可爱的女孩儿，不过若要想让捉妖世家公子像着了迷一样上赶着求娶，一切手续全部加急，倒是引人好奇。

"她……"少年低垂睫毛，想了半晌，只吐出几个字，"很好。"

"是我高攀了。"

凌妙妙怀着一肚子闷气躺在床上等，左等右等不见人来。桌上的烛火摇摇晃晃，弥漫出细细的烟雾。她的意识渐渐模糊，竟然就这么睡着了。

慕声回来的时候，发现帐子里的人连被子都没盖，她和衣侧躺在床上，手放在枕边，睡得很沉。

他伸出手，将她头上尖利的三支蝴蝶发钗都卸下来，搁在桌上，拉开被子给她盖上。

不知为什么，书里的那句"强扭的瓜不甜"始终横亘在他的心里，扰

438

得他心烦意乱。他决定今晚暂时放过她，不扰她了。

慕声呼地吹熄了烛火，屋里陷入黑暗，一只扑光而来的飞蛾骤然迷失方向，砰地撞在窗户上，随即发出一阵啪啦啦的扇翅声。

"慕声……"她哼唧出声。

他一怔，借着冷清的月光俯下身看去，她的眼睛还紧紧地闭着，眉头已经蹙起来，含糊不清地咕哝道："唉，你好烦。"

他吹灭了蜡烛，也不知自己怎么惹到了她。

他用指腹反复摩挲着她绵软的脸，声音压得很低："叫我什么？"

她不吭声，用手腕搭在额头上，似乎睡得迷迷糊糊，懒得睁眼。

他又用了几分力，惩罚地捏了捏："嗯？"

凌妙妙终于睁开眼看他，黑色眼睛在月色下极亮，满眼都是嫌弃："烦人精。"

今晚怕是不能好好睡了。

他将她从床上捞起来，轻吻她的额头，旋即抱着她轻声道："叫子期。"

凌妙妙不语。

他把她抱得更紧，耐心地重复道："叫子期。"

凌妙妙骤然气笑了，瞪着他："叫你爸爸好不好？"

他沉默了两三秒，低眉吻着她的脸："你想也可以。"

凌妙妙将他推开，气急败坏道："去你的吧。"

四

翌日清晨，凌禄山的回信和嫁妆被人跋山涉水地送到长安，随之而来的还有三个人，灰衣服的阿意、凌虞的表舅和表舅母，据说是代表女方家来商谈婚事的。

这顿饭吃得很尴尬，因为凌妙妙对眼前这两个八竿子打不着的亲戚毫无印象，只得挨着唯一熟悉的阿意，不住地低声询问："他们做什么官的？

"家里几个孩子？

"孩子多大了？"

阿意看家护院是把好手，但在这种情形下却频频抹汗、坐立不安，结结巴巴道："小姐，我不知道……这个……我也不清楚……我就是、就是个带路的……"

凌妙妙恨铁不成钢地暗叹一声。

凌禄山身居要职，脱不开身，又没什么兄弟姐妹，只得从亡妻的家族中点将，最终点了两个自告奋勇来帮忙的亲戚，让他们专程跑一趟，去考核他的准女婿。

他们说是来考核的，却没半点儿考核的自觉，坐在饭桌上喜笑颜开，要多客气有多客气。

慕瑶处事一向稳妥，慕声更是进退得宜，三言两语便把她那位便宜表舅哄得不知今夕何夕了。

在这个世界里，捉妖世家地位超群，即使慕家只剩个空壳，空有名声在外，也是瘦死的骆驼比马大，跟她的官宦家庭门当户对。似乎凌妙妙嫁过去，反倒是她捡了便宜似的。

慕瑶如实道："家父、家母已逝，妙妙嫁过来，没有长辈照拂，还请多担待。"

表舅母笑得灿烂如菊："哎呀，没有公婆需要侍奉那最好了……"她被表舅踩了一脚，急忙改了口，"哦，对不住、对不住，我的意思是，妙妙在家娇养惯了，只怕侍奉不好公婆，呵呵呵……"

凌妙妙也跟着尴尬地笑了几声。

慕瑶顿了顿，又谨慎道："捉妖人常年在外漂泊，居无定所……"

表舅母又称赞道："妙妙性子野，年龄又小，让她在外面多逛几年，就当是游玩了。我们这种大门不出二门不迈的妇女，还羡慕呢！"她扭过头亲切地看着慕声，似乎对这位俊俏的准姑爷怎么看怎么喜欢："再说了，不是还有慕公子吗？"

慕声表现得礼貌谦逊，还带了一丝恰到好处的、长辈最喜欢的羞涩："嗯，我会护着妙妙的。"

"你看、你看……"表舅母回头对着表舅使眼色，"我就说没问题。"

表舅抚须颔首，语气带着掩饰不住地赞赏："慕公子实乃青年才俊……"

凌妙妙无所事事地坐着，像是摆在桌上的端庄花瓶，半晌，她回头低声问阿意："你路上看紧了人吗？这真是咱们家亲戚？没被调包？"

阿意的嘴张得几乎能吞下个鸡蛋："调……调包？被谁调包？"

凌妙妙冷笑一声："准姑爷。"

"啊？"他越发惊骇了，"小姐，您讲鬼故事哪……"

凌妙妙长吁一口气，无力地靠在椅子上："阿意，还有酒吗，给我倒点儿。"

阿意刚伸出手，忽然瞅着她的身后，话都有些说不利索了："小……小姐，准姑爷好像在瞪我。"他坐立不安半晌，脸色都变了，唰地站了起来，"小姐稍坐，我先去行个方便……"

"哎……"她伸手去拽，但阿意跑得比兔子还快，转瞬便不见人影了。

她扭过头看着慕声，只见少年弯着嘴角，眸中映着水色："妙妙过来，坐我这边。"

见她不动，表舅母竟然戳戳她，脸上带着过来人洞悉一切的笑容："去呀。这孩子，不好意思什么？"

凌妙妙提着裙摆，慢吞吞地坐到他的身边，刚坐下，桌下的手便被他扣住。他似乎生怕她跑掉一般，直到他要双手敬酒的时候，才不太情愿地放开她的手。

酒过三巡，表舅母试探着问："妙妙，你爹爹脱不开身，他让我来问问你，你是想在这里成婚，还是回太仓郡去，按照我们的乡俗隔三十天成婚？"

慕声听在耳中，手指紧紧地攥着杯盏，指节微微发白。

"不回太仓郡，就在这里吧。"凌妙妙平静地应道。

表舅和表舅母对视一眼："那也好……那我们留在这里，给你操持婚事？"

凌妙妙抬头问道："表舅母，您准备一场婚礼，需要多久？"

"哟，那多少也得二三十天。"表舅母扳着手指头，"嫁衣得定做，宅子也得有……"

少年垂眸，脸色微有苍白，无声地灌了一口酒。

凌妙妙笑道："我们十日后就要动身去无方镇了，婚事一切从简吧。"

表舅母有些意外："你想……你想简到什么份儿上？"

"在长安城里寻个月老庙，拜过堂就算成亲了。"

四个人的目光都落在她的脸上，而慕声的眼眸漆黑，深不见底。

"这？！"表舅母擦了擦汗，"这恐怕……"

"天地为证，遥敬高堂，没什么'恐怕'。"女孩儿轻松地笑笑，眼里黑白分明，"就后天吧。"

慕声的神色骤然一滞，杯中的酒险些被他倾倒出来——后天恰是七日之期的最后一日。

量身做嫁衣就花了整整一天，到了傍晚，凌妙妙的眼睛都有些睁不开了。

三日之内要结婚，就意味着嫁衣不可能做得多么精巧细致，刺绣缀珠肯定是来不及了，只得力求裁剪得简洁大方。

表舅母尽心尽力地为她打点着，还带着从千里之外捎来的礼物——一双装在匣子里的珍贵的绣鞋，鞋尖饰以圆润的东珠，穿着行走时光华流转。据说这鞋连底子都是羊皮做的，异常柔软。只是这材料娇贵得很，沾不得水，是凌虞娘家给的陪嫁之一。

天气凉了，在室内凌妙妙就穿着它行走，裙摆下面藏着两轮圆月似的，亮闪闪的。

她半穿着鞋子，坐在床上，伸直双臂，任由女裁缝第三次核对她的臂长。

量尺寸的工作接近尾声，门吱呀一声开了，露出慕声的影子，他没有犹豫，径自走了进来。

女裁缝发现这少年丝毫没有避讳的意思，而女孩儿也习以为常，连脸都不抬，女裁缝心里有些诧异，收了尺，点了点头，便匆匆离开。

慕声这两日忙得很。尽管婚事已经一切从简，他要料理的事情依然堆满了案头，一整天都在东奔西跑，直到傍晚才抽出空来看看凌妙妙。

她将醒未醒地倚在床上，半穿不穿的鞋子啪嗒一声落了地。他撩起衣摆蹲下，握住她的脚踝，将鞋子给她穿了上去。

他的手指有些凉，覆在她的脚踝上，令她骤然惊醒了。

她低下头，看见慕声正在由下往上地看她。

少年长而密的睫毛下是纯粹黑亮的眼睛，眼形流畅得犹如一笔浓墨画过，在眼尾挑起个小小的尖，眼尾微微发红，妩媚得不动声色。

从这个角度看，越发显得他的美锐利而无辜。

"月老庙，是你想的？"他把声音放得很低，几乎像是在哄人睡觉。

凌妙妙软绵绵地倚在床柱上："嗯。"

他睫毛颤了一下，眸中有流光闪过："为什么？"

"什么为什么？"她揉了揉酸痛的小臂，打了个哈欠。

"为什么要从简？为什么……是后天？"他的语气带了一丝罕见的惶惑，似乎真的是在急切地请求她的点拨。

她勾起嘴角，扬起下巴，语气宛如嘲笑："子期不是很着急吗？"

他一愣，旋即站起来，轻柔地抚摸着她的脸，许久，竟然有些迷离地笑了，像是透过琉璃瓶看着里面垂死的鲜花："要是真的你……就好了。"

凌妙妙皱起眉头："你才是假的呢。"

他微微一顿，白玉般的脸凑过去，非常克制地喊了一声："妙妙。"

他抬起头，垂下的睫毛轻颤，似乎在紧张地期待着慰藉。

这是一个相当虔诚的索吻姿态。

凌妙妙瞅了他半晌，用食指在自己嘴上点了点，指尖沾了绯红的口脂，用力地按了一下他的下唇。

紧赶慢赶的婚礼开始了，然而天公亦不作美，从清晨开始就阴沉沉的。天上聚集了大朵的云，空气中飘浮着令人发闷的潮气，在秋高气爽的长安，竟然令人嗅到了木头家具发霉的味道。

镜子里的金步摇无声地摇晃着，慕瑶修长的十指穿梭在凌妙妙栗色的发间，伸手为她戴上繁复的头饰。

金凤衔珠，那串精巧细致的珠链垂在前额，最后一枚细小的珠子恰好印在嫣红花钿的花心。

慕瑶抿唇望着镜中人，看见凌妙妙在低头瞅着自己的手指，对方的睫毛垂着，眼尾罕见地以红色的胭脂勾起，嘴唇还没有来得及上正红的口脂。

寻常小家碧玉的姑娘在这个时刻，都会带上一丝平时不显的妩媚。

"妙妙……你看看？"慕瑶有些生疏地扶住凌妙妙的肩。

凌妙妙认真地往镜子里看，妆面嫣红，桃腮杏眼，鲜艳得出挑，一时将脸色苍白的慕瑶衬得黯淡无光。

"慕姐姐……"凌妙妙有些诧异，"你脸色不好。"

"我……"慕瑶苦笑了一下，从镜子里注视着凌妙妙，许久，开口嘱咐道，"阿声他……"

慕瑶想说些什么，却不知该从何说起，若是将真相告诉她，会吓着她吧？

慕瑶踌躇了片刻，淡色的瞳孔清清明明："他若是欺负你，你就来找我，不要忍着，知道了吗？"

凌妙妙抿唇笑了。

她反手握住慕瑶搭在她肩膀上的手："慕姐姐，慕声这个人哪，可能跟你表面看到的不一样，但其实也没有那么不一样，你不要害怕他。"

慕瑶一怔，旋即哑然。

凌妙妙竟把她要说的话抢先说了。

慕瑶抿了抿嘴，眼角下的泪痣在灯下似乎闪着光："你不知道，阿声他……"

"慕姐姐。"凌妙妙又开口打断她，"倘若你养了十年的坐骑忽然发了狂，往前一步是万丈深渊，往后一步是平坦大道，你怎么办？"

慕瑶顿了顿，下意识地答道："自然是要临崖勒马。"

"这样的处境很危险，但其实你可以撒开缰绳跳下马，任由它自己冲下去的。"

"可我既然能拽紧缰绳，为什么不试一试？相处十年，想必已经心性相通，即使发了狂，也不该……"

慕瑶骤然停住，脑子里嗡的一声，似乎明白了凌妙妙的话中所指。

凌妙妙拿起胭脂纸抿在唇上，眼中泛着明亮的水色，鲜艳的红唇微翘着，望着镜子道："那就请你拉他一把吧，不要让他掉下去了。"

红盖头的边缘垂着长而秀气的流苏，直坠到凌妙妙的胸口。

她走路的步子很快，她从来学不会矜持地轻移莲步，因而盖头上垂下的流苏就随着她的步伐轻轻摇晃，像是在雀跃着。

下了轿，慕瑶小心地扶着她的手臂，轻声提醒道："慢点儿走。"

长安城内最大的一座月老庙就伫立在前方，天边浓厚的云层低垂着，仿佛吸饱了水汽，下一秒便要滴落成雨。

慕瑶抬头望着发青的厚云，眼中露出一丝忧虑。

杂乱的脚步声响起。

"来了、来了……"表舅母扔掉嗑了一半的瓜子吆喝着，几个人这才在临时搬来的椅子上落了座，着急慌忙地保持礼仪。

月老庙里有一座两人高的石塑像，塑像头上的屋顶还有一个大洞，呼呼地漏着风。

几天前表舅母专程找了维护寺庙的人，期望他们能把这破屋顶赶着补一补，结果对方说这洞是专程留着的，子夜一至，月光从这洞里穿过，照在塑像身上，这月老就显灵了。

修是不可能修的。

表舅母仰头看看那个洞，看到了一小块阴沉的天，冻得打了个哆嗦。她很久没有见过这么简陋的婚礼了。

凌妙妙的嫁衣是特意定做的，女裁缝心灵手巧，给她做成了能够多穿一件棉衣的尺寸。凌妙妙在红色嫁衣里套了一件贴身的小袄，坦然地站在那里，一点儿也不觉得冷。

扶着凌妙妙手臂的力道一重，一阵熟悉的梅花香袭来。她微微偏头，透过红纱看得到满室蜡烛摇曳的红光，身旁已经无声地换了人。

一对新人携手走入庙中，走得很慢。

他们身上的喜服是暗色调的，缎面光滑，并无多少珠饰。新娘的身后拖着长长的裙摆，暗红色的衣服借了几缕室内的光，竟然有种慵懒的华丽。

两排蜡烛在月老像前摇曳，点点星火如同河中的漂灯。

表舅清了清嗓子："咯咯，那就……"

眼前骤然一亮，随即轰隆——一声雷鸣响彻云霄，窗外的树被风吹得几乎要被连根拔起。

表舅母惊叫一声，这座狭小简陋的月老庙内，除了新郎和新娘毫无反应之外，其他人都被吓了一跳。

凌妙妙低头看着裙裾，鞋尖上那两枚圆润的东珠闪着流光。她稍微换了个姿势，慕声扶着她的手臂即刻收紧了，既是安慰，也是辖制，斩断了她退缩的后路。

"别怕。"他的声音低低传来。

凌妙妙侧头，没有吭声。

"慕姑娘，你看，快要下雨了，这……"

别说这年久失修的庙能不能禁受得住一场狂风暴雨，就说庙顶这个洞，就是个大麻烦。

"没事儿……快一点儿吧。"慕瑶无奈地叹了口气，轻声催促道。

445

一切仪式都加速进行，外面的雷声越来越急，底下的亲戚也战战兢兢的。慕声却不慌不忙，几乎是架着她一板一眼地拜了天地。

二人起身，面对着那座手牵红线的月老塑像。因年久失修，月老手上的红线都被风霜摧残得千疮百孔了，看上去像是在扯面，还沾了满手的面。

凌妙妙不由得勾了勾嘴角。

少年敏锐地侧头，无声地盯着盖头后面，只能模糊地看见她眉眼的轮廓。他却有种错觉，觉得此刻的她是高兴的。

他垂下长长的眼睫，有些自嘲地笑了笑。

除了欣喜若狂的他，谁又会真心高兴呢？

"立誓吧。"慕瑶急促地宣布了婚礼的最后一项议程。

按照这个世界的礼仪，要彼此双方许下诺言，才算礼成。

"我要说什么？"凌妙妙开口说了今晚的第一句话，那久违的声音脆而亮。

慕瑶一怔，旋即低声提醒道："今生今世，不离不弃。"

"好。"凌妙妙顿了顿，转向月老像，慢慢道，"今生今世，不离不弃。"

话音落了，慕声却半晌不作声，大家都屏息等着他重复这句话，一时间室内只听得到外面狂风折断枝丫的声音。

"阿声……"慕瑶皱眉提醒。

他没有应答。

"阿声！"慕瑶又催了一声。

慕声终于开了口，说的却不是既定的词。

他眼眸漆黑，眼角发红，语气沉郁，带着偏执的痴意："生生死死，纠缠不休。"

在他吐出最后一个字的瞬间，天空骤然大亮，旋即轰隆一声惊雷爆裂，仿佛天上神祇用一记重锤砸裂了天穹。

与此同时，天像是破了个大口子，暴雨骤然倾泻而下。

外面被浓重的水汽包围了，几人的惊呼骤然被埋没在这声巨响中。

五

趁水还没灌进庙里，众人簇拥着新人匆匆地离开了月老庙。

外面天色昏暗，雨点儿在路面浅浅的积水上打出无数细小的涟漪。

凌妙妙在门槛前停下了，有些踌躇地看着自己珍贵的羊皮鞋子。

旋即她的腰被慕声揽住，她感到身子猛地一轻。他将她打横抱起，毫不犹豫地踩进了满地积水中。

绯红柔软的裙子在他的手上叠成一堆，长长的后摆垂在他的脚边一晃一晃的。阿意艰难地给一对新人撑着伞，跟跟跄跄地跟着慕声的步子走。

少年微掀眼皮，黑眸也让水汽浸得有些湿漉漉的，平淡道："给你家小姐打着就行了。"

"噢。"阿意睨着他的神色，将伞倾了倾。

慕声掀开轿子的垂帘，将她塞了进去，弯下的背被雨水浸湿了一片，显出更深的颜色。

客房内的蜡烛比平时多了一倍，案头、床头乃至墙角都放着成排的红色喜烛，室内点点光明晕染成一片，让人有些眩晕。

帐子换成了旖旎的红色，凌妙妙乖乖地坐在床上一动不动，裙摆夸张地铺在地面上，更显得她像是在巨大花瓣中的小小一团。

虽然经过这场雨，她却一点儿也没被沾湿。

慕声换下湿衣服才回到屋内，挥袖吹灭了沿路的半数蜡烛。

屋里一下子昏暗下来，唯有环绕着新娘的一圈蜡烛是亮的，昏黄的光照射着暗红的缎面，泛出暖洋洋的光泽。

他用手指掀开盖头，露出女孩儿带着妆的脸。

少女唇上的颜色有些褪了，咄咄逼人的艳丽消失了，她的双眸明亮，眼尾和脸颊俱是醉人的绯红色，花钿之上坠着一串熠熠生辉的珠饰，整个人像一朵娇嫩的桃花。

少年长久地望着她的脸，眼底浮现出冰凉而满足的笑意："你知道我等这一天，等了多久吗？"他旋身，慢慢地坐在她的身旁，牵起她的手指放在唇边亲吻，几乎是在恳求，"妙妙，叫我一声好不好？"

她看着他，偏偏保持着沉默，像个木头人似的坐在他身边。

他等不到回应，暗叹一声，眸中黑得深沉，望着她的目光迷离而复杂。

半晌，他垂下睫毛，慢慢地解开她大氅的系带，绯色的宽袖从她的背后落下，她里面还穿着一件杏色的小袄。

他顿了顿，微翘嘴角，似是嘲讽，自言自语道："倒还记得不能冻着。"

凌妙妙的袖子上还挎着脱下去的大氅，她低头看着自己的小袄，没有任何举动。

他接着解开她小袄的纽扣，将袄子也从她的肩头脱下，再往里便是纯白的真丝襦裙，两肩处绣了两朵精致小巧的银线菊花作为点缀。

凌妙妙最不喜欢穿厚重的中衣，她一年四季都在最里面穿夏天的襦裙，不知是从哪里学来的毛病。

江南女儿家的襦裙上襦总是很薄，几乎半透出少女白皙的肩膀和手臂。

"我这样……你也不怕吗？"他捏起她的下颌，与她对视。

少女的神色恹恹，只是她穿得太薄，骤然打了个哆嗦，头面上的垂珠左右摇摆起来。

他似乎是再也耐不住了，手臂一圈，将凌妙妙狠狠地压进怀里，用右手掀起她头面上那串精致的垂珠，低眉吻在了她额头娇艳的花钿上。

这个吻停留的时间极长，久到慕声的嘴唇从滚烫变得冰凉，凌妙妙都怀疑他要贴着她的额头睡过去了。

旋即，他松开手，拉开被子，将她塞了进去，抬手挥灭了所有的蜡烛。

屋内顿时昏暗下来，他将自己藏在了黑暗中。

凌妙妙已经形容不整地躺下了，他依然保持着坐姿。这个姿势相当紧绷，和他往常靠在树下睁着眼睛睡觉的坐姿并无区别。他一动不动的，似乎被冻结成冰。

窗外雷雨交加，疾风骤雨拍打着窗户，发出了吱呀的声响。

他仰头注视着暗红的帐子顶，迷惘地等待着天亮。

这掺了毒的甜蜜，果真只有七天。七天实在太短，一眨眼就过去。

天亮以后，他等来的会是决裂？还是怨怼？

所有一切，他都照单全收，这是他欠了她的。

只是要他放手，绝无可能。

慕声感到少女细细的手指试探着向上摸着，摸上他的腿，像是有虫子在爬。半响，她的下巴枕上来。他就像是坐着被冻僵的人，骤然有了一点儿知觉。

女孩儿在黑暗里眨着眼，声音很脆："你还睡不睡觉了？"

他骤然低头，凌妙妙也坐起来和他对视。她的眼中清清明明，毫不掩饰地闪烁着讥笑的光。

"妙妙……"少年有一瞬间的呆滞，想要伸手去摸她的脸。

她偏头避开，眸光像锐利的剑。

他骤然僵住，感到自己从头至尾被冰水浇透了。

她提前醒了吗？还是……

她冷笑一声，打量了他半晌，笑容里带着深深地嘲讽："你这么喜欢听我说'我喜欢子期'，我多说几遍给你听听？"

他的脸色骤然苍白，整个人像是一戳就破的肥皂泡泡。

她……早就醒了。

这些日子的羞辱、控制、圈禁，都是当着她的面，他所有的卑鄙、不堪、低劣，都彻底暴露在她眼前……

他的手指开始抑制不住地微微发抖。

这个瞬间，原有的局势彻底变了。

他再次一败涂地。

凌妙妙见他似乎凝固成了一张相片，眸子里的戾气退尽，湿漉漉的黑眼珠里满是惊慌，脆弱得像个纸片人。她即使憋了七天的气，也不忍心再讥讽下去了。

她把挂在手臂上的大氅和袄子彻底脱下来，扔到一边，飞快地钻进了温暖的被子里。

她没有……没有怕他……

慕声终于在千头万绪中勉强拉回神志，僵坐着，一阵战栗的喜悦爬上心头，纤长的睫毛颤了颤，他似是不敢确定地问："那你……还愿意和我成婚？"

"别想太多了。"妙妙打断他，将沉重的头面从鬓发上卸下来，摆在一边，枕着披散下来的头发，扭头朝着他，眼睛亮闪闪的，"等你死了，我就嫁给柳大哥。"

他仿佛被劈头盖脸浇了一盆冷水，少年的脸色变了又变，身子都在微微发颤。

"所以呀，"她微微颤动着睫毛，有些困倦地闭上了眼睛，语调脆生生的，竟然让人辨不出她到底是在反讽还是在认真地叮嘱，"你最好惜命一点儿，别死了。"

他的脑子彻底乱成一团糨糊。

"还有，明天开始你睡地上。"

他沉默了数秒，漆黑的双眸一眨不眨地盯着她粉嫩的脸，终于从混乱中捕捉到了关键："今天呢？"

她不自杀、不出走、不休夫，甚至不吵不闹的，就已经将他好不容易建立起来的防御彻底摧毁了。

慕声感到一阵绝处逢生的庆幸，宛如溺水之人骤然吸入一大口空气，他顾不得辨别这是不是海市蜃楼。

凌妙妙哼了一声，翻过了身背对他，柔软的长发铺在床上。她有些困了，声音也蔫蔫的："今天就算了，将就一晚。"

他拉开被子，缄默无声地躺下，靠近她身边的时候，心跳竟然开始紊乱起来。

她白皙的脖颈近在咫尺，他悄悄地牵起她铺在床上的一缕头发，在手中暗自摩挲，又放在鼻尖轻嗅着，眸光微有迷离，她身上的栀子香气笼罩了整个帐子。

他终于冷静下来，脑子冷静了，心里却在无声沸腾。

鲜活的、真实的她。

令他……心神不属，又怯懦地想要接近。

太阳当空。

凌妙妙坐在妆台前的时候，还在克制不住地打哈欠。

新婚之夜，慕声在她背后沉默地玩儿了一整夜她的头发，弄得她心里七上八下的，睡也睡不安稳。

因此，当她看到他出现在镜子里的时候，没好气地捧着脸看向窗外。

大树的枝叶被雨水灌洗过，青翠欲滴，茂密的树冠在二层窗外，仿佛一朵绿云。

慕声望着趴在妆台上的少女，她的头发一向是扎两个垂下的髻，灵动娇俏，他很少见到她梳头前的模样。她那栗色的、柔软的发丝垂下来，有的落在两颊边，其余的垂在背上，露出白玉般的耳尖，显得她格外乖巧温顺。

他走到她的背后，捏起梳子抵住了她的头发。

凌妙妙瞬间绷紧脊背，瞪着他："你干吗？"

少年抿了抿唇，黑眸中流露出一丝委屈："梳头。"

"我自己又不是没手……"她从镜中望见他瞬间变得失落的神态，抢过梳子的动作戛然而止，摆了摆手，"好了，梳吧、梳吧。"

他苍白的手捏着橡木梳子一下一下地从上到下地梳着，她的发丝被他握在掌心里，光滑柔软，他留恋地抚弄了好一会儿，才拿梳子蘸了一下妆台上摆的梳头水。

凌妙妙挡住他的手臂，他从背后看得见她颤动的睫毛，她说："你蘸太多了。"

"是吗？"

"你看看。"凌妙妙扬了扬下巴，心疼地瞅着那半瓶可怜的梳头水，"这一瓶都快被你用完了。"

他看着凌妙妙抓着他的手，小心地拿着手帕擦去梳子上多余的梳头水，动作又轻又柔，他没忍住骤然俯下身抱住她，将下巴轻轻地搁在她的发顶。

"梳头就梳头，这是干吗？"凌妙妙僵住了，飞快地拿手肘顶一下他，"起来。"

他不情愿地起身，似乎意犹未尽："好香。"

凌妙妙从镜子里睨着他："香？你先前说这味道闻多了反胃，为了不反胃，还是少闻些吧。"

少年的眸光一动，他不吭声了，抿着唇继续梳着她的长发，脸上似乎带着些委屈的神色。

凌妙妙拿沾湿的软布擦去额头上的花钿。因条件有限，这朵额心花不是贴的，而是她拿着笔自力更生地描上去的。

"对了。"她眨了眨黑白分明的眼，专注地看着镜子，边擦边道，"以后别亲这个，这是朱砂，吃了会中毒的。"

他骤然一顿，低垂的睫毛颤了颤。

半晌听不见他的回答，凌妙妙抬眼，赫然发现他的耳尖通红。

结婚对于捉妖人来说，只是人生中的一件小事儿。数日后，两队人挥手作别，各往目的地而去。

451

太仓郡和无方镇都需要向南而行。他们三人和凌妙妙的娘家代表团有一段共行的航路。

临下船前，表舅母握着凌妙妙的手，飞快地讲了一路的女德、女训、为人妇道，凌妙妙一边走神一边默默听着，时不时配合着点一下脑袋。

"依我看呀，咱们妙妙用不着这些。"

表舅母一句结语否定前文，亲昵地抱着她的手臂，远远地回头看了一眼甲板上站着的慕声，对他的满意溢于言表。

慕声黑色的袍角在狂风中飘飞着，江上的雾气笼罩了他的背影。船头的少年伫立在雾中，显得有些纤细，轻灵得似要乘风而去。

"你嫁的不是一般人，妙妙。"她夸张地拍拍凌妙妙的手背，"成婚以后，你就好好玩儿，可劲儿逛。女人嫁了人，生了孩子，便被柴米油盐、家长里短困住了，谁都不像你，比当姑娘时还要自由。"她的眼角带上了一点儿湿润的泪光，语气钦羡，"活得高兴最重要。孩子不急着要，家宅也不着急定，跟着姑爷多看看外面的世界，多好。哪儿像我们这群人，下半辈子都在小院子里过活。"

听她的话，似乎将自己全部的神往都寄托在凌妙妙的身上了似的。

表舅在旁听着，捻须的频率越来越高，终于忍不住酸溜溜地开了口："咄！别说，教坏了孩子……说得好像你嫁给我多委屈似的。"

表舅母嫌弃地瞟了他一眼，叉起腰："你当初长得还不如新姑爷三分俊，我嫁给你，难道不委屈吗？"

二人娴熟地拌起嘴来，拉拉扯扯地进了船舱。

表舅母在吵架的空隙，还抓住机会远远地喊："妙妙，记得早点儿把姑爷带回家给你爹看看……"

"哎。"凌妙妙站在船舱边，哭笑不得地抱紧了怀里的行李，招了招手，最后嘱咐阿意："回去跟爹爹说一声，等我们从无方镇回来，就回去看他。"

阿意听着，表情有点儿不舍："知道了。"

慕声走过来，站在她的身边望着她："下船了。"

大船经停无方镇，茫茫大雾扑面而来，整个镇子似乎是架在水上，码头只见浓雾，不见人影。

经久不散的大雾和茫茫水汽，使得这里看起来总有种半梦半醒所见的迷蒙感。

凌妙妙看着慕声漆黑莹润的双眸，瞬间明白他这样一双湿漉漉的眼睛是打哪儿来的了。

毕竟一方水土养一方人。

"行李给我吧。"少年低眉望着她，伸出手，语气里竟然有几分温软地央求。

凌妙妙将包裹塞给他，提起裙子随着他下了船。

他的脊背紧绷着，带着对陌生环境的警惕和戒备，唯有高高扎起的头发上皎洁的发带放松得很，被风吹得慵懒摇摆。

凌妙妙微微地叹了口气。

子期，你还不知道吧？

这里，其实是你的家乡。

第四卷 无方镇

第一章　花折

一

无方镇的秋天，比别处的都要凉。

白雾里带着刺骨的潮气，似乎藏着无数针尖大小的冰花，触碰到人的皮肤便立即化开。

眼前的渠塘是宛江的一条细小支流，两岸长满了香蒲，丛生的蒲苇高过人的膝盖，像是大地茂密而干枯的毛发。

他们赶路一向爱抄近道，总是往丛林、荒地里面钻，眼前的水塘里连座像样的石板桥也没有，只有几块尖锐的石头冒出水面。

"阿声，"慕瑶回头一望，眼中有淡淡的诧异，"这……不是暗河。"

这只是一条……普通的、浅浅的、没有任何危险的小水渠。

慕声背着半睡半醒的女孩儿，头也不抬地迈进了水里："她走不了。"

慕瑶一时哑然。

凌妙妙搂着他的脖子，眼睛都快闭上了。他愿意背她，她也懒得沾湿裙角，就随他去了。

她晃了晃悬着的腿，忽然倾了倾身子，慕声微微侧头，从这个角度看过去，她能看得到他睫毛的弧度。

"怎么了？"

"我的鞋……"她抬了一下右脚，隐约露出裙摆下纤细的脚踝，"要掉了。"

她晃了晃脚腕，想让他帮一下忙。

他顿了顿，飞快地将她的一双鞋子脱下来，拿在一起，顺手揣进自己的怀里，"掉不了。"

凌妙妙羞耻地将一双赤足蜷起来藏在裙子里，不想再理他了。

他却再次把手伸向下面，捏住她的右脚踝摩挲了两下，睁着乌黑的眸子问道："冷吗？"

"不冷。"她把腿一缩，气急败坏地挣开他的手，还在他的手上踩了一脚。

少年骤然被她踩了一脚，睫毛一颤，默然地捞住她的膝弯，乖乖地不再言语了。

凌妙妙一安静下来，就立即犯困了。

他察觉到背上的女孩儿呼吸渐渐平稳，暖融融的身子软绵绵的，搂着他脖颈的手有越来越松的趋势……他收紧手臂，唤了她一声："别睡，要掉下去了。"

凌妙妙骤然惊醒，下意识地搂紧了他，连眼睛都睁不开，在他的锁骨上拍了两下，不耐烦地哼唧起来："不会掉下去的，不是有你托着吗？"

慕声从石头上踏过，袍角已经浸入水中。她鲜艳的石榴红裙摆被他揉在手里，像一捧柔软的花瓣，被他紧紧地压在袖口下。

少年一边走，一边望着流淌的溪水出神。他想：自己可能是疯了，连这随口的一句话，也能让他觉得幸福得眩晕。

慕瑶早就过了河，站在岸边耐心地等着慕声慢吞吞地走过来。慕声将人背过了河，又轻手轻脚地放凌妙妙下来，由背着改为抱着，径自把她抱到了一棵树冠硕大的榕树下，平稳地坐了下来。

少年抬头，用黑润的眼珠望着慕瑶："阿姐，我们休息一会儿吧。"

这本该是商量，他却用了平淡而不容置疑的语气。

"好。"慕瑶神色复杂地坐在了一旁，看着他低下头，无比耐心地帮凌妙妙穿上鞋，然后旁若无人地玩弄起了怀里女孩儿鬓边的头发。

凌妙妙从梦中惊醒，睁眼看到的是满天绚烂的晚霞，一行大雁凝成小小的点儿往南飞去。

她用泛着水光的杏眼呆滞地望着天，旋即转动了眼眸，看到了天际动

458

人的暮色。

她发觉自己躺在慕声的怀里，他的手指还在有一搭没一搭地绕着她的头发，让她感到丝丝缕缕的痒。

她的后背因为长时间保持一个动作而隐隐作痛。

她还有些迷糊，她明明记得，出门的时候还是烈日当空……

她骤然坐起身来，满脸通红，又惊又惧："我……我睡到晚上啦？"

慕声竟然任由她睡着，也不叫醒她。

凌妙妙一回头，便看到慕瑶靠在不远处的树下，一动不动地看着他们，像一座望夫石一般。

居然因为她一个人，延误了主角们查案的进度。

凌妙妙心中的自责顿时泛滥成河："对不起、对不起，都怪我……"

"没关系。"慕声毫不在意地应着，十分认真地帮她正了正头上被睡歪的发钗。

"谁跟你说话了？"凌妙妙拍开他的手，手脚并用地爬起来，感到沮丧极了，"慕姐姐，是我不好……"

"没事儿的。"慕瑶无奈地笑了笑，语气温和而怜惜，"妙妙这几天可能也是累着了……困了就多歇歇，晚点儿走也是一样的。"

当他们走到无方镇城内的时候已近黄昏，街边的灯笼都被逐次点亮了。

慕瑶拦住了一个匆匆归家的行人："您知道花折在哪里吗？"

那人蓦地笑了，似乎是听见了什么笑话："瞧见这些灯笼了吗？"他伸手指了指道旁酒肆璀璨的灯火，说话还带着南部特有的口音，"顺着这些亮光走下去，自然就能找到了。"

"是吗？"慕瑶回过头望着这条街，似乎有些半信半疑。

那人讥诮地一笑，似乎是不太满意她的表情："镇上的人可能不晓得皇城在哪里，但酒楼、酒肆肯定是知道的。"

慕瑶三人谢过了他，便拔足朝着大街的深处走去。

无方镇是个小镇，总共也没有多少人，连码头都显得格外萧索，却有一整条灯火熠熠、夜夜笙歌的街道。

这座城隐在迷雾中，人们在这里醉生梦死。

一行人沿着两旁的灯笼一路前行，慕瑶忽然驻足，指着头顶的匾额道："到了。"

凌妙妙抬头一瞧，果然见到破旧的牌匾上以隶书写着斑斑驳驳的"花折"二字，酒楼的大门敞着，连个迎宾的员工都没有，却时不时有三三两两的人相互簇拥着走了进去，显然生意很不错。

花折的楼足足有三层，比两旁的建筑大了许多，从尚未毁坏的雕栏玉柱依稀可见旧时的富丽堂皇，只是现在这里太破败了。

大门和匾额上的漆面是剥落的，金属也生了锈，门口两座石柱上面雕刻的狮子头顶上长满了青苔。整座建筑看起来多年无人修葺，就连悬着的红灯笼，看起来都比旁边店家的昏暗一些，像是坐落在新街上的前朝古董。

慕瑶与凌妙妙对视一眼，前者的面色隐隐有些凝重："进去吧。"

柳拂衣选的地方，果然与众不同。

他们沿着蜿蜒的主廊进入花折，南北天井投下凄清的夜色，廊上灯烛荧荧，闪闪灭灭，一直延伸到远方。看着眼前的景象，慕声的眉头微微一蹙。

主廊的侧边仿佛本应有歌台舞榭、衣香鬓影，可是仔细再瞧，那里只有寂寂夜色，冷落门庭。

"怎么了？"凌妙妙望着他的脸色，感觉他有点儿不对劲儿。

"没事儿。"他收回目光，望见她的眸里映着昏黄的烛火，显得格外柔软。

凌妙妙一顿，也放低了声音："不舒服说话呀。"

他的眸光动了动，半晌，他看着她点了点头。

这一路上的景色幽静凄清，看起来像是酒肆由于资金不足，快要倒闭了。一直走到大厅里，凌妙妙对这里的印象才有所改观。

酒肆的第一层坐满了人，喧闹嘈杂，觥筹交错，一股热闹的气息混杂着酒菜香气扑面而来，霎时间冲淡了之前的破败凄清之感。

大厅里的桌椅已经摆放得非常多了，人们想从桌子间通过都要侧着身走，食客们扭个身，都随时可能擦到另一桌的人的后背。

店里只有一个小二，他两手都端了托盘，看上去恨不得在头上也顶一个。他在这迷宫般的大厅内飞快地绕来绕去，大约是招待了太多人，他的脸上连笑影也没了，只剩满脸的不耐烦。

"李兄，这个酒楼好是好，怎的名字里带了个'折'字？不好听。"

身后一桌的两人对酌都需要大声说话，才能让对方听得清楚。

"你有所不知，此楼原是无方镇上最大的秦楼楚馆花折，取的是'有花堪折直须折''今宵有酒今宵醉'的含义……多少王公贵族从京城远道而来，跑到无方镇，为花折腰。"对面的公子也艰难地扯着嗓子喊，"你以为大家都是为了什么来？都是为了看一看这一'折'的风采！"

"这楼里可还有姑娘？"那人身子前倾，显然来了兴趣。

对面的解答者晃了晃筷子，头也不抬："没了，早没了，这里换了四五任老板，早就不是妓馆了。"

"噢……"他有些失望地喝了一口酒。

"不过，这里还有个保留节目。"公子笑吟吟地卖了个关子，"我先不说，一会儿你便知道。"

现场已经混乱一片，满大厅的人吃得如火如荼。他们三人见小二顾不上伺候，便自行寻了空桌坐了下来，亲力亲为地倒了茶，慕瑶拿起桌上的菜谱递给了凌妙妙。

妙妙看着菜谱，只见一版密密麻麻的蝇头小字，还是竖排，看得她一阵发昏，便将菜谱塞给了慕声："你点。"

慕声顿了顿，垂下纤长的睫毛："你想吃什么？"见她一时半刻想不出要吃什么，他已经非常贴心地将食谱上的内容低声地念了出来，"盐水鸭、素什锦、桂花拉糕、冰镇酒酿、赤豆元宵……"

"这个吧。"她喊停。

他停了："哪个？"

"赤豆元宵。"

"嗯。"他点点头，将菜谱合起来，递给了慕瑶。

凌妙妙拦住他的手，睁着黑白分明的杏眼望着他："你不点？"

慕声微微一顿："不用了。"

凌妙妙眨了眨眼睛："没有喜欢吃的吗？"

他的黑眸潋滟，略有些茫然。

"那我再点一个。"凌妙妙瞧着他这模样，便毫不客气地夺过菜谱，装模作样地扫了一眼，"杏云糕。"

说完，她斜睨着他，着意观察他的反应。

在回忆碎片里，她看见蓉姨娘给他端了一盘杏云糕，说那是他儿时很喜欢吃的东西。

慕声闻言，眼里未起波澜，只是有些疑惑："我刚才没念杏云糕。"

凌妙妙满脸通红地将菜谱塞给他，脆生生道："就是很想吃，那你找找上面有没有。"

慕声低眉，一目十行地看下去，竟然真的在一排糕点中找到了这三个字，"杏"字上头还拿笔点了个圆圆的点儿，想必这是推荐的意思。

她倒是会挑。

少年的眸中闪过一丝微不可察的笑意，指尖停在那个圆点儿上："有。"

"那就点。"众人耳边传来了熟悉的声音。

慕瑶发出一阵惊呼，妙妙也抬起头来，发现席上赫然多出了一身黑衣的柳拂衣。他似乎是风尘仆仆地赶来，渴得连喝了三杯茶水才缓了过来。

喝完，柳拂衣才顾得上用谴责的眼光看着慕声："阿声，我给你烧了一路的通讯符，你怎么理也不理？追得我腿都快跑断了。"

"阿声？"慕瑶惊异地扭过头看着慕声，但少年眼睫半垂，对此充耳不闻，眼尾的弧度在灯下显得清冷又妩媚，带着一丝讥诮。

凌妙妙却很兴奋："柳大哥，你和慕姐姐是不是明天就要成婚了？"

"啊？"柳拂衣差点儿把一口茶水呛在喉咙里。

慕瑶将目光转向了凌妙妙，两人面面相觑，俱是满脸震惊。

清脆的梆子声忽然从背后传来，大厅里瞬间安静下来。

一个红鼻头的老头穿着彩色布片缀成的破袍子，花里胡哨地站在大厅中央，一手敲梆子，一手捋着花白的胡子："各位，我们又见面了。"

众人饭也不吃了，放下碗筷，鼓起掌来，一时间大厅内欢声雷动。

他笑眯眯地微一颔首，四下致意："今天，我们讲无方镇慕容氏与赵家公子的故事。"

话音未落，大厅里竟然响起了如潮的掌声和口哨声。

身后那一桌对酌的人压低声音，语气里带着得意的笑意："瞧见了吗？这就是那保留节目。"

"这慕容氏，是什么花呀？"有人喊了一嗓子，打断了他们。

老头摇摇头："这慕容氏不是'花'，她的名字都没有刻在牌子上，因此她这名讳也不知是真是假。"

大厅里传来一阵低低的骚动声，人们似乎是很不满地喝起倒彩。那个

462

发问的人再次提高声调道："那讲她做甚？上次玉兰花芜香戏两男的故事精彩，何不接着讲芜香？"

座下人纷纷应和。

慕瑶涨红了脸，左右看了看，发现四周果真坐的大多是年轻男子，脸上更加挂不住了。

身后那桌还在滔滔不绝地科普道："这老头在此，每日讲一小段故事供在座的食客消遣，讲的都是从前在花折里发生的事儿。"

他的尾音带上一点儿轻浮之意。

"从前？"

"就是当花折还是妓馆时的故事。每个姑娘花名之上还有一个雅号，那人说的'小玉兰'便是芜香姑娘的别称。传说花折挂牌上有九九八十一朵花，琳琅满目，各有风姿……这老头，已经讲到第四十九朵花了。"

对面那人笑了："果然，来这里吃饭，是为了听这香艳故事。"

公子喝一口酒，感叹道："香艳，但不俗气，精彩得很。"

凌妙妙仰头打量着大厅内的装潢，看见第二层还留有未撤去的纱帘、珠帘，保留了些明艳的脂粉气。透过老旧的木楼梯，她仿佛能想到当初这里的女子们扭着细腰、拿着手帕踏上二楼的情景。

"诸位且听我说。"老头安抚着不满的食客，"你们定是想这慕容氏必定貌若无盐，才不能上木牌、冠以花名，可对？

"可事实恰好相反。慕容氏冰肌玉骨，有天人之姿。那花折的老板榴娘，想不到哪一种花衬得上她，只得将她藏在第三层的东暖阁里，似匣中珠玉般珍藏，非王公贵族点名相见，绝不让她出来抛头露面。"

"哟——"底下的人立即便被镇住了。

自古以来，美人越是神秘高傲，越是引人注目。

老头满意地扫视一圈，接着道："故事要从赵公子落脚无方镇开始讲起。赵公子其人，谁？他是高门大户的公子爷，身份尊贵，相貌更是万里挑一，从十几岁起，便被各色贵女竞相纠缠，不胜烦扰。

"因而，赵公子的脾气极傲，凡是对向他示好的女子，他几乎不拿正眼看待。"

老头三言两语，引得座下人入了境，兴致勃勃地听着。

"这一年，赵公子推拒了两三门婚事，又拒绝了数十次表白，心里烦得很，便借由办事跑到无方镇来散心。咱们这镇子，最出名的岂非吃喝玩乐？这里酒肆成排，到了半夜还灯火通明，最让游子乐不思蜀、流连忘返。

"那一年，上元节里非但有灯会，还有烟花盛典。赵公子想看烟火，但又不想人挤人地看，便着意观察了一番，看上了城南一座人迹罕至的小山。攀上山顶，既能俯瞰镇子，又能仰望天穹，实在是个妙处。

"于是自前半夜起，赵公子便独自上山。山中只有条废弃多年的小路，路很陡，草又荒得很，到处都是虫子。他满头大汗，形容狼狈，走了一个时辰，才攀到这座山的三分之一处，不由得有些泄气。

"他忽然闻到一阵香风，抬头一瞥，只见得前面有个白色的影子，原是个窈窕的姑娘，独行上山。

"那身着素衣的背影攀山时如履平地，走得很快，似乎不受山路所扰。她那细腰不盈一握，衣袂飘飘，既无汗渍，也没有沾染灰尘，真像是天上仙子。

"赵公子心中好奇，便快走几步赶了上去，姑娘回过头来，见了生人，十分吃惊。她面上戴着一块白色面纱，遮住了大半张脸，露出的那双眼睛真当得起眸似秋水，眼波流转。这水灵的双眼，简直像是西子湖的潋滟山水，明明不谙风情，却一眼就酥到人心里。"

"啊……"下面传来一阵低低的吸气声。

老头的眼中有得意的神色一闪而过，他又接着讲："赵公子便愣了一愣，旋即压下心中的震惊，解释道——'在下冒昧，敢问姑娘何故一人上山？'

"那仙女一般的姑娘，眼中竟然露出无措的神情，似乎是害怕自己的行为不被准许似的，她开了口，那声音如丝绸扫沙般，听得人心头震颤的。她小心地轻声答——'我是来看烟花的。'"

"哈！"众人的心头有了数——天下姻缘，多是无巧不成书。

慕瑶趁着这个停顿的空隙，低头悄悄地问了柳拂衣一句："你跟殿下怎么说的？"

酒楼里烧着炭火，热气熏蒸着酒气。柳拂衣擦了擦汗，脸上有些赧然之色："得了帝姬的命令，遁出来的。"

二

凤阳宫外重兵把守，盔甲折射出冷光，人人严阵以待。

"帝姬，驸马跑了！"佩云快步走到妆台前，镜中倒映出她脸上的凌厉之色。

端阳正在细心地描着眉，这次大病一场让她的小脸有些发黄，她企望能用妆容将病容遮掩一下，闻言手上一颤，螺子黛便断了。

她挑起画了一半的眉毛，有些有气无力地说："咋咋呼呼的，还当是什么事儿呢。"

"帝姬，您就这样把驸马放走了？"佩云瞪大眼睛，抓住了她的手臂。

她太过用力，将指甲掐进了端阳的皮肤里。

少女惊叫一声，急忙推开了她："大胆，你弄疼我了！"

佩云倒退了几步，瞪着她，浅色的瞳孔默不作声地浮现出了一丝冷意。

"柳大哥的心从来不在我这儿，强留着他也没什么意思，倒显得我端阳小气。"端阳掀开衣袖，小心地吹了吹被掐红的皮肤，本想呵斥佩云几句，却只觉身上又一阵无力，她扶着额头趴在了妆台上，抱怨道，"本宫已经好了，不会咬人也不会乱跑，让皇兄把外面的人撤走吧。这么多侍卫，看得人心烦。"

佩云一动不动，只是看着她，冷冰冰地道："帝姬，您怎么能不经我同意，便私自将驸马放走？"

"你……"帝姬抬起通红的双眼，终于发出了有气无力的呵斥，"本宫是帝姬，宫里的人想留就留、想放就放，还需经过你同意吗？"

佩云冷哼一声，走到妆台前，看着端阳倒映在镜子里蜡黄的小脸，语气中带上一丝尖厉的意味："您可知道柳方士为何不喜欢你？那些奴才谄媚，未敢告知您真相，慕氏女之貌远在殿下之上。"

"胡说！"端阳打断她，气喘连连，想把她压在自己肩膀上的手拨下去，但是几次都没能成功，"本宫自视相貌姣好，不输慕瑶。柳大哥不喜欢我，不过、不过是因为……"她很不情愿地承认道，"不过是因为本宫的性子不大讨人喜欢罢了。"

佩云冷笑一声："殿下还知道自己不讨人喜欢？你何止是不讨人喜欢，简直是令人作呕！"

"你……"端阳半趴在妆台上，瞪大眼睛，气得浑身颤抖，连话都说不完整，"反了你，你怎敢……"

佩云用力地按着她，锐利的目光如冷剑："若不是你生在帝王家，大家连这一二分好脸色也懒得给你。一个如此飞扬跋扈、嚣张恶毒、愚蠢至极的女人，也配做我华国帝姬？"

"胡言乱语……住口！"

"告诉你，非但是柳拂衣，这合宫上下，没有一个人是真心待你的。就连奴婢们都在背地里嘲笑你的自以为是，而陛下对你的好不过是歉疚使然……"

端阳的呼吸越来越急促，脸色浮现出反常的潮红："住口……你给我住口……"

佩云却渐渐地放柔了语气，带着一丝蛊惑的意味："就连你的亲生母亲，也曾经想过要烧死你，把你当作不值钱的柴火，一把火点了，去铺她亲生儿子的光明大道……你多可怜哪，李淞敏。"她将气得不能说话的帝姬耳侧的乱发别到耳后，眼中带着嘲讽的意味，"所有的人，都希望你去死……你不觉得愤怒吗？"

镜中，端阳的瞳孔骤然放大。

她和身后的佩云同时定住了，随即，齐齐颤抖了一下。佩云像是被抽了骨头似的，软绵绵地倒了下去。

端阳却从妆台前的椅子上坐直了身子，栗色的瞳孔被灿烂的阳光照射着，像是名贵的猫儿宝石样的眼睛，有种异样的绮丽。

帝姬开始慢悠悠地梳着头，对着镜子，将一支又一支的簪子插进了发髻，又用食指点了点胭脂，慵懒地拍在了自己的唇上。

最后，她捡起那半截断掉的螺子黛，不紧不慢地补全了方才画了一半的眉毛，眉尾斜飞，锐利如剑尖。

端阳身上的大氅上以无数小珠片绣出的长尾绿孔雀为衬，那只孔雀在阳光下闪烁着五颜六色的光泽。帝姬的裙摆曳地，手中提了一盏六角灯笼，她踩着枯黄的落叶，一步一步地走到了被林木掩着的偏宫。

"帝姬……"门口的侍卫面面相觑，都有些诧异，"帝姬怎么来了？"

华国最尊贵的少女一副浓妆艳抹的模样，不怒自威，她眼也不抬，语气平平道："我想进去看看母妃。"

"可是陛下交代过，不准外人进去探望赵太妃……"

"荒唐。"帝姬轻启红唇，神色越发显得淡漠威严，"我岂是外人？"

她说话时抬眼一瞥，那眼神像是风情万种，又似冷若冰霜，语气像是嗔怪，又像是责难，令人心头冷不丁地颤了一下。

两个侍卫对视一眼，有些忌惮地让开了路。

端阳的眼尾是绚丽的花色，她提着六角灯笼，拖着长长的尾摆，不紧不慢地踏入了禁宫。

凌妙妙往椅子上一靠，将碟子往旁边推了推："吃不下了。"

小碟里的六块杏云糕还剩了三块，色白似云，如同切得方方正正的纯白雪块。

方才她、慕瑶和柳拂衣各尝了一块，慕声却没有动筷子。

慕声看了看眼前的碟子，又侧头看她。

"你吃了吧，别浪费。"女孩儿的眼睛一眨不眨地注视着碟子里的糕点，语气随意，脸颊却有些发红。

慕声望着那盘糕点，迟疑了片刻。她已经挽起袖子小心地拈起一块，不容拒绝地抵在他的唇边："喏。"

少年的眸色沉了片刻。他在她的手指上半是亲吻，半是不经意地碰了一下，在她羞恼地松手之前，张嘴飞快地咬住了糕点。

凌妙妙咬牙切齿地盯着自己的手："你这人……"

慕声满脸无辜地嚼着杏云糕，眸中飞速地闪过一丝笑意。

杏仁的清香袭来，甜味与柔软的触觉如云朵般散开，竟带着一种有些亲切的熟悉，像是不会走路的孩子，牙牙笑着触摸母亲裸露的手臂那般温热的感觉……

他顺着那感觉细想，太阳穴便突然锐痛起来，仿佛迷路的人在林中行走时无意踩到了陷阱。

他闭眼，定了定神，将嘴里的杏云糕咽了下去。

"不好吃吗？"凌妙妙见他的脸色发白，心骤然提到嗓子眼里。

慕声望着她，半晌才道："好吃。"

"你这种表情，我还以为糕点里有刺。"凌妙妙舒了一口气，拿着筷子敲了敲碟子，杏眼里带着一点儿笑意，"这两块也是你的。"

三

自成婚第二日起，慕声就在紧挨着床的地上打了地铺，睡得乖巧安静，也对此毫无异议。凌妙妙和他"比邻而居"，相安无事，日日酣梦，她对此感到非常满意。

她醒的时间通常比慕声晚一刻钟，当她披头散发地坐在床上的时候，慕声已经把地铺的褥子卷好靠在一旁，出门去了。

她一转目光，看到床头柜上蹲了一只孤零零的苹果兔子，兔子的屁股朝着她的脸，看起来像是有着说不出的委屈。

凌妙妙不屑地睨着苹果兔子，睨了半晌，觉得有点儿渴，便顺手把它拿起来啃了。

她正啃着，慕声就捏着梳子出现在她的眼前，黑润的眸子乖巧地望着她，眼里含了一点儿笑意："好吃吗？"

"嗯……"凌妙妙吃人嘴软，便仰起头，有些尴尬地应了一声。

他点点头，居然拉出凳子坐了下来，耐心地看着她吃苹果，把梳子捏在指尖，在桌上有一搭没一搭地敲着。

"你在干吗？"凌妙妙疑惑道。

少年抿了抿唇，眼里竟然同时浮现出跃跃欲试和惴惴不安这两种矛盾的情绪，顿了顿，才道："我帮你买了新的……梳头水。"

"噢。"妙妙有些不好意思，"其实我……"

"一整瓶。"他补充道。

凌妙妙心里竟然生出些许愧疚来。

他无意识地摩挲着梳子的齿，似乎在无声地缓解着内心的紧张情绪，漆黑的眼里含着一点儿微弱的光："我可不可以帮你梳头？"

吃软不吃硬的女孩儿眨了眨眼，对他这个模样有点儿心软："你上一次，可没有这么客气……"

她放下苹果，擦了擦手，配合地坐到了妆台前。

凌妙妙不知道到底为什么慕声会对她的头发表现出这么大的兴趣，只知道头发到了他手里，他不玩儿上半小时，是绝对不会放开的。

她从镜子里看着少年以一种轻柔而暧昧的手法玩弄着她的头发，令她如坐针毡，在他又一次试图吻她的发丝的时候，严肃提醒了一句："子期，好好梳头。"

慕声的动作一顿，他抬起头委屈地望向镜子。只见镜中女孩儿的脸颊红扑扑的，也正强装镇定地望着他，从柔顺的发丝中露出个精灵似的耳尖。慕声的心里像被猫爪子猛地挠了一下。

"妙妙。"他语调平静地建议道，"以后在房间里可不可以不绾头发？"

"为什么？"凌妙妙的睫毛颤了一下，她感到那种如坐针毡的感觉更强烈了，连说话都有些发飘。

"我好喜欢你这样……"他语气中的平静消失了，他轻声说着，又慢慢地俯下身来吻在她的颊上。

凌妙妙在心里暗叹一声，没有躲开。

算了，就让他亲一下吧。

以后再也不能让他梳头了。

她低着头，看见桌上摆着一瓶崭新的梳头水，瓶子上刻了一朵精致的栀子花。

无方镇的胭脂水粉精巧细致、品类繁多，就连瓶子都比其他地方产的精致，都是女孩子最喜欢的模样。

瓶子旁边还摆了几盒色泽鲜艳的胭脂。

慕声不舍地放开她，又撩了撩她的头发，见她盯着桌子看，便轻声道："这些也是给你买的。"

凌妙妙拿起一盒看了看，有些迟疑："我从没用过这种红。"

"那便试试。"他不以为意，"我帮你涂？"

"不用！"凌妙妙立即拒绝，瞪着镜子，挫败地发现慕声折腾了半个小时，还是没把她的头发梳起来。

他们在无方镇落脚的第二天，柳拂衣就非常贴心地找了一套不算大的新宅，让大家安顿下来，做好了住上十天半个月的打算。

四个人住在带小园的宅邸，比住在局促的客栈舒服得多，只是这宅子荒废了许久，很多家具都是新置办的，连床上的帐子都没来得及装上。

这几日，他们白天的工作就是分头东奔西跑，在集市上将零碎的生活用品买齐全。

因凌妙妙要定制贴身的新衣，店里都是女眷，她便让慕声先回去，自己扎进夫人小姐堆里挑拣衣物。

她量完尺寸，时间还早，于是在店里转了转，又精心选了新帐子，兴

469

高采烈地回到了宅子。

妙妙感到十分快乐，步伐轻快。因为手底下这帐子，简直是她在这个世界见过的最有质感的帐子了，帐子是深墨绿色的，有点儿复古典雅的质感，摸起来像是鲛纱，却远比鲛纱柔软。更妙的是，店主说这款布料既能透光，又能滤光，能将阳光柔化得不那么刺眼。

谁知，当她坐在床上，将帐子展开的一瞬间，慕声唰地变了脸色："这是什么？"

凌妙妙一边理着帐子角，一边随口说道："我新买的帐子呀。"

慕声快步走过来，盯着她手里的帐子，语气有些异样："别……别挂这个。"

"为什么？"凌妙妙惊异地抬起头，却发现他的表情格外不对劲，像是被夹住了尾巴的小动物，带着奋力挣扎束缚却无法挣脱的惶惑，"这帐子……怎么了？"

他动了一下纤长的睫毛，半晌才谨慎地吐出了一句话："这个颜色不好看。"

"可是我挺喜欢的。"凌妙妙有些失落地瞅着他，又爱不释手地摸了摸柔软的帐子，"你看多了就顺眼了。"

他抿抿嘴唇，困兽犹斗似的："我不喜欢。"

凌妙妙心头火起。

事实上，自从成婚以来，慕声几乎对她百依百顺，时间久了便将她惯得有些晕头转向了。

现在他骤然提出激烈的反对意见，让她不太习惯，她顿时恼了："我自己的床，我喜欢就行了，你要是看不惯，就睡到隔壁去。"

少年缄口，眼睁睁地看着她气鼓鼓地将那墨绿色的帐子一个角一个角地挂上去。阳光从帐子的顶端滤下来，点点亮光镀在她额前柔顺的发梢上，她稍一抬下巴，那光斑便滑动到她微张的唇上，让那嘴唇看起来娇嫩得似某种糕点……

他沉下了眸光，给自己灌了一杯凉水，定了定神。

凌妙妙挂完了帐子，又敏捷地牵起裙子跳下床，快步走到了柜子前，从柜子里取出了几样物什。

叮叮当当……

慕声听到这声音，就像是被踩了尾巴的猫儿，浑身的汗毛都竖了起

470

来：“这又是什么？”

凌妙妙一转身，就让他看到了怀里的东西，是四串串起来的铃铛，那式样和声音……

梦中那香艳的场面顿时席卷而来，他生出一层薄汗，尾音有些颤抖："从哪儿来的？"

"哎呀，你哪儿来的这么多问题？"凌妙妙满头大汗地在床角系着铃铛，绑了好几次丝带都往下滑，绑得她手都酸了还是没绑紧，"在泾阳坡，我见到十娘子卧房的床上四角都挂了铃铛，很漂亮。十娘子见我喜欢，就送了我四串铃铛。"

"别挂这个……"他的语气里带了几分央求。

凌妙妙哭笑不得："这铃铛又怎么碍着你了？"

"晚上会响，吵你睡觉。"他漆黑的眼眸盯着她，带着点儿楚楚可怜的意味。

"噢，怕吵……"凌妙妙抿了抿唇，真诚地保证道，"我睡觉很安分的，不会响，吵不到你的。"

"可是……"

铃铛串又往下掉了，她挫败地缩回手臂，用力地敲了敲："挂不上……"她想起了什么，回头道，"子期，你能不能帮我挂一下这个？"

慕声站在桌子的旁边，面色茫然地喝了三杯冷水，见女孩儿满眼希冀地盯着自己，便浑浑噩噩地走过去了。

好在她将铃铛递过来以后，便拎起裙子下了床，只是远远地站在旁边看着。

他跪坐在床上，手心里出了一层薄汗，将铃铛牢牢地系在床角。他稍稍一动那铃铛便响，帐子里的光晕也随之晃动着，让他感到手足无措、六神无主。

他答应帮她系铃铛，简直就是自虐。

他正万分艰难地挂着铃铛，突然感到脚下猛然一沉，一低头，猝不及防地看见凌妙妙的脸。

她和衣躺了上来，领口微开，露出一点儿细嫩白皙的肌肤，正眨巴着一双杏眼，无辜地仰视着他。

"你……你这是……"他的喉头一阵发紧。

"我躺上来感受一下。"凌妙妙躺在新帐子下，满心都是欢喜，往左

471

边滚两下，往右边滚两下，越看这帐子就越喜欢。她无意中一抬头，就见他黑漆漆的眼盯着她不动，奇怪地笑道："你挂你的呗，管我干吗？"

她又换了个位置，让他的膝盖无意中顶住了她柔软的腰肢。慕声只觉那一种炽热的感觉，似乎从膝盖敏锐地传遍全身。

他抖得越来越厉害，只觉得床上躺的是一团火，而他像是被烘烤得出现数道裂纹的陶罐，就快……就快……

他低眸一望，心里一片绝望，于是无声地拉了拉她的衣摆："你可不可以……先下去……"

凌妙妙发觉他的身子在微微颤抖，再一抬头，看见他的脸上浮现出了一点儿潮红。

她想，大约是她躺在这里，碍了他的事儿，才让他挂得这么吃力。

她一骨碌爬起来，拎着裙子退到了一旁："好。"她望见他热得脸都红了，心中生出一丝歉意，"你慢慢挂，别急。"

他颤抖着睫毛，像是没听到她的话，动作飞快地挂完了四个角，便夺门而出，掀起一阵冷风。

"哎？"凌妙妙疑惑地望着慕声的背影。

深夜。

凌妙妙正如她保证的那样，安分守己地睡着觉，一动不动的，没有发出一点儿声音。

慕声却睡不着。

他怎么可能睡得着？

他从地铺上坐起身，悄无声息地将围拢着的帐子掀开一个角，看见里面的女孩儿平躺睡着，一手放在腹部，腹部也随呼吸起伏着，另一手随意地搭在床畔。

他坐在床边，小心翼翼地牵过她的手，轻柔地吻了她的手背。

她的手指微微一动，他便立即僵住了。随即，她的手又动了，慢慢地抚上了他的脸，又向上移动到了他的额头。

黑暗中的他心跳加速，一动不动地感受着她的触摸。

"怎么还没睡呀？"凌妙妙睡得迷迷糊糊的，尾音里带着诱人的软糯，显得她毫无爪牙。冰凉的手指在他的额头上停留了一会儿，她温声道："是不是地上太冷了？"

他沉默不语。

"要不你上来睡吧，你的被子薄。"她在半梦半醒中说着话，甜甜的声音有点儿喑哑，却异常亲切动人。

"还是不要了。"少年的黑眸在夜里闪着光，他艰难地拒绝道。

"那就算了，好好睡。"她翻了个身，接着睡去。

一阵窸窸窣窣的声音从背后传来，铃铛也被摇得叮当作响。

他还是爬上来了。他不仅爬了上来，甚至将手试探地搭在了她的腰上，轻轻一揽，将她一点儿一点儿地拖进了怀里。

凌妙妙没有挣扎，因为她困得连眼皮都睁不开了，只是嘟囔道："别乱动。"

慕声低头看着她，她倒是先把他的台词给抢了。

他看着怀里的人呼吸平稳，睡得一派安宁，毫无戒备地依在他的怀里，让他沸腾的热血也慢慢地平息下来。他抱着那暖融融的一团，用嘴唇小心地碰了碰她温热的颊。

凌妙妙睁开眼，眼前是慕声穿得整整齐齐的衣服上的麒麟花纹，她的鼻尖快要贴在他的衣服上了。

他身上带着清爽的凉意，连淡淡的熏香也带着清凉的冷香，即便他的手圈在她的腰上，也没有让她感受到被压迫的难受。

她靠着他，就像靠着上好的绸缎床帘，有种奇怪的、奢靡的舒适。

慕声觉察到她醒了，便慢慢地靠近她，他的吻小心地落在她的额头上，试探着往下移，印在她红润的嘴唇上。

她的睫毛颤了颤，她动了一下身子，却没有挣扎，甚至抬了抬下巴，方便他亲。

他心里即刻有了计较——她刚睡醒的时候，是她最乖、最没脾气的时候。

他把手臂收紧了些，吻得安静而小心，让凌妙妙心里也微微一动。

眼前这人表里不一，喜欢剑走偏锋，从头到尾都一丝不苟地践行着"不是好人"这四个字。他冷酷、暴戾、嚣张的模样她都见过，可是如今在她面前的他，竟然意外……纯情。

反正她从未见过，有人亲吻是这样小心地用嘴唇贴着、蹭着的。

她用手从他的背后穿过去，摸了摸他那一头黑亮的长发，他的发丝摸

473

起来也是凉的，像是覆盖了一层寒霜。

少年骤然停下，紧张地抓住她的手腕："这个不能乱碰。"

她斜睨着他睡觉的时候依然扎着的白色发带："你解下发带的模样，吓不住我。"

"那也不行。"他将她的手强硬地压到了身侧。

他看见女孩儿黑白分明的眼里还是毫无畏惧，便摸了摸她的眼皮，沉下脸，半是恐吓半是引诱地说："难道你还想做我的'娃娃'？"

他竟然吓唬她。

她轻轻地打在了他的手背上，毫不留情地从他的怀里挣扎起来："起床。"

四

对于柳拂衣审时度势的逃遁之举，除了慕声毫不客气地予以嘲笑以外，其他人都表示理解。

花厅十分敞亮，这里是他们日常集合讨论案情的地方。

阳光透过花窗，在慕瑶的头发上落下一块光斑："帝姬突然发疯，是否另有隐情？"

"是。"柳拂衣沉默了片刻，神情凝重，"有人企图蛊惑帝姬，但事情没能如她所愿。兴善寺事件过后，陛下遣皇宫里的方士钻研三日，给帝姬做了一道护身的符，专辟妖邪。妖物想要侵入帝姬意识，却被这符阻挡，两相拉锯，产生了意外的后果——帝姬的精神失控了，看起来就像疯了一样。"

慕瑶问："那人是谁？"

柳拂衣喝茶，叹了一口气："宫城之内，几无妖气，很难辨别。

"我刚入宫城就被死死地看住，只能跟帝姬待在一起，不能与其他人多做接触。我走到哪里都有四五个侍卫跟着，实在无法脱身。那一天，我借着陪帝姬出宫散心的机会，乔装改扮才得以脱身片刻，本想到你们所在客栈递个信……"

他庆幸地笑了笑："没想到在街上恰巧碰见了妙妙。"

只是这女孩儿不知其中利害，当街大喊他的名字，让他只得扔下信逃了。

凌妙妙一点儿也不觉得幸运，冷冷地看了慕声一眼。她就是为了保护这个字条，才被人按在树上威逼利诱了一番，她真是大义凛然、无私奉献。

她抿了抿唇："那柳大哥是如何找到花折的？"

无方镇的酒楼很多，花折并不是最显眼的一座，但是有了那个说书老头的出现，便意味着它成了解开一切秘密的关键之处。

柳拂衣解释道："帝姬身上的妖术，老一辈的捉妖人给它起了个名字，叫同心蛊。同心蛊并不是蛊，不过是使得受控制的人任凭那妖物驱使的惑心之术罢了。称之'同心'，是因为受蛊人被妖物的心念所控制，因此有时也会出现混乱，感知到那妖物的记忆。

"我在帝姬床榻旁边，曾经听见她在梦魇中念叨过两句反常的话。第一句是'榴娘，求你'。"

"榴娘？"慕瑶微一思忖，回忆起前一天听到的内容，想到了这有些耳熟的名字的出处，"是花折的老板娘？"

柳拂衣颔首，表情变得相当严肃，接着道："第二句是'花折，这样才算干净'。"

老头挥舞着手臂，敲响梆子，袖子上彩色鸡毛一般的布片便上下飞舞着。

"午夜，满城的烟火盛放，火树银花合，星桥铁锁开。赵公子如愿以偿看到了烟花，可他的心，却不在那烟花表演之上了。站在他身旁的姑娘，仰着头好奇地看着满天的光华璀璨，似乎沉醉其中，灿烂的烟花姹紫嫣红地开遍，朵朵都映在她的眸中。"

座下鸦雀无声，人人悬着筷子，似乎看到了山上那绝世佳人的眼眸。

"你道赵公子这就动了心？"老头笑着摇头，"开始的时候说了，赵公子性子内敛，为人倨傲，不是那等轻浮浪荡之子。看完了烟花，他与那姑娘真的一前一后，一路无言，像是萍水相逢的陌生人。只是这个姑娘，和他从前见过的都不大相同。他见惯了旁人的惊艳之色、娇羞之态，骤然见着一个对他毫无反应的姑娘，反倒觉得自在极了。他喜欢与她攀谈，何况在此良宵，两个人同时想到登上这座山看烟花，多么巧！他一路走着，一路惦念身后的那个人，犹豫着要不要回头同她搭句话。

"他正走神，没留意脚下，一脚踩空，就这样倒霉地跌进了石洞里，碰伤了额头。

"赵家公子高门大户，出入城门都是七香车拉着的，何曾有过这种狼狈的时候？他心里懊恼的时候，倏忽闻道一阵香风，只见一道白影子轻盈地落下来了，他抬头一瞧，怔住了——那姑娘竟也跟着他跳了下来，毫不犹豫地伸出一双柔荑，就来拉他起来。"

台下听众骚动了一下，低低的笑声混杂着窃窃私语。

孤男寡女，深夜被困在一起，倒是不少烂俗话本的开头。

只是慕容氏一个姑娘家，有勇气跳下山来英雄救美，倒是让人服气。

"赵公子和这白衣姑娘待了一晚，说了许多话。只知道她姓慕容，他问她名讳，她又说不出，只道父母唤她慕容儿，她的家乡在极北之地。

"不知怎么，她说极北之地的时候，他竟深信不疑。极北之地，想必是雪原了，只有纯白无瑕的冰天雪地，才能走出这样一朵一尘不染的雪莲花。

"极北之地的一座高山脚下，有一座很小、很小的寨子，寨子里只有很少的人，慕容氏就是那寨子中为数不多的女娃娃。赵公子听着，有些明白了——深山里来的姑娘，难怪没见过烟花。

"按照赵公子的脾气，旁人很难投其所好，他喜欢真实，讨厌矫饰，并且讨厌到了苛刻的程度。可是眼前的慕容氏一言一行，都像是为他量身打造的，他不由自主地动了心，在他过去的二十年光阴里，头一次主动地喜欢上了一个女孩儿。

"当风掀开她的面纱的时候，赵公子呆住了。他的姿容昳丽，世人都夸他貌比潘安。可是当他看见慕容氏的脸，他便想，自己的样貌在她的面前，才是最大的矫饰。

"美人面孔是天工造物，少一分则寡淡，多一分则妖艳，她的容貌便是那个不多不少的恰到好处。更关键的是，她眸中的天真，似未经尘世沾染，美而不自知，这才是最为吸引人的。"

所有人都屏住了呼吸，无人能想象那是一种怎样的美，都只能抽象地感知着，就像感知无方镇里那轻柔的云和浓郁的雾，她的美大概也是这样的*丝丝缕缕*、缠缠绵绵。

凌妙妙用筷子无意识地戳着碗里的桂花糕，将它夹碎了，使它看起来惨不忍睹。

"赵公子想，这个女子，他要定了。一个风华绝代的公子，在带着必

476

胜的心去猎取一个女子的时候，没有人逃得过他的掌心。

"慕容氏的宠辱不惊，并非因她性子高傲，相反，她的性子平和得很。诸位或许不信，那是因为她从山下的寨子里出来，还没见识过这滚滚红尘的纷乱。一个天真的女人，第一个遇到的人，便是一个认准了要她做妻子的人，她怎么可能有翻身的机会？"

台下传来一阵细细的唏嘘声，他们似乎不太满意这样的美人就这样简单地被他人收入囊中。

慕声听得不太专注，伸手将她的碗拿走了，又夹了一整块边角完整的桂花糕喂到她的嘴边。

凌妙妙下意识地叼住了桂花糕，发现是他喂的，便恨铁不成钢地拿着筷子在他的手背上轻轻地打了一下："好好听，认真听！"

少年有些委屈地捂住了手，扭头看向那喋喋不休的老头，按着碗，开始一点儿一点儿地吃那碗被她夹碎的桂花糕。

他感到甜味在唇齿间蔓延，嘴角又无声地勾起来。

"这一年三月，慕容氏嫁给了赵公子。赵公子为人很爽快，既娶了慕容氏，自感人生圆满，便决定不回长安了，一心一意地定居在无方镇。于他而言，万贯家财终可弃，功名利禄皆可抛。

"成婚以后，赵公子就发觉，他这位妻子对于感情的感知有些迟钝。人情世故，她多半不懂。他只好一样一样地慢慢教过来，像是给一幅未画就的美人图，点上了明亮的眼睛一样。慕容氏过了一段蜜里调油的日子，越发美得惊人。她的美惊动了邻里街坊，她穿的衣裳、戴的首饰，哪怕是泡澡的花瓣，转瞬便成为被全城女子竞相模仿的对象。

"赵公子自然是爱她的，可是他总觉得心里不踏实，这样一个女子，容颜绝美、性情温柔和善，还一心一意地照顾着他，似乎没有任何缺点……他不知道要怎么爱她，才能配得上她的这般完美。"

台下的人怔怔听着，陷入沉思。

"很快，这无谓的烦恼便消失了。次年五月，榴花绽放的季节，慕容氏有了身孕。赵公子终于觉得心满意足。这像是飘在天上的仙女一般的妻子，终于踏入了凡尘。她即将为自己生下一个孩子，这个孩子，有一半是他的骨血，脱离了他便无法造就。这是他和慕容氏之间爱情的证明。

"赵公子握着妻子的手，在桌上画院外芭蕉。这个冬天，她已怀有身孕六个月了，赵公子对她笑道：'此子是你我心中期许，就叫作子期，好不好？’”

五

慕声倒茶的手骤然一抖，茶壶盖掉了下来，滚烫的茶水径自从圆口中泼出，哗啦一下浇在他的手背上，让他手背上的皮肤立即红了一大片。

凌妙妙被吓了一跳，在一片热气蒸腾中，急忙将他的手拉离了桌面，斥道："你怎么回事儿呀？"

他的眸中是深重的茫然，似乎完全没有感到疼痛。

凌妙妙拽着他的手腕，径自从席间站起身："出来。"

慕声被她拉着走了，他们走出大厅，疾步走到了寂寂的夜色之下，回廊中幽暗冷清，与里面的明亮热闹形成鲜明对比。

凌妙妙一路走着，一路左顾右盼，终于在不远处看到了一个石砌的小水池，水池旁边还靠着一个木瓢。

"过来点儿。"她拉着他蹲下来，抓着他的手腕，把他扯到了水池边，舀了一瓢冷水浇在他的手背上。

慕声静静地看她的侧脸，而凌妙妙专心致志地低着头，额头上有一层细密的汗水，发鬓上的绸带有些散了，垂落在肩上。

他伸出左手，帮她拉了一下那绸带。

凌妙妙回头看了他一眼，放下了瓢，直接将他的手按进了池子里。

池子里的水澄清透明，他们能看得见底下绚丽的彩石和石缝间茂盛生长的蓬松水草，有几尾狭长的鱼在水中警惕地穿梭着，还有几条擦着他的手背游了过去。他感到一阵滑腻腻的、带着韧性的触感。

他这才后知后觉地感受到了一阵火辣辣的痛。

凌妙妙仍然保持着握着他手腕的姿势，望着水面自顾自地笑了："看，小鱼来咬你了。"

他动了动纤长的睫毛，用乌黑的眼珠凝望着她，看起来异常温柔。

过了一会儿，凌妙妙将他的手抽出来，放在眼前仔细地看着，他的手背上仍然是通红的一片，好在没有起泡。她用指腹在他的手上小心翼翼地摩挲了两下："疼吗？"

"不疼。"他平淡地扯着谎。

凌妙妙这才舒了口气，撒了手，抹了一把头上的汗，晶亮的杏眼里满是嫌弃："连个水也不会倒。"她顿了顿，征询道，"回去吧？"

慕声猛然抓着她的手腕，再次浸入池子里："手疼。"

凌妙妙心里大概有了数，他是暂时不想听那老头说故事。

她没有再劝，瞅着池子："那你自己泡着，拉我的手干吗？"

少年垂下的眼睫轻轻一动："挡小鱼。"

凌妙妙没绷住表情，唏地笑了，撩了点儿水洒到他的脸上。他却没有躲，只是闭了一下眼睛，等她的攻击过去后，立即用被沾湿的脸颊去蹭她的脸。

两人蹲在池子边撩着水玩儿，他们的身影遮蔽了月光，池子里的鱼惊恐地四下穿梭。

说书的老头收拾了东西，准备离开。

他在繁华时来，给这种热闹再添一把火，又在一片热闹中抽身而退。

柳拂衣和慕瑶也随之起身，跟着他走到了外间，叫住了他。

穿着布片衣服的老头意外地回过头。他们离近了看，能看得到他通红鼻头旁边的皱纹，他因为掉牙而显得有些干瘪的嘴，再配上一身简陋艳丽的衣裳，整个人显得滑稽荒诞。

他也只是个被生活打磨成如今模样的民间艺人。

慕瑶的双目澄清，隐隐地流露着急切的情绪："可以问问您的故事是从哪里听说的吗？"

这些传闻逸事加工一下，还像模像样的。只是很多细节都是私密之事，他却能说得如此细致，好像他当时就身处其中一样。

老头的眼里流露出些微茫然和警惕。

柳拂衣上前一步："我们并无恶意，在下柳拂衣……"

混迹于江湖的人，大多听过柳拂衣和九玄收妖塔的威名，他惶恐地瞪大了眼睛："柳方士？"

柳拂衣的表情依然谦逊有礼："别怕。我们捉妖人因查案来到此地，在您这儿听到了一些线索，有些不明白的地方，还请老先生解惑。"

老头沉默了一会儿，叹了口气，双手合十："小老儿靠这点儿口技吃饭，还请二位不要说出去呀。"

柳拂衣诚恳应道："那是自然。"

"小老儿原先是混迹市井茶坊的说书人，讲些演义、传奇。十多年前，茶坊附近最有名的妓馆突然失了火，被烧得干干净净，老板榴娘死于非命，幸存的女子四下奔逃，花折就此倒了。有人从废墟里面挑拣出了一些没被烧毁的女子首饰，拿到集市上低价倒卖，赚些闲钱。我就是那个时候，在集市上买了一个精致漂亮的妆奁，本想拿回去送给我家婆子用……"他犹豫了一下，"谁知打开以后，无意中发现那匣子有个夹层，夹层里装了近百颗晶莹剔透的珠子。我看着好奇，便捏起来看，我一个没拿住，那珠子便跌在地上摔碎了，一段记忆便凭空入了我的脑海，我看着那些画面，就仿佛亲历了那些事一般。"

慕瑶发出轻不可闻地一叹："那是女人的泪珠。榴娘将那些姑娘收入烟花之地，竟然还要收集她们苦楚的回忆。"她有些烦乱地捏了捏鼻梁，"这个榴娘，恐非凡物。"

柳拂衣没有说话，只是安慰地捏了捏她的手心。

"后来……花折换了老板，改成了普通酒楼，我便去碰碰运气，将这些珠子里的画面稍加叙述，改编成了故事，岂料大受欢迎……我也从老板那里拿了分成，日子也过得比往常更红火。"

他的言语间带着些歉意，仿佛他也知道消费逝者的悲惨过往是件不太仗义的事。

只不过，芳魂已逝，也无人追责。

"慕容氏的故事，可与旁人有所不同？"慕瑶追问道。

本来她也只把这个故事当成普通故事去听，直到听到了"你我期许，名之子期"，她才骤然大惊，发觉这一段故事恐怕并非虚构。

"不瞒二位，这慕容氏的珠子，与其他女子的都不同……"他面露惶恐之色，"唯她一人的珠子，是血红色的……"

帝姬提着食盒出来，裙摆上绣着闪闪发光的金线，脚步轻而慢，高贵优雅。

"殿下又去给太妃娘娘送饭了？"面对她的侍卫出了声，有些紧张地同端阳搭讪。

传闻帝姬飞扬跋扈、娇纵任性，但这几日看来，似乎并非如此，她的身上甚至有一种异常柔婉的女人味，总是在不经意间吸引着人们的视线。

这几天，帝姬每天都带着精巧的糕点进去探望赵太妃，想来还孝顺得很。

帝姬微微侧头，神态天真良善，又带着不可亵渎的慵懒优雅，平和温软地应道："是呀，母妃想本宫，本宫也思念母妃。"

跟她搭话的侍卫面颊微红，低头避讳，不再言语了。而站在她背后的那名侍卫却暗自皱了皱眉，他看见帝姬华丽精致的粉红色衣服后摆被溅上了点点发黑的污渍，乍一看还以为是血迹。

那是什么东西？他心里暗想。

"殿下！"

从帝姬身后追出来一个气喘吁吁的人。老内监满头白发散乱，缕缕银丝在阳光下闪着光，他满脸褶皱，面容浮肿而瘦骨嶙峋，肩膀竟消瘦得连官服也撑不起来了，看起来老态龙钟。

"徐公公？"两名侍卫被吓了一跳，异口同声道。

老人的呼吸像是拉风箱般费力，他死死地看着端阳，一滴浑浊的泪顺着他沟壑纵横的脸流下来。徐公公似乎是憋了许久，才鼓起勇气："殿下，你怎么能……怎么能这样对待太妃娘娘呢？"

"你说什么，本宫听不懂。"帝姬提着食盒，向着门前的侍卫靠了一步，显得高贵而柔弱。那个模样的她像是匣子里一颗易碎的夜明珠，需要费心呵护。

侍卫拔出腰上的佩剑，提醒道："徐公公，不得对殿下无礼。"

"你……你……"徐公公用手指颤颤巍巍地指向了帝姬，语气沉痛，"殿下！乌鸦反哺、羊羔跪乳，即便娘娘有再多的错处，到底也是你的生身母亲，你怎么能……"

帝姬的红唇微不可察地微微一翘，她抬起头来，眼中带着一点儿怜悯的笑意："以下犯上……"她轻启朱唇，眼中的神色渐渐冰冷，轻飘飘地说道，"诛。"

她吐出这个音节时的唇形温柔，仿佛是在进行一个缠绵的亲吻。

侍卫犹豫地把手放在刀鞘上，心惊胆战地看着帝姬的脸。

"不必，老奴服侍娘娘一辈子……"徐公公发出几声干哑的笑声，话音未落，就含着热泪，砰地撞在宫门前的柱子上，热血四溅。

侍卫的手一抖，一丝冷意爬上了他的脊梁骨。

帝姬听见这头骨碎裂的声响，动也未动，只是提着食盒走了两步，又转过身来看他，双眸纯真而娇媚："明天，本宫还来给母妃送饭。"

"阿声不是你的亲弟弟？"柳拂衣陷入了短暂的茫然。

481

他当时并没有那么震惊，毕竟世界上同名同姓的人多了去了。

直到现在，他才明白为何慕瑶坚持追了出来。

慕容氏的故事很长，说书人将这故事分成了四折，明后天两天便能讲完，因为他今日急着回家给婆子熬药，二人便让那惶恐的说书人先行。他走了以后，慕瑶才骤然吐出了这个惊天秘密。

他细细地思量着，只觉得一阵冷意盘桓心头："瑶儿，你仔细同我讲，阿声的身世究竟如何？"

"我听爹娘说，阿声是三岁时被他们从妖怪窝里捡来的，当时孩子父母至亲皆不在。"

柳拂衣捏着自己的手指一声不响，他只在遇到棘手的问题时，才会下意识地做出这样的动作。

他沉吟半晌："这事情，你怎么从未跟我提起过？"

慕瑶的眼睛在月色下亮闪闪的，含了一丝忧愁："这件事非但没跟你说过，外头的人，也一个都不知道。我从小将阿声当作亲弟弟对待，也不想让他因为这事儿在外面看别人的脸色。后来家里出了事儿，我每天都焦头烂额的，也顾不上想这件事儿。"

柳拂衣沉默了半晌，安慰地揽住了她的肩膀："你还知道什么，若是不介意，就说出来，我帮你想。"

慕瑶靠在他的怀里，顿了顿："你记得阿声头上那条发带吗？"

"嗯。"

她的眼中有些茫然："小的时候，有一日，娘把我叫到房间。当时阿声还小，坐在椅子上，脚都挨不到地。我依稀记得……那时他的头发是披在肩上的，眉眼柔和，看起来像个小女孩儿。"

"嗯。"柳拂衣轻拍着她的手背。

"娘从匣子里取出一条发带，当着我的面把阿声的头发扎起来，她扎得很慢。梳好头以后，她就开始咳嗽，咳了好一阵子，才扶着阿声的肩膀，对他说'无论如何，这条发带不能摘下来，知道了吗'。"

柳拂衣皱了皱眉："这发带……"

"我只知道，这不是普通的发带，扎上之后，除非他自己要摘，否则便不会掉下来。"

"然后呢？"

"然后……"她用力回忆着，深深地蹙起眉头，"然后，娘把阿声牵过来，对着我说'瑶儿看着弟弟，不能让他把发带摘下来'，还让我对着那面刻着慕家家训的墙立了个誓。

"在那面墙下的誓言，终身不能有违。我对这件事情一直印象深刻，后来待阿声与我亲近了，便让他答应我绝不取下发带。这么多年，我也一直对他耳提面命……"

柳拂衣叹了口气："你就没有问你娘吗？这发带到底做什么用的，为什么不能取下来？"

"娘对我说过，阿声被救出来之前，让一个妖物注入了妖力。他的体格并非普通孩童，性格也比旁人更加偏激，要多加引导，否则易行差走偏，让我切记。"

柳拂衣顿了顿："那就是约束、规范的意思了？"

慕瑶点了点头，想到那个月夜慕声在她面前露出的爪牙，心中一阵冰凉："到底，是我这个姐姐没做好。"

柳拂衣摇了摇头，定了一下神，又摇了摇头："不对。"

慕瑶扭头看着他，眸中充满疑惑。

"你再想想，从阿声再小一点儿的时候开始想，想到现在。"

慕瑶顺着他的话回想，从慕声初入慕家、扎上发带、长大、陪她历练、被旁人轻侮，直到'她'暴露身份的那个夜晚……

那个夜晚……

"我怎么……我怎么觉得有些事情，想不起来了？"她茫然地按住太阳穴，眸中罕见地有了惊恐的神色。

她很少有时间和机会去完完整整地回想她的童年生活，如果将记忆比作一个展开的连续的长卷，她赫然发现，中间有好几块竟然是空白的。

就连慕声什么时候有了表字"子期"，他又为什么叫"慕声"……也就是对他七岁以前的事儿，她都毫无印象。似乎她对慕声最早的记忆，就是母亲在镜子前给小男孩儿扎上发带的那一刻。

慕声和"她"的交集……更是混沌一片。

而这么多年，她为什么会下意识地觉得，一切都顺理成章、本该如此呢？

第二章 子期

一

园中嶙峋的假山的背面，僻静得连枝头鸟鸣都听不清晰。山石的凹处还留有未干的雨水，在不平的地面汇成了小小的水洼，粘着不知何时落下的枯叶。

微风吹来，峭壁上斜生的松树枝叶晃动，干枯的松针下雨般洒落到了凌妙妙的肩上。

她缩了缩脖子，还是有几片松针掉进了她的衣领里。

她徒然拉了几下衣服，想把叶子抖掉，可那松针纹丝不动。她只好强忍着不舒服的感觉，抬起了头："柳大哥，你刚才说什么？"

柳拂衣宽大的衣袖挡住了稀薄可怜的阳光，他的脸色异常严肃，甚至连平时面对她的那种放松的笑意都消失了："妙妙，昨天那段故事，你怎么看？"

凌妙妙眨了眨眼睛："什么呀？"

柳拂衣看了她半晌，觉得没时间同她绕弯了，直截了当地说："我和瑶儿怀疑，阿声的身世有问题。"

晌午一过，凌妙妙准备出门遛弯儿，刚踏出房门，便被柳拂衣截住，还被拉到了假山的背后，摆明了柳拂衣是要说些不能与他人言说的秘密。

虽说是青天白日，她对于待在这种偏僻的地方还是有些异议的，本想提议换个地方，但是听到柳拂衣的这句话，她便暂时把这件事忘了。

凌妙妙满脸复杂地看着柳拂衣，心想：慕声的身世……这两个心大的终于觉察到有问题了。

原著里男女主角的心思都放在除魔卫道上。从慕声出场到退场，作者都没在慕声的身世这个问题上着墨，《捉妖》一书便带着这个谁也不知道的秘密，仓促地奔向了结尾。

而弄清这个秘密的前因后果，正是她任务的支线之一。那两枚回忆碎片和几场朦朦胧胧的感知梦，都在引导她慢慢地解开这个谜团。

现在，慕声没能成功"黑化"，依旧是队伍里不可或缺的一分子，主角们查案的重心也在慢慢地偏移。

"柳大哥是说，慕声就是故事里那慕容氏和赵公子的孩子？"

柳拂衣满心郁结，生怕她觉得荒诞，试探着说："你觉得呢？"

凌妙妙点点头："我相信哪。"

别的不说，光是慕声生母的样貌，他们之中唯有她一人亲眼见过。那说书老头的形容再精妙不过："少一分则寡淡，多一分则妖艳，她的容貌就是那个不多不少的恰到好处、浑然天成。"

柳拂衣瞅着她，半晌才错愕道："妙妙的胆子……果真是大。"

"柳大哥，就算他是那慕容氏的孩子又怎么了？你这么紧张做什么？"她坦然地望着柳拂衣的脸，顿了顿，"那慕容氏是什么来头？"

"她的身份……"柳拂衣捏了捏自己的鼻梁，"我有怀疑，但暂且不能确定。"

"奇怪的是，瑶儿发现她对阿声的记忆是紊乱的，很多事情记不得。"

凌妙妙沉默了片刻："这不奇怪，慕声的记忆也是紊乱的。他只记得自己有个亲娘，其余的想不起来。"

柳拂衣陷入深深的思索中，自言自语道："是忘忧咒吗？可又不像……怎么可能两个人同时出了问题……"

凌妙妙见他眉间的"川"字深得像是用刀刻出来似的，她掰着手指头，开玩笑道："柳大哥别愁啦，世上的巧合多了去，说不定是房梁塌了，他们姐弟一人被砸了一下；或者屋子被卷进水里，他们同时被浪头拍昏了；又或者有什么慕家人打不过的人物，挨个儿打了他们俩的脑袋……"

柳拂衣并没有笑，他眉头紧蹙，像是完全没听进去。半晌，他才轻轻地道："妙妙，事情比你想的……略微复杂一些。你须得再去问问他，

485

让他回忆一下从小时候到现在的事情，事无巨细地回忆一遍，若是他忘了什么，你记下来给我看看。"见她迟疑了片刻，柳拂衣鼓励地拍了拍她的肩，眸中带有难以掩藏的忧色，"阿声现在的防备心重得很，总不相信我和瑶儿是护着他的。同样的话，他只听你的。"

凌妙妙顿了顿，还没张口，只听啪嗒一声轻响，柳拂衣的脸色一变，他把放在她肩上的手闪电般收了回去。

那迎面飞来的尖锐石子像是一颗暴戾的流弹，狠狠地打在柳拂衣手腕的麻筋上，让他半只手臂瞬间没了知觉。柳拂衣低呼一声握住了手腕，错愕地看向凌妙妙的身后。

凌妙妙一回头，只见身后的少年抿着唇，发带在空中飞舞。

他望着柳拂衣的眼神里充满忌妒与杀气，漆黑的双眸被怒火点燃，像是某种闪烁着冷光的玉石。

"柳公子，"他慢慢地把目光转到了凌妙妙的身上，神色染上了一丝复杂的缠绵，只是语气仍然是轻飘飘、冷飕飕的，"别人的妻子，不可以随便乱碰。"

柳拂衣抓着手腕，瞠目结舌，感到百口莫辩。

慕声垂眸，浓密的睫毛向下一压，便显露出了无尽温柔的模样。他伸出手："妙妙，出来太久了，回去吧。"

凌妙妙没去牵他的手，如果此刻她身上的衣服有兜，她恨不得把双手都插进口袋里。她压低声音："好好说话。"

慕声置若罔闻，径自抓住了她的手腕，强行把她拉走了，眸中流转的眸光如深沉的夜色，语气比刚才还要耐心："乖，回去了。"

凌妙妙去扯他的手，他却抓得紧紧的，她怎么都扯不开，简直像是被人用锁链紧紧地锁住的囚徒，骤然让她感觉到像是回到了"做娃娃"的那段日子。

二人拉拉扯扯地走过院落，经过慕瑶身边时，把慕瑶吓了一跳。慕瑶转身向跟上来柳拂衣问道："这是怎么了？"

话音未落，只听凌妙妙一声低呼，慕瑶一回头，发现慕声已经不顾凌妙妙的挣扎，强行将人拦腰抱起来，又用脚踢开了房门，把凌妙妙抱进了屋里。

哐当一声，门在慕瑶的眼前毫不留情地关上了。

柳拂衣揉着手腕，哄道："别看了，没事儿。"

慕瑶拉着柳拂衣的袖子，罕见地憋得脸颊发红，语速也比平时快了许多："什么叫没事儿？你快去……快去听一下他们说什么呢？"

柳拂衣凝眸望着她，那神情说不清是诧异还是调侃："人家小夫妻关门说悄悄话，我怎好去偷听？"他觉得她满脸紧张的模样说不出的生动，于是眼里带了一点儿促狭的笑意，"要不……你去？"

慕瑶瞪着他，脚一跺，手一撒，直奔窗口而去。

她半晌都没听见人声，只听得一点儿咯吱咯吱的轻响，听得她心慌意乱。

她的脑海里不受控制地浮现出她的好弟弟磨刀霍霍的画面，犹豫要不要将那窗户捅个窟窿看看屋内的情况，或是直接破门而入。身旁一阵松风扑面而来，柳拂衣也跟着她来到了窗边，笑道："你还真听。"

她不由得面上飞红，还没想好怎么反驳他，感觉到身子骤然一轻。她惊呼一声，又怒又恼地捶着他的肩膀，却不敢大声说话："拂衣！放我下来……"

"你没看见阿声看妙妙的眼神吗？你做长姐的，别管得太多，瞎操心。"阳光落在他的青丝上，他抱着怀里挣扎的少女，感觉到身子也暖融融的。他慢悠悠地往回走："天气真好，咱们也抱回去。"

咯吱、咯吱——

漏窗受了力，被慢悠悠地推开了一条缝儿，转轴发出长而暗哑的响声。

凌妙妙整个人被慕声用力地压在窗边亲吻着，一丝细细的风从窗缝吹进来，灌入她的脖颈里。

他的唇终于离开她的唇，让她喘了一口气，她这才从窒息的边缘被拉了回来。当她脚踩实地的瞬间，忽然双腿一软，像是酸软的后槽牙咬了冰块，险些跪倒在地上。

慕声就站在她面前好整以暇地接住她，顺势一搂，将她抱进怀里。

凌妙妙将他推开，只是那一推也没什么力气。她脸颊通红，眸中泛着水光，身体有些发抖，不知是因为愤怒还是羞恼："你走开……"

慕声抱着她不撒手，用手指卷着她的头发吻了一下："我错了。"

凌妙妙推开了他，仔细观察了一下他的模样，心中凉意顿生。

这"黑化"了一半的人，那黑暗的一面始终存在，一直蠢蠢欲动，一旦他的情绪到了临界点，他便在失控的边缘。

"你要真生气，就跟我吵架呀！"凌妙妙语无伦次，她的嘴唇还在隐隐发痛，便拿手背碰了碰，"这又算什么？"

他每次发泄情绪，都是隐忍迂回再骤然爆发，没有一样反应是正常的。

"可我舍不得跟你吵架……"他又贴上来，用手抚摸着她的头发，"我只想要……你。"

慕声的声音起伏着，中间低下去的声音凌妙妙没听清，让她皱起眉头："嗯？"

慕声低眸望着她，眸中带着一点儿笑意："我现在不生气了。"

凌妙妙被气笑了："我生气，你快把我气死了。"

"所以你不要让我忌妒……"

"你别想太多了。"凌妙妙打断他，黑白分明的眼严肃地望着他，轻声道，"我和柳大哥在大白天里正常对话，又没有做什么见不得人的事情。"

慕声凝眸望着她："他跟你说什么了？"

"说……"她噎了一下，想起了他们对话的内容，觉得有些棘手，"这个……不能告诉你。"

他眼眸一黯，说话的语气带着凉意："你心里就这样念着柳拂衣吗？"

凌妙妙感到头皮发麻，摆着手警告道："别、别提这个。"

"我偏要提。"他翘起嘴角，眸中的情绪开始起伏，整个人快要脱离理智的掌控，"你是不是恨不得我快点儿死了，再去嫁给柳拂衣，嗯？"

她只得保持沉默，愠怒地瞪着他。

"妙妙，让你失望了，我是轻易死不了的。"少年的指尖微微颤抖，脸上仍然笑得像明媚的迎春花，"那死的柳拂衣，你还喜欢吗？"

凌妙妙被他吓得后背一凉，一把扣住了他的手腕，生怕他下一秒就付诸行动，语速飞快："你要敢伤柳大哥性命，我记他一辈子，恨你一辈子，听到没有……"

他一怔，望着她的眸中似有黑云翻滚，点了点头："好。"他垂下眸子，掩饰着眼中可怖的神色，"那你以后可以不跟他说话吗？"

"那不可能。"凌妙妙望着他，"我跟谁说话，那是我的自由，你怎么管得比我爹还多？"

"谁都可以，他不行。"他抬眼望着她，漆黑的眼睛在睫毛的掩映下显得那样亮，"好吗？"

"不行。"凌妙妙的火气也被激了起来，她一动不动地与他对视着，"你管天管地，也管不到我要跟谁说话。"

他沉默片刻，漆黑的眼眸温柔地凝望着她："我好想把你绑在我旁边，让你哪里都去不了。"

凌妙妙再度被气笑了："你试试看。"

十分钟后。

"慕声，你给我放开……"

女孩儿以一个奇怪的姿势坐在椅子上，脸颊异常的红，再仔细看去，她的双手被收妖柄反绑背在身后，身体被一指宽的长绸带缚在了椅子上。

她先前还剧烈挣扎着，只是她发现他结绳的手法"极妙"，这绳子看上去不太牢，可是实际上不仅不会被她挣松，反而会弄得她衣衫凌乱。她动一下，他的眼神就沉一分。

凌妙妙不敢动了，手指在背后蜷了蜷，碰到了套在她手腕上的收妖柄，心中愤愤道：真想不到，收妖柄还有此"妙用"呢。

慕声坐在她的旁边，手里捏着把匕首，垂眸给她削苹果，削得细致耐心。

"你现在就是削一万只兔子也没用。"凌妙妙冷眼瞅着他的手，"快点儿放开我。"

他动作一顿，兔子的耳朵被啪地削断了。他停下来，将那断掉的耳朵小心地搭在断口上，垂眼望着它，半晌才道："妙妙，它也很疼。"

"疼？"凌妙妙没听出言外之意，冷笑一声，"又不是我把它的耳朵削掉的……"

她觉得自己跑了题，望着他的脸，杏眼中满是恼意，跺了跺脚："你不能这样捆着我，快点儿给我松开。"

少年无声地将兔子拿起来递到她的嘴边，柔和地问："吃吗？"

"不吃，你拿开！"凌妙妙发火了，又觉得气不过，于是就着他的手，照着兔子屁股狠狠地咬了一大口，一边用力咬一边委屈地骂，"你有病。"

慕声捏着苹果，黑眸一眨不眨地望着她，将她所有的表情收进眼底，在心底喟叹着：她这模样……真是可爱极了。

凌妙妙吃完了苹果，冷静了一下，放低了声音："子期，你放开我，有话好好说。"

他脸上危险的神色还没退去，眉梢与眼角显出些艳色，他低垂着睫毛的模样像一朵带毒的妖花："就这样说。"

"这样怎么说？"凌妙妙跺着脚瞪他，气得七窍生烟，憋了半晌，严肃地憋出一句控诉，"你……你不尊重人！"

这不单是不尊重她，更是不尊重整个女性群体，靠力量方面的优势制服她，他是什么人哪！

慕声望着她，眸中偏执地依恋如同浓稠的夜色。他弯下身子，虔诚地碰了碰她的嘴唇，语气缠绵悱恻，又像是在撒娇："我爱你。"

凌妙妙张了张嘴，哑口无言。

时间一分一秒地流逝着。

"你想把我绑到什么时候？"她的嗓子都有些哑了，她清了清嗓子，说话的语气都有些打蔫了，尾音里又带了几丝委屈，听起来像是在撒娇，"我胳膊要断了……"

慕声骤然抬眸，飞速地收回了收妖柄。

凌妙妙的双手骤然得到解放，她还没来得及收回来，他已经顺着她的手臂极其柔和地按了按，又沿着她血管的脉络摸了几下，仰头看她："还疼吗？"

凌妙妙摇摇头，充满希冀地看着他，见他只是卸了束缚着她手腕的收妖柄，却毫无解开绸带的意思，表情又迅速地垮了下去，气鼓鼓道："疼。"

他目光一凝，闪过一丝怜惜："我再帮你按按。"他捏着她肘关节耐心地揉了十分钟，又问，"好点儿了吗？"

他仰头看人的时候，角度恰到好处，藏起了所有的爪牙，只剩单纯无辜的美，让人恨得牙痒痒。

凌妙妙咬着唇，无力地靠在椅背上，望着头上的房梁："我想喝水。"

他顿了顿，随即将茶盏送到她的唇边。

凌妙妙就像笼里的小鸟儿，就着主人的手臂啄了几滴甘泉，但是她差点儿憋屈成一只火鸟，随时要在他的手心里乯毛。

凌妙妙故意将他使唤来使唤去的，让他绕着这一间小小的房间来回跑了一刻钟，他依然没有一丝不耐烦，反而越发兴致高昂。

而且听见她的语气越软，他就越耐心温柔，眸中的光芒也越来越盛，几乎到了灼热的程度。

凌妙妙颓然地靠在椅背上想，她大概明白要怎么做才能脱身了。

兴许她可以哭一下，慕声最怕她的眼泪，仿佛她眼里流下来的不是水，而是滚烫的岩浆。

而且不能是那种大义凛然的哭法，而是要她楚楚可怜、梨花带雨、撒着娇求着他的那种哭。

凌妙妙闪动着眸光，冷静地望着少年的侧脸，无声地起了一身鸡皮疙瘩。

等下辈子吧，她气急败坏地想。

屋内的两人都没察觉，临近的墙根上洇出了几块黄色的水渍，如同隐形巨人飞檐走壁留下的脚印，一步又一步地靠近着。

又过了十分钟，凌妙妙有些坐不住了："子期……"

慕声抬眸："嗯？"

她的颊上不受控制地浮上了绯红颜色，她踌躇了一下，鼓足勇气，尽量使自己显得高傲而漠然："我想小解。"

少年沉默了片刻。

片刻之后，他果然向她走来，俯身抽掉了她身上的绸带。凌妙妙还没来得及窃喜，便听得他平静地在她的耳边道："我抱你去。"

她往后缩去，眼中的雀跃骤然变成滔天的愤怒："我不想去了，你走、快走！"

慕声撒了手，漆黑的双眼无辜地望着她，似乎有些不知所措。

凌妙妙扭过头不理他，用手指烦躁地拨弄着裙摆，心里后悔极了。

早知道这样，她刚才就不该喝那么多水。

凌妙妙感觉到耳边有一丝细细的风吹来，一股熟悉的腐臭味骤然被她吸进了肺里，连她的鼻子都被灼得痛了一下。

随即是咣当一声巨响，她惊异地回头，看见一股黑云形成一堵墙，那股黑云几乎要撑开屋顶。黑云里伸出一双手来，正用力地掐着慕声的脖子。

凌妙妙足下一冷，望见地上不知打哪儿来了一层薄薄的水，将拖在地上的裙角浸湿了一圈。

少年的身影在黑云之中若隐若现，他脸色发红，额角的青筋暴起，还没来得及发出声音。

"小笙儿，喝了你这么多血，我真舍不得杀你呢。"

那声音咬牙切齿地响起来。

水鬼凝聚了这些日子积蓄的全部力量，非但体形变大了数倍，连声音也变得粗哑起来，听起来越发接近宛江鬼王那种雌雄莫辨的声音。

经过一段时间小打小闹似的骚扰，水鬼终于玩儿够了。她一直铭记着那血海深仇，寻找着时机报仇。这次慕声便是被她猝不及防地偷袭，这只鬼后出手怨毒，这一举便要置他于死地。

她不择手段，非要他死不可。

凌妙妙的背上出了一层冷汗，一股寒意顺着脊梁骨爬了上去。

桌上那收妖柄明晃晃地放着，是他刚才为了绑住她卸下来的，还没来得及套回去。慕声的收妖柄，一个在她的手腕上，一个搁在桌上，此刻的他只能空手接白刃，连个称手的武器都没有……

少年的脸上挂着淡漠的挑衅之色，他任凭水鬼掐着，在难以脱身的攻击中艰难地伸出了一只手，手指相碰，砰地炸出了一朵橘黄色的火花。火花却不是朝着水鬼的脸，而是越过她，径自朝着凌妙妙的方向炸去。

火花精准地落在绸带绳结上，连凌妙妙的衣服都没碰到，那缚得紧紧的绸带便瞬间滑落了。

凌妙妙骤然脱困，扶着桌子，从椅子上站了起来。

那火花炸了一下还不算完，它从她的身上滚落到了地上，在地上连续炸了四五下，一直炸到了门口，好似一个焦急的小精灵，火急火燎地引她出门。

凌妙妙愣了一下，抬头望去，慕声没有看她，也没能发出声音。

刚才那个任性的火花令他错失了自卫的良机，他整个人被那团黑云压到了墙角，连伸出手施展"炸火花"的余地都没有了。在这种索命的攻击中，他只得徒手飞速地拉住水鬼掐他脖子的手，单凭肌肉的力量与妖物抗衡。

他的双手因用力而变得有些颤抖，他的脸上还挂着漠然的笑容，只是

492

嘴唇的血色褪尽，额角的青筋暴起——慕声已经被弄得有些眸光涣散了。

他都这样了，还逞强？

她顿了顿，感觉到浑身的血液都往头上冒，只觉得头重脚轻，捡起桌上的收妖柄，毫不犹豫地砸了过去。

收妖柄砰的一声打散了一片黑云，几块森白的骨头伴随着水花哗啦啦地跌在了地上。

收妖柄开始在空中嚣张地飞舞起来。

这一个还不够。凌妙妙带着盛怒，冷静地往黑云深处走去，捋下手腕上的另一个收妖柄，也砸了过去。

黑云斜压，一阵劲风猛地扫在她的脸上，像是谁打了她一个耳光。

她感到耳根火辣辣的，背后瞬间冒了一层热汗，但她的动作却没停，她在这三四秒的时间里摸遍全身，掏出了来到这个世界积攒下来的所有符纸：这里面有柳拂衣送她的、慕瑶送她的，还有慕声原先留下来的，这一沓符纸足有一块板砖厚。

她顾不上区分符纸的门类，只管把符纸照着水鬼的脸砸，像是对准靶子狠狠地扎飞镖，只是那靶子结实得很，若是扎得不够用力，"飞镖"就要脱靶了。

她甩符纸甩得越来越快，手臂很快失去了知觉，像个不知疲倦的机器，剧烈跳动的心脏则是核心的发动机，源源不断地输送着可怕的能量。

手上捏着的符纸以肉眼可见的速度迅速地变薄，两个收妖柄在黑云中穿梭来去。

水鬼躁动得越来越厉害，桌上的花瓶也被扫到了地上，茶盏碎了一地。凌妙妙的半边身子都被飞溅的水打湿了，她还坚持向前走着，嘴里飞速地念着口诀，从头到尾、反反复复地念着，几乎是照着水鬼的脸不停地扔符纸了。

她的心脏发疯似的狂跳着，她不敢停下自己的手、步子和嘴巴，似乎一停下来，他们两个就再无翻身之力。

她扔出了手里最后一张符纸，隔着黑云站在了慕声的面前。

与此同时，水鬼发出了一声尖厉的长啸，引得门窗共振起来。黑云乱舞，如同一个被烈火焚烧的女人发出狰狞的呐喊，旋即哗啦一声，一滩水渍下雨一般淋了凌妙妙满头。

她闭着眼睛抹了一把水，再睁眼的时候，黑云已然烟消云散。

一枚白森森的头骨咕噜噜地滚落在地上，裸露的牙床枕着满地水渍，空洞洞的眼眶斜视着地面，似乎在不甘地望着尘世。

收妖柄飞回了慕声的手上，少年倒退几步才接稳了，脸上的血色还没有恢复过来。他怔怔地望着眼前的人，黑眸如墨玉。

女孩儿的额发湿透了，两颊发红，一双眸子亮得似灼灼星火，她安静地睨着他，气喘吁吁地冷哼道："不用谢我，我很早以前就想打死她了。"

她把手臂放下来，瞬间就感到这手酸软得抬不起来了，她的额头上冒了一层冷汗，伸出另一只手托住了小臂。

"妙妙……"他一步迈过去，伸手拉住她柔软的手臂，颤抖着手为她检查了一下。

他不敢相信，刚才她在那么短的时间里，一步一步地主动靠近，连续不断地甩出了一百多张符纸。

是……为了他吗？

一阵恍惚过后，他感到一阵慌乱的狂喜，伴随着几近负罪的怜惜。他将湿淋淋的她搂进怀里，全然不顾她的衣服将他的胸前也打湿了一片。

他就像被充了气的气球，只要她伸手轻轻一戳便瞬间漏了气，打回了原型。

他近乎蛮横地抱着她，用下巴抵在她的发顶，身子在微微地发抖。

只有这样紧紧地贴着她，才让他觉得好受一点儿。

凌妙妙的脸颊红扑扑的，她赧然地将他挣开，忍着手臂的酸痛，扭头着急地跑掉了："我想小解……"

二

太阳西斜，酒肆成排的灯笼被次第点亮，花折的大厅里很快坐满了人，小二在席间忙碌地穿梭着，桌上的珍馐也一道一道地增加，迅速地摆满了桌面。

慕瑶用指尖转动着茶杯，靠在椅子上，看着对面两个空荡荡的座位，有些疑惑："他们俩……今天还打算来吗？"

柳拂衣轻轻地拍了一下她搁在桌上的手背，顿了顿："不来反倒更好。"

慕瑶心领神会地点了点头。

494

梆子声响。

老头出场时，不像前几日那般神采奕奕，似乎是没有睡踏实，眼下有两块乌青。他看见慕瑶二人，便苦笑着用眼神打了个招呼。

为他带来的无尽虚名与财富的故事，毕竟是已故之人不堪回首的血与泪，却被他肆意讲出来，供后世之人消遣调笑。

他偶尔想起来，还是有些不安。

"慕容氏临盆在即，沉浸在幸福里，全然没想到，她美满的生活即将四分五裂，以后发生的桩桩件件，都使得她远远偏离了原来的人生轨迹。"

慕瑶和柳拂衣对视一眼，竖起耳朵听着。

"我们先前说过，赵公子是高门大户的公子爷，他愿意隐居在这远离长安的无方镇，辞去了官职、摒弃了身份、告别了挥金如土的生活，可他的家里人却不肯放任他这般碌碌一生，便带人坐船跑来无方镇寻他。

"这一年四月，他们找到了赵公子和他的妻子，也对慕容氏大为不满。"

老头嘲讽地笑了笑："世家大族的青年才俊，身上背着家族的荣耀，怎能只为自己而活？即使他不能在朝中有自己的势力，至少他的婚姻，也应该是对家族有利的。

"赵公子的姐姐查了慕容氏的身份，知道对方是不知从哪个荒山里冒出来的野丫头，无父无母、没有亲朋，更别说家世如何，就连说她是平民都是抬举了她。在他们看来，这一个只仗着面孔漂亮的低贱丫头想做赵公子的妻子，还要将他留在这偏远的小镇不归家，犯下了天大的罪过。

"赵公子的姐姐三番五次派人去请他回家，都被赵公子回绝，他不胜烦扰，甚至放出话来，他们若是再惊扰慕容氏，他就与她断绝姐弟关系。

"赵公子的姐姐果真安生了一个月，一个月后，她只派了一个方士，那方士上门与赵公子说了一炷香的话，便离开了。"

他顿了顿，深陷在眼窝中的浑浊眼睛流露出浓重地悲悯："五天后，赵公子独自一人踏上了返回长安的航船，头也不回地将慕容氏永远地留在了无方镇。"

"那方士给赵公子说了什么？为什么他就撇下慕容氏走了？"

"是呀！是呀！这时候快生了吧……"

台下嘈杂声起，听众义愤填膺，议论的声音一浪高过一浪。

老头抬抬手，示意他们少安毋躁，待下面安静下来，才继续道："那方士只递给了赵公子一张符纸，对他说'那慕容氏不是普通人，您若不想被她蒙在鼓里，白白受人蛊惑，便去试一试'。"台下霎时间鸦雀无声，只余老头的声音在响，"赵公子当即愣住了。他没有立刻去找慕容氏，而是看着桌上的符纸，静静地回想这些年的日子。

"他想，在他活过的二十多年里，他从未见过慕容氏这样貌美的女子，至少按照他的标准，没有人比慕容氏长得更顺眼。她为人毫无矫饰，性子也随和温柔，简直就像是高山上的雪莲花，没有经过任何俗世的沾染。他也时常怀疑，像她这样天真的人，是怎么平平顺顺地长到这么大的？

"他在书房里坐了好几日，产生了一个可怕的猜测——他眼中的慕容氏，究竟是不是真正的她？他平生最厌恶女子伪装矫饰，而慕容氏却像是为他量身打造的，一举一动都合他的意，倘若慕容氏的天真纯净，从一开始就是伪装的呢？

"赵公子并非什么天真之人，他生在外表光鲜、内里腐败的锦绣朱门，长在权力斗争的旋涡中心，什么阴谋诡计、人心怨毒，他见得多了，便不惮以最大的恶意去揣测现实。这个猜想令他如坠冰窟，只觉得自己对美好生活的向往，一夜之间全部破碎了。

"他开始一遍一遍地回想着自己对慕容氏的浓烈感情，从初见那日起，他对慕容氏的爱有增无减，只恐自己不能掏心掏肺地爱着她，甚至连他这样自负自傲的人，在她面前都会产生自惭形秽的感觉。

"而他对她的迷恋，到底是不是真实的呢？

"他恐慌地回想着，他对慕容氏这样夸张的爱，到底是发自内心，还是因为被蛊惑产生的魔障？

"他开始恼怒起来。我们的赵公子，一向活得恣意万分，他平生所求不是功名利禄，也非锦绣荣华，不过就是一个'真'。他连拜见权贵时的违心恭维都觉得恶心，也为此不惜担上一个'恃才傲物'的名头，又怎么能容忍自己被一个女子用其他手段蛊惑，产生了虚妄的感情？"

凌妙妙解决完生理问题，又去隔间烧水泡了个澡，换了一身干净的衣服，这才长舒一口气，擦着头发，体面、舒服地回到房间里。

"叮——系统提示：待攻略角色'慕声'好感度已达到95%，请再接

496

再厉。提示完毕。"

不知怎么，她最近非常反感系统的声音，总感觉她和慕声两个活生生的人之间，格格不入地插入了一个冷冰冰的数字，让人心里难过。

凌妙妙调整了一下心情，慢慢地走了进去。

屋里一尘不染，地上的瓷片和积水都已经被打扫干净，其他的水渍也被擦干，几乎让人看不出一个时辰之前这里发生的生死混战。

房间里烧了暖香，空气里是馥郁香甜的味道，使人一进来就能感到每个毛孔都舒张开来。

少年把衣服穿得整整齐齐，安静地坐在床沿上，阳光透过墨绿色帐子落在他漆黑的发丝上。

如果不是他正漫不经心地摩挲着一个骷髅头骨，眼前的景象堪称安静美好。

凌妙妙将他手里的头骨夺了过来，顺手放在了一边，俯下身眨巴着眼睛看他的脸："你干吗呢？"

他安安静静地抬起头，用秋水般的黑眸注视着她，认真道："等你。"

这模样既无辜又乖巧，几乎使人不忍欺负他了。

凌妙妙歪头瞅着他，笑了："等着感谢你的救命恩人哪？"

"对不起。"他彷徨地看着她的脸，眸光闪了闪，好似害怕被人抛弃的小狗。

"子期。"凌妙妙坐在他的身边，擦头发的手停了停，顶着一块方巾同他说话，"我可以答应你，以后不跟柳大哥在没人的地方单独说话。"她刻意地咬重了"单独"两个字，扭头望着他的眼睛，"但你不能不让我跟别人说话呀，否则我长着一张嘴是干什么用的呢？"她扬起下巴，"你自己说，有没有这种道理？"

慕声伸手接过她头上的方巾，为她轻柔地擦起头发来，小心地避过了她的耳朵，像是自嘲般翘起嘴角："妙妙，你做什么都可以。"他顿了顿，眸着乌黑的双眸，"我就是忌妒而已……"他有些迷茫，所有戾气、憎恶和钦羡都在他的面上一闪而过，轻声道，"你知不知道我有多忌妒他？"

"那就约法三章吧。"凌妙妙望着他，叹气，"以后我们谁都别提柳大哥，行不行？"

497

"嗯。"他温顺地答应，嗅着她发间的一点儿淡淡的清香，眼珠里倒映着一点儿微光，语气越发轻了，"什么都答应你。"

话音落下，他凑过来，闭上眼睛，熟练地向她索吻，那浓密的睫毛将这张脸装点得安静温柔。

凌妙妙顿了顿，轻轻地推开他的脸，接着说："不要动不动就绑人。"

少年睁开眼睛，语气异常无辜："我没有绑过别人，向来都是直接杀了。"

凌妙妙一时语塞，不知道该骂他凶残，还是该夸他坦诚。

"那你更不该绑我，我是你明媒正娶的夫人，你强行捆着我就是……就是下三烂。"

她自以为已经说了很重的话，应当在他单薄的自尊心上留下一笔，让他痛定思痛、有所反思，谁知他竟然望着她微微地笑了。

不知是不是"明媒正娶的夫人"这几个字取悦了他，他的表情乃至语气，全都柔和得一塌糊涂。

他像是因为抽大烟而病入膏肓的人，在烟雾缭绕里微笑地自嘲着，带着一点儿微弱的求救信号，孤注一掷、毫无廉耻地堕落给旁人看："现在你知道我是什么东西了吧？"

凌妙妙望着他，心里出奇地愤怒了，柳眉倒竖："什么东西？灵长类动物——人哪。"她揪过他的领子，将他玉白般的脸狠狠地拉到自己的面前，二人几乎是鼻尖对着鼻尖了，"子期呀。"她望着他，眼珠随着他的眼珠转动着，咬牙切齿地低声道，"自己把自己当个东西，别人才当你是个东西，知道不？"

这种没来由的悲愤像是利剑催逼着她的心房，令其喷出酸楚而恼怒的汁液，让她恨不得照着眼前这张脸打几下，看看他还清不清醒。

她狠狠地盯着他，不知怎么想的，张嘴一口咬在了他的嘴唇上。

少年目光深沉地望着她，他旋即闭上眼睛，就着她这一咬，轻柔地吻在她的唇上。

凌妙妙放开了揪着他领子的手，松了牙齿，而他用手捧住了她的脸，吻得缠绵又急切。

床角的铃铛轻轻地响动，他们像是一对冷得发抖的孩子拥抱着彼此，互相取暖，恨不得将对方揉进身体里。

三

"赵公子想了三日，决定去证实一下。他没有像那方士所说用符纸验证，而是找到慕容氏，直截了当地问了她。

"他们关起门来谈了一刻钟的话。赵公子出门时，面色如死灰，即刻一言不发地收拾行李，离开无方镇。慕容氏抱着肚子倚在门口，满脸惊惶地望着他。她没有阻拦，而是睁着那双美丽的眼睛，绝望地看着他离去，就像是一个被摔得粉碎的琉璃美人。

"离开无方镇后，赵公子大病一场。一个月以后，他便在赵家的安排下，与一个仕宦家族的贵女成了婚。赵公子的姐姐很是得意，只是他从那日起，几乎再也没有笑过。"

"那慕容氏的孩子呢？"底下有人插空喊道。

"慕容氏在一个雷雨交加的夜晚独自生下了孩子。她没有请稳婆，而是独自坐在家中冰凉的地板上，在黑暗中睁着眼睛，用纤细的手指抓着桌子腿，发出小猫一般垂死的呻吟声。她昏昏醒醒，直到后半夜才生下了孩子，她的裙子泡在一片污浊的血泊里，整个人被汗水浸透了，像是从水缸里捞出来的。

"外面雷声大作，她在黑暗中摸索着，用准备好的剪刀剪断了脐带，在慌乱中，她不慎刺伤了自己的手掌……在此之前，赵公子对她是珍重万分，连剪刀也不许她碰的。她顾不上手上直流的鲜血，将啼哭的孩子抱起来，埋进自己单薄的衣襟里，吻了吻他的额头。她实在是筋疲力尽了，就那样昏了过去。"

凌妙妙心里想，她虽然没吃过猪肉，但好歹是见过猪跑的。眼前这人活了十八年，却是连猪跑都没见过的，不由得产生了一点儿怜悯之情。

怜悯之余，她又觉得自己作为经验稍微富足一些的那一方，应该主动带带他，才算尽到责任。

这样一想，那一丝慌张和踌躇瞬间便被庄严的责任感取代。

她不大熟练地搂住了少年的脖子，将整个身子靠在了他的身上。

慕声愣了一下，感觉到了她强烈的想要推倒自己的意愿，于是就顺势靠了下去，顺从地任由她把自己压在了床上。

凌妙妙趴在他的身上，强作镇定地用手指解他的衣袍，但是她的手抖

499

得厉害，解了半天也没能解开，几乎要在他的注视下尴尬地哭出来了。

四目相对间，她的额头上出了一层薄汗，乌黑的杏眼带着羞恼的慌乱，半干的头发散落在他的衣襟上，被明媚的阳光染成了浅栗色，淡淡的花香盈满了小小的帐子。

少年一把攥住她停留在半空中的手指，漆黑的眼眸含着柔润的水色。

这样僵持了两三秒，他便搂住她的腰，往帐子里一个翻身，两人位置就颠倒了。他微微起身，抿着唇，用右手飞快地解开了衣袍，手指也微不可察地颤抖着。

"这样解。"他望了她半晌，吐出三个字。

凌妙妙看着他，紧张得说不出话了。

他解开了衣襟，却不脱掉衣服，而是让衣服挂着，俯下身去吻她的耳垂。他的睫毛扫在她的脸颊上，仿佛有人用羽毛轻轻地挠着。

他的吻也有些不稳当，带着些火急火燎的味道，顺着她的耳垂往下直到脖颈，再向下，嗅到她衣襟上的一点儿花香。

他一阵目眩神迷，用手抚弄着她热乎乎的脸颊，叼住她上襦前襟的系带，一点儿一点儿地抽开了。

"能不能别这样……"凌妙妙无措地抓着他的背，眸子转了转，小声道，"我……有点儿难受。"

外面的天色慢慢变得昏暗，帐子里的光也变成暖黄色，洒在她的额头上。

少年正吻着她的侧脸，闻言便抬起头来看她，黑发滑落下来，额头上也出了一层薄汗，眸中有些茫然，轻声道："我也……很难受。"

凌妙妙本能地感觉到这样僵持下去不是办法，可是她对未知之事也感到有些惧怕。直到她用手指摸到了他背上道道交错的鞭痕，心霎时间软了："那你就……怎么舒服怎么来吧。"

"嗯……"他似乎是得了允诺，终于迈出了那一步，但感觉到身下的人无声地吸了口冷气。

他低头将她的额上被汗水打湿的头发撩开，声音很低："疼吗？"

凌妙妙咬着牙，目光闪闪烁烁的，轻轻地倒吸着气，像是在反过来安抚他："还……还行。"

他心里被一阵涌上来的暖意填满，感觉到自己似乎飘忽在云上，幸福得有些不真实。

他低头吻着她的唇，不给她呼痛的机会，慢慢地放任了自己。

兵荒马乱中，他的手指蛮横地抵在她的唇上，生生地将她咬在下唇上的牙齿抬了上去："别咬自己。"

凌妙妙用虎牙叼着他的指腹烦躁地磨了磨，气喘吁吁地骂道："不咬……我……难道咬你吗？"

他乖顺地将手背伸过来："可以。"

她伸手轻轻一推，将他的手推开了，沿着原有的牙印迅速地封住了唇，好似在给一瓶冒着气泡的汽水用力拧上盖子。

他手疾眼快，再度用手指抬起她的牙，怜惜地摩挲着她的唇瓣，带着混乱的呼吸声在她耳畔道："妙妙，你可以出声的。"

羞耻的热度沿着脊梁骨往上爬，霎时间占据了她的大脑，令她起了一身鸡皮疙瘩。

她撑着最后一丝理智给自己一遍一遍打气：我们是合法夫妻、是合法夫妻……

这是合法行为、合法行为……

他用指腹抬着她的牙，诱哄般贴着她的耳朵说话："出声吧。"

她忍不住含糊地呼痛。

"妙妙……"他缠绵地唤着，眸光迷离。

凌妙妙茫然望着他，这人看起来好像没羞没臊的，全无底线。

汽水瓶砰地打开了盖子，她开始发出哼唧的声音。她总归是摒弃了羞耻心，便故意出声，觉得自己成了豌豆公主，被他掐了一下腰也哼哼、无意蹭了一下他的手臂也哼哼、被背后垫着衣服硌得慌也哼哼。

凌妙妙看着他像濒临失控的野兽一般躁动起来，又怕真的弄疼了她，拼命克制自己，他变得手足无措，连眼尾都泛着殷红。她心里幸灾乐祸，手指轻快地摩挲他的脊背，像是在顺着小动物的毛。

慕声觉得怀里的人真的成了一朵云，软绵绵、热乎乎的，是一朵能发出美妙声音的云，让他恨不得将她拆碎了揉进胸口里，又怕她真的一下消散了，只好拿双手小心翼翼地捧着。

当他耐不住了，便吻一下、舔一下，再放回去珍藏起来。

四

"这是一个男孩儿，轮廓与慕容氏如出一辙，秀美灵动，眉眼生得倒

501

像他父亲。慕容氏带着孩子，在镇上艰难生活着。开始时，邻里尚对她关照有加，可是时间长了，家里又没有男人庇护，慕容氏的容貌终究招来了祸事。

"开始时只是一两个光棍邻居打她的主意，让她严词拒绝，并呵斥几句。这些光棍尚顾得面子，只好连连致歉离开。

"慢慢地，人们发现他们孤儿寡母毫无还手之力，便有许多地痞流氓、醉汉赌鬼上门纠缠，慕容氏家里的锁每天都被不同的人撬开。慕容氏担惊受怕，只得每天捏着一根长棍，和衣坐在院门口，夜夜不敢安睡。

"她的女邻居们开始时还同情她，时间久了，便也视她为不祥。镇子上又开始传出谣言，有人说她水性杨花，在外与男人淫乱，这才被夫君撇下，是个没人要的荡妇。此名一出，慕容氏的日子过得更加艰难，好几次差点儿被人欺负，她挣扎叫喊了半夜，也没人来搭救她。身旁婴孩大声啼哭，引得邻院里的狗狂吠，作恶者心里有鬼，吓得连滚带爬地跑掉，她才逃过一劫。

"慕容氏决定抱着孩子离开无方镇，回自己的家乡，可路途漫漫，她走到哪里，哪里都不太安定。哪怕她戴着面纱，揣着匕首，一个窈窕的单身女人抱着个婴孩，也总是逃不开觊觎的眼睛。

"车舟行途，流窜的恶人尤其多。船上有一伙恶匪，盯上了慕容氏。他们便在一个夜里，几人分工配合，抢走了慕容氏怀里的孩子，强令她屈从，否则便要将孩子掐死扔进江水里。慕容氏为了孩子，不得已含泪答应。事行至一半，船上脚步嘈杂纷乱，有两人从廊中经过时高谈阔论，正提及长安的赵公子娶了新妇。

"慕容氏听在耳中，万念俱灰，刹那间仿佛天地失色。

"忽然婴儿夜梦惊醒，放声啼哭，匪徒嫌他扰了好事儿，想要违背诺言将他掐死，不知是不是恶行触怒了老天……"老头伸出指头，指了指头顶，瞪圆了眼睛，"忽然红光大作，四人齐齐倒下，霎时间死于非命。"

台下鸦雀无声。

"慕容氏穿好衣服，挣扎着起来抱着孩子一看，不知发现了什么，当天便踏上返程，回了无方镇。"

听众一阵骚动，窃窃私语不绝："怎么了呀？"

"不知道呢……"

"慕容氏抱着孩子连夜赶回了无方镇，径自去找了花折的老板榴娘。

这榴娘,谁?无方镇里的秦楼楚馆,唯数花折最有名。花折里的姑娘,个个绝色,琴棋书画样样精通,既有样貌,又有才情,引得无数达官显贵不远万里前来。榴娘便是花折的老鸨。慕容氏早年与这榴娘曾有过点头之交,现下走投无路,就去投奔于她。

"榴娘见了慕容氏,给出的第一个建议,便是让她去把襁褓里的孩子溺死。"

慕瑶心里咯噔一下,与柳拂衣对视一眼。

"为什么呀?"身后有人悄声问道。

有一人轻轻地敲了敲碟子,笑道:"那还不简单,她独身一人还算抢手,带着个'拖油瓶'算怎么回事儿?"

"慕容氏不愿意放弃孩子,与榴娘不欢而散。可是她回到家,镇上那几个恶棍地痞就像是豺狼虎豹,虎视眈眈。慕容氏过得万分艰难,生计也是问题。赵公子已再娶,她对男人也已经绝望。她便想,与其这样蹉跎度日,不如换得个锦衣玉食,好好将孩子养大。她就再回头去找榴娘,同意卖身,只求个避难之所。"

"唉……"听众两眼含泪,叹息连连。

"榴娘对此事万分谨慎。一来,以慕容氏的姿色,必定是艳压群芳,超过了花折里所有的姑娘;二来,慕容氏多多少少跟她有份交情,她也不想亏待了慕容氏。于是,榴娘没有把慕容氏的名字写上玉牌,也没给她起花名,而是给她辟了第三层最豪华的东暖阁,锦衣玉食地供着她。慕容氏给自己起了一个名字,以示与过去划清界限,叫作'容娘'。"

慕瑶听到这里,猛地蹙起了眉头:"容娘?"

柳拂衣奇怪道:"怎么了?"

"容娘,蓉娘……"她嘴里默念着,摇了摇头,陷入了深深的沉思,"没什么……"

"容娘接客,只接那王公贵族、人上之人,须得才貌俱佳,才有幸与她春风一度。榴娘觉得,这样她算是照顾容娘了,即便是沦落风尘,容娘也算是个受人仰视的红姑。

"只有一点儿不妥,便是容娘那个孩子。男孩儿养在妓馆多有不便,四岁以前,那孩子还能同母亲日日待在一起,容娘接客时,便托付别的姐妹照顾一下。四岁之后,他却是没法时时待在花折里了。容娘只得给他些钱,嘱咐他在太阳落山以后在外面逛,后半夜再悄悄从后门进来,在小房子里睡下，不要惊动其他客人。

"容娘待在花折七年，见过的人，都对她的样貌念念不忘。只是可惜她那样浑然天成的一张脸掩在浓妆之下，没能昭显于世。

"七年里，容娘的容貌一如往昔，似乎并未随着时间变化，也没有染上风尘气，于是她在权贵之间的名声也越来越响。那一年，据说是连先帝也被惊动了，先帝借微服私访之名，一睹容娘芳容。"

"嘶……"下面的人吸着冷气。

"先帝见了容娘，很是喜欢，当夜便留宿在花折，夜里颠鸾倒凤时……"他顿了顿，令所有人都提起了气，"不知怎么，偏偏在那天傍晚，容娘那七岁的儿子忽然违背了母亲的叮嘱，慌慌张张地跑回了花折，冲进了房门，看到了母亲与别的男人交媾的模样……

"先帝骤然被扰，慌乱之下拿茶杯砸他，那小儿不知是不是吓呆了，竟跪在地上不肯走，一番拉扯，惊动了榴娘。

"先帝本是来寻欢作乐的，那秦楼楚馆的夜夜笙歌，本就是你情我愿。天下佳丽谁敢不在真龙面前笑着承欢？可那小儿用那样一双眸仇恨地盯着他，好似他强抢民女、欺辱他的母亲似的，不由得心里硌硬，雷霆震怒，拂袖而去。榴娘苦苦哀求，花折才幸免于难，只得按照先帝的交代，将容娘赶出花折，放她一个自由。

"可是花折才是容娘的庇护之所，自由于她，反倒是劫难。她带着孩子，在门口跪了三天三夜，榴娘也不肯答应再收她进来。"

"唉……"厅内只剩下此起彼伏的叹息声。

"于是，慕容氏只得带着孩子离开了无方镇。没有人知道他们去了哪里，只是听说，有人在长安见过她，也不知道容娘此后有没有再遇到歹人。容娘就像是无方镇的雾，天亮之后便消失了，像是从未在此地出现过一样。"

凌妙妙将被子拉起来裹到脖颈上，把自己裹成了一个蚕，滚到了床边。

夜色笼罩，帐子里很快便暗了。他在外面点亮了蜡烛。

听说男孩子结束之后，大多没什么兴趣继续温存，她便趁着他起来点蜡烛的工夫，自顾自闭起眼睛，一个人安生地睡了。

慕声回过身来，手却伸进被子里抓住她的脚踝，将她从被子里一点儿

504

一点儿地拖了出来。

"干吗？"她慌张地扭过身来。

他身上披着衣服，睫毛在灯下凝着一点儿微光，他低头吻着她裸露的小腿，柔光勾勒出他发丝的轮廓，简直美得像是一幅名家画作。

凌妙妙红着脸抽了抽腿，想破坏掉这种虔诚的美感，结果他猝不及防地吻在了她的脚背上。

她感到一阵电流似的感觉骤然沿着脚背向上，令她低低地哼了一声。他难耐地俯下身来压住了她，双手捧住她的脸。

凌妙妙手疾眼快，立即抵住他的唇，哭丧着脸：先亲脚背，再亲脸，这是什么顺序……

"睡吧，别折腾了。"她眨巴着眼睛望着他，突然发现他整个人的气质都不一样了。

他眉梢眼角带着艳色，嘴唇嫣红，黑水银般的眼珠里水光潋滟，诱人至极，只引得人想去亲一亲。

这真是……真是……传说中的面含春色？

这荒诞的感觉，刹那间让她有些迷茫，刚才被睡的到底是谁？

身上的痛楚又将她拉回现实，她向后靠了靠，一把将他推下去，拉开被子盖住他，假意凶巴巴地道："快睡！"

少年眨着眼睛，无辜而顺从地看着她，侧脸极美。

她心里一动，忽然无端想起说书老头形容慕容氏的话来。

"人情世故，她多半不懂。他只好一样一样慢慢教过来，便像是给一幅未画就的美人图，点上了明亮的眼睛一样。慕容氏过了一段蜜里调油的日子，越发美得惊人。"

她扭过头，细细端详着慕声在昏暗灯光下的脸，果真惊心地发觉他的眉眼、鼻尖、嘴唇以至于眸中的神采，就如同被打磨的璞玉渐渐生光，越发显露出从前不曾显出的浓艳之色。

凌妙妙心里咯噔一下，感到一阵无端的难过，她慢慢地拱到了他的怀里，伸手搂住了他。

这是凌妙妙头一次主动伸手去抱他。

慕声怔了一下，不敢动了，连呼吸都不自知地放轻，把全部的注意力不动声色地集中在被她的手搭住的地方。他感觉到凌妙妙搂着他的腰，用力紧了两下，低声道："今天都没去成花折，等慕姐姐他们回来，让他们

505

把故事给你复述一遍？"

她原是为这个。

他心里生出一阵说不清道不明的滋味。

以往他的事情向来没人在意，现在竟有人比自己还上心。

他顿了顿，很乖地应道："嗯。"

凌妙妙完成了安抚，准备抽回手，他却把手臂飞快地一压，将她的手无赖地压在了自己的腰上。

凌妙妙哭笑不得，没再挣扎，在昏暗的烛光下，她以这种古怪的姿势搭着他，忽然小声道："子期，你是不是害怕听那个故事？"

慕容氏的故事已经过半，他应该可以猜到后面的情节是如何急转直下。

他寻觅了那么久的真相近在咫尺，他却心生胆怯了。

凌妙妙半晌没听见他有回应，伸出手指戳了戳他的胸膛，睫毛颤动了几下："就算是真的……那也是过去的事儿了，过去很久了。"

他不作声，留恋地反复摩挲着她的腰侧，将那里摸得热乎乎的，然后把手伸到她的腰后一揽，把她压进怀里。

凌妙妙身上只有一层薄薄的寝衣，还是刚才随便套的，二人的身体紧紧地贴着，她觉得有些不太自在，推了推他的胸膛，像是小动物的挣扎。

"嗯，我怕。"他的声音忽然低低地从头顶传来。

凌妙妙顿了顿，不挣扎了，仰头看着他的下巴，嘟囔道："你有没有听过一句话——英雄不问出身？"

说完，她似乎觉得这句话的力量不太够，又在他冰凉的脖子上轻轻地啄了一下，那动作不太熟练，僵硬得像是叮虫子的啄木鸟。

他一僵，顿时收紧了手臂。那一下轻吻将他所有的注意力都引了过去，他仰着脖子等了半晌，也没等来第二次。

他顿了顿，微微颤了一下睫毛，有些委屈道："没了吗？"

"什么？"凌妙妙空出来的另一只手正在玩儿他寝衣上缀的黑色珠子，骤然听到他发问，满脸疑惑。

少年眸色一沉，他在昏暗的烛光中勾了勾唇角，捏住她的下巴，低下头望着她，眼中泛着水色，故意道："我连阴沟里的蟑螂都不如，算什么英雄……"

凌妙妙望着他的眼珠里浮现出了怒火："人家蟑螂还觉得自己活得怪

滋润的呢,哪儿像你……"

她说罢,又觉得心里酸涩,情绪上了头,勾着他的脖子又亲又咬,好几次嘴唇不慎蹭到了少年的喉结,惹得他的眸光沉了又沉。

她这才撒开手,没怎么用力地推了他一把,狠狠道:"说的什么屁话。"

怒火一消,她便下意识地摸了摸嘴角,又伸手摸了摸他颈上的几个浅浅的牙印,呆住了,背后一阵发凉。

她大概是被慕声带坏了,总是在想打他的时候,下意识用了嘴……

她还没想明白,就被人翻身压住了。

少年吻着她的头发,手摩挲着她的腰,急促的呼吸落在她的颈侧,在她的耳侧克制地问:"再来一次好不好?"

五

"请您留步。"慕瑶气喘吁吁地追了上来,"故事里略去的部分,能不能原原本本地告诉我们?"

老头略一沉思,问道:"慕方士想听哪一节?"

"在房间里,赵公子找慕容氏谈判,他们究竟说了什么?"

老头抚了抚额头,强笑道:"不瞒您说,那珠子里的记忆有限,很多地方都是不完整的,有许多事儿还是小老儿自己猜出来的。"

"那按照您的拼凑,他们大约说了什么呢?"

他叹了口气,道:"赵公子径自去问慕容氏的身份,慕容氏先是沉默,随即据实告知。说自己……"他小心翼翼地瞥了慕瑶一眼,"说自己不是人,是……是……"

他似乎有点儿不太确定,那音节在嘴里将吐未吐。

"魅女。"柳拂衣适时接道。

慕瑶脸色苍白,但她没有打断柳拂衣。

"对,魅女。"老头眼睛一亮,有些紧张地询问道,"这魅女,是妖吧?我只怕讲出来引起恐慌,只得删去了这一节。"

慕瑶神色复杂,她下意识地把指尖捻在一起,似乎不太想接受这个真相:"真是魅女?"

柳拂衣道:"魅女天生无泪,若痛极悲泣,只会泣血。所以在那一堆透明的眼泪里,才会有一颗血珠子。"

他顿了顿，抬抬手，示意老头继续说。

"赵公子的脸色很难看，只反复问她，为什么要蛊惑自己，为什么要骗自己？慕容氏愣了好一会儿，说自己没有。可赵公子不信，似乎是负着气，不久后便收拾东西离开了。"

赵公子为人自傲自负，一旦对某些事情先入为主，难免固执己见。

他越是在乎，就越是多疑，越是止不住地乱想。

而魅女美艳绝伦，天生就是蛊惑人心的坏子，她强辩自己是真心，又有几个人会信呢？

慕瑶和柳拂衣一时无言，半晌，柳拂衣对着慕瑶耳语了几句，慕瑶便转身回了花折。

待她走远了，柳拂衣才低声问："那孩子生出来的时候，可有异状？"

老头沉默了一会儿，哑嘴道："那孩子刚生出来的时候，皮肤白得似雪，耳朵很尖，胎发长得盖住了额头，也不哭，长得是古怪得很。可是第二日的时候，就变得和寻常婴儿一般模样了。哦，对了。"他突然想到了什么，比画起来，"这孩子小时候，头发长得忒快，一夜之间便从肩膀长到后腰，离开花折的前一日，他娘从抽屉里拿出一把大剪刀，似乎是犹豫了很久，才把他的头发握住，一把剪了。"

"什么样的剪刀？"

老头回忆了一下："就是农人剪草的那种剪刀，只是剪刀轴子上，刻了个弯弯的月牙。"

"断月剪？"柳拂衣喃喃，暗自诧异起来。

慕瑶回来了，问："那赵公子到底叫什么？"

"这倒不知道，只是听慕容氏有一次唤他'轻欢'。"

赵……轻欢……

高门大户……长安城……

慕瑶半晌都没缓过神来，这故事里的另一个主人公，竟是赵太妃赵沁茹的亲弟弟，轻衣侯。

今日发生的事桩桩件件都令她觉得心惊肉跳，慕家作为捉妖世家，收养的孩子的生母居然是个棘手的大妖。

这个大妖，竟也是魅女……那和"她"有关系吗？还是说……

慕瑶陷入了更深的沉思。

如若轻衣侯真的是慕声的生父，那么他手里那块玉牌，是什么情况下得来……爹娘又为什么要撒谎，说阿声是从妖怪窝里捡来的呢？

慕声做了个梦，梦里偶有马蹄嗒嗒地掠过窗边，扬起黄色的灰尘。细条状的光影纷乱，在狭小的房间里，他趴在窗台上，静静地望着窗口。

这里不是那拥有如血般红罗帐的绣楼，身旁的人说的也不是轻软的南部方言。

他知道，这里不是他的家。

他那裸露瘦削的脊背上有几道交错的红痕，手臂上还有青紫的掐痕，身上都是触目惊心的伤痕。

在这逼仄、阴暗的房里，他曾经拥有的那一段温柔怜爱也烟消云散。

女人跪坐在他身后的垫子上，兀自对着一面破旧的镜子点妆描眉，给那一张绝色的脸画上艳丽的假面，眉尾斜飞，像是祸国妖姬依仗的利剑。

倒映在他那漆黑眸子里的天穹，慢慢地从湛蓝到昏黄。

他整日趴在窗边，期冀地望着那一点儿亮光，却不知道自己应该等谁。

有时候，他只是静静地看着檐下的燕子衔着泥筑巢，还没搭好，就被街上的小乞丐拿棍子一捅，几枚小小的蛋被打碎在地上，在泥点儿的残骸中绝望地流出浓稠的汁液。

燕子拍着翅膀在空中悲鸣，眼睁睁地看着，却无能为力。

乞丐们残忍地笑着，趴在地上将蛋液争抢分食。

他向后缩了缩，搭在窗棂上的手指发凉。

他的头顶笼上一层阴影。她身上劣质的香气伴随着风笼罩了他，他扭过头，就见她居高临下地睨着他，嘴角带着一丝冷淡的笑意："饿吗？"

他不自然地眨着眼睛，捂着肚子，抿了抿唇，声细如蚊蚋："饿。"

"饿呀。"她笑着，慢慢地蹲下来搂住他的脖颈，强行让他向外看，冰凉的手指让他打了个哆嗦，"看到了吗？"她指着外面那几个衣衫褴褛的癞头乞丐，"去哇，去跟他们一起吃。"

他直往后缩，眼中的不安越来越重："娘……"

"娘养不起你。"她说着，脸上的微笑变得恶毒，"你去自己要吃的吧，若是要不来，就去偷、去抢。"她望着他，栗色瞳孔中含着的笑意像是无法摆脱的诅咒，"要是这点儿本事也没有……"她艳丽的红唇轻启，

"就去死。"

他战栗着，在她转身离开的刹那慌乱地抱住她的腿，像是溺水的人抓住了最后一线生机。

"娘……"他发出小兽似的惶恐的哀求，"我听话、我听话……"

可不可以不要丢下我……

她猛地回头，用涂着红色丹蔻的十指猛地掐住他小小的脖颈，直接将他撞在了破旧的矮窗上，使矮窗发出嘶哑的吱呀声。

她眸中的恨意汹涌："要不是因为你，我何至于落得如此境地？"

他张了张口，没有发出声音，她却率先松开了手。他倚着窗滑落到地上，咳嗽起来，雪白的颈上留下两道青紫的掐痕。

她蹲下来俯视着他，那眼神像是在看一只垂死的小狗。她怜悯地抚摸他的发丝，话语中还有尚未退去的冷意："小笙儿，你要乖。杀死他之前，自己去讨饭吃，嗯？

"娘不会不要你的。等你杀了他，娘便带你走，你想去哪里，便去哪里，好不好？"

她平静下来后，许诺的语气异常温柔。

小孩子，总是容易被哄骗，甚至不用哄骗，只要她像以前那样对着他笑一笑，他便什么都依了。

他小心翼翼地怀着一点儿期冀，好了伤疤忘了疼似的，又亲近了她："那……娘去哪里？"

她无声地正了正簪子，微微笑了："娘有更重要的事情做。"她低下头来抚摸他的脸，尖利的指甲有几次剐蹭到了他的颊上，"小笙儿喜不喜欢弟弟妹妹呀？"

她的手极凉，像是一块冰贴着他，冻得他浑身僵硬，他本能地摇了摇头。

他想：娘是疯癫了，哪里来的弟弟妹妹？

她高兴地笑着："嗯，真乖。娘也不喜欢他们，他们一个都跑不了。"

有人将被子折了两折，裹在慕声的身上。被子太厚了，因此边角翘了起来，凌妙妙嘟囔了几句，翻身过来用身子压住。

凌妙妙隔着被子手脚并用地抱着慕声，像抱着树干的熊一样，抱得那样紧。

他睁开了眼，恰与她四目相对，眼前的人骤然一惊，不好意思地将胳膊和腿放下去，滚到了一边。

被子的边角立即翘起来，他把手从被子里伸出来，伸手一捞，将女孩儿抱进了怀里。她的脸蛋贴着他的心口，热乎乎的一团。

这样的热，直接辐射到他的四肢百骸，他的血管里终于奔流着正常的、鲜红的血液，让他从那样的如坠冰窟的寒冷中抽身而出。

"还冷吗？"她问。

"你刚才一直发抖。"她的睫毛一动一动的，扫得他胸前的皮肤痒痒的，她又执着地问了一遍，"还冷吗？"

他闭着眼睛，一点儿一点儿地吻着她温热的脸颊："不冷了。"

阳光从帐子顶上投射下来，每一片光斑都温柔明媚，那个一直行走在阳光下的女孩儿，带着一身光明磊落的温热，大大方方地钻进他的怀里抱着他。

暖得让他觉得像是在做梦。

第三章　魅女

一

"妙妙，你来。我有话要跟你说。"

前厅里，从两旁的花窗漏下了细碎的阳光，照在几盆吊兰的叶子上。

柳拂衣的眉宇间带着忧色，他招了招手，把路过院子的凌妙妙叫进屋里，顺手帮她把椅子拉了拉，想让她坐下。

他半晌都没听见回音，一抬头，只见凌妙妙为难地站在原地，左顾右盼。她忽然眼睛一亮："柳大哥，抱歉，等我一下。"她挽着裙子飞快地跑过去，截住了从前厅路过、准备去院子里练术法的慕瑶："慕姐姐，你能不能进来坐一会儿？"

慕瑶一脸茫然地被她拉进了前厅，又被她按着坐在了柳拂衣的旁边。随后凌妙妙搬过椅子，坐在他们的对面，摆出了三方会谈的架势。

"现在好了。"凌妙妙用双手撑着下巴，笑了笑，"柳大哥你开始吧。"

柳拂衣怔了一下，与慕瑶对视一眼，两人都对她说话前的准备感到十分疑惑。

"你们别一直看着我呀。"凌妙妙轻咳了一下，"你是不是想告诉我慕容氏的事儿？"

慕声今天一早就去镇上采买笔墨和黄纸，恐怕一时半刻回不来，现在是这些天他唯一不在场的时机。

柳拂衣沉默了片刻。

"慕容氏，或许不该叫作慕容氏。"

凌妙妙竖起耳朵听着。

"她不姓慕容，她姓暮，日暮的那个暮。'暮'姓，在妖物族群中，是象征永夜的存在。他们的身上体现着妖物最黑暗的一面——魅惑、暴戾、企图只手遮天。你还记得过宛江的时候，在大船上，我曾经给你讲过的魅女吗？"柳拂衣望着她，声音缓慢而柔和，生怕她不接受似的，一点儿一点儿地引导着，"魅女，能歌善舞、美艳绝伦，善蛊惑人心……"

"噢！"凌妙妙抿了抿唇，伸出手指，"想起来了，那个人格分裂……"

当时，柳拂衣对她讲过，若是魅女被人辜负，就会于体内分裂出另一个完全不同的妖魂，名为怨女，本性极恶，为祸四方，是捉妖人避之不及的对象。

她却没想到，这么巧……

柳拂衣颔首，还在观察着她的神色："暮容儿是魅女，她说的那座故乡的山，就是极北之地的麒麟山。存世的魅女数量很少，她就是其中之一。"

"噢……"凌妙妙思忖着，无意识地绞着手指，垂着眸子嘟囔着，不知是惊异还是茫然，"那慕声……就是魅女的孩子了。"

她的大脑飞速运转着，慢慢地印证着这个事实。难怪，在第一个记忆碎片中，他可以神出鬼没地钻进轻衣侯的七香车；难怪他的头发一长，红光一闪，就能杀人于无形；那蛊惑人心的力量，不是邪术，应该是天赋了……

那发带呢？原先她以为慕声是借了发带的力，现在看来发带恐怕只是个把门的闸口。

厅内静静地燃着熏香。花窗外的人影动了动，衣角擦过了茂盛的兰花。一朵刚结出的花苞被擦得咕噜噜地滚落在地。

少年将背抵在墙上，闭上了眼睛，努力地想要勾起唇角，嘴唇却颤抖着，连一个讥诮的微笑都做不出来。

他果然……是半妖啊。

他拥有这样的血统，却在疾恶如仇的捉妖世家长大，手里沾染了无数妖物的血，终究不能被世人所容。

他隐约猜到了自己的宿命。可是在这终于被证实的一刻，他的心里仍然生出一股深入骨髓的孤独。

他在过去的十几年里经历的事情，终于全部被判定成微不足道的笑话。

不论是人界，还是妖界，都不应该有他这样的怪物。

他转过身，透过花窗的缝隙，一动不动地看着凌妙妙低垂的眉眼。他搭在墙上的指甲泛白，眸中的黑像是旋转颤抖的星河，十分危险。

现在，他放在心口的女孩儿，终于全然知晓了他不堪的身世。

他实在没有勇气听下去了，哪怕她皱皱眉，都会如一记重锤砸在他的心口上。可是他迈不动步子，发疯似的想看看她的反应……

他不敢奢望，又忍不住幻想。

"妙妙？"柳拂衣对于凌妙妙长久的沉默有些忧心，身子倾了倾，"怎么了？"

"没有。"凌妙妙抬起头，声音又轻又缓，像是在暖融融的午后讲着故事，"我在想……"

柳拂衣对她过于平静的反应有些吃惊："想……什么？"

她蹙着眉，含着一丝叹息，声音仍旧很轻："我在想，那子期岂不是很可怜。"

屋内、屋外的人一并默然。一时间，只能听见窗外落叶沙沙的声音。

她接着道："做人有做人的快乐，做妖有做妖的潇洒，他夹在中间，该往哪儿去呀？"

在洒落着阳光的室内，女孩儿歪着头，眼中带有真诚的疑问之色，随即又陷入了沉思。

慕瑶没有想到凌妙妙竟是这样的反应，顿了顿，试探着问："妙妙……不怕吗？"

凌妙妙看了她一眼，反问："慕姐姐怕吗？"

"我闯南走北，见得多了，自然不怕……"她的脸色很难看，"只是……有些诧异罢了。"

慕瑶觉得自从慕声在那天夜里爆发以来，她的心变得越来越宽了，有些"破罐子破摔"的意味。别说慕声是半妖了，哪怕他就是妖，难道她还能提刀把养了这么多年的弟弟砍了不成？

514

就算她想这么做，她也是举不起手来的，哪怕躲远点儿眼不见为净，也不想直接与他针锋相对。

"是呀，没什么好怕的。"凌妙妙点点头，"他不就是他吗，是人是妖又有什么关系。"

"可是……"

可是你不一样，你是他的妻子，人妖殊途，终究……

柳拂衣捏住了慕瑶的手腕，没有让她把想说的话继续说下去。

柳拂衣接着道："赵公子，你也认得，就是赵太妃的弟弟轻衣侯。"

白色发带在风中飘飞。

慕声把腰斜抵在墙上，用手指点在花窗上，贪恋地描摹着凌妙妙的轮廓。

他上挑的眼尾罕见地染上了一点儿暖色，长睫下黝黑的眸子沾染了阳光，映着一点儿迷乱的光晕。他的侧脸恬静，像一块被抚摸得热乎乎的暖玉。

她说……他是人是妖都没有关系。

只这一句话，就让他觉得自己像是被判了缓刑的囚徒。

随即，他看见凌妙妙诧异地抬起头："轻衣侯？"

她惊愕了两三秒，那双明亮的杏眼不自然地眨了两下，飞快地垂下了眸，眼皮发红，越发像只兔子。

"怎么了？"柳拂衣被吓了一跳。让她知晓一个人的身份，竟然比让她知晓一个妖的身份，更让她吃惊。

"没事儿。"凌妙妙交握着手指，看着地板，胸口里仿佛有一只手在揉着她的心。

亲人背离、父子相杀，至亲与他面对着面都认不出他来，只当仇人搏命……事情到底是怎么走到这一步的？

她又出神地想着。

倘若没有赵太后的掺和，慕声应该是赵家的小侯爷，可以拥有锦衣玉食的生活，被恭维与祝福包围，鲜衣怒马、自由自在地长大。

父母期许他的诞生，名之子期。

柳拂衣担忧地盯着她。

"没事儿。"凌妙妙摆摆手，强笑道，"柳大哥接着讲吧。"

515

"我曾经对你说过，魅女隐居山林，一旦流落于世，必会招致灾难。"

凌妙妙点头："是因为会变成怨女吗？"

"也不全是。"他顿了顿，"魅女天生地长，妖力巨大，只是一旦怀孕生子，妖力便会被大幅度削弱，甚至会失去妖力。"他提着一口气，"她们的孩子即将继承……或者说是'剥夺'母亲的妖力。"

凌妙妙目不转睛地盯着他。

"若生男，则孩子妖力减半；若生女，则孩子妖力加倍。而男孩儿不能算在魅女族群中，生下的儿子得到的妖力也无法延续下去。"

凌妙妙的脑子飞速地运转着："也就是说，随着魅女族群的繁衍，真正作为'魅女'继承妖力的女孩儿会越来越少，但是妖力会越来越强……"

"对。"柳拂衣颔首，赞许地看着她，"这就是魅女族群的'进化'。"

"如果放任她们'进化'，最后会产生出什么样的强大怪物、这个世界能不能承受这种力量，谁也无法预料。魅女族群也不希望力量慢慢集中在几个人身上，因而，她们将自己藏起来，不会轻易繁衍。"

凌妙妙长舒一口气，但还没能吐完这口气，便听见了接下来的话。

"但我猜，暮容儿是个例外。她生下了一个男孩儿，但这个男孩儿的妖力竟然没有减半，反而加倍了，不知道是不是与人结合的缘故。

"与之相对的是，暮容儿强大的妖力几乎全被他剥夺了。她有了这个孩子以后，孱弱得像是个普通女人，甚至没有办法去抵御普通人的欺侮。"

凌妙妙诧异地听着，把自己的手都掐红了。

厅堂里的人没有发觉花窗外兰花叶片在摇摆，也没发现外面有衣角一闪而过，一道黑影无声地消失了。

"我还听到过一种说法。"柳拂衣道，"只要在孩子长成之前杀了他，属于母亲的妖力就会回归己身。"

"原来如此……"凌妙妙喃喃道，"难怪暮容儿第一次投奔花折的时候，榴娘建议暮容儿把孩子溺死。"

所以，在那个大雨滂沱的感知梦里，榴娘撑着伞，怜悯地望着跪在地上的容娘："我早告诉过你，他就是个祸害，不能留下。"而暮容儿跪在雨中，语气虽柔，却很坚定："小笙儿是我的孩子，是我的宝贝……"

"暮容儿不舍得杀这个孩子。"柳拂衣低声道，"即使赵轻欢已经负了她，她仍旧觉得，这个孩子是她的宝贝。她本来想要抱着孩子回到麒麟山的。"他蹙起眉头，有些迟疑道，"可是路上发生了一些事情，让她放弃了这个打算，再次折回无方镇。"

凌妙妙沉默了许久，试探着问："是……船上的红光吗？"

根据老头儿的叙述，暮容儿在船上被恶人欺凌，忽然间婴儿放声大哭。在他们想要掐死这个孩子的瞬间，天降红光，那四人同时暴毙。

这个场面，柳拂衣他们没见过，凌妙妙却并不陌生。

在那个感知梦中，慕声在巷子尾被几个大孩子压着欺辱的时候，也骤然爆发出了那样的红光。在这种巨大的戾气之下，他周围的几个人瞬间都死了，随即他的头发暴长，从双肩长到了腰侧。

这一刻，她大概猜到了什么，但是没有说出来。

"嗯。"柳拂衣颔首，"我猜这个时候，暮容儿发现他的妖力加倍且不为人所控，想到若是抱他回去，魅女族群可能会将这个危险的异类解决掉。而孩子平素跟人无异，她便决定折返无方镇，自己想办法养大这个孩子。"

"榴娘，大概是一只魇。"慕瑶接道说，"她以吞噬世人的悲苦或者欢乐为生，她开花折的目的之一，就是想收集这些苦难女子的心酸泪水，一并吞掉。大妖之间不会深交，甚至多有敌对。"慕瑶叹息着，"我猜想，暮容儿是实在走投无路，才去找了这只魇，但是榴娘不想多事儿，只是劝说暮容儿把孩子杀掉，恢复自己的妖力。后来，大概是暮容儿流下了珍贵的血泪，送给了她，榴娘才答应将她和襁褓里的孩子留下，加以庇护。"

四个穿着道袍的方士捧着四个半开的盒子，跪成一排。

端阳用涂着丹蔻的手指搭在盒子上，一边走一边挨个儿抚摸过去。

她停在第三个方士面前，从盒中拿出了那张软塌塌的面具，慢悠悠地走到镜子前。

跪在地上的四个方士面面相觑，瑟瑟发抖地看着她缀着珠宝玉石的裙摆。

端阳回过头来，面上赫然是另一张清冷美丽的脸，她用手指在颊上摸了两下，淡淡道："不够像。"

说着，她揭下脸上的面具，将它揉成一团扔在一旁，又拿出第二个盒子里的面具，在镜子前小心翼翼地戴好。

方士们抖得更厉害了。

先前宫里传闻娇纵的帝姬疯了，他们还不信，后来又传闻帝姬好了，不仅好了，还不知给陛下灌了什么迷魂汤，使得那不喜鬼神之事的天子大手一挥，直接将钦天监划给了这个小姑娘。

他们只敢心里默默想着，现在看来，帝姬不但没好，还疯得厉害。

好好的，她为什么要换另一张脸？

"真是废物。"她再度将脸上的面具揭下来，动作粗暴直接，似乎一点儿也不觉得疼，那娇嫩的脸蛋被面具牵拉变形，显得扭曲恐怖。

帝姬栗色的瞳孔在阳光下闪光，眼里泛着冷冷的讥诮："偌大一个钦天监，竟然连一个像样的面具也不会做吗？"

"殿下……"一个老头似是忍无可忍了，有些不服地抬头，"已经很像了……"

帝姬弯下腰，骤然用手掐住了他的下巴，鲜红的指甲埋进他的胡须里，惊得其他人低呼一声，瞠目结舌。

"还不够。"她勾起嘴角，冷冷地望着他，话语像是从齿缝里挤出来的，"我要的是一模一样、完美无缺，懂吗？"

"殿下……"门口有一个内监慌慌张张地跑来，"出事儿了！"

他在帝姬充满震慑的目光中骤然停下，咽了咽口水，声音越来越低："太妃娘娘……遇、遇刺了。"

她一愣，旋即姣好的面孔上浮现出一个冷淡而嘲讽的笑容："就这么耐不住性子吗？"

传话的内监瞪大眼睛问："您说……什么？"

"没什么。"她微微低下头，哀婉地将发梢别至耳后，"本宫说，不必再准备给母妃的糕点了，用不着了。"

二

慕声早上出门之后，竟然一去不返，一整天都没回来。

傍晚的时候，凌妙妙惶惶然地跟着柳拂衣和慕瑶去街上找了一圈，都没见到他的影子。

"他可能听到我们说话了。"柳拂衣对慕声的离去下了结论。他看了看凌妙妙的脸,顿了顿,叹了口气:"让他静一静也好。"

凌妙妙坐在床边点着灯,一言不发地等到半夜,叹了一口气,留下了桌上的灯,拉开被子躺在了床上。

自打那一次春风一度,他就收起了地上的铺盖,夜夜睡在她的身边。

往常他黏人得很,经常将她搂得喘不过气,她后来找到了一个解决办法——主动抱着他。

一旦她主动伸手搂他,他便乖得一动不动,任由她抱着,就像是她床上摆了一个凉凉的大型人偶。

今天她的大型人偶不见了,她一个人躺在床上,感觉一股寒意从床板上渗出来,从她的脊背钻进去,爬满了全身,就算盖着被子也抵挡不住这样潮湿的凉。

她烦躁地翻了个身,睁着眼睛看着墙壁,感到那霜一样的寒意仿佛渗进了头皮之下,让她的太阳穴鼓胀胀的,仿佛那种冷想要从眼眶里钻出来。

凌妙妙将手腕搭在额头上,绝望地想:真没出息,居然因为找不到慕声而委屈得想哭。

她这么想着,就听见门微微一动,有人推门进来又轻手轻脚地掩上了门。

她敛声闭气,心脏在胸腔里怦怦作响。

他回来了……

慕声进来,看见桌上竟然点着一盏暖融融的灯,将屋里照得很亮,不由得愣在了原地。

他悄无声息地慢慢走过去,拿手在那烛火面前虚虚地摸了两下,似乎是想借这一点儿微光烤烤火,又抬头去看帐子里的人影。他安静地看了很久,乌黑的瞳孔中倒映着暖黄的火光。

凌妙妙紧张地闭着眼睛装睡,蜷着的指尖轻轻地搭着手背。

他站在那里,像是一抹幽魂,让她担心自己一动就把他吓跑了。

一股浓郁的血腥味混杂着门外的冷风,慢慢地飘散过来。

他没有上床,只是站了一会儿,便返身出门去了。

他在隔间里打了一桶冷水,在深秋时节脱掉了沾血的外衣,整个人泡了进水里。

他呼出一口白气，将脸靠在桶壁上，水珠顺着他的侧脸滚下去，漆黑的眸似乎也涌动着波光。

刚才那一刻，他差点儿就被那一盏灯融化了。

可是他又觉得，自己带着刺骨的寒冬夜色进来，背负着杀意和血气，对那样暖融融的房间和帐子里安睡的女孩儿来说像一种格格不入地入侵。

他头一次这样憎恶着身上的血气，憎恶自己周身如大雾压境的阴郁。

他越贪恋她，便越厌恶自己。

凌妙妙在提心吊胆地等待中不慎睡着了，直到床角的铃铛轻轻一响，她才惊醒。

他洗了澡，换了干净的衣服，直到后半夜才不声不响地爬上床，轻轻地躺在她的身边。

只是这一次，他没有贴过来挨着她，中间留了一个人的宽度，僵硬地躺在床沿上，只要翻个身就该掉下去了。

怎么回事儿？她有些急了，伸手摸到了他，便扣住了他的腰。

慕声感觉到她搂着他，一点儿一点儿地把他往床的中间拉。

空气中依然弥漫着无法消散的淡淡血气，他与她在昏暗的光中对视："弄醒你了？"

"没睡。"凌妙妙侧躺着望着他，有些吃力地把他拉向自己，轻声道，"躲那么远做什么？"

少年翻了个身，将她压在了墙壁与床的角落里，捏住她的下巴，眸光深沉："不想问我干什么去了吗？"

"还能干什么呀？"凌妙妙任由他抬着自己的脸，嗅着空气里飘浮的一点儿铁锈味，顿了顿，语气轻佻，"杀人放火去了呗。"

他忍不住吻在她柔软温热的脖颈上，似乎在急切地寻求慰藉，动作称不上温柔，语气也很凉："怕吗？"

凌妙妙将他的脸捧出来，发愁地看了半天："你打死水鬼那一次，我不就一直在边上看着吗？你现在才问，晚了点儿吧？"她戳了一下慕声的脸，笑容有点儿幸灾乐祸的意味，"你又不是第一次干这事儿了，怎么这回还矫情起来了？"

少年垂下眼睫。

是的，他行走江湖这么些年，一直张狂自负，手上沾满妖物的血，杀人对他而言也不过是一瞬间的事儿，他从来没有负罪感。

可是，为什么当她这样抱着他的时候，他就觉得自己罪大恶极，身上的罪恶无法洗刷干净？

凌妙妙看他不仅没笑，反而看起来心情越发低落了，心里也感到一阵挫败。她捧着他的脸，在他的颊上吻了一下，清了清嗓子道："我也打死了水鬼呢。"她眨巴着眼睛，学着他的表情，夸张地做了个嘴角向下的表情，"我也伤心得很。我杀鬼了，怕吗，子期？"她呜呜地假哭起来，"嗯？怕吗？"

话音未落，她便没忍住笑了场，伸出手像摸小动物似的，轻快地摸了摸他的头发。

少年目不转睛地望着她，像是发现了什么新大陆，眼里似有亮光在流转。

凌妙妙摸着他的手臂，一翻身搂住了他："你身上好冷啊。"她哆嗦起来，牙齿也跟着打战，"不会是用冷水洗澡了吧？"

慕声没出声，只将被子往上拉了拉，盖住了她的背。

她将热乎乎的自己展开，妥妥帖帖地将他抱着，将全身的温度传递过去。

"你下次再用冷水洗澡，我就不抱你了，冻死……死人了。"

慕声顿了一下，用微凉的唇顺着她的脖颈向下吻。

凌妙妙觉得，她和慕声就像是现实版的农夫与蛇，她把蛇放怀里揣热乎了，他活过来了，就开始在她的怀里乱钻乱咬了。

他往下吻到了她的小腹，吻越来越炙热，呼吸带着颤抖。他将手伸到她的背后，熟练地将她背后的系带抽掉了。

床角的铃铛开始响动起来。

"你怎么还下去了……"床上的女孩儿眸光里含了水色，她慌乱地抓了一把，没抓着他，对方早顺利地溜下去了，"你别……"

她的声音骤然低下去，变作惊慌的呜咽。

他的吻迷乱而灼热。那白皙的腿软绵绵地搭在他的肩上，小巧的脚踝不盈一握，躁动地晃着，彰显着她对他的无可奈何。

"子期……

"子期、子期……"

慕声抬头向上看，只见少女脸上的潮红，她的尾音里都带了点儿慌乱

521

讨饶的颤抖。

她快不行了……

不知怎么，这个念头一出，深重的怜惜和排山倒海的欲念同时出现在他的心头。他顽劣地想，若是他还不停手，会怎么样？

她开始挣扎着向上逃脱，却被他抓着腰按在原地，再点了一把火。

然后，身下的云朵便颤抖着，化成了一摊软塌塌的水。

铃铛叮叮当当地响着，他带着惊奇的心动，将这摊水慢慢地、温柔地拢起来，又塑成一个她。

转眼间，他们迎来了这一年的第一场雪。

窗外雪花飘洒，室内的炉子上咕噜噜地滚着沸水，凌妙妙在屋里也穿上了带毛毛领子的袄。

赵太妃薨逝的消息从长安传来时，他们正在围着桌子吃饭。

慕瑶和柳拂衣对视一眼，对此事的内情心知肚明，但没有吭声。慕声侧头看了凌妙妙一眼，她只是拿着筷子的手停顿了一下，就继续如常吃饭，淡定得像平时一样吃了二两稻香米，还称赞慕瑶炒菜的手艺越来越好了。

总之，大家装聋作哑，最大限度地纵容了最有嫌疑的人。

虽然如此，凌妙妙还是察觉到慕声好像不太高兴。

他有心事的时候，总是眉眼低垂、一言不发的，脸上似乎看不出什么端倪。可是自打她跟他在一起之后，她莫名地获得了一种能力，哪怕他掩饰得再好，她还是能一眼看出他不高兴。

凌妙妙虽然不太理解慕声为什么突然对他从前毫不在意的杀人放火行为产生了抵触情绪，但是身边坐着一大朵蓬松松、沉甸甸的乌云，她也跟着不开心起来。

柳拂衣伸出筷子，夹走了竹筛上放着的最后一个杂粮馒头的时候，突然发现对面的凌妙妙满脸希冀地盯着他看。

他犹豫地移开了刚放到嘴边的馒头，迟疑道："妙妙……你是……想吃吗？"

凌妙妙摇头，两只眼睛亮晶晶的，抱起了桌上空空的竹筛："柳大哥，这个能不能送给我？"

柳拂衣哭笑不得地嚼起了馒头："行啊，门口的铺子里就有卖的，我明天再买一个新的去。"

凌妙妙点了点头，在柳拂衣和慕瑶诧异的目光中，心满意足地将那个大竹筛抱回了房间。

院子里的青石板上蓬松地积了一层薄薄的雪花，像是撒在精致糕点上的松软糖霜。零星的几棵黄叶树枝头枯瘦，也沾染了一点儿白。

凌妙妙蹲在院子里，用戴着手套的手拂开一小块雪，小心地用短棒斜支起了竹筛，口中呼出团团白气，额头上沁出一层汗水。

她忽然感到背后一暖，回过头去，看见慕声在她的身上轻轻地搭了一件披风，几乎将她整个人罩住了。

她站起来，看着还在下着的雪，小块的被风卷着打着旋儿飞，大块的粘连在一起飘落下来，像是春天的满城飞絮。少年的双肩上落了薄薄的雪花，显然他站了有一会儿了。

凌妙妙伸手一摸他的衣服，发现是单层的，便将身上的披风解了，踮着脚把披风披在他的身上："怎么穿这么少呀？给你穿着。"

慕声捏着披风的边，用漆黑的眼睛望着她，似乎有些疑惑："我不冷。"

凌妙妙摘下手套，伸出热乎乎的手摸了一把他冰凉的脸，笑道："还说不冷？"她将手上的手套扔给了他，"给你给你，这也给你。"

她看见慕声望着手套发呆，又把手伸到脖子背后，解了几个系带，将袄子上的毛毛领子给拆了，迅速地围在他的脖子上。

暗灰色的獭兔毛蓬松柔软，越发衬得他面白唇红，双眸黑得纯净，看起来像个粉妆玉琢的娃娃。凌妙妙歪头看着，猛地抓着那领子一拉，把他的脸拉到跟前，踮起脚照着他的脸颊亲了一口。

慕声摸着侧脸，凝眸望着她。

凌妙妙看着他笑了，粉嫩的嘴唇像是初春的花瓣，带着点儿娇憨的得意，似乎还有点儿取笑他的意思，旋即自顾自地蹲了下来，在擀面杖上系绳子。

"你在干什么？"慕声望着她的背影，视线终于落在斜支在地上的竹筛上。

倒扣的竹筛背部已经积上了一小层雪，尚未融化的六角冰晶闪着光，竹筛下的地面却很干净。

"捉鸟呢。"凌妙妙一边忙活一边轻快地答着，又拍拍手站了起来，在手上哈了哈气，"屋里挂着个空的笼子，看着怪吓人的。"

房间角落的鸟笼大概是这宅子的前主人留下的，不知为何没被收走，便孤零零地挂在那里，落满了灰。

他看见妙妙将它擦干净摆在桌上了。

慕声有些不解，仰头看了看四方院子围出的灰蒙蒙的天空。偶尔有鸟雀飞过，只是漆黑的一个点儿，哆哆嗦嗦的，似乎也被这场雪打湿了翅膀。

他将妙妙的手套揣进怀里，从袖中拿出几张符纸，干脆利落道："我帮你捉下来。"

"别用符。"妙妙一把抓住他的手，指了指地面，笑得很兴奋，"要这么捉，这么捉才有意思。"她捅捅他，"快，你去厨房抓把谷子来。"

慕声看了看她的笑靥，收了符纸，听话地朝厨房去了。

冬天的食物难觅，喜鹊饿得没力气叫了，在小雪暂歇时，耷拉着翅膀，垂头丧气地在墙头踱步。

那只鸟儿绿豆大的眼睛四下乱瞟，它盯着下面的谷子好久了。它知道那是人放的，谷子堆成一座小小的山，不知道用来做什么。旁边只有个草帽样的东西，也是没生命的。

总之，这堆谷子好像没人看着。

它从墙头飞下来了，开始在院子里踱步，假装无意地慢慢地靠近了那个堆成小山包的美食。

假山背后，凌妙妙看准了时机，把绳子塞给了旁边的人："给，你来拉。"

慕声骤然被塞了根绳子，回头看去，旁边的女孩儿扒在石洞的缝隙前，像是兴奋得竖起一对耳朵的兔子。

他颤了颤睫毛，居然有些紧张起来："我拉？"

"是呀，你拉。"凌妙妙拉着他的衣服将他扯到了自己的身边，低声玩笑道，"看准了拉，抓不住可不行……"

话音未落，他的手猛一收。那钻进了阴影里面的喜鹊刚叼起第二口谷子，便惊恐地发现头顶上扣下来一个庞然大物。

"喳……"

"抓住了、抓住了！"凌妙妙连蹦带跳，抓着他的手腕，兴奋地拉着他往外跑。她敏捷地蹲在了倒扣的竹筛边上，裙摆沾上了湿漉漉的水渍也毫不在意，小心翼翼地将竹筛掀开一个边。

"喳喳……"小鸟看到了光明，奋力想往外钻，慌乱地拍打着翅膀，从她伸出的手上踩了过去。

眼看小鸟就要挣脱了，凌妙妙瞪大眼睛："啊……"

慕声手疾眼快，把双手一拢，便在空中一把将它拢在掌心，感觉到手里的活物在扇动着翅膀挣扎着。

他那捏断过无数颈椎骨的手，轻轻地包住了一只活蹦乱跳的鸟，鸟的翅膀尖儿扫在他的手心上，带着一丝野性和余雪的湿意。

他骤然觉得时空倒转了，他好像是多年前的那个小孩儿，终于把生机勃勃、纯粹美好的世界轻轻地拢在了手心里。

那挣扎的触感就是在一潭死水中开始慢慢跳动起来的心脏，怦怦、怦怦，雀跃而鲜红。

他望着女孩儿娇嫩的脸，黑眸闪动，许久才启唇："抓住了。"

"声声乖，喝水。"

慕声回过头，一言不发地看着凌妙妙拎着笼子，拿着根细长的狗尾巴草，专心致志地逗鸟。

他出神地看着她，听着她脆生生地喊着"声声"，脸上的表情复杂，分不清是愉悦还是忌妒。

笼子里的鸟儿耷拉着脑袋，就着她的"指点"喝着水，似乎不情不愿地接受了自己被豢养起来的事实。

从这鸟儿进了门，凌妙妙就说要给它取个名字，眨巴着眼睛想了半天，点点笼子，非常高兴地说："就叫声声吧。"

慕声骤然怔在原地，诧异地盯着笼子里的鸟："为什么叫声……"

他停滞了一下，竟然吐不出来那两个叠字，睫毛动了一下，脸上泛起一层不自然的薄红。

凌妙妙偏过脸看他，故意看了许久，杏眼里闪着光，似乎在憋着笑，脸上却还是一本正经的模样："因为是你抓的，而且它总是出声，吵得很。"

他无言以对，只得接受，并且非常不高兴地发觉，自从凌妙妙有了鸟，整个人的热情都倾注在它的身上了，属于他的那份……也被分去了不少。

他的目光落在那只踱来踱去的鸟儿身上，含了一丝冷淡的敌意，他说出口的话却仍是平静的语气："要养到什么时候？"

"开春吧。"凌妙妙兴致勃勃地看着它，随口道，"等天气暖了，就放它自由。"

"嗯。"他微微舒了一口气，看鸟的目光也柔和了不少。

冬天的第一场雪还未盖满枝头就停了。雪化之后，气温一日比一日低，就连遮蔽无方镇的大雾都带着深入骨髓的寒气，一出房门，冷气就往人的脖颈里钻。

大家没有要事，就躲在宅子里不出门，日子过得格外怠懒。

事实上，这应该是凌妙妙加入主角们的征途以来，过得最闲的一段日子了。

他们无法主动出击，主要是在守株待兔，就像十娘子提示的那样，耐心地等着那个大妖回归无方镇，等着她打上门来。

等待的过程中，他们就有些无所事事了，凌妙妙甚至有一种退休养老的感觉。原著里写柳拂衣和慕瑶携手归隐，生了两儿一女，过的大概就是这样的日子吧？

入了冬之后，小动物都爱冬眠，凌妙妙也越发困倦，可是慕声似乎完全不受干扰，总是在她昏昏欲睡的时候把她弄醒。

清晨的天刚泛出鱼肚白，窗子上结着冷霜，恰是一天中最冷的时候。

屋子里有股清冽的白梅冷香，帐子里面的香味尤甚，那是慕声衣服上的味道。

裹得紧紧的被子被掀开，凌妙妙裸露在外的手臂霎时间起了一层鸡皮疙瘩，她打了个哆嗦，捡起被子想盖上，他便覆了上来。

"冷。"凌妙妙望着他，脸上还带着没睡醒的娇态。

"嗯。"他捏着她的腰，吻着她娇嫩的脖颈，那吻像混杂着冰碴的绵软沙冰，间杂着啃咬，小心翼翼地在她的身上留下痕迹，他的眼角泛着克制的红，"马上……就不冷了。"

那语气很软，简直是信誓旦旦地哄骗。

凌妙妙想要翻身将他甩下去，没能成功，经过一番挣扎，她倒真的出

526

了一后背的汗。

她脖子上的血管突突地跳动着，在他的牙齿的触碰之下，像是踩在刀刃上享受着快乐。凌妙妙本能地向后缩："你是小狗吗？"她轻轻地推开他的脸，飞快地拉上了领子，笑着瞅他，"还咬人。"

"喳喳！叽叽！"被挂起来的鸟笼左右摇晃着。

她错愕地一望，只见鸟儿在里面扑棱着翅膀上蹿下跳，羽毛都掉了几根。她一怔，没忍住，一下子笑出声，笑得身子都颤了："看见没，声声都笑你了。快起来。"

慕声抓着她不放，顺手在帐子上垂着的珠串上一捋，捋了一颗珠子下来，头都不抬，嗖地弹了过去。

吧嗒一声，随即鸟儿发出粗嘎的尖叫，即刻便没声了。凌妙妙被吓了一跳，伸着脖子仔细一看，只见那珠子撞在笼子底下又弹了出去，距离声声只有一指宽的距离。鸟儿缩在角落里，将头藏进了翅膀里瑟瑟发抖，像是一个毛球。

凌妙妙不知道该不该笑："你打它干吗？"

她的脸被他强行扳了回来，眼睛正对他漆黑的眸。他的语气微凉："你看它干吗？"他熟练地用手解开了她的领子，俯身下去听着女孩儿的哼唧声，亲吻她的耳垂，像是在轻轻地撒娇："别看它，看着我。"

三

砰砰！

年三十之夜，无方镇上空烟花盛放，火树银花的烟花交错浮现，整个天空都被光芒、星火和烟雾笼罩。

窗户半开着，凌妙妙出神地看向窗外。她把袖口挽到肘上，用双手支着脸，手上还沾满了白乎乎的面粉，明明灭灭的光映在她白皙的脸颊上。

"妙妙，别看了。"柳拂衣一边擀面一边提醒道，"快回来干活儿。"

慕瑶紧紧地挨着他，接过饺子皮，小心地挑了一筷子馅儿放在皮上，看了一眼恋恋不舍的、用胳膊肘关窗的凌妙妙，低声道："让她看吧，我包就行。"

柳拂衣贴着她的耳朵，轻轻地笑："我是怕她着风了。"

慕瑶将饺子放在簸箕上，低头不语，红了脸颊。

凌妙妙慢慢地走回这对神仙侠侣身边，抬眼打量着他们：一身潇洒的柳拂衣现在穿着个不太合身的滑稽的围裙，正在咕噜噜地擀着面，冰山女神慕瑶依偎在他的身边，双手沾满面粉，正在小心地剥离两块粘在一起的饺子皮，一双漂亮的手狰狞得像两只鸡爪。

凌妙妙忍俊不禁。

从前，她总是无法想象这两个人过日子的模样，到今天她才明白，原来世界上的所有人，都是这样不凡而又平凡地活着的。

凌妙妙靠在桌子边，包饺子的动作很慢，只会压着边儿浅浅地捏一遍，捏成个扁扁的半圆。饺子放在簸箕上立都立不起来，她扶了半天，它还是软塌塌地倒了下去。

柳拂衣看着她挣扎的全过程，摇摇头，叹息道："妙妙，你不行。"

凌妙妙深吸一口气，望着慕瑶面前那盘同样东倒西歪的饺子，刚想辩解……

柳拂衣含着笑指着慕瑶抖得像鸡爪的手，一本正经道："你看瑶儿包得就很好。"

凌妙妙气急败坏。

恰巧，慕声从外面回来，凌妙妙跳着脚喊："子期！"

慕声被她叫进厨房，站在她的身边。柳拂衣看了他一眼，又盯着簸箕笑着说："别挣扎了，阿声向来也是说实话的。"

凌妙妙将慕声拉到水池边，头也不回地回嘴："谁让他说实话了。"她指了指盆，两眼亮晶晶的，轻快地说："洗洗手。"

少年看了她一眼，顺从地洗了洗手，随后就被凌妙妙拉着带到案板前，手里被她飞快地塞了一块饺子皮和一双筷子："给，你来包一个。"

他眨动着纤长的睫毛，回头看着凌妙妙，嘴唇动了动，脸上竟然慢慢地浮现出一层薄红："我……不太会。"

慕声有着长年累月照顾姐姐的经验，几乎是个生活全才，上至盖房捉妖，下至打水做饭，无所不通。凌妙妙跟他待在一起久了，也以为他无所不能。

可他竟然不会包饺子。

"不怪他。"慕瑶接过话，看了慕声一眼，用手背飞快地擦了擦额头上的汗，"我们家……没怎么吃过饺子。"

慕家甚至都没怎么过过年，偌大一个家，紧紧张张、勤勤恳恳的，也冷冷冰冰、不近人情，几乎没有丝毫的俗世热闹。

"也就吃过一次。"她出神地想，"那是蓉……"

她忽然住了嘴，神情变得黯然，摇了摇头。

凌妙妙贴在慕声的身后，从他的身侧艰难地探出个头，用左手托着他的手背，右手半握着他的手，带着他从盆里挑了一团饺子馅，放在了皮上："这是放馅。"

柳拂衣看着觉得好笑："妙妙，你自己半桶水，还教人家。"

凌妙妙咳了一声，没有搭理柳大哥的嘲笑，松开了慕声的手，拿手比画着："封上，封上就可以了。"

慕声将饺子皮缓慢地对折。

"对、对、对，封上。"凌妙妙眼巴巴地看着他的手。

他用力掐了边，咕叽一声，饺子馅从另一边漏了出来。凌妙妙手疾眼快地伸手一接，接住了掉下来的饺子馅，她笑得东倒西歪的，把手搭在案板上，人已经蹲了下去。

慕声本来有些紧张，只是见她似乎异常高兴的模样……那他多包几个倒也无妨。

凌妙妙笑够了，才撑着案板站直，对着柳拂衣无比得意地说："终于有人比我还不行了。"

慕声垂着眼睑，揪着她的衣服，将她拉到自己的身侧，忽然看见她的侧脸沾了一小块面粉。

他的鼻尖贴近了她的脸，他停顿了一下，又挨了上去。

凌妙妙都被他亲习惯了，没有躲闪，谁知他这次不知怎么回事儿，看上去像是亲吻，实际却照着她的脸颊舔了一下。

凌妙妙被这一下弄得一个激灵，回头呆愣愣地望着他，杏眼里泛着水光。

"有面粉。"少年无辜地抹了抹嘴。

凌妙妙诧异了："生面……"

"嗯。"

"能吃吗？"

凌妙妙见他一脸平静的模样，有些怀疑是不是自己的常识错了。

她思索了半晌，又歪着头，傻乎乎地问了一句："好吃吗？"

慕声睁着漆黑的眸望着她，显得异常专注，眼底浮现了一点儿危险的

529

笑意："甜的。"

他甜腻的表情只维持了两秒。因为他还来不及阻拦，凌妙妙已经一指头蘸着案板上的面粉，狐疑地尝了尝。

慕声张了张嘴，没能说出话来。

凌妙妙："呸！骗人！"

桌上碟子架着碟子，很快摆满了，红烧肘子、清蒸鲈鱼……都是他们自己做的菜，卖相自然是比不上酒店的。可是这一桌子菜，足足花了他们一天的时间，真正端上桌的时候，大家都觉得格外有成就感。

一壶热酒倒进杯子里，凌妙妙喝了一小口，热辣辣的滚烫感直入肺腑，有些上头，呛得她热泪盈眶。

她来到这个世界的这些日子，第一次有了家的感觉。

"别喝多了。"慕声见她眼泪汪汪地看着桌子不说话，顿了顿，将她手里的酒杯夺下来，又将一筷子蔬菜塞进她的嘴里，"压一点儿。"

"阿声你……别那么紧张。"柳拂衣笑着摆摆手，看起来有些喝高了，完全无视了慕声不悦的目光，满脸兴奋，"今天高兴，喝醉也没关系。来，妙妙，柳大哥敬你。"

凌妙妙开开心心地和柳拂衣碰了杯，身子扭过来，又碰了一下慕声捏在手上的杯子，才喝下去。

少年手上的杯子被她一碰，些许酒液溅了出来。他的神情微微一动，仿佛有人在他的耳边敲了一声锣，使那积蓄起来的一点儿醋意，刹那间烟消云散。

他慢慢地将溅在手指上的酒涂在嘴唇上。

"柳大哥，你小时候是什么样的呀？"凌妙妙撑在桌上问。

她是真的好奇，出场便如神仙人物的男主角，看起来好像没有过童年似的。

"我小时候？"柳拂衣似乎听到了什么有趣的事情，唇边绽开一个微笑，回头望了一眼身旁的慕瑶，"告诉你也无妨。"

"我不像瑶儿一般，长在捉妖世家。我生于市井，家境算不上宽裕。"他笑道，"小时候，我成天爬树掏鸟窝、躲起来不去学堂、跟着个游手好闲的道士学画符，让我爹追在身后抄着棍子打。"

凌妙妙听得目瞪口呆。

"他老人家自然打不到我。"柳拂衣笑了起来，罕见地露出了少年般得意炫耀的神色，"因为我会上树。"

连慕瑶都忍俊不禁，用手背遮着嘴，将头扭到一边："少说两句。"

"后来那个游手好闲的道士成了我师父，开始正式教我画符，可没教我几年就死了。临终前，他塞给我一座塔，就放我自行闯荡江湖去了。"他单手摸了摸怀里的九玄收妖塔，咂咂嘴，"然后就变成你们现在看到的模样。"他趁大家还没反应过来，用筷子敲了一下碟子边儿，兴致勃勃地说："瑶儿，你呢？"

"我？"慕瑶今天多饮了几杯，脸上也泛起一层薄薄的红，比平日迟钝一些，闻言倒也没有推辞，只是有些不好意思，慢慢地开口，"我小时候，过得很无聊。天不亮就要出门练术法，每天要画满十张符，每隔一个月便要出门历练一次。"

慕声垂着眸，没有任何抵触，只是安安静静地听着，看样子似乎还听进去了。凌妙妙悄悄地回头看他，感到很欣慰。

"小时候，爹待我很严，要是我没达到标准，就得去一个黑屋子里关禁闭。"她喝了一口酒，睫毛垂下来，带着一点儿淡淡的笑意回忆着往昔，"没有爹的命令，谁也不能放我出来。我又冷又饿的时候，只有她……"不知是不是酒精作用，慕瑶没再对回忆中的那个"她"避之不及，只是顿了顿，便带着迷离的表情说了下去，"她对着门口的下人又打又骂，提着个食盒闯进来，给我送饭。"

她的神志涣散开，自己仿佛嗅到了那些年温热的香气，有熬好的排骨粥，还有煮好的鸡蛋。

那女人看着她吃下去，又抱着她哭天抹泪、捶胸顿足的，哭得她的衣服都被沾湿了："谁爱当捉妖世家的家主哇！瑶儿不当了，咱们嫁个好男人不就好了吗？一辈子舒舒服服的……"

凌妙妙实在按捺不住好奇心，回过头悄声问："她是谁？"

慕声顿了顿，应道："白怡蓉。"

凌妙妙诧异："是蓉姨娘？"

慕瑶屡次提及这个人，也屡次避讳这个人，忌之如洪水猛兽，连对方的名字都不愿意提，只肯称一声"她"，而这个人竟然是她的生身母亲。

"嗯。"慕瑶听见了，只是笑了笑，心情复杂地重复了一遍这个蒙尘了好多年的名称，"蓉姨娘。

531

“蓉姨娘，是十八岁嫁给我爹的。”

那一年，慕家家主慕怀江和发妻白瑾已经成婚六年，膝下无子。

两大世家联姻，白瑾是嫡出长女，容貌出众、温柔大度、术法高超，与慕怀江是一对良人。白瑾哪里都很好，只可惜身体一直不好，难以生养。

白家也算是知进退的捉妖世家，怎好让慕怀江绝后？但是要让姑爷娶了外人，肯定是不放心的。思来想去，白家又从家族里挑了一个女孩儿送了过去，是白瑾的庶出堂妹白怡蓉。

白怡蓉里里外外都与白瑾天差地别。庶女是没有资格修习术法的，而是像平常女儿家一样，在闺阁里娇养长大，大门不出二门不迈，目光短、脾气泼、喜装饰打扮、好争风吃醋。

简而言之，她就是个艳俗的蠢女人。

白家的想法很简单，白瑾早年被练功修习术法掏空了身子，后又随慕怀江四处捉妖历险，受过几次严重的伤，这才失去了生育的能力。他们就要挑一个不会术法的、普普通通的女人，只管娇养在后院里，只要生下慕怀江的血脉，便抱给白瑾养，这样便一点儿也威胁不到白家长女装点出的光耀门楣。

白怡蓉的生活，也确实很简单。

她生在后宅，长在后宅，下半辈子还困在后宅里，于是每天对着些鸡毛蒜皮的小事儿斤斤计较，并且乐此不疲。她用媚态争宠，与根本不与她一般见识的姐姐争风吃醋，为一点儿小事儿呵斥下人，对他们非打即骂，三天两头哭闹一场，搅得家里鸡犬不宁。

“我不喜欢她。”慕瑶下了结论，淡淡道，“她的脾气，没几个人受得了。”她吸了一口气，带着些不吐不快的意味，“她还对阿声不好。”

慕声抬起头，看了半醉的、带着愧疚的慕瑶一眼，那冻结的淡漠目光终于有了松动的迹象：“阿姐，不说这个。”

“慕姐姐……”凌妙妙疑惑地问，“难道就因为这个吗？”

慕瑶摇了摇头，灌了一大口酒，目光渐冷，那一双总是清淡的琉璃瞳忽而亮得惊人：“六年前，我慕家倾颓，三十三口人死于非命，都是拜她所赐。”

凌妙妙心中一惊：“她……为什么呀？”

“她是妖。”慕瑶的笑容有些颓丧，“也许是被妖气沾染，也许是早就修习妖术，又或者根本就是伪装成人的大妖，我也想不明白……"

慕瑶依稀只记得熊熊大火中升腾起的烟雾，将眼前景象全部扭曲模糊，那个女人的裙摆在烈火中飞扬，对方踩着足下累累的尸体，脸上沾着鲜血，笑容森冷，红唇轻启："慕家，这样才干净。"

那个女人望向她的眼中再无欣喜、怜爱，只剩憎恶、嘲笑和一点儿冰冷的杀气。

记忆氤氲成一片，慕瑶奋力回想着，只有这短暂的一幕还留存在脑海里。

"我就是因为想不明白、想不明白……"慕瑶低低地说着，眼泪毫无征兆地流了下来，攥着酒杯，竟然像个委屈的孩子一样挂着破碎的表情，无声地流泪，"因为这样，我才恨她，所以才要找到她，问问她，为什么？"

柳拂衣叹了口气，将有些醉了的慕瑶揽进怀里，安慰地拍着她的背。

凌妙妙想，这倒是原剧情里不曾有过的内容了。

她原以为灭了慕家上下的那只大妖是什么厉害角色，不想却是白怡蓉……凌妙妙的脑子里乱成了一团糨糊，她不住地往肚子里灌着酒。

慕瑶依偎着柳拂衣，望着桌上的空盘发呆。

曾经，在那个漆黑的屋子里，当她提着食盒出现的时候；当温热的粥流进肚子里的时候；当她抱着自己夸张地号哭的时候；当她把头上金贵的簪子发饰都捋下来，一股脑儿往自己的发间簪，笑着说"瑶儿戴"的时候……

那时候的慕瑶碍于少年人的自尊，没有说出自己的留恋与亲近。

可还没等她长大，忽而就与对方相隔于血海深仇，令人心惊胆战、夜不能寐。

慕瑶卡在嗓子眼里的那一声"娘"，这辈子都不可能再叫出口了。

砰砰砰——

烟花骤然密集起来，窗户外面闪烁着忽明忽暗的光，一时间几乎能听得见镇中心传来的热闹的人声。

无方镇是吃喝玩乐的天堂，人们点燃焰火，狂欢至半夜，庆祝着新春到来。

屋子里的气氛，在这样的热烈氛围的映衬下，显得有些伤感。烛焰轻轻地摇曳着，几乎没人发出声音。

慕声靠在椅子上，看着慕瑶无声抖动的肩膀，想起了曾经那个怪诞的梦。

梦里他竟然管白怡蓉叫娘，还与她亲如母子，这是多么荒唐。

他的太阳穴骤然尖锐地疼痛起来，令他脸色发白。他屈指按住了额角，痉挛一般突如其来的疼痛许久才消退。

他靠着椅背，有些茫然地转着收妖柄。

无方镇平静的外表下，似乎掩藏着恶毒的惊涛骇浪，只要他掀开塞子，就会一股脑儿地涌出来将他吞没。

自从来到这里的第一天，他就有种非常强烈的不安的感觉，与之相应的是，梦里暮容儿那张亲切的脸越发清晰，只可惜在那些梦里，她始终都是以恶毒的姿态出现，比白怡蓉还要恶毒。

"阿姐，你还记得她是什么时候讨了爹爹的欢心吗？"

他端起酒杯放在唇边一点儿一点儿地抿着，眸光阴沉，语气平静。

慕瑶听到这句话，直起腰，茫然地想了一会儿。

是的，最开始的时候，父亲是不太喜欢白怡蓉的，她的势利、浅薄与庸俗都与这个规矩严整、日子平淡的家格格不入。

可是到了后来，突然有一段时间，两个人变得如胶似漆起来。慕瑶不止一次见到白怡蓉挽着父亲回房间，二人有说有笑，白瑾站在一旁，黯然地看着，欲言又止。

那段时间的白怡蓉，还是那张尖下巴的脸、钩子似的眼睛，浓妆艳抹，酥胸半露，却平白地多了一种高高在上的傲气，这种傲气主要体现在她栗色的眼睛里。她睨着人的时候喜欢侧着眼，眼尾便显得异样妩媚，眼里含着疏离的笑意，笑意之下却是淡漠的冰。

那段时间，她对慕怀江的纠缠少了很多，大闹的次数也少了很多。

也就是那时候，慕怀江忽然开始正眼瞧这一房侧室了，将她抬得位比正妻，日日流连于她的身旁，甚至有点儿……耽于美色的意思。

可是，怎么可能呢？慕瑶现在想来，依旧觉得颇为荒诞。像白怡蓉那样的女子……慕瑶宁愿相信父亲被狐狸精勾引，也不能相信白怡蓉能做那个动摇他意志的人。

"我十四岁那一年。"她皱着眉头，有些犹豫，"有一次，她的房门没关紧，我从廊上经过，听见了……听见了爹在她的房间里。"

她从没有想过，在外人面前威严刻板的父亲会有那样孟浪的时候，透过那个窄窄的门缝儿，她隐约看见白怡蓉勾着父亲的脖子，挂在父亲的身上，听见女子的声音宛如莺啼，又酥又媚，嗔怪道："老爷，叫我蓉娘。"

"蓉娘。"

"嗯，老爷……"白怡蓉笑着，轻轻地侧过头望向门缝儿的方向，眼里含着嘲讽的笑意，竟是一个有些像挑衅的表情。

那个瞬间，慕瑶的心跳猛地漏掉一拍，她以为自己的偷窥被人发觉了，手脚发凉地跑开了。

她抿着嘴："她让爹叫她蓉娘。"

从此以后，慕怀江宠爱着她，也依言叫她蓉娘，在白瑾的面前也不避讳。

白怡蓉得意的一段日子也由此开始了，直到慕家灭门的那天晚上。

慕声转着酒杯，低声道："叫……蓉娘吗？"

他拿起酒壶，再满上一杯酒，心里不知在想些什么，尽是沉甸甸的烦乱。

一个酒盏忽而伸到了眼前，他看见凌妙妙的脸颊红红的，对方用麂子似的眼睛看着他，有些醉了，声音软绵绵的："我也想要。"

他回头一望，才发觉她听着他们说话的工夫，已经无声无息地把自己面前的那一壶都喝干净了，还想来要他的。

他们紧挨着坐在一起，他抬手就会碰到她的衣襟，女孩儿发间温暖的栀子香气混杂着烂漫的酒香，惹得他心神荡漾，先前阴云般的那些思索，砰的一声便全散了。

他轻轻地动了一下睫毛，绕开她了的手，径自给自己倒，按捺住剧烈的心跳："你……已经喝了一壶了。"

凌妙妙的酒量算不上好，在泾阳坡，一壶烧刀子就能让她醉得胡言乱语，再喝下去得成什么样子？

"没有、没有一壶。"凌妙妙口齿不清地辩解，右手扒住了他的手臂，半个身子无意地靠在他的身上，急切得有点儿委屈，"喝了这一杯才会醉。快帮我倒，我渴。"

她的呼吸已经近在他的颈侧了。

"不行。"他顿了顿，艰难地吐出了两个字，又将她的手臂轻轻地放下去，不知道是在拦她，还是在克制自己，"渴，我去给你倒水。"

他端着酒壶不撒手，生怕让她有可乘之机，刚起了身，一扭头却发现柳拂衣直接拿过自己的酒壶伸过去，豪迈地给她斟上了："倒什么水……大过年的，喝酒！"

慕声咬着后槽牙："柳公子……"

"谢谢柳大哥。"还没等他伸手来夺，凌妙妙就笑着一饮而尽了。

随后，她还不餍足，飞快地抓起慕声放在桌上的杯子，跟着灌了下去，还意犹未尽地舔了舔他的杯子边缘，像一只贪食的猫。

她心满意足地将两个空荡荡的酒杯捏在手上玩儿，一会儿平碰一下，一会儿用杯口相抵，似乎没觉察到少年正双眼发红地盯着她，像是野兽盯紧了活蹦乱跳的白兔。

她还捏着那两个杯子，抬起眼，对他傻乎乎地笑："新年快乐呀，子期。"

骤然数个烟花爆开，窗外一明，五光十色，无限星光散落。

这天晚上，凌妙妙是被慕声抱回房间的。

不是普通的拦腰抱——她醉了之后紧紧地搂着慕声的脖子不放，他将她以拔萝卜的姿态抱起来之后，凌妙妙就势横坐在了他的手臂上，双手交叠地搂着他，趴在了他的肩头，任由他托着抱了回去，只委委屈屈地露出一双眼睛。

慕声的心思一直在飘，他走路走得有些磕磕绊绊的，听见凌妙妙在耳边哼哼唧唧，反反复复地念叨："子期，你喜欢我吧、喜欢我吧……"

"喜欢。"他艰难地腾出一只手来，安抚地拍了拍她的背，迈进了房门。

"别喜欢慕姐姐了，喜欢我吧，喜欢我。"她的杏眼里混混沌沌的，额发都被汗水打湿了，看起来特别可怜，她揪着他的袖子不放，重复了一遍，"别喜欢慕姐姐了……"

他这才明白，她这一路上不是在问他，而是在请求他。

只是她的脑子……莫不是还停留在上次喝酒的时候……

一进门，他便将她抱在桌上，看她坐得东倒西歪的，又伸手一扶，将她支撑起来，俯视着她的脸。许久，他才小心翼翼地帮她理了理额头上凌乱的头发："我们已经成婚了……"他这辈子都没有这么温柔地说过话，"我们已经成婚了，妙妙。"

"嗯？"她愣愣地看着他，拖出个长长的鼻音，似乎好半天才反应过来，"成婚了？"

"嗯。"他顺势坐在了椅子上，亲吻着她的手背，不经意泄露了眸中浓郁的黑，"后悔也晚了，你今生今世都是我的人。"

凌妙妙目光呆滞地看着他，不知道在想些什么，只是抽回了手，反手一抓，紧紧地抓住他的领子往自己这边扯。

她的力道很大，不知道的人，还以为她要跟人打架。

四目相对，慕声一动不动地任由她扯着，凌妙妙望着他，辨认了半晌，长长地舒了一口气："太好了。"她动了动眸子，露出了一点儿满意的笑意，"我等你很久了。"

说完这句话之后，她放开手，进入了恬静的状态，微笑着放空了。

慕声一怔，旋即逼近了她，眼里含着一点儿复杂的光："等谁？"

凌妙妙拧起眉头，苦大仇深地盯着他。

他动了动喉结，伸手扳住她的双肩，将软绵绵的她放倒在桌上，双手撑着桌子，将她挟制在身下，凑近了她的脸。他睫毛下的双眸漆黑："等谁？"

凌妙妙伸手烦躁地拨开他从脸侧滑落下来的马尾，那束头发被她拨得一晃一晃，发梢扫在她的脸上，让她偏头躲了躲，随意地答："你呀。"

"我？"

"嗯。"她很骄傲地点了下巴，指着他的鼻子，笑得花枝乱颤，"'黑莲花'呀，就是你。"

她露出一个神秘而狡黠的笑容，似乎因为有什么他不知道的秘密而扬扬自得，她的鬓发有些散了，碎发乱飞，像只毛茸茸的兔子。

他的目光痴缠，神情变得无辜起来，他忍不住似的用嘴唇轻碰她的脸颊："为什么？"

她伸出细细的手指头点了点他的脸，言简意赅地说："像……小白莲。"旋即她又戳了戳他的胸口，指头像是小蛇在他的怀里轻轻柔柔地钻，"芯子是黑的……"

她戳了戳，又改成了揉，好像是给心口疼的人纾解疼痛一样，用力地摩挲他胸前的衣服，摸得掌心和眼眶都热乎乎的，闹起来了："黑到底嘛，别逞英雄……"

她的话猛然停了，她挣扎着抬头一看。只见少年的睫毛柔顺地垂着，他捏着她过年的新衣服，由下而上，像撕纸似的一点儿一点儿地撕开了。他将她殷红的裙子推上去，把她凝脂般的腿压在漆黑的楠木桌上，让她感到一阵沁凉。

室内花叶摇动，窗外鞭炮、烟花不歇，直至三更。

四

子夜，宫城内外的红灯笼似火，宫宴开到了半夜，席间觥筹交错，似乎集中了整个宫城全部的热闹。

凤阳宫内一片压抑的寂静，映在无数双充满期冀的眼睛里的，是昏暗中的一点儿摇曳的橙红。黑暗的室内只点了一盏灯。

灯旁斜坐着的女人红色的裙摆铺地，她懒洋洋地半靠在美人榻上，微光照在她的下巴上，显出她的肌肤冷而绵的质感，一张薄如蝉翼的面具被她从盒子里拎了出来挂在指尖。

跪成一排的方士，眼巴巴地看着最前面跪直的人手里打开的盒子，不敢言语。

临近年关，天子忙着处理案头积压的折子，好多天都顾不上处理后宫事宜，钦天监就彻底成了端阳的天下。就连过年这种喜庆的日子里，帝姬也闭门不出，醉心于试戴面具。

因为面具做得没能让帝姬满意，十天里，已经有五个人被她秘密杖毙了。虽然钦天监养的闲人很多，但也禁不住她这般折损，何况他们已经打心眼儿里认定，帝姬已经彻底疯了。

那一张娇艳如花的面孔，在他们的眼中宛如噩梦。

帝姬戴上了面具，用食指慢慢地抚平耳侧的褶皱，旁若无人地抚摸着这张全然不同的脸，发出了满意的喟叹声。眼前的镜子忽然轻轻地颤抖起来，她抬起头，发现是拿着镜子的瘦削的大宫女的手在颤抖。

"佩云。"帝姬轻轻地启唇，注视着她不自然地眨动着的眼睛，笑道，"你说，像吗？"

佩云先前病过一次，像是被什么人吸干了精气一样，现在瘦得只剩下骨架子，两只眼睛显得异常大，惶然地看着帝姬："回殿下……像。"

端阳饶有兴味地站起来，抬起了佩云的下巴，看着她颤抖的嘴唇："一模一样？"

"一模……一模一样……奴婢……几乎分辨不出。"佩云磕磕巴巴地

538

回应道。

现在的帝姬让她无端有些害怕。

"很好。"帝姬转过脸来，琉璃似的栗色瞳孔映着一点儿光，竟然含着一丝笑意，这样愉悦的表情出现在这张冷清的脸上，显得有些违和。

几个方士面面相觑，乖觉地以头抢地，齐声道："恭喜帝姬。"

恭喜什么呢？这几个人心里叫苦不迭地想。他们趴在地上，只能看得见她拖到地上的裙摆，像是密不透风地盖在他们的心上。

"更衣，备马。"端阳敛了笑容，飞快地朝内殿走去。

"帝姬，帝姬去哪里呀？"佩云拉住了她，许久才敢劝出声，"今日……今日是除夕之夜，您没去参加宫宴，一会儿……陛下肯定会来问的。"

端阳停住了脚步，回首看着她伸出的手臂，目光又转到跪伏在地上不敢起来的几个方士身上，喜怒难辨。

"对了，差点儿忘记一件事儿。"半晌，端阳缓缓地笑了，"诸位爱卿，辛苦了。"

她招招手，凤阳宫里的侍卫便围拢过来。

方士们只听见耳边银甲碰撞嚓嚓作响，感觉阴影笼罩在他们的头顶，他们慢慢地抬头，只看得她微笑的红唇一开一合："黄泉路上……做个伴吧。"

太阳还没升起来，窗外红叶如火，叶片上挂着清霜，鸟儿的啁啾都似带着回声。

柳拂衣在清早便起来了，和迎面走出房间的慕瑶打了个招呼。

"拂衣，这么早去哪儿？"慕瑶有些诧异。

"去镇上买个新的竹筛。"柳拂衣叹气，整理着袖子道，"我们的竹筛让妙妙抱走了，那个筛子扣过鸟，想来也不能用了。"

慕瑶想到那个画面，忍俊不禁，蜷起手指抵住了嘴，维持住了面上的平静。

"瑶儿，一起去吧。"柳拂衣望着她笑，自然地伸出了手道，"他们还没起呢，指望不上。"

慕瑶的脸有些红，明知道没有人，她还是做贼心虚似的左右顾盼了两下，随即飞快地将手搭在他的手上。

柳拂衣清俊的面孔上浮出一个笑容，握住她的手紧了紧，他牵着她出了门。

过年期间，镇子上的手工小铺关了大半，只剩一家还开着，也没什么生意。

老板娘有些心不在焉地趴在柜台上，有一搭没一搭地编着竹筐，就连柳拂衣弯腰拿起地上摆的竹筛挑选时，她都没有抬眼看看。

"给你看看。"柳拂衣说着，便把竹筛递给慕瑶，语气很轻，像是小孩儿看到了好东西，在给同伴炫耀。

慕瑶摇了摇头，随即不好意思道："我……我也不会挑。"

柳拂衣笑了一声，放了回去："都是圆的，没什么可挑的。"

店铺只有两三个开间，很逼仄，前面是柜台，后面用屏风简陋地挡了一下，便是卧室了，偶尔会闪出男人在屏风后面抱着几个小孩儿经过的影子。

慕瑶环顾四周，发现这里的摆设都极其陈旧，屋顶还破了几个洞，下面摆着接雨水的缸子。想来他们的家境实在潦倒，所以店家才在新年也不得休息。

柳拂衣也看出了这一点，挑好了竹筐，付钱时多给了一块碎银，温和地笑道："多亏店家开着，否则不知道要去哪里买竹筛了。"

老板娘绽开一个惊喜的笑容，连连道谢。

"娘！"一个小男孩儿绕过了屏风，光着脚嗒嗒地跑到了柜台前，怀里抱着个打开着的盒子，"我可以从里面拿点儿钱吗？"

木头盒子里装些小玩意儿，底层是碎银，还有几颗珍珠，大约是贵人遗落下的衣服缀珠。小孩儿一路抱着它跑过来，使盒子哗啦啦作响。

盒子里的东西对他们来说显然是极珍贵的，老板娘刹那间变了脸色，抢过盒子，宝贝地抱在怀里，斥道："作死哟！谁让你拿着它乱跑。"

她骂了孩子几句，伸手欲扣上盒子。

慕瑶无意中低头一瞥，霎时间顿住了脚步。

"怎么了？"柳拂衣一回头，就看见她的眼睛直勾勾地盯着盒子，脸色有些发白，"瑶儿？"

慕瑶几步走过去，有些失态地看着竖着贴在盒子边上的一张纸，黄纸只露了个角，角上画了一个有些褪色的复杂图腾。

柳拂衣顺着她的目光看了半响，反应过来，那个图案……

她伸出手指着盒子："那个，我可以看看吗？"

　　老板娘望着她，狐疑地将那张牛皮纸抽了出来，原来它是有厚度的，是个信封。信封显得有些年头儿了，它的边角黄而脆，透着光，好似干枯的落叶。

　　慕瑶的目光紧紧地盯着信封上画的图腾："这是我慕家的符号。"

　　"啊。"老板娘眯起眼睛，似乎是想了半晌，"你姓慕吗？"

　　慕瑶抬起头，急切道："我是慕家现在的家主，我叫慕瑶……"

　　"不。"老板娘摇摇头，"不认得你。"她费力地想了半天，"这封信是让人退回来的，大概是六七年前。有一个姓白的外乡女人，长得很漂亮。"她比画着，"她在这里转了好几天，似乎是在找什么人。她听说我家男人在码头做工，可以托人带信，就在我这里写了两封信，一封送给姓慕的，一封送给……姓白的，大概是娘家。姓白的，这个。"她指着信，"没送出去，送信的人又给退回来了。退回来的时候，她已经走了。我本想打开看看。可是打不开，便一直留着。"

　　信上的慕家的标志，既是封印，也是震慑，封住了信封，表示内容绝密，不可为外人所知。

　　六七年前，岂不就是……慕家灭门前夕？

　　白瑾竟然在那个时候来过无方镇。

　　慕瑶张了张嘴，嗓音干涩："白瑾……是我母亲。"她伸出手，"可以……可以给我看看吗？"

　　她将指尖印在信封上，微光一闪，那个符号便消失了。慕瑶和柳拂衣对视一眼，她颤抖着手，抽出了信纸。

　　"父母大人亲启：

　　女白瑾至无方镇，怨女未有踪迹。思及近来家中之变，频感不安，怕与怨女相关，乃早年种下之因果。入秋以来，咯血严重，恐时日无多，留信于父母兄长，以备不测。"

第四章　因果

一

男人的面前是一个夸张的漏斗形状的扁海碗，碗里是刚出锅的汤面。热腾腾的雾气氤氲了他的眉眼。

长安的酒肆里人声鼎沸，从雕窗漏出几缕暖黄的日光，照在凸凹不平的桌面上。

慕怀江埋头吃着面，在水蒸气中不声不响地解决了一碗，抬起那双凌厉的眼："阿瑾，再吃些？"

白瑾只吃了几根面条便没了胃口，轻声道："我吃饱了。"

她腰上挂的两个黄铜铃铛一直在躁动地响着，从刚刚坐下，就丁零零地响到了现在，只是声音淹没在大厅的人声鼎沸中，不太明显。女人伸手压住颤动的铃铛，眉宇郁结。

慕怀江抬眼一瞥："又是西边？"

"轻衣侯府。"

二人沉默了半晌，慕怀江将筷子拍在了碗沿上，沉吟道："是她？"

二人从无方镇一路追到了长安。

小镇上的秦楼楚馆被一把火焚烧干净，死人的焦臭味数十天都飘散不去。死的还有一只魇，废墟里妖气冲天，整个镇子的上方都笼罩着一层薄薄的紫云，简直像是点着了的烽火台，将有点儿名望的捉妖人都引到了这里。

大妖内斗是它们自己的事儿，可若牵涉众多无辜的凡人，必然会惹得捉妖人出手主持正义了。

慕氏夫妇强强联手，自然拔得头筹，因有法器镇魂铃的提示，他们顺着那稀薄得近乎没有的妖气，抢先一步追来了长安。

"可能。"白瑾低垂着眉眼，用细瘦的手指蘸了点儿茶水在桌上描画，"花折、宫中方士、轻衣侯。"

她直直地看着桌上的水渍，吐了口气。

按二人最初的预测，那大妖杀红了眼，恐怕会惹得长安城内大乱。现在看来，此妖并非漫无目的地大肆杀戮，乱的只是钦天监和轻衣侯府而已。

轻衣侯远离政事已有两年，他的夫人是京中贵女，贤良淑德，诞有一子一女，一家四口本是令人钦羡的权贵家庭。只是入秋以来，便发生了很多事情。先是侯夫人受惊坠马，昏迷不醒；再是轻衣侯的小女儿凭空走失，满城难觅；连轻衣侯的儿子也莫名其妙地七窍流血，大夫为他诊脉，竟说他是中了砒霜。

一桩两桩，还能说是天灾或是人祸，可这些事儿接连发生……

有敏锐的道士察觉到了妖气，前来轻衣侯府画了符，也留了桃木剑。

轻衣侯是今上宠妃赵氏胞弟，地位非比寻常，钦天监的方士知道他招了妖，都一股脑儿地拥来作法，将各种镇邪之物送到了轻衣侯府。

轻衣侯自是不高兴的。

他要的是永绝后患，而非像这样被动地防御。可是妻儿之事已令他焦头烂额，他整日忙着给中毒濒死的小儿子找名医诊治，暂时顾不了那么多。

这来无影去无踪的妖就像是怨鬼，还带来了来势汹汹的瘟疫，就此传染到了宫中方士中，每隔一日，就有一个方士因患疫病被隔离出去。一时间，钦天监人心惶惶。

"钦天监不识前因后果，我们却是知道的。"白瑾慢慢地擦去桌上的水渍，"此妖以无方镇为起点，直奔宫中权贵而去。

"听闻，无方镇曾有一个貌美惊人的女子，怀孕生子之际被丈夫抛弃，随后消失。我们那日去，又听说花折里有一女名叫容娘，美艳绝伦。"

白瑾的眉头微蹙。

"嗯。"慕怀江抬起头，言简意赅地说，"我同你想的一样。轻衣侯六七年前在无方镇待过数年，赵妃对此多有隐瞒，也难保他在那里实则另有妻室。"慕怀江的语调很平，几乎不带任何情绪，他从怀里掏出些银两，搁在了桌上，"背叛、情伤、报复……"他笑了笑，志在必得，"容娘。"

白瑾眼中的愁绪浓重："想必是赵妃派遣宫中方士去无方镇，强行拆散了轻衣侯和这容娘。"

"自作聪明。"慕怀江敛眉，面孔上流露出一丝轻蔑之色，"蠢货。"

人妖相恋不过一生，说到底只耽搁这一个人。妖的爱，人能承受得起。妖的暴怒与怨恨，又有谁能承受得起？强行拆散他人姻缘，终究只是害人害己。

这个赵太妃未免自视过高。

二人一阵无言。慕怀江忽然抬眼，用指尖敲了敲桌子，思忖："放火、下毒、恐吓……你说此妖为什么不自己出手？"

"按镇魂铃的反馈，她确实妖气稀薄，恐怕不是故意不出手，而是她不能。"白瑾摸着腰间震颤的两个铃铛，"真是弱到了此种程度……"

衰弱的大妖便只好将人阴毒的那一套学了个遍，看似神龙不见首尾，其实不过是躲在暗处，借势与他们捉迷藏罢了。

"我总觉得，此事没那么简单。"慕怀江沉吟道，"阿瑾，你说女子被丈夫抛弃，负心情郎已另娶，最恨的应是谁？"

"应该是这个负心之人吧。"白瑾有些不太确定地答，"毕竟，再娶的新妇也是无辜的人？"

慕怀江无谓地笑了笑："那你说，她怎么还不动轻衣侯？"

"难道是仍念旧情……"

"不可能。"男人打断她，"若是真念旧情，就不可能毒杀他的儿子、弄丢他的女儿。"他敲桌子的手微微一顿，"她是在等。"

"等？"

"等待时机，一击必杀。"

白瑾神情一凛，浑身上下的汗毛都竖了起来："对了，轻衣侯从外求药回来，午时前后要入城门，若她在轻衣侯府……"

慕怀江颔首，站了起来："走。我们这便去会她一会。"

轻衣侯乘着七香车过安定门，内监照例在前面以尖细的嗓音开道。

内监不喊还好，"轻衣侯"三字一出，城内的百姓便如同潮水一般涌来，将街道围了个水泄不通。

断后的车队举步维艰，白瑾用她细瘦的手掀起帘子，满脸忧愁："怎么这么多人？"

放眼望去，只能看见七香车上支起的轩篷，四周缀下的流苏左右摇摆，车只能一点儿一点儿地前行，几乎是在原地摇晃。

白瑾坐立难安，将衣角都抓皱了。周围的环境实在杂乱喧闹，即便轻衣侯死在密闭的车里，一时半会儿也不会有人发觉。七香车多停留一分，都是给那妖物可乘之机。

慕怀江略一沉吟，按住了腰间的法器："不等了，过去。"

阳光从他掠过的袍角溜走，他的余光瞥见侧边有几个癞头小乞丐凑成一堆，穿着辨不清颜色的脏衣裳，对着地上豁了口的碗淌着涎水，用脏兮兮的手争抢吃食，他们才不管来的是什么权贵，连看都懒得看一眼。

慕怀江的脸上带着玩味的神色，眼角闪过一丝轻蔑：这倒是真的不慕荣华。

白瑾停在轩敞的车下方，衣袂摆动着，出神地望着那乞儿争食，紧皱眉头："容娘当是有个孩子的吧？算算年龄，今年也该七岁了……"

"哼。"身旁男人笑一声，不以为意，"那崽子……"

"咔嗒。"车内传来一声轻响，不知是什么东西撞在了车轮上，咕噜噜地从华锦帘子里滚出来，摔在了地上，折射出刺目的日光。

那是一个玫瑰貔貅。

二人对视一眼，猛地飞身而上，掀开了帘子。

车内诡异的香气扑面而来，他们看到的却不是一个女子，而是一个六七岁大的小儿。他赤着脚，双腿悬空地坐在桌板上，黑发披散，眼睛里是空荡荡的黑，倒映出两点红光，含着肆虐的杀意。

红光映得整个车厢仿佛沐浴在火光中，镇魂铃猛烈晃动着，直牵得白瑾的衣角上下动摇起来，丁零零零零零……

女人瞪大眼睛："这是……"

慕怀江钻进车厢里，快速地祭出法器，令它撞在那男孩儿的胸膛上。男孩儿毕竟年幼，受了这一击，便被打飞出去，他的攻击也被截断了。轻衣侯用双手捂着脖颈，面色惨白地咳嗽起来，他半个身子趴在桌上，黑发

545

披散了整个桌面。

慕怀江伸手一捞，直接将那凶兽似的男孩儿双手反剪压在了地上。那小孩儿就像是被扔到秤上的鱼，仍然在拼命挣扎。只是红光已消，他的力道就像是瘦弱的小猫，慕怀江一用力就能按断他的脊柱。

白瑾被冷汗沾湿后背，她和慕怀江对视一眼，都看见了彼此眼中的诧异。

除非是天生地长之大妖，不然无法让镇魂铃如此躁动。但眼前这小东西显然不是什么大妖。

"半妖。"白瑾干裂的嘴唇做了个口型。

慕怀江脸色一沉。

什么妖物诞下的半妖，能有如此可怖之力？

"魅女。"他喃喃道，又冷笑起来，"是魅女。"

原来如此。

她本不是什么躲在角落的鼠辈，而是因为诞下了这个小崽子，妖力衰弱。

如若当初那个报信的方士没死透，他甚至想将其找出来再补一刀。

魅女与怨女同体而生，岂是捉妖人轻易能惹的？

那是永夜之黑暗，无孔不入，是无法摆脱的黑色梦魇。

他低头看着那伏在地上的小儿浓密的黑发，对方的头发上似乎倒映出了矿石般的冷光。慕怀江的脸色略微好了些："我当她有什么样的杀招，原来，这就是她的底牌。"

这个孩子是她放飞的风筝、送出的棋子，全凭她调遣，是她手握的快刀利刃，在关键时刻可以做挡在前面的傀儡。

这孩子现在不就替她挡了一难吗？

好在，这猛兽尚且年幼，还可以控制。

男孩儿细细的手指在地上痉挛蜷起，指甲的形状圆润。

白瑾回头望了一眼惊魂甫定的轻衣侯，顿了顿，神色复杂："我们一路追随妖气而来，殿下受惊了。"

"无碍，多谢二位出手相救。"轻衣侯松了松领子，脱力地靠着车厢，嫌恶地看了看地上那小小的孩子，语气淡漠，"既是如此，还等什么。何不将这妖物杀了？"

白瑾瞪大了眼睛，辩解："殿下，这个不同……"

"怎么不同？"轻衣侯狭长的眼波澜不惊，睫毛半合下来，"杀了便是，省得再出来作祟。"

"您真的不认得吗？"白瑾蹙眉，"这是您的骨血……"

地上那小儿猛地一颤，挣扎着抬起头来，那一双秋水般的又大又亮的眸，骤然间撞入轻衣侯的眼。

那小儿的眼尾上挑，还有一双映着潋滟湖光的美丽的眼睛。

轻衣侯突然感到太阳穴一阵钻心的痛意，猛地扶住了额头，感到一阵眼冒金星："胡言乱语，本侯一生最厌恶妖物，怎么会跟他有半分联系？"

白瑾和慕怀江对视一眼，心下寒凉：轻衣侯中了忘忧咒。

对普通人下忘忧咒，强行篡改对方的记忆，当真是兵行险着……一旦他将记忆找回，可能会一命呜呼。

她还要再辩，慕怀江扯了扯她的衣角阻止了她："殿下恕罪。这个孩子，不能杀。"

若是将他杀了，孩子身上的力量回归母体，那才是噩梦。

"那便移交钦天监。"轻衣侯说着便扬手，"来人……"

"也不可。"白瑾脱口而出。

"为何？"轻衣侯的神色有些不悦，尤其是白瑾方才泼了他一桶脏水……他的语气越发咄咄逼人，"你们捉妖人，难道不是以除魔卫道自居吗？他差点儿要了本侯的命，难不成要破例徇私？"

白瑾的神色微微一动，她从怀里拿出一块玉牌，不顾慕怀江投来的阻拦的眼神，将玉牌递了上去："殿下，我愿以慕家玉牌为交换，请您同意我们将他带回慕家处理。"

轻衣侯神色淡然，他不太明白眼前的方士为何要以玉牌相换，但眼下他的府邸被妖魔缠绕，确实需要这块玉牌。

他整了整衣袖，疲倦地闭上了眼睛。

"那便带走。"

"老爷……老爷！"白瑾追上去，她抱着瘦弱的男孩儿，走得气喘吁吁。

那孩子褴褛的衣裳前后都贴满了定身符，像一只刚被抓住的刺猬，还瞪着一双怨恨的眼睛，眼中满是警惕。

慕怀江走得飞快，神色淡漠："扔到地牢里关起来，若她还想要这张底牌，定会上门来救。届时你与我设好七杀阵等她，将她歼灭。"

"我刚瞧过了，老爷……"白瑾打断了他，额头上一层细细密密的汗水，眼里泛着微弱的、希冀的光，"他是至阴之体。"

慕怀江站住了。

他明白了她的意思，微微侧过头："你是为了瑶儿？"

慕瑶，这个承载了全家希望的女孩儿，偏偏有个受妖魔觊觎的壳子，意外与劫数接踵而至，令人防不胜防。她就像一棵细弱的豆苗，还没长大就即将被害虫啃坏了。

难怪白瑾刚才不惜耗费一块玉牌，也要将人带走。

"你我护不住瑶儿一辈子……"

他犹豫了一下，仍然对那双带着杀气的眸子有些本能抵触："那也不行。"

谁会将一只老虎当小猫养，不畏养虎成患？只是想到慕瑶……

"因势利导、见机行事，不是老爷教我的吗？"白瑾的双眸极亮，"只要他不死，怨女便无可奈何。这张底牌捏在我们手上，为我们所用，难道还不够好吗？"

慕怀江捏住小孩儿的下巴，眸中泛着冷意："给他下个忘忧咒，让他一辈子都是瑶儿的死士。"

白瑾终于露出一点儿笑容。

"你叫什么名字？"她轻轻地将冰凉的手搭在他雪白的额头上，他的头枕在她的胸口，嗅得到女人身上飘出的淡淡药香。

被这样温柔地抱着，他眸中的杀意便像浪潮般消弭于无形，露出一点儿小动物似的天真茫然："我叫暮笙。"

他开了口，是瑶琴般的声音。

永夜为暮，离歌为笙。冠母之姓，而笙代表了全部的离别和怨恕。

"真是巧呢。"白瑾苦笑着，声线温柔，"我们家也姓慕，从今往后，你就叫慕声吧。"

二

"叽叽……"

"叽叽……"

被挂起来的笼子左右摇摆，鸟儿在里面扇着翅膀，扑棱棱地从横杆上落下，歪头望着空空如也的食槽，脑袋转来转去，绿豆大的黑眼睛里充满疑惑。

天边刚刚泛起鱼肚白，凌妙妙隐约听见这细微的声音，挣扎着爬起来，眯着眼睛坐在了床上。

有强烈的责任心作为支持，在寒冷的冬日清晨，凌妙妙掐着自己的虎口让自己清醒了一会儿，轻手轻脚地爬向床边，准备跨过床上的人，下去抓谷子。

"怎么了？"少年扭头望着她，眼中含着柔润的水色。

"喂鸟。"凌妙妙披上外衣，脸上睡得红扑扑的，还带着热气，低声道，"你看它都叫了。"她等了半天，不见他有动作，她推推他，笑了，"让一让。"

慕声并没有放她过去的意思，而是凝眸望着她："睡吧，一会儿我来喂。"

"信你才有鬼。"凌妙妙低头冲他做了个鬼脸，系好了衣裳，手脚并用地跨过了他。

慕声温顺地平躺在那里，一动不动，乖乖地让她跨过了一条腿之后，忽然伸手牢牢地箍住了她的腰。

被迫骑在他身上的凌妙妙沉默了。

"你让我过去。"凌妙妙跪在床上，用手支撑在他的身侧，被这个令她进退维谷的动作牵拉得大腿根疼，右手拍着他放在自己腰上的手背。

慕声抓着她不放，一本正经地说着别的事儿："昨天守岁了。"

"哦。"凌妙妙眨巴着一双茫然的杏眼，想了半天才反应过来，他的意思是昨天熬了夜，今天理应多睡一会儿。

他倒是会讲歪理。

"你睡你的。"她把他的手臂往下拉，真诚地保证，"我也不起来，我喂完就回来睡回笼觉。"

他不言不语，就那样用一双含着水色的眼睛望着她。

"真的。"凌妙妙被他盯得额头上冒着汗，挫败地看了他半天，"那……那你让我回去。"

不喂就不喂，她回去躺着总该行了吧，她的膝盖都痛了……

"妙妙累不累？"她感觉到他箍着她腰的手在往下压，慕声的眼眸乌

549

黑，睫毛动了动，他满脸无辜地望着她，轻轻地吐出两个字，"坐呀。"

她顽强地坚守阵地，手脚并用地往外逃："不行、不行……我很沉的！"她飞快地眨动眼睛，满脸严肃地恐吓，"会把你的肚子压扁的。"她飞速地掰着他的手，不慎在他的手背上挠出了几个浅浅的白印子，"快……让我下去。"

他抱着她，轻巧地抓着她往后推了一点儿，再向下压："不会。不信你试试？"

凌妙妙像是踩了机关的猫，瞬间炸了毛。

"叽叽……

"叽叽……"

鸟儿蹦跶了两下，发现自己的叫喊徒劳无功，便蔫蔫地缩到了角落，悲伤地用喙梳理起自己的羽毛。

凌妙妙放弃挣扎，破罐子破摔地坐在了他的身上，抓着他的一片衣角扯了扯，像是抓着套马的缰绳。

"年轻人，你怎么就不闻鸡起舞练功呢？"她瞅着他，语气沉痛，"你再这样，大好的光阴都荒废了……"

慕声半合起了眸子，垂下纤长的睫毛，手有一搭没一搭地抚摸她的腰侧，又舔舔嘴唇，看上去惬意得很。

凌妙妙无言以对。

"叮——"久违的系统提示出现在脑海里，急促的提示音一声盖过了一声，轰鸣的余音还在她的太阳穴内震颤。

凌妙妙已经很久没有收到通知了，再次听见机械的系统声音恍若隔世。

"系统提示：任务一，最后四分之一进度现在开始，请宿主做好准备。

"系统提示：恭喜宿主，待攻略角色'慕声'好感度已达到99%，胜利就在前方，请再接再厉。

"系统提示：触发任务二优秀任务奖励激励，奖励内容'钥匙'，请宿主尽快使用。提示完毕。"

一阵系统提示音过后，一切重归平静。依旧是冷飕飕的冬日早晨，半垂的帐子围拢出一方安全封闭的空间，安稳得似乎什么也没有发生。

凌妙妙半天没能回过神来，直到感觉到自己握紧的手里多了一个硬质的东西。

她摊开手掌一看，是一枚小小的、不规则的厚玻璃片，将她那蜿蜒的掌纹放大了。

"系统，给错了吧？"凌妙妙丈二和尚摸不着头脑，"钥匙……这不是回忆碎片吗？"

她没有得到回应，便叹了口气，小心地睨了一眼身下闭着眼睛的慕声，拢起手掌，准备将它轻手轻脚地收进怀里。

那小巧光滑的玻璃片就在她翻过手掌的一瞬间，从她的手里滑了出去。

凌妙妙倒吸一口冷气，伸手抓了一把，没能抓住。

她瞪大眼睛搜寻着，本该掉在床上的回忆碎片就好像掉进海里的一滴水，瞬间消弭于无形。

她僵坐着，脑子里空白了两三秒，迅速在被褥间摸索起来。

她摸过了两侧，又摸到了慕声身上。她的手腕冷不丁地被他反手一抓，被紧紧地攥住了。少年的眸子里带了一点儿惬意的迷离，他好像是刚被顺了毛的猫。

他一手搂着她的腰，另一只手将凌妙妙的手拉到唇边亲吻着，极尽缠绵。

凌妙妙坐立难安："不是，我在找东西。"

他顿了顿，终于一倾身子，放她从腰上下去了："找什么？"

"你别动……"凌妙妙急忙伸手按住了他的肩膀，"你躺好，小心扎着你。"

她用胳膊粗鲁地绾了一下滑下来的头发丝，瞪着眼睛看着床。刚才那块碎片好像一条滑溜溜的小鱼一样，钻了出去……难道回忆碎片掉了，就像落地的露水，直接消失了？

她感觉到额头上出了一层汗，用手从两侧拍打过来，摸到他的身上。慕声乖巧地一动不动，让她像搜身的安检员一样快速摸过了他的衣服。

等一下……

她的手僵住了，慢慢地摸回了他的胸膛，又伸手压了压，她感到头皮发麻，浑身的血液霎时间倒流。

慕声感觉到她的手忽然间急切地从他的领子里钻进去，指尖上还带着冰凉的冷汗，摸在了他的胸膛上。

那里冰冷光滑，她像是摸到了一块无生命的顽石。

凌妙妙用指尖触到镜面般表面的瞬间，感受到了被盖在其下的隐隐心跳，像是被冰封的微弱火焰。

碎片嵌……嵌进身体里了……

她感觉自己好像瞬间被冻成了一座冰雕，牙齿都在打战："你有感觉吗？"

察觉她的声音有些异样，慕声抬头一看，发现女孩儿的脸色灰白灰白的，也跟着吓了一跳："怎么了？"

她用手覆盖在他的胸口，带了点儿哭腔："没有感觉吗？"

"什么？"

他伸手去握她的手，碰到她的一瞬间，天地骤然褪了颜色。

眼前的世界仿佛被牵拉变形，破开一个大口子，旋即碎成了片片雪花。

雪花飘落下来，像流星拖着长长的尾巴，极缓慢地变作透明的雨。

斜斜的雨丝纤细、狭长。撑开的纸伞上绘有点点红梅，被雨水氤氲开来，伞面是淡淡的粉，从半空中看，像一朵开在山岗上的花。

这朵花沿着黝黑蜿蜒的山路，慢慢地移动着。

那只握伞的手苍白纤细，十指的丹蔻红得逼人，像是雪白皮肤上的几滴鲜血。

她的步子很稳，却透露着一丝急切，她径直踩过了几个水坑，裙摆都被溅起的泥水沾湿了。

滴河在侧，她沿着河水的支流走着，水面上映出她的倒影，红裙、苍白的下颌和斜支的伞骨。

无数小小的水花将她的影子扭曲了，那影子又迅速重聚在一起。

她仿佛被地上的风拖住了脚步似的，走得越来越慢，呼吸也越来越重。

终于，她驻足在河岸边，在长满青苔的大石上缓慢地坐了下来，低头往河水中看。

女人在水中倒映出的脸被雨水打得模糊不清，似乎含着恶毒的笑意："自以为是。"

她低眸看着"她"，自嘲地一笑，不置之词。

水中的"她"又开口了，带着讥讽的笑容，仿佛那不是虚幻的倒影，而是被困在水中的魂灵："真可怜，你也不过能撑这一时半刻。"

雨势越发大了，水面上被溅起一层细密的白雾，雨水顺着伞架汇成小溪，哗啦啦地浇在了石头上。她额角的头发都被沾湿了，贴在白皙的脸上。

她用纤纤十指扣住旁边的大石，勉强支撑着自己起身，手指却因过于用力而变形："放我走。"

水中的影子在漩涡中几乎看不清楚面目："我巴不得他死。"

她轻笑一声，静静地盯着水面，似乎含着一点儿嘲笑。她握着伞的手轻轻抖着，半晌才开口："你活着一天，他们就不可能让他死。"她再次撑起了身体，用柔和却含着孤注一掷意味的语气说道，"所以呀，你与我，都必须试一试。"

"二夫人，别等了，老爷不来了。"

丫鬟用两手关上门，怔怔了半天，才回过头来嗫嚅道："老爷和夫人这两日都忙……"

白怡蓉的笑容退了下去，握在手里的梳子被当啷一声砸在了镜子上，使镜面颤动起来，镜中人的红唇刻薄地翘起："忙，一年到头都忙！"

"二夫人……您别担心。"丫鬟小心地观察着她，"还有……还有大小姐呢。"

白怡蓉冷笑一声："大小姐……你懂什么。"她满眼复杂地看着镜中人，轻轻地拍了两下自己的脸，"你以为我靠什么留到现在？还不是因为瑶儿。"她烦躁地用手指拨弄着妆奁，"瑶儿毕竟是个女孩儿。姐姐生不出，老爷到底还得靠我生一个带把儿的，我努力了这些年，多少苦药偏方都吃下去了，现在倒好……"她斜睨着丫鬟，狠狠道，"他们在外头捡了个现成的！往后这个家里，还有我的地位吗？"

她说着，飞快地站起身来，踢开凳子，急急地往外走。

"二夫人去哪儿？"

"去看看那小崽子究竟是个什么宝贝，让老爷做了大善人。自己的孩子不要，偏帮别人养孩子！"

丫鬟紧赶着几步跟上了她，拉住了她的手臂："听说……老爷和夫人也不怎么喜欢他的。"

"不喜欢？不喜欢还让他姓慕，还让瑶儿叫他弟弟……"

两人拉拉扯扯到了菡萏堂门口，便被门口守着的家丁挡住了："二夫人，老爷吩咐了，不能进去。"

"凭什么不让进？"她伸着脖子往里看，隐约间听见里头传来了好几个人的惊叫。

她打量四周，本来格局通透的菡萏堂，窗户上都被贴了黑纸，把里面封成了一间黑乎乎的暗室，越发显得神秘而古怪。

"二夫人。"他压低声音，似乎有些为难地与她打商量，"里面这个刚施了忘忧咒……"他顿了一顿，"出了、出了点儿问题。您应付不了，还请回吧。"

白怡蓉瞅了一眼被封住的窗户，不大情愿地点了点头。

主仆二人走到一半，丫鬟一惊，眼看着白怡蓉拐了个弯，从丛竹掩映的小道绕回了菡萏堂后门。

"二夫人……"

"别吵。"她拨开树丛，接近了连通室内的一扇矮窗，"我偏要看看那个小崽子长什么模样。"

"二夫人、二夫人！"

她不顾急得跳脚的丫鬟，将外面贴住的浸了黑墨和桐油的纸张轻轻地撕开了一个角，凑了上去。

屋里是有光的，暗红色的光铺了满室，使得家具上仿佛被泼了一大桶狗血，显得妖艳诡异。一缕阳光正巧透过被掀起的那个角照了进去，骤然照亮了角落里的一张脸。

她看见的是他乌黑的一双眸，眼尾上挑一个小小的弧度，染着诱人的嫣红，眸中恍若流动着水光，这样一双眼睛缀在雪白的小脸上，仿佛一对宝石。他只穿了一件有些宽大的单衣，衣袖与漆黑的长发被风吹得飘动起来，仿佛他要乘风飞去。

他并不笑，茫然而空洞地看过来，眼底满含着危险的戾气。红光从他的背后发出，眸中也映着一点儿诡艳的红。

她捏紧了拳头，指甲嵌进了掌心。

这惊心动魄的美丽使得她倒退两步，心里的危机感达到了顶峰。都说儿肖母，能生出这般好看的孩子的女人，得美成什么模样？

他……当真是慕怀江随便捡的？

吱呀——门被打开了，几个人七手八脚地进来，抬了什么出去。那个男孩儿默然坐在桌子上，无声地望着阳光的方向，似乎对外界没有任何反应。

慕府的总管事与下人们切切察察地低语着：

"第几个了？"

"死第三个了……怎么，老爷和夫人还待在密室？"

"是呀，我们指着您想办法，我那里是没人敢再来送饭了。"

"往后将饭放在门口，不得与他多接触。"

"往常也不是没有被下忘忧咒的人……"那人吸气道，"怎么里面这个就变成这样？还有他的头发……"光影晃动，他比画起来，"冷不丁就长到腰了，身上还发光，怪吓人的。"

管事望了一眼背对着他的那个身影，顿了一下："往后，你每天来盯着，他的头发若是再长长，速来报我。"

"为……为什么？"

管事叹了口气："小时候听老一辈的捉妖人说，'大妖之力，多蓄于发'。妖力越深，头发越长，不知是不是这个道理，小心一点儿总归没错的。"

"是。"众人盯着脚尖应道。

脚步声渐弱，管事走远了。

"唉……"那声音发愁地拖了个调子，喃喃地抱怨起来，"你说这么个妖物，老爷费那么大力气弄到家里来，究竟是为了什么？"

"嘘……"另一人的语气里带着些幸灾乐祸的味道，那人将声音压得更低了，"我倒是听闻，这妖物的母亲美艳绝伦。这孩子的父亲究竟是谁，还说不准哪……"

听的人笑了："噢，你的意思是……"

"我可什么都没说，都是瞎猜的。"

两人会心一笑，打趣起来："虽说是半妖，万一真是老爷的种，怎么说也算是有后……"

吱呀——门扉被关上，二人嬉笑的声音被隔绝在外。门口的地面上，孤零零地放着一份冷了的饭菜。

白怡蓉把贴在窗口的黑纸都捏皱了，发出哗啦啦的声响，如若不是丫鬟将她的手往外拉，她差点儿将那张纸扯下来揉成一团。

她的眼中几乎要冒出火来：真是让她猜对了呀……

是怎么样的美人，能让慕怀江这样冷淡自傲的男人都被了心智？她白怡蓉再不济，好歹也是捉妖世家养的女儿，撒娇耍痴的，也没让他正眼瞧过。一个妖……凭什么？

她气得眼睛发红，撒手将黑纸一推，扭头便走。

坐在桌上的男孩儿歪了歪头，出神地望着窗口，似乎有些疑惑窗口投映在他脸上的一块亮光为什么消失了。半晌，红光慢慢地敛去，室内陷入一片黑暗中。

"二夫人……"丫鬟一路小跑赶上了她，"您别听他们瞎说，都是瞎说的……"

"老爷在密室……"白怡蓉喃喃道，回头睨着丫鬟的脸，凉冰冰地问，"在密室干什么呢？"

丫鬟生怕她闯进密室，汗毛根根竖起，险些给她跪下来："听说是在布阵，万万打扰不得的……"

"我与怀江在密室布好七杀阵，以暮笙为饵，设局等待怨女。"

慕瑶手脚冰凉，她将信纸哗啦啦翻了一页。

"四日后，怨女果真夜袭慕府，欲将此子救走，最终身陷七杀阵内，落于我们之手。怀江的老友空青道人知晓我们捕获怨女，急来阻止，告知于我们杀死怨女的后果。不得已，将其以锁链囚于地牢，以黄纸符咒封印。

"慕声自中忘忧咒后，没有记忆限制，妖力屡次失控，使得府内死者数十，除我与瑶儿以外，旁人难以接近。"

如果说慕声从前是以普通孩子的身份活着，偶尔才会泄露自己的半妖之力，被忘忧咒夺去记忆以后，他就是以半妖之身存世，偶尔才能想起来自己是个孩子。

这种偶尔的情况，通常是白瑾去给他送饭，或是慕瑶陪他玩儿的时候。

他很信赖白瑾，每次当她靠近，他就会收敛红光，有时候还会将头安静地靠在她的怀里，像是藏在雌鸟翅膀下的雏鸟，乖得令人怜惜。

至于慕瑶，那时的她不过十岁，纯洁得像一张白纸，没有丝毫恶念。

慕声虽暴戾，却很聪明，拥有小兽般敏锐的直觉，能够分辨出谁是真心待他，因此并不抗拒慕瑶的接近。

"我对慕声，感到亏欠与怜爱。"

白瑾的字迹清瘦，这时候已隐隐有力有不逮的虚浮。

"但其戾气难以自控，终究不是长久之计。大妖之力，多蓄于发。此子之发，更如仇恨之丝。入府以来，一旦遭遇刺激，头发便增长三寸，杀人数十。不过三月，其发已长至腰侧，除我与怀江，旁人难以招架。"

这件事儿发展到后面，慕怀江是第一个提出异议的。

在他看来，先前白瑾强行将人带回来，一是为了做饵等待怨女，二是为慕瑶提供保障，还有几分是女人的恻隐之心。

但说到底，他最看重的还是第二条。他对一个无法自控的半妖并无好感，更不会将其当成真正的孩子养。现在怨女已经被他们禁锢在地牢内，如若这个半妖不能为女儿保驾护航，便成了一枚废子。

忘忧咒没有起到预期的效果，慕声只能被关在菡苔堂内，像一只野性难驯的小兽，无法接触外人，更别提陪着慕瑶外出历练了。

何况，这只妖物已搞得府内人心惶惶，使众人筋疲力尽。

他想要将慕声处理掉，再召集捉妖人结成同盟，加固对怨女的封印。这样一来，即使她的妖力恢复，也会永远被锁在那方小天地里，不能出来作祟。

"恰于此时，空青道人带来永久杀死怨女之法，可一石二鸟，正中怀江心意。只是方法残忍，我并未同意。争执不定之时，事有急变。"

三

院落中笼罩着漆黑夜色，只能看见飞檐漆黑的轮廓，耸立的水杉尖儿上挂着一轮小巧的弯月，不一会儿便被飘来的云遮住了一半。

慕怀江亲手提灯，引着身后的长须道人在曲折廊桥中行走，不时回过头低语着。他们二人走得很快，手里的灯笼像一团游动的星火。

慕怀江无意中回头，一个戴着兜帽的身影有些慌乱地贴住了墙根，风吹动了对方宽大的帽檐和衣袖，隐隐露出一个娇小的轮廓。

凌妙妙在一片夜色里艰难辨认了半晌，才看出那是个女人。

二人迅速走开了，身后将自己包裹得严严实实的女人，一身黑袍与夜色融为一体，也轻手轻脚地跟了上去。

路线回环曲折，他们走到了最西端无人住的阁子，慕怀江下意识地看了看外面，随即将门掩上。他将挂在墙上的山水长卷取了下来，眼前出现了一扇破旧的小木门。

那个女人躲在窗口看着，手指攥紧了窗棂。

慕怀江取了钥匙，将小木门打开，示意长须道人先进，二人矮身弯腰，一前一后地进了门，隐隐传来轻微的脚步声。

女人的脚步似猫儿般轻巧，她推开门迅速地溜了进来。

木门之下，别有洞天。

沿阶而下，石头粗糙搭出的洞穴阴冷潮湿，角落里滴滴答答地漏着水，印在水洼里，发出清脆的回声。

每隔几步，地上都有一盏被仓促摆下的灯，堪堪照亮脚下凸凹不平的路。

"下去吧。"慕怀江一挥手，两名看守在外周的膀大腰圆的哑妇躬身退下。

锁链发出哗啦啦的响声，慕怀江端着一盏烛台，骤然照到了昏暗的石穴里，坐在地上的那人抬手遮住了眼睛，挡了一下刺目的光。

那人伸出的那只手，五指纤细，皮肤苍白，手腕上拴着一条厚重的镣铐。镣铐铸铁是粗糙的青黑色，有斑斓的红色锈迹，与女人雪白纤细的小臂形成强烈的视觉冲击。

她被婴儿手臂粗的锁链拴着，全身几近赤裸，脚踝上也戴着脚铐，锁链延伸至墙边，牢牢地钉入墙里。

一整面墙贴满了密密麻麻的符纸，丹砂字迹交叠，深深浅浅，密不透风。

她坐着的姿势诱人至极，展现出优雅的曲线，像一条搁浅在岸边的美人鱼。

她一点儿一点儿地移开了手指，斜睨过来。

她的睫毛像蝴蝶翅膀伸展着，眸中是江南烟雨、无边春色。

她的脸，从鼻尖至樱唇，再至下颌的弧度，都像是天工造物。在她抬头的一瞬间，仿佛这幽暗的石穴都被照亮了。

长须道人点点头，心中毫无波澜地打量着眼前的女子。二人开始交谈，短促地说了三两句话。那女人全然听不清，因为背景音是刺耳的尖啸声。

另一边，躲在石壁背后的女人颤抖了起来，发红的眼里只剩下那个在地上坐着的尤物。

慕怀江和那长须道人似乎只是为了专程来看这个妖物一眼，只短暂地说了几句话，便离开了。

沉重的镣铐哗啦啦作响，她换了个姿势坐着，脸上依旧挂着无谓而淡漠的笑容。

隐在黑暗中的女人从石壁的背后闪出，几步走到了对方的面前，摘下了兜帽，露出了一张哭花了妆的脸。

是白怡蓉。

白怡蓉居高临下，紧紧地盯着女人的脸："你是谁？"

那女人歪过头，好笑地看了她一眼，神情漫不经心："你又是谁？"

她的声音娇柔动听，带了一点儿恰到好处的沙哑，回荡在石洞里，揉得人的心房都酥了。

"你还有脸问我？我是慕府的二夫人，你这没名没分的妖物，你算什么东西！你连人也算不上，竟敢勾引人家的丈夫……"白怡蓉有些气急了，说了没两句，便几乎成了指着鼻子的叱骂。

"勾引？"那女人看着她，沉默了一会儿，眼中开始闪动起幽幽的光，越发显得那笑容诡异，"是你的丈夫死缠烂打不放，怎么能算勾引？"

"你胡说……"

"信不信由你。"她慵懒地笑着，"我与他的儿子，他不就接进府里，给你们慕家做继承人了吗？

白怡蓉脑子里嗡的一声，她连喊叫的力气都没有了，喃喃道："不可能、不可能……不是、不是谣传吗？"

女人伸出手臂，拉动锁链哗啦作响，仿佛刻意给白怡蓉展示手腕上的镣铐："你看，有了儿子还不够，他还要我留在他身边。人妖殊途，他不能娶我做夫人，也要我做他的禁脔。"

白怡蓉双目发红，她恨不得冲上来将对方撕成碎片："不知廉耻……不要脸的狐狸精！"

"他爱我呀。"女人似乎没看到她的怒火，接着缓缓道来，"他对我百依百顺，恨不得将天上星月都捧到我眼前，我都对他不屑一顾。"她缓缓侧头，眼里含了一点儿讥讽的同情，"他爱过你吗？你知道被人爱着是

559

什么滋味吗？你的一辈子，除了生孩子，还有什么别的价值吗？"

"住口！"白怡蓉尖叫着扑了过去，骑在她的身上，揪住她的头发，在她那张动人的脸上，扇了几个耳光，又狠狠挠了几个血印，"小贱人，贱人，让你得意……"

她轻笑着，仰头挑衅地看着失态的白怡蓉，脸上的血印和红肿很快消退了，又露出白玉无瑕的皮肤："可惜，没用呢。你忘了吗？我是妖哇，这点儿小伤怎能奈何得了我？"

白怡蓉气喘吁吁地看着她，双眼里满是血丝。

"你活一辈子，青春不过二十年，便年老色衰了。你看，你的皮肤已经开始松弛了，真可怜。"她轻轻地笑起来，"而我永葆青春貌美，哪怕慕怀江成了老头子，我也永远是这个模样。你奢求你一辈子的东西，单凭一张脸，就让我轻而易举地得到了，真抱歉哪。毕竟男人，总是这样色令智昏，你说对不对？"

"你……"白怡蓉的牙齿颤抖起来，她感到怒火上头，有一种溺水般的昏涨感。

"除非你杀了我。"女人笑得越发妩媚，"否则，你一辈子都不可能拿我如何，知道吗？"

杀了、杀了她……白怡蓉脑海里的念头越来越清晰，她浑身的血液直往头上涌。

"杀了你……"

"你敢吗？"她笑着挑衅道，极亮的眼珠仿佛两盏幽亮的星。

哧——

白怡蓉颤抖着握着匕首，狠狠地扎进了对方柔软的皮肤里："我怎么不敢……"

湿热的血液流了她满手，散发着奇异的香气。她如梦方醒，意识到自己做了什么之后，连爬带滚地往后退。

地上的女人如同一个泄了气的玩偶，在血泊中抽搐着。她望着白怡蓉，眼中闪着亮光，口中发出了嘀嘀的气声，竟然得意地放声笑起来，场面诡异至极。

旋即，那完美无瑕的身体开始慢慢地破碎，一半化作飞雪，一半化作落叶，在空中旋转着散开，像一阵风一样猛然脱出了桎梏，插在她心口的匕首和那困住她的锁链，全都哗啦一声掉落在地上。

白怡蓉意识到自己闯下大祸，腿都软了，挣扎着爬了半天，才爬了起来，沾血的手在石洞里拖出道道深红的血痕。

她顾不上戴上兜帽，转头便踉踉跄跄地往外跑。飘落的飞雪和落叶如雨势倾颓，罡风席卷，转瞬将白怡蓉娇小的身躯包围。

白怡蓉被猛地扑倒在地，像死了一般一动不动地躺在地上。

过了很久，她极其缓慢地爬了起来，步履不疾不徐地走回到石穴前，弯腰捡起了地上的匕首，揣进了怀里。她歪过头去，像是游览一般，细细地环顾了四周，随即无声无息地走出了地牢。

"怀江携空青在外言语两三句话的工夫，再折返地牢时，却发现怨女已为人所杀。"

那个"杀"字最后顿下的一点儿极用力，像是铁块蓦地坠在纸面上，溅出毛糙的墨痕。

慕瑶的心头一坠，眼皮跳动起来。

那一顿似乎用尽了写信人的全部力气，后面的字迹变得松散无力，仿佛绵长地叹息。

"如果万物式微均有先兆，这便是慕家衰落的开始。"

魅女是天生地长之灵物，大自然以霜雪塑其骨骼、草叶做其体肤，山水之秀、万物之美，集于一身。

上天既然如此眷顾她们，自然也要同等地惩罚她们。

魅女与怨女，双魂共用一体。极善与极恶、晦暗与光明，都集于一身。是为阴阳两分，如同世间朝暮。

魅女之美注定要归于天地山河，不能被一人独占，否则天平失衡，将会引来大恶。而向往红尘的魅女，注定要与怨女抗衡，争夺对这具身体的控制权，直至被彻底吞没。

天生地长的幻妖的短板，是不能化人。而同样被天地孕育的魅女，她的短板，是只能化作人形。

按照空青所查阅的典籍来看，防止大恶蔓延的最后一道关卡，就是这具无瑕的躯壳。它能控制怨女，像一座华美牢笼，禁锢了怨女兴奋不安的极恶之魂。

现在，怨女被杀，就等同于最后一道牢笼被毁，怨女之魂彻底无所顾忌。她虽然没有妖力，却可以调动人心中的不平和怨愤，借机钻进任何一个被她的言语所蛊惑的人身体里。

她非但没死，反而绝处逢生，并且再不为人所控。

慕怀江雷霆震怒，夜不能寐。

怨女先前受符纸所控，灵魂受损，需要在宿主体内休养生息，短时间内不会有所作为，也顾不上改变宿主的意志。这也意味着，她究竟上了谁的身，谁都不知道。

但若是不做处置，任她休整好，恐怕她第一件要做的事儿便是血洗慕家。

于是，一场地毯式的调查开始了，慕怀江先是将最有嫌疑的那几个看守地牢的哑妇秘密关到了不见天日的地牢，随后关押了几个在那天夜里曾经被人见到路过地牢附近的家丁。府内流言四起，一时人心惶惶。

一向兴风作浪的白怡蓉在此之前就病了，在床上一直躺到了年后，并未卷进这场风波。

慕怀江关了十余个人，便决定收手了。

并不是他能保证怨女一定在这十个人当中，只是他觉得，这样下去不是办法，再这样做下去只是徒增烦恼。

他将白瑾叫来，舔舔因操劳而干裂的嘴唇："阿瑾，不杀慕声了。"

白瑾抬起头，默默地望着他，眼里有一点儿责怨之意。

白瑾被白家精心培养起来，斩妖除魔无数，早就变得心硬如铁，不比寻常娇弱女子。尽管如此，她还是难以接受慕怀江的冷血与狠绝。

在此之前，为了永除怨女之患，他听从空青道人的办法，准备安排慕声泄出半妖之力，让慕声与其母同归于尽。此事一旦做成，便可一次性解决两桩麻烦事儿。

白瑾强烈反对，甚至不惜与他大吵一架。

她只是觉得，慕声还是个孩子，先前他被怨女蛊惑，差点儿弑父，现在又让他弑母，未免罔顾人伦——即便他有妖的血统，至少还有一半是人。

在他乖顺地靠在她怀里的时候，她能清晰地感受到他冰凉的脸颊的触感，肌肤细腻柔软，和慕瑶小时候一样，软绵绵的。

而且慕瑶年纪还小，从不知道，这世间所谓正义，还藏有很多大人才明白的龃龉。

慕瑶畏惧慕怀江，她只好循规蹈矩的。只是每隔几天，她就小心翼翼地问白瑾一句："娘，弟弟什么时候能从黑屋子里出来？

"娘，弟弟怎么从来不哭？恐怕是被关在菡萏堂里吓坏了，为什么不把他放出来？

"娘，弟弟已经七岁了，再不练功，就要晚了，难道爹不准备把他放出来吗？"

被她问的次数多了，白瑾连搪塞的心力都没有了。这冰雪般的小女孩儿，才是慕家新生的希望，而她和慕怀江，早就是腐朽的刀刃了。

"你待如何？"白瑾不动声色地问。

"我要让慕声留下来，不管你用什么办法，我要他只认你我做父母，瑶儿做姐姐。"

白瑾笑了一笑。

她明白他的意思，怨女的力量还在这孩子这里，拿捏住慕声是对怨女最大的挟制，也是他们与怨女抗衡唯一的资本。

"好哇。"她沉默了半晌，带着苍凉的笑点了点头，"不日我将回家一趟，求助于我爹娘。但你要答应我，从今往后，全府上下，谁也不许再提慕声的血统，就当他是一个普通的孩子。"

十日后，白瑾从白家归来，双手捧着一个匣子。

匣子里装着白家在极北之地求来的用雪魄冰丝织成的丝帛，她将它裁下了细长、窄窄的一条。

她用梳子顺着慕声黑亮的头发，一梳到底，用纤瘦的手绾起他的发尾握在手里，露出他的耳朵。

白瑾与他脸贴着脸，在镜子里看着他漆黑的眼眸，语气十分柔和，像是天下所有给孩子梳头的母亲："高一点儿，还是低一点儿？"

他的目光在她的脸上定住了，茫然的眸子慢慢有了焦距。他颤了一下纤长的睫毛，用很小的声音回答了她："高一点儿。"

"好。"她弯眼笑了，在眼尾弯下的瞬间，她在镜子中看到了自己细密的眼角纹，那纹路像是腐朽木家具上拉出的蛛丝。

不远处，是慕瑶懵懂稚嫩的脸。

白驹过隙，蜉蝣一生。

多少爱恨、是非、人妖恩怨，在这一刻都暂时远去，梳头这个动作似乎变成了白瑾一生的事业。

她将那一条皎洁的丝带小心地从丝绒内衬中拿出来，仿佛从废墟中拉出了一线希望。素手将发带扎紧的瞬间，她咳出了一口腥甜。

慕声静静地看着镜子里那个清秀的男孩儿，他的马尾被高高地束起，发顶上露出了一点儿美丽的白色发带，发带像一只蝴蝶垂着翅膀匍匐在头发上面。

许久，他好奇地伸手，触摸冰凉的镜面。

这个人……竟然是我。

"瑶儿。"白瑾牵过慕瑶的手，带着她走到墙下，"你要看着弟弟，绝不能让他把发带取下来。"

待慕瑶立了誓，白瑾终于长舒一口气，拍了拍女儿的手背，有什么情绪在她的眼中闪动了一下。

"今天，弟弟便可以从那间黑屋子里出来了。"

她不顾眉宇间的疲倦之色，终于轻快地说出了这句话。

信纸从慕瑶的手中滑落，柳拂衣伸手一接，用力揽住了她瘦削的肩膀。

四

浮现在二人中间的画面慢慢淡去，凌妙妙对上他的眼睛的一瞬间，就知道事情不好。

凌妙妙看他的神色就知道，这段回忆碎片的内容，他也看到了。

二人四目相对，凌妙妙的睫毛慌乱地颤动着，她目不转睛地看着慕声慢慢地从床上坐起来，静默地挂上了床帘。

他的蝴蝶骨突出，形状优美，背影还带着少年的单薄感。

他手上的动作极轻，但不知是不是他的手在抖的缘故，铃铛被他抖得响动起来。

记忆碎片播放时，时间仿佛停滞了一瞬，楔进了另一段时空。结束之后，眼前仍旧是天还未大亮的冬日早晨，被子里早就失去了温度，凌妙妙像是被扔进冰天雪地的人，脸颊因为恐慌而滚烫，身子却一阵阵地发抖。

他回过头来，看着睁着一双杏眼盯着他的女孩儿，看了半晌，伸手将她抱进了怀里。

他身上也没什么温度，衣服的缎面都是冰凉的，让凌妙妙不由自主地打了个冷战。他顿了一下，拿过床头木凳上放着的她的袄子，给她披在了身上，连衣服带人再次拥在了怀里。

少年用手温柔地抚摸着女孩儿的头发，半晌才开口："异世之人。"

这是轻描淡写的、肯定的语气。

她如被雷劈，瞬间把刚才打好的腹稿忘了个干净。

"我……"

她惊悚地想看看他的表情，却被他按在怀里动弹不得，额头紧贴着他的胸膛，嗅着他身上的白梅香。

她突然想到了什么，隔着衣服小心翼翼地摸了摸他的心口。

还是柔软的、温热的。

记忆碎片没有了……

她这才后知后觉地明白过来。

钥匙，难道一定要长得像钥匙吗？这块回忆碎片不是给她的，而是用以解开慕声身上忘忧咒的道具……

可是她从来没有想到有一天，"她不是这个世界的人"这件事情，会被她的攻略对象直接看出来。

她在这场博弈中，早已由局外人变作局中人。现在，自己这个局中人还翻船了。

凌妙妙舔了舔嘴唇，放弃了挣扎："你怎么知道的？"

少年的眼眸漆黑，嘴角带着讥诮的笑意，手指顺着她的头发摸到了脖颈，指腹摩挲着她的血管，感受着她不安的脉搏："妙妙，下次聪明些。不要让人虚张声势地一诈，就乖乖承认了。"

凌妙妙五内俱焚。

"我就是你口中的异世之人，我也不想瞒你。"她僵硬地靠在他的怀里，还是忍不住问，"你……你什么时候怀疑我的？"

"《九章算术》——勾股定理。"慕声垂下眼眸，看起来毫不在意，"九州之外更九州，原理相同，叫法不同，也没什么稀罕的。"

凌妙妙回想了一下那时自己扬扬自得的模样，长长地吐了一口气，觉得自己是个十足的傻瓜。

慕声实在是太聪明了，他装乖装得太久，让她险些忘了他敏锐的洞察力。

只是……她从他的怀里挣扎出来，崩溃地问道："你既然起疑，怎么早不问我呢？"

她盯着他的脸看了半天，没看出什么类似于失望抑或是愤怒的情绪。

"你会走吗？"他的双眸纯粹，倒映着她的脸，眼里带着一点儿支离破碎的希冀，混合着涌动的黑色浓雾。

"啊？"她愣了一愣，倒是没想到他径直来问这个，没好气地拨弄着手指，言语中露出一丝委屈，"我哪儿像你呀？我走不了。"

他眸中的暗涌慢慢地消退下去，语气变得格外温柔："好哇。去哪里都可以，只是不要离开我。"他摸了摸女孩儿的脸，垂着眸替她系着系带，声音很轻，"谁带你走，我要他死无全尸。你若自己走，我就把你……"他停下来，歪头看着她，似在斟酌字句。想到她似乎不太喜欢被太粗暴地对待，他便将"腿打断"改成了"锁起来"。

凌妙妙顾不上理睬他的恐吓，急得插了一嘴："谁让你问这个啦？"

他愣了愣，眸中流露出茫然之色。

凌妙妙都有点儿替他着急了，主动提示起来："我不是凌虞……我是……夺舍的，那个、借尸还魂……"

"嗯。"他应声。

凌妙妙眼巴巴地望着他，像是手里拿了个引雷器，高举着双手对着乌云密布的天，主动寻求责难。

慕声生起气来总是先隐忍，很少表现出来，可若是不让他发泄，他便容易暴走。

可是她一道雷也没等来。他垂下眼帘，眼中竟然反常地泛起些许暖色来。

他知道凌妙妙在害怕什么，只是这个世界人妖共存，世道乱了不知多少年，他身为半妖都没有吓跑她，难道她以为一个夺舍还能吓得了他？

女孩儿的一双杏眼里满含惴惴不安的神色，还泛着水色。他贪恋地看着她的眉眼，顺了她的意："你早就知道我的事儿？"

凌妙妙如愿以偿地引到了雷，正襟危坐，清了清嗓子："对不起，我不是故意要瞒你的。到这里以来，我总是做一些奇奇怪怪的梦……"她面不改色地扭曲了事实，"没想到是你的过去。"她还把责任全部甩给了系统，"我什么也不明白，不知道是怎么回事儿。"

她小心翼翼地瞅着他，小脸埋在毛茸茸的领子里面，红润饱满，像是多汁的果子。

她抿了抿粉嫩的唇："你介意吗？"

他凑过去吻了吻她的唇，又在那果子似的脸颊上流连不去，半晌才道："妙妙，不就是妙妙吗？"

她不是凌虞，是凌妙妙，从头至尾都是这一个妙妙。

说完这句话之后，他心里闪过一丝隐秘的满足。

可能凌妙妙已经不记得了，她曾经对着慕瑶说过："他不就是他吗？他是人是妖又有什么关系？"

他将这句话回赠给她的时候，终于觉得自己慢慢地靠近了这团火焰，比旁人更有资格将其紧紧地拥在怀里，永不放开。

无论她是谁，无论她有怎么样的秘密，只要她是她，其他的又有什么关系？

他抚摸着她柔软的耳垂，嗅着她身上熟悉的栀子香："好想让其他人也知道。"

"为什么？"她搂着他的脖子，被亲得有些糊涂了。

这又不是什么光荣的事儿……

他的声音很轻："最好让他们都退避三舍，没人敢觊觎你。"

凌妙妙憋红了脸，气得将他推到一边，赤着脚爬下了床："你让开，我喂鸟儿去。"

慕声伸手一搂，将女孩儿拦腰抱起，灵巧地与她换了个位置，将她放回了柔软的床上。他那双漆黑的眸望着她，纯粹得只剩暖光："我去喂。"

鸟笼摇摆着，黄澄澄的谷子像流沙一般倾泻下来，堆成了一座谷山。

小鸟没有想到半途而废的乞讨之举竟然真的能换来吃的，灵巧地蹦到了食槽前，抬头一望，望见了一双漆黑的眸。

"叽……"

今天竟然是"大老虎"来喂！

它细细的食管猛地一鼓，噎住了。

喂了鸟之后，慕声将凌妙妙的帐子放了下去，穿好外衣出了门。

他拎起放在石台上的壶，给前院的几盆千叶吊兰浇水。水很快就洒完了，他便出神地望着绿油油的草叶。

冬日稀薄的阳光下，圆圆的叶子上流动着水珠，闪着一点儿光亮。

他默然摸向自己的心口，感受着皮肤下心脏的跳动。

忘忧咒解开后，遗忘的旧时光尽数涌回他的脑海中。

他在脑海中描摹着暮容儿的脸，描摹着她的一颦一笑，终于慢慢地绘成最初那个熟悉的人。她在妆台前给他梳头发，言语温柔："小笙儿的头发像他爹爹，又黑又亮的。"

红罗帐前光线昏暗，一缕光从帘子的缝隙中照进来，落在她的侧脸上。她的神色恬静温和，眸中是掩不住的怜爱之情。

这样一个人，连恨也不会。

他有娘的，曾经有过。

纵然他们步履维艰，因为彼此支撑着，也从不曾觉得苟且。

离开花折的前一日，她从抽屉里拿出了那把闪着银光的仙家之物——断月剪，在他及腰长的头发上比画着。

她长久地望着镜子里他的容颜，似乎想要将他的脸刻在自己心里。

"小笙儿，娘问你，如果有一日，娘不再是娘了，你会害怕吗？"

他仰起头望着她，却惊异地发现她虽然笑着，眼睛却红得可怕，两滴殷红的鲜血从她的眼眶中流出，猛然落在她雪白的腮边。

"娘怎么了？"他惊慌地伸出小手，抹花了这两滴鲜红。

她握住他的手腕，微笑道："笙儿，这是离别之泪。

"娘不会让你变成个怪物的。"

她说着，擦干眼泪，拉起他的头发，一把剪了下去，齐齐剪断了他那一头的仇恨之丝。

断月剪乃仙家之物，断爱或是断恨，只能择其一，她断了他与生俱来的恨，就断不了连累了她一生的爱。

由爱生恨，孕生怨女。

暮容儿握着他的手，怜爱地理了理他的额发："不要怕娘，娘会拼命护着你，你要活下去。"

而他由此从六亲不识的怪物，变作可以伪装成人的半妖。时至今天，他还依旧有爱恨、有情欲、有温度地活在这世上。

他用手掌按压着自己的心口，渐渐地，胸口的温度传递到了冰凉的手掌。

如果没有他，一切就不会发生。如果不是因为他，暮容儿也不会被怨女吞噬。他便是那个祸根。

少年翘起嘴角，自嘲的笑意蔓延着，眼里含着一点儿冰凉的光亮。

又有一段回忆涌上脑海。

慕声刚入慕府，在一次吃饭的时候，白怡蓉一反常态地提到了他。

"慕声还没有表字吧？"她不经意地问道。

慕怀江不以为意，而白瑾则是有些奇怪地看过来。

"我请人起了个，转运的，叫作子期。"

她一向喜欢折腾，大家都习以为常。

白瑾把这两个字默念了一遍，没挑出什么错处，便笑着答应："那就叫子期吧。"

现在想来，那一日白怡蓉的语气……装腔作势的冷漠下面，都是挡不住的熟悉的温柔。

那时候她还在，还想尽办法告诉了他本来的名字。

只是……这段记忆应当在忘忧咒之后，为什么他之前却不记得？

少年蹙眉，紧闭的睫毛颤抖着，太阳穴一阵阵地发痛……忘忧咒已解，他怎么还是会有这种感觉？

"子期。"

脆生生的一声叫唤，将他从深渊中带出。

他抬头一望，看见凌妙妙将窗户推开，正趴在窗口瞧他，也不知她趴了多久，她的脸都让风吹红了。

世界在那个刹那恢复了勃勃生机，鸟叫声和风声都从一片静默中挣脱而出。屋里的一点儿暖香飘散出来，帐子里的馥郁香气、女孩儿温暖的身体和生动的眼睛，似乎都是他留恋世间的理由。

"你在干吗？"凌妙妙趴在窗口，眼里含着笑意，手里提着鸟笼，悄悄地背在身后，准备给他看看声声的杰作。

笼子里的鸟将堆成小山的谷子吃下去一个大坑，那只鸟儿为了不噎住而细嚼慢咽着，上面还喷了水。它像是一个兢兢业业的雕塑家，把小谷堆雕刻出了风蚀蘑菇一般的奇景。

凌妙妙看着他走近，准备等他乖乖地承认他在浇花，再回他一句："壶里还有水吗？"

谁知他走到了窗下，仰起脸，闭上了眼睛，将唇凑到了她的眼前："在等你。"

女孩儿顿了顿，面颊上泛起一层薄红。她用手臂在窗台上撑了一下，又将身子探出窗外，慢慢地低下头去。

"叽！"笼子倾斜了，鸟儿眼看着自己的"风蚀蘑菇"哗啦一下倒了，气急败坏地拍打着翅膀。

五

这些日子里，慕声和慕瑶二人见面，几乎都无法直视彼此。

上一辈的恩怨纠缠、冤冤相报，让两个人走到了这一步，竟然也说不清楚究竟是谁对不起谁多一些。

相比之下，慕瑶沮丧得更加明显，柳拂衣强硬地将饭碗推到她面前的时候，她也只吃了一点儿就没了食欲。

白瑾的信几乎将她一直以来的信念击碎了："拂衣，我真不知道这个阵，到底还要不要布了。"

布下七杀阵等待怨女，是他们一开始的计划。而现在，她的家恨另有因果，那白怡蓉只是被怨女夺了舍。支持她走到现在的恨意，变成一场笑话。

桌上沉默片刻，柳拂衣答道："你觉得，我们不做准备，怨女会放过你们吗？"

他的目光扫过慕瑶，又无奈地望向慕声。

慕瑶并未开口，慕声先回了话："不会。"

凌妙妙侧头看他，只见眼前的少年已经低下头认真地吃起饭来。

慕瑶心里清楚这个道理，对于怨女而言，她是仇人之女，而慕声是她的力量之源，就算他们放过了怨女，怨女也不会放过他们。

她叹了口气，不得不直视慕声的脸："阿声……"

她的声音都有些生涩了。

"布阵吧。"慕声没有抬眼，一边夹菜一边答，"怨女不是'她'。"

吞噬了"她"的怨女，也同样是他的仇敌。

在这样有一搭没一搭地交谈着的午饭中，布阵的计划被敲定下来。

柳拂衣清清嗓子，打破有些凝滞的气氛："瑶儿。"他环视众人，叹了口气道，"要是你实在不开心的话，我们办婚礼吧。"

桌上瞬间寂静了，慕瑶愣住了，一时间没有反应过来。

凌妙妙的筷子掉了一根，她急忙捡起来，兴奋地拍打起桌子："柳大哥，你在求婚吗？"

　　慕瑶先是一脸错愕，随即脸色涨红："妙妙，别胡……"

　　"嗯，我在求婚。"柳拂衣轻描淡写地打断了她的话，柔和地凝视着慕瑶的脸，"拖了这么久，不该拖下去了。我们成婚吧。"

　　在大雪节气来临前，柳拂衣和慕瑶在无方镇的这套精致的宅子里举行了婚礼。

　　凌妙妙原以为，她和慕声的破庙婚礼已经够简陋了，没想到慕瑶的婚礼还要简陋许多。慕瑶连霞帔都没有，只披了一块红色的纱巾，穿了深红的裙子，在厅堂里点了一排蜡烛，二人在小院里拜了天地，就算成了亲。

　　毕竟是原书里的男女主角，拥有天生的好皮囊。柳拂衣温润，慕瑶清冷，这两个人即使穿着最廉价的衣服，当他们手挽着手走进来，也是一对高贵冷艳的璧人，没有人比他们更加相配。

　　他们成婚当晚，凌妙妙亲自下厨，给新人煮了一顿饺子。

　　饺子是她和慕声一起包的，个个儿都是软趴趴的，惨不忍睹，饺子被捞起来的时候，还破了好多个。凌妙妙非常愧疚地将破了的饺子都舀进了自己碗里，最后却又被慕声倒进了他的碗里。

　　"你这么聪明，怎么就学不会包饺子呢？"凌妙妙用手支着脸，忧愁地问。

　　少年看她一眼，似乎有些意外，微一抿唇，肯定地说："下次就会了。"

　　这么神奇的吗？

　　凌妙妙还没绕过弯儿来，穿着婚服的柳拂衣开口了，他夹着一个破开的饺子看了半天："妙妙，下次煮饺子撒点儿盐，就不会破了。"

　　"噢。"凌妙妙赧然地点点头。

　　柳拂衣放进嘴里一尝，笑了："妙妙，盐放少了，五香粉放多了。"

　　凌妙妙憋了半天，但是看在柳拂衣今天结婚的分儿上，只是哼道："知道了。"

　　慕瑶把头上的盖头掀起来一点儿，只露出唇形完美的红唇，小心地吃了一个，给妙妙解围道："我觉得挺好的。"

　　柳拂衣附在她的耳边道："她做饭实在不行，得好好练练。"

慕瑶忍俊不禁："其实，我跟妙妙比，也强不到哪儿去。"

"那不一样。"柳拂衣答得一本正经，"你有我，我会做饭。"

凌妙妙捂住了眼睛，只从指缝里看着他们卿卿我我："柳大哥，吃完快点儿洞房去吧。"

柳拂衣果然不吭声了，正襟危坐起来，专心致志地吃饺子。他这个一向反应迟钝的直男代表，在凌妙妙的调侃下，竟然难得地有些不好意思起来。

凌妙妙则好奇地盯着慕瑶露出的嘴唇。

慕瑶从出场开始，一直是以清清淡淡的形象出现，凌妙妙几乎从未见过她浓妆艳抹的样子。

凌妙妙感到心里痒痒的，小心翼翼地问："慕姐姐，我可不可以看看你的脸呀？"

"可以呀。"慕瑶顿了顿，抬起手刚准备撩起盖头，却被柳拂衣按住了手。

"我的新娘子，只有我可以看。你看算怎么回事儿？"

凌妙妙气急败坏地哼了一声。

柳拂衣挽着慕瑶入了洞房，二人的步子和缓平静，带着说不出的温馨恬然。凌妙妙远远地望着，心里欢喜与忧愁交杂着。

如果剧情线没有出大错，主角二人的成婚，标志着《捉妖》即将进入尾声，最后一个巨大浪头打来之后，故事在高潮中戛然而止。

而这最后的关卡，是他们所有人的死劫。

凌妙妙回到房间，坐在妆台前，对着镜子梳着头发。

她想到了没看成的慕姐姐的脸，气得给自己涂了个红嘴唇。

慕声坐在一旁，并没有责怪她大晚上涂脂抹粉的，而是双眼晶亮亮地看着她，眸子闪动了一下："我帮你画。"

"你画？"凌妙妙犹豫了一下，怀着好奇的心情仰起头，闭上了眼睛，看他画成什么样。

少年从架上取了一支细头的狼毫，走到她的身边，捏着她的脸，以笔轻蘸着朱砂，在她的额头上勾勒着。

湿润的笔尖扫在她的额头上，让她有些痒痒的。她闭起的睫毛颤动起来，她嘟囔道："好了吗？"

"快了。"他刻意放慢了速度，端详着她的眉眼，每一笔都像是缠绵地亲吻在她的额头上。

"好了。"他松开了手。

凌妙妙睁开眼，凑到镜子前面一看，一朵小巧玲珑的赤红五瓣梅花印在她的额心。

慕声安静地睁着乌黑的眸望着镜子，唇角微微翘起。

他画这花是有私心的，之前凌妙妙在竹蜻蜓上刻字，曾经用五瓣梅花代表了他。

"哇。"凌妙妙对此一无所知，只是专心地望着镜子，想伸手去碰，又怕碰坏了，只好将手指忐忑地停留在额头边缘，惊奇地称赞道，"好漂亮。"

她扭过头来，兴奋的眼眸撞进他的眼里。慕声轻轻地抬起她的下颌，吻在了她的额头上。

"哎！"

我的花！

凌妙妙愤怒地惊叫起来，往后躲闪，但慕声按住她的后脑不放，故意压着她的额头，用柔软的唇将那朵花揉成一片乱红。

凌妙妙往镜子里一看，那个在她的脸上"活"了不到一分钟的五瓣梅花已经被"毁尸灭迹"了。

她看着慕声唇上的一点嫣红，被吓了一跳，飞速地甩了一条绢子给他："快擦擦。不是说了吗？朱砂吃了会中毒！"

慕声乖巧地擦着嘴唇，满脸无辜地望着她。

第五章　熔丹

一

总是在天不亮就起床练早功的柳拂衣和慕瑶，在新婚第二天双双起迟了。

日上三竿，柳拂衣才从房间出来，刚出门，就撞见凌妙妙抱臂站在他的面前睨着他，她的脸上还挂着神秘的微笑。

"柳大哥。"她歪了歪脑袋，使双髻上的碧色缎带飘动起来，杏眼含笑睨着他，丝毫不害羞地问，"新婚快不快乐？"

这丫头……

"咯。"柳拂衣想起夜里种种旖旎的画面，不由得板起脸，想要掩饰此时的心情，张望起来，"阿声呢？你一大早戳在我们这儿做什么？"

凌妙妙收了收调侃的笑容，说起了正事："柳大哥，能不能借一下你的九玄收妖塔？"

她眨巴着眼睛，眼中带着点儿紧张和不安。

柳拂衣一愣，下意识摸着袖口的小木塔，奇怪道："你借收妖塔做什么？"

这收妖塔不是什么日用品，乃是法力强大的法器，别说她驾驭不了，就算她能用，他也不会轻易借出。

"哦，慕声的体质招鬼，搞得我房间里总是有小妖出没，实在烦得很……我想借它镇一镇。"

柳拂衣忍不住笑了："区区小妖，阿声一出手就灭了，你让他来。"

"不要。"凌妙妙气鼓鼓地吐了口气，拉着他的衣袖，焦急地摆了两下，"我跟他吵架了。柳大哥，你就借我摆一个晚上，明儿一早就还你，好不好？"

柳拂衣平生最架不住姑娘家撒娇，见她眼底发青，估计是实在不胜烦扰才来找他，便从袖中掏出了九玄收妖塔。

这小木塔只有巴掌大小，精致得像是桌上的摆件，不用口令操纵时，会一直保持这样小巧精美的形态。即便是如此，九玄收妖塔以这种形态摆放一个晚上，杀灭几个骚扰人的小妖也足够了。

他将收妖塔递给了凌妙妙："拿去吧。"

"谢谢柳大哥！"凌妙妙的眼睛发着光，双手小心翼翼地将收妖塔拢着，她慢慢地转身，一路小跑回了房间。

柳拂衣看着她的背影，好笑地摇了摇头，出门买黄纸去了。

房间里，凌妙妙一个人趴在床上发呆，用手背垫着下巴，半晌才伸手拨弄了一下面前斜斜立着的九玄收妖塔，睫毛颤了颤，闭上了眼睛。

她思索了片刻，飞快地爬了起来，抓起收妖塔，走到衣柜前，吱呀一声打开了雕花木柜。

柜子里涌出一股浓郁的白梅香，里面叠得整整齐齐的衣服堆得很高，几乎抵到了柜子顶上。

两个喜欢打扮的人的衣柜，就是这么满。

凌妙妙无声地笑了笑，踮着脚，拿着收妖塔比画了一下，发现小木塔只能横着塞进上方那个小空间里，显然不大稳当，塞了几次之后，她放弃了。

她沉默了一会儿，关上了柜门，走到了厨房。

清晨，几缕细弱的光从厨房的窗口照射进来，投在灶台上，灶台旁边是个一人高的漆黑水缸。墙角简陋的架子上摆满了灯笼形的陶罐，再向上看，墙上钉着一个放碗筷的梨木柜子，里面分成几个格子。凌妙妙依次打开这几格，发现从左往右数过去的第三格空荡荡的。阳光照着格子底部的一层薄薄的灰尘，泛着微微的白。

凌妙妙将收妖塔放了进去，那个柜子像是为收妖塔量身打造，不大不小，刚好能够将收妖塔藏于其中。

凌妙妙关上了柜门，将准备好的锁拿出来，锁住了柜子。她退后几步，用脚丈量了距离，小心翼翼地移开了架子，在柜子四周数米远的地方贴上了三张符纸。

她伸手将符纸的边角展平，压在了粗糙的墙上。她拍拍手，呼出一口白气，阳光下无数细尘在她的手边旋转飞舞。

凌妙妙吃力地将架子挪了回去，上面的陶罐震颤着发出叮叮当当的脆响，挡住了墙上橙黄的符纸。

按照《捉妖》的剧情，主角们走到了无方镇，便到了原主凌虞参与的最后关卡。此时，柳拂衣和慕瑶成婚，过上了恩恩爱爱的小日子。而被慕声折磨得痛不欲生的凌虞失去了希望，彻底"黑化"了，她再也不奢望柳拂衣能将她救出苦海，不仅仅是慕声，就连慕瑶和柳拂衣也成了她仇恨的对象。

她抱着要将所有人拖下水的扭曲心态，完成了她在这本小说中的第四次作死的行为：用计骗走了柳拂衣的九玄收妖塔，把它藏匿于厨房的柜子中，并谎称收妖塔被妖物夺走。

这也是凌妙妙需要按照原主轨迹进行的最后一个任务。在原剧情中，凌虞这么做直接导致主角们被怨女困在阵中时，丝毫没有招架之力。

毕竟，柳拂衣的法器在这本小说中是外挂般的存在，如果不是凌虞暗中使坏，他们也不至于被逼到绝路，也不会到了不得不流血牺牲的地步。

现在，凌妙妙按照相同的方法将收妖塔藏匿起来，只不过她做出了小小的挣扎——她按照悄悄和慕瑶学到的方法，在橱柜的周围用三张符纸造了一个"通道"，只要她烧掉手中对应的符纸，便能将阵中幻境和实际空间连通起来。

也就是说，真到了主角团被困阵中的时候，她可以直接从幻境中的厨房，经过这个通道走到现实中的厨房，把柳拂衣的法器给拿回来。

凌妙妙将下巴埋进绒毛领子里，长久地望着橱柜，最后又用手试探地拽了拽锁。

照在墙上的光束变暗了，无数斑点状的细小阴影流动在墙上。凌妙妙回头一望，发现窗外不知何时飘起了鹅毛大雪，发出轻微的簌簌声。

距离怨女攻来，应该还有一周多的时间。

大雪下了三天三夜，庭院里的一棵枯树被雪压折了枝条。每天晚上，他们都能听见咔嚓咔嚓的声音。

厚厚的雪像一床棉被铺在起伏的大地上，映得天地亮得刺目。

凌妙妙穿着鹿皮小靴咯吱咯吱地在厚厚的雪里跋涉，拿着一柄巨大的笤帚艰难地扫着雪，她的头发和睫毛上都沾染了白色的雪点儿。

慕声掀开厚重的帘子出门，就看到这幅画面。他踩着脚踝高的雪，几步跨过去，夺过了她手里的笤帚："给我。"

凌妙妙抬起头，睫毛上的雪化开，浸染得她的眉眼都湿漉漉的，小脸热得发红。她把一双厚厚的手套脱下来，塞进他的怀里："给你戴着。"

慕声下意识地把手套往怀里揣，垂下长长的睫毛："不冷。"

她张牙舞爪地伸出手，忽然把冰凉的十指伸进他的颈窝里，脆生生地喊："不冷，还不冷？"

少年也不躲，任由她闹着，突然伸手将她揽进了怀里。他又抓住她的手腕，塞进自己温暖的胸口，用漆黑的眼眸注视着她，睫毛动了动，似乎含着一点儿惊叹："你的脸好红。"

"嗯……热的。"凌妙妙抿着唇，仰起脸，笑得傻乎乎的，眼睛都弯了起来。

他们离得这么近，他几乎看得到她脸上蒸腾出的热气。

慕声左看右看，最后忍不住在她的颊上吻了几下，这才放她离开。

院中的雪被笤帚堆在了一起，堆成了几个山包，露出地上几个闪亮亮的光点。

这是凌妙妙第二次见到七杀阵了，只是当时在泾阳坡李府走廊的那个小圈子，跟眼前的这个不可同日而语。

为了收服怨女，几人布阵三天才画了这个大圈，这个圈几乎将整个宅子围在了里面。现在他们清扫掉地面上的积雪，七杀阵露出的也不过零星一角。

凌妙妙强迫慕声戴上了熊掌一般的毛线手套，自己把双手笼在袖中，哆哆嗦嗦地看着少年认认真真地扫院子。她看到堆起来的几座小小的白色山包，眼珠子一转，双手比了个喇叭状喊道："子期呀。"

慕声停下来，直起身子望她，他那漆黑的眸在冰天雪地中显得格外纯粹。

他一回头，就望见女孩儿的眼睛亮亮的，笑得很兴奋，她说："别扫了，我们玩儿吧。"

他顿了顿："玩儿什么？"

凌妙妙已经弯下腰，抓了两把雪，在手里压成厚厚的团。

慕声抿着唇，望着她的动作，身子绷紧进入了备战状态。

凌妙妙拢了三把雪，回头一望，见他僵硬地站着，招招手道："你过来呀。"

慕声望着她的手，发现她已经把雪团得像人头那么大了。

妙妙……

他有些紧张地把手握成拳，估量了一下雪团袭来的感觉，确认自己承受得了，无声地吐一口气，然后乖乖闭上了双眼。

"你闭眼睛干吗？"

听到她的声音突然逼近，他迷茫地睁开眼，低头一望，看见凌妙妙怀里抱着那个人头大的雪团。

她仰头疑惑地看着他，另一只手还抓着他的衣襟，兴冲冲地把他往一边拉："来呀，我们堆雪人。"

"堆……雪人？"

"是呀。"

他看着女孩儿把那一大团雪球放在雪堆上面，但它很快滚落下来。

她顿了顿，嘴里喃喃道："头怎么又掉了……"她再次用力将雪球放在雪堆上面，几乎要把雪堆砸出个坑来，"你小时候，不是都没人陪你堆雪人吗？往后，我都给你补上。"

她蹲在地上，回过头看他，黑白分明的杏眼中带着些微得意之色。

少年轻轻一动睫毛，还未开口，又见凌妙妙骤然一拍腿，恍然大悟地望着他："对了，我忘了，这个是拿树枝撑的。"

慕声按照凌妙妙的指导捡来枝干，帮她给雪人安上了一颗圆滚滚的脑袋。

他握住她通红的小手："冷吗？"

"冷。"凌妙妙连带着他的手一起搓着，待他们的手都热起来了，她又伸手摩挲了一把雪人光秃秃的头顶，"它也怪冷的。"她说着弯下腰去，捡了一片干枯的青桐叶片，小心地盖在雪人的头顶，"给它加个帽子。"

凌妙妙心满意足地回过头，望见了慕声看向她的眼睛，他的眼里是安静纯粹的黑，仿佛一片平静的湖，偶尔有风吹过荡起满湖的涟漪，湖中倒映出她的影子。

"好像还缺点儿什么？"凌妙妙歪头望着雪人，一边眨巴着眼睛，一边慢吞吞地戴上手套。

"鼻子。"他低声答道。

"对、对、对。"她又兴奋起来，拿胳膊肘捅了捅他，以一种怂恿的口吻小声对他说，"你快去厨房帮他偷个红鼻子来。"

柳拂衣捏着黄纸从走廊路过，看着他们两个人扫地扫到一半，又扔下扫帚堆起雪人，还蹲在一起不知道在说些什么。他无奈地笑了几声，慢慢地踱回了房间。

他掀开帘子，发现屋里弥漫着一股奇异的香味。他进门便打趣起来："什么味道这么香？"

慕瑶背对着他，弯腰往香炉里添着香，闻言顿了一下，柔声道："这是妙妙送的香。"

小姑娘家总爱弄这些香，联想到凌妙妙那浓郁的梳头水味，他无奈地勾了勾嘴角："倒是像她的风格。"

慕瑶慢慢地坐回了床上，低垂着眼眸："你看了吗？七杀阵怎么样？"

柳拂衣撩起衣摆坐在了圈椅上，正对着她，玩笑道："你怎么开口就问阵？昨天晚上怎么样？"

慕瑶的脸上骤然泛起一层红，她有些羞恼地看了他一眼："我这两日……不同你睡一张床了。"

柳拂衣拿茶杯的手停住了，他紧张地问："怎么了？"

慕瑶垂下眼帘，半晌才吭声，声如蚊蚋："疼。"

这几日，他们新婚伊始，他确实不知节制了些……慕瑶一向脸皮薄，肯定是忍受不了才会提出来的。他这么一想，心中的愧疚和怜惜化成一片。他生怕她害臊，所以没敢盯着她的脸看，只是看着别处，柔声承诺道："那我睡在外间，好不好？"

这一整个宅子都是他们的，空房多的是。

来日方长，他不急。

"好。"少女这才露出点儿笑意来。

窗外冰天雪地，白光涌向室内，柳拂衣伸出手，笑道："走，我带你去看阵。"

慕瑶将白皙的手搭在了他的掌心。在他转过头去的瞬间，慕瑶将绣鞋从裙下探出，无声踩住了从床下露出的一小片白色的衣角，将那衣角踢进了漆黑的床下。

雪人的鼻子，一般都是鲜艳的胡萝卜。

但凌妙妙从来不吃胡萝卜，所以慕声要在厨房里找到一根胡萝卜便成了一件棘手的事儿。

慕声在厨房里走了一圈，弯腰掀开了储存蔬菜的箱子，在角落里艰难地挑出了三根形状各异的胡萝卜，把它们揣进怀里。

经过橱柜时，他蓦地停住了脚步，回过头去，奇怪地看了一眼。

这么多年，他早已养成不动声色地观察周围环境的习惯，即使是在绝对安全的地方，他也会下意识地记住各个事物的方位和特征。

第三格柜子的外面多了一把斜挂的小铁锁。

这把锁很新，还有些眼熟。他眯起眼回想了一下，得出了结论：这是凌妙妙从他们房间的抽屉里拿出来的。

如果他没记错的话，这个柜子本来是空的。

慕声站在柜子面前，目光落在锁身上，含了一丝捉摸不定的意味。犹豫了几秒后，他将一张符纸拍在了锁上，伸手轻轻一扭，便将锁打开了。

打开柜子门的一瞬间，他感受到了九玄收妖塔扑面而来的威压。小木塔好端端地立在柜子里，耀武扬威地俯视着他。

慕声睨着柜子里的小木塔，眸光幽深，手上还把玩着小铁锁，显然是不太高兴。

凌妙妙又藏了柳拂衣的东西。

他停了片刻，又伸手将收妖塔拿了出来，锁好了柜子门，转身走出了厨房。

他沉着脸，快步走到了柳拂衣的房门口，衣角掀起一阵冷风。他想了想，还是放下了推门的手。

这毕竟是贵重的法器，须得交与本人才算稳妥。

慕声转身走到院中，踩进厚厚的雪地里，留下一串明显的脚印。他迎面碰见了在院子里转悠的柳拂衣和慕瑶，二人并肩走着。慕瑶骤然见了他，目光不太自然地扫向别处。

他也觉得无所谓，反正这几日，他们都是这样有些尴尬地相处着。

"阿声。"柳拂衣被寒风吹得鼻尖微微泛红，心情很好地同他打了招呼。柳拂衣刚伸出手准备拍拍慕声的肩，手里就被不太客气地塞了一个小木塔。

少年的唇边含着警告的笑意："柳公子，拿好你的法器。"

柳拂衣望着手里的收妖塔，马上明白过来，想必他们是和好了，只是慕声又把他当成了靶子。

柳拂衣到底还是比慕声大了十几岁，他从来都是把慕声当作一个半大孩子，对凌妙妙就更不必说了。他在心里觉得好笑得紧，脸上却露出真诚之色："别误会，是凌妙妙借去镇妖用的。"

镇妖？屋里摆着他这么大一尊煞神，还用得着从外面借法器？

慕声瞥了对方一眼，漆黑的眸沉了沉，冷冰冰地道："我替她还了。"

凌妙妙往两手上哈着气，蹲在雪人旁边哆哆嗦嗦地等了好一会儿，几乎要被冻成冰块了，才见到慕声回来。

她初时只看到他的靴子踩在雪地里，披风角掀起凌厉的冷风，平白带了一股杀气，于是有些奇怪地抬起头去看他的脸。

慕声沉着脸走了过来，一眼望见凌妙妙在雪人旁边缩成小小的一团。那个女孩儿抬起头，她的脸蛋半埋在领子里，睁着一双杏眼，有点儿懵懂地看着他，无辜的眼神中还有些讶异。

他心里那股无名火刹那间烟消云散。走到她面前的时候，他又恢复了温顺乖巧的模样。

"去这么久？"

"嗯。"他含糊地应着，撩起衣摆蹲下来，将两手伸到她面前，展示着掌心里躺着的三根长短不一的胡萝卜。

凌妙妙吃了一惊："你怎么拿了这么多？"

冬天的食物紧缺，这些都是前段时间一并囤的，她不爱吃胡萝卜不意味着其他人不吃。

慕声顿了顿，有点儿无措地看着手掌："那你挑一个吧。"

凌妙妙盯着那三根奇形怪状的萝卜，考虑了半天，挑了最长的一根，安在了雪人脸上。

凌妙妙笑出声来："这个不像人，像一只尖嘴啄木鸟。"她说着，握着胡萝卜拔下来，换了一根短一些的，笑得更厉害了，"这个像我爹爹。"她再次把萝卜拔下来，换上最短的那个小萝卜头，看了半晌，语气夸张地问，"子期，你看这个像谁？"

慕声与滑稽的红鼻子雪人四目相对了半天，也没看出个所以然来。他眨了眨眼睛，迟疑道："像谁？"

凌妙妙冰凉的手指在他微微泛红的鼻尖上快速地一刮，像羽毛扫过一样，轻佻而怜爱。她搂着他的脖子，软绵绵、热乎乎地趴在他的怀里，笑得东倒西歪："像你。"

二

柳拂衣回到房间里便被那浓郁的熏香熏得难以呼吸，他着急地推开窗，背对着慕瑶笑道："妙妙给的这香还是不要点了吧，怪熏人的。"

"嗯。"他的背后传来这一声含糊不清的应答声。

"拂衣。"慕瑶唤着他，声音柔柔的，"你每天把九玄收妖塔藏在袖中，不觉得累赘吗？"

柳拂衣觉得她今日问的问题幼稚得可爱，便走过来摸了摸她的脸。慕瑶也没有避开，似羞还怯地垂下眼，一声不吭，这温顺的模样格外惹人怜爱。

他生起了逗她的心思："我也不是每日都带在身上啊。"他觉察到她抬起头看他了，才眨了眨眼，故意笑道，"洗澡的时候，不就不能藏在袖中了吗？"

慕瑶用明亮的双眸看了他半晌，眸中似闪烁着幽幽的星火。慢慢地，她才低下头，抿嘴笑起来。

"阿嚏——"

凌妙妙拍了拍被震痛了的胸口，吸了吸鼻子，眼睛里浮出一层湿漉漉的水雾。她感觉头昏脑涨的，后脑勺钝痛得厉害。

在户外肆意地撒欢儿堆雪人的第二天，她就感冒了，而且这次的感冒来势汹汹，使她整个身体迅速沦陷，每天灌三四碗热水也不管用。

自从来这个世界，她还是头一回生病，现在她浑身上下的每一个细胞都在叫嚣着不适，整个人变得过分迟钝，走路都能撞上柱子。

蒸气向上飘着，热乎乎地扑在她的脸上。凌妙妙捧着碗，小心地吹着气，一点儿一点儿地将碗里的热水喝进去。

从慕声的角度看过去，她像一只叼着碗的小猫。他伸出手去，抚摸着她的后背。

"阿嚏！"她猝不及防地打了个喷嚏，身子重重地一颤，碗里的水溅了她一脸。

她紧闭着眼，睫毛上还挂着水珠，慕声手疾眼快地将她手里的碗夺过去。

凌妙妙擤了鼻子，满脸郁闷地把桌子和脸擦干净。

"好点儿了吗？"柳拂衣坐在一旁，眉毛都忧虑地拧了起来。

几天不见，她就病成这样了，现在还没出十五，恐怕医馆都还没开门。

"嗯，没事儿。"凌妙妙笑笑，眼睛红得像兔子，声音嘶哑。

慕声望着她这副模样，心里乱得厉害。他在碗里添满热水，轻轻地搁在她的面前，顿了顿，扭头冲柳拂衣没好气地道："柳公子身上是什么味道？"

那股浓郁的香气，平白惹得他烦躁。

柳拂衣抬起手，无辜地嗅了嗅衣袖："这不是妙妙送的香吗？我早就说了，是太浓了些。"

凌妙妙的目光充满疑惑，语调也软绵绵的："我？"

柳拂衣顿了顿："你送给瑶儿的香……"

凌妙妙想了半天，带着浓重的鼻音喃喃道："我好像没有送过慕姐姐什么东西……"

话音未落，柳拂衣慢慢收敛了笑容，一动不动地看着她三四秒，仿佛灵魂出窍了一般，这反应将凌妙妙吓了一跳。

柳拂衣感到背后有一阵凉意慢慢地爬上来，仿佛被人浇了一桶冷水。他唰地站起来，大步朝自己的房间走去。

"哎，柳大哥怎么了？"凌妙妙茫然地问道。

还没等到有人回答她，女孩儿的睫毛低垂着，身体似乎变得越来越沉重……她的身子一歪，猝不及防地从椅子上倒了下去。

"妙妙！"

与此同时，慕声扑了过去，伸手将她接住了。他怀中的人双眼紧闭，面颊红得反常。

他用手背一碰，发现她的额头滚烫，额角的发丝都被浸湿了，骤然摸上去，仿佛摸到了一块烫红的铁。

烧成这样……

慕声的指尖都在发抖，眼角发红，他将她拦腰抱起来，抱回了房间。

凌妙妙迷迷糊糊地醒过来时，只觉得头痛欲裂，连呼吸都是灼热的，身上却冷得发抖，厚厚的被子盖在她的身上，压得她喘不过气。

这种头昏脑涨的感觉，她已经好几年没有感受过了。

是什么东西凉冰冰地贴在脸上？她伸手一摸，是慕声的手。

她一动，慕声便立即反应过来，揽住她的腰将她扶坐起来，让她靠在他的身上，将一碗热水送到了她的嘴边。

凌妙妙整个人像是脱了水似的，没有丝毫力气。她刚想就着他的手喝水，低头一看，差点儿被吓了一跳，她发现水面上倒映出他的脸，脸色比她的还苍白。

她顿了顿，推开碗，回头好笑地瞅着他，捏了一把他的脸："怎么啦，子期？"

少年目不转睛地望着她，眸子亮得像是某种玉石："我不该让你去玩儿雪。"

凌妙妙一时无言。这个世界的医术大概是不怎么发达，才会让他觉得发烧也可能要人命。

她昏昏沉沉的脑袋里，浮现出了怜惜之情。

"就是风寒而已，裹紧被子多睡几觉就好了。"她清了清嗓子，尾音还有点儿哑，她在他的肩膀上拍了几下，笑了，"记不记得，我上次都被幻妖捅穿了，不也没事儿……"

慕声紧绷的身体慢慢地放松下来，他扶着她，让她躺下去。他撑着床俯下身去，用嘴唇在她的额头上试了试温度，末了，还吻了一下。他摸摸她的脸，轻声道："你睡吧，我守着你。"

香炉里香已经燃到了尽头，只剩下一点儿火星。

"瑶儿？"柳拂衣一面推开房门，一面快步进门。

帘子半放，慕瑶背对着他躺着，一头青丝若隐若现地藏在被褥中。

"瑶儿，你最近是不是睡得有点儿太多了？"他慢慢地逼近了床，猛地扣住她的肩膀，将她翻了个个儿。

随着他的动作，那人的头发、脑袋和身子顿时分离，一张惨白的脸正对着他，面孔上只画了一张血红的嘴，嘴唇一直咧到了耳根，仿佛在取笑他。

床上是一个人偶。

他倒退了两步，如坠冰窟。他突然想到了什么，压了一下袖口——

那个本来装着九玄收妖塔的地方，只听见咣当一声，从袖口掉出来一个木偶，同样画着诡异的笑脸。

"傀儡术……"

一时间，屋里安静得过分。

他半生自负，竟然被一个冒牌货蛊惑，被这简单的术法给玩儿了？

慕瑶、九玄收妖塔、七杀阵、端阳、怨女……数个关键词连成一线，柳拂衣霎时间脸色惨白。

他的目光呆滞着，整个人在原地沉默了数秒，他迅速回过了神。他从袖中抖出三张符纸，将符纸在空中排成一线，咬破食指一笔画过，一柄金黄色的光剑在空中凝成。

他反手拽下了帐子，持剑一劈，床板便像是被什么东西烧焦了，吱一声裂开，冒出一阵烟雾，旋即被劈成两半，左右分裂开来，咣当一声砸在了地上。

那床板仿佛一块棺材盖，被推开以后，阳光射进了阴暗处，让他一眼看见了底下露出的人。

"瑶儿！"他将人事不省的慕瑶从地上抱了起来，颤抖着手探了探她的鼻息，又在她的虎口处用力地捏了一下。

怀里的人皱起眉，嘴中喃喃道："阵……"慕瑶睁眼看清了他，淡色的双瞳中盈满了绝望，"她来过了……"她抓紧了他的衣袖，手指将那布料都捏皱了，艰难地出声，"拂衣……阵……"

柳拂衣握住她的手，定定地望着她："我知道。"

夜晚浓雾渐生，笼罩了竹林。

慕声晕得眼冒金星，喉咙里的铁锈味弥漫，仿佛被人掐住了脖子，又用铁链子穿透了胸膛，每呼吸一下都是钻心之痛。

他浑身上下只有手指能动，只能盲目地摸索着，将地上的草根翻起，露水沾湿了他的掌心。

前几天下过雨，泥土潮湿冰凉，将指尖冻得生疼，他将十指狠狠地插入泥土中，把自己快要散架的身体支撑起来。

一点儿红光映在他苍白的脸上，他额上的冷汗闪着光。他感受到了身旁的热浪，难以置信地回过头去。

以茂密的竹林为分界，一面是幽深的夜，一面是泼天的红。红光最浓处化作噼啪作响的火焰，火舌舔舐着倾颓的房梁，滚滚浓烟冲天而起，混入浓雾中。

刚才还在穿梭行走的人像是被烤焦的蚂蚁，横七竖八地躺在泥地里，没有发出一丝声音。

离他最近的一个人，身上的白衣已经被染成了猩红色，死不瞑目。

这个人是他最熟悉的白瑾。

他上午见了她，她还在笑着问他想吃什么。

火光在他乌黑的眸中跃动，他怔怔地看着，像是被冻僵了。

他此刻像是被猎人一箭穿心的兔子，叫声卡在喉咙里出不来。他本能地张口，先一步出来的却是淤积在胸口的浓稠血液。

他撑着地，不受控制地吐出了一口黑血。他飞速地掩住口，目光沉滞地下落着，看见一张被风卷动着的染血的符纸，上面的字迹蜿蜒繁复，如迷宫般布满了整张符纸，华丽而诡异。

"小笙儿真厉害，比娘还厉害。"

那带着笑意的声音幽幽地响起，娇滴滴的。

风渐起，穿梭在竹林里，引得啸声阵阵。竹叶如雨落下，擦过他的肩头滑落。滚滚浓烟被风吹散，化作天边浓重的乌云。她大红的裙摆在风中飘荡起来，如同一朵艳色的茶花盛开。

女人妖媚的脸蛋上不慎沾染了几点血珠，除此之外，她依然光鲜亮丽，不染尘埃。

他低头看向自己的手，指尖已经在颤抖，手上的鲜血混杂着泥土，污浊不堪。

片刻之前，这里还是井井有条的慕府。

他都干了什么？

慕声隐约记得那时的月光极亮，在她的指导下，他漫不经心地画下了反写符的最后一笔，随即感受到体内一股巨大的力量爆开，几乎将他整个人撕成两半。

他瞬间被气浪击飞出去，险些被难以控制的力量吞没。

他再睁眼时，看到的便是这幅景象。

死寂、冰冷，唯有这火焰的噼啪声与温度，这仿佛一场荒唐的噩梦。

今日是他练习以血绘制反写符的第一日，他原以为这符纸不过就是比寻常术法强了一点儿。

他单薄的身子战栗起来，脸色惨白如纸："不是，我不是……"

不是想这样的……

女人的眼里含着满意的笑意，她一步步地朝他逼近："做得多好哇，你看，现在多干净？"

他以手撑着地，艰难地向后退着，胸口的阵阵钝痛催逼着他，他像受惊的小兽负隅顽抗着："你不是这样说的……"

她哄着他、骗着他，教了他整一年的反写符……

到现在，他才有些懂了。

在这一刻，他脑海里的千头万绪都像是游鱼用力地撞着即将倾覆的船，他的胸口闷得慌，让他有些想吐。他咬住了嘴唇，直咬得唇齿间都是血腥味。

"我说什么了？"她猛地掐住他的下颌，朝那燃烧着的废墟扬了扬下巴，半是怜悯半是挑衅地轻笑道，"你看清楚了，那些人都是你杀的，跟我有什么关系？恩将仇报、养不熟的白眼狼，嗯？"她的目光微微一动，落在了他的身后。她松开了手，意兴阑珊地呢喃道："还有一条漏网之鱼呢。"

他猛回头，看见刚回来的慕瑶站在一片废墟之前一动不动。少女紧紧地盯着那片火光，失了声，身影单薄得仿佛被风一吹就能吹倒。

女人掏出袖箭："团圆去吧。"

一星寒光闪过，袖箭的箭头尖得几乎看不见。这个法器是慕怀江的，威力巨大。

"阿姐！"他在袖箭射出的同时扑了过去，心几乎在喉咙里跃动。

那支袖箭带着寒风，嗖地射在他的肩膀上，令两个人被这一箭生生掼倒了。

慕瑶这才惊醒了，一把拉过他，把他护在身后，脸色煞白："白怡蓉，你疯了吗？！"

女人又拿出了一支袖箭，栗色的眸中带着冰冷的笑意。

"娘……"他伸臂挡在了慕瑶的身前，不知是因为冷，还是袖箭上的毒性发作了，他浑身上下都在发抖，"娘……求你不要杀阿姐……"

"慕声啊，那么多人你都杀了……"女人似乎是看到了什么有趣的事情，轻轻地笑了起来，"现在又装什么好人呢？"

他的嗓音已经哑了："娘……"

"谁是你娘？"女人将箭头一偏，对准了他的额头，冷冷地勾起嘴角，"要不是你还有用，何必留你的性命到今天？早就该死了，孽种。"

一支袖箭破空而出，瞬间往他的命门而去。在那冰凉的箭头即将射入他额头的瞬间，气波突然震颤起来，空气中荡开了一大波涟漪，仿佛有一只无形的手生生夹住了箭，将那箭头向旁边一扳。

啪嗒一声，那支箭落在了地上。

"小笙儿……"天地间回荡着她的声音，温柔的、带着一点儿淡淡的哀意，还拖着长长的回音。

他茫然四顾，她好像在各个角落，如雾笼罩着他，又如雾即将消散。

是"她"，他的母亲。

他感觉到身旁慕瑶的身子晃了晃，倒了下去，随即他也倒下了。一阵风拂过，如同谁的手在轻柔抚摸着他的额头。所有的树木、枝叶同时摆动起来，抹去他脑海里全部的火光与血迹。

"孩子，不是你的错，跟姐姐走，忘了今天。"

"连娘一起……都忘了吧。"

她如烟花般在空中粉身碎骨。她神形俱灭的最后一刹那，天地万物都甘愿替她传话。

"阿声，开开门……

"阿声，出事儿了……"

慕声靠在床头，茫然地睁开眼，眸子一动不动地望着虚空，许久才有了焦距。他稍稍一动，那淤积在胸口的情绪便化作乌血，蓦地从口中涌出。

他用袖子擦了擦唇边的血迹，回头一望，看见床上的女孩儿双目紧闭，尚在昏睡，脸色依然因发热而通红，嘴唇却依然苍白。

她的手紧紧地攥着他的衣袖。

他将冰凉的手覆上去，包裹了她滚烫的手背的一瞬间，他的理智才慢慢地回归。

他冷静下来，把她的手轻轻地放在被子里，去开了门。

柳拂衣撩起衣摆坐在了床边，嘴角都起了血泡。即使凌妙妙听不见他们说话，他依然刻意放低了声音，飞速地吐出了一连串令人绝望的消息："怨女假扮瑶儿，篡改了七杀阵，拿走了九玄收妖塔。我们被困住了。"

慕声安静地听完，抬起漆黑的眸望着他："七杀阵被改成了死局？"

柳拂衣没料到他会一语中的，张了张口，没说出话来，蹙着眉头默认了。

慕声沉默了半晌："出得去吗？"

柳拂衣长久地望着他，轻轻地摇了摇头。

三

凌妙妙是被系统的声音惊醒的。

她尚在昏昏沉沉的深度睡眠中，系统突然在她脑子里放了整整三分钟的掌声喝彩的音效，活生生将她炸醒了。

她茫然地睁大眼睛，盯着帐子顶，只听一阵欢呼之后，传出了充满激情的女声："恭喜穿书任务者'凌妙妙'，任务一圆满完成，阶段奖励'符咒无效令'，请再接再厉。"

凌妙妙反应了半天，扁了扁嘴，几乎要哭出来。

任务一已经完成了，也就是说，她费心费力设置的那个通道根本没有用，收妖塔已经到了怨女的手上，而他们也被怨女困在死局中了。

无论她如何奋力挣扎，事情仍旧走回了原著的结局。

"七天之后，就是第一次熔丹。"

凌妙妙竖着耳朵，听见柳拂衣在忧心地说话。

偌大的阵包裹住了整座宅子，不仅仅像是一个隔绝进出的牢笼，更像是一个巨大的胃，要将里面的活物一点儿一点儿地消化殆尽。

被怨女动过手脚的七杀阵，就是这样的死局。这阵每隔七天合拢一次，集中消灭阵中的猎物，是为"熔丹"。

会术法的人即使拼尽全力也熬不过第三次，而像她这样不会术法的普通人，连第一次也熬不过去。

慕声闻言，目光落在凌妙妙的身上。

"就没有别的办法？"

柳拂衣欲言又止。

慕声看着他的眼睛："只剩那个办法了，是吗？"

柳拂衣摇头："不到最后一刻，不要往那条路上想。"他伸出手，拍了拍慕声的肩，眼底含着一丝坚定的光芒，"别担心，我和你姐姐在。"

慕声罕见地没有躲开，只是安静地掖了掖凌妙妙的被角，垂下纤长的睫毛："她已经发烧第三天了。"

柳拂衣伸出手摸了摸凌妙妙的额头，被这温度吓了一跳："厨房里还有些药……"

慕声用黑亮的双眸一眨不眨地盯着他，眸中翻涌着复杂的情绪，他的睫毛动了动："你说，会不会是因为我……"

"不会。"柳拂衣刹那间明白了他的意思，猛地打断他，"你别多想了。"

即便真是如此，在这个当口，柳拂衣也不能说。

少年自嘲地露出一个若有似无的微笑，便垂眸不再言语。

凌妙妙直挺挺地躺在床上，手脚发凉，还在思考刚才听到的对话。

那个办法……

在《捉妖》里面，这个死局并非不可破，实在走投无路，只要有一个人进入阵心，以身祭阵，其余的人合力破阵，便有机会求得一线生机。

这个办法不仅可以应付这个被改造过的七杀阵，破任何一个阵，都可以用这个办法。

但是他们四个人就像是桌子的四条腿，少了哪一条，都会让原本平稳的局面失衡。所以柳拂衣才会说，不到最后一刻，绝不考虑此法。

原著里，慕声暗中与怨女联手阻挠主角走向幸福之路，致使慕瑶和柳拂衣被困在阵中。二人熬过了两次熔丹，实在是没办法了，慕瑶为了保护所爱，决定牺牲自己，悄悄以身祭阵。

就在生死关头，这个"黑化"了的大反派慕声不知是怎么想的，一声不吭地进入了阵心，代替阿姐赴死，女主角因此保下了性命。

慕声的心态实在是令人难以理解。或许他还是舍不得看着慕瑶赴死，或许是他早就不想活了。

总之，男二号兼反派二号，以这样的方式成就了男女主角的幸福。看到这里时，凌妙妙还为他流了两行眼泪。

只是现在，她只要一想起这个结局……

算了，想都不能想。

这一次，慕声的人生轨迹已经和姐姐的分开，应该不会再干同样的事情了吧……

"系统……"她的睫毛烦乱地颤动着，她将手腕搭在滚烫的额头上，这么烧了三天三夜，她觉得自己的脑壳里烤了一锅脑花，"我为什么这么难受？"

"系统提示：宿主的身体状态为剧情安排，并无特殊情况，请宿主少安毋躁，继续任务。提示完毕。"

凌妙妙暗骂了一句，又在热浪中昏睡过去。

慕声将她的手腕拉下去，掀开被子将她揽起来，解开了她中衣的系带，露出女孩儿白皙的锁骨。他用蘸了冷水的手帕，从她的脸一直擦到了胸口。

怀里的人不安地动了动，伸手搂住了他的脖子，耍赖地抱住了他。凌妙妙的嘴唇都是滚烫的，闷闷地贴在他的脖颈上，随着说话微微颤抖着："冷……死了。"

慕声顿了顿，抚摸着她散下来的柔软长发："乖，要降温。"

再这样烧下去，用不着等第一次熔丹，她的身体就先垮了。

凌妙妙搂着他不撒手，身子明明烫得像个大火炉，却在发抖："嗯……你是凉的。"

少年的眼底通红，他小心翼翼地抱着她，合上眼睛，轻轻地吻在她的发顶。

"妙妙，醒醒。"凌妙妙被人从床上扶了起来。她迷迷糊糊地睁开眼，视线有些模糊，只能看得见慕声苍白的手背上明显的血管。她用力晃了晃脑袋，一碗热气腾腾的药抵在了她的嘴边。

慕声扳着她的肩膀将她圈在怀里，下巴轻轻地抵着她的发顶，低头去看怀里的人，另一只手稳稳地端着碗。

"嗯。"她无力地吐出一口气，觉得自己仿佛是一只喷火龙，不知道自己在火山上睡了多久，如果不是慕声每隔一段时间就把她扶起来，给她灌点儿凉水，她的皮肤就要像干涸的土地那样皲裂了。

碗里的药散发着奇异的味道，苦味里含着一股若有若无的香，仿佛是谁把胭脂水粉丢进去煮了似的。凌妙妙闻到这个味道，有些反胃，向后躲了躲："这是什么？"

这些日子，她被高热影响食欲，几乎什么也吃不下去，身体虚得厉害。

"是药，喝了。"慕声拿着碗追着她的嘴唇，不容置疑地将碗抵上去。

591

凌妙妙按捺了一下情绪，就着他的手喝了一小口。这药的温度正好，苦得让她的舌头都麻痹了，只是回味竟然带了点儿甜。

不加这甜味还好，一旦有了这股甜味，这药的味道就变得不伦不类。凌妙妙的胃顿时翻腾起来，她轻轻地推开碗，小声道："不想喝。"

慕声顿了一下，仍然紧紧圈着她不放，强硬地哄着她："要喝完。"

凌妙妙用力地摇头，蹙起眉头，抿起嘴唇。

别说喝完，就是多闻一会儿这股味道，她都控制不住地想吐。

慕声僵坐在原地，似乎犹豫了一下，旋即伸手捏住了她的两腮，用了几分力撬开她的嘴。凌妙妙见势不好，顿时挣扎起来。他收紧手臂，将她禁锢在自己的怀里。

凌妙妙感到双颊一痛，在他的挟制下被迫张开了嘴，他便把药灌了下去。

"必须喝。"

慕声这样强势的行径，已经好久没有出现过了。

热的药汁顺着她的喉咙灌下去，令她整个人都战栗起来。几乎什么东西都没有的胃受了刺激，她猛地一呛，把刚灌下去的药全吐了出来。

凌妙妙被呛得死去活来，眼泪都流出来了，若不是他的手臂紧紧地抱着她的小腹，她几乎要直接软绵绵地趴到地板上了。

慕声僵硬地坐着，感觉到她的身体在怀里抽搐，他紧抿着唇，似乎在勉力控制着自己的情绪。

凌妙妙缓过劲儿来，觉得气不打一处来，刚要骂人，就见他被自己吐了一身，衣服湿淋淋的，就这样失魂落魄地坐在那里，她心里又有些愧疚。她斜睨着他："谁让你那样灌我的……"

慕声的脸上没什么表情，他只是紧紧地抱着她不说话。

"其实不用喝药，多睡几觉就好了。"凌妙妙的喉咙在灼烧着，她费力地解释，"就是普通的风寒……"

"不是普通的风寒。"他的情绪终于打开了闸口，仿佛有什么东西骤然破裂了，他定定地看着她，眸子里闪烁着近乎脆弱的情绪，"是因为……"

他启唇，却没能把话说出口。

他非但是半妖之身，还是命格反常的魅女之嗣，邪得连魅女族群都不敢认他。凌妙妙这么一个孱弱的普通人天天同他在一起，受他的妖气浸染，长此以往，她的底子被掏空了也不奇怪。

凌妙妙烧得两颊晕红、嘴唇干裂，茫然地等着他继续说。他最终还是缄了口，将她轻轻地放回床上，端着碗站了起来："我一会儿便回来。"

凌妙妙蜷缩在床上，怔怔地看着他，见他只有一边袖口扎紧了，另一边的袖口放下来，几乎盖住了手背，再联想起汤药里那股邪门的味道，心里突然明白了大概，一阵酸楚涌上心头。

慕声回房间换了衣服，便再度去了厨房。

炉子上面熬着药，发出咕嘟咕嘟的沸腾声。他站在砂锅前一动不动，似乎在出神地看着偶尔闪动的明火，又像是在发呆，睫毛在眼底投下一片浅浅的阴影。

半晌，他掀开砂锅的盖子，盛了一碗药，旋即抬起手将袖子向上一捋。

他那青白的手腕上伤痕密布，每一道血痕都显得触目惊心，最新那一条没有愈合完全，伤口的边角还在渗着血珠。

他面无表情地举着手腕，右手拿着匕首在上面比了比，似乎是在冷酷地考虑着在哪里下刀可以轻松见血。

最终，他将刀尖抵住了那条最新的伤口，用力压在上面，准备将愈合的血肉再度割开。

这么想着，他轻翻手腕，又把手腕靠近了碗边。

"慕声。"

背后冷不丁地响起一个声音。少年猛地颤了一下睫毛，冻结的神情这才有了裂痕，显现出活人会有的情绪，手里的匕首当啷一声掉到脚边。

凌妙妙穿着雪白的中衣，松松地披了一件靛蓝的袄子。这几日她消瘦了不少，她的脸藏在袄子里，越发显得小而苍白。

她睨着他，慢慢地走进来，没好气地拉住了他的衣角，把无措地看着她的他牵了出去。

宅子里还有一些备用的纱布，凌妙妙将慕声伤痕累累的手垫在上面，费力缠了几圈，最后狠狠地打了个结。

打结时，她碰到了他的伤口，令他的手轻轻地颤了一下。他睁着明亮的双眸看着低着头的少女，没有发出一丝声音。

"下次再敢给我划开，我就打你了。"凌妙妙一边打着结，一边咬牙切齿地说。

随后她将下巴抵在手背上，在桌上趴下来，狠狠地盯着他腕上缠着的厚厚的纱布，半晌，拿手指头戳了一下。

"你的血就那么有用吗？"她接着说起话来，撇去嗓子里那点儿哑，几乎和平时没什么两样，"万一你受伤了，你就划自己一刀，放点儿血给自己喝，然后便好了……"她幸灾乐祸地笑出了声，"那你不就成了个永动机了吗？"

慕声看着她的脸，瞳孔乌黑发亮，依旧没有笑。

凌妙妙慢吞吞地伸了个懒腰："放心吧，我命硬得很，你克不死的。"

他的眸子一动，眼里骤然起了波澜，仿佛闪动着水光："可是……"

可是他真的害怕，怕极了。

凌妙妙默默地回忆着原著的情节。

原主凌虞和慕声是一对表面夫妻，凌虞被情蛊控制了才不得脱身。大反派以身祭阵，情蛊自然也失效了。按理说凌虞终于从苦海中逃脱，应该从此自由了才是。

可是凌虞最终却是在得知慕声死讯的那一刻，疯疯癫癫地跑进深山老林里，用一根绳子结束了自己荒唐的一生。

这对怨侣没能同生，却阴错阳差地共死了，慕声赴死之时，也是凌虞的生命走向尽头之时。

这邪门的高烧许久不退，她能感觉到这具身体的各项机能都在慢慢衰退。

谁知道这垃圾系统是不是暗示她快死了？

可是面对着浑身紧绷的慕声，谁还能再刺激他？

她伸手握住他的手，放在唇边蹭了蹭，耍赖似的晃了晃脑袋："我说没事儿就没事儿……"

少年将她抱在腿上，捧起她的脸，发疯似的吻着她，一遍一遍地润湿着她炙热的唇。

四

入夜了，树梢上挂上了一轮弯月。他们在这阵中，不知不觉已经待了六天。

这六天里，他们将能试的方法都试遍了，连画符的黄纸都快用光了。

这阵就像是寂静无声的黑夜围拢下来，渗入空气中，令人防不胜防，无处可逃。

少年站在入口的台阶上，毫无睡意地望着月亮，手指无意识地拨弄着腕上垂下来的纱布条。

凌妙妙强撑病体为他包扎伤口，像是遭了反噬似的，又在夜晚陷入了半昏迷的状态，整个下午都没有醒过来。

明天就是第一次熔丹了。

她在这样的状态下，几乎毫无抵御之力。

他抿着唇，眸色黑得深沉，仿佛沉寂的夜色融进了他的双瞳。

他甚至开始迁怒于自己的伤口，如若不是凌妙妙放了话，他甚至想要再来两刀，越痛越好。

一个白色的人影站在天井，对方犹豫了片刻，慢慢地走进了他的视野。

"阿姐。"他叫了一声。

慕瑶摘下了兜帽，在月色下露出了一张清丽的脸，眼角的泪痣似乎闪着光。她骤然与他面对面，她的表情有些局促。

"我来看看妙妙。"她的声音干涩。

慕声引她进了屋。慕瑶坐在凌妙妙的床边，用带着寒气的手摸了摸女孩儿的额头，感觉到女孩儿的身体十分滚烫。

女孩儿的睫毛在睡梦中不安地颤动着。

慕瑶无言地望着凌妙妙，声音似乎沾染上了露水："我很喜欢妙妙。"

她抚摸着凌妙妙的脸蛋。

慕瑶一向性子冷淡，这样亲昵的动作由她做出来，显得有些生疏。但她坚持做着，仿佛小孩子笨拙地表现着留恋："如果我有妹妹，一定是妙妙这样的。"

慕声一声不吭地坐在一旁，静默地听，没做出什么反应。

"阿声，你要好好照顾妙妙。"

慕声看向了她。

慕瑶转过身来微笑着注视他，见他不抵触，半晌才开口道："阿声，你想跟阿姐下一局棋吗？"

"好。"慕声顿了顿，答应了。

他在床边的桌子上熟练地摆好了棋具，依照从前的习惯，将白子推给了她。

"我们今天换种下法吧。"慕瑶开口说道。

慕声执棋的手微微一顿："什么？"

慕瑶垂着眸，平静地说："就按你上次说的，谁先连成五子，谁就算赢。"

那盘没下完的棋，最终被她意兴阑珊地推乱了，不想却成了他们决裂之前的最后一次对弈。

终究是遗憾。

慕声用漆黑的眸望着她，沉默了一下，应了："好。"

"我第一次见到你，是在菡萏堂的窗户外。"慕瑶随意地落了子，"你小时候垂着头发，长得像个小女孩儿，看起来很乖。"

那个时候，他待在被黑纸封住的暗无天日的室内，在黑暗中一个人坐着，阿姐带着阳光走进来，一遍一遍地对着他说："我会救你出去的。"

他的人生因此而亮起一个角，那是他最初的光明。

"对不起，一直以来，我对你太过严苛了。"慕瑶笑了笑，桌上昏黄的灯光落在她寂寥的侧脸上，"那是因为，我在世上没有别的亲人了。"

慕声低头望着棋盘，他的棋已经连成了五子，他却没有出言提醒。

"从前下棋，你是刻意让我的吧。"慕瑶轻轻地放下了手中的棋子，心满意足地盯着棋盘看，"这次你赢了，阿声。"

她站起身来，从容地戴上了兜帽，提着灯走到了门口。

"阿姐……"慕声站在她的背后，短促地出声。

她闻声回过头，微笑道："从今以后我便明白了，围棋不止一种下法。"

她回过头去，身影渐行渐远。

"阿姐。"少年再次叫住她，"你们的房间在那边。"

戴着兜帽的人影隐在黑暗中，只余手上的一盏灯光。她一怔，回应的声音散在晚风中："我知道。"

慕声望着她，一把抓起外裳，迈出了门槛："阿姐找不到路，我送你回去。"

他单薄的身影如同一阵强劲的风，挥开所有迷蒙的雾。

此时正是雪后寒，潮湿的冷风似乎要往人骨子里钻。

慕声走在夜色中时，不顾西风如刀，整个人都被吹得凉透了。

回来之后，他在炭火前暖回了身子，才掀开帐子去看里面的人，仿佛是小孩子小心翼翼地打开了装着宝贝的匣子。

帐子上角的铃铛随着他的动作轻轻地响动。

凌妙妙睡得安安稳稳，两排睫毛安静地翘着。她因为发着高烧，颊上始终泛着红，像是平日里睡热了的模样，让他想抱在怀里亲一亲。

在这样的艳色掩盖之下，她的生命在一点儿一点儿地消逝。

他将凌妙妙揽起来，用冰凉的唇碰了碰她的脸颊，而她软绵绵地靠在他的怀里，双眼紧闭，没有苏醒的迹象。

"妙妙。"他在她的耳边轻唤一声，像情人之间的呢喃。

他将小碗端着，抵到她的嘴边，可她也张不了口。

慕声自己喝了两口，捏住她的下颌，将水渡进她的口中。他垂下睫毛的模样温顺而虔诚。

喂完了一碗水，他的唇仍停留在她的唇上，流连不去。二人的鼻尖轻轻地相碰，他的吻是冰凉的。

他将凌妙妙放下来，为她盖好被子，拉下了帐子。

桌上摆了一盏精致漂亮的琉璃灯，灯被雕刻成睡莲的模样，花心是摇曳的烛火，映照着桌面上的黄纸。

被浸湿的笔尖堪堪挨着粗糙的纸面，画下的线条极其纤细，像是小蛇的芯子，有种气若游丝的意味。

砚台里的墨已经干涸，凝固成开裂的块状。

慕声拿着笔的手顿了顿，随即用笔蘸了一下手腕上的裂口，那笔下的线条又恢复了饱满的深红。

风吹动被他小心拆下来的纱布，空气中飘浮着一股浅浅的腻甜气味。

他面不改色地捏了一下手腕，让血涌出得更多一些。

血是不能倒到砚台里的，因为会干，要新鲜的才好。

他画好一张，便将其堆在一旁，很快符纸就交错地堆满了一沓。摇曳的烛火透过琉璃花瓣，映照在他专注的脸上，带着莹莹的光。

一刻钟前，他将慕瑶送了回去，亲手将她交到柳拂衣的手上。

他看出来了，慕瑶想做一件他同样想做的事情。

只是但凡他还是个男人，便不可能眼睁睁看着她这么做。

她已经有此打算，这说明他要更快一些才行。

他抬眼望向窗外，眸中水色柔润，微微翘起的眼角像是名家纵情又收敛的一勾，尽头留白，也留下了欲说还休的情意。

夜色如墨倾洒，远处的树木影影绰绰，只剩下乌黑的轮廓。弯钩般的月牙恍若近在咫尺，又触不可及，老练地旁观人世。外头安静得连蛐蛐儿的鸣叫声都没有。

原来，没有凌妙妙说话的时候，他的世界是这样的死寂。

他一张一张地画着，在心中计算着时间，画好的符纸越堆越高，直到晨光从天边亮起，慢慢地笼罩了整片天幕。

整个天空从下向上渐次浸染了淡淡的白和黄，树木的枝叶由下而上逐渐带上了昏暗的墨绿与橘红。

远处的鸟雀发出清脆的鸣叫声，回荡在天地间，引得他的耳边也一阵啾啾啾地响。

他仰起头，发现挂在书桌前的笼子左右摇摆。声声一边叫着，一边扑棱着翅膀上蹿下跳的，还保留了野生鸟雀"练早功"的习惯。

他停下了笔，垂下眸子，将堆起的符纸拢在一处，数了一遍，随即从抽屉里拿出一个新的白色香囊，解开细细的秋香色丝带，将里面的干花全部取了出来，将那厚厚一沓符纸卷了起来，塞了进去，又封好了香囊的口。

他的脸色苍白，显得缀在脸上的一双眼睛越发漆黑。他冷得几乎失去了知觉，但在掀开帐子看到她的脸的瞬间，他又感受到了自己的心跳。

这种感觉像是拆开了一件期待已久的礼物，又像是新郎官掀起了新娘子的盖头。

凌妙妙像是沉睡的仙子，通红的双颊像饱满的苹果。

他将手搭在她的额头上，慢慢下移，抚摸过她的脸，又落在了她柔软的脖颈上。

他的眸光沉沉，眼角渐渐染上红色，他用手爱怜地抚摸了一下她颈上柔软的皮肤，旋即慢慢地收紧手指。

这样的柔软和脆弱，只要他稍稍用力，她就永远、永远都是他的，不会对别人笑靥如花，不会在他不在的时候，同别人度过一生。

他感受到了她跳动的脉搏。

刚被压迫，她的血管便突突地震颤起来，这样的触感就好像是他用双手拢住了野生鸟儿的翅膀尖，那鸟儿极度脆弱的皮囊中，蕴藏着跳动不息的心脏。

他的前半生张狂自负、酷虐成性、出手绝不留情，最后偏偏栽在这样脆弱的生命下，心甘情愿地被驯服。

他又向往又恐惧，恨不得残忍地将她吞吃入腹，又唯恐伤到她一根手指。

他松开了手，长久地凝望她，最终只是极轻地揉了揉她的脸。随后他俯下身来，低头在她的腰间系上香囊。

说来奇怪，往常他几秒钟便能轻巧系上的结，这次却怎么也系不牢了。

他拆了又系，手指颤抖起来。半晌，他感觉到有什么冰凉的东西滑过他的脸庞。

那香囊上溅上两点殷红，像是斜打的雨丝画出一个纤细的惊叹号。

他凝视着指尖上的血迹，浓密的睫毛垂着。

原来离别之泪，是这样的滋味。

他将指尖上的血迹慢慢地涂抹在她苍白的唇上，粉饰出一个艳丽的新娘。他在女孩儿的额头上吻了一吻，他的唇长久地停留在她的额头上，直到嘴唇失去温度。

他脱下手腕上的收妖柄，套在她的右手腕上。

他睨着她熟睡的模样，满意地微微笑了，笑得如同柳梢新绿出、枝头迎春放。

一左一右的两个收妖柄，都是她的了。

他将一张定身符轻轻地贴在她的身上，把帐子一点儿一点儿地掩上了，让它遮住了里面的人，只剩窄窄的一条缝儿。他还看得见她的脸庞。

这情景宛如不舍的、珍重的落幕。

天光已然大亮，他的轮廓逆着光，像是被镀上了一层白亮的边，他伸手将鸟笼取下。

笼子旋转着，他打开笼门，正对窗户，将笼子轻轻一拍。

"叽叽！"鸟儿从牢笼中飞出，钻出了窗口，自由地跃上墙头，旋即拍着翅膀，飞到了更远的树梢。

天空广袤无垠，晨曦初绽。

少年立在光晕中，望着在天地间遨游的那个黑色的小点儿。寒风卷着余雪的清寒尽数灌入窗口，卷起他的乌发和衣袖。

开春天气回暖，他却等不到了。

五

"叮——系统提示：符咒无效令已生效，宿主可自由活动，物品使用完毕。"

凌妙妙被这声音惊醒，睁开了眼睛。一丝冷风灌入帐子，活生生将她冻得打了个哆嗦。

帐子半扬起，露出桌子的一角。

她的唇齿间还残留着甜腻的血腥味。

凌妙妙坐起身来将帐子一掀。

她发现房间里没有人，窗户被风推开了，几片干枯的落叶被夹在窗棂上，簌簌作响。桌上的笔墨被收拾整齐，案台像是没有被人用过的、崭新的一般。

桌子上还摆着空荡荡的鸟笼。

凌妙妙霍然掀开被子下了床，身上飘下了一张黄纸，她捡起来一看，是一张定身符。

一对像银镯子一般套在她腕上的收妖柄当啷作响，她的腰间还多出了一个香囊。

她看见香囊上似有血迹，浑身都像是被冻结了。她伸手去拽，那香囊像是紧紧地粘在她的身上，怎么都卸不下来。

他原来说过的，会给她系个不会掉的。

她就在腰间打开了系带，将香囊挤出一个小口，从里面艰难地拽出了一张符纸。

反写符。

她再拽出一张，还是反写符。

整个香囊里面都是反写符，够她用一辈子了。

寒风如刀，几乎刮花了凌妙妙的脸，她的脸上泪痕纵横，被吹得发疼。

她疾步走着，冷静地抹一把脸，抹到了满手冰凉的水，那泪水几乎结成冰碴子了。

怨女篡改了七杀阵，阵型变动，阵心也跟着偏移。他们不可能轻易找到阵心，而她却是知道阵心在哪里的，她步子不停，直奔那里而去。

她已经几天没好好吃过东西了，身上没什么力气。即使天寒地冻，她单薄的中衣还是很快便被冷汗浸透了。

凌妙妙两颊发烫，烧得更厉害了，整个人仿佛要化作一团火，在这冰天雪地里噼啪爆开，直至燃烧成灰烬。

她的眼泪无声地流着，像是蜿蜒的小溪淌过脸，聚在下巴上，然后一滴一滴地落下。到这个世界以来，除了装的和痛的，她很少这样抑制不住地哭过。

有什么好哭的呢？

大不了就是回家，她根本不怕。她不玩儿了、不攻略了，只要这个世界不崩塌，这里的故事依旧可以完好地运行着，跟她又有什么关系。

她从不是救世主，不过是普通人。

凌妙妙拿袖子抹了一把眼泪，眼里却涌出更多的眼泪，她在冰天雪地中一边走一边抽泣起来。

都怪他把她的鸟放走了。

这么冷的天，他连暖和一点儿的日子都不肯等。

她终于看见了院落中的一个橙黄的光点，于是擦了一把眼泪，一头扎了进去。

天地骤变，气波化作一缕一缕的，像是菊花纤细的花瓣。这阵像是感受到了自投罗网的小昆虫来了，那气波如花瓣一般层层叠叠地收拢起来，将她围在中央。

她周围的方寸之地，瞬间只余头顶透着光，黑漆漆的牢笼里，只困着她一人。

凌妙妙四下打量了一下，破涕为笑。

她紧赶慢赶的，终于早来一步。

她松了口气，毫无形象地坐在了地上。

"警告：任务尚未完成，请任务者离开高危险境！

"警告：提醒重复，请任务者离开高危险境！

"警告：若任务者身殒，则未完成进度视为任务失败，任务者将会传送至惩罚世界。请任务者慎重考虑！"

警告提示声如浪潮般响起，凌妙妙充耳不闻地咬着唇，睨着头顶的一线光。

　　不论是去非洲挖煤，还是去美洲淘金，抑或是被送到战争世界里被炸得血肉模糊无数次，她都不怕。反正，她去了惩罚世界之后总归可以回家。

　　到时候，她就把攻略失败的"黑莲花"纳入黑名单，永远地绑在她人生的耻辱柱上。这样提起他的名字，她想起来的应该只是字面上的讨厌，绝不是现在这样难过。

　　她这样想着，眼泪又涌了出来。

　　她抹了一把脸。

　　水浪似的花瓣动了动，露出一点儿光，一个曲线曼妙的人影慢慢地出现在她的眼前，仿佛有人隔着屏障站立着。

　　令人酥麻的声音响起，整个空间被声波震颤得嗡嗡作响："真想不到，最后来的是我儿子的小媳妇儿。"

　　凌妙妙用手指仓促地理了理头发："别这么客套。你不是魅女，慕声也不是你儿子，我们顶多是陌生人而已。"

　　"哼。"怨女冷笑了一声，声线里含了一丝冷意，"你倒清楚得很。"

　　"一会儿熔丹，到了阵心的人要承受增强千百倍的攻击，人会变成什么样，你想不想知道？"她的声音柔柔的，像是在发笑，"真想知道，你化成灰之前，能不能撑过一弹指的时间。"凌妙妙无动于衷的沉默令她有些恼怒，"一个普通人，竟然不自量力来祭阵，真是愚蠢至极……"

　　"暮容儿，"凌妙妙出声了，"天下比你想象的大得多。在这里你是设局人，占尽先机，在别处，你怎么知道你是不是别人手上的棋子？这个世界虽然波诡云谲，那样广阔，但在别处看来，兴许只有一本书那么大呢。"

　　怨女发出了短促的气声，似是不悦至极。那缕微光突然消失了，令人心惊的黑暗包裹了凌妙妙，突然间一片死寂。

　　"警告：请任务者离开高危……

　　"已启动高危红色预警，请任务者……

　　"警告：未知攻击已超出红色预警防御范围，极可能造……

　　"警告：未知攻击已超出红色预警防御范围，极可能造成宿主死亡，请……"

交叠的警告声铺天盖地地传来，每句话说到一半，就会有新的警告冲进来，盖住了上半句话。

凌妙妙觉得，这系统有点儿忙不过来了。

随即第一道攻击劈头盖脸地落下来，凌妙妙低头一避，身上蓝光、红光交错进出，形成一个巨大的保护罩。饶是如此，她刚梳起来的头发还是被打散了，她仿佛被人电击了太阳穴，有一瞬间失去了意识。

她握紧了腰间的香囊，感觉到里面的符纸有半数变作软塌塌的灰烬。

又是一道攻击落下来。

"警告：未知攻击已超出红色预警防御范围，可能造成宿主死亡，请宿主做好心理准备……

"警告：角色'凌虞'数据库受损，数据正在丢失，请宿主……"

凌妙妙晃了晃昏昏沉沉的脑袋，仰头望向头顶炫目的光。

宅子的某一处出现了一点儿光，旋即整个阵法发生了异动，脚下的大地摇晃起来，假山上的碎石块咕噜噜地往下滚落，咕咚咕咚地砸进水池里。

慕声骤然停下了步子，眼睛一眨不眨地望着亮起的那一处。

有人进入阵心了。

这个念头刚浮现出来，他便迎面碰上了闻声而动的柳拂衣和慕瑶。

二人手中都拿着法器，头发被风卷得凌乱不堪，正疾步朝这边走，骤然看见了他，也愣住了。

慕声的脸在那一瞬间血色褪尽。

他一句话都没能说出口，旋身飞奔回到房间，咣地推开门。

他看见帐子开着，床上已经空了。风吹动了桌上的黄纸，他走过去，看见桌上摆着数十张他装进香囊里的反写符，歪歪扭扭地拼了个微笑脸。

少年低头看着桌面，身子猛地晃了一下。

他极快地回了神，刚要夺门而出，便被赶来的柳拂衣架住了。

"阿声、阿声……"柳拂衣连声劝着，企图把他的理智唤回来。他们四个人里唯独少了凌妙妙，他和慕瑶便猜到发生了什么，他抓着慕声肩膀的手用了几分力，捏住了对方的肩胛骨："你听我说。"

慕声的眼眸极黑，他一声不吭地抬眼看向柳拂衣，投过来的目光是疯狂前的宁静。

柳拂衣的声音因为着急而有些颤抖："一旦有人进去，阵心就会合拢，外面的人进不去的。"

非但进不去，一旦有人靠近，还会被阵心剧烈变动的能量波及，平白搭上一条性命，等同于主动找死。

他们已经失去凌妙妙了，不能再搭上一个慕声。

"你放开我。"慕声盯着虚空，"我能进去。"

柳拂衣皱起了眉头。

慕声冰凉的目光扫到他的脸上，眸中的黑色浓重，仿佛有什么已经碎裂了。

慕声的语气像是割肉的刀子，又轻又利："凌妙妙那么喜欢你，你忍心看她去死吗？"他的睫毛极轻地垂下来，"还是你想废了这只手？"

柳拂衣刚要开口，慕瑶出声道："让他去吧。"

她的眼里水光弥漫，她一眨眼，眼泪便扑簌簌地落下来。她无声地流着眼泪，扭头对着柳拂衣道："今日换作是我，你希望阿声拦着你吗？"

柳拂衣神情一动，他松开手，少年便如一阵风飞速地刮过了他的掌心。

"阿声！"

慕声听见身后远远地传来柳拂衣的声音，那声音带着一丝决绝，仿佛不喊出来就没机会告诉他了似的。

"妙妙从没喜欢过我。

"她与我们出来的第一天，宛江船上醉酒那一次，她喊的就是你的名字。"

慕声的步子一顿，旋即他朝阵心飞掠而去，黑色衣摆像旌旗般飘起来，发出猎猎响声。在颤动的大地和空气中，他仿佛一只雨燕，直冲阵心。

"我这人小家子气，遇到大问题，不敢轻易回答。不过，如果我的至亲或者爱人已在局中，我愿意为他生、替他死。

"我等你很久了，子期。"

他的脸上含了一点儿复杂的笑意，嫣红的色彩如藤蔓般一点儿一点儿地爬上他的眼角，宛如虚空中有一只手执笔作画，为他添上妖艳诡异的妆面。

原来从一开始，她就在乖乖地等他了。

"警告：角色'凌虞'数据库受损，信息即将丢失，请任务者……

"警告：预计攻击即将造成重大损害，请任务者做好准备……"

嗡——

一声尖厉的嗡鸣声，像是热水壶沸腾时高亢地鸣叫，又像是刮过密封房间的狂风，旋即传来一阵地动山摇的巨响。

吵闹的警报声骤然暂停，凌妙妙茫然地抬起头，看到头顶上的一小团亮光像是被什么人撕开了，一道狭长的裂口由上而下出现，猛然涌入的强光刺痛了她的眼睛。

凌妙妙抬手挡了一下，眼泪都被刺了出来，觉得满眼昏花。

旋即，她感觉到有什么东西落在她的头发和肩膀上。她揉了揉眼角，看见天上天女散花似的落下许多符纸，划过她的眼前。纸上血红的字符蜿蜒，未干涸的笔画淌了墨，拉出长长的线，宛如流着血泪。

一个黑色的影子沿着那道裂口迅速地落了下来。

凌妙妙睁开眼睛，与来人四目相对。

她认识慕声这么多个日夜，从来没有见过他这种脸色。

他浑身上下都被冷汗浸透了，脸色青白，嘴唇毫无血色，唯有眼眸两点漆黑幽幽地望着她，看上去像是从地府来的少年鬼差。

"想死是吗？"他轻启嘴唇，声音很低，"正好，我也不想活了。"

凌妙妙的脑中一片空白，被扬起的衣裙系带不住地轻碰着她的脸。

晃动的气波表明熔丹并没有停止。

他望着她，停了片刻，有一丝血线从他的嘴角溢出。

之前没有任何有人能够闯进闭合的阵心的先例，他为达目的不择手段，这一次已经到了被邪术反噬的地步。

凌妙妙绝望地看着他，身子颤抖起来，先前只是抽泣，现在彻底变成崩溃大哭。

他无所谓地顺手擦了从嘴角涌出的血，抬头望了一眼阵心的开口。二人如同井底之蛙，只能看得到头顶极高的，仿佛永不可及的一线希望。

他将她一把拎过来，强硬地搂进怀里。与此同时，新一轮的攻击落下，整个阵心的空间似乎都被拉伸变形了。

警报声没有再响起。

之后的攻击，全部落在了慕声的身上。

凌妙妙被他用力地压在怀里，动弹不得，连呼吸都有些困难，痉挛的手指抓皱了他背后的衣服。她捏紧了又松开，手心里满是冷汗："放开、放开……"

慕声静默地抱着她，额角的青筋浮现，随着每一次的攻击跳动一下，他一声不吭。

熔丹攻击停止的间隙，他终于松开她，用冰凉的手捧住了她的脸。

"妙妙……"他开口了，眼神有些涣散。他把手指贴着她的耳侧，一点儿一点儿地磨蹭着，将她的脸摩擦得发热，整个人在不受控制地打着冷战。他低垂着睫毛，显得异常温顺："我想听……想听你说一句……你喜欢我。"

凌妙妙双眼刺痛，她哽咽了一下。她抓着他的手，控制不住地抽噎。

"嗯……我喜……欢你。"

"喜欢……你。"

喜欢你。

天边反常地泛起一层紫红色的云，如同滚滚波涛从阵心倒涌上去，遮天蔽日，使天色变得忽明忽暗。

由于阵心的异动，整个阵也变得狂躁起来，急剧地颤抖着。阵中所有的飞禽走兽、地上爬虫，均不安地乱行，仿佛失去了方向。飞鸟不住地撞在树干上，发出喑哑地啼鸣。

柳拂衣和慕瑶肩并肩站着，勉强抵挡着熔丹的巨大威力。柳拂衣的后背浸湿了一片，慕瑶的额头上也落下豆大的汗珠，脸色白得像纸。

"瑶儿。"柳拂衣突然在狂风大作中回过头，乌发飘起，声音被吹散到各处，宛如一声喟叹，"你说人这一生，究竟为什么活着？"

慕瑶的嘴唇动了动，她迟疑道："责任？"

年轻的捉妖人轻轻地摇了摇头，唇边浮起一丝悲悯的笑容，忽然将手上的符纸转了向，直冲阵心。

与此同时，他失去保护的腰腹在熔丹中受到重创，令他蓦地吐出一口血。

"拂衣……"慕瑶瞪大了眼睛。

风卷起他的头发，他双手张开，像是一个拥抱的动作，而他手上的所有符纸像无数只飞鸟，争先恐后地向阵心而去。

慕瑶那浅淡的眸惊异地凝视着阵心的方向，她蓦地懂了。

她也跟着放开了手，任凭五脏六腑颠倒，将全部的力量对准泛着光芒的阵心。一时间，满天的符纸迸发出无数道光芒，犹如铺天盖地的箭雨，他二人便是站在城墙上射箭的将军。

她不做冲出去的打算了。

如果不能将本该站在这里的伙伴从阵心里救出来，那便四个人一起葬身此地。

"你怕死吗？"柳拂衣问。

慕瑶摇头："我不怕。"

相反，她这一生，似乎从来没尝试过这样的疯狂与纵情。

"我也是。"柳拂衣笑着擦了擦唇上的血迹，平静地望向前方，"瑶儿，活着是为了不留遗憾。"

九玄收妖塔震颤起来，塔窗内迸出红光。它似乎感应到了主人的危险，那摆着小木塔的梳妆台承受不住这样的能量，像是被小鸡啄破的蛋壳，绽开一道道裂痕。

怨女正静坐在宅子中的房间里，双手死死地扣住桌子，手背上的血管迸现，眼球里布满血丝。

阵心已经因慕声的强行冲入而裂过一次，不得已吞下两个人，现在又被大量的符纸攻击，导致阵心受扰，阵中的气场骤乱，已然失控。现在即使是她这个阵主人，也无法控制它吞噬天地的欲望。

再这样下去，她也将葬身此地。

此时此刻，九玄收妖塔也躁动起来，巨大的能量辐射四周，令她坐在凳子上动弹不得，犹如发病似的身体抽搐起来，眸子在栗色和黑色之间反复交错变换。

"听闻人死以后，要过奈何桥。携手走过去，来生还能做夫妻。"慕声抓着她的手贴在自己冰凉的颊边，他的声音已然很轻，还坚持说着话，睫毛扫在她的指尖，语气很平和，"今日我们一起死在这里，你会不会在桥下等着我？"

凌妙妙哽咽着，身子不敢动，生怕一动，便会引得他大量地吐血："等。"

少年抬起头，漆黑的眸定定地望着她，唇边翘起一个几乎看不见的弧度，似乎是在笑她。

他这样笑着，缓缓地垂下睫毛："都是骗人的鬼话。"

"什么？"凌妙妙失神地问。

他怜惜地凝视着她，轻柔地将她滑落的发丝别至耳后，若有似无地笑道："人无来生，只此一次。"他停下动作，望着她的眼睛，似乎是在郑重地同她许诺，"我不会让你死的。"

一口血从他的唇边溢出，他猛然拉过她，吻在她的唇上，温热的血液沾满了她的嘴唇。

他留恋的、紧闭的双眼睁开了，他用颤抖的指尖将她唇上沾着的血认真地涂抹均匀，笑道："这样……便认得了。"

凌妙妙反应过来，尖叫着伸手去抓他的手，但他的指尖已经绕在发带之上。他猛一拉，竟然将发带扯了下来。

白色的发带从他的指尖挣脱，似乎真的变作白色的蝴蝶，在风中飞走了。

一头漆黑的长发缓慢地散落下来，盖住了他的耳朵。

随即，他的发梢扬起，飘散在空中，刹那间便长到了脚踝。

刺目的红光爆裂开来，半妖之力倾泻而出，如同潮水灌满洞穴。整个阵中地动山摇，丝绸般的边界被骤然穿出几个大洞，马上要被撑破了。

头顶上那一方狭小的天幕，已变成浓郁的血红色。

梳妆台在颤抖着，发出嗒嗒嗒嗒的轻响，九玄收妖塔发出红光，炙热得仿若是烈火在焚烧。

怨女的眼珠在交替变化中嗒地一翻，短暂定格住了懵懂的黑色眸子。

端阳茫然地望着镜子，发现梳妆台晃得厉害，镜子里的人影也跟着震颤，几乎看不清面孔。

老天，这是在哪里？地震了吗？

她的指尖诡异地落在镜子上，她望着镜中陌生的脸，疑心自己是不是在做梦："我怎么了？我为什么成了那个女人？"

她在极度惊恐中低头一看，看见了发着金光的九玄收妖塔。

啊，这不是柳大哥的塔吗？

她感到了一丝安心，下意识地伸手去拿。

谁知，在她纤细的指尖碰到收妖塔的瞬间，整个阵发出了巨大的轰鸣声，仿佛有什么在一瞬间爆炸开来。九玄收妖塔金光大作，猛地飞上了天。

端阳感到身上压着的什么沉重的东西突然脱开了，刹那间感到一阵轻松。

女人嘶哑扭曲的惨叫响彻整个天幕，旋即消弭于无形。

少年的长发在空中飘散，他眼角赤红，漆黑的眼里满是戾气，除了安坐在他的身前的凌妙妙，碰到他的活物全部成了粉末。

他的眸子于强烈的杀意中，艰难地维持着最后的清明。

他用沾满血的手摸了摸凌妙妙的脸，睁大眼睛，两滴艳红的血泪顺着脸颊滑落，拉出长长的线，诡异万分。

"我死以后，你要为我守节三年。"

大雪天、新年夜、捉小鸟、堆雪人……

那些都是他这一生难以企及、求之不得、念念不忘的事情。

破开的阵心边界化作鹅毛大雪般的碎片，旋转飘落下来，将二人笼在中央。天幕开始寸寸清明，白色的光芒开始涌入。

"胆敢……爱上别人，我……"

他黑漆漆的眸子轻轻一转，停住了。

可惜，这世上再无我。

"叮——恭喜宿主，攻略角色'慕声'好感度达到100％，人物攻略成功。

"叮——任务者'凌妙妙'在《捉妖》中的任务圆满完成。"

凌妙妙听到，欢呼声与掌声、浪潮声与风声，一齐灌入耳朵。

番外一　偷窃记

　　"你们这家人怎么回事儿呀？偷、偷、偷，一只两只算了哦，七八只我们要不要过活的呀？年纪轻轻有手有脚的，怎么这么不要脸……"

　　门只是虚掩，吱呀一声便被推开了，咣当撞在门口的木桌上。

　　那穿着粗布衣裳的妇人气势汹汹地进来，边走边麻利地挽起袖口，嗓音粗哑："我今天就看看你们家怎么回事儿……"

　　凌妙妙猝不及防被喷了一脸唾沫星子，睁着眼睛呆愣愣地看着妇人，张了口，还没反应过来，身旁轰地涌过一片乌云，漫过了对方。

　　那不知是什么东西，黑气从脚下升腾起来，盘桓在他的身上。

　　来人双瞳泛着红光，面无表情地露出尖利的牙齿，举起的手上拎着一只芦花鸡。鸡脖子已经被扭断了，无力地垂在一边，整只鸡被他拎在手里，像钟摆一般左右摇摆，还在滴滴答答地往下滴着血。

　　妇人的叱骂声戛然而止，她嘴巴大张着，嘴唇也哆嗦着，两眼一翻，径直瘫在了地上。

　　"大娘？"凌妙妙被吓了一跳，一边蹲下去扶她，一边拉住旁边人的衣摆向后扯，没好气地叮咛道："你回屋里去。"

　　那人一顿，宛如被关掉了什么开关，瞬间收敛了獠牙和身上翻滚的浓云，转身幽幽地走了。

　　"鸡放下！"凌妙妙拍着大腿，朝着他的背影喊道。

　　他扭身折返，将断了脖子的鸡整齐地摆在凌妙妙的脚下。

　　"大娘……"凌妙妙克服了一下心理障碍，揪住湿热的鸡翅膀，将死鸡拖到了对方的面前，"您看这鸡……"

"不要了……送……送你了……"妇人被她碰到的瞬间便惊恐地躲开，仿佛面前的小姑娘是鬼一样，手脚并用地向后退去，"你离远点儿……"

凌妙妙擦了一把额头上冒出的汗，心中的愧疚更甚。她从怀里掏出荷包来，捏出了一点儿碎银递给妇人，感觉有点儿难以启齿："真是不好意思……就……就算我买你们家的鸡，行不行？"

"不用、不用……"妇人把头摇得像拨浪鼓，与此同时，终于爬到了门边，扶住门框艰难地站了起来，踉踉跄跄地跑了。

凌妙妙看着地上的死鸡，不知该说些什么。

半晌，她捏着鸡翅膀，小心地将那只肥硕的芦花鸡提了起来，扔到了厨房里。

厨房是改造过的，空间巨大便于储物，里面各种各样的野生动物堆得比人还高，几乎被冻成了一座冰山。凌妙妙将鸡丢上去的时候，还要踮一下脚。

她刚把鸡丢上去，又觉得不妥。

她想到，这鸡不是用术法杀的，是被他亲手掐死的，估计放不了多久就要坏掉了。

她揉了揉胳膊，想把鸡取下来，却够不着了。

她踮着脚试了三四次，指尖堪堪碰到鸡翅膀，只能揪下几片小茸毛。

她束手无策，只得喊人："慕声。"

他似乎专门等着她的召唤似的，黑雾一凝，人影瞬间出现在她的面前。

他浓密的黑发柔顺地披散到了赤裸的脚踝边，露出的耳朵尖带着细细的茸毛，雪白的脖颈修长，上面是一张苍白的脸，缀着一双懵懂的黑眸，上挑的眼尾绯红。

因为他走路带风，脚步又轻而无声，那床单似的蔽体黑布，偏让他披出了一股凌厉的仙气。

现在这人摆在家里，晃来晃去，就像是个绘着写意线条的花瓶。

凌妙妙仰头看了他半晌，吁了口气，指了指那顶上的鸡："取下来吧，今天吃它。"

今天吃红烧鸡。

热腾腾的鸡肉散发着浓郁的香味，凌妙妙盯着硕大的盘子，半晌没能下去筷子。

慕声摆盘的时候，不知出于什么心态，将狰狞的鸡头折成了一个诡异的角度。于是那只死不瞑目的芦花鸡，正直直地看着凌妙妙。

凌妙妙无言地用筷子戳了两下鸡头，令那只横死的鸡低头伏倒。她十分好奇地问："这么摆着，好看吗？"

对面的人直挺挺地坐着，听了她的话，只是茫然地歪了歪头，几缕头发滑落在脸颊上，似乎在疑惑她为什么不乐意吃。

外面传来一阵丁零当啷的响声，凌妙妙回头一瞅，透过窗看见隔壁的妇人一家收拾了行囊铺盖，几个人抬着家具，急匆匆地往外搬。

"啧。"她扭过头，有些幸灾乐祸地敲了敲盘子，"你看看，最后一家邻居也被你吓跑了。以后咱们就是'孤家寡人'了，看你还能偷谁的。"

转眼间，他们已经在这个北边的小镇子待了半年多了。

当时被困阵中，他们二人只能看得见阵心顶上的一小块天，并不知道外面发生了什么事情。他们不知道柳拂衣和慕瑶联手攻击着阵心；也不知道端阳突然醒了过来，无意间用九玄收妖塔收走了怨女；更不知道……慕声解开发带，泄出半妖之力的时候，怨女已经被那收妖塔吞噬了一半，阵心也变得不堪一击。

慕声释放出来的力量就像是一记铁拳，打在了破烂的小木门上，瞬间冲了出去，直接散在了天地间，并没有实现他预想的"我死以后"。

只是在那瞬间，一直被压抑的妖力骤然失去了限制，他便失控了。

直至柳拂衣和慕瑶赶来，借九玄收妖塔之力联手压住他，才勉强止住了他无尽的杀戮欲望。

可这终究治标不治本，他已经成了这副尊容。

暴涨的戾气已经压倒了他作为人的理智，他除了还认得她之外，与狂兽没什么区别。

他必须以杀戮宣泄力量，但是因为凌妙妙管着他、限制着他，他只得从身边下手，连续七八次偷鸡的目的在于杀，而不在于鸡本身。

此时此刻，凌妙妙正侧眼看他。

少年安然地垂着眼帘，手法娴熟地揪下一个鸡翅，随后又拆了另一个。

嗯，他会做饭，家务全揽，还很听话，只有一个缺点——不会讲话，不能交流。这半年来，凌妙妙每天都在自言自语，就连她扳着他的脸对他喊柳拂衣的名字，他也没有丝毫反应。

但总归人还在，凌妙妙不敢奢求更多了。

为了扭转这种局面，柳拂衣和慕瑶已经踏上了去往极北之地的路，想要再去找一份当年白家找到的雪魄冰丝，拿回来裁成第二条发带，把他那不受控制的头发扎起来，或可压住他这邪性。

他们二人，已经两个月没来信了。

这些事情已经完全偏离了《捉妖》的原剧情，她的未来也没有了丝毫参照，她也不知道未来的结局。

从他们改变了结局开始，这个世界的运转就不再受任何既定的规则限制。而凌妙妙暂时关闭了系统提示以后，再也没有烦人的声音出现在她的脑海里。

他们正在书写一个新的、未知的故事。

凌妙妙走神的工夫，慕声已经把一个鸡翅堆进她的碗里了。

凌妙妙："我吃不了这么多……"

他充耳不闻，一意孤行地将另一个捋下来的鸡翅也放进了她的碗里。他发现放不进去之后，便很聪明地用筷子戳着，用力将它戳进了米饭里，随后抬起眼，满眼期待地看着她。

"筷子用得不错。"凌妙妙眨着眼睛想了半天，吁了一口气。

慕声低头看着桌上的饭，纤长的睫毛翘起，笑了。

他以半妖原本的模样行走在世间，展现出了逼人的美丽、残忍和戾气。

最开始时，只要他需要能量，便不分生熟，把食物抓起来就放到嘴边，将那些食物变成一股黑气吸进嘴里。

若是活的，那动物的血液便顺着他雪白的手臂流下来，滴滴答答地滴在地上。他眯着眼睛，舐舐带血的手指，享受着胜利的果实，那场面要多震撼有多震撼。

这门，他是出不得了。凌妙妙将门锁起来，教他用筷子花费了一个礼拜，却还是教不会，气得她趴在桌上哭了一场。她直起身子擦干眼泪，准备继续教的时候，却发现他自己艰难地拿住了筷子，正抿着嘴看她。他那无措的眼神，有一瞬间与从前的他的眼神重合。

从此以后，慕声知道了只在看她拿起筷子的时候，才可以吃东西，倒是很乖。

"喀，以后不能偷鸡了，知道吧？"妙妙一边啃鸡翅一边盯着他，感觉自己像是养了只宠物。

他用湿漉漉的眸子直直地盯着她，似乎闪过了一丝欲说还休的无措和委屈。

凌妙妙茫然地与他对视，心里算算日子，蓦地懂了。

吃过饭，慕声收拾了餐具。他像是被设定好程序的机器人，认真细致、任劳任怨地承担各项工作。一切结束之后，他端坐在椅子上，垂眼看着桌面，颤动的睫毛彰显着他心中的躁动和不安。

凌妙妙走去关紧门窗，深吸一口气。她艰难地转了个向，撩了裙子坐在他的大腿上，搂住了他的脖子。

少年的眼睛慢慢变得血红，睫毛颤动起来，他将头扭到了一边，认真地看着前方的空气。

凌妙妙把他的脸扳回来，气鼓鼓地说："看我。"

他又慌乱地将头扭到一旁，他原本坐得端正笔直，现在身子却开始颤抖起来。

凌妙妙身上穿了一件绣着仙鹤的诃子，她反手一拉系带，诃子便落下来，里面是轻薄的齐胸襦裙，雪白的胸脯半遮半掩，透出一道细细的沟。

青涩少女的性感，才是最诱人的。

因为她不大喜欢这样暴露的衣饰，这才在外面穿了这件能把自己遮得严严实实的诃子，现在看来它反倒多余。

慕声整个人都怔住了，旋即明显地躁动起来，双眸通红，手抓着桌子角，仿佛下一秒就要落荒而逃了。

每隔一段日子，他的力量就要集中爆发一次，这时他会到外边大肆杀戮。他还记得不要浪费，会把战利品全部捡回来，乖乖地堆在厨房，把那些动物冻成冰山。

后山的妖物总共就那么多，经不起这样的折损，被他杀来灭去，死的死、逃的逃。

但是，若不让他屠戮妖怪，他便要杀人家的家禽家畜，扰得四邻鸡犬不宁，凌妙妙只好想了别的法子供他发泄。

譬如，跟他睡一觉。

这样他能安生大半个月。

比起杀戮时的肆意，在这件事儿上，他谨慎得多，他用力地将自己限制着，好像生怕会误伤了她一样。他不憋到最后一刻，绝不会轻易碰她。

凌妙妙整个人挂在他的身上，亲吻着他尖尖软软的耳朵，又用手摸了摸，感觉自己像是在诱拐青少年的不良少女："可以、可以，来吧……"

少年眯了眯眼睛，漆黑的眸中水光莹润，眼角红得宛如沁了血。他嗖地站起来，六神无主地抱着她，扎进了最近的帐子里。

这样，她便轻易化解了一场风波。

夜里，凌妙妙做了个梦。

在梦里，她回到了初来这个世界的时候。在长安城里，慕声变着花样欺负她。

他在白日里将她丢在人潮中间，待到夜幕降临才来找她，讥笑着将她带回去。

他在前头走着，宽肩窄腰，背上绣了麒麟花纹，腕带绑紧，收妖柄像镯子似的挂着。少年扎着高高的马尾，毫不留恋地自顾自走着，靴子挺括，显得干脆利落。

这时候，他纵是无情，也是好的。

凌妙妙明知道那是个幻影，还是在后头跟了两步，猛地跑上去，从背后一把抱住了他。

他惊愕地顿住脚步，转过身来，将她从身上扒拉下来，似笑非笑地睨着她："凌小姐不好好走路，这是干什么？

凌妙妙刚说了一个字，便喉头一哽，流下了眼泪。

"没什么。"她擦了擦眼泪，平静地说，"我就是，太想你了。"

她明知道这样做毫无作用，却还是忍不住对梦中人说了真心话。

慕声伸手接住了她的眼泪，讥诮地看了一眼湿润的手指，又伸出指腹抹了抹她的脸："别哭了。"

凌妙妙嗯了一声，别过头，扬了扬手，示意他先走："走吧。"

他却半晌没动。凌妙妙抬眼，看见少年正低着头，微笑地望着她，带着百般克制的留恋之情。

这样的神情，是她再熟悉不过的。

他理了理凌妙妙被风吹乱的头发，还在她的颊上吻了一下，轻轻地道："我也很想你。"

凌妙妙睁大了眼睛，伸出手去摸他，刚碰到他，便骤然醒了。

深夜里的蛐蛐儿在鸣叫，夜色显得如此寂寥。

凌妙妙茫然地望着虚空，感到脸上湿漉漉的一片。

身旁的人黑亮的头发铺了满床，他正捧着她的脸，一点儿一点儿地吻去她苦涩的眼泪。

她侧过头，只见慕声的眸子又黑又亮，他懵懂地看着她。

她慢慢地依偎过去，环住了他冰凉的身体，用力将他背后的衣服揉皱了。

番外二　回乡记

一

"姑爷得了失心疯。"

凌妙妙挎着一个精巧的竹筐刚进门，就被眼前乌泱泱的一群人惊呆了。

这个镇子位置偏僻，靠着深山，环境比较恶劣，自零星的几家邻居仓皇逃走之后，她已经很久都没有见过这么多人了。

背对着她的阿意还在对一群人训话："所以，见了姑爷要像往常一样问好，不许笑，不许盯着姑爷看，听见没有？"

"听见了！"家丁仆人整齐划一地回答道。

阿意掏了掏耳朵："没听见。"

"听见了！"这时的回答声成了震动天地的咆哮声。

"谁跟你说姑爷得了失心疯？"凌妙妙脆生生的声音紧接着响起来。

阿意被吓了一跳，慌忙转过身："小姐？"

凌妙妙扯着身后的慕声慢慢地踱了过去。慕声骤然见了这么多生人，精神紧绷，黑眸里翻滚着戾气。

这地方偏僻，买几棵小青菜都要走好几里的山路，她自然是记不得路的。现在慕声已经可以很好地控制见人就杀的习惯，于是凌妙妙便安心地把他当作导航，带着出门。

"姑！爷！好！"

凌妙妙刚靠近他们，那震动天地的咆哮声就又响了起来。

凌妙妙被吓得一哆嗦，身后的慕声也被吓了一跳，他的脑海里警铃大作，眼睛蓦地发出了红光。凌妙妙急忙拉住了他的手，让他放松："没事儿、没事儿，都是自己人。"

"是慕小姐来信说的。"阿意的目光自然地挪到了慕声的身上，他一撇嘴角，露出一副难过的模样，"姑爷脸上都画成这样了，还不是失心疯吗？"

慕声不绾头发，也不好好穿衣裳，上挑的眼角画得红红的，看起来又俏又妖……总之不大正常。

凌妙妙顿了顿，瞥了一眼慕声的脸，暗自憋笑。

"慕姐姐怎么说的？"她把菜篮子放在了地上。

阿意从怀里掏出一封信："这封是慕小姐托我给小姐带来的，另一封是寄到家里给老爷的，信上说姑爷病了，请老爷接你们回去住。"他说着叹了口气，满脸怜悯，"小姐，都这样了，你怎么也不跟家里说一声？"

"这不就要回家了吗？"凌妙妙无辜地看着他。

本来凌妙妙居于此地就是为了防止慕声伤人，其次住在这里也便于与从极北之地回来的慕瑶、柳拂衣会合。现在慕声可以控制自己了，她换个地方住也无妨。既然慕瑶来信让他们搬回去，就说明寻找雪魄冰丝的事情大有进展。

那就搬吧，太仓郡郡守府里至少还有她的豪华闺房，比这个荒僻的鬼地方好多了。

她瞥了一眼阿意身后站得东倒西歪的一群人，忍俊不禁："你带这么多人做什么？"

这群人从南到北舟车劳顿，脸色跟病鸡差不了多少，看上去真是可怜。

阿意信誓旦旦道："帮小姐搬东西呀。小姐放心，姑爷不行了，我们还指得上！"

凌妙妙开了锁，推开屋门，把阿意往屋里引，闻言便纳闷了："我们家徒四壁的，人走就行了，没什么东西好搬。"

"怎么没有哇？"阿意绕到她的前头来，"我刚在窗口看见了，厨房里好大一座山呢。"

凌妙妙道："那个不用搬……哎，等等。"她叫住阿意，扭头看了一眼盯着阿意的慕声，"算了，搬上吧，就当是新姑爷给爹爹的见面礼。"

在开往太仓郡的行船上，凌妙妙拆开了慕瑶寄的那封信。

凌禄山接女儿回家，再次斥巨资定了一艘豪华客船。这个隔间是专门为她和慕声准备的，安静舒适，只听得到一点儿轻微的波浪声，香炉里升起袅袅香雾。

家丁和仆人全都住在隔壁，他们带的箱子装满了被敲碎的那一座"冰山"的野味。

慕声不能见生人，尤其是围着凌妙妙的生人，现在没有了仆从的打扰，他显得放松了很多，乖乖地坐着，平静地捏着筷子吃饭，看上去和正常人没有差别。

凌妙妙一边吃饭一边看着信，瞥了他几眼，又怕他一个人无聊，于是边看边念给他听。

端阳帝姬在今年夏天出阁了，下嫁给了一个年少有为的新科状元。大婚之时，她还特意在宴席上留了四个座位给他们。

自然，他们没人去得了，据说帝姬气得在婚礼上大骂宦官。

向来喜爱折腾的帝姬，自己结了婚还不够，还积极做媒。她成功说服天子纳佩云入了后宫，佩云被封为云嫔。

不管佩云未来在后宫的日子如何，但她总算是得偿所愿。

慕瑶和柳拂衣前往极北之地，一直到了魅女族群隐居的大本营麒麟山。他们路上经历的千难万险，简直可以再写一本《捉妖》。

虽然魅女族群摈弃了暮容儿，也不敢接收慕声，但她们到底本着一点儿血缘之情，给慕瑶和柳拂衣指了一条明路。

那雪魄冰丝不是她们产的，而是麒麟山上的桑蚕吐出来的，桑蚕两三年才结一次茧，可遇不可求。二人只好焦急地在山上找，好不容易才找到了几只桑蚕。

不幸的是，当时不是桑蚕吐丝的季节，他们左等右等都等不到桑蚕吐丝，干脆在麒麟山扎下了根，盖了座房子住下来，每天都观察着。

这一住就是两年，两个人在等待的过程中还生了个女儿，就叫雪蚕。

他们写下这封信的时候，慕瑶又怀孕了。

"慕姐姐都要生第二个了。"凌妙妙啧啧叹息道，摸了摸自己软绵绵的肚子。

她和慕声没有做过什么措施，但她的癸水每个月还是来得很准时，让她觉得难以相信。

"估计是你不行。"凌妙妙一边扒拉着米饭,一边下了结论。

物种隔离不是说着玩儿的,马和驴生得了骡子,但那骡子还能生吗?那是不行的。

啪!

凌妙妙被吓了一跳,一口饭差点儿噎在嗓子眼儿里。她一抬头,发现他把筷子摔了,正用一双漆黑的眼睛幽幽地盯着她。

凌妙妙乐了:"你听得懂啊?"

凌妙妙另外给他拿了一双筷子,想塞进他的手里,谁知慕声把手一收直接背在了身后,只盯着她不说话。

嚯,还有脾气了。

"我没有怪你的意思。"凌妙妙一边信誓旦旦地解释,一边把他藏在背后的手往外拽,"这多好哇,也不用担惊受怕的,我还不想要呢。"

是的,她完全想象不出来眼前这人当爹是什么样的,再给她十年,估计她也想不出来。

"要像柳大哥那样三年抱俩,谁受得了……嗯!"

话音未落,他的手忽然握住了她的腰,他站起身,连拉带拽地把她拦腰抱了起来,扔到了柔软的被子里。

阿意从窗外经过,听见一声惊叫,隐约看见自家小姐被姑爷抱起来了,就想起大婚那日下着大雨,那个少年专横地将小姐抱出来,吩咐他撑伞的模样。

姑爷虽然嫉妒心强了一点儿,但对小姐是真的很好。唉,可惜……

他非常难过地走开了。

这厢,凌妙妙被慕声粗暴地压在床上,下意识地伸出手臂格挡。慕声用双手撑着床,停下了动作,长发从肩上滑下来。

他并没有压在她的身上,而是保持着那个动作。他箍着她,一动不动,直勾勾地盯着她的脸看。

凌妙妙摸不清他到底想干什么,便与他对视了一会儿,从他的眼神里读出了些幽怨的意味。

"你能生?"她试探着说。

少年略微缓和了神色,眸光闪了闪。

"别说三年抱俩了,你比柳大哥强得多,你一年就能生一个足球队！"凌妙妙满脸真诚，开始满嘴跑火车。

慕声似乎无法理解这话的意思，但是看她黑白分明的杏眼里含着笑，大约是肯定的模样，便信以为真。少年睫毛一动，手臂一收，他直起了身。

只是在放了她之前，他似乎觉得不太解恨，又捏着她的下巴，在她的唇上咬了两下。

船行三日便到了太仓郡。凌妙妙望着那规划整齐的街市，有种恍若隔世的感觉。

清晨，微凉的雾气还未散去，路上的行人很少。她仰头四顾，有些不认识了："咱家那个大匾额呢？"

在她的印象里，郡守府屋宇连绵，中间有个大园子，房屋的飞檐翘起，门口还有两只巨大的石狮子镇着，气派而奢华。

"小姐，这边，咱们搬家了。"阿意引着他们拐了个弯。

"原来的郡守府呢？"

"卖了，换了银钱，填补赈灾的银两。"阿意停住，指着一处同无方镇的那处宅子差不多大的小民宅，"就是这里。"

凌妙妙有些意外，迟疑地迈进门里："宛江又发大水啦？"

刚进门，她便惊呆了，这宅子小巧玲珑不说，那布置简朴得简直与她老爹那铺张浪费、附庸风雅的风格背道而驰。

"不是，是因为小姐在外……"阿意在前面走着，笑着回过头来，"老爷说，往后谁也不要同他比清廉，他这是行善积德，为了给远行的亲人多求福报。"

凌妙妙喉头一哽。

一个影子从屋宇的后头小跑着绕了出来，那人见他们站在前院，怔了一下，随即挺着大肚子一颠一颠地跑了过来："乖宝儿？"

"爹！"凌妙妙攀住凌禄山的手臂，有些吃惊地盯着他的绸裤，"这是干啥呢？"

"我也晨跑。"郡守非常得意地抹了一把额头上的汗水，挺了挺肚子，"坚持了好几年了。怎么样？阿意都说我瘦多了。"

凌妙妙打量了他几眼："嗯，是瘦多了。"

"会说话。"郡守笑眯眯地摸了摸她的头发。

慕声突然收紧了手，露出了警告的神色。

凌妙妙反手握了握慕声的手，比画着："是我爹、我爹，记得不？"

他似乎是完全不晓得，又似乎是记得一点儿。他歪了歪头，用漆黑的眸对着她的眼，放松下来。

她回头看了一眼乖乖站着的慕声，不知道该怎么解释："爹，他……"

郡守一手拉着她，一手拉着慕声，像是牵着两个小孩儿，笑呵呵地进了屋："没事儿、没事儿，爹知道呢。"

这时，天大亮起来。

二

"我就说阿声是个周全的孩子。"凌禄山靠在椅背上，挺着大肚子，一边喝着茶，一边笑眯眯地说。

下人们已经一溜烟地将箱子摆开了，每一只箱子里都冻着不同的飞禽走兽，显得很是壮观。那些被敲碎的冰块都冒着冷气，使室内一时间变得凉飕飕的。

慕声坐在一旁，垂下的睫毛一动不动。

凌妙妙看了他一眼，咳了一声，替他答道："还差得远。"

让她惊讶的是，郡守居然一点儿都没问起慕声的病情，就像是什么也没发生似的坦然接受了，倒令她有点儿心虚。

"胡说。"郡守瞥了她一眼，"你成婚的时候，人家还派人大老远送了雁。"

那雁到了的时候，还是活的，翅膀上还扎了大红的缎带。那只大雁在厅堂里直扑腾，闹得人仰马翻，让屋里端茶的丫鬟、外头洒扫的伙计都扔下了手上的活计跑过来看，真是挣足了面子。

凌妙妙抿着嘴笑了。

郡守神秘兮兮地看了慕声一眼，压低了声音对女儿说话，似乎是怕被他听到一般："其实，当时他们第一次来到咱们这里，我就瞧上他了。"

事实上，无论声音大不大，慕声都没什么反应。他侧着头，专注地瞧着凌妙妙剥花生的手。

凌妙妙剥好花生，就顺手往他的嘴里塞了一颗："又开玩笑了，爹怎么没看上柳大哥呢？"

622

"哼。"郡守冷笑一声，"柳公子一看就是和那个慕姑娘两情相悦的，就算你喜欢，爹也不许。"

凌妙妙一晒："当时他傲成那样，哪儿好了？"

那时候的慕声，外表看起来温顺守礼，其实内里全是刺，与他接触久了便知道，他的性子恶劣得很，亲近不得。

他的警戒心很强，即使有谁对他好，他也不敢信任，往往恩将仇报。一般的人被白眼狼咬了一回，也就收了手，再也不去喂他了。于是他又在孤独中期待着，在等待和失望之间循环。

如果不是凌妙妙在系统的要求下一而再，再而三地放低姿态，突破他的防线，也不会知道他是这样一个人。在原剧情中，他直到最后一个人赴死的时候，依旧将自己锁在心中筑起的高墙之内，无人懂他。

凌妙妙突然觉得，系统设置这个攻略任务还是有那么点儿道理的。

对于慕声"哪儿好"的言论，郡守很坦诚地两手一摊："俊呀。"他似乎觉得光看外表有些不妥，又补充了一句，"少年人，轻狂一点儿才有魅力嘛。"

一下午就这么安适地过去了，慕声坐在她的旁边做个安静的旁观者，倒也不觉得多余。

总归，郡守有种与众不同的魅力，他的接受能力很强，再惨淡的日子都能被他过得生龙活虎。

"对了，让阿意带你准备准备，你表舅母明天要来做客，你得好好感谢她。"

凌妙妙想了半天，才想到那是谁——是在破庙里给她证婚的那位表舅母。看在那双珍贵的羊皮小鞋的分儿上，她确实不能薄待了人家。

"准备"的内涵很丰富，除了准备好表舅母的吃穿用度之外，凌妙妙还被拉去做了几身新衣服。

按郡守的话来说，凌虞的母亲早逝，表舅母对她的怜爱就代表了母亲的家族对她的怜爱，对方见不得她受一点儿委屈。再加上慕声是表舅、表舅母亲自考察通过的姑爷，现在姑爷成了这样，如果她再表现得"灰头土脸"的，表舅母会更加内疚。

凌妙妙做完衣裳回来，已经是傍晚了。她在新宅子里的闺房比原先的小了一圈，但依然很舒适，屋里的灯烛高低错落，荧荧的光照在鲛纱帐子上，闪亮亮的。

凌妙妙飞快地洗漱完毕，连跑带跳地摸到床边，蓦地把帐子一掀。

这是在他出事儿以后，她发明的小游戏。

慕声处于半妖状态，生活没什么节律可言，日夜都像猫头鹰一样睁着眼睛坐在那里，通常是凌妙妙熄灯躺下以后，他才跟着一起睡。

她每次都会像躲猫猫似的将脸藏在帐子后面，然后这样"张牙舞爪"地出现，逗他一下。他便坐在床上，睁着一双漆黑的眸，目不转睛地盯着她的脸，好似对突然多出个人来感到新奇得很。

今天，她一掀开帐子，却意外地发现他竟然躺下睡着了。他的睫毛安稳地垂着，双手搁在腹部，像个睡美人，一点儿都没有被惊醒。

凌妙妙："……"

游戏对象没有回应，她感到有点儿失落。

但很少见他睡得这么沉，凌妙妙不想叫醒他，便轻手轻脚地跨过了他，呼地吹灭了烛火，睡了。

明亮的月光从精巧的花窗投射进来，落下了斜斜的菱形。

半夜里，凌妙妙迷迷糊糊地醒了过来，看到床边坐了个人，差点儿被吓出一身冷汗。

那人的身上沐浴着月光，如霜的月光落在他的长发上，他的发丝也闪着亮光。

他静静地坐在床边，看着她。

凌妙妙眯着眼睛看了半晌，伸手往旁边一摸，感觉到空空的被褥冒着凉气，心里咯噔一下，感觉到心脏猛烈地跳动起来。

即使他坐着一句话也不说，光看这模糊不清的面目和姿态，她也能分辨出来一点儿什么。

她慢慢地爬起来，侧眼看着他，然后伸手摸向了他的肩膀。

她的手还没挨到他，便被他反握住手腕。他伸手一拽，把她抱坐在了腿上。她骤然贴近了他的胸膛，甚至清晰地听见了他的心跳声。

她试探着开口："你怎么醒了？"

骤然出声，她才发现自己的声音怯怯的。

那个影子看了她半晌，清越的声音传来："是你在做梦呢。"

他说话了……

她真是做梦无疑……

"不信？"少年拉住她挣扎着去摸蜡烛的手臂，抱住了她，用脸颊在

624

她的发顶轻轻地蹭了蹭，脸上还带了点儿冰冷的笑意，"你点上灯，就见不着我了。"

荒唐，真是日有所思，夜有所梦。

凌妙妙脑子里昏昏沉沉的，害怕自己一动就醒了，于是她一动不动地任由他抱着，感受到他的手轻柔地抚摸着她的头发。

随后的十几分钟里，她一直保持着这种晕乎乎的状态，回答了很多似是而非的问题。

"想回家吗？"

"嗯？"她发出一个短促的、带着疑问的音节，有些茫然，"不是已经回家了吗？"

"不是这儿。"他一边抱着她轻声说话，一边留恋地吻着她的耳垂，弄得凌妙妙的耳郭酥麻麻的，活像是在哄骗着她。

"想呀。"她眨巴着眼睛，疑惑地说。

他沉默了片刻，又用冰凉的唇亲了亲她，问："那怎么还不走？"

"说起来你都不信。"凌妙妙垂下眼嘟囔道，"你现在跟个傻子似的，我走不了。"

凌妙妙像是和老友彻夜长谈似的，抓着他的袖子把肚子里的苦水一股脑儿向外倒。

"起码也得等到慕姐姐他们把雪魄冰丝拿回来，试试能不能救回你，我才甘心。"她扳着手指头数，"再说了，剩下爹一个人怎么办哪？"凌妙妙说了半晌没听见他的回应，生怕这梦渐渐地褪色了，或是跑偏了，便用力搜紧了他的衣服，"你怎么不说话？"

她从下往上看着慕声隐在黑暗中的脸，只隐约看到他的眼睫在颤动。

"你什么时候回来呀？"她追问了一句。

少年讥诮地翘起嘴角，莹润的眸泛着一点儿月色，侧眼望着她："现在这样安静听话，不好吗？"

"好个鬼。"凌妙妙差点儿委屈地哭了，"我养只鸟儿，鸟儿还会叫呢，哪儿像你？"

慕声的眸中似有一丝恼意闪过，他扳过她的脸，低头狠狠地咬了一口她的唇，带了点儿惩罚的味道："这样便嫌弃我了？"

梦醒之后的清晨，凌妙妙感到非常愧疚。

慕声安稳地躺在她的旁边，见她醒了，还凑过来抱她，温顺地蹭着她，对她十分亲昵，她却只顾着沉浸在梦里跟别人亲吻。

"没嫌弃你。"她捧着慕声的脸，吧嗒亲了一下，满脸愧疚地说，"这样也挺可爱的，真的。"

凌妙妙怀着这样愧疚的心情收拾洗漱，去见了表舅母，与对方说话的时候还有些心不在焉。

"没睡好吧？可怜的孩子。"远道而来的表舅母啧啧叹息道，眼里全是心疼，"走，去你房间坐坐，你靠着歇歇，表舅母跟你说说话。"

凌妙妙来不及拒绝，就被表舅母领到了房间，按在了床上。

"表舅母，我坐着说就可以……"

"躺着。"表舅母压着她的肩膀，"歇歇。"

凌妙妙惶恐地撑着床，担心自己说着说着就真的睡着了。

表舅母用目光环视一圈，看到了桌前坐着的慕声。

他实在是太安静了，坐在那里一动不动的时候，几乎没有发出一点儿声音。

她打量着慕声的时候，慕声也在打量着她。

他的判断方式简单粗暴：是人，女的，妙妙主动亲近的。

见状，他便收起了敌意。更准确地说，是他放下了戒备，他对表舅母是爱答不理的。

"啧。"表舅母盯着他，忽然叹息一声，眼泪掉了下来，"妙妙真是命苦哇……"

这吓得凌妙妙立马坐直了身子："您别哭哇……"

表舅母擦擦眼泪："这是我亲自选的姑爷，成婚没几年，就成了这样，让我心里怎么过意得去……"

犹记当年，她以多年业余媒人的身份多方面评估了慕声一番，觉得他是那万里挑一的好人选，怕凌妙妙再不下手，他让别人给抢了，于是当下拍板就定了。

可是现在，这个姑爷得了失心疯，全靠凌妙妙照顾着，可不把凌妙妙给累出黑眼圈了吗？

她早就知道捉妖人是刀尖舔血的，容易出事儿。

她简直是害了人一辈子呀。

"表舅母……"凌妙妙好笑地劝她，"天有不测风云，他变成这样，又怪不到您头上。"

"妙妙。"表舅母握住了她的手，深吸了一口气，"你有什么委屈？跟表舅母说说。"

凌妙妙认真思考了好一会儿，憋出一句话来："我……我不太委屈。"

多好的孩子呀！表舅母的心里更愧疚了。

"别不好意思说。"表舅母旁敲侧击道，"咱们家里头，跟外面不一样，不守那些三从四德、妇道规矩……"

"嗯……"凌妙妙隐约觉得有点儿不对，但一时半会儿没转过弯来。

"所以呀。"表舅母的语气沉了沉，"我就直说了，表舅母给你再介绍一个？"

凌妙妙吃了一惊："可我已经嫁过人啦！"

"那又怎么啦？"表舅母显得有些意外，拍了拍她的手背，"那天下寡妇都不过日子了？"

"可是我……"凌妙妙指了指慕声，比画道，"不是寡妇呀。"

"那也差不了多少了。"表舅母又抹起了眼泪，"阿意都跟我说了，姑爷犯起这病来，凶得很。一年两年还好，要是一辈子好不了可怎么得了？你现在年纪轻，你爹还能护着你。"表舅母语重心长，"往后你爹要是去了，你靠谁呀？你一个姑娘家，不得和丈夫相互扶持着过活？你一直照顾着他，家里没有顶梁柱哪儿行？你现在还不懂，到时候你就知道了。"表舅母摇摇头，"等你着急了，年龄上去了，就不好改嫁。现在你正好，还是花一样的年纪，又没有孩子拖累着，就算是和离以后重新嫁人，提亲的照样能踏破门槛……"

"表舅母……"凌妙妙打断她，这一声声"改嫁"吓得她头皮发麻，她不住地观察慕声，见他没有什么反应，仍然觉得有些不踏实，"别说这个，他听得懂。"

"听不懂的。"表舅母又看了毫无反应的慕声两眼，忧愁地说，"我家里也有得失心疯的，都那样，什么也不知道。"她握住了凌妙妙的手，"孩子，我希望能有人照顾你，不让你受委屈。看你累的，黑眼圈都出来了。"

三

"表舅母哇。"凌妙妙像是捣蒜似的点着头，不住地用余光观察慕声的反应，"您的好意我心领了，可是我……"

"我知道你放不下姑爷，一日夫妻百日恩。"表舅母叹了口气，"表舅母跟你说，就算你改嫁了，这姑爷还养在咱们府上，照旧以公子的用度给他，这样也算全了旧日之谊，你看怎么样？"

凌妙妙快哭了："不行，真不行。"她一骨碌从床上起来，连拉带拽地把表舅母拉出了门，反手把房间锁上了，"咱们还是去敞亮点儿的地方说吧。"

在这儿说话，表舅母是不知者无罪，可她的压力大得很。从前慕声是个醋坛子，听她说一声别人的名字他都不高兴，搞得她烦得要死。要是他还正常着，这会儿不知道得炸成什么模样，兴许这一片好心的表舅母都没法安全地走出房间。

现在，慕声整天用似懂非懂的目光茫然地瞅着她，连生气也不会，她却抢先替他委屈了。

凌妙妙一面严词拒绝着，一面暗自怀疑自己是不是被慕声管成个受虐狂了。

表舅母见她的心意坚定，只好作罢，非常惋惜地摇摇头："真可惜，婶婶手里头握着好几条线呢，个个儿都是青年才俊，唉。"

她们来到了厅堂，下人、丫鬟间或出现，表舅母便不好意思再提这件事儿了，捡些别的趣事说着。她好像也知道了，自己的价值观跟凌妙妙的价值观有些格格不入。

到了黄昏，有一辆马车来接表舅母，她便不顾大家的挽留回家去了。临走之前，表舅母握了握凌妙妙的手，悄悄地说："妙妙哇，你什么时候想好了，就来信告诉我。"

"知道了。"凌妙妙哭笑不得。她摆摆手，目送马车走远，融进一片晚霞中。

郡守赴了别人家的小宴，表舅母也提前走了，家里只有她和慕声吃晚饭。在厅堂吃得没意思，她就派人把饭摆在托盘上，端进房间吃。

慕声还是乖乖地坐在那里，捏着筷子，安静地看她夸奖晚餐。

"今天是银鱼羹。"她兴冲冲地把碗摆在他的眼前，汤里的蛋花诱人，香气浓郁，"还有红烧排骨。"

她觉得委屈了什么也不懂的慕声，于是特意吩咐厨房做了排骨，由她最青睐的那位厨子亲自掌勺，这排骨真是香飘万里。

凌妙妙往他的碗里夹了两块排骨，一敲碗边，脆生生地道："吃吧。"

敲碗边这个坏习惯是她跟着柳拂衣学的，柳拂衣喝醉了兴奋，便拿筷子敲碟子边。这清脆的一声显得很有仪式感，尤其是在没有人能与她说话的时候，这么一声响，会让她觉得好像对方也应答了一样。

桌上还有那位厨师拿手的红糖馒头，凌妙妙往慕声的手里放了一个，撑着脸看他："吃吧。"

慕声拿着筷子吃正常食物的时候，有种矜持的假象。但是当他咬得那馒头里甜甜的红糖流出来的时候，这种假象便破裂了，那红糖淌到了他的手指上，他便毫不客气地舔了舔手指。他抬头睨着她，眼中有一瞬间闪过了强烈的侵略意味，使这个动作显得有些邪气。

凌妙妙瞪大眼睛看了他半晌，而他将手指拿出来，也眨巴着眼睛回望她，显得很茫然。

凌妙妙觉得自己有病，赶紧又递给他一个馒头。

慕声缩了一下手，看着她摇头。

"慕公子，您原来可是一次能吃三个呢。"凌妙妙语重心长地把红糖馒头塞到他的手里，"多吃点儿吧。"

他用三根手指拿着着红糖馒头，垂眸捏了捏，用下唇轻轻地碰了一下顶上那朵用胡萝卜拼成的小花，又递还给她。

见凌妙妙不接，他便耐心地将红糖馒头搁在她的嘴边，睁着明亮的黑眸望着她，似乎是执意要她吃。

嚯，从前都是凌妙妙哄着劝他吃饭，今天倒是反过来了。

凌妙妙激动之下，不负他所望地吃撑了。

她还托盘的时候厅堂里正乱着，郡守应酬归来喝高了，几百斤的人，陀螺似的手舞足蹈地转着圈，阿意带着一堆丫鬟手忙脚乱地扶着他，像一群跟着香气走的蜜蜂。

"乖宝儿！"郡守的眼睛倒是很尖，他一眼就看见了凌妙妙，便东倒西歪地朝她走去。

凌妙妙冲上去扶住他。外头下着雨，他也没撑伞，衣服、鞋子上沾满了水珠。

郡守喝得鼻头红红的，像个圣诞老人。他盯着她左看右看的，又满意地喟叹了一句："我家宝儿真可爱。"

凌妙妙和阿意一左一右地架着他回房间，凌妙妙咬着牙吭哧吭哧地说："没我爹可爱。"

他躺在床上，还在摆着手叨叨着："我不信，你爹是谁？让我瞧瞧！"

凌妙妙拍了拍身上的水，顺手把一绺乱发别到耳朵后面，对着他做了个鬼脸，脆生生地道："我爹是宝，不给瞧。"

"小姐！"阿意龇牙咧嘴地一把按住郡守诈尸般抬起的胳膊，简直服了这对父女，"您先出去吧，这么下去老爷要说个没完了。"

"噢。"凌妙妙耷拉着脑袋出去了，吩咐厨房做了个解酒汤，将这烂摊子留给阿意收拾。

这一趟下来，她也成了半个落汤鸡，端着烛台回房间去了。

刚进门，她手上的蜡烛就哧的一声熄灭了。屋里很暗，暗得冷清的月光显得越发透亮了。凌妙妙被这突如其来的黑暗弄得眼前发蒙，只能伸手乱摸，摸到了桌上点了一半的蜡烛，摸到它的芯子都烧焦了。

"奇怪了，我不是留了几盏灯吗？"

她的闺房里一直摆着四五盏灯，高低错落的，照得满室生辉。

她从抽屉里拿出火石，刚划拉一下，那火星子一闪而过，映照着一双曜石似的眸。

下一秒，一双微凉的手握住了她的手腕："别点灯。"

凌妙妙的那声尖叫还未出口，便卡在了喉咙里。

他的指腹在她的手腕上摩挲着，带着一点儿克制的焦躁。

一次两次倒也算了，第三次她便有些起疑了。凌妙妙的火气噌地蹿了上来，她不信邪地一点，烛火骤然亮了起来。他躲避似的偏过头去，那点火光便跳跃着映在他玉白的侧脸上。

"你是鬼吗？还怕光？"凌妙妙一连点了四五支蜡烛，目不转睛地盯着他的脸，心里如有惊涛骇浪。

果真……

慕声望着她，眼角的嫣红色更加明显。

忽然，他动了，伸手一拉将她圈进怀里，有些粗暴地揉着她的腰，揉了两下，似是耐不住似的将她的裙子撕了。

"妙妙。"他将唇贴在她的耳郭上，声音显得异常温柔，他的手却用力地抓着她的腰不让她跑，"湿了的衣服就不要穿了。"

凌妙妙被他丢进帐子里，感到他落在她脖颈上的吻异常激烈，她觉得自己像是一只被狼叼着的兔子，下一秒就要被咬断喉管了。

凌妙妙在眼冒金星的间隙里喘了口气，神志这才清醒了些。

"三年到了吗？"他低头凝望着她的时候，眼睛泛着红，如同一个令人眩晕的深渊，"就这么想改嫁，嗯？"

他露出这种表情，就表明他快被刺激得失控了。

"我又没答应……"凌妙妙受不住他猛烈的亲吻，又实在挣脱不开，只得咬着嘴唇呼痛。

她眼冒金星，用爪子挠了他两下，而他攥着她的双手，紧紧地贴在自己滚烫的心口。

很久以前，他就想这样做了。

炙热的温度从她的手心里传出来，她隔着他的皮肤感受到了他鲜活的心跳。她在昏昏沉沉中想起这几年是怎么过来的，眼眶直发烫，骤然被气哭了："慕声……你就玩儿我！"

少年嗯了一声，将她抱起来换了个姿势，狠狠地压着她，压得她几乎喘不过气。他的唇却温柔地贴在她的侧脸，摇曳的灯火透过帐子映在他的眸中，化作翻涌不息的痴意："好喜欢玩儿你。"

往常他虽然在这种事情上专横独行，但是好歹也顾念她的感受，她说不要了就是不要。这一回他却放纵自己，一直折腾到深夜，无论她怎么央求都不肯停手，生生将她弄哭了。

凌妙妙哭得抽抽噎噎的，软塌塌地趴在他的身上，身上全是印子，眼睛也红通通的。她的眼泪顺着他的脖子滚进他的头发里，少年的眼角嫣红，他吻吻她的脸，便算是抚慰。

凌妙妙像是垂死挣扎的兔子，留了一点儿力气，一口咬在他的锁骨上："不喜……欢你了……"

慕声翘起嘴角，抚摸着她的头发，嗅着那熟悉的栀子香，眸中漆黑的雾气如夜色被晨曦驱散，一点儿一点儿地消弭于无形。

这天夜里，凌妙妙被他抱在怀里，累得筋疲力尽，可是睡意全无。

"我……饿了。"她瞪着帐子顶，动了动嘴唇，非常不甘心地说。

她现在有点儿明白，为什么慕声要刻意把那红糖馒头留给她了。

少年留恋地摸摸她的脸，起身替她掖好被角，披了件衣服无声地下了床。

"你去哪儿呀？"凌妙妙不安地追问道。

他返回来，又将她按在被子里，漆黑的眼眸映出她的脸，眼里含着一点儿虔诚与怜惜："天快亮了，等我一下。"

慕声的身上披着夜露，他端回来一碗热气腾腾、香飘万里的面。

凌妙妙靠在床头，吹着气，拿勺狼吞虎咽地吃了，吃得热泪盈眶。

少年漫不经心地倚着墙壁，漆黑的眸子目不转睛地凝视着她："好吃吗？"

凌妙妙抬起头，直愣愣地看着他。

"我好不好？"慕声在她的颊边留下一吻，像是敲下一枚印章，"不许改嫁。"

四

三天后，柳拂衣和慕瑶回到了太仓郡。

他们风尘仆仆地到达郡守府的时候，凌妙妙正在房间里观察着慕声，她观察得太过仔细，以至于连敲门声都没听见。

当时，慕声披散着头发，低垂着眼睫，安静而一丝不苟地擦着一只花瓶，擦得很认真，只有耳朵尖偶尔动一下，像只灵敏的小动物。

他擦好花瓶，把它轻轻地放下来，又去擦桌上摆的其他东西，被他擦过的地方都一尘不染。几缕阳光从花窗里透出来，落在少年苍白的手背上，形成一块一块橘色的亮斑。

他走一步，凌妙妙就跟一步，目不转睛地盯着他看，心里怀疑这人是不是变成扫地机器人了。

太阳升起来以后，他便像是五彩斑斓的画褪了色一样，脸上的表情渐渐消去，又恢复到眼前这副模样。

一开始，凌妙妙还以为他是装的。

后来她才发现，他是真的畏光，就像昼伏夜出的动物，偶尔才会在晚上短暂地醒过来，又在太阳出来后陷入沉睡。

凌妙妙又想，当时慕怀江给慕声用了忘忧咒以后，就把他一个人关在漆黑的菡萏堂内，连窗户都用黑纸贴上，想来也有几分道理。可还没等她搞懂是什么原理，这人已经再度失去了语言和思维能力。

半晌没人理会，敲门声变得急切起来，从门口隐约传来一点儿嘈杂的声响和偷笑声。

"来了、来了……哇！"凌妙妙唰地开了门，瞬间惊呆在了原地。

门口站着两个穿着奇装异服的人，他们身上的流苏佩环叮叮当当的，带着点儿民族色彩的外衣上还缝着动物的皮毛，毛领子掩住了半张脸，裹得像是因纽特人。

"柳……大哥？"凌妙妙艰难地辨认着眼前笑吟吟地看着她、皮肤很黑、蓄着浓密胡须的成熟男人。

老天爷，这是原著里那个衣白胜雪、潇洒又忧郁的翩翩公子柳拂衣？

男人手里还牵着个女娃娃，女娃娃的小脸圆嘟嘟的，走路还不大稳当，一歪一歪的，像只企鹅。小女孩儿站定以后，靠着他的腿歇息着，正百无聊赖地扬起脸来，冲着凌妙妙噗噜噜地吹口水泡泡。

凌妙妙一扭头，看到了一个同样打扮夸张的女人，对方没有按照传统手法绾起发髻，而是绑了几股辫子。她笑得和煦温婉，浅色的瞳孔在阳光下像是琥珀，她的臂弯里还抱着个小得像只猫儿似的婴孩。

"慕姐姐？"凌妙妙看呆了。

"嘘。"柳拂衣伸出一根手指，半是好笑半是嫌弃地压低声音，"别这么大声，二宝睡着了。"

他一张口，那种熟悉的感觉又回来了。

慕瑶的第二胎是个男孩儿，落地才四个月，比雪蚕还惨一点儿，连大名儿都没有，只有个小名儿叫二宝。

凌妙妙见惯了这对不食人间烟火的神仙眷侣之前的模样，在她的记忆里头，连牵个手他们都会脸红。如今眼睛一眨，他们便和高山雪原上的农夫农妇一般，就这么生儿育女过起了日子，实在是太令人新奇了。

"我早让你回来之后把胡子剪一剪。"慕瑶偏过头，有些难为情似的红了脸，"你看，都把妙妙吓着了。"

柳拂衣摸了摸自己的宝贝胡子，啧了一声，却只是纵容地对慕瑶笑了笑，扭过头对凌妙妙抱歉地道："麒麟山条件有多差，你都不知道，天天下暴雪，我们一住就是两年，什么礼数都忘了，根本没有那么多时间打理这些东西。"

凌妙妙的愧疚伴随着感激一并涌上来，她想说点儿什么，瞪着眼睛想了半天，说出口的却是："那么冷的地方，蚕不会被冻死吗？"

柳拂衣睨着她，故意摇头叹息道："唉，妙妙只关心蚕。"

"不是、不是，柳大哥，我……"

"蚕！"小姑娘清脆的声音猛地插入对话中，她将吮在口中的手指拿出来，表意不清地喊，"我！"

慕瑶抿着嘴笑了，解释道："这孩子，以为你们在说她呢。"她又腾出一只手拍拍女孩儿的肩膀，"雪蚕，跟小舅母打个招呼吧。"

"小舅母……"这个叫雪蚕的小姑娘生得粉妆玉琢，半是好奇半是胆怯地望着凌妙妙，拖着长长的调子，口水都流了出来。

"唉。"凌妙妙也脆声应答，不知道该回什么礼节好，便弯下腰搂了搂她，嗅到孩子的身上还带着股乳香味。

凌妙妙搂了大的，小的便不乐意了，二宝从母亲怀里伸出藕节似的手臂上下拍打着襁褓，眼睛挤成一条缝儿，哭得小脸通红。

这尖锐的哭声惊动了慕声，他像是闪电一般，人影一闪便挡在了凌妙妙的身前。他的眼里空荡荡的，一丝人气也没有，看着这噪声源的眼神满是冷酷地嫌恶，像是要把对方就地掐死。

凌妙妙瞧见他这神情，赶忙揪着他的衣服，要把他往后拉。

柳拂衣恍若未觉，还捏起二宝的手强行往慕声的手里塞，兴致勃勃地说："阿声，看他跟你打招呼呢。"

慕声全身紧绷着，并不想碰到小孩儿的手。这孩子也不乐意了，他的小手捏成拳头，愣是不肯伸开。

凌妙妙觉得又好笑又担心，便抢先用手包住了二宝的小拳头，小心地把他的手从慕声的眼前挪开，又用身子挡住慕声："柳大哥，你悠着点儿，他现在可认不得人的。"

"不碍事儿……"

柳拂衣才说了半句话，静默得似游魂一般的慕声便骤然发作了，慕声一把抓起了凌妙妙的手腕，把她强行拉进了屋里。

见凌妙妙边走边回头还想说话，他便绕了半圈，站在她的眼前挡她的视线，神色冷冰冰的，不太高兴的模样。

他见她收回视线不看柳拂衣了，小心地舔了舔唇，垂下眼睫，伸手在她面前握了个拳。

凌妙妙盯着他研究了半晌，也伸出拳头，试探着跟他的对撞了一下。

慕声抬眼看她，将手藏回袖中，眼神中充满了控诉。

凌妙妙越发纳闷了。

"这就是雪魄冰丝？"凌妙妙用双手捧着盒子，小心翼翼地瞧着躺在那里面的丝帛。

这丝帛薄得几乎成了半透明状，像是一层薄薄的落雪。她不敢多摸，怕摸坏了。

"你说阿声已醒过来了？"柳拂衣皱着眉，不答反问。

面前的茶盏里热气袅袅，雪蚕伸手想去碰那云烟似的蒸气，慕瑶手疾眼快地捉住了她的小爪子，低声教训她。

屋里烧着暖融融的炭火，二人已经把那厚厚的毛皮冬衣脱了下来，还顾不上喘口气，怀里抱着的两个孩子就够让他们手忙脚乱的了。

凌妙妙的心里漫过一丝同情，她回头看了一眼乖乖坐着的慕声，觉得这人虽然像个傻子，可到底比小孩子听话多了。她回道："他只在夜里醒过两次，白天太阳一出来，还是这样。"

这件事情，慕声自己肯定是最清楚的，也知道贸然出来会造成什么后果。可那天他偏偏放纵得很，一直留到了晨曦初现，以至于他这两天在晚上都醒不过来。

"阳光于大妖不利，他们只能吸收月光，在夜间活动。"慕瑶的声线依然清冷，"但阿声不一样。他在失控的状态下见了日光，妖力反倒会增强。当年我爹发现这一点后，便只得将他关进黑屋里。"

她看了慕声一眼，慕声对上她的目光，却没有丝毫反应。

慕瑶接着说："他现在这样的状态，实际就是理智在与失控的戾气博弈，若是胜了，便能像以前一样。若是理智无法占得先机，他便只能为暴戾所控，吞噬天地。好在现在有你限制着，他还可勉强自控。"

凌妙妙沉默了一会儿，盯着盒子里的雪魄冰丝，语气有点儿怀疑："这玩意儿真能顶用吗？"

这一片看起来像是纸片般的丝帛，还要裁下一条，做这个承受千钧重的闸口，看起来有些危险。

"光靠这个肯定不行。"柳拂衣幽幽地接着说，"当年白瑾给他扎上头发之前还做了一件事儿，你还记得吗？"

凌妙妙一呆："什么事儿？"

慕瑶叹息道："在这之前，暮容儿用断月剪剪短了他的头发。"

凌妙妙缓慢地眨了一下眼，眼里的希冀马上灭了一半。

柳拂衣看了她一眼，似乎见不得她露出那种表情，于是从怀里掏出个笨重的东西，非常豪放地啪的一声拍在了桌上。

那是一把铁质的大剪刀，把手都有些锈蚀了。

凌妙妙震惊于他居然将这种凶器随身带着，再一看，见这剪刀的轴上刻了一枚下凹的月牙，猩红的锈迹如血。

"这是……"

她感到不可思议，不是说断月剪是要用人的寿数来换的吗？

"你猜猜这是谁求来的？"

"谁呀？"凌妙妙看着轴上那个血红色的月牙，奇怪地问。

"慕家出事儿之前，我娘曾经来过无方镇。"慕瑶垂下了眼眸，"她是去找怨女的。倘若当年怨女脱困后没有回到这里，那就说明怨女可能还在慕家。"慕瑶抱着熟睡的二宝，所以声音放得极轻，几乎听不出什么情绪，"那时我娘的身体已经很差，自感时日无多，她便以自身寿数为代价求了这断月剪，以防怨女再将阿声当作复仇的傀儡。

"她在无方镇寄出了两封信，一封是给我爹交代事宜的，另一封是给白家备份的。给白家的那一封没能寄出去，为我和拂衣所得。"

柳拂衣补充了一句："其实，给慕家主的那一封信，也没能寄到他的手上。"

当时，慕怀江已经为怨女所惑，白瑾也身在局中，难以窥见全貌。

怨女下这盘棋下得极耐心。她在白怡蓉的壳子里，神不知鬼不觉地教了慕声反写符，像是温水煮青蛙似的，而后还没等慕家夫妇反应过来，便骤然发难。慕声首次借夜月之力实践邪术时，他的力量完全失控，致使慕家倾覆。这不知道是不是白瑾以寿数换断月剪的另类实现。

怨女利用完慕声以后本想将他杀死，拿回属于自己的力量，却不料魅女会与之一搏，保下了慕声和慕瑶的性命。

"所幸兜兜转转到了今天，断月剪终于还是派上了用场。"慕瑶和柳拂衣对视一眼，目光又落在不远处的慕声身上，"给他剪了吧。"

凌妙妙深吸了一口气，握着剪刀，像是在农场做广告似的，在空中咔嚓咔嚓地比画着，露出了跃跃欲试的灿烂笑容："好嘞。"

五

早春的民汤，多得是三两出游的人。女人们发出银铃般的笑声，隔着飘荡而起的轻纱帘子不住地传入耳中。

温泉坊最里的一间，照旧是郡守千金的单间。在廊里携手而行的人，见了绾起头发的凌妙妙踩着地毯来了，都不禁在背后盯着她看。

噫，郡守千金生得真是水灵。绯色上襦的花纹仿佛一片片绽开的桃花瓣，银线顺着丝帛根根埋进去，若隐若现地闪着光。她的锁骨下面，抹胸上绣着的两簇早樱相对盛开着，绕出祥云样的藤蔓，一直埋进裙头，裙子却是奶白色的，裙上的褶子被压得平整极了，轻盈得如云如雾。

她迈步过去时，飘在空中的系带上还绣着一朵小樱花呢。

听说凌氏已经嫁了人，怎么还像个少女？

几个人惊奇地笑着，在她的身后看着。

她的身后还跟着一个穿着黑衣服的人，那人缎子似的黑发一直散到脚踝，引人羡慕。

哦，她又带着那个人来了。

他低着眸，人们只看得到他被头发掩着的半张脸，还有一点儿翘起的睫毛，侧脸倒是很俊俏。

江南女儿家羞怯，调笑的没有，搭讪的也找不到，那些姑娘只瞪着一双双鹿眼，安静地偷看着。

凌妙妙走着走着，听见四周的噪声突然变低了，再扭头一瞧，发现廊上的女人都伸着脖子好奇地盯着慕声看。而慕声毫无察觉，只是发觉她停了下来，便抬起眼，睁着一双无辜的眼望着她。

她顿了顿，目光越过他，警告地环视着诸位姑娘，伸手将他拖进了里间。

这汤是凌妙妙的私浴，到了自己的地盘，便见不到其他陌生人了。几个守在那里的丫鬟拥上来，熟练地给凌妙妙宽衣解带，准备方巾。

她们都知道，后面那位爷是动不得的。是以慕声身边方圆几米都没有人，他有些孤独地坐在一边。

在遇到主角们之前，此处民汤对凌虞来说形同虚设，因为她性子孤僻自卑，仿佛与别人一起洗澡是什么臊人的事儿，宁愿窝在家里的小浴桶里。凌妙妙来了之后，这处温泉才真正地派上用场。原因无他，光看姑爷这头超凡脱俗的长发，就知道小浴桶是装不下这尊大佛的。凌妙妙试过一次，搞得半间屋子像是发了大水，她自己也湿得像一只落汤鸡，狼狈至极。

她知道这里还有个专属她的池子以后，整个人都松了一口气。

这口汤池足有半间屋子那么大，水汽袅袅，有香风穿堂而过，引得四周帐幔飞扬。兽首喷出温热的水流，落在池中哗哗作响，搅动得漂浮的花瓣四散退开。

凌妙妙艰难地蹲在池边，怀里抱着一盒皂角，正在专心地涂抹着他的发丝。

慕声的长发散在池中，他仰着头，专注地仰视她的脸，睫毛上挂着水珠，漆黑的眸中似也沾染上了湿漉漉的水汽。

到了池边，丫鬟都退出去，拉上了帘子。这里的殿顶极高，偌大的空间只有他们二人。凌妙妙不敢轻易说话，在这地方说话会有回音。

直到憋不住了，她才忍不住开口："你转一下。"

慕声歪头看她，似乎没有听懂。

凌妙妙呼了一口气，周围的空气热得她出了一后背的汗，身上被沾湿的地方却被风吹得冷飕飕的，实在称不上舒服。

她将装着皂角的盒子递给他："你自己洗？"

他眨动一下睫毛，伸手一接，将盒子接住顺手放在一旁。

"那你……"

凌妙妙的话刚起了个头，他便猝然伸手拉住她的手臂一拽，凌妙妙瞬间便失去平衡，惊叫了一声，直接被他拽进了水里。

巨大的水花溅起，更多的雾气蒸腾而出，带着花香的温水扑面而来。她慌乱之下呛了一口水，感觉有人揽住她的腰将她托了起来。下一秒，她立即手脚并用地探到了池底，坐了起来。

凌妙妙的脸通红，被打湿的头发贴在额头上，睫毛上挂满了水珠，她怒气冲冲地瞪着始作俑者。

慕声望了她半晌，在她红扑扑的脸颊上留恋地蹭了蹭，然后抬手将她紧紧地抱在了怀里，这才非常舒适地叹了口气，竟然慢吞吞地靠在了池壁边，享受地闭上了眼睛。

他刚才总觉得少了点儿什么，现在就舒服了。

"你还有脸叹气？"凌妙妙气急败坏，揪着他的衣服挣扎起来，伸手去摸放在池边的皂角盒子。

慕声的坐姿极其放松，他的睫毛一动不动的，人看起来像是睡着了。可是他扣在凌妙妙腰上的手却极用力，她就像是被捕鼠夹紧紧地夹住似的，奋力伸出的指尖离那盒子就差几厘米的距离，却始终够不到它。

妙妙收回了手，怀疑这人是故意的。

"子期？"她清亮亮的声音回荡在池面上，水汽在眼前氤氲飘荡。

慕声睁开眼睛，无意识地舔了舔嘴唇，怀里的凌妙妙紧紧地贴着他，她说话时他的胸腔都在颤，他又吻过去。

凌妙妙手疾眼快地伸手，将他的唇抵住："你还洗不洗了？"

慕声顿了顿，摇头。

"那我们出去吧。"她在热腾腾的池子里待久了，觉得有些晕，仿佛喝了酒一样。她划拉两下水，水面上泛起了层层水花。

慕声望着她带着几分醉意的眼睛，又摇头。

"那你想干吗？"凌妙妙被气笑了，在水里用力一捞，将一股水花直直泼到他的脸上。

慕声松了她的腰，闭眼一闪，水顺着他的下颌往下滴。

凌妙妙还没反应过来，只见他认真地用双手掬起一捧水，极其缓慢地从她的肩头浇下去，打湿了她浴衣前襟绣着的几朵早樱，那水流柔得跟浇灌幼苗没什么区别。

"你浇花哪？"女孩儿低头瞅着自己的胸口，痴痴地笑着。

"嗯。"

"嗯？"凌妙妙悚然一惊，刚诧异地站起来，便被人按回水里，一阵熟悉的气息笼罩了她。

他的唇中衔了一片水中的花瓣，饱满的、深红色的花瓣，全被揉碎在她白皙的脖颈上。

"真可惜。"

梳子顺着他被打湿的长发梳下去，几乎遇不到什么阻碍，连发油都省了。

小小的隔间里拉着帘子，阳光透过厚重的绸布透进来一点儿，被滤成了泛黄的颜色。

"可惜什么？"少年的声音有些哑。

慕声的神情相当放松。凌妙妙给他梳头的时候，他就像是被顺了毛的猫。一点儿懒洋洋的、柔和的光投射在他的脸上，如同画家的手将最温柔的颜色晕染开来。

"我本来想看看你蜕变的过程。"凌妙妙看了一眼镜子里的人，抿了抿嘴，非常遗憾地叹气。

看看你从二傻子变成人是什么模样。

慕声抬眼，反手握住她的手，握得极用力。

"你不放开我，我怎么梳？"凌妙妙直笑，灵巧地将梳子换了左手，歪歪扭扭地梳下去，活像是一条小蛇抖着身子向下爬，她的语气很得意，"可惜我有两只手。"

慕声漆黑的眼底含了一点儿罕见的笑意，眼角的绯红似乎被遮挡不住的阳光滤去了，唯见翘起的眼尾还有一分血色。

多少年以前，红罗帐子外也有一双手梳理着他的头发，那个女人的眼里满是愁绪，泪光盈盈，模糊成一片。而坐在椅子前、晃荡着两条腿的小笙儿，就这么一晃眼变成他。

眼前的女孩儿脸上带着动人的朝气。

终究，那些留不住的也被他留住了一点儿，江水般的岁月在一往无前的奔涌中停住了一瞬，有人用力抓住了他的手，将他从无穷的黑夜中带了出来。

凌妙妙将冰凉的断月剪抵在他的背上，比画着道："剪啦？"

"嗯。"他毫不留恋地应着。

他像是石隙里斜生的小芽，只要有一缕光，便能绝处逢生。

地上的发丝盘绕着，越积越多。凌妙妙被剪子磨得虎口都痛了，才发现他的头发这样多。

她长吁一口气："这么多的仇恨，从今天起就都没有了。"

凌妙妙的手指偶尔擦过他的脖颈，将他的发丝从耳朵上面拢起来，她拢得很不熟练，总是掉下来一些。

她手忙脚乱地捞着他的头发，捞上东边，又掉下去西边，花了好半天才把它们拢成一股高高地拎了起来，她的手心里都出了一层薄汗。

慕声的耳朵和脖颈都露了出来，镜子里的人显现出了全然不同的面目，散发着干脆利落的青春魅力。

"就这样别动，让我来。"

慕声突然出声，按了按她的手。他从盒子里取出了那一条发带，将手伸到背后，微微低下头，熟练地扎紧了发带，眼尾妖娆的血色随之暗淡，眸光却渐渐亮了起来。

这一次，是他心甘情愿、求之不得的。

凌妙妙早就跳着跨过满地的头发丝，往左右两边拉开帘子，早春的阳光刹那间滑过她的脸，将她的瞳孔映照得缩了起来。

亮光蓦地涌进室内，顷刻间便照亮了整个隔间。

凌妙妙扭过身子，逆着光站着，阳光在她栗色的发丝上镶了一层金光闪耀的边，仿佛整个人都化成暖融融的一团。

"亮不亮？"

风吹动她的衣袂，池子里的香气隐隐飘来，妆台上斜插的梨花掉了一瓣，细小的花瓣轻灵地飞出窗外。

少年仰头看着她，黑润的眸子如平静的湖面，头顶的发带犹如伏趴着的白蝴蝶就要张开翅膀。

嗯，从此以后，他的世界便都是亮的了。

番外三　落青梅

一

他最后一次见到薛氏的时候，她气喘吁吁地躺在床上，脖子歪着。她瘦得可怕，颧骨像双峰一样隆起，牵拉着干瘪的嘴皮。她用凸出的双眼盯着他，看起来是想要说些什么，她的嘴唇刚动一下，眼泪便骤然流了满脸，打湿了绫罗玉枕。

他握住她冰凉的手，感觉到她手上的热气已经开始消散了。她的指甲尖尖的，像是某种动物的鳞片。

他记得这双手。成婚的时候，年轻的新娘子自己掀开盖头，浓妆艳抹的脸上挂着不安的神情，指尖像是剥好的水葱。

"侯爷……"她的牙齿轻碰下唇，话语里带着虚弱，眼泪无声地淌着。

"嗯。"他答应着，缓慢地交代，"熠儿，已经醒了。"

他有种预感，薛氏熬不过今日了，因而他的语气变得格外柔和。

他撒了谎。事到如今，她诞下的一儿一女，一个濒死、一个丢失。但她在灯枯油尽之时，也应该听到点儿好消息了。

她却摇头，似乎她想听到的不是这个。如今对她来说，哽咽也变得格外艰难。他怔了怔，把耳朵附到她的唇边，听她最后的交代。

"侯爷……"

一点儿即将弥散的热气喷在他的耳垂上。

她的声音细细的，似乎真的含着无限的疑惑和不甘："您看着我的时候……像是在看着别人。"

仿佛有人捏着一根针，猛地刺入他的心脏。他骤然抬头，发现她涣散的眼睛已然无神，未干的泪依旧闪着亮光。

屋子里陷入一片死寂。

他们成为夫妻已有七载，一直相敬如宾，临了她却只留给他这样一句没头没尾的话。

他现在算是新鳏，却并未如预料般肝肠寸断，只感到了一阵疲倦和冷意，如同被潮水淹没全身。

他一动不动地坐在床边，阳光照在他冒出青色胡楂的下颌上，勾勒出流畅的线条，像是精心作画的人一气呵成绘出的，浓浓粗细，恰到好处。

门被吱呀一声推开，管家的声音小心翼翼的，仿佛是因为看到他失魂落魄的模样，不知如何打扰："侯爷……"

"出去。"他背着门，语调平淡地打断管家。

在外人看来，那背影萧索，如同被悲伤冻结。

只他自己知道，他其实是在疑惑。

他用修长的手用力按着自己的心口，他的心脏，仍在有力地跳动着。

那是为什么？

结发妻子在他面前咽气，竟比不上几日前在安定门见那陌生妖物的一面让他难受。那双漆黑的眼眸对上他的瞬间，像一把利剑插进他的心肺，那样尖锐的痛感让他恍若从梦中清醒。那时，那两个捉妖人的话何其荒唐："这是您的骨肉……"

他眯起眼睛。

窗外树叶摇摆。

别人？

二

他曾经看过东瀛的人偶戏，戏台不过方寸之地，牵丝木偶总共只有五个。

那场戏是薛氏强拉他去看的。新婚伊始，他不好扰了新妇的兴致，便陪着她看了。女眷们看得津津有味，只有他定定地望着那人偶出神。

上一出短戏，那男人偶和女人偶是抵死纠缠的痴男怨女。而在这一出新剧里，同一对男人偶和女人偶擦肩而过，是素不相识的过路人。

也对，它们终究是换了新角色。

他感到衣服被人扯了扯，回过头，只见薛氏目光怯怯，在一片叫好声中悄声问："侯爷，不喜欢吗？"

他这位妻子的肩膀过于瘦削，看起来总是有种软弱可怜的意味。

"惯得他。"赵妃冷哼了一声，过分亲昵地拉过薛氏的手，"他这人就这样，你看得高兴便是最好的。"说罢，赵妃转过脸看向他，那张精心保养的脸上显出一点儿厉色："轻欢，打起精神来。"

"嗯。"他垂下眼睫，心不在焉地敷衍道。

戏台外光影纷乱，流光照在他的脸上，显得他是那样风华无双，即便是这样漫不经心的神情，似乎也会轻易被人谅解。

他的这门亲事是门当户对，也是顺了父母之命、媒妁之言。这个做姐姐的看薛氏的热切眼神，仿佛是看着一座恢宏的大匾额。

这样想，薛氏也是可怜人。

一出戏终了，他就如牵线木偶，妥帖地携新婚妻子出宫回府。

他走在月色下，衣襟落满了月光，身后拉出了纤细修长的影子。打着灯笼的下人离得远了，薛氏脸上是心满意足的笑容，不知什么缘故，她忽然间拽住了他的衣袖。

现在想来，当时的薛氏，也不过是因为席间喝了几杯薄酒，想要撒撒娇罢了。

他的步子蓦然顿住，这一拽仿佛即将入睡的人忽然被人一推，混乱而轻浮的梦境也被推散了。

他想到了一双手。

那双手水葱一样的指尖，先拽他的袖子，一点儿一点儿地攥紧了，随后试探着去握他的手腕，带着些狡黠和依恋。他反手扣住那双冰凉的手，那人便无声地笑了。

她低着头笑着，带着桂子香的清风拂过她头上两缕柔软的发丝，她两眼的弧度被纤长的睫毛点缀，面颊也变得粉红。

他没能等到她抬起眼来。

薛氏见他脸色大变，以为他不喜被人触碰，便讪讪地收回手去。引路的小厮见他们未跟上来，折回来唤他，他便从不稳当的幻觉中清醒了。

那人不是薛氏。

他在晚风中茫然地抬起头，一遍遍回想着他曾见过的命妇、官家小姐、丫鬟乃至歌妓，没有一个是她。

"侯爷是不是又头痛了？"小厮将他扶住，"娘娘说了，再吃一回药，就不会再头痛了。"

一年前，他坠马受伤，留下了严重的后遗症，时时头痛。长姐告诉他，在他昏迷之前，他有应袭的官未袭，还有心爱的人未娶。

他的人生仿佛就此割裂开来，醒来的他，似乎要完成另一人未完成的事儿。

于是他做了官，娶了薛氏。这些日子像是一场大梦，快乐抑或是痛苦，都浮于表面，不能探入心底。

直到新婚之夜，新娘子自己掀开了盖头，烛光映在她的手指上。直到那个瞬间，他看见了那只捏着殷红喜帕的雪白的手，才真正接受了眼前人是他心中所爱之人。

可若薛氏是刚才出现在他的脑海里的那个人……"她"又是谁呢？

三

人人都知道轻衣侯孤傲淡漠，因他无意于仕途，这闲差当得也不咸不淡的。他只做分内之事，从不与人应酬往来。

薛氏即将临盆，他正好有名正言顺的理由告假回家，避开不想面对的闲事儿。

哪怕是飘在天上的人，一旦做了丈夫和父亲，多少也要负起些责任。

他的温情向来不多，从来都是点到即止、恰到好处。薛氏的失望，他心里也明白，却只当自己本身就是个冷情冷性的人。

唯独那段日子她很满意，仿佛只要他在家里待着，便能使充满忧思的女人停止乱想。

薛氏已午休睡下了，屋里静默地燃着暖香。他倚在窗台边，以手支着下颌，暖融融的光照在他的眼睫上，他不经意间便打了个盹儿。

一个年轻的女子，拎着裙子背对着他站着。她赤着脚踩在地毯上，脚踝纤细、小腿笔直，又半弯着腰，侧过身来的时候，能看见她凸出的小腹。

她不似寻常妇人那般腰身笨重，走路也不像鸭子摆步。她怀着身孕，却只像是在她纤弱的身上捆了一个球，越发衬得她骨骼纤细，仿佛一弯就能折断。

"你在找什么？"

真奇怪，即使她有了身孕，他依然能够轻松地一手将她抱起来。

他从未想过自己能以这样的语气说话，声音里像是掺了蜜糖。

她用纤细的手臂搂着他的脖子，依然左顾右盼的："找猫儿。"

那声音柔和，在耳边酥麻作响。

"送到隔壁去了。"

"为什么？"她扭过头来了，面目依然模糊不清。

他把她抱到床边，仍然抓着她的手不肯放，刮了刮她的鼻尖："你是有身子的人了，不怕猫儿冲撞了你？"

床帐旁边摆着香炉，烟雾如小蛇般升腾起来，慢慢勾勒出满室如云的雾。她安静地坐在云雾的那头看着他，闻言抿着嘴浅笑了一下，双瞳似秋日的湖。

扇子带着香风席卷而来，搅散了他的梦境。

他睁了眼，刺目的日光使得他的眼皮滚烫发红。他的心仍在疯狂地跳着，眼前却依然模糊一片。

那样的喜欢……那样喜欢……

他抱着她的时候，只觉得自己的整颗心都被填满了。

"侯爷，热吗？"为他打扇的女子压低了声音，她以白纱覆面，盈盈美目乖觉地看着他，眼中隐隐流露着期许的神色。

他一回头，心下了然。薛氏孕中嗜睡，还在帐中未醒，这便有不安分的丫鬟抓着机会凑上来了。

他并不知道自己是什么样的表情，这一觉醒来，他极英俊的眉目含情，柔和得仿若刚硬的山峦上覆满了桃花树，也难怪这丫鬟误解了什么。

他对于斥退别有用心之人这种事，算得上驾轻就熟。可是他刚回头，便看见扇子的风吹动她脸上轻薄的白色面纱的一个角，刚要说出的话，奇异地收住了。

他望她一眼，抽出她手中的团扇，一言不发地捡起笔，蘸饱了墨，于上面胡乱勾勒着，心还停留在方才的梦中。

"侯爷。"那女子被夺了扇子便越发胆大起来，别了别耳畔的发丝，含羞带怯地睨着扇面上的红梅枝丫，"奴婢想要芭蕉。"

他将笔一顿，抬眸望向窗外，看见隔窗小院外的墙角立了一株芭蕉，迎风招展，分外翠绿。

芭蕉的笔画比树木多，画的时间也更长。

他随手画了两笔，忽然一阵心悸，恍惚中幻觉与现实交错。他看见小院里飘着雪花，他握着一只冰凉的手，带着她一笔笔地画院外芭蕉，先晕染、再勾勒，将那干枯濒死的芭蕉叶画得如新生。

"天冷，快些回去吧，小心冻着。"

见他落笔草了，她还不依，捏住了笔不放，眨巴着眼睛，颇有些撒娇的意味："不冷。

"你知道吗？麒麟山终年飘雪，我们便在雪中跳舞。"

他将鼻尖埋在她的领口，一点儿温热的香气飘飞出来，她的发丝柔软，被雪打得微微湿润。

他的手向下，隔着衣服摸了摸她凸起的小腹。

"此子……你我……心中期许……"

那声音断断续续的，时有时无，仿佛被那卷着雪花的大风吹散了。

"子期……"

那声音戛然而止，如同风雪一并灌入口鼻，令他的头脑刹那间一片空白。

他撂下笔，靠在椅背上，有些呼吸困难。

那丫鬟曲解了他的意思，脸色绯红，大胆地靠近了他："奴婢叫秋容……"

他的眼里出现了些血丝，他的拇指痉挛般按动着刺痛的太阳穴，他骤然发问："叫什么？"

"秋容……"

容……容儿……

"出去！"他闭上眼睛，扬手一折便将团扇折成两半，扇上未干的墨迹蹭到了他的手心里，潮湿黏稠得仿若血迹，"滚出去！"

剧烈的疼痛排山倒海而来，他径直从椅子上栽倒下去。

他昏迷时，恰逢薛氏临盆，轻衣侯府乱作一团。他迷迷糊糊间，听见长姐与旁人的对话。

"赵妃娘娘，臣一早便说了，这是一步险棋……"

"本宫只这一个弟弟，不管你用什么办法，只要让他活着就行，听见没有……"

"为今之计，只有施全咒术，可是如此一来，一旦反噬，便会……"

"不会的……快些施咒吧，他不会再想起来的。来人！"她的声音尖厉，"去把那株芭蕉拔了。府里名讳里带'容'字的，全部改掉，以后哪个不长眼的敢勾引侯爷，本宫剁了她的蹄子！"

"唉……"

四

薛氏的大丧在六月举行，在那个月里，轻衣侯的长子熠重病不治，幼女流落在外未能寻回。原本儿女双全的轻衣侯，刹那间又做回了孤家寡人，外人口中都道可怜。

那时，钦天监的方士正与前来超度的和尚争吵。一片嘈杂中，他一人跪在灵堂前，肩上落满大雪一般的白幡纸。

他仍在想着薛氏最后的话。

"您看着我的时候，像是在看着别人。"

"侯爷。"小厮轻唤他一声，手里握着一个缀着厚重穗子的香囊，看起来有些为难，"奴才在夫人的遗物里……找到了这个……"

他垂眼一扫，那巴掌大的香囊上是重工刺绣，银线麒麟栩栩如生。

这香囊他再熟悉不过，他五岁时，他的奶娘为了绣它，熬坏了一双眼睛。从此他将这香囊贴身佩在身上，直到成婚不久后不慎丢了。

那时他发动全府的人去找，终究没有结果。他为了这事儿，还在奶娘的坟前跪了一炷香的时间。

他接过香囊来，那穗子在空中摆动，划出一道弧线。

薛氏要它做什么？

香囊入手，却是沉甸甸的。他打开，发现里头是一锭金子，还有一颗如鸽子蛋一般大的夜明珠。

里面还有几张卷成筒的薄纸，是房契和地契。过了七八年，它们折痕的边角都被磨得破损了。

灵堂摇曳的灯火跃动在他的脸上，他抿起薄唇。

这是他名下的房契和地契。

"还记得七年前，这香囊是怎么丢的吗？"他回头睨着管家，目光泛冷。

七年前他不慎坠马，失去若干记忆，也开始头痛。薛氏藏了他贴身的香囊，还有她口中的"别人"，这桩桩件件事儿都蹊跷得很。

"这奴才哪儿能知道？"管家的神情躲闪。

赵家高门大户，嫡生的唯有这一对儿女，男的不学无术，女的便要霸道上进，这算是惯例。

长姐的手一向伸得很长，她像是长着触须的鱼，以家族荣光为由盘踞了他的世界，这些他从来都是知道的。

他扫视着管家惴惴不安的表情。像管家这样装傻充愣的下人，才能在大浪淘沙中安然活下来。

"你跟着本候也有十几年了。"他垂下眼帘，语气很平淡，"觉不觉得，我即便是逃到天涯海角，也依然是赵妃娘娘手上的提线木偶？"

这样的灵堂里头，白幡铜钱飘荡着。一向傲然不肯多话的轻衣侯妻子亡故、孑然一身，对着一个下人自嘲起来，实在令人目不忍视。

这招果然奏效了。管家吭哧了半晌，终究是同情占了上风，红着眼圈扑通一声跪下来："奴才不敢瞒侯爷……"他左右顾盼，见四周正是一片嘈杂，便膝行两步，小心地凑近了他，"侯爷坠马那一日，将这个香囊带在身上，急着要去什么地方，临出城门，马儿便发了狂……"

他定定地看着管家："我要去什么地方？"

"这……"对方又犹豫起来。

他手里捏着那几张薄纸，指尖抚摸着香囊上的呢绒，骤然间摸到一块凸起。他一怔，将手指伸进去，细辨，发现那是几个在夹层里缝上去的字，似乎是有人专门将香囊翻过来缝好，再小心掩藏在里面的。

那针脚粗陋，不像是女人做的，更像是他自己仓促而行的手笔。

"暮、容、儿……"

他一个字一个字地辨认出声，如同万钧雷霆劈下，一寸一寸地揭开和肌肤融为一体的伤疤。

管家的脸色刹那间变得煞白。

五

"侯爷，侯爷您不能走……"管家似乎是吓坏了，连滚带爬地追了出来，一脚踩进水洼里，使泥水四溅。

灵堂外早已变了天，狂风席卷着，呼呼的风声穿梭在干枯的枝丫之间，使落下的雨丝四处飞溅，他的衣裳转瞬间便被打湿了。

"闪开。"他胯下马儿扬蹄狂奔着，踩碎了满地的积水，刮下了迎面而来的树枝，眨眼间甩掉了身后跟着的人。

直到看不见人了，他才松了松紧握的缰绳，松垮垮地坐在马背上。因为太过用力，他的手心和踩着马镫的足都被磨出了血迹。

没有人知道，那三个字出现在他的眼前时，即便他只是默读一遍，也会承受千刀万剐之痛。

这一痛，让他骤然想起了薛氏临盆前的事情。

脑海里，院角的芭蕉树、面纱、秋容……最终归结于幻影，成了那幻影中被他抱着的人。

雨点儿打在他的脸上，与额角滑落的冷汗混在一起，不住地刺痛他的眼睛，直刺出了眼泪。

果真有个"别人"。

这"别人"却不是别人。

他用颤抖的手握紧马鞭，猛地加速，一路扬蹄飞奔到郊外。

"吁——"他一夹马腹，那马儿便摆头停下了，雨丝打在它油亮的皮毛上，化成一颗一颗的水珠，咕噜噜地往下滴落。

天色已晚，隐约只看得到远处丛丛树木的轮廓，如同被墨色渲染。马户老头吹着口哨，斜戴着竹编的斗笠，正在检查马棚和食槽。马户闻声转过脑袋，似乎是辨认了片刻，才惊喜地认出了马上的人，赶着小跑过来，将斗笠摘下。

"哟，侯爷怎么不打伞？"

"我的驹子呢？"他翻身下马，头发也在滴着水，脸色发青，不知是因为痛楚还是因为这突然转冷的天气。

但凡远行，他一定会来这里换一匹能行千里的骏马。平日里他将它放养在马群中，这是他从小到大和马户心照不宣的事情。

自坠马以来，足足七年，他未涉足此地。

"喂着呢、喂着呢。"马户反反复复地说着，将手上的斗笠当作伞，滑稽地罩在头顶，"小的这便去牵来……"

"不必了。"他打断对方，喉结动了动，半晌才艰难地发声道，"上一回我来牵它，是打算去哪里？"

马户转身的动作骤然停止，像是发现自己犯了什么错误。

"告诉我。"他拔高声音。

雨疏风骤，风声如呜咽。他手里攥着的那枚香囊有些变形了，金锭的边缘硌在他的手心里，让他感到一阵生疼。

"上一次，七年前……"马户顿了顿，低头恭恭敬敬地回应，"您要牵最快的马，连夜出城去，越快越好。"

"去哪儿？"

"说是南边儿，一个叫无方镇的地方。"

无方镇……他的瞳孔收紧。

他似是第一次听到这三个字，又似是已经听过无数次。

丝丝缕缕的云、经久不散的雾、夜夜笙歌、无忧无惧……

"您告诉小的，有人在那里等。夫人即将临盆，故而要快。"

"小的问您，还回来吗？那时您已经策马奔出好远了，回过头来说，不回来了。

"当时您笑着说，就当长安城里，从未有过轻衣侯。"

<h2 style="text-align:center">六</h2>

天空广袤，深不见底，如同大海倒转。

这是一个没有星子的夜，下落的雨丝奔向他的怀抱，粼粼闪光。雨丝下落着，似乎慢慢凝成了晶莹的雪花，缓缓轻舞。

时间因而变得无限漫长，落着雪花的天空静谧得如同情人悠远而包容的目光。

他侧躺着，身子抽搐，血沫从口中一点儿一点儿涌出，唯一的一点亮色，是他不瞑的双目。

"夫人即将临盆……"

"也是有身子的人了，不怕猫儿冲撞了你。"

"此子是你我心中期许，就叫子期好不好？"

"我来，杀你呀。"

"这是您的骨血……"

"你知道吗？"说话的人轻盈地转了个圈，神情恬静和美，宛如仙子，"麒麟山终年飘雪，我们便在雪中跳舞。"

有举着火把的人慢慢聚拢过来，像无数只蚂蚁团团围上来，似乎着急地说着些什么。

有人将他抬起来，触碰到他的瞬间，他呕出一口血，眸光涣散，沙哑地开口："下雪了吗？"

那几个人面面相觑，表情都十分慌乱："侯爷，刚刚四月，哪儿来的雪？"

他闭了闭眼睛再张开，血色的世界依然只靠丝丝小雨艰难地洗濯，却越洗越肮脏，越洗越难以洗净。

原来，那片纯白的梦境，只是眼前的白翳。

七

夫人的丧期未过，轻衣侯便病危。赵妃娘娘出宫照料，一见他的模样，转瞬哭成了泪人。

曾经掷果盈车的小潘安，变作一具躺在床上的可怕骷髅，下人见了都别过头去，远远地避开，走了老远仍心惊肉跳。

他什么也不肯说，像死人一样凝望着帐子，眼里宛如一座空城。

他听见方士对着抽泣的长姐说话："娘娘，人活着是靠一股气的，现下侯爷眼里的灯灭了，就是那口气没了，只能这般苟延残喘……"

他的关节像是被那一场小雨锈蚀了，连动一下都很困难，故而没人能从他手中将那绣了她的名字的香囊抽出来。

"说好你我夫妻，应坦诚以待，为什么要瞒我？"

书房里的光线明亮，照着这个让他心心念念的人，她惊慌地看着他，似乎想要解释，却又羞于启齿："我没有。"

他感到怒火上了头，她越是完美，就越令他心惊肉跳，怀疑陡升："你究竟爱不爱我？"

她却迟疑，半晌才轻声答："我不晓得这是不是爱。"

他终究年轻气盛，只这一句，就让他觉得半生爱恋都成了笑话，激得他负气离家，转头向长安去。

他脑中人妖殊途、分道扬镳的想法，被冷风一吹，在半道上就不作数了。

她要是真想骗他，就该像那戏本子上的狐狸妖怪，说"我爱你入骨"，骗他一生一世永不离开，让他为她臣服、任她驰骋，让她可以轻易榨干他的每一寸皮肤骨血，那才是合格的妖怪。

容儿，暮容儿。

她竟连撒谎也不会。

忘忧咒反噬，让他感受到了万箭穿心之痛。这痛若能抵消他抛妻弃子、一去不回之业障，倒也很好。

可惜。

七年了，子期长得那么大，如何沦落街头，脸上满是灰尘，瘦得肩胛骨都能看得一清二楚？那孩子赤着脚，竟连鞋子也没有。

再多的……他只恨自己没能多看一眼。

他见那孩子的第一面，便是相见不识、生死博弈。

那么被他捧在手心里的人呢？

他不敢去想，她是怎么一个人生下了孩子，在日复一日的等待中零落成泥，落到今天这一步？

长姐握住了他的手，他垂下眼，想到了他握住濒死的薛氏的手的那一次。

风水轮流转，这么快便轮到了他。

长姐的眼睛红肿着："轻欢，你还有什么话想说？"

他微一侧眼，却看到了她身后站着的人。

暮容儿站得极远，几乎像是幻觉。她依旧绝美灵秀，倚着门，栗色的双瞳里迸射出两道寒光，远远地讥笑着望向他，似乎是专程来看看他的惨状。

那不是她。

他的容儿去了哪里呢？

"阿姐。"眼泪蜿蜒落下，他艰难地启唇道，"我怀里……慕家的令牌……

"你去慕家……把子期……接回来。"

那孩子留在捉妖世家，还能讨得了好？

赵妃的眼睛瞪大了，她似乎没有想到他最后的遗言是这样一件事儿："那个野种……"

"赵沁茹！"他打断她，将她的手攥得死紧，眼白里的血丝根根崩

653

裂，血色晕染成一片。他的声音哆嗦起来，像是在冬天里不住地呵出冷气："那是我与容儿的孩子……我此生……与赵家再无瓜葛……"

就当长安城里从未有过轻衣侯。

要是他能逃开就好了，就算是做偏远小镇里的一户普通农夫也好，他会妻儿两全，与他们母子永不分开。

在无方镇成婚那一日，新娘子抢先掀开了盖头，红色喜帕衬着水葱似的手指头，艳妆之下，她纵然眼中带着不安，也是那样美丽："照你们的规矩，今日之后，我们便要永远在一起，是吗？"

洞房里花烛摇曳，满室的光晕都是醉人的幸福，他笑着答道："自然是要永远在一起的。"

时间如泛黄的书页在向前快速地翻着，火树银花的烟火坠落满头，天幕被璀璨热闹的流星填满，整个凡间都被新年的狂欢照亮。

少年不识愁滋味，只觉得世间的一切都那样新鲜而美好。

晚风扬起白衣姑娘的面纱，那令人魂牵梦萦的眼眸，猛地撞进了他的眼中。

"我是来看烟花的。"

番外四　十五年（现代篇）

一

寝室。

天气燥热，窗外的蝉叫得声嘶力竭，天花板上的风扇呼呼地工作着，吹来的都是热风。

老旧的风扇明明有个转头功能，却转得不太顺利，转动时伴随着咔咔咔的响声，让人担心它会扭断脖子。

"完蛋，空调又坏了。"半个小时前，室友拿晾衣杆捅了捅出风口奄拉下来的扇叶，扔下这么一句话，便幸灾乐祸地跑下了楼。

夏天报修空调的人多，虽然要排队，但是刚好可以在大厅里吹空调，估计她一时半会儿不会回来。

寝室里就剩凌妙妙一个人，那风扇在头顶呼呼地卖力吹着，还是让她觉得很热。她趴在桌上做卷子，顺手拿起手底下的纸扇风，浮躁的风搅得耳边的发丝乱飞。

咔——突然传来一声巨响，仿佛是风扇扭得筋骨断裂发出的声音，但扇叶还在转着，像是打在了什么障碍物上，噼啪作响。

凌妙妙被吓了一跳："下来，别坐在风扇上！"

话音未落，那黑色身影衣袍翻飞，哗啦一下从半空中落下来，径自坐在她的书桌上。清凉的白梅香气扑面而来，令人仿佛置身于安适的花园。

这个不速之客对她的目光还停留在书本上的行为不太满意，便顺手抽走了她手里的笔，捏在手里把玩两下，又揣进了自己的怀里，用漆黑的眸一动不动地睨着她。

凌妙妙："……"

她两手空空地往椅背上一靠，睨着他笑："不是说最近异典司查得严吗？"

少年顿了顿，伸手在繁复的衣领里掏了起来，掏了半天，从衣领里抽出一块挂牌，递到了她的眼前："你看。"

他原本是非常抵触这东西的，但是到了这一刻，竟然有了点儿卖弄的意味。

这挂牌就是寻常工作人员的挂牌，金属外壳里镶嵌芯片，上面铭刻着四个数字——"0306"。它却比正常型号的小了一圈，又比项链大了一圈，简直像是小猫颈上的……身份标签。

想到这一点，凌妙妙的脸上瞬间露出诡异的笑容。

慕声正在专心致志地偷看眼前的人，没注意到这一点。

因为在室内，女孩儿很随意地穿着红彤彤的波点连衣裙，裙子宽大，露出了肩膀和一点儿锁骨，鲜艳张扬的红衬得她肤色极白，整个人像极了橱窗里的草莓蛋糕。她的头发被顺手绾起来，几缕栗色的发丝落在脖颈后面。

他飞快地牵过她的手，低头吻住了她的手指。

凌妙妙觉得有点儿毛骨悚然："哎……"

他垂着纤长的睫毛，表情安静而虔诚，只有紊乱的呼吸声隐隐露出一点儿压抑的渴求。

凌妙妙飞快地看了一眼门外，挣扎着站起来，做贼心虚地啄了两下他的脸："大白……大白天的，别闹。"

二

人妖殊途是有道理的。

二宝十五岁的时候，已经长得与柳拂衣一般高了，在院子里提水桶时会露出成年男人一般有力的手臂肌肉，声音也变得有磁性，时常让人感到恍惚。

雪蚕长成了一个轻盈美艳的大姑娘，被许配给了一位捉妖世家的公子。在她的婚礼上，凌妙妙感觉到有些心惊，当年那个靠在柳拂衣的腿边吹泡泡的小姑娘，竟然已经到了和自己刚来这个世界时一样大的年龄。

那一日，凌妙妙也在梳妆镜里心惊地发现了自己的第一根白发。

慕声站在门边，一声不吭地看着她悄悄拔下头发然后藏起来的全过程。

每一年里，凌妙妙有八个月和主角们浪迹天涯、四处捉妖，其余四个月就拽着慕声回家度假。她因为不用生儿育女，也不用操心一些鸡零狗碎的事情，这日子过得实在太轻松了，以至于让她觉得好像一眨眼，这十五年就过去了。

郡守千金过了三十岁好像也没有什么变化，模样和性情一如当年。可是自那天起，她便规规矩矩地梳起了妇人发髻，再也不好意思作少女装扮了。

夜里，慕声抱着她缠绵。这个少年永远是初见时的那个模样，高马尾、白发带，他身形单薄、性情执拗，还有一双漆黑的眸。

他在黑夜里看着她，一边亲吻她，一边强硬地拆掉她的头发："为什么这样梳？"

"早就该这样梳了。"她扭过头去不看他，晃着脑袋开起玩笑来，"哎，我也不想老，岁月不饶人哪。"

现在，她的容貌还勉强和他的登对，但是再过几年，到了二宝看起来跟慕声一般大的时候，她该如何自处？

相应的，系统每年都会发一次传送提示，提醒她还有另外一个世界的存在，已经发了十五次了。

年末，郡守寿终正寝，凌妙妙为他送终，握住他的手安然地送走了他。在灵堂里，慕声陪她一起默然地跪到半夜。

夜里很安静，凌妙妙哭过之后，她的脑子也放空了，开始想起了自己的爹。

慕声脑子里像是装着个雷达探测器，在摇曳的烛光底下，他开口第一句话便是："你想走了。"

凌妙妙被他吓了一跳："我没……"

他反常地浅浅笑了，侧脸在明灭的烛光下显得晦暗不明："你不用瞒我，我都知道。"

"其实……"凌妙妙顿了顿，掰着手指头跟他算，"你看，柳大哥和慕姐姐儿女双全的，二宝也长大了，雪蚕也嫁人了，我在这里也没什么遗憾了……"

"嗯。"他打断她，似乎非常通情达理地理解了她，温柔地答，"没关系。"

凌妙妙稍感欣慰。下一秒，他往她的手心里塞了一枚冰凉光滑的珠子，垂着眼睫，平淡地补充道："你走的时候，帮我捏碎了就好。"

凌妙妙借着烛火的光看了半天，看见半透明的珠子上似乎有变幻的嫣红纹路，像是晃动的水纹。

她心里觉得不对劲，试探着捏了捏，却见身旁的人身子一晃，骤然吐出一口污血，对方的脸色刹那间白得像纸，仍然执拗地盯着地面，跪直了身子。

凌妙妙被吓得三魂丢了七魄："你有病吧？慕子期！"

她一把抓住他的肩膀，掰开他的嘴，把那颗珠子给他强行塞了进去。她的手上沾满了他的血，二人气喘吁吁，影子在灯下乱晃着，像一对厉鬼。

凌妙妙捉妖也有十多年了，知道大妖会蕴生妖丹，倘若失其丹则命不久矣，算算慕声的年纪，他也该有妖丹了，要是她捏碎了妖丹，可不就是让他去死？

"你这人怎么这样呢？"凌妙妙越想越后怕，身子颤抖着，被他气得涌出了眼泪。

慕声攥着她的手，抬眸望她，黑亮亮的眼睛里全是不甘和不舍，沾着血的嘴唇殷红："你说没有遗憾，可见是舍得下我。"

凌妙妙拿袖子擦干眼泪："谁说要一个人走了？我刚才是想问问你，愿不愿意跟我一起走……"

他怔了好一会儿，眼中原本黯然的神色一点儿一点儿亮起，竟然显得有些懵懂："可以吗？"

"怎么不可以。"凌妙妙没好气地揉了一把他的脸，"死都不怕了，还怕试一试吗？

于是便有了今天。

这里是凌妙妙的家乡。凌妙妙真真正正的长相、身形都跟凌虞这副躯壳稍有出入，可她依然有着灵动的杏眼、白里透红的脸颊、柔软的发丝和腰肢，让慕声忍不住想要流连其间。

慕声从她的手背一路亲吻到脖颈，动作越发不可收拾。凌妙妙让他弄得神魂颠倒，费了好大的劲儿才定住了神："许主任来了！"

少年离开了她，还拿手指漫不经心地摩挲着刚才留下的印子："少吓唬人。"

说完，他又挨了上去，嘴唇磨蹭着她的唇瓣，一手已经隔着裙子捏住了她的腰。凌妙妙的脸唰地红了："这里不行……"

慕声吁了一口气，慢吞吞地放开她，眼底水光盈盈，似乎委屈得很。

她像是防止他作案似的捏着他的手，费力地解释着："这里跟家里不一样……是公共场合。"

她见他听话地不动了，便顺手拿起躺在桌上的手表瞄了一眼。

竟然已经过了半个小时了。

她从书包里拽出那一串挂着钥匙、U盘和指纹锁的链子，急促地摆了摆蓬松的粉红色狐狸尾巴挂件："快回去，别玩忽职守。"

他要是让人抓包了，下次可就来不了了。

慕声走得磨磨蹭蹭的，将怨气全发泄到了结界令上。他将那只狐狸尾巴翻过来倒过去地捋着，捋掉了好几根毛："为什么是这种东西？"

凌妙妙推了推他的肩膀，抿嘴笑道："多可爱呀，像你一样。"

咻的一声响，一朵蒸汽花绽开在空中，白雾消散后，眼前的人也消失了。

凌妙妙感慨地摸了摸狐狸尾巴，又将结界令放在唇边轻轻地亲了一下。

办公室走廊的地砖是价格不菲的大理石砖，光可鉴人，女性工作人员的高跟鞋敲在砖上发出清脆的响声。

许主任是个有独特审美与品味的领导，在高度工业化的今天，白色极简主义风格占领了各大公安局、调查局、实验室，而异典司走的竟然是中世纪的欧式风格，办公室奢华得像是教堂，高高的穹顶上还不伦不类地画满了壁画。在慕声的头顶，圣洁的天使正张开双臂扑向裸体的玛利亚。

有人从他身边走过，又啧啧地笑着折了回来："咦？0306，你在这里脸红什么？"

少年定了神，瞬间收起了脸上柔软天真的甜蜜，镇定地答："没什么。"

三

每一次异典司有新来的实习生，都会这样不怕死地与0306搭讪。

原因很简单，在这里有各种物种出没，比如长着三个脑袋还能同时说话的；长着翅膀满教堂乱飞的；没有四肢，只靠触须扭动着走来走去，走过便留下一地黏液的……在这里好不容易见到一个四肢健全、五官俱在的少年郎，是人都会觉得格外亲切。

遑论眼前这个人眉眼生得俊秀，穿着刺绣精致的古制衣饰，袖口被绑带扎紧，高马尾上的发带随着他的走动跳跃摇摆，整个人满是少年人的朝气，看上去似乎很好接近。

所以这个看上去与他同年龄段的实习生拦住了他，兴致勃勃地同他搭话，带着些自来熟的意味："这是去哪儿呀？"

少年垂着眼，尽量掩盖住语气中的不耐烦，言简意赅地说："回去，处理任务。"

"任务完成以后，有灵力奖励吗？"

"没有。"

"那……工资呢？"

"也没有。"

问话的人哈了一声，诧异地抓了抓蓬松的头发："那你为什么留在这里干活？"

慕声的耐心被耗尽了，他迈步从对方身边走了过去："不为什么。"

"嗯……真高冷呢。"年轻的实习生嚼着泡泡糖，嘴里嘟囔了一句，却见到那个小公子模样的少年又折了回来，似乎是有话要问。

他的声音很好听："穿书人的任务选派在哪里？"

"啊……在许愿池。"

"怎么样可以参与额外任务？"

怪人，连工资都不拿，竟是个工作狂呢。

实习生眯起眼睛，啪嗒，吐了个泡泡，笑着看他："找许主任拿申请表，办手续呀。"

四

"0306，你的人类进化申请不合格。"

少年的脸色瞬间沉下来。

慕声刚敲开办公室的门，迎面便见许主任那个斯文败类笑眯眯地捏着一沓盖着"退回"红章的纸，和身后的秘书小秦一唱一和。

"很抱歉哦，0306。"小秦西装笔挺，和许主任梳着一样的属于成功人士的发型，抱着条纹文件夹，笑起来有两个小酒窝。

这个姓许的男人是异典司的实际负责人，他日理万机，管理本区块六千个平行世界里大大小小的事儿。同时，他年龄不详、物种不详、审美堪忧。在电子存档已经实现的今天，他却尤其喜欢复古的纸质手续。

通常，都是许主任负责"点火"，而笑眯眯的小秦负责"灭火"。

慕声沉着脸从他手里夺过申请表："为什么又不合格？"他就在桌上翻了翻表格，抬眼隔着浓密的睫毛看过来，美得很无辜，"是因为我竖着书写？还是写了繁体字？"

许主任安闲地靠着真皮椅背，目光穿过金边眼镜，饶有兴趣地打量着眼前的少年。

慕声。

按照平行世界维护准则，穿书人完成任务后可以得到一个任务奖励，这个奖励可以由任务者自行提出，异典司酌情实现。

那个叫凌妙妙的小姑娘不寻常，她的愿望是把平行世界里的人物角色带回自己的世界，申请理由是，如果慕声离开她，可能彻底"黑化"，会严重危害平行世界的安全。

当时，那个小姑娘可怜巴巴地说："把他带出来做个阿猫阿狗养着也好，总归不能让他留在《捉妖》的世界里，他不能同我分开。"

当时，迫于安全威胁，异典司不得不用机器检测"慕声"的"黑化"值，结果竟然确如她所说。这个角色得知任务者即将离开，已经在"黑化"的边缘徘徊。

不过嘛，许主任亲自看过了数据，发现魅女与人类结合诞下的半妖这个物种潜力巨大、资质不错，让慕声做"阿猫阿狗"也太过浪费，干脆拉过来做个实习系统助理，专门处理平行世界中不听话的角色。

结果证明他果真是英明神武，0306简直就是上司最喜欢的类型。

慕声的工作效率极高、不废话、不提条件，还不拿工资，简直就是为缺乏经费的异典司量身定做的。自从他来了以后，大大小小的平行世界安生了不少。

只有一点，慕声喜欢时不时地擅离岗位，经常神龙不见首尾。

不过，这种事情比起他带来的巨大效益，也算不上什么要紧的事儿了。

"喀喀。"这个人模狗样的年轻男人斯文地推了推眼睛,"小慕哇,我知道,你申请进化成人类,是想跟那个叫妙妙的小姑娘结婚对不对?"

慕声的脸色泛红。他有些苦恼,他和凌妙妙早就成过婚了,按这里的规矩却又不算数。

小秦绷紧了神经,露出了犀利的眼神。

他听见许主任不叫慕声"0306",而是软绵绵地叫对方"小慕"……许主任开始走怀柔政策的一瞬间,他就知道Boss(老板)又在打歪算盘了。

异典司穷啊。

每年上边拨的经费用来填补设备维护的大窟窿都不够,眼见着平行世界要暴乱了,"许扒皮"就发明出了创造性的新方法:随机抽调在校大学生进入平行世界维稳,美其名曰"触发性时空旅行"。

那个叫凌妙妙的小姑娘就是这样倒霉地被抓来做壮丁的。

这样一来,设备维稳的成本是省了不少,可是因为要给志愿者们发放奖励,人工费又捉襟见肘,以至于他们只能使用最低端的安全机器人做客服。这些客服除了布置任务和提供生存保护之外,根本不能给志愿者提供任何实质的心灵温暖,导致小秦手头上还有几百份投诉没处理完呢!

好不容易0306来了,异典司才安生了一段时间,"许扒皮"会舍得放走这么好用的人吗?

慕声要是进化成人类去结婚,找了别的工作,谁来当定海神针?

果真,许主任伸出一根手指,开始漫天"打嘴炮"了:"哎呀,要结婚……是不是人不是问题,现在这年头儿家长的接受度很高的,从根源上讲,最重要的还是学历。"

小秦无语了,果然Boss就是Boss,脑子转得够快。

"没有学历,怎么找工作?不找工作,你怎么赚钱养那个小姑娘?你现在只会个勾股定理吧?知道什么是线性代数吗?"

小秦打断他:"其实更重要的是户口、户口。"

"许扒皮"便顺杆儿爬:"嗯,户口。外来人口都要大肃清,何况是妖转人。人类落户名额本来就少,更别说是落在帝都,你没有户口,怎么买房?"

少年微微一转眼睛,抿起了嘴唇。

他在结界令里听到过,凌妙妙跟宿舍里的小姑娘说以后想留在帝都。

帝都……嗯……

"就算你有了户口，哪里来的钱买房？没房没车丈母娘看得上你？

"当然啦，你没有学历，异典司是不可能发工资的。"

慕声："……"

"你要挣钱，就得找工作，想要找工作，就得看学历。你只会个勾股定理可怎么办？！"

"你得从小学补起吧？就算你惊才绝艳、学习效率高，可不得补个三年五年的，将来参加个成人高考……"

小秦抿嘴笑："0306这模样显小，混进高中参加应届高考也可以。"

许主任："啧，你看，就算你读高中，那个小姑娘大学快毕业了吧？你还在补小学，啧啧。指不定人家一毕业就结婚了，你还在准备高考。啧啧。所以别想了，安心在这里工作吧。"

慕声有点儿恼怒了。

小秦统领全场，见势不好，便手疾眼快地一个箭步揽住了他的肩膀，阻止了一场暴动："还是先填申请表吧……"

慕声低下头，看见许主任的桌上堆满了空白表格。

异典司的地位特殊，许多资料事关国家机密，为防止系统被入侵，直到今天依然采用最原始的纸质档案和手续。

少年微抿嘴唇。

他平生最恨这些纸片，偏偏现在有填不完的申请表。

他要跑来跑去不说，还要为了一个大红章，不断接额外任务以增加工作福利。

不过……这里倒是比原来好。

至少，努力就有希望，求告便有门路。

无须浴血奋战，无须生离死别。

而且，在这里他既不会被妖类摒弃，也不为人类所避畏。哪怕他只有一个0306的代号也好，也总算是有了身份，有一个位置真真正正地需要他。

慕声的火气以肉眼可见的速度被浇灭，他趴在桌上填表的模样，甚至有几分乖巧的意味。

许主任含笑瞅着他的身影："小慕哇，你这个模样不太行，丈母娘肯定不会喜欢。"

慕声的脸色变得很难看。

小秦使眼色使得眼皮抽筋了，正在奋力揉眼。

许主任笑眯眯地捏着慕声的肩膀："身高不到一米八吧？你看你顶多一米七八，还这么瘦，身材倒是不错，可这头发怎么这么长，太碍眼了。穿衣风格也得改改，你这一身黑不溜秋的，怎么跟隔壁死神一个毛病。"

小秦欲哭无泪。

午后时分，异典司的大楼重重震动了一下，旋即归于平静。

大厅休息区的实习生们，包括那个嚼口香糖的卷毛儿，齐齐趴在沙发上往外看："哇哦，下文件雪了！"

<h2 style="text-align:center">五</h2>

图书馆，凌妙妙再次因为熬夜而撑不住睡了过去。

她在平行世界里耗了近二十年，看着书本觉得陌生得恍若隔世。

在数学系里，凌妙妙同学本来也算个处于中游的学生，然而这次期中考试，她有三门专业课的成绩吊了车尾。

困死了……

真让人发愁。

要不要提交一份时空旅行说明让老师高抬贵手？

她迷迷糊糊地乱想着，感觉到对面一阵柔和的凉风拂过，吹在脸上怪舒服的。

唉，不行……不能这么堕落。

她晃了晃脑袋，顽强地抬起了头，只见对面桌面上摊着的是三角函数，她睡眼蒙眬地瞅了半晌，还以为自己进错了图书馆。

她再抬头一看，看见对面坐着一个穿着白T恤的短发少年，他在白T恤外面套了牛仔外套，睁着一双黑眸一眨不眨地望着她。

他柔软的头发贴在额头上，还有一点儿微微的卷，看起来太乖了，以至她一时没认出来。

她茫然地看了半天，霎时间觉得毛骨悚然。

"你、你、你你……"

"嘘……"他的脸有些发红，半晌他又脱下自己的外套，站起身来，给她披在肩膀上，声音极轻，"别在这里睡。"

六

文凭对于你意味着什么?

对于0306来说,文凭决定了他能不能尽早结婚。

许主任帮他算过了,如果他要走正常流程,须得四年又三年,才有可能有收入,等到那时候黄花菜都凉了。

而在异典司就不一样了,当时,许主任一本正经地承诺:"要求不高,只要你过了一本线,我可以解决你的学位证和户口问题,包天下丈母娘满意。

"我会以异典司办公室主任的名义直接聘用你,给你异典司的正式员工编制,相当于你可以省下了七年时间,提早抱得美人归。

"七年之后,我估摸着进化成人类的申请怎么也该下来了,你说划不划算?"

说完,许主任和小秦还愉快地击了个掌,没人知道他们在高兴些什么。

总之,这一年里,0306以超高的工作效率横扫千军,声名大振。

后来,他协助的任务者发现,这个看起来蛮俊俏的空降NPC有些古怪。

他会在收妖柄飞出以后,看着空气念念有词的。大家以为那是口诀,凑近了,才听见他在低声念:"落霞与孤鹜齐飞,秋水共长天一色……"

有时,他也会在解决一场麻烦后安静地与任务者一起坐在篝火边,手里捏着根棍子,安静地沾着血在地上画些什么。

有一次,一位女性任务者看着他的笔画,失态地叫出了声:"啊!这不是酸碱中和方程式吗?"她揪着他的领子,哇的一下哭出了声,"弟弟,你……你是来自我们那个世界的吧?我什么时候能回家呀?"

0306将她的手掰开,冷淡地退到了一边:"我不是。"

"那你……"她揉了揉眼睛,"那你刚才在干吗?"

"抱歉。"少年敷衍地行了个异典司工作人员的低头礼,"半工半读。"

七

凌妙妙的困意都消散了。

她见不得这人乱来,于是掏出了结界令,紧赶慢赶地催他回去。

"我不回去。"对方振振有词，"我请了一天假，专……"

专门陪你。

他顿了顿："专门学习。"

凌妙妙沉默了两秒，斜眼看着那本高中选修课本："你要高考？"

"嗯。"

慕声这朵黑莲花都要高考了，这世界还有什么事情是不可能的？

真是太荒诞了。

"那你……以后怎么打算的？"

"我……先落户帝都。"

"落户帝都？！"

"再找工作。"

"找工作？！"

"再供一套房子。"

"供房子"这个说法是他新学的，所以他的咬字还有点儿不太确定。

"买房子？！然后呢？！"凌妙妙震惊了，"我的天呢，谁跟你说的？！房子都买了，你还想干吗？！"

慕声不答反问："你可不可以不要一毕业就结婚？"

"我有病吗？为什么要一毕业就结婚？"她气笑了，拍了拍桌上一本厚厚的参考书，"我还考研呢。"想了想，她觉得实在有些不可思议，"你还没跟我说完呢，你买房子然后呢？"

"然后……"他停了停，"娶你。"

凌妙妙的心停跳一瞬，又紧张地跳跃起来："我真怕你不是我妈喜欢的类型。"

"我……你等我几年，我以后有房子有车子。"

"不是这个意思……"

"不就是没到一米八吗？"少年有些恼了，"我……穿上鞋就到了。"

"不是……"

"那我以后不穿黑色……"

"不是……"

"头发也是得到许主任首肯才剪的，他说这是丈母娘最喜欢的发型。"

666

"什么呀……"凌妙妙笑了，笑得直捶桌子。

他们说话的声音大了些，引得旁边的同学都奇怪地看过来。

"这夫妻，你还没做够哇。"她抬起头来，手心里出了汗，心怦怦直跳，又好笑又心酸。

她总觉得自己像是诱拐少年进大山的人贩子，把他一生的轨迹都给改变了。

"男男女女一辈子，不就是那么回事儿嘛。"

"我没做够。"他沉下脸，黑眸里有点儿风雨欲来的意味，"你也不许腻烦，否则我……我现在就炸了图书馆。"

番外五 新年记事（现代篇）

一

凌妙妙拖着箱子走出校园的时候，空荡荡的校园里几乎没有人了。帝都的冬天寒风瑟瑟，她戴着毛线绒帽子、羊毛围巾、线织手套，羽绒服帽子边上还有一圈毛茸茸……她把自己裹成了一个因纽特人。

行李箱发出咕噜噜的巨响，轮子一路压碎了地面上的薄冰。

A大阔气的大门口直面繁华的主干道，车来车往，小广场上总会有几个人站在门口的校名底下拍照。

凌妙妙路过他们身边的时候，女孩子们正朝着西边的绿化带指指点点。

她伸着脖子一看，只见有个看上去想成仙的人穿着绀色正装坐在低矮的花坛沿上，他低着头，修长的腿有点儿无处安放，裤脚平展笔挺、皮鞋锃亮，活像是马上要去婚礼现场。这人不怕死，不仅敞着西装的襟口，还拿赤裸的手掌撑着冰冷如铁的花坛沿儿，真是令人敬畏。

下一秒，这个想成仙的人一抬头，与"因纽特人"四目相对，凌妙妙差点儿被自己的箱子绊倒。

哦，原来是自家养的。

凌妙妙就这样沐浴着路人的诡异目光，扔下箱子认领了苦苦等着她的自家"小黑莲"："哎，走啦。"

少年站起来一把抱住她，感到她身上的羽绒服柔软得像一朵云。少年的手臂越收越紧，他低头睨着她，用手勾住凌妙妙遮得严严实实的围巾，轻轻一拉，在她抱怨之前凑上去贴住了她的唇。

路人：走了走了，当我眼瞎。

一阵冰凉地触碰。

凌妙妙呼出一口白气，不知道该骂还是该笑，仰头看他："你冷死了吧，慕子期？干吗穿成这样？"她以迅雷不及掩耳之势帮他把敞开的外套扣好，把自己的围巾摘下来塞进他的怀里，"快，给你戴着。"

慕声把围巾给她戴回脖子上，垂下纤长的睫毛，慢条斯理地整理着衣襟，语气还很无辜："纽扣扣错了。"

凌妙妙不知该说什么。

慕声顺手拉过她的箱子，把另一只空出来的手给她："走吧。"

这人走路的仪态很好，正装上身有种很复古的贵气，要是再戴上一块名贵的腕表就是精英贵公子了。

凌妙妙好奇地绕到了他的另一边："你刚参加完年会回来？"

少年顿了顿，目光停留在手上，不太高兴她没牵上来："年会？"

那是什么？

凌妙妙上下打量他："那你……"

干吗打扮得像个司仪？

慕声停下了脚步，扭过身来挡住她的路，莹润的眸极认真地望着她："你是不是忘了我们要去干什么？"

"我们……"凌妙妙眨了眨眼睛，"回家呀。"

少年抿了抿嘴唇，竟然很罕见地流露出了一丝紧张的情绪，执拗地重复道："对，回家。"

四目相对。

凌妙妙沉默了半晌，爆发出一阵惊天动地的大笑声，笑得弯下了腰，用手撑着膝盖。

慕声静静看着她笑，心里想着能不能把她抱起来放在箱子上，就这么推回去。

然后那片云朵儿自己跳过来搂着他的脖子，还笑得嘴边白气四溢："我爸妈又不是许主任！你又不是去面试，干吗这么紧张？"

路人：没完没了，快走快走。

二

虽然是慕声推着箱子，实际却是凌妙妙在前面拽着箱子走，她像是掌控着方向盘，一路把"小黑莲"带到了商场。

空旷的中庭垂下无数片巨大的雪花装饰，各处张灯结彩，大红色的装饰显得热烈如火，一片喜气洋洋，轻音乐都改成了喧闹的《过新年》。

日式设计的风衣内敛优雅，黑色开襟处还绣了几枝白梅。慕声低垂着眉眼扣着扣子，在暖色灯的照耀下，他的脸白得像羊脂玉，站在一旁的导购小姐都忍不住多看了两眼。

凌妙妙陷在沙发里，胳膊肘支在膝盖上，用手捧着脸，只露出一双杏眼，摇摇头。

导购小姐的表情顿时变得非常惋惜："啊？"

凌妙妙也觉得有些惋惜："其实……"

慕声脱得干脆利落："她不喜欢。"

导购小姐别过头笑了，转过来的时候又露出职业性的微笑："那小姐您喜欢哪种风格的呢？"

凌妙妙犹豫了一下，指了指不远处带黑色绒毛领子的羽绒服："那个？"

那件泡泡羽绒服上了身，绒毛领子衬着他线条流畅的侧脸，倒是显得他的年纪小了许多。慕声拉好拉链，瞥了她一眼，垂下眸时，唇角不太明显地一弯。

她好像就喜欢这种带绒毛的东西。

"就这个吧。"

三

"其实……第一件很漂亮。"

"是吗？"少年扭头。

中午十二点，路上依然水泄不通。司机烦躁地拍着方向盘，前面一辆车的后视镜上插了面小红旗，迎风飘扬。

"嗯。"

凌妙妙已经揪了好几根毛拿在手上玩儿。车里暖气很足，她把围巾放在膝盖上揉成一团，吹毛毛的时候腮帮子鼓鼓的。

女孩儿抬头看他，笑得有些傻乎乎的："我是不是挺坏的？就想把你打扮得可爱一点儿。"

初见时他就如一枝鹅黄的迎春花从天而降，青春明朗，让她怦然心动。

这么多年了，他看上去一如初见时的模样。

慕声不太明白她为什么说自己坏。他手腕上的收妖柄忽然震动了一下，顶端的一小格红光闪烁。他还盯着凌妙妙，不动声色地按掉了红光。

他现在有些后悔当初同意把自己的法器交给异典司的人改造，添加了联络功能。

这种受制于人的感觉让他万分不快，尤其是在合法的私人假期里。

凌妙妙小心地把飘浮的毛毛抓在手里，拢成一团，笑了："那个风格就等你三十岁以后再穿吧。"

少年怔了一下，面色骤然柔和起来。

三十岁会是什么样子？

这一次，他们似乎可以携手走过岁月，在她梳起妇人发髻的时候，他也能够正大光明地数一数新增的鱼尾纹。

这样很好，非常好。

但那似乎距离这个冬天、距离现在——新年前，他们在帝都车水马龙的马路上的暂停，又有很长的时间。

如此短暂的一生，这样算过来，竟然漫长得很。

他伸手按住凌妙妙的头，让她靠在了自己的肩膀上。

凌妙妙满脸疑惑。

还真别说，这么一靠，她就觉得有点儿困了……

她在他的怀里蹭了一下，合上眼睛。

空气很干燥，衣服上的绒毛相碰，爆出一串静电火花。

少年侧过脸，吻了一下她的头发。

车终于开动了。

距离新年还有五天，从四面八方来的小车涌向数个交通枢纽，汇聚成城市奔流不息的血脉，虽然有时滞涩缓慢，但总在向前。

有一个红点儿在向机场缓慢移动。

斑斓的色块慢慢变小了，城市路网如交错的筋骨显现，再缩小，能看见地球表面云烟缭绕，山脉凸出。几不可见的雄鸡的轮廓内，只剩一个闪烁的红点儿，犹如热烈跳动的心脏。

"0306掐断了联络。"小秦幸灾乐祸地放下平板，黑暗中只剩硕大的定位界面闪闪发光。

许主任点了一根烟，在烟雾横斜中含笑睨着那个红点儿："随他去。

"过年了，所幸他有家能回了。"

四

叮咚、叮咚。

门铃响两声。

梁女士闻声而动，奔到门口又忽然停住，扭头清了清嗓子说："老凌，你女儿回来了。"

"你就装大尾巴狼，妙儿没回来之前你天天蹲门口等着，现在回来了，你就这样。"

被叫的人皱着眉头，慢条斯理地戴上眼镜，整了整袖口，开了门。

一开门，一个烟灰色的影子就扑上来抱住他的脖子："爸爸！"

"哎。"老凌像抓小猫似的把她抱离地面几寸，结果差点儿闪了腰。

凌妙妙从她爸爸的身上跳下来的时候，发现妆容精致的梁女士拧着眉打量她，眼睛里写满了嫌弃："怎么穿个麻袋就回来了？"

凌妙妙冲着梁女士傻乎乎地笑了，倒把梁女士吓得倒退三步。

这两人压根儿不知道，她与他们其实已经阔别二十年了。

凌妙妙眼睁睁地看着梁女士紧皱的眉头展开，下垂的嘴角弯起来，双眼瞬间亮起，如同一朵被揉皱的花泡了热水，每一片花瓣都舒展开，露出一个重返二十岁的温暖笑容。

凌妙妙抓住时机开了口："妈妈我给你介绍一下，这……"

随后梁女士径直越过她，接过了门口的箱子，声音甜脆亲切得如同深夜电台女主播："小慕是吧？快进来、快进来，外面冷。"

凌妙妙："……"

听慕声腼腆乖巧地叫了声"阿姨好"，梁女士几乎要揽着他进屋了，眼神里充满了怜爱："哎呀，千万别把叔叔阿姨当外人。"

凌妙妙一回头看见慕声这副模样，愣住了。

这人是怎么一秒钟切换到这副楚楚可怜的纯良模样的？

凌教授半天没找到机会插话，只好从鞋柜里找出了提前准备好的新拖鞋："来，小慕……"

岳丈大人正在弯腰给他递鞋。

672

慕声脑子里嗡的一声，差点儿没绷住脸上涉世未深的纯良表情。

在凌妙妙反应过来之前，他已经迅速地弯下腰行了个平礼，一把握住了凌爸爸的手："不敢。"

慕声向上看人时睫毛浓密，眼睛黑亮，显得格外专注。他在这么近的距离猛然一抬眼，直接将老凌惊艳得晃了一下。

真俊。凌爸爸在心里叹了一声。他转念一想，自家妞儿那么可爱，倒也很合适嘛！

慕声还弯着腰不敢动，心怦怦直跳。

好有礼貌的孩子。

"来，小慕穿鞋。"老凌捶着腰直起身时，也像是被洗脑了似的，满眼怜爱。

餐桌上摆满餐盘，还有两瓶未开封的红酒，香气袭人。

老凌慈爱地拍拍慕声的肩膀："让妙妙带你进去，我那边还要炸个鱼。"

岳丈大人在给他做饭。

少年的大脑有些死机，眸子黑润润的，显得非常惹人怜爱。

他几乎是即刻道："要不我来吧。"

梁女士很惊喜："呀，你还会做饭？"

老凌已经麻利地系上围裙，笑着指指沙发："不用，你歇着。"

少年吸了半口冷气，一头扎进厨房："那我给您打下手。"

五

"别说，小慕做饭真不错。"老凌嘣地开了红酒塞，笑得眼角纹路深刻。

新闻联播开了低音量，餐桌上能听见筷子轻碰碗碟的声音，水晶吊灯照映下的餐桌是温馨的暖黄色调。

"谢谢……叔叔。"

梁女士满眼怜爱地看着慕声，欣慰地慨叹了一声，一扭头弹了凌妙妙一个脑瓜崩："你看看你，再看看人家。"

慕声刚放松的脊背又绷紧了。

"没事儿、没事儿。"凌妙妙在桌下牵了牵他的衣角，"我妈一直这样。"

"小慕能喝酒吗？"老凌笑眯眯地给他斟了一小点儿酒。

慕声望着高脚杯里像鲜血一样殷红的液体，迟疑了一下："红的？"

凌教授觉得自己心领神会："小慕想要白的？"

我也想要白的。

慕声思索了一下。

"好，太好了，就这么办。"凌爸爸已经兴奋地站了起来，在梁女士警告的目光下直奔酒柜，取出了一瓶珍藏多年的白酒。

酒香冒出来的瞬间，两个人的表情看起来都十分舒适。

慕声暗自松了口气："这个我会喝。"

老凌伸出指头隔空点点他："就知道你会喝。"

他岂止是会喝？

凌妙妙暗暗地在"小黑莲"的腿上揉了一把，却冲着老凌道："爸爸，你不要灌他。"

子期，别灌我爸爸。

老凌又爱又恨地捏捏她的脸："知道了。"他又指着凌妙妙，朝慕声悄悄地笑："你瞧瞧，没过门儿这胳膊肘就往外拐。"

梁女士斜眼睨着，鸡啼似的干咳两声："哎哎，没喝酒就醉了呀。"

六

凌妙妙有一个讲究顺其自然的爸爸，他看破不说破，四两拨千斤，临睡觉前和缓地道了声晚安，就如平常一般走进了房间。

梁女士有些坐立不安，脸上的妆也没卸，一把挡住了将要关上的门，隔着门缝儿，她瞪着凌爸爸："孩子喝酒了。"

做妈妈的毕竟谨慎一些。

凌妙妙就站在客厅中央等安排，洗过澡以后穿了一身卡通的猫猫睡衣，帽子上还有两只短短的耳朵。她用毛巾托着自己没干的头发，袖子下露出一截白生生的手臂。

慕声站在她的身后，漫不经心地揉捏她帽子上垂下的猫耳朵。

"阿姨。"他垂着眼开口道，"妙妙是跟您睡吗？"

梁女士一扭头，见两个孩子都一脸懵懂。自家的傻妞儿就不说了，小慕的表情也很从容，显得特别天真，两人就像两个等待发配的小孩子。

凌爸爸扯了扯她的袖子，意思是都让人回家过年了，还瞎操心什么？

674

她感到怅然若失的同时，又觉得欣慰起来，摆了摆手，嫌弃地说："我才不跟她睡。"

慕声很浅地一笑。

客厅的大灯关上了，只剩走廊的灯还亮着昏黄的光，两代人互道晚安，关上了门。

"带你参观我的房间。"

凌妙妙反手拉着他在屋里走，她的房间不算小，摆了双人床、衣柜、大书架和一张梳妆台，剩下的空间还能让他们绕着转圈。飘窗下面是一个被改造成日式榻榻米的宽阔窗台，上面铺了一小块毛茸茸的白色地毯。

通过飘窗能俯瞰街景，街上张灯结彩，高楼大厦上面的LED（发光二极管）灯闪烁亮起，马路上的车灯和路灯汇成川流不息的光河。

她仰头把窗帘拉起来。

看见慕声的视线落在双人床上，凌妙妙解释："我从小就喜欢大床。"

慕声很认真地点点头，目光又往右，看见床头柜上还摆着一张照片，是很多年前的了。照片上，六七岁的小女孩儿穿着蓬蓬裙坐在滑梯上，手还抬起来，冲着拍照的人高冷又有范儿地打了个招呼，下一秒就要冲向五彩斑斓的小球堆里。

凌妙妙一惊，飞速按住那张照片往下一扣："这个不准看！"

慕声贴了过来，捏着她搭在头上的毛巾给她擦头发，语气很无辜："为什么？"

"就……太傻了呗。"

她觉得自己有点儿热，过了老半天才发现是他故意用指尖擦过她脖颈的缘故。她不满地仰脸一看，看见少年的眸子黑得很纯粹，瞳孔中映出她的影子。

床上是崭新的灰格子三件套，新得有种彩纸的感觉，一动就能发出布料摩擦的声音。凌妙妙一动也不敢动，偏偏少年俯下身来，一点儿一点儿地吻着她的脖颈。

他很平稳地开口："期末考试难不难？"

"嗯？"凌妙妙难以置信地睁开眼睛，看见他眼里克制的情欲之下，还有几丝促狭。

听见门口传来几丝异动，凌妙妙瞬间明白了，顿时吓得汗湿后背，就好像小耗子怕猫成了习惯，哪怕成了惊天巨型耗子，也还是怕猫。

"我……觉得还行。"她用目光疯狂示意慕声，让他起来。

可他熟视无睹，还在向下吻着，语调竟然还很平缓："参加社团活动了吗？"

凌妙妙脸色变得绯红，开始奋起反抗，抄起双手来挠他："没有，没看到什么有意思的。"

他一把抓住她的手腕压在她的头顶，低头贴住她的唇，还故意蹭了蹭："我也是。"

两人的呼吸重叠着，同时还听见门口轻轻一响，似乎是有人放下心来，蹑手蹑脚地离开了。

警报解除。

凌妙妙被吓得一身冷汗，便像咸鱼一样软塌塌地任由他抱起来。

他的吻随之改成蛮横的轻咬，领子里飘出都是淡淡的，自家的沐浴露的清香，让她感觉十分奇妙。

他好像也在闻着她身上沐浴露的味道，软软的头发蹭得她痒痒的。

外面传来零星几声炮响，现在不同往日啦，过年也不许放炮，但是听见礼花的声音远远地响起来，就好像闻到了那股硝石味儿，脑海里就浮现出满树灯彩、大红对联。

半晌，他抬起亮晶晶的眼，仰头看着她："这里可以吗？"

凌妙妙顿了一下，问道："为什么不行？"

他柔和地亲了亲她的脸蛋："因为是你家。"

凌妙妙抱住了他，把脸埋在他的肩膀上，声音闷闷的："子期。"

隔着窗帘，外面的烟火一明一暗，好像闪电，哗啦一声又如星子坠落。

女孩儿把他搂得很紧："从此以后就是你家啦。"

番外六　七宝幻境（独家）

慕声看到了她。

石洞里阴风阵阵，水滴带着植物的土腥味与铁锈味，从倒置的石笋上啪嗒滴落在少女的额头上。

她缩了一下脖子，抿了抿嘴唇，好像还嘟囔了一句什么。

污水顺着她的鼻梁蜿蜒流下，但是她无法抹去，因为她的手腕被反绑在背后，五指蜷缩着。

他听见她努力调节着的呼吸声，还有扑通扑通的心跳声。

她被吓得面无血色，闭着眼睛、睫毛簌簌地抖，发丝乱七八糟地飞舞在颊侧。打磨得尖锐的竹竿在她的胸前比画着，不慎钩住了襦裙前面的系带，让她的睫毛抖得更厉害了。

"垃圾慕声！"

他突然听见了一个清亮的声音。

他望了望，四下无人说话，凌妙妙也还宁死不屈地抿着嘴唇。

"你活该当一辈子男二！"

原来……这声音是她心中所想吗？

少年黑润的眸子含了点儿笑意，但这股温情瞬间即逝，转变成浓重的杀气，苍白的手猛地抓住了向前刺去的竹竿。

凌妙妙骤然被碰了一下，眼睛闭得更紧。

她还在心里念叨：我要死了、我要死了、我要死了……算了，头掉了也不过是留下一个碗那么大的疤……动作倒是快点儿哪，蠢妖怪！

等了一会儿，她睁开杏眼，奇怪地往下看。

少年一眨不眨地看她的眼睛，带着近乎贪恋的神色。与之割裂的是满含杀意的指节，咯吱咯吱地响着，他用手无情地粉碎一切，直至竹节扭曲，烟雾冒出，整段竹节被吞噬进蓝火中。

竹妖哇哇大叫，山洞里满是它咆哮的回音。它接过小妖递来的石楔，劈开冷风，把凌妙妙吓得目瞪口呆，她猛地一缩脑袋。

他的手垫在她柔软的发上，刀刃一般的石楔当一声砸在石洞上，另一半劈在了他苍白的手背上。

剧痛袭来，慕声仍面不改色，他带着光晕的手化成火焰，呼的一声将石楔燃成灰烬。

他又一次接住了剑刃，抓住了一次鞭梢，还举起了一把锤。

凌妙妙茫然地摸着脑袋。

她的手就摸在他的手背上，慕声能感觉到她掌心热乎乎的温度，他反手握住，少女的手却毫无觉察地从光影里离开。

她蹲在了地上，过了一会儿，又毫无形象地瘫坐在了地上，脑袋向外探去，心想：它们搬来口铁锅干吗？炖妙妙汤吗？真是服了。

慕声哧地笑了，他一笑起来，眉梢眼角都是青春的明丽。他也蹲在她的面前，看着少女黑白分明的眼睛，好似这样就能让她的目光从他的脸上掠过。

慕声垂下睫毛，用拇指轻轻地擦去她脸上沾着的灰尘，可是凌妙妙的脸和她眼珠一样机警地动来动去，他下意识皱眉："别动。"

少女的脸颊仍从他的手指间轻易脱开，她看着远方。

"'黑莲花'！"

少年一顿。再一次听见脆生生的声音，慕声浑身一颤，难以置信地抬起头。

凌妙妙挣脱了绳索，右手按摩着左手的手腕，左手正捏着一朵从石头缝里长出来的小野花。

"亏我还收集过你的同人图。小肚鸡肠的人、忌妒狂魔、杀人犯，根本不配被人喜欢。"她把花朵一瓣一瓣地揪掉，呼地一吹，又得意转了转花梗，"秃了吧？活该。"

慕声饶有兴趣地听她在心里骂人。

他很想让她再骂两句，凌妙妙却不再骂了。

一阵妖风把花梗吹走了，凌妙妙大惊失色，伸手去抓，没抓住。

少年的身影立在石洞门口，逆光勾勒出他纤细的腰线、高高束起的马尾和垂下的长睫。一枝光秃秃的花梗，在他的指尖旋转。

他捏着花，右手撑着石壁，弯腰探进头来，脸色平静："晚点儿我来接你。"

他知道她听不到。

凌妙妙打了个哈欠，恹恹地靠在石壁上，扭头看了过来。逆光中的少年，便这样同她对视。

凌妙妙心想：但愿原著没错，明天一早，柳大哥应该会来救她的吧。

慕声在烈火夹道中行走，步子很急。

他用指节掐着时间，半刻钟前，他用符纸打碎了阵心的入口，和"她"短暂相遇。

他的冷汗一滴一滴顺着脖颈滑落，那窈窕的身影如鬼魅挡在他的面前。

那是多年之前，他还是一个孩童时的视角。

他的脸正对着她小腹上的系带，她一指头就可将他戳个仰翻，手指上红艳的丹蔻可以嵌入他稚嫩的皮肤。那浓郁刺鼻的香味无处不在，而那个带了一二分爱意的拥抱也可使得他溃不成军。

只要她挡着，那小儿便永远也过不去。

"小笙儿，不自量力。"她用手指绕着长发，"从古至今，从未有人能闯入闭合的阵心。"

慕声的冷汗滑落得更快。他冷冷地道："那就试试。"

两个收妖柄飞在空中，掀动少年的发丝。

你不是她。

有人已代替了你。

怨女白皙的掌心变作压下的五指山，延伸出无数条道路，从远处看去如同一个庞大的迷宫。

凶兽与烈火在其间出没，黑色的人影化作一个渺小的点，在错综复杂的小道上艰难移动。

"七宝幻境，是你心魔。"那笑声如毒蛇吐芯子，"笙儿，望你找得到阵心。"

慕声立在木桩之上，袍角翻飞。

心魔？

打火石的噼啪声响起。

他急忙一个空翻落地，替柱上的少女挡住汹涌的烈火，焚烧之痛令他的皮肤震颤，冷汗顺着发丝滴落。

他一抬头，就看见被人捆得像大闸蟹、还掉了一只鞋的凌妙妙，她反而在小鬼们慌乱的私语中笑起来："嘿嘿，你们又点不着。"

慕声弯起了嘴角。

倘若这就是心魔，他甘愿永远和心魔纠缠。

佛寺的角落结了蛛网，屋顶绽开幽蓝色的十瓣莲，空气中弥漫着腐臭和焦味，这些让他想起来，这是长安城的兴善寺。

这个时候的凌妙妙，比青竹林时的她从容很多，她安安生生地被绑在柱子上，既没有骂他，也没有骂那些小妖怪。

只是那时，他正跋涉在救姐姐的路上，不承想她受过这样的苦。

慕声沉默地抚摸扎在她大腿上的匕首，这一把漂亮而锋利的匕首像极了他。

"哟……系统，无痛模式是假的吧，我为什么还觉得腿疼？"凌妙妙的声音响起。

慕声不敢动了。

他甚至没有清晰的影子，却能带给她实实在在的痛意。

那一瞬间，犹如万箭穿心，胜过烈火焚烧。

他小心地蹲下身，撩开她的裙摆，轻轻地贴上一张符纸。

好痒。凌妙妙在杆子上蹭了蹭，眨动着睫毛。

"痒就对了。"他站起身，捏起少女的脸，"我走了，妙妙。"

慕声也有更无奈的时候，譬如见到凌妙妙的眼泪掉个不停。

凌妙妙盘腿坐着，少年的衣摆前后铺开，坐在她的对面看着她，少女的泪珠不住地从他虚无的掌中漏下："别哭了。"

凌妙妙恨恨地想：我不为人渣哭。

"这就对了。"

凌妙妙又开始揪地上的草：委屈死了。

"委屈便冲我来吧。"

她果然将一把枯草丢过来，一些挂在他颤动的睫毛上，一些从脸上落下，滑落到他的衣摆上。慕声笑了起来，倒像是少男少女在一处打闹。

"大不了不攻略了，我回家。"

慕声的笑意顿止，眸中闪过些许茫然之色，旋即是一阵慌乱。

凌妙妙气呼呼地想了一会儿："跟他讲道理有什么用呢？他根本没有三观。"

慕声怔住了，他不知道"三观"是什么……

"他一定是小时候太可怜了，心理都扭曲了。"

慕声抚摸着少女软绵绵的脸，一个脆生生的巴掌立马拍了过来，又听见她的心声："呸！连蚊子都跟我过不去。"

慕声忍不住撑着地凑过去亲了亲她，反正她也看不到。

"好吧。"凌妙妙的心声响起，"再忍忍，做完下一个任务就回家。"

慕声笑了。

他走得越来越慢，呼吸也越来越沉重，千万个时空交叠着，他被火焰焚身，无数攻击从他身上碾过，他变得越来越淡，几近消亡。

但这条路还没有走到尽头。

还没看见阵心入口，他绝不肯放弃。

随后他看见一点儿光亮，可这光亮并不是出口，因为他从隧道走到了地穴。

"妙妙！"头顶的光亮迅速闭合，慕瑶惊恐的喊声响起。

他看见凌妙妙紧紧抱着慕瑶，是一个保护的姿态。

她说："慕姐姐别怕！"

在这个时候，她竟然还以外来者的身份，保护他们这个世界的人。

在裂隙闭合的瞬间，幻妖的天罗地网落下，半透明的少年飞至凌妙妙身前，苍白着脸念着口诀抵挡。

如果只剩这一次了……他闭上眼睛，嘴角勾起讥笑。

那么，也将这一次用掉吧。

亮光相汇的瞬间，爆炸出惊天动地的火花。

他未曾感受过死亡，却发现原来在痛苦不堪的时候，会有一只温柔的手，一片一片、一枚一枚地将他捡拾起来，拢在手心里，又小心地倒进一个小小的布袋子里。

凌妙妙把香囊握在手心里。

淡淡的花香，如同浅浅地吟唱，是最温柔的催眠曲，轻柔地包裹着他。

"画什么反写符呢？"她的心声响起，很轻地戳了戳他，"从今以后，做个普普通通的香囊吧。"

她想说的是，从今以后，慕声你就做个普普通通的少年吧。

慕声在芬芳的花香中睡了短暂的、很好的一觉。光是睁开眼睛，他就花费了很大的力气。

但他迅速而冷静地清醒过来，计时的指节仍然敲在手心里，提醒着他在幻境中的时间流逝。

距离熔丹开始，还有一刻钟。

眼前是一间芬芳馥郁的房间，妆台上搁着女儿家的梳头水，还有几盒开口的胭脂，花窗外是摇曳的竹子。他从床上起来，放下的白色的帘子。

他不知道自己现在是什么形态，但他必须离开这个房间，回到满是烈火和野兽的隧道，沿着那条路走下去，直到找到阵心。

一开门，两手端着一盆水的凌妙妙倒退一步，见水洒了一点儿，她连忙稳住："怎么乱跑？转身，快回去。"

慕声倒退一步。

这里怎么也有凌妙妙……她竟然看得见他？

凌妙妙用盆子的边缘轻轻地推着他，盆边还搭着半块方巾："快，一会儿水凉了。"

她穿着杏色的齐胸襦裙，细碎的发丝落在脖子上，背对着他坐在板凳上。她哗啦哗啦地翻搅毛巾："来呀。"

他发现她对面也有个板凳。

慕声静默地坐在那板凳上，看见少女的睫毛上沾了些水珠，她骤然抬眼，令他怔了一下。

实实在在地被她望着，他的心猛跳了一拍。

"今天去院子里玩儿那么久，擦擦脸吧。"

她说着就要拿毛巾糊上来，慕声向后一躲，有几滴温热的水珠钻进他的衣领里。

这是哪里？他发现自己无法说话。

凌妙妙小心翼翼地拨开他散落的头发，帮他擦着脸，不太好意思地说："那个，太重了的话，你要吭一声啊。"

那方巾厚重，她拧不干，大部分的水进了他的衣服里。慕声猛然握住她的手腕。

怎么回事儿？你在……照顾我？

"怎么了？"凌妙妙把方巾拿下来，二人四目相对，她的表情很茫然，"呃……饿了吗？"她想站起来，"我去厨房给你拿只烧鸡？"

他抓着她的手腕不放，猛地一拉，却把盆子弄翻了，水泼出来浸湿他的衣摆。凌妙妙在他的怀里挣扎着，猛捶他的后背："你把水给我打翻了！我还得拖地！"

同时，他听见凌妙妙的心声："跟他吼有什么用。耐心、耐心，不跟傻子一般见识，有什么大不了的？再去打一盆来不就完了吗？"

少年失神地喘息着，黑发之下，他的皮肤雪白、嘴唇殷红，被裹在黑袍内宛如身披黑夜的神祇。

她推开他，生气地出去了。慕声追着去，却被门口的封印挡了回来。

他猛然看到地面上流淌的水渍。

原来……

他冷笑着，看着水泊中的倒影。

这些像野草般疯狂生长的黑亮长发，蓄积着失控的力量。

这是他年少时最大的噩梦，也是他拥有的全部资本。

他战胜一切的同时，也失去了一切。

即使如此，他还是做了同样的选择。

"这次好好洗。"

凌妙妙又端了一盆水进来，撸起袖子，一屁股坐在板凳上。

慕声缓缓地拖着袍子坐回她的对面，将苍白的手伸进水中，将方巾用力拧干，递给对面的人。

凌妙妙愣愣地看着他，片刻后，充满期待地问："你都会拧毛巾了，那你……会不会自己擦脸？"

耳朵尖尖的少年仍然歪着头，一脸茫然地看着她。

凌妙妙的脸又垮了下去："当我没问。"

她向前倾身，板凳翘了起来。慕声听话地将脸抬起，只见少女的脸红扑扑的，眼神认真，从他的额头小心擦到下巴。

擦完，她的目光停留在他的脸上，狠狠地盯着他看了一会儿："你长得还是挺好看的。"

她又在心里补了一句：不是个花瓶就更好了。

她顿了顿，还是忍不住俯身在他的额头上落下一吻。

慕声微颤眼睫，向后一避，勾起嘴角。

凌妙妙，没想到你很有良心。

你再亲我一下，当心我走不出这个幻境。

话音未落，这房间和她的身影瞬间扭曲成烟，慕声站起来，眼中的温情慢慢地凝结成冰。

少年无所谓地掸了掸袍角。结束了吗？

他继续走着，走在茫茫无垠的黑夜中。

促织长鸣，女孩子们嬉戏打闹的声音传来。月光下有一张长条桌子，上面摆着酒壶和茶水，盘子里装着桂圆、红枣、榛子、花生。几个七八岁的陌生女孩儿捏着团扇头碰头，凑在一起说笑。

他从这不属于他的热闹中穿过，向清朗的月亮走去，走到如云的榕树下，忽然被一个声音叫住："子期？"

他骤然回头，只见少女挽起裙子气喘吁吁地向他跑来："你怎么一个人在这里？"

她发髻上绑着红绳，红唇浓妆，显得极其鲜丽。月光流过她的裙角，也流过她手中侧放的团扇。

她眨着黑白分明的眼睛，像在酝酿着好事情："快跟我回去。"

她挽住他的手臂，将他往回拖，而他倒退着，被她拖回了刚才的桌案旁边。

凌妙妙将扇子往他手里一塞，撸起袖子一头扎进了那几个小女孩儿中间："雪蚕，唉，你怎么输成这样？看舅母给你投一个。"

慕声一步步走过去，其他的女孩子似乎感知到了什么，回头看见他便纷纷避开，露出一个倒映着月亮的水盆。

那粉妆玉琢的女孩儿拍着手喊："舅舅！"

慕声一怔，奇异地看着她。

这是谁？

"舅舅，快来看舅母投针。"

慕声竟然也依着她，慢慢地蹲下，这个距离近得可看见凌妙妙脸上的茸毛，听得见她紧张的呼吸声。

684

凌妙妙用两指捏着细细的缝衣针，紧张地抿着唇，抖着手小心地将它放在水面上，那根缝衣针转瞬便掉进了盆底。

凌妙妙的心也掉在了谷底。

雪蚕笑得前仰后合，露出豁了的牙："织女知道你成过亲了，你得不了巧。"

几个女孩儿都凑过来看，凌妙妙叉腰："等下，让雪蚕的舅舅试一试。"

她回头期待地看了慕声一眼，神情像只兔子。

少年挽起袖子，从水中捞出那枚针，额头上沁出细汗，轻轻地、轻轻地把针放在水面上。

小小的绣花针宛如一叶小船，一端微微下沉，一端仍浮在水面，缓慢地打了个转。

"像什么呢？"女孩子们都围拢过来，只见盆底的影子像云又像兽，正在月光下缓缓地变幻和旋转。

"哇！在变的。"女孩子们一阵惊叹，"得巧了。"

凌妙妙笑得十分得意："厉不厉害？"

"厉害！"女孩子们异口同声道。

"送给雪蚕了。"凌妙妙摸摸小女孩儿的头，挽着慕声站起来，退出了小女孩儿的阵营。

夜风阵阵，送来松软的花香。

原来，今天是乞巧节。

少年的高马尾垂在背后，发带被风吹动："妙妙。"

"嗯？"

慕声擦了擦手指上的水，有点儿不高兴："我帮你投了针，你怎么不夸我。"

凌妙妙看了他半晌："这得感谢液体张力。"

慕声冷冷地哼笑。

她左右回头四顾，忽然踮起脚亲了一下他的脸颊。慕声顿住，轻轻地抚上那冰凉湿润的痕迹。

凌妙妙忍着笑走了一会儿，忽然拿胳膊肘捅了捅他。

少年转过头。

她目不斜视地从怀里掏出一枚雪白的兔子香囊："这个给你。"

慕声接过来："送我的吗？"

"才不是。"凌妙妙哼了一声。这只兔子的鼻子眼睛都歪歪斜斜的，凌妙妙的手指头也被戳成了筛子："这是我乞巧节女红大赛的参赛作品，你觉得能不能得第一名？"

慕声摸着香囊上的线疙瘩顿了顿，挑起嘴角："恐怕不行。"

"那算了，我不参加了。"凌妙妙清了清嗓子，耳尖通红，装作不经意地说，"送你吧。"

慕声将香囊揣进怀里，那粗陋的针脚在他的掌心划过一丝痕迹："妙妙，既送了我，你可就要不回去了。"

"谁送出去的礼物往回要？"

风送着树叶落下，二人站在榕树下，凌妙妙的裙摆被风扬起，远处孩童的笑声如银铃阵阵。

他贪婪地望着她的侧脸，计时却依然未曾停止。

没想到七宝幻境中，竟有个这样好的结局，好得让他差一点儿不想走出去了。

凌妙妙仰头看着月亮，双手合十："我要拜织女了。"她忽然回头望向他，黑白分明的眸中倒映着月亮，有些忧心，"我闭眼了，你不会跑吧？"

可是，镜花水月中他曾梦到这样一个结局，前路便再无忧惧。

少年冲她笑笑："在你睁眼之前，我会回来的。"

"真的？"

"真的。"

凌妙妙含着笑闭上了眼睛。

风铃声中，无数叶片被刮落，世界幻境同他一起碎成光片，裹挟着漆黑的影子栽进无底的法阵中。

叶片变作无数张以鲜血画就的符纸，他落到阵心时，手里捏着花梗，浅浅笑着，如同身处甜梦中。

彩蛋一

教室里正在进行数学小测。

慕老师脸色严肃地在讲台上转来转去，看见最后一排的一个叛逆少年没在答卷子，而是在专心挠墙，便拿着教鞭疾步走下去："慕声，你往哪儿看呢？你是不是又……"

慕声同学长了一张天真无辜的脸，不像其他男同学那样爱涂发胶、再吹个拉风的发型，他漆黑的头发总是软趴趴地垂在额头上。他经常一脸无辜地看着她，露出一双黑亮亮的眼，软绵绵叫着"老师好"、替她擦黑板、帮她抱作业，怎么看他都是个乖乖仔。

她哪儿知道这个乖乖仔在班里是打架的扛把子，一年有三百六十四天不听调度，在同学的鞋里撒钉子。在课桌里放死蟾蜍……他对男生和女生都一样欺负，还有两副面孔。

她现在严重怀疑慕声把答案写墙上了，就等着抄个满分，骗她一声夸奖。

她马上就要走到他的跟前，发现慕声同学明显是慌了，俊俏的小脸有点儿苍白。门口突然传来一声清亮亮的叫唤声："慕老师，你男朋友找你。"

隔壁柳老师班上的凌妙妙探出个头，扎着高高的双马尾，一双眼睛像黑葡萄，两颊印着甜甜的酒窝，冲慕老师笑眯眯的："快去、快去，他好急。"

"好可爱……"班里暗暗一阵骚动。

慕老师红着脸走出教室门，往她后脑勺一拍："快回去上课。"

凌妙妙是年级公认的小魔女，她总在上课时间翻墙乱跑，带着大家拿卷子叠纸飞机，带头拒写超额的作业，还敢一个人单挑八块腹肌的校霸，把人家踹得一个月起不来床。可她最后没有受到任何处分，因为这个小魔女总是闭着眼睛考年级第一。

小魔女趴在门框上笑嘻嘻地盯着慕声，而慕声这个乖乖仔才不搭理她，故意扭过头去看写满了公式的墙壁。

别以为我会感激你。

一个纸团被她丢过来，在桌上弹了一下，砸中了他的脑门。慕声接住纸团，恼怒地往门口一看，只看见那扎着两条辫子的人一闪，已经溜了。

"喀喀喀喀……"全班同学都对此视而不见，集体咳了一分钟。

慕声捏着纸团发呆，旁边男同学跨了一步凑过来，捅了捅他："哎，小魔女可不可爱？"

慕声没有说话。

男同学指了指那纸团，语气酸溜溜的："排队的人好多，偏偏你可以走绿色通道，你真幸福。"

慕声耳尖都红了，转过来狠狠地瞪他一眼："再说，再说打你。"

他四周的同学都是被他打怕的，顿时一片鸦雀无声。

慕声同学的脖子上绕着耳机，却没在听，一个人看着纸团发了很久的呆，好半天才慢慢把它展开。印着草莓的草稿纸上密密麻麻地写满了答案，还有几行字。

第一行："今天的题好简单，你肯定不用看答案，但你得看解题步骤。"

第二行："别去办公室等慕老师啦，她跟男朋友约会去了，今天没时间改卷子。"

第三行："16岁生日快乐，慕声，希望你今年能喜欢我。"

还有一朵在操场边上摘下来的小小的栀子花，新鲜的，好香。

彩蛋二

大树交错相连的枝桠被人拉低了，枝头上挂着的红彤彤的果儿就跟着摇晃起来，簌簌抖动。一只小手伸出去，艰难地够到了那一丛红果。

树枝太柔韧了，他将树枝都压弯了还是没能折断它，背上出了细细密密的汗，身子只能再往前一倾。

"啊！"他脚下一空，骤然失去重心，随即感到天旋地转。

他打了个滚跌在了地上，手掌和膝盖都火辣辣地发痛，软绵绵的草叶上的露水蹭了他满脸。

他翻了个身，那张包子脸气鼓鼓的，仰躺着望天，只见那红果子好端端地挂在枝头，仿佛是在笑话他。

"哎哟，小少爷！"乳娘大呼小叫着跑过来，摸他的胳膊和腿，带着哭腔说，"乳娘看看，摔坏了没有？"

他眨巴着眼睛摇头。

乳娘把他的裤腿卷上去，看见他的膝盖被蹭破了一片，鲜红的伤口触目惊心。她倒吸一口冷气："少爷呀！"

"嘘。"他推了推她健壮的臂膀，认真地与她商量，"别告诉爹娘。"

乳娘抹了一把眼泪，哽咽着说："好好的，爬什么树，那么危险……"

他笑嘻嘻地指着树："方妹妹想要那个红果果。"

那个妹妹身体虚弱，只能在窗子里羡慕地看着，他想摘一串给她插在瓶里，也让她看得清楚些。

"她就是说着玩玩儿，你还真……"她看着男孩儿的一双眼睛好像闪闪发光的宝石，既无辜又纯粹，便不舍得再责怪他了，"乳娘拿药去给你涂涂？"

"嗯。"

乳娘刚走，他感觉自己的小腿被什么东西拱了拱。他一低头，看见腿边有一团褐色的、毛茸茸的东西，正在用头顶着他的腿。

他把腿挪开，俯下身，饶有兴趣地看着。

那只小东西仰起脸，毛茸茸的脸上嵌着一双亮亮的眼睛，眼尾翘着，尖尖的嘴里叼着一大串红艳艳的果子。

他试探地伸手去抽那枝条："你是给我送果子来的？"

它似乎能辨人言，嘴一松，让他顺利地将枝条抽了出去，张嘴时还舔了舔尖利的牙齿。

他手里摆弄着果子，爱不释手："谢谢你。"

那毛茸茸的东西看着喜人，他伸出手想摸摸，它倒退一步躲开了，蓬松的大尾巴扫了几下，扬起了草丛中的枯叶。那只小动物在远处机敏地歪头看他，明亮的眼睛似乎想说些什么。

"啊……那我不摸了。"他失望地抽回手去，想了一想，俯身认真地看着它的脸，"你等我一下好不好？"

它的眼睛越发明亮，柔软的耳尖动了动，安稳地卧了下来，目不转睛地望着他。

他在草丛中跑来跑去，跑了十几分钟，才气喘吁吁地回来，手里还拿了一大把五颜六色的野花。他盘腿坐在这小毛团旁边，低头认真而笨拙地将花结在一起，捏得那花都打蔫了，鼻尖上盈满了汗水。

"好了。"他将五彩斑斓的小花环轻轻地放在了它的头上，旋即伸出手，将它被压住的柔软耳朵捞了出来。

它猛地抖了一下，抬头望他。

"好漂亮。"小男孩儿趴在草地上，托着腮与它对视着，一双眼睛温柔而天真，"这个花环送给你吧，狐狸妹妹。"

689